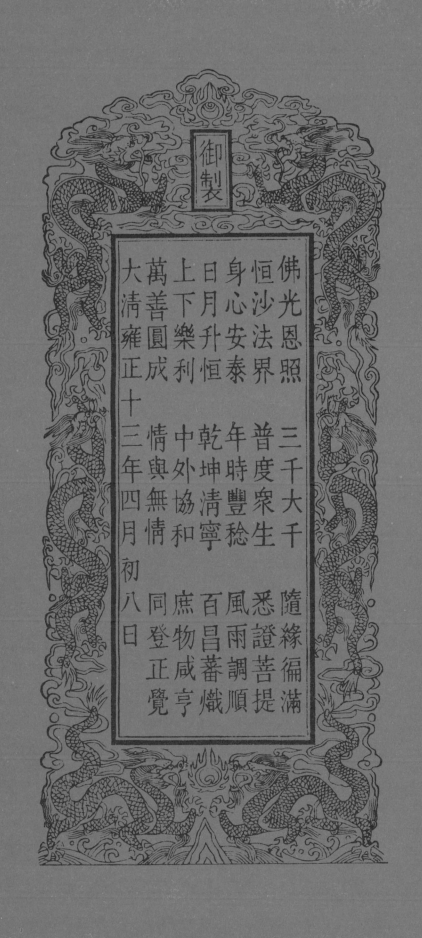

御製

佛光恩照 三千大千 隨緣徧滿
恒沙法界 普度衆生 悉證菩提
身心安泰 年時豐稔 風雨調順
日月升恒 乾坤清寧 百昌蕃熾
上下樂利 中外協和 庶物咸亨
萬善圓成 情與無情 同登正覺

大清雍正十三年四月初八日

第一三四册　此土著述（二四）

大方廣佛華嚴經疏鈔會本

唐于闐國三藏沙門實叉難陀譯

唐清涼山大華嚴寺沙門澄觀撰述

清刻龍藏佛說法變相圖

大方廣佛華嚴經疏鈔會本第十六之五

唐于闐國三藏沙門實叉難陀　譯
唐清涼山大華嚴寺沙門澄觀撰述

佛子云何爲菩薩修行住

第三修行住

此菩薩以十種行觀一切法何等爲十所謂觀一切法無常一切法苦一切法空一切法無我一切法無作一切法無味一切法不如名一切法無處所一切法離分別一切法無堅實是爲十

釋中先明自分是護煩惱行後明勝進是護小乘行前中然此十無常大同三地彼論具釋引中邊釋已見問明既文義包含畧舉一兩論云命行不住總名無常此總句也然復有二一者念念無常二者一期

無常於何無常依五盛陰逼迫相故苦也瑜伽三十四云由無常行作意爲先趣入苦行由苦無所得行趣入空行空故不自在由不自在趣入無我此四即苦下四行相也五無作者但緣有故由念念無常故無造作由皆苦故無有樂味但於下苦中橫生樂想即一切世間不可樂想以彼空故萬法無體物無當名之實以無我故無有處所非在色中乃至識中無分別者觀能取也無堅實者觀所取也論云下命行即無常體不住即無常義經無作下四句從上四句次第而生由無常成無作由苦成無味由空成無體由無我成無處後二句雙結離二取也即一切下即智論第二十六十想之一也言十想者一無常二苦三無我四食不淨五一切世間不可樂六死七不淨八斷九離十盡想問涅槃比丘作無常想佛呵倒惑云何入住作無常觀答彼但得名不得其

義以無常等該涅槃故故佛呵之今但說生死故無有失問涅槃下第二依涅槃常無常對解於中有二先問答生起哀歎品中三修比丘讚無常等想中文也比丘白佛言世尊快說無常苦空無我世尊一切衆跡中象跡爲上是無常想亦復如是於諸想中最爲第一若有精勤修習之者能除一切欲界欲愛等又如秋耕爲勝等又說無我佛便讚其善修無我比丘答言我等不但修無我想亦更修習其餘諸想謂苦想無常想無我想略不說空故云三修又引醉人喩下取意引譬如醉人見日月轉衆生亦爾無常計常佛言向引醉人但知其文未知其義謂醉人見日月轉日月實不曾轉涅槃眞常而謂無常等涅槃等實不無常等謂依如來法門次第初因外道横計邪常故說無常諸觀中最二乘不曉漫該佛地雙林極唱則常等區分又無常者未會法身故苦者未得涅槃故空者無善有故無我者未得八自在故則前四句自說生死次無作等四自說涅槃常故無作樂故無味我故不如名淨故無處所然二理不偏照與之符猶懸鏡高堂萬像斯鑑又無常下

二依經正解躡前問答故致又言上以無常該於涅槃今以未會涅槃則不該矣由生死中有無常等則顯法身是常涅槃是樂善有不空自在有我八自在我者一能作小二能作大三能作輕四能作自在五能作主六能遠到七者動地八隨意所欲盡能作得廣如大論及涅槃說然以法身性出自古體無變興偏語其常涅槃寂滅故爲眞樂然空亦不淨是有爲故故涅槃云淨者諸佛菩薩正法名爲善有如來者卽是我義然別說則爾若如實言涅槃卽具四德故二十七經云所言空者不見空與不空智者見空及與不空常與無常苦之與樂我與無我空者一切生死不空者謂大涅槃乃至無我者所謂生死我者謂大涅槃釋曰其乃至字中間越二若具說云無常者所謂生死常者謂大涅槃苦者所謂生死樂者謂大涅槃故一經中廣說生死無常樂我淨涅槃有常樂我淨則知涅槃必具四德則前四句下分判經文上第一釋十句皆無常今第二釋具常無常常故無作者造作是無常因以有所作爲故名有爲有爲是無常無所作爲故名無爲無爲卽是常也有味皆苦三界之樂於下苦中橫生樂想故無味爲寂滅樂也如於名字則不自在謂小如小名不卽成大安名自在若有處所則非清淨淨無淨相方眞淨故然二理下結歎前八謂常無常等總爲二理皆不偏也明常無常我無我等皆不相離此爲所證照與之符卽是能

證然其此上本卽生公常住義中彼云夫泥洹本有不可爲無三界本無今有已有還無故不可爲有泥洹以不生滅爲實諦三界以生滅爲眞諦二理不偏名中道義彼有問云常與無常二理相反云何而爲中道不偏之理耶答二理雖殊理自相資何者因乖常故有三界無常因解無常之實性故成常智所以經引二鳥義旨在此二理不偏照與之符猶懸鏡高堂萬像斯鑑矣釋曰懸鏡高堂卽無心虛照萬像斯鑑則不揀妍媸故以絕常無常之淨心照常無常之圓理若依此釋則一切法言前四自屬有爲故涅槃云一切法者名爲生死非一切法者謂佛法僧及正解脫又云我觀諸行悉皆無常云何知耶以因緣故若一切法從緣生者則知無常是諸外道無有一法不從緣生是故無常如來虛空佛性不從因緣是故爲常今後四句亦云一切法者性淨涅槃不離一切爲無爲故旣有區分則翻八倒成八行矣又初四句則因緣生滅是無常義等次四則不生不滅是無常義故云無作五受陰洞達空無所起是苦義因起有苦起卽無起故無味也諸法畢竟無所有是空義人法二空空亦空故故不如名於我無我而不二

是無我義諸佛或說我或說於無我諸法實相中無我無非我故無處所又初四句等者第三傍淨名經約生滅無生滅釋唯就無常明義於中有二先正解初四卽因緣生滅等者等取逼迫爲苦義不淨爲空義不自在爲無我義次四句者此之一句言含總別總則該後四句別則初句無作是無常義旣無造作則無生滅此卽淨名迦旃延章迦旃延白佛言憶念昔者世尊爲諸比丘略說法要我卽於後敷演其義謂無常義苦義空義無我義寂滅義時維摩詰來謂我言唯迦旃延無以生滅心行說實相法迦旃延諸法畢竟不生不滅是無常義五受陰洞達空無所起是苦義諸法畢竟無所有是空義於我無我而不二是無我義法本不生今則無滅是寂滅義釋曰今疏文中全已用之但觀所引自分主客生公釋諸法畢竟不生不滅是無常義云無常者以事滅驗之終苟有滅始無然乎始若果然則生非定矣生不定生滅孰定哉生爲滅旣其不定眞體復何在推無在之爲非理是諸法實義實以不生不滅爲義豈非無常之所存乎故云不生不滅是無常義此則正就生滅推之卽無生滅耳又無常者乃明常無常之爲無所以無常也故不生滅是無常義五受陰者受者取也謂煩惱業因能招此陰故名受陰無因起有下釋疏就經謂從緣起故起則無起故生公云夫苦之爲事會所成也會所成者豈得有哉是以言五受陰空是苦義五受陰苦之宗也無常推生及滅事不在一又通在有漏無漏故言諸法苦卽體是無義起於內又得無漏者不以失受致苦故唯受陰而已也洞達者無常以據終驗之云畢竟耳苦以空爲其體故洞達也無所起者無常明無本之變理在於生苦言假會之法所以配起也今經云一切者各少分一切又含餘義故云一切諸法畢竟者經也人法二空空亦復空故不如名者疏會就經理也生公云惑者皆以諸法爲我之有也理旣爲苦則事不從已已苟不從則非我所保保之非我彼必非有也有是有矣而曰非有無則無也豈可有哉此爲無有無無究竟都盡乃所以爲空義也中論云諸佛說空法爲離諸有見若復見有空諸佛所不化故畢竟空耳於我無我者生公云旣理不從我爲空豈有我能制之哉則無我矣無我本無生死中我非不有佛性我也解曰此卽無我法中有眞我故不二也諸佛下引中論則二雙非也實相之中二義俱寂非有無我與我二也實相之中豈有處所故菴提遮經說不生不滅是無常義生滅却是常義等故菴提遮經下則生滅不生滅交絡而釋故彼經中文殊師利言若知諸法畢竟生滅變易無定如幻相而能隨其所宜有所說者是爲常義以諸法生不自得生滅而不自得滅

故云何無常謂若知諸法畢竟不生不滅隨如是相而能隨其所宜而有所說是無常義以諸法自在變易無定明不自得隨如是知者說爲無常義也釋曰此意正顯性相交徹二義相成生滅相盡無常卽常故不生不滅是無常義隨緣變易常卽無常卽生滅是常義也又性卽相故不生不滅是無常義相卽性故生滅是常義互奪則雙非互成則雙立雙樹中間入涅槃者卽斯意矣雙非之義次下當釋

瑜伽四十六云云何菩薩觀一切行皆是無常謂觀一切行言說自性於一切時常無所有如是諸行常不可得若得斯意則入中道

瑜伽四十六下引大論證前不生不滅是無常義正順前經亦卽是生公常之爲無乃所以無無常故卽不生不滅矣卽諸行而不可得故入中道非常非無常也

若依中邊論約三性說則初後二性不生不滅是無常義依他起性則生滅是無常義等

若依辨中邊論下則雙證前生滅不生滅皆無常義而各有所囑可知遠公釋淨名多用中邊論意意取圓成實性釋不生滅是無常義故云實相理窮名爲畢竟體寂無爲名不生不滅此不生不滅是彼無常眞實性故名無常義餘例此知則初後者遍計無可生滅故圓成體常湛然故

又無作者非常非無常故無味者非苦非樂故不如名者非空非不空言不及故無處所者非我非無我不在生死及涅槃故無分別者念想無故無堅實者實與不實相待有故

又無作下第四取涅槃雙非釋也亦有二意一者實相之中二邊斯寂如向所引中論云諸法實相中無我無非我亦應云諸法實相中無常無無常諸法實相中無苦無樂無淨不淨無空不空以破常故說於無常非謂有無常破無常故說常非謂有於常也二者非常者性微相故非無常者相微性故等思之無分別下上來四重但解前八此下二句通遣能所歷上四重皆用此二如第一重不分別無常無常無堅實也第二重不分別常無常常與無常俱無堅實常無堅者離常相故第三重不分別無生無常生滅常義無實例知第四重亦不作雙非分別未免戲論故旣離四句雙非亦無堅實亦同淨名法本不生今則無滅是寂滅義上對四句且引前四今具五矣上來所說無常之義並已具足特由此義常所聞故更引古來一兩師釋肇公云畢竟者決定之辭小乘觀法以生滅爲無常義大乘之士以不生滅爲無常義無常名同而幽致

殊絶其道虛微故非常情之所能測妙得其旨其唯淨名乎遣常故言無常非謂有無常無常常無故云畢竟不生不滅是無常義釋曰斯則美麗理但一重前已含有大乘法師云小乘以生滅爲無常謂不生滅爲常故今折彼汝見有不生滅爲常者此常還是無常故云不生不滅是無常義釋曰此則破其見常之心而有二失一者彼但説無常曾不説常何得以無常折彼常耶二者彼未知常何得言不生不滅是常義耶故非經意下四句大例同此然疏上四重解釋理無所遺尚通實教若華嚴宗一切法趣無常無常攝法無遺義理無盡方眞無常總收諸義以爲一致皆是此宗一義所收無常既爾餘句例然

佛子此菩薩應勸學十法何者爲十所謂觀察衆生界法界世界觀察地界水界火界風界觀察欲界色界無色界

後勝進中是護小乘行小乘不求種智不欲廣知故十中初三是作佛事處衆生是所度法界是能度世界是度處勝進者此皆十地論立下當廣釋大意云觀無常等煩惱不生名護煩惱行不同凡夫觀察諸界破邪顯正不墮小乘名護小乘行次四界是起見處外道計大爲諸法本小乘計大爲諸色因又成身之體次四界者總標也外道計大爲諸法本者外道有計地爲物本依地生故或事於水水能淨故或事於火火能熟故或事於風風成壞故廣如別説小乘計者地水火風即是能造色香味觸以爲所造色香非一已名爲諸況若形若顯五境五根諸色非一皆大所造也如薩婆多宗此説總造若楞伽第二大慧説四大種云何造色謂津潤妄想大種生內外水界堪能妄想大種生內外火界飄動妄想大種生內外風界斷截色妄想大種生內外地界色及虛空俱計著邪諦五陰集四大造色生彼疏解云謂見有津潤妄想大種熏成種子從此種子而生內外水界餘三例然但加經見有字耳然火能成熟故曰堪能地有形段及體堅住而可斷截故云斷截疏言又成身之體者淨名云四大合故假名爲身四大無主身亦無我等後三界是繫縛處云何觀耶一觀其相委細而知二觀其性甚深平等

何以故欲令菩薩智慧明了有所聞法即自開解不由他教故

三徵意云但總觀無常何用廣知釋意云
觀空不礙廣有知見性相兼了法智增明
故

佛子云何爲菩薩生貴住此菩薩從聖教中
生成就十法

第四生貴住自分中有五謂釋名標徵列
結也從聖教生者謂多聞熏習等流無漏
教法生其智故又下偈云佛子於法如是
觀從佛親生名佛子此約能說人也又偈
云了達諸有無所有超過彼法生法界此
約理也上三義皆能生後一義兼顯所生
之處又能說所說能詮所詮成此三異從
此三生並可尊貴從聖教生者此牒經卽釋名也謂從多聞下疏引論釋卽攝論第六云多聞熏習者謂於大乘而起多聞聞法義已熏心心法相續所依其少聞者無容得入此現觀故等流無漏者卽是能熏此是如來所流從勝流真如流此教法故名無漏教似智故名爲等流生其智故者智是所生卽第四住菩薩之智由生此智故名生貴住唯識等論大意皆同次引下文復出二能生從上三義下結其通局能生爲局兼所生處卽名爲通依能生智還住此故又能說下辨三名所以三事成於兩重能所佛爲能說教及法界皆是所說教爲能詮法界所詮要具此三生義方足故前後互出從此三生下結成生貴之名

何者爲十所謂永不退轉於諸佛所深生淨
信善觀察法了知衆生國土世界業行果報
生死涅槃是爲十

列中十事同四地十種法智但有開合耳
既從聖教生成就四智教化衆生一自住
處智不退轉故亦所生也二同敬智於佛
淨信故亦能生也三眞如智善觀察法故
亦所生處也法卽法界四分別所說智卽
餘七句謂了衆生空有佛土權實世界染
淨行業善惡果報苦樂二種生死四種涅

槃具如常釋列中十事者然三賢如次似於十地就中十住相似最多以入初賢如地修故初住似初地二住似二地乃至十住似十地故疏多引地文釋住但有開合者初二不開彼經初句云深心不退故此句自分云自住處二云於三實中生淨信畢竟不壞故即是勝進上二約德行差別今云亦能生者以上云從佛親生故下之二智約智解差別三眞如智即是證智四即教智其眞如智彼經兩句一云觀諸行生滅故二觀諸行自性無生故上句生空眞如下句法空眞如故此合爲一句善觀察法具上二觀故名爲善亦所生處者以上三義釋名中法界爲所生處即眞如故第四智中彼但有六此有七句開也句雖有七義乃略彼彼六句中一云觀世界成壞即今世界二觀因業有生即今業行果報二句三觀生死涅槃即今六七二句四觀衆生國土業故即此初二亦此合也五觀前際後際故六觀無所有盡故此之二句今文略無攝在果報生死之中故全同也今疏中觀衆生牒經空有即觀相佛土即牒經言權實者即是觀相下五例知二種生死四種涅槃下當廣說

佛子此菩薩應勸學十法何者爲十所謂了知過去未來現在一切佛法修習過去未來現在一切佛法圓滿過去未來現在一切佛法了知一切諸佛平等

後十勝進初三解了通於教理行果次三修集行法次三誓當滿果後一別了理法

何以故欲令增進於三世中心得平等有所聞法即自開解不由他教故

後徵釋意欲進後位眞俗平等故徧觀三世不殊方知平等故

佛子云何爲菩薩具足方便住此菩薩所修善根皆爲救護一切衆生饒益一切衆生安樂一切衆生哀愍一切衆生度脫一切衆生令一切衆生離諸災難令一切衆生出生死苦令一切衆生發生淨信令一切衆生悉得調伏令一切衆生咸證涅槃

第五具足方便住者自分十心亦是方便也勝進十心亦具足也今自分中即第二

住發起此心令以所修善根正向所爲例前解釋文並可見今別爲一勢謂初是總句救苦護善故云何護善一授與樂因如經饒益故二令得樂果謂安樂故三哀愍安樂不令著故四云何救苦度一切苦得解脫故何者是苦苦有二種一三災八難二二種生死云何能離一教生淨信二由淨信故授以三學令諸根煩惱皆得調伏云何得樂謂咸證涅槃究竟滅苦是眞常樂初句九字流至於此初句九字等者謂句句皆有此菩薩所修善根皆爲字

佛子此菩薩應勸學十法何者爲十所謂知衆生無邊知衆生無量知衆生無數知衆生不思議知衆生無量色知衆生不可量知衆生空知衆生無所作知衆生無所有知衆生無自性

後勝進中前六義含深廣後四唯顯甚深云何廣耶一無涯畔二無分限三離算數四言思莫儔五色類非一六非稱量盡所言深者無邊謂非有非無非斷非常故無量者常一刹那無長短故無數者非一非異不墮數故不思議者即妄即眞言語道斷心行處滅故無量色者頓現身器故不可量者出二量故後四中七爲總句人法空故此云何空八約能成非是自他共所作故九約所成內外推尋無所有故十無自性釋成上義無性故空無性故誰能作無性故無所有非斷無也又七八九是三脫門頓現身器者前約廣釋直語色類之多故云非一今約深釋藏識頓變根身器世間故爲甚深出二量者現量比量不能量故又過量無量故非是自他者中

論苦品云自作及他作共作無因作如是說諸苦於果則不然自他等義下當廣說何以故欲令其心轉復增勝無所染著有所聞法即自開解不由他教故

三徵釋意云雙明深廣性相交徹則轉復增勝形奪兩亡皆無染著成般若故

佛子云何爲菩薩正心住此菩薩聞十種法心定不動何者爲十所謂聞讚佛毀佛於佛法中心定不動聞讚法毀法於佛法中心定不動聞讚菩薩毀菩薩於佛法中心定不動聞讚菩薩毀菩薩所行法於佛法中心定不動聞說衆生有量無量於佛法中心定不動聞說衆生有垢無垢於佛法中心定不動聞說衆生易度難度於佛法中心定不動聞說法界有量無量於佛法中心定不動聞說法界有成有壞於佛法中心定不動聞說法界若有若無於佛法中心定不動是爲十

第六正心住初自分內由成就般若了法性相故皆不動名爲正心初四約所敬三寶由了法平等聲如谷響故於讚毀不生欣慼又在執應毀就理應讚故故商主天子經云無有不毀語言而能至其解脫中故又在執應毀者上約不取聲相而毀爲非今明合毀毀卻順理商主天子經者彼經云又復問文殊師利言若復有人毀汝所說彼將何去答言當向涅槃又問何緣作如是說答言一切無有不毀語言而能得至聖解脫中者所以者何其聖道中無有名字章句語言可說可示若不信者彼等當不解脫又問何緣作如是說答言不可已得解脫復得解脫也故言在執應毀因言通理言語性空即是解脫故云就理應讚也次三約所愍衆生有量無量是斷常邊菩薩不墮有垢無垢是增減邊菩薩遠離易度難度是苦樂邊菩薩不住又有垢者難無垢者易又亦反此以不發心不知

垢故名之爲無有量無量者有量無量略有二義一約豎論衆生當盡不有衆生故名爲斷若常爲衆生即墮於常二者橫論衆生無邊即墮於常定有著常故若傍有邊涯即墮於斷傍更無故定無則斷有垢則衆生界增無垢則衆生界減難度則菩薩勤苦易度即生安樂又難度常受苦易度得安樂也以不發心者是不知垢者難度則顯已發心者則知有垢故易度也如暗室中塵若有隙光則知有塵無光之處不見於塵後三約所知法界有量無量亦是斷常餘二增減已得正心故皆不動法界有量者有量故斷無量故常有成即增有壞即減若有即增若無即減又約衆生大悲大願無限量故了法界性超量非量故知法界相緣成世界說有成壞非成壞故體有相無體無相有皆自在故況並音聲性離何足動哉又約衆生者上量無量等皆悉是過但以般若正知不動今明有量無量等各有所以故皆不動悲願無限成其無量耳了法界性雙成上二故下經云法界非有量亦復非無量牟尼悉超越有量及無量既能超越故心不動知法界相下釋有成壞緣成故有成緣離故有壞緣成故無成緣壞故無壞體有相無相無下釋若有若無體有是圓成之有相無是緣成之無體無相有則緣成之體無自性故緣成之相不壞相故則二體不同實體則有妄體則無若約真俗二義別說體有相無是真如上二義體無相有是緣成上二義又體有體無皆真如上義相有相無皆緣起上二義思之可知上皆出所以故不動況並下約觀心故不動

佛子此菩薩應勸學十法何者爲十所謂一切法無相一切法無體一切法不可修一切法無所有一切法無真實一切法空一切法無性一切法如幻一切法如夢一切法無分別

後十勝進中然勸學者通聞思修偈云聽聞乃一義爾偈云聽聞者恐人引下文爲難下文云一切諸法皆無相無體性空無實如幻如夢離分別常樂聽聞如是義故云聽聞是一義耳理實應須思修無相無體等法耳　列中一自性之相不可得故二緣起想成故三圓成性淨故四能成非

有五所成無實六自性本空七空性亦離八喻上緣現九喻上想生十總離取捨出没想故此與六地取染淨法分別慢對治文多相似此與六地者彼經初二句全同但彼皆云平等耳經云一切法無相故平等無體故平等想成即體三即無生故平等謂諸入苦果虛妄分別爲本故無有生如知妄本真即圓成性今經云不可修也四即無成故平等然成則非有五即本來清淨故平等所成果法無有真實即是實性故清淨也上二三句即無染分四五二句即遣淨分六即無戲論故平等無戲論故即空七即寂靜故平等故今云無性無性故寂靜八九二喻即當彼我非有相彼有八喻今但有二而成二義然前六以無遣有此二以有遣無云我非有但無法我不壞於事如幻事等非無幻化幻化非真耳總離等者即今經無有分別彼經云有無不二故平等即雙遣有無故無分別而上疏云總離取捨出没想故者取捨即論經別句第六無取捨故平等云出没即是論釋論云六遣出没故釋曰出没取捨皆分別故今既遣之故無分別然彼句當寂靜之後前來未用留此說之即與論經前後不同唯一句耳亦由有此故云多同言染淨者由彼五地觀苦集是染滅道是淨今深般若故能治之

何以故欲令其心轉復增進得不退轉無生法忍有所聞法即自開解不由他教故三徵釋云此如順忍欲進後位不退忍故此如順忍者十地配五忍四五六地配於順忍七八九地配無生忍無生忍者即不退忍故次疏云然此位中已入無生

佛子云何爲菩薩不退住此菩薩聞十種法堅固不退何者爲十所謂聞有佛無佛於佛法中心不退轉聞有法無法於佛法中心不退轉聞有菩薩無菩薩於佛法中心不退轉聞有菩薩行無菩薩行於佛法中心不退轉聞有菩薩修行出離修行不出離於佛法中心不退轉聞過去有佛過去無佛於佛法中心不退轉聞未來有佛未來無佛於佛法中心不退轉聞現在有佛現在無佛於佛法中心不退轉聞佛智有盡佛智無盡於佛法中

心不退轉聞三世一相三世非一相於佛法中心不退轉是爲十

第七不退住自分十中初三三寶次二别顯前法次三别明初佛後二約佛境智通佛法也而十皆言不退轉者大同前位然此位中已入無生知所聞法畢竟空故又前位會事入理令心不動今此事理雙現而心不退後位從理向事唯隨事行轉純熟故是故前位於三寶等但聞讚毁忍之尚易今聞有無利害轉深成忍則難故過前位又前言不動但能正心令云不退有進趣義又權實方便皆悉通達有無等言皆有在故佛則色相虛無應機爲有法則離相離性不壞相性菩薩同佛令云不退者不退有二一已得不退即前心定不動二未得不退即令此位念念進入則是不退又權實

下此中通有四義對前正心以釋不退上三義對前了法平等聲如谷響故此下一義對前在執應毁就理應讚故云有無等言皆有在故佛則色相下出有在之相

次二中約事行爲有入理行爲無出離有二一約自行義同前文有垢無垢亦約事理二就化他悲故不出由智故出出離有二者即前正心住中衆生有垢無垢上有二義有垢則難度等亦約事理者事則有出理則無出次下三句亦論有無何異初句初句邪見爲無正信言有此三亦非正見雖許有佛不徧三世或言過去入滅是故非有未來未成安得爲有現在生界未盡佛願未滿令有佛者皆應現耳俱有可知令知其謬說爲無正說爲有雖許有佛者疏中先併出三世無後俱有可知者即併舉三世有既言不遍三世則諸計不同或言過現有未來無或言過現無未來有等故云不遍現在生界下辨現在無佛義此師計云一切如來因地發願度盡衆生生界不盡不取正覺現見衆生沉淪九有故知諸佛未合有成成則違誓

也今有佛者下通妨難難云若爾今十方世界諸佛出現何得言無答云皆是菩薩應成佛耳此師之計最爲孟浪謗無諸佛理實難容若爾云何通於違誓之義古有多釋一云本擬度生未期成佛積行淳著行催自成如撥火杖本欲燒草不欲燒杖撥草既多任運燒盡故三論師詺爲不自在佛不欲成佛而自成故有云成佛若不化生可違本誓成竟亦化豈違本誓難云化生之義雖許得存盡竟方成其義何在豈得不違如實義者諸佛皆有悲智二門以大悲故窮未來際無成佛時故菩薩闡提不成佛也以大智故念念速成又欲化盡諸衆生界自須速成方能廣化不懼違誓盡則竟成言又了衆生之本如故化而無化是則常成亦常不成亦常化生而常無化悲智自在何局執耶此乃傍來亦是人情好難問故今許三世皆悉有佛故下結云謬說爲無正說爲有

後二句中初智後境佛智有盡等者一豎約智體以盡智故名爲有盡窮未來故名爲無盡又若入永滅則名爲盡不永滅度是爲無盡約從修生則名爲盡即同無爲故名無盡二橫就所知謂法無盡故智亦無盡以無盡智稱無盡法則名爲盡故法華云唯佛與佛乃能究盡諸法實相智度論云如函大蓋亦大還將無盡之智知無盡法是故如來名一切智今菩薩窮究知依豎義半了半不了知依橫義二俱是了

佛智有盡下此亦常人之所好難就豎約智體中自有三義初約體相說言盡智者諸惑都亡諸相皆寂故名盡智智體湛然盡未來際體不可亡故名無盡二約權實說三約修生本有說含兩宗義修生名盡約刹那盡即法相宗若無盡者即無一刹那屬法性宗並如玄中二橫就所知者一稱理無盡二無法不窮故名爲盡下引法華第一智論第三無論釋佛是一切智人彼先難云一所知處無量故無一切智人答云智亦無量如函大蓋亦大是一切智人函喻所知蓋喻能知今菩薩下結成邪正言知依豎義下總相而言盡皆不了無盡皆了若別說者三釋之中初一皆了二中言永盡滅是邪是權言不永滅是正是實三中依權宗實則盡爲不了不盡爲了若約當宗隨宜之說二俱是了

又相待說有盡無盡就理而言並非二相後一就境約性一相約相非一知其隨說皆非徧知

佛子此菩薩應勸學十種廣大法何者爲十所謂說一即多說多即一文隨於義義隨於文非有即有有即非有無相即相相即無相無性即性性即無性

後勝進中十事五對此大同地中樂無作行對治發起十種殊勝行由此知其事理無礙至地則得權實雙行此大同地者即是七地由六地般若常樂無作令起十行以爲能治法之有本不得不知全引彼文恐成繁長要自尋檢初一多對總含三義一約權實於一佛乘說無量故雖有衆多皆佛因故二約事理理能成事說一即多事能顯理說多即一三約事事無礙有同體異體義如上說於一佛乘說無量故此對即法華第一中意故經云諸佛以方便力於一佛乘分別說三又云吾從成佛已來種種因緣種種譬喻無量方便引導衆生即從本流末雖有衆多者即攝末歸本故從經中三世諸佛皆云以無量無數方便演說諸法是法皆爲一佛乘故第三云汝等所行是菩薩道又云究竟至於一切種智故皆佛因是知依實開權說一即多會權歸實說多即一二文義對文隨於義轉變密意故即如初句一言隨於多義義隨於文顯了直說故即下三對但顯事理一無礙義若望下偈云如是一切展轉成則文義亦通事事無礙轉變密意者即文同義異也如一名四實九義瞿聲如一無常之言小乘即以生滅爲義大乘即以不生不滅而爲其義在遍計性則無可常在依他性即說生滅在圓成性則以轉變染淨爲義故云轉變言密意者則如前引攝論之中以異言詞說異法等言即如初句下即指初句爲文隨於義一多言同而有三義故義隨於文下釋後句也顯了對上密意直說對上轉變即下三對者明下三對唯是義隨於文但得釋爲事理無礙不得通於事事無礙及約權實如初句故若望下偈云下重會前義前中文隨於義但約所詮有事事無礙未明文望於義相望無礙由文成義則文有力全攝於義由義成文則義有力全攝於文等故成事事無礙也以下偈云知一即多多即一文隨於義義隨文於是一切展轉成此不退人應爲說即其文也

三徧計理無情有

無二四依他幻相性空無二五圓成性空與不空二如不異三遍計者疏有兩重第一別約三性以明事理若法相宗遍計依他所明二義唯約於事圓成二義方是於理今法性宗遍計理無依他無性即是於理非有即有是理徹於事有即非有即事徹於理等其圓成二義即就理上自論無礙第三無性對於圓成亦然揀非事事無礙及權實等故上三對但顯事理無礙又上三中皆以三性三無性相即準思又上三下第二重釋則初二對以遍計依他為事二無性為理事理交徹非有即有者相無自性性即遍計所執有即非有者遍計所執即相無性次對例知三如前釋

大方廣佛華嚴經疏鈔會本第十六之五

音釋

逼迫　逼必歷切驅也迫博陌切窘也　涯畔　涯宜皆切畔薄半切邊際也

撥　北末切般入聲拔開又轉之也

大方廣佛華嚴經疏鈔會本第十六之六

唐于闐國三藏沙門實叉難陀　譯

唐清涼山大華嚴寺沙門澄觀撰述

何以故欲令增進於一切法善能出離有所聞法即自開解不由他教故

二徵釋中善能出離者不沉沒於事理成後位自在也

佛子云何爲菩薩童眞住此菩薩住十種業何者爲十所謂身行無失語行無失意行無失隨意受生知衆生種種欲知衆生種種解知衆生種種界知衆生種種業知世界成壞神足自在所行無礙是爲十

第八童眞住自分中初三三業無失永離習氣唯佛得之任運無功在於八地此中多同八地能行無漏故得無失無十不善失亦無錯謬失此三自行亦爲化體餘皆利他初一能化身頓悟菩薩隨願受生貴在利人不揀淨穢漸悟地前許受變易意生身故次四以能化智知所化境即十力智之四智也次一化處後一化法正化永離

習氣者即十八不共中之三也如淨行品無十不善失者此是過失之失下錯謬者誤失之失頓悟菩薩者此法性宗若法相宗頓悟八地方受變易漸悟初地許受變易意生身者如迴向說即十力者解與樂欲本是一故開即爲二

佛子此菩薩應勸學十種法何者爲十所謂知一切佛刹動一切佛刹持一切佛刹觀一切佛刹詣一切佛刹遊行無數世界領受無數佛法現變化自在身出廣大徧滿音一刹那中承事供養無數諸佛

後明勝進是不動行初六於刹自在後四三業自在此同八地若色若土皆自在故

初一總知分齊次二作用持兼願力四十眼智觀五有佛便詣六游以化生後四中一意二身三語四通三業此同八地者八地得色自在一身多身等十自在有淨土分何以故欲令增進於一切法能得善巧有所聞法即自開解不由他教故

下徵釋意爲得善巧入於後位辯才自在故

佛子云何爲菩薩法王子住此菩薩善知十種法何者爲十所謂善知諸衆生受生善知諸煩惱現起善知習氣相續善知所行方便善知無量法善解諸威儀善知世界差別善知前際後際事善知演說世諦善知演說第一義諦是爲十

第九王子住初自分十中一知六趣四生受報差別又知九種命終心受生差別故又知九種者即俱舍第三三界命終各起三界心故如欲界命終三者一還起欲界心二起色界心三起無色界心餘二界命終起三類耳二知現行煩惱三知種等相續非如現行有間斷故習氣有四如九地說習氣有四者一田習氣二果習氣三道習氣四餘殘習氣四知諸乘作業所入法門及善巧故上四多同九地十種稠林彼據入地尤多細密故名稠林此但云知上四多同者初一攝二謂一衆生字即第一衆生心稠林二受生字即第九受生稠林二煩惱現起即彼第二煩惱稠林三習氣相續攝二稠林一習氣即是種子即當第八隨眠稠林二即第十習氣稠林四所行方便攝六稠林一攝第三業二攝第四根三攝第五解四攝第六性五攝第七樂欲六攝第十一三聚差別以三聚林依根解性樂欲說故釋中略已含具謂諸乘即根解性欲作業即業所入法門亦即三聚及善巧故者即此經方便所攝六林皆是涉事爲方便故五知法藥是智成就義知法藥者即彼經云佛子菩薩摩訶薩住此善慧地如實知善不善無記法行有漏無漏法行

世間出世間法行思議不思議法行定不定法行聲聞獨覺法行菩薩法行如來地法行有爲無爲法行故令云無量法也六知法師軌儀知法師者即口業成就中具說之德故經云爲大法師具法師行論說二十法師是知化處即法師自在成就中說成就經云處於法座爲演說法於大千界滿中衆生隨其心樂差別爲說是也七知所化處八知化時隨根生熟不差失故知化時者亦即說成就亦最初經云住此地已了知衆生諸行差別教化調伏令得解脫等是後二依二諦說皆說成就也後二依二諦者即口業得四十無礙辯才不出二諦故彼文云詞無礙智以世智差別說樂說無礙智以第一義智善巧說等中論云諸佛依二諦爲衆生說法

佛子此菩薩應勸學十種法何者爲十所謂法王處善巧法王處軌度法王處宮殿法王處趣入法王處觀察法王灌頂法王力持法王無畏法王宴寢法王讚歎

後勝進十法皆言法王者既言王子倣佛之儀合子法度而言處者即是位也如世王子之於父王令對辯之一善巧者言辭安立及諸伎藝悅可王心令此菩薩學佛法王說法言辭安立權實善巧方便以悅佛心二軌度軌謂坐立動中規矩容止可觀度謂升降出入往來進退可度此明無虧戒行住佛威儀也三宮殿者父王在宮即行子禮父王處殿即行臣禮若處涅槃正殿即令萬行歸宗若處慈悲宮室則子愛含識四趣入者趣者就也謂澤及萬人入者收也謂庭來萬國菩薩則無機不就無德不收五觀察者入則觀父王察其聲色出則觀羣臣知其賢愚菩薩入則觀佛教理出則審機可否菩薩入下佛合上父教合前聲色合前理顯然可見故可化曰賢不可化如愚六灌頂者一地有文出現法喻雙辨

七力持者聚人則以財爲力慎危則以戒爲力降怨則以忍爲力廣業則以勤爲力定亂則以靜爲力謀安則以智爲力固衆則以仁爲力制敵則以衆爲力菩薩六度四等萬行總持皆力義也持財以儉持衆以信持安以不憍持力以不奢餘可類取皆能持也菩薩六度者次第合上施合聚人以財尸羅合慎危以戒乃至般若合智四等合仁慈傷不殺以爲仁故萬行總持合上制敵以衆持財以儉者上來釋力以下釋持略舉其四儉則財不散故不可貪也無信於物人皆遠之故信及豚魚況於人乎大車無輗小車無軏其何以行之哉故可去食去兵不可去信持安以不憍者在上不憍高而不危則長守富貴斯則安矣故百姓者水聖人者舟水能載舟亦能覆舟是故不可不慎危也若人奢侈則力竭也八無畏者爲上無亢則無憂悔之畏節儉財色則無病畏居上不憍則無亡畏爲下不亂則無刑畏在醜不爭則無兵畏三不備者永無死畏菩薩修行離老病死五種怖畏得十無畏爲上勿亢者易乾卦云上九亢龍有悔亢極則憂悔至焉桀紂是也在醜而諍則兵醜者背也類也九宴寢者晝無故不內宴夜無故不外寢宴於側室寢於正處菩薩入定同佛不過明以躭其味不昏沉以滯於境無幽不得其味正定不易其心菩薩入定者合上晝無故不內宴晝宴則躭其味明合上晝過明者慧增定少也言不昏沉以滯於境者合上夜無故不外寢昏沉合夜滯境合外寢無幽不得其味合宴於側室正定不易其心合寢於正處十讚歎者樂則歌讚苦則哀歎讚音宜和樂歎音宜哀思其情切其辭文菩薩應仰讚佛德哀歎衆生情詣於理使令欣猒情詣於理下合讚音宜和樂歎音宜哀思合哀即哀合樂即樂是詣理也使其欣猒有二義一成上猒其哀欣其樂猒生死苦欣涅槃樂二者合上其情切其辭文文故可欣切故可猒何以故欲令增進心無障礙有所聞法即自

開解不由他教故

二徵釋云欲令增進得於後位無礙智故

佛子云何爲菩薩灌頂住此菩薩得成就十種智何者爲十所謂震動無數世界照曜無數世界住持無數世界往詣無數世界嚴淨無數世界開示無數衆生觀察無數衆生知無數衆生根令無數衆生趣入令無數衆生調伏是爲十

第十灌頂住文亦分二先徵後釋釋中亦二先自分後勝進前中二初有十句所成德用後有十句讚勝難測以位終故加此一段前中前五了世界無礙智後五成就衆生無礙智以智度滿故多同大盡分智成就説多同大盡分者大盡分則第十地八分之中第四分此分有五種大一智大二解脱大三三昧大四陀羅尼大五神通大今經前五即神通兼解脱大即作用解脱故後五攝餘三大多同智大故智成就説

佛子此菩薩身及身業神通變現過去智未來智現在智成就佛土心境界智境界皆不可知乃至法王子菩薩亦不能知

後十讚勝及後勝進皆是神通有上無上分中義皆是神通者即第六分其勝進十法即彼經云佛子此菩薩摩訶薩已能安住如是智慧諸佛世尊復更爲説三世法界差別智徧一切世界智照一切世界智慈念一切衆生智舉要言之乃至爲説得一切智智今讚勝中前四即業自在不可知一身二身用三十通四通用後六心智自在不可知初三即三達圓明智四知器世間自在智五定心所現之境六大智所知之境並深廣故下位不知

佛子此菩薩應勸學諸佛十種智

後勝進中三初標即學佛一切智一切種

智以當位滿灌頂成佛以攝諸位皆此中具故如法界品海幢處說玄中廣明何者爲十所謂三世智佛法智法界無礙智法界無邊智充滿一切世界智普照一切世界智住持一切世界智知一切衆生智知一切法智知無邊諸佛智

二徵列中一學佛三達智此是總句二佛法智者覺法自性善出現儀三事理無礙四事法橫廣五大用周徧六身智光照七神力持令不壞法力持令進善八窮盡所化九知化法十了化主

何以故欲令增長一切種智有所聞法即自開解不由他教故

三徵釋成十勝智復更學者爲欲成佛種智位故然上所釋大依十地

爾時佛神力故十方各一萬佛剎微塵數世界六種震動所謂動徧動等徧動起徧起等徧起踊徧踊等徧踊震徧震等徧震吼徧吼等徧吼擊徧擊等徧擊雨天妙華天末香天華鬘天雜香天寶衣天寶雲天莊嚴具天諸音樂不鼓自鳴放天光明及妙音聲如此四天下須彌山頂帝釋殿上說十住法現諸神變十方所有一切世界悉亦如是

第六顯實證成分中二先現瑞顯實後菩薩證成前中先世界有動地雨供一萬佛剎猶劣行故後如此下結通

又以佛神力故十方各過一萬佛剎微塵數世界有十佛剎微塵數菩薩來詣於此充滿十方

二又以下菩薩證成於中二初能證現前

作如是言善哉善哉佛子善說此法

二作如是下發言讚述於中四一讚其所說

我等諸人同名法慧所從來國同名法雲彼土如來皆名妙法我等佛所亦說十住衆會眷屬文句義理悉亦如是無有增減

二我等下舉同顯證此有四同一能說人二所說處三者會主四所說法初後與此同中二但彼同者法慧表解不可不同法若不同豈名爲證中二異此者表人異道同處殊法一方表通方之說成證義也若亦同此將謂餘異名界佛不同說也若爾何故同名法雲妙法不多舉耶爲有表故謂所說法該於十地故非麤淺故就所說中衆會約人眷屬兼法文句義理主伴皆同也

佛子我等承佛神力來入此會爲汝作證

三佛子下舉因結成

如於此會十方所有一切世界悉亦如是

四如於此下結通廣徧謂非唯來此爲汝作證於餘處證亦同證此彌顯所說是通方也此是彼菩薩結通不俟經家結通也問此經何要十方同說答引攝之教隨機不一諸方有殊圓實之教法爾常規故十方同說十方如來同一道故三賢十聖無異路故（問此經下料揀於中有三初問法同何要此彼同說十住那不或有國土說一乘或有國土說二三等）問說此經處何要徧於十方答能詮如所詮故所詮義理無不周故表位優劣證有多少據其所說無處不該（問說此經下第二問處遍上約所說之法同此明所說之處遍又前明彼此同）

說今明一說卽遍有云此上瑞應證成應在偈後有四因故一未說偈經猶未了不應先瑞先證二瑞證本爲證經既不證偈則偈應非經三證辭不應云文句無有增減四若許瑞證合在頌前頌中應頌二分假使梵本如此譯者卽合廻文此乃靜法佳判令爲一救理或可通爲欲表說證同時故然文不累書編之作次若全居末則似說竟方證若更居初未說復何所證故置於散說偈文之際深有以焉諸會文同皆倣此釋有云此上下三辯文次卽刊定難經

爾時法慧菩薩承佛威力觀察十方曁于法界而說頌曰

見最勝智微妙身　相好端嚴皆具足

如是尊重甚難遇　菩薩勇猛初發心

見無等比大神通　聞說記心及教誡

諸趣衆生無量苦　菩薩以此初發心

聞諸如來普勝尊　一切功德皆成就

譬如虛空不分別　菩薩以此初發心

第七重頌分中總有一百頌分二初九十一頌正顯前法後如是十住下九頌結歎勸修前中十住卽爲十段初住中有四十六頌文分爲四初三頌頌發心緣次三十二頌緣境發心次十頌勝進所學後一總結令初尊重卽前衆生樂見第三偈卽廣大法

三世因果名爲處　我等自性爲非處

欲悉了知眞實義　菩薩以此初發心

過去未來現在世　所有一切善惡業

欲悉了知無不盡　菩薩以此初發心

諸禪解脫及三昧雜染清淨無量種欲悉了
知入住出菩薩以此初發心
隨諸衆生根利鈍如是種種精進力欲悉了
達分別知菩薩以此初發心
一切衆生種種解心所好樂各差別如是無
量欲悉知菩薩以此初發心
衆生諸界各差別一切世間無有量欲悉了
知其體性菩薩以此初發心
一切有爲諸行道一一皆有所至處悉欲了
知其實性菩薩以此初發心
一切世界諸衆生隨業漂流無蹔息欲得天
眼皆明見菩薩以此初發心
過去世中曾所有如是體性如是相欲悉了
知其宿住菩薩以此初發心
一切衆生諸結惑相續現起及習氣欲悉了
知究竟盡菩薩以此初發心
二中分二初十頌緣十力發心一頌一力
初中謂以因感果斯爲是處從我心冥性
等生無有是處餘文可見
隨諸衆生所安立種種談論語言道如其世
諦悉欲知菩薩以此初發心
二二十二頌別顯所求長行結前生後云
求一切智今偈略顯一切智相此二十二
頌一頌一智或有闕智了等言者蓋文略
耳今以類例相從攝爲十智初一俗諦智
一切諸法離言說性空寂滅無所作欲悉明
達此眞義菩薩以此初發心
次一眞諦智
欲悉震動十方國傾覆一切諸大海具足諸
佛大神通菩薩以此初發心

三一偈神通智
欲一毛孔放光明普照十方無量土一一光
中覺一切菩薩以此初發心
欲以難思諸佛刹悉置掌中而不動了知一
切如幻化菩薩以此初發心
欲以無量刹衆生置一毛端不迫隘悉知無
人無有我菩薩以此初發心
欲以一毛滴海水一切大海悉令竭而悉分
別知其數菩薩以此初發心
不可思議諸國土盡抹爲塵無遺者欲悉分
別知其數菩薩以此初發心
四五頌解脱智
過去未來無量劫一切世間成壞相欲悉了
達窮其際菩薩以此初發心
五過去下一頌劫刹智

三世所有諸如來一切獨覺及聲聞欲知其
法盡無餘菩薩以此初發心
六一頌三乘智
無量無邊諸世界欲以一毛悉稱舉如其體
相悉了知菩薩以此初發心
無量無數輪圍山欲令悉入毛孔中如其大
小皆得知菩薩以此初發心
七有七頌三密智謂二頌身密
欲以寂靜一妙音普應十方隨類演如是皆
令淨明了菩薩以此初發心
一切衆生語言法一言演說無不盡悉欲了
知其自性菩薩以此初發心
世間言音靡不作悉令其解證寂滅欲得如
是妙舌根菩薩以此初發心
三頌語密

欲使十方諸世界有成壞相皆得見而悉知
從分別生菩薩以此初發心
一切十方諸世界無量如來悉充滿欲悉了
知彼佛法菩薩以此初發心
二頌意密
種種變化無量身一切世界微塵等欲悉了
達從心起菩薩以此初發心
八一頌唯心智
過去未來現在世無量無數諸如來欲於一
念悉了知菩薩以此初發心
欲具演說一句法阿僧祇劫無有盡而令文
義各不同菩薩以此初發心
十方一切諸衆生隨其流轉生滅相欲於一
念皆明達菩薩以此初發心
九過去下三頌一多無礙智

欲以身語及意業普詣十方無所礙了知三
世皆空寂菩薩以此初發心
十有一頌權實雙行智
菩薩如是發心已應令往詣十方國恭敬供
養諸如來以此使其無退轉
菩薩勇猛求佛道住於生死不疲厭爲彼稱
歎使順行如是令其無退轉
十方世界無量刹悉在其中作尊主爲諸菩
薩如是說以此令其無退轉
最勝最上最第一甚深微妙清淨法勸諸菩
薩說與人如是教令離煩惱
一切世間無與等不可傾動摧伏處爲彼菩
薩常稱讚如是教令不退轉
佛是世間大力主具足一切諸功德令諸菩
薩住是中以此教爲勝丈夫

無量無邊諸佛所悉得往詣而親近常爲諸佛所攝受如是教令不退轉

所有寂靜諸三昧悉皆演暢無有餘爲彼菩薩如是說以此令其不退轉

摧滅諸有生死輪轉於清淨妙法輪一切世間無所着爲諸菩薩如是說

一切衆生隨惡道無量重苦所纏迫與作救護歸依處爲諸菩薩如是說

三菩薩如是下十頌頌勝進十法一頌一法皆言令其不退轉者顯勸學之意也不退有三一位不退七住已上二證不退初地已上三念不退八地已去今此近希位不退故（偈中一位不退者初一不退爲二乘二已得不退三未得不退）若約圓教當位從信入住得位不退初發心時成正覺故

此是菩薩發心住一向志求無上道如我所說教誨法一切諸佛亦如是

四一頌總結亦是引證

第二治地住菩薩應當發起如是心十方一切諸衆生願使悉順如來教

利益大悲安樂心安住憐愍攝受心守護衆生同已心師心及以導師心

第二住五頌初二頌自分

已住如是勝妙心次令誦習求多聞常樂寂靜正思惟親近一切善知識

發言和悅離麤獷言必知時無所畏了達於義如法行遠離愚迷心不動

次二頌勝進

此是初學菩提行能行此行眞佛子我今說彼所應行如是佛子應勤學

後一頌結說

第三菩薩修行住當依佛教勤觀察諸法無常苦及空無有我人無動作

一切諸法不可樂無如名字無處所無所分別無眞實如是觀者名菩薩

第三住五頌前二頌自分

次令觀察衆生界及以勸觀於法界世界差別盡無餘於彼咸應勸觀察

十方世界及虛空所有地水與火風欲界色界無色界悉勸觀察咸令盡

觀察彼界各差別及其體性咸究竟得如是教勸修行此則名爲眞佛子

後三頌勝進

第四生貴住菩薩從諸聖教而出生了達諸有無所有超過彼法生法界

信佛堅固不可壞觀法寂滅心安住隨諸衆生悉了知體性虛妄無眞實

世間剎土業及報生死涅槃悉如是佛子於法如是觀從佛親生名佛子

第四住六頌初三自分

過去未來現在世其中所有諸佛法了知積集及圓滿如是修學令究竟

三世一切諸如來能隨觀察悉平等種種差別不可得如是觀者達三世

次二勝進

如我稱揚讚歎者此是四住諸功德若能依法勤修行速成無上佛菩提

後一結歎

從此第五諸菩薩說名具足方便住深入無量巧方便發生究竟功德業

菩薩所修衆福德皆爲救護諸羣生專心利
益與安樂一向哀愍令度脱
爲一切世除衆難引出諸有令歡喜一一調
伏無所遺皆令具德向涅槃
第五住五頌初三頌自分
一切衆生無有邊無量無數不思議及以不
可稱量等聽受如來如是法
次一頌勝進
此第五住眞佛子成就方便度衆生一切功
德大智尊以如是法而開示
後一結歎
第六正心圓滿住於法自性無迷惑正念思
惟離分別一切天人莫能動
聞讃毁佛與佛法菩薩及以所行行衆生有
量若無量有垢無垢難易度

法界大小及成壞若有若無心不動過去未
來今現在諦念思惟恒決定
第六住四頌初三自分於中後半頌是顯
不動之意
一切諸法皆無相無體無性空無實如幻如
夢離分別常樂聽聞如是義
二一頌勝進
第七不退轉菩薩於佛及法菩薩行若有若
無出不出雖聞是説無退動
過去未來現在世一切諸佛有以無佛智有
盡或無盡三世一相種種相
第七住四頌初二自分
一即是多多即一文隨於義義隨文如是一
切展轉成此不退人應爲説
若法有相及無相若法有性及無性種種差

別互相屬此人聞已得究竟
後二勝進
第八菩薩童眞住身語意行皆具足一切清
淨無諸失隨意受生得自在
知諸衆生心所樂種種意解各差別及其所
有一切法十方國土成壞相
逮得速疾妙神通一切處中隨念往於諸佛
所聽聞法讚歎修行無懈倦
第八住五頌初三自分
了知一切諸佛國震動加持亦觀察超過佛
土不可量遊行世界無邊數
阿僧祇法悉諮問所欲受身皆自在言音善
巧靡不充諸佛無數咸承事
後二勝進
第九菩薩王子住能見衆生受生別煩惱現
習靡不知所行方便皆善了
諸法各異威儀別世界不同前後際如其世
俗第一義悉善了知無有餘
第九住五頌初二自分
法王善巧安立處隨其處所所有法法王宮
殿若趣入及以於中所觀見
法王所有灌頂法神力加持無怯畏宴寢宮
室及歎譽以此教詔法王子
如是爲說靡不盡而令其心無所著於此了
知修正念一切諸佛現其前
後三勝進
第十灌頂眞佛子成滿最上第一法十方無
數諸世界悉能震動光普照
住持往詣亦無餘清淨莊嚴皆具足開示衆
生無有數觀察知根悉能盡

發心調伏亦無邊咸令趣向大菩提一切法
界咸觀察十方國土皆往詣
第十住六頌初四自分於中三頌頌所成
德用
其中身及身所作神通變現難可測三世佛
土諸境界乃至王子無能了
一頌頌讚勝難測
一切見者三世智於諸佛法明了智法界無
礙無邊智充滿一切世界智
照曜世界住持智了知衆生諸法智及知正
覺無邊智如來爲說咸令盡
後二頌勝進
如是十住諸菩薩皆從如來法化生隨其所
有功德行一切天人莫能測
第二大段結歎勸修九頌分三初一頌總

歎十住
過去未來現在世發心求佛無有邊十方國
土皆充滿莫不當成一切智
一切國土無邊際世界衆生法亦然惑業心
樂各差別依彼而發菩提意
始求佛道一念心世間衆生及二乘斯等尚
亦不能知何況所餘功德行
十方所有諸世界能以一毛悉稱舉彼人能
知此佛子趣向如來智慧行
十方所有諸大海悉以毛端滴令盡彼人能
知此佛子一念所修功德行
一切世界抹爲塵悉能分別知其數如是之
人乃能見此諸菩薩所行道
次六別歎發心住
去來現在十方佛一切獨覺及聲聞悉以種

種妙辯才開示初發菩提心
發心功德不可量充滿一切衆生界衆智共
說無能盡何況所餘諸妙行
後二結歎初心況出修行十住位竟

大方廣佛華嚴經疏鈔會本第十六之六

音釋

逮 度耐切音代及也　暨于 暨其冀切及也　迫隘 迫博陌切狹也隘烏廨切陋也　諮 卽夷切訪問也　譽 羊茹切稱美也

大方廣佛華嚴經疏鈔會本第十七之一

唐于闐國三藏沙門實叉難陀譯

唐清涼山大華嚴寺沙門澄觀撰述

梵行品第十六

四門之中初來意有六一前是正位今辨位中之行故次來也一前是正位者初一行位相對前雖有行意在位故二前明諸位別行今辨諸位通行二通別相對如前初住自分但明緣境發心勝進但明勤供養佛樂住生死等二住自分但於衆生起利益大悲等十心勝進但明讀習多聞虛閑寂靜等則十住所修一一不同今此梵行十住通修故三前通道俗今別顯出家所行三道俗相對以文云一切世界諸菩薩衆依如來教染衣出家答中廣明受隨戒等前之十住不揀道俗也四前明隨相差別今顯會緣入實四隨相實相對言隨相者即如前別行行既不同即是隨相今此觀意於身無所取於修無所著乃至受無相法觀無相法知一切法即心自性等故五爲顯入住之因謂自他二種梵行淨故則入初住也五即因果相對以問云云何而得梵行清淨從菩薩位逮於無上菩提之道初菩薩位即十住位也以說位竟恐物尋因故令修此如先知滅後示道故六別顯初住成佛則類前諸位位成佛不由他悟之相也具上諸意有此品來六標釋相對即總釋前義謂前一一位末皆云欲令菩薩有所聞法即自開解不由他教此但總標故今釋云與此觀行相應即得初心成佛知一切法即心自性成就慧身不由他悟二釋名者梵是西域之音具云勃嚂摩此翻爲淨揀上淨行立梵行名離染中極故名爲梵即梵爲行故名梵行持業釋也亦有云眞境爲梵智契爲行或涅槃爲梵修因爲行此二依主釋二釋名者若譯就此方應名淨行爲揀前故此存梵音二真境爲梵約因中釋三涅槃爲梵約因果對釋並可知也梵行以何爲體體略有三一者即戒戒能防非故得稱梵二者四等三者是慧涅槃五行中梵行即四無量亦七善知

今此品中具含三義言涅槃五行者即涅槃十一聖行品謂一聖行二梵行三天行四嬰兒行五病行即四無量等者經具此二古德出體亦用此二其梵行品在十五經四無量義次下自明亦七善知者經云善男子云何爲菩薩摩訶薩梵行善男子菩薩摩訶薩住於大乘大般涅槃住七善法得具梵行何等爲七一者知法二者知義三知時四知足五知自六知衆七知尊卑彼文廣釋今當畧示知法謂知十二部經知義謂一切文字語言善知其義知時謂如是時中堪修靜慮如是時中堪修精進等知足謂飲食衣服藥等知自者謂我有如是信戒等知衆謂刹利婆羅門等知尊卑云善男子有二種人一者信二者不信菩薩當知信者是善不信者不名爲善信復二種一者往諸僧坊二者不往往諸者善不往諸者不名爲善如是禮拜聽法志心思義如說修行求聲聞乘廻向大乘展轉皆同初二故後結云廻向大乘最上最善不出尊卑之名意云善者爲尊不善者爲卑則後後尊於前前耳然此三各二戒有二者一隨相二離相今文即相無相依如來教染衣出家乞食正命是隨相也於修無所著則戒相如虛空即離相也四等二者一有緣二無緣

生緣法緣皆名爲有今即緣無緣觀察衆生而不捨離是有緣也了知境界如幻如夢即無緣也慧有二者一有分別二無分別今即分別是無分別謂於十法一一推徵是分別也觀無相法了知平等離念契玄即無分別也上三中二義各初義通凡小後義唯大乘此二不二爲實教梵行若一行具一切佛法方是華嚴之梵行也梵即是淨但以性淨故即行淨行淨故則智慧淨智慧淨故則心淨心淨故一切功德淨乃至成佛功歸於行故云淨行梵即是淨下第三結成本名此用淨名經勢會通異釋皆爲總意前釋名中有其三釋今云梵即是淨者是前總釋持業受名但以性下會取上二性淨即前真境爲梵真境既是淨行之因不得行外說淨淨即行矣又云行淨即智慧淨者行淨即是智慧之因不可獨以智爲行也智淨即心淨者亦不但以真境而爲淨也心淨即一切功德淨者

會前涅槃爲淨修因爲行因亦淨矣乃至成佛功歸於行者歸淨行矣既涅槃果由淨行成何得偏言涅槃爲淨是知行即淨矣言以淨名勢者彼經云是故寶積隨其直心則能發行乃至云隨說法淨則智慧淨隨智慧淨則其心淨隨其心淨則一切功德淨即其文也文勢已知何以性淨則得行淨等謂稱理起行行成智立由智立故見心本淨心爲其主何德不成故相由矣

然前信中之淨隨事造修悲智兼導至此純熟了心自性悲智無二故小有不同

三宗趣者即以悲智無二事理雙修觀行爲宗疾滿一切佛法爲趣

爾時正念天子白法慧菩薩言

第四釋文文分爲二先問後答今初亦二先叙問答之人正念天子問者天淨也表所問事理染相絶故梵依天行而得成故念與無念二而不二爲正念也法慧答者表巧慧窮法梵依大行者涅槃天行經文不釋指在華嚴古人出體亦

有一義一指八禪二即淨天淨天即第一義天見第一義梵行成矣故依天行得成

佛子一切世界諸菩薩衆依如來教染衣出家云何而得梵行清淨從菩薩位逮於無上菩提之道

後佛子下正顯問端於中先舉所問境次云何下述所問相問相有二一問行淨所因謂隨相持戒之梵行云何得離相之清淨故不應言淨劣梵也二從菩薩下問因所得果故不應言下此揀異釋異釋云淨行品劣故名淨行十住明梵明知勝也故今彈云云何而得梵行清淨梵行是其所淨何得勝於淨耶

法慧菩薩言佛子菩薩摩訶薩修梵行時應以十法而爲所緣作意觀察所謂身身業語語業意意業佛法僧戒應如是觀爲身是梵行耶乃至戒是梵行耶

第二法慧下答答前二問即爲二別先答

行淨所因後若諸菩薩下答因所成果斯即觀成利益也今初分二先明自行清淨即離相之戒成後復應修習下明利他之行淨即無緣之四等二種智慧通在兩文爲能淨故前中分四一總示所應二所謂下列名略釋三若身是下廣陳修相四如是觀已下顯觀成相今初作意者不墮無記故觀察者以慧推求故二中初列十法即列上所緣之境後應如是觀下釋上作意觀察所以唯令觀十法者一爲成圓數二梵行緣體不離此十謂身口意三是行所依處三業行因三寶行緣戒爲行體問以善三業歸於三寶得受隨戒何要觀耶答若不觀察取相堅持同權小故見戒從緣起心持戒爲迷倒故云何觀耶廣在下文今略釋之意云十中隨一若是餘九即非明假衆緣以顯無性況十中各十一一推徵相盡理現名眞梵行

若身是梵行者當知梵行則爲非善則爲非法則爲渾濁則爲臭惡則爲不淨則爲可厭則爲違逆則爲雜染則爲死屍則爲蟲聚

第三廣陳修相即尋伺觀也所觀十法即爲十段前六通染是故但約染淨相違名非梵行亦不析破彼法自體後四唯淨順於梵行故分析體空何有梵行十中各先總牒觀境後以十事徵顯其非今初身具中一非善者身通不善體非順理梵行善性體能順理二法旣殊明身非梵行梵行何在他皆倣此當知梵行之言貫通諸句二體是無記非可軌法三飮食資成四自

相臭惡五自性不淨六種子住處等皆悉可猒七四蛇違反八業惑所依故九是身無知又要當死究竟不淨故十八萬戶蟲戶有九億全以蟲聚成其身故身通不善者五陰成身行陰廣攝言體非順理者順理生心名為善故二體是無記者色是報色故為無記四自相麁惡者此中示五不淨即智論云行者依淨戒住一心行精進觀五種不淨相一種子不淨謂攬父母精血業因識種以成身分故二住處不淨於母胎中生藏之下熟藏之上故三自體不淨謂三十六物以成身故四自相不淨亦名外相不淨謂九孔常流眼出眵淚耳出結聹鼻中流涕口出涎唾大小便道常出不淨五究竟不淨氣絶已後膖脹麁爛甚可惡今疏已闇配種子住處等者然五不淨皆悉可厭以上配自性自相下配究竟故牒此二等取餘三言皆可猒者智論五皆有偈結之一種子偈云是身種不淨非餘妙寶物不由白淨生但從穢道出二住處偈云是身為臭穢不從華間生亦不從瞻蔔又不出寶山三自性偈云地水火風質能變成不淨傾海洗此身不能令香潔四外相偈云種種不淨物充滿於身中常流出不止如漏囊盛物五究竟偈云審諦觀此身必歸於死處難御無反復背恩如小兒結

云行人修此觀成破淨倒想故知五種皆可猒也八萬戶蟲者諸經多說下十藏品自有明文觀佛三昧海經觀相品云云何菩薩降魔時白毫相光乃至云魔有三女至菩薩所白菩薩言我是天女盛美無比今以微身奉上太子供給左右可備掃灑太子寂然身心不動以白毫擬之令三天女自見身內膿囊涕唾九孔筋脈一切根本大腸小腸生藏熟藏於其中間迴伏宛轉蹋生諸蟲其數滿足有八萬戶戶有九億諸小蟲等遊戲之時走入小腸皆有四口張口向上大蟲遊戲入大腸中從腸中出復入胃中復生四蟲如四蛇合上下同時啑食諸藏滓晝汁出入眼為淚入鼻為涕聚口成唾放口成涎薄皮厚皮筋髓諸脉悉生諸蟲細於秋毫衆數甚多不可具說其女見此即便嘔吐從口而出無有窮晝全以蟲成者即大婆沙中說人身內並是蟲聚蟲頭在內食人所食蟲尾在外辦作人皮故今此梵行體是可執性能澄淨芬馨清潔賢聖所欣順法順教體無雜染與智相應衆善集成彼豈當是於十事求梵行叵得當知梵行離相離性下九準之今此梵行等者總明上身十事非梵行義一一別配體是可執對上非法澄淨對上渾濁餘文可知

若身業是梵行者梵行則是行住坐卧左右顧視屈伸俯仰

二身業者身之作用名爲身業語意亦然十中四儀無記餘六通善惡故非梵行身之作用下俱舍業品頌云世別由業生思及思所作思即是意業所作謂身語廣如九地說

若語是梵行者梵行則是音聲風息脣舌喉吻吐納抑縱高低清濁

三語具十事初一語體次五語緣謂風觸七處而出於聲此略無齒輪牙齒後吐納等四是辨語相十事望業皆是語體此唯無記故非梵行謂風觸七處者即智論第七云如人欲語時口中有風名優陀那還入至臍即有響出響出之時觸七處過名生語言如有偈說風名優陀那觸臍而上去是風七處觸項及齗齒脣舌咽及以胷是中言語生愚人不解此惑著起嗔癡然楞伽第二第三皆有其文第二云佛告大慧頭胷喉鼻脣舌齗齒和合出聲釋曰此有八處加鼻一種鼻塞語雖小擁而亦得語故論畧無第三中說但有七事經言云何語謂言字妄想和合語依咽喉脣舌齒齗頰輔因彼我言說妄想習氣是名爲語釋曰於前八中畧無頭胷鼻而加頰輔言字妄想者顯言空故次經即云大慧云何爲離一切妄想言說相大慧菩薩於如是義獨一靜處聞思修慧緣自覺了向涅槃城習氣身轉變巳自覺境界觀地地中間勝進義相是名菩薩摩訶薩善義釋曰此即下觀破意

若語業是梵行者梵行則是起居問訊略說廣說喻說直說讚說毀說安立說隨俗說顯了說

四語業十事通善惡故亦非梵行安立說者謂假施設隨俗說者隨世名言餘可思準

若意是梵行者梵行則應是覺是觀是分別是種種分別是憶念是種種憶念是思惟是種種思惟是幻術是眠夢

第五觀意十事覺是尋求觀是伺察覺麤觀細是不定法五觀意者然此意具即是意根有說即第七識唯緣內門不得有夢等若金光明經意根分別一切諸法即許外緣故海東曉公立外緣義又案嚴經云如蛇有二頭各別爲其業故或云即第六識無間滅意今正當此隨轉理門就他宗說覺是尋求觀是伺察者舊名覺觀新譯爲尋伺疏用俱舍等釋尋

伺言以解覺觀唯識論云尋謂尋求令心怱遽於意言境麤轉爲性伺謂伺察令心怱遽於意言境細轉爲性皆以思慧而爲其性唯識論云並用思慧一分爲體於意言境不深推度及深推度義類分別若離思慧尋伺二種體類差別不可得故此二俱以安不安住身心分位所依爲業彼疏釋云身心若安尋伺二種徐緩爲業身心不安忩遽爲業又云或思名安徐而細故思量性故慧名不安急而麤故揀擇性故身心前後有安不安皆依尋伺故名所依是不定法者出總體相唯識論云不定謂悔眠尋伺二各二釋相如前

言分別者以慧揀擇三分別中是自性分別七分別中任運分別種種分別者三中隨念計度故七中餘六謂有相無相尋求伺察染污不染污故三分別者

即雜集第二云有三分別謂自性分別隨念分別計度分別其種種分別以配餘二言自性分別者謂於現在所受諸行自相行分別隨念分別者謂於昔所曾受諸行追念行分別計度分別者於去來今不現現見事思擇行分別七分別者論云復有七種分別謂於所緣任運分別有相分別無相分別尋求分別伺察分別染汙分別不染汙分別初分別者謂五識身如所緣相無異分別於自境界任運轉故有相分

別者謂自性隨念二種分別取過現境種種相故無相分別者謂希求未來境行分別所餘分別皆用計度分別以爲自性所分以者何以思度故或時尋求或時伺察或時染汙或則不染汙種種分別故瑜伽云尋求分別者謂於諸法觀察尋求所起分別伺察分別者謂於已所尋求已所觀察伺察安立起分別故染汙分別者謂於過去顧戀俱行於未來希下俱行於現在執著俱行所有分別若欲分別若恚分別若害分別或隨與一煩惱隨煩惱相應所起分別不染汙分別者若善無記謂出離分別無恚分別不害分別或隨與一信等善法相應或威儀路功巧處諸變化所有分別釋曰雜集後四相隱故引瑜伽釋之今但云分別即是初一種種分別即是餘六對疏可知

憶念者追憶曾習唯緣過去思惟者以慧籌度通去來今並有一多各成二種

上六皆別境攝上六皆別境攝者別境有五一欲二勝解三念四定五慧下當頻釋種種憶念義兼惡作幻術通思通念眠是不定意識亦行但取境昧略輕眠有夢亦通善惡覺之勢故種種憶念者即上引唯識偈云不定謂悔眠尋伺二各二是釋曰初二字標位總名論云悔眠尋伺於善染等皆不定故非如觸等定遍心故非如欲等定遍地故立不定名次五字分別名字悔謂惡作悔所作故追悔為性障止為業此即於果假立因名先惡所作業後方追悔故悔先所作亦惡作攝如追悔言我先不作如是事業是名惡作釋曰此有二意一悔先作惡二悔先不作善既追善惡即種種憶念攝二各二之三字釋不定義下長行釋云應言二者顯二種二一謂悔眠二謂尋伺此二二種種類各別故一二言顯二二種眠是不定者即上論長行云眠謂睡眠令身不自在昧畧為性障觀為業謂睡眠位身不自在心極暗劣一門轉故昧揀在定畧別悟時令顯睡眠非無體用有無心位假立此名如餘蓋纏心相應故釋曰謂睡眠位下釋上不自在言謂令身不自在坐亦睡眠故他搖動時亦不覺等故此令心極暗昧輕畧為性不能明利沉審故也意識亦行即是論中一門轉故顯五識不行定心一境畧而不昧故云昧揀在定悟廣緣境不得稱畧故云畧別悟時故眠有二顯有別體必依於心而五無心一熟眠者假立為眠非實眠者眠必與心而相應故如餘蓋等言輕眠有夢者揀異熟眠得顯此眠是不定攝通善惡故夢有善惡故此十是心所不離心故同名意也徵破準前此十是心所下謂既釋於意意是心王而說所者所不離王故又五蘊中除其色聲意業攝故

若意業是梵行者當知梵行則是思想寒熱飢渴苦樂憂喜

第六觀意業十事皆意之用故名為業約徧行五徵之一思二想次四是觸後四是受作意一種總徧十段故前云作意觀察即上四段亦各一蘊約遍行者唯識第五云謂觸作意受想思一切心中定可得故名為遍行又具四一切故謂遍一切三性二遍九地三遍一切有心時四遍一切位謂隨何位心所故言觸和合勝論列在初瑜伽等作意在初作意者謂能警心為性於所緣境引心為業謂此警覺應起心種引令趣境故名作意雖此亦能引起心所心是主故但說引心作即是意持業釋也或作俱時意鄰近為

勝云何爲觸觸謂三和分別變異令心心所觸境爲性受想思等所依爲業謂根境識互相隨順故名三和觸依彼生令彼和合故說爲彼三和合位皆有順生心所功能說名變異觸似彼起故名分別根變異力引觸起時緣彼識境故集論等但說分別根之變異和合一切心心所令同觸受境是觸之性既似順起心所功能故以受等所依爲業云何爲受謂領納順違俱非境相爲性起愛爲業能起合離非二欲故云何爲想想謂於境取像爲性施設種種名言爲業謂要安立境分齊相方能隨起種種名言云何爲思思謂令心造作爲性於善品等役心爲業謂能取境正因等相驅役自心令造善等此後四種並無六釋釋曰以名多同於遍行故作意觀察遍於十叟順論先釋即上四段亦各是一蘊者即向遍行五也約經而言思即行蘊想即想蘊寒熱飢渴是十一觸屬於色蘊苦等受蘊作意亦行然觸通身心上約寒等必與心俱故屬遍行今約身觸故屬於色若爾身觸在五識地今何在意答有三義故一由相應義謂意識與五有同緣境故二由意識用强有彼同分緣故三由意識於極樂地有樂觸故於極苦趣有意苦故上寒熱準知上三義中前二約觸後一兼明於受寒是冷觸熱即火大能造觸也俱舍亦說此之四觸亦是心所論云食欲名飢煖欲名冷飲欲名渴彼疏釋云冷飢渴三是觸家果而非是觸今言觸者從果爲

名故論云此皆因立果稱釋曰煖欲名冷者熱準於冷冷熱相翻義亦有欲故此四種皆爲意業後四是受者即若樂憂喜然聖教說受開合不同或總名受即遍行數或分爲三謂苦樂捨唯識論云領順境相適悅身心名爲樂受領違境相逼迫身心說名苦受領中容境相於身於心非逼非悅名不苦不樂受或分爲五謂苦樂憂喜捨唯識論云諸適悅受五識相應但名爲樂意識相應若在欲界初二靜慮近分名喜但悅心故若在初二靜慮根本名樂名喜悅身心故若在第三靜慮近分根本名樂安靜尤重無分別故諸逼迫受五識相應但名爲苦意識俱者有義唯憂逼迫心故有義通二人天中者但名爲憂非尤重故傍生鬼趣名憂名苦雜受純受有輕有重故捺落迦中唯名爲苦純受尤重無分別故三中苦樂各分二者論云適悅身心相各異故由無分別有分別故尤重輕微有差別故四不苦不樂不分二者論云非通非悅相無興故

此中思等與意何別但思等心所有二義故一扶持心王屬前所攝二依心起用屬此位收故多從受境以辨若欲破者既約徧行通於三性故非梵行餘準前知此中思等下問答揀濫先問以前意中有覺觀思惟此中亦有思想等故

但思等下答答意云思等有二一約體則扶心王同爲業具二約用與王相應同作業故言故多從受境以辨者釋此爲業之由謂業中十句想即取境寒等觸境苦等受境皆約境也則此中思即審慮決定前雖有覺觀思惟多直語心故意業十中思即意業能造業故想是意之加行令意成業根本故次四觸數識合根境由業引故後四受數亦由業引故此上皆業眷屬成唯識云業之眷屬亦立業名即其義也若欲破可知

若佛是梵行者爲色是佛耶受是佛耶想是佛耶行是佛耶識是佛耶爲相是佛耶好是佛耶神通是佛耶業行是佛耶果報是佛耶

第七觀佛十事觀於三身若依小乘初五法身以無漏戒等及眷屬無漏五蘊爲法身故次二報身以三祇百劫所修萬行感相等故次一化身神通化現故業行通爲三身之因果報通語三身之果若依大乘前八皆是化身後一報身業行通語二身之因涅槃是果離繫果故菩提是報報本顯故以無漏戒等者等取定慧解脫解脫知見此從已轉受名廣如十藏品言及眷屬無漏五蘊者即色受等前無漏戒雖轉五成而各取一以爲其主故今辨定慧等同時心心所爲眷屬五蘊以三祇等者三祇修成法身百劫修成三十二相八十種好次一神通化現即是化身義兼萬類之化若依大乘唯說二身法身即是微破所顯故

今一一推徵若一是佛餘者應非一一皆佛則有多佛和合成佛則無自性今一一推徵者疏文有四一正破以一異門破後和合成下因緣門破故中論云非陰不離陰此彼不相在如來不有陰何處有如來陰合爲如來則無有自性進退推求佛體寂滅故中論下二引證具證二義先證一異初會已釋今疏文有當重畧釋言非陰者即陰不是如來陰生滅故不離陰者亦無如來無相知故此彼不相在者三如來不在陰中四陰不在如來中此二皆由不異故五陰屬如來謂陰如童僕故云如來不有陰何處有如來結破也陰合下證上因緣門謂若緣合方生即無自性故進退推求者離陰別求爲退即陰合求爲進並皆不

可故知體寂尚非是有豈當是無邪見深厚者則說無如來諸法性空中思惟亦不可尚非是有者第三遮難難云若爾應無如來便墮斷見故今遮云邪見有二謂有爲淺謂無爲深破汝淺邪何墮深塹皆中論文並如上引是知眞佛旣超心境依斯成行行豈相耶是知眞佛下第四結成法身顯矣

大方廣佛華嚴經疏鈔會本第十七之一

音釋

嚂呼覽切　臰尺救切惡氣也　齗魚斤切齒根肉也　虵音蛇毒虫也　喉吻喉音候咽喉也吻武粉切口吻也　眵抽知切音痴目汁凝也　聹乃挺切音⿰寧頁耳垢又平音寧　膖脹上披江切音滂下知亮切音障脹滿　唼作荅切音帀又音歃鳧雁聚食　辮婢免切音辯交也繆也

大方廣佛華嚴經疏鈔會本第十七之三

唐于闐國三藏沙門實叉難陀　譯
唐清涼山大華嚴寺沙門澄觀撰述

若法是梵行者爲寂滅是法耶涅槃是法耶不生是法耶不起是法耶不可說是法耶無分別是法耶無所行是法耶不合集是法耶不隨順是法耶無所得是法耶

第八觀法但有八句者應梵本脫漏豈餘九皆十此獨八耶若約有所表者表除九十八使故加十總觀破百八煩惱故

然法有教理行果今就後三畧能詮故八中初一理法次一果法餘六通三約理可知約行者謂不善不生妄想不起言語道斷智無分別定無行處如智兩眞此六究竟即是果相不善不生者約理則法本不生約行則無不善可生故淨名經云不善不生善法不滅餘義可知今推徵云若一是法餘則應非一一皆爾若謂總是則和合不實隨得一法即應得餘和合而成則無和合若以無合而爲法者無合之法豈當有耶又此舉法皆舉寂滅不生等者欲明一一自虛法即非法梵行何從今推徵下後明觀相亦是一異因緣門破若以無合下遮救救云卽此無合是眞法矣故今答云豈當有耶後又此舉下就文顯意

若僧是梵行者爲預流向是僧耶預流果是僧耶一來向是僧耶一來果是僧耶不還向是僧耶不還果是僧耶阿羅漢向是僧耶阿羅漢果是僧耶三明是僧耶六通是僧耶

第九觀僧十事前八約人後二就德且依小說言預流者始超凡地預聖流故一來者修惑未盡一度來生欲界中故不還者

欲界惑盡更不還來生欲界故阿羅漢者此有三義一名殺賊已斷一切諸煩惱故二名不生三界之生永已盡故三名爲應應受人天大供養故有四向者向於果故謂斷三界見惑有十六心至第十五道類忍時名初果向至第十六即入修道名須陀洹果欲界修惑分爲九品斷至五二向斷六一來果斷七或八品名第三果向九品全斷盡即得不還果次斷上二界修惑乃至有頂八品惑盡名阿羅漢向三界見修都盡得阿羅漢果今此欲明梵行粗陳名目若廣引婆沙俱舍雜集瑜伽則清淨梵行有累名數力有餘者付在說時且依小說者大乘亦有四果故言預流者俱舍云諸無漏道總名爲流初預此流故名預流謂斷見道煩惱盡忍智具足故一來者欲界九品煩惱能潤七生已斷六故次下當知

謂斷三界見惑者不同修惑分三界別一時斷故言十六心者即苦法忍苦法智苦類忍苦類智集法忍集法智集類忍集類智滅法忍滅法智滅類忍滅類智道法忍道法智道類忍道類智爲十六心謂觀欲界苦有苦法忍法智觀上二界名苦類忍類智餘三亦然故有十六夫言見道見未曾見道類忍中已見上苦故第十六不名見道便入修道廣說其相如迴向品欲界修惑者亦俱舍文合其二處偈文一云依十五心位建立衆聖者具修惑斷一至五向初果斷次三向二斷八地向三次論云次依修道類智時建立衆聖有差別者頌曰至第十六心隨三向住果上皆二十三論此下第二十四論云已辨住果未斷修惑名爲預流生極七返今次應辨斷位衆聖且應建立一來向果頌曰斷欲三四品三二生家家斷至五二向斷六一來果釋曰初二句明家家謂預流進斷修惑若三緣具轉名家家一由斷欲修惑三四品故二由成無漏根故三由更受三二生故頌中略無成根之言以理合有略故不說若斷三品名受三生若斷四品名受二生謂九品惑能潤七生且上上品惑能潤兩生上中上下中上各潤一生中中中下共潤一生下三品惑共潤一生既上三品能潤四生故斷上三四生已損名受三生更斷中上一品復損一生故斷四品總損五生但受二生故云三二生家家也所以無斷一二品惑名家家者以得初果起大加行

必無斷二不斷第三有死生者亦無斷五生家家者由斷第六卽證一來無一品惑能障於果故若無一品能障果者何以有斷八品未斷第九而有死生答第九一品一者斷竟得果二者復起欲界故此第九能障於果六不超界故不障果言家家者家不一故家家有二一天家家或於欲天受三二生二人家家卽於人中受三二生後證圓寂故已釋上半下半明其向果既斷六品得於一來故斷下五名趣向第二論次名不還云斷七或八品一生名一間此卽第三向斷九不還果釋曰有三緣具名爲一間上之二句卽是二緣更有第三得無漏根以爲能治易故不說同前家家以下三品共潤一生故斷七八餘第九在亦有一生而爲間隔故名一間有一品惑不證不還有一生在不證圓寂皆名一間卽此一問是不還向九品全斷更不還來生於欲界成不還果羅漢向果在文可知今此欲明下明不廣之由

此中觀意謂僧名和合而有八輩一若是僧餘則應非又一一別辨則無衆義集此無衆豈成衆耶況於入流無所入等以無爲法而有差別則其體自虛此中觀意辨作意觀察就因緣門明無性性空況於入流無所入等者上總集八輩以明性空今明一一皆不可得卽金剛般

若經意彼經佛問須菩提云須菩提於意云何須陀洹能作是念我得須陀洹果不須菩提言不也世尊下三果皆倣此問答何以故須陀洹名爲入流而無所入不入聲色香味觸法是名須陀洹二問斯陀含答云何以故斯陀含名一往來而實無往來是名斯陀含三問阿那含答云阿那含名爲不來而實無不來是名阿那含四問阿羅漢答云實無有法名阿羅漢世尊若阿羅漢作是念我得阿羅漢道卽爲著我人衆生壽者世尊佛說我得無諍三昧人中最爲第一是第一離欲阿羅漢我不作是念我是第一離欲阿羅漢世尊我若作是念我得阿羅漢道世尊則不說須菩提是樂阿蘭那行者以須菩提實無所行而名須菩提是樂阿蘭那行釋曰此是第五勝中無慢住處中文明四果人已捨慢故此中大意皆明四聖心離見慢契第一義故不生心念矣初果初入聖流不入塵境方名入流若念得果入法塵矣故不入塵則無念矣下三果例知今疏意云合於八輩已顯僧寶性空況一一無念契眞何有僧可依也以無爲法而有差別亦是彼經次前之文經云須菩提於意云何如來得阿耨多羅三藐三菩提耶如來有所說法耶須菩提言如我解佛所說義無有定法名阿耨多羅三藐三菩提亦無有定法如來可說何以故如來所說法皆不可取不可說非法非非法所以者何一切賢聖皆以無爲法而有差別釋曰今但用後釋文前之一段

亦可證後觀法故具引之謂一切聖人由證無爲有淺深故而有差別別同無爲卽無差矣無爲之中何有八輩凡聖相耶故皆契性空矣上一段經卽證得法身住處文中智相證得法身文也後二就德德若是僧何須八輩離法無人離人無法一一窮究爲僧者誰僧體既虛梵行安寄

若戒是梵行者爲壇場是戒耶問清淨是戒耶教威儀是戒耶三說羯磨是戒耶和尚是戒耶阿闍黎是戒耶剃髮是戒耶著袈裟衣是戒耶乞食是戒耶正命是戒耶

第十觀戒戒爲行體亦賴衆緣從緣成戒戒性如空起心持者是謂迷倒無善無威儀不雜二乘心是名持淨戒此戒乃名真梵行也第十觀戒文三初總明上來九門結觀於後獨今此段先明實觀戒性如空者卽法句經六度皆有偈文布施云說諸布施福於中三事空究竟不可得施福如野馬戒云若說諸持戒無善無威儀戒性如虛空持者爲迷倒忍云若見嗔恚者以忍爲䩭鞅知嗔等陽焰忍亦無所忍精進云若說諸精進爲增上慢說無增上慢者無善無精進若起精進心是妄非精進若能心不妄精進無有涯定云若學諸三昧是動非坐禪心隨境界流云何名爲定般若云森羅及萬像一法之所印云何一法中而生種種見一亦不爲一爲欲破諸數淺智之所聞見一以爲一結云若有聞斯法常修寂滅行知行亦寂滅是則菩提道釋曰今疏釋戒但用戒文而離破倒餘者乃義引不雜二乘心者卽涅槃文是名持淨戒等總結上文也　其中十事前八是受後二是隨受中壇場得戒之處問淨教儀並教授師三說羯磨即得戒法和尚得戒根本阿闍黎者正即二師義兼七證剃髮著衣是戒外相隨中乞食四依之一正命謂離四邪五邪乞食四依者一長乞食二糞掃衣三冢間樹下坐四食腐爛藥亦名四聖種智論七十二云又受戒法盡形壽著衲衣乞食樹下住服弊棄藥於四種中頭陀已攝三事若俱舍正理婆沙前三所得食衣卧具喜足爲三四依有無藥乃加藥斷藥修聖種所以不同者智論意顯古先四聖種卽是四依婆沙等依新論師除藥加第四以前三爲道資緣四爲道

體性言聖種者謂善故無漏故名聖即此能生諸功德法相續不斷故名爲種故云乞食即四中之一言四邪者智論第四釋比丘名乞士清淨活命故名乞士如經中說舍利弗入城乞食得已坐食有梵志名淨目問言汝食耶答言食淨目言下口食耶答言不仰口食耶答曰不方口食耶答曰不維口食耶答曰不淨目言食有四種我今問汝汝皆言不我今不解汝當爲說云何下口食舍利弗言有出家人合藥種穀植樹等不淨活命者是名下口食觀視星宿日月風雨雷電霹靂不淨活命者是名仰口食曲媚豪勢通使四方巧言多求不淨活命是名方口食學種種呪術卜筭吉凶小術不正名維口食我不墮是四食中我用清淨乞食活命淨目聞已歡喜信解舍利弗因爲說法得須陀洹五邪者即智論二十二已見淨行品今更重舉一者爲利養故詐現異相奇特二者爲利養故自說功德三者爲利養故占相吉凶及爲人說四者爲利養故高聲現威令人畏敬五者爲利養故稱說自己所得利養以動人心邪因緣活命故爲邪命若依菩薩戒類例上文具如善戒經及彌勒菩薩所造受菩薩戒羯磨所辨此上十境正約菩薩傍兼聲聞設依小受修觀則爲菩薩即如此方又善戒

經欲受菩薩戒皆先具受前之三戒故所觀境通於大小其能觀智唯實教大乘若依菩薩下第三料揀前列十事參大小乘此方菩薩律儀闕故於中有四一總引二文彰大小異彌勒羯磨唯請一師須歸三寶別有羯文等此上十境下次出對會所以以西天大小抗行寺居不雜是故結云即如此方也謂依小乘受行大乘行又善戒經下三正示大小二相不同言先受前之三戒者彼經第五菩薩戒品云在家出家戒有三種一者戒二者受善法戒三者爲利衆生故行釋曰此即三聚也次云云何名戒所謂七衆戒比丘比丘尼式叉摩那沙彌沙彌尼優婆塞優婆夷菩薩摩訶薩若欲受持菩薩戒者先當淨心受七種戒七種戒者是淨心趣菩薩戒如世間人欲請於王先當淨治所居室宅是七種戒俱是在家出家菩薩所受菩薩戒者亦復如是俱是在家出家菩薩所受釋曰上語七衆通於男女等今辨三戒唯約比丘謂五戒十戒二百五十此三以爲菩薩戒前之方便也彼經云若言不具優婆塞戒得沙彌戒無有是處不具沙彌戒得比丘戒亦無有是處不具如是三種戒得菩薩戒亦無是處譬如重樓四級乃至不從三級至第四者無有是處釋曰以此故須先受三也故所觀境下四結成本義所觀通大小者依菩薩受亦是所觀依小乘受亦是

上來尋伺觀竟所觀能觀智唯實教六乘者即相同性離相戒故

如是觀已於身無所取於修無所著於法無所住過去已滅未來未至現在空寂無作業者無受報者此世不移動彼世不改變

第四如是觀下辨觀成之相望前尋伺即爲觀益望後得正覺果此但如實觀成文分爲三初約所觀十境如實觀成二此中何法下約所成梵行如實觀成三如是觀察下結成梵行清淨之相第四如是下即如實觀成此有二意今從後意標名言望前尋伺即爲觀益者前來作意觀察十境故爲尋伺即念想觀猶未除故今念想觀除即爲前觀今之益義同四加行中四尋伺四如實也

初有十句初六句明三輪清淨觀一不取能持戒衆生言身兼口意也二不著所修行事三不住於戒法亦即是事亦通不住前法次三句以三時門明不住持戒時兼釋上不取等言三世推求不可得故已滅未至空理易明現在多滯偏語空寂以刹那不住過未分之故空寂也初六句者具離三輪然准瑜伽第六六度各有三輪不同施三輪者一施者二受者三施物今皆離之戒離三輪者離衆生事時分別忍離三輪者離自他過失分別進離三輪者離境界衆生高下事用分別定離三輪者離境界衆生惑分別般若離三輪者離境界智衆生分別今言六句明三者一即離衆生二三皆離事亦通不住等者以第三句通不住前衆生及事不住即離故次三句三時門通是離時耳兼釋上等者即以三時釋上三句不取等者等取不著不住以刹那者刹那生時未生即未已生即過故云已未分之影公云如疾炎過鋒奔流逕刃刃上一毫亦有二分故無現在故空寂也次二句明二空觀成作受者人業報是法後二句以不還理釋成因果空義此世不移動謂不從今至後彼世不改變謂不從後至今是爲因自昔滅無力感果果不俱因無力

酬因何有報受以物各性住性本空故二後
句者即肇公不遷論意問明已用今復用
之疏文有四一標二此世下用論釋經論
云是爲昔物自在昔不從今以至昔今物
自在今不從昔以至今故仲尼曰回也見
新交臂非故如斯則物不相往來明矣三
是爲下以論意出經意四以物下釋不遷
所以上句即肇論所以後性本空故疏出
所以亦是論意如下云旣無往返之微朕
復何物而動哉又云是以言常而不住稱
去而不遷不遷故雖往而常靜不住故雖
靜而常往雖靜而常往故往而不遷雖往
而常靜故住而不留矣斯則即動即靜之
義故前標云必求靜於諸動故雖動而常
靜但以正釋即言物各性住則唯前意斯
則假其性住
破其遷流耳
此中何法名爲梵行梵行從何處來誰之所
有體爲是誰由誰而作爲是有爲是無爲是
色爲非色爲是受爲非受爲是想爲非想爲
是行爲非行爲是識爲非識
二約所成梵行如實觀成者有十一句初
句總顯無名十已空故餘句爲別一不從
十生二非屬身等皆十已空故上二句約
緣以徵次二句就體以徵初句明離前十
外無別無作戒體十外有體不假前十次
句亦無有作作之受隨前已空故次句雙
非顯中無性防非故
次五句約五陰有二意一就戒體有說無
作戒體體即是色有說非色非心五蘊之
內初一是色後四是心今言爲是色者顯
非是色以其所立無表依表生表色無表
色今明觀意表色尚空何有無表爲非色
者顯非非色也從色生於戒尚不名爲色
從色生於戒豈是非色耶言爲是識者意
顯非心若言是心者一切皆有心應常有
梵行是知非心也若言非心木石應梵行
是知非非心也若言非色非心行蘊攝者

但是行蘊應皆名戒二就修行梵行之人不離五蘊若即蘊者有蘊皆梵行若離蘊者豈是我梵行故後結云皆不可得

有說無作等者即薩婆多宗也有說非色非心者即曇無德宗依成實論立今言爲是色者其爲是之言此徵辭也故雙徵云爲是色爲非色徵此二法俱不可得應假答云亦是色亦非色今疏離斯二句便破兩宗上句破有宗下句破德宗今初顯非色正破色也以其所立者即出有宗所立色爲戒體文也然俱舍界品立有無表色有三師義一雜心師云表色有變礙無表隨彼亦受色名如樹動時影必隨動論主難云此釋不然無變礙故又表滅時無表應滅如樹滅時影必隨滅二云有釋所依大種變礙故無表業亦名爲色即有宗義若爾所依有變礙故眼識等五亦應名色此難不齊無表依上大種轉時如影依樹光依珠寶眼識等五依眼等根則不如是唯能爲作助生緣故意云不應以眼等爲增上緣之跡依難親緣故也論主又破云以影依樹光依寶言且非符順毗婆沙義彼宗影等顯色極微各自依止四大種故論主又縱破云設許影光依止樹寶而無表色不同表依彼許所依大種雖滅而無表色不隨滅故三復有別釋彼所難言眼識等五所依不定或有變礙謂眼等根或無變礙謂無間意無表所依則不如是故前所難定爲不齊變礙名色理得成就此即論主成第二師故名第三釋曰上來三義但是二意以其第三成第二故雖有二義並依色成無表色義故涅槃云善提王子意疑比丘善心受戒至惡無記應名失戒故經問云若有比丘護持禁戒若發惡心當知是時失比丘戒佛言戒有七種從於身口有無作色以是無作色因緣故其心雖在惡無記中不名失戒猶名持戒以何因緣名無作色非異色因不作異色因果釋曰此有兩重問答之意前答不失戒因無表故後非異色因下自釋無表得色名由言非異色因者明以色爲因不是異色之外別物爲因言不作異色因果者明作色果也不作異色之外別物之果既以色爲因與色作果故無表戒得成色也若將此文釋不失戒則成不知問答之本餘諸異義恐繁且止今明觀意者但取彼立無表是色而爲所破而不尅定彼無表色義若取文同即雜心義不同俱舍彼破立義不正今破遣相顯理爲非色者破德宗意彼立意云非變礙故不可爲色非慮知故不可名心即非色非心心不相應行攝破意可知

如是觀察梵行法不可得故三世法皆空寂故意無取著故心無障礙故所行無二故方

便自在故受無相法故觀無相法故知佛法平等故具一切佛法故如是名爲清淨梵行

第三結成梵行清淨之相以無得故文有十一句初句爲總次九句別顯無得一由上三世皆空故二由於身無所取於修無所著故三言心無障礙者即前於法無所住故如風行空無有礙故四作受二念不現行故五雖空不礙涉有故六七涉有不迷於空故受觀無相受謂忍可於心觀謂起用於境八結歸平等大般若曼殊室利分云我不見有一法非佛法者故無法不等九一收一切方顯具德圓融末後一句總以結酬由上義故名淨梵行上辨自利行淨竟雖空不下此釋方便自在卽顯雖無持犯而七支皎淨三業無瑕攝善利人無不爲矣以前觀空非斷滅故我不見有一法下前已曾引謂不毀不持法界平等由此該融故有第九一具一切也

復應修習十種法何者爲十所謂處非處智過現未來業報智諸禪解脫三昧智諸根勝劣智種種解智種種界智一切至處道智天眼無礙智宿命無礙智永斷習氣智

第二復應下明利他行淨文分爲二初觀深智即利他之方後慈念衆生成無緣四等是則自利利他上求下化皆具足也今初文三初舉法應修謂梵行體也緣體究然一心湛寂梵行用也不思不造萬行沸騰故不但心觀圓明復應廣集佛智二何者下徵起別列可知

於如來十力一一觀察一一力中有無量義悉應諮問

三於如來下結勸廣學

聞已應起大慈悲心觀察衆生而不捨離思惟諸法無有休息行無上業不求果報了知境界如幻如夢如影如響亦如變化

第二聞已下慈念衆生成無緣四等文有四句一雙起慈悲如憤母隨子二思惟藥病成大法喜三即行無求以成大捨四智了諸境導成無緣此中五喻廣如十忍然釋有通別通則可知幻似有不實故似有故假不實故空此二不二成中道智如夢者虚妄見故如影者從業緣現故如響者屬諸因緣故如變化者須叟變滅故若如是了境即終日化而無化亦爲衆生說如斯法是謂利他梵行清淨也此中五喻者文顯指十忍闇用淨名文並可知

若諸菩薩能與如是觀行相應於諸法中不生二解一切佛法疾得現前初發心時即得阿耨多羅三藐三菩提知一切法即心自性成就慧身不由他悟

第二大段若諸菩薩下答因所成果問文中分二先牒前因深初總指前文不生二解別舉其要即所行無二二答因者此下義則深玄在文可見但當細尋更不繁舉二一切下酬其果滿先標後釋初由理觀深玄了性具足萬行齊修故令大果無邊德用現證在即一切明其果大疾現語其速證

後初發心下釋先釋疾現之言後釋現前之相今初上言疾得疾在何時故云初發心時何法現前謂無上菩提也

後知一切下釋現前之相亦是出其所因何者夫初心爲始正覺爲終何以初心便

成正覺故今釋云知一切法即心自性故覺法自性即名爲佛故下經云佛心豈有他正覺覺世間斯良證也斯則發者是開發之發非發起之發也何謂現前之相夫佛智非深情迷謂遠情亡智現則一體非遥既言知一切法即心自性則知此心即一切法性今理現自心即心之性已備無邊之德矣成就慧身者上觀法盡也正法當與今諸見亡也佛智爰起覺心則理現理現則智圓若鏡淨明生非前非後非新非故寂照湛然不由他悟者成上慧身即無師自然智也又不由他悟是自覺也知一切法是覺他也成就慧身爲覺滿也成就慧身必資理發見夫心性豈更有他若見有他安稱爲悟既曰心性自亦不存寂而能知名爲正覺豈唯定之方寸不取則於人哉況初後圓融不待言也是開發之發等後品見當知不由他悟含有三義如十住品謂見夫心性即性外皆他自亦不存兼顯以心爲自心外爲他今自心不存豈心外取法豈唯定之者顯自心爲自他人爲他前十住品從麤至細今此以細況麤耳梵行品竟

大方廣佛華嚴經疏鈔會本第十七之二

音釋

羯磨羯居謁切梵語羯磨此云作法　頰古協切面頰　弊毗意切敗衣也　肇直紹切

大方廣佛華嚴經疏鈔會本第十七之三

唐于闐國三藏沙門實叉難陁譯

唐清涼山大華嚴寺沙門澄觀撰述

初發心功德品第十七

初來意者謂前二品明位及行今顯勝德舉初況後巧顯深勝故次來也又前品末云初發心時便成正覺未知此心有何功用頓得爾耶今釋此義故次來也舉初況後者初心位劣功德難思後後位高德無涯矣二釋名者初有二義一三種發心之初二十住之初一三種者起信論發趣道相中論云略說發心有三種相云何爲三一信成就發心二解行發心三證發心今當第一故云三種中初所以知是初者論云信成就發心者依何等人修何等行得信成就堪能發心所謂依不定聚衆生以有熏習善根力故信業果報能起十善猒生死苦求無上菩提得值諸佛親承供養修行信心經一萬劫信心成就故佛菩薩教令發心等或以大悲自能發心或因正法欲滅以護法因緣能自發心如是信心成就得發心者入正定聚畢竟不退名住如來種中正因相應次說發三種心已如十住品又云發是心故則得少分見於法身以見法身故隨其願力能現八種利益衆生所謂從兜率天退等二解行發心者當知轉勝以是菩薩從初正信已來經於第一阿僧祇劫將欲滿故於眞如法中能深解現前所修離相以知法性無慳貪故隨順修行檀波羅蜜等三證發心者從淨心地乃至菩薩究竟地中證何境界所謂眞如以依轉識說爲境界而此證者無有境界唯眞如智名爲法身是菩薩於一念頃能至十方無餘世界供養諸佛請轉法輪唯爲開道利益衆生不依文字釋曰上已明三種發心第三登地已上第二從十行發迴向心以十行中能解法空順行十度行法純熟發迴向心從其因邊名爲解行今非後二正與初心相應故二十住之初者揀餘九住彼名初發心住故發亦二義一發起上求二三德開發能知三世佛智故求斷一切疑網故得如來一身無量身等故在於信位久已研窮至此位中豁然開悟故得功齊果位攝德無邊受斯稱矣一發起上求者望後論發二三德開發者望前論發從初信心始入佛法卽發趣求如來果位寂照雙流

常觀心性功行既著至此開發如發金藏見真金等於中四意初標二能知下示三德相即下經文三在於信下釋開發義言研窮者從初信入寂照雙流常觀心性精修諸度以此爲因豁然開悟是開發相如發金藏了見分明四故得下仍前釋於功德之義

三宗趣者即初心攝德爲宗令物窮究發心爲趣

然住會發心定是信成就攝解行及證自在後文

然住會下初正揀即安國意然彼有二意一云此中三賢別說十地十地一會總說十地故其四會皆是十地二者以此品中文義深奧同十地故今疏一文一時雙破而正破初意今十住是信成就攝後二屬第五六會何得渾和若言別說合說略有四失一令此經無三賢義二令餘經三賢虛設三成此經文義雜亂

謂以地義名住行向故四何不一天總別說耶而歷四天益有所表是知此說殊乖數理故云住會發心定是信成就等

生如來家自約解說不應謂此便是證收若謂久習無明云何頓成大智者豈不聞冥室千年之闇一燈倏忽頓除耶若謂云何能知三世佛法者豈不聞具縛凡夫能知如來祕密藏耶餘義至文當釋

生如來家下第二遮破彼云揀文既云初發心時便成正覺應是初地況下經云以生如來廣大家能生三世諸佛家永斷一切諸疑網盡除一切諸障礙若非初地安得爾耶豈有久習無明纔一發心便成大智能知前際一切諸佛成等正覺乃至涅槃能信後際一切諸佛所有善根能知現在一切諸佛所有智慧即能振動一切世界等耶若謂不作齊限而能爾者今何不發耶已發何不能爾耶以斯義理應知證發釋曰此中彼釋自有三段一正立二豈有久習下引文反質三若謂不作下縱破法性今疏文中亦有三節但通前二今初通其第一正立彼以生家故名證發心今揀生家不同故非證也然彼引四句今但通一餘例可知且通生家生家有六如法界品前十住內亦說生家言雖同而義有異豈以解生同證生也解生生菩提心家證生生真如家故不同也此義若成其餘皆成故云不通餘也若通餘三者既許解生何得不能生三世佛家斷諸疑網除諸障礙又彼初云初發心時便成正覺最初建立是初地義此義前品已曾廣釋故不通耳若謂久習下二通引文反質彼引四句今爲兩節通之初通久習無明文可知也若謂云何下三通知三世佛法此卽涅槃第六如來性品南經卽四依品云有四種人能護正法建立

正法憶念正法能多利益憐愍世間爲世間依安樂人天何等爲四有人出世具煩惱性是名第一須陀洹人是名第二阿那含人是名第三阿羅漢人是名第四云何名爲具煩惱性若有人能奉持禁戒威儀具足建立正法從佛所聞解其文義轉爲他人分別宣說所謂少欲多欲非道廣說如彼八大人覺有犯罪者教令發露懺悔滅除善知菩薩方便所行秘密之法是名凡夫非第八人第八人者不名凡夫名爲菩薩不名爲佛釋曰遠公亦詺爲種性解行人非是登地此初依人既云具縛能知秘密何言十住不能知耶前義若成動剎何藏其第三段縱破法性文理易故疏不通之意云此中非獨作無齊限便得爾也亦久研窮方至此位何得爲此無理難也

夫機差教別聖旨深玄並未證眞如同居學地共詳聖智誠曰才難且以淺爲深有符理之得以深爲淺有謗法之愆以遠爲近則有益於行人以近爲遠法非我分諸佛說教貴在俯就物機後輩學人若欲高推聖境儻失大利豈不傷哉且夕鈞磻谿朝升台輔豈與夫明經常選而語其優劣者哉況纔生王宮貴極臣佐寧同百戰夷項備歷艱辛況十千劫之功高亦非聊爾人耳是以語其智等虛空而非類論其德碎塵剎而難量極念劫之圓融盡法門之重現初心契於智海豈有邊涯猶微滴入於天池齊無終始故經云發心畢竟二不別如是二心先心難法慧仰推良在此也如或未喻勝鬘有文推佛能知斯言無過餘如賢首品

夫機差教別下三結成前義於中有六一歎深讚推初雙明教旨歎深也次明未證讚也後共詳下推也且以淺下二進退立理明有損有益初住頓具佛法深也而推在登地地前所無淺也故成謗法智度論云謗有二種一者言此非佛說等卽爲深重墮大地獄二者說不契理並爲謗法卽深爲淺是也以淺爲深者以初住之淺釋爲圓融該博深也豈非符合於理理本具故然此二對亦是泛舉一切深淺法也以遠爲近者一僧祇滿方證初地遠也今爲初住近也則一生有望豈非有益行人以近爲遠者初住近也推在地上遠也未歷僧祇何由造此

故云法非我分諸佛下第三結成損益可知且夕釣磻溪下四舉例證成以君臣爲一對磻溪即是太公垂釣之處頓爲武王之相豈要歷資略舉一事其例甚多諸葛亮受黃鉞於茅廬韓信昇將壇於一卒蔡澤奪范睢之印張儀覇秦主之威皆布衣也纔生王宮約主亦是外事約經即七十八中譬如王子初生即爲耆舊臣佐禮敬菩提之心亦復如是出現品云如轉輪王所生太子具王相者七寶不散即紹輪王若約外典其事甚多如周成晉獻皆自小爲人主百戰夷項即漢高祖古人詠史云百戰方夷項三章且代秦功歸蕭相國氣盡戚夫人十年征戰七十二瘡方南面稱孤在位無幾豈與上同況十千劫下五況出功高以修行十千劫方入初住成正定聚亦非但發無分限心即得爾也言非聊爾人耳者聊耳爲且略也史書敘周公爲文王之子武王之弟成王之叔非聊爾人耳今借此言用之是以語其智下即是功高所成之德也天池即海也故經云下六引文成立即涅槃文下半頌云自未得度先度他是故我禮初發心至法界品當更廣引法慧仰推即當經意如或未喻者喻猶曉也勝鬘有文十地當釋勝鬘說三種智此即第三仰推智也

爾時天帝釋白法慧菩薩言佛子菩薩初發菩提之心所得功德其量幾何

次正釋文長分爲七一天王請說分二歎深難說分三約喻校量分四就法略示分五動地興供分六他方證成分七以偈重頌分又釋於中分二初長行後偈頌前中亦二初此界後結通前中亦二初正說後證成前中亦二先問後答今依前辦初中天帝問者在彼宮故聞前速成生疑念故菩提心是萬行主故問法慧者是會主故初心具後之德唯慧境故下正顯問端雖則正問發心功德下法慧答功德之量便顯發心之相是爲菩薩善巧辯才

法慧菩薩言此義甚深難說難知難分別難信解難證難行難通達難思惟難度量難趣入

第二法慧菩薩言下歎深難說所以歎者

法體深廣去疑令樂故下寄言顯說未盡其源故於中初句總言甚深者謂約時深徹後際約德深至佛果約理深同法界約行深包萬行並深中之極故云甚深又數廣難量理玄叵測雖深非甚今即少而多即事而理初心具後是謂甚深下十句別由斯十義故曰甚深於中初四能所對辨各前能後所一離言故難宣示二無相故超心識三非自力辯能分別四非劣慧能信解後六通能所五非有所得及一慧能證六非起行及一行能行七次第修慧不能通達八九思慧不能思惟籌度十聞慧不能信向趣入此六後後劣於前前巧顯深也所以廣說難者非唯成上甚深正誡令後令信

雖然我當承佛威神之力而爲汝說

第三雖然下約喻校量分於中二初結前生後謂約自力則甚深承力則可說

佛子假使有人以一切樂具供養東方阿僧祇世界所有衆生經於一劫然後教令淨持五戒南西北方四維上下亦復如是

二佛子下正顯校量中有十一大喻一利樂衆生喻二速疾步刹喻三知劫成壞喻四善知勝解喻五善知諸根喻六善知欲樂喻七善知方便喻八善知他心喻九善知業相喻十善知煩惱喻十一供佛及生喻然此十一喻後後過前前故皆捨置前前更舉後後巧顯深勝又此諸喻合有通別通但通合發心德廣謂如初喻中便合云爲悉知一切世界成壞等此不同於喻

也別謂所合同喻但喻有分限法無限耳如初喻合云不但爲以一切樂具供養十方等初一具通具別下十略無通合此諸喻文皆應有四一舉喻二徵問三領答四校量初後具四中九略無中二又諸喻内一一皆有十重小喻皆應舉喻問答校量文無者略今初喻十重中初一廣說後九略明初中有四一舉廣事二徵問三答顯廣四辨超過今初有三先與現世益文有三廣爲供具界時次然後下與後世樂後南西下類餘九方

佛子於汝意云何此人功德寧爲多不

二徵問

天帝言佛子此人功德唯佛能知其餘一切無能量者

三答廣答可知

法慧菩薩言佛子此人功德比菩薩初發心功德百分不及一千分不及一百千分不及一如是億分百億分千億分百千億分那由他億分百那由他億分千那由他億分百千那由他億分數分歌羅分算分喻分優波尼沙陀分亦不及一

四超過中云歌羅者此云豎析人身上毛爲百分中之一分也或曰十六分中之一分義譯爲校量分優波尼沙陀者此云近少謂少許相近比類之分也百千後即云億分者中等數也或曰十六分之一者如秤有十六兩故然此言出涅槃第六如來性品云若有衆生於四恒河沙佛所發菩提心然後乃能於惡世中不謗是法受持讀誦書寫經卷爲他廣說十六分中一分之義雖復演說亦不具足供五恒佛能說十六分之八分六恒說十二分七恒說十四分八恒說十六分方

具遠公亦舉如秤不別解釋此云近少者卽音義中引大般若譯爲塢波尼殺曇塢波近也尼殺曇少也或云近對謂相近比對或云極少

佛子且置此喻假使有人以一切樂具供養十方十阿僧祇世界所有衆生經於百劫然後敎令修十善道如是供養經於千劫敎住四禪經於百千劫敎住四無量心經於億劫敎住四無色定經於百億劫敎住須陀洹果經於千億劫敎住斯陀含果經於百千億劫敎住阿那含果經於那由他億劫敎住阿羅漢果經於百千那由他億劫敎住辟支佛道佛子於意云何是人功德寧爲多不天帝言佛子此人功德唯佛能知

後九略說中文四同前今初倂舉九事樂具皆同一切所經劫數漸漸增多其所敎法轉轉增勝據初世界亦合漸增以此十前文標一故餘無者略若十方共十則界不增

法慧菩薩言佛子此人功德比菩薩初發心功德百分不及一千分不及一百千分不及一乃至優波尼沙陀分亦不及一何以故佛子一切諸佛初發心時不但爲以一切樂具供養十方十阿僧祇世界所有衆生經於百劫乃至百千那由他億劫故發菩提心不但爲教爾所衆生令修五戒十善業道教住四禪四無量心四無色定教得須陀洹果斯陀含果阿那含果阿羅漢果辟支佛道故發菩提心爲令如來種性不斷故爲充徧一切世界故爲度脫一切世界衆生故爲悉知一切世界成壞故爲悉知一切世界中衆生垢淨故爲悉知一切世界自性清淨故爲悉知一

切衆生心樂煩惱習氣故爲悉知一切衆生死此生彼故爲悉知一切衆生諸根方便故爲悉知一切衆生心行故爲悉知一切衆生三世智故爲悉知一切佛境界平等故發於無上菩提之心

第四校量中三初辨超過二何以故者徵徵意云前云功德除佛難知何以比此猶少非類三釋意有二一別翻前喻謂發心無限前有限故亦是反釋二爲令知如來種性不斷下通對前十總顯具德亦是順釋於中有十二句初三總相對前辨勝一翻前小果二翻前限處三翻前有限衆生下九句即下十喻之本一即第三知劫成壞喻本二即第四善知勝解喻本故下文云乃至垢解淨解等三却是第二步刹喻本四即第六及第十本五即第九本六即五七本七八皆第八喻本九知佛境界平等即第十一供佛喻本此中九句即佛十力智一知成壞垢淨自性即業報智心樂即種種解智知煩惱即漏盡智生死即天眼智諸根即根勝劣智方便即禪解脫三昧智此及佛境並是一切至處道智心行即種種界智三世智即宿命智其處非處智以是總故亦是前三總句中攝然此所知皆約一切無齊限也下文廣釋其相

佛子復置此喻假使有人於一念頃能過東方阿僧祇世界念念如是盡阿僧祇劫此諸世界無有能得知其邊際又第二人於一念頃能過前人阿僧祇劫所過世界如是亦盡阿僧祇劫次第展轉乃至第十南西北方四

維上下亦復如是佛子此十方中凡有百人一一如是過諸世界是諸世界可知邊際菩薩初發阿耨多羅三藐三菩提心所有善根無有能得知其際者何以故佛子菩薩不齊限但爲往爾所世界得了知故發菩提心爲了知十方世界故發菩提心所謂欲了知妙世界即是麤世界麤世界即是妙世界仰世界即是覆世界覆世界即是仰世界小世界即是大世界大世界即是小世界廣世界即是狹世界狹世界即是廣世界一世界即是不可說世界不可說世界即是一世界不可說世界入一世界一世界入不可說世界穢世界即是淨世界淨世界即是穢世界欲知一毛端中一切世界差別性一切世界中一毛端一體性欲知一世界中出生一切世界欲知一切世界無體性欲以一念心盡知一切廣大世界而無障礙故發阿耨多羅三藐三菩提心

第二佛子復置下明速疾步刹喻然次下九喻文皆分四初舉廣喻二辨超過三徵四釋釋中皆先反釋後順釋今初喻中前三可知四釋中先反釋彰前不及後爲了知下順釋辨此過前於中十一句初句總所謂下別知世界相即相入無障礙義前七正明即入八一毛端下二對釋上即入所由略舉三門初以法性融通門釋謂一切世界差別性與一毛端體性無二故是故事隨性融此彼相即事攬性起彼此相入各有同體異體準上思之事隨性等者如經一毛端中一切世界差別性者謂一毛端性即是一切世界差別性今一切世界即事隨其

法性即一毛端以性即毛端諸界即性故下句亦然一切世界中性即是一毛端性一毛隨性即一切世界一句多即一下句一即多事攪性起等者謂一毛端之事攪一切世界性成故一切世界隨其多性在一一毛中下句亦然一切世界攪一毛端性成故一毛隨性遍在一切世界中各有同體異體者謂一毛端及一切剎爲各有也云何異體一一性等各有體故云何同體差別界體同一體故今一毛中自有體性是爲異體而同諸剎體故曰同體一一諸剎各自有體即與毛端共同一體今諸剎相隨其異體即彼毛端之同體故剎即毛端毛端異體隨其同體遍於諸剎之異體故彼體即剎故毛即諸剎然上釋理性融通中却不廣出同異體義但有其意如上文云謂不異理之一事具攝理性時即同體義令彼不異理之多事隨所依理皆於一中現即異體隨同也故云準上思之

九一世界中出生一切世界者此約緣起門釋謂諸緣起更互相生有其二義一約體有體無體義是故相即二約用有力無力義是故相入亦有同體異體義並準上思之欲知一切世界無體性者約無自性門以大非定大故能即小等十總結欲以一念盡知如是廣無邊際重重即入無障礙事故發菩提心又此言知偈中亦身往彼謂諸緣起等者一毛之一由剎之多剎爲能生毛爲所生因毛之一有剎之多多爲所生所生無體多即是一能生有體毛攝諸剎上毛爲所生反此可知一毛是能生即是有力諸剎是所生即是無力力攝無力一毛有於多剎多剎能生一毛即無力力攝無力毛入諸剎同體異體廣如玄中以大非定大等者等取小非定小故能即大乃等染非定染故能即淨淨非定淨故即染等至大有於小相不壞於大小入大也反顯至小有於大相不壞小相則芥納須彌

佛子復置此喻假使有人於一念頃能知東方阿僧祇世界成壞劫數念念如是盡阿僧祇劫此諸劫數無有能得知其邊際有第二人於一念頃能知前人阿僧祇劫所知劫數如是廣說乃至第十南西北方四維上下亦復如是佛子此十方阿僧祇世界成壞劫數

可知邊際菩薩初發阿耨多羅三藐三菩提心功德善根無有能得知其際者何以故菩薩不齊限但爲知爾所世界成壞劫數故發阿耨多羅三藐三菩提心

第三佛子下知劫成壞喻文亦有四初明喻廣大舉成攝住舉壞兼空二佛子此下對辨超過三徵四釋釋中亦二先反釋後順釋

爲悉知一切世界成壞劫盡無餘故發阿耨多羅三藐三菩提心所謂知長劫與短劫平等短劫與長劫平等一劫與無數劫平等無數劫與一劫平等有佛劫與無佛劫平等無佛劫與有佛劫平等一佛劫中有不可說佛不可說佛劫中有一佛有量劫與無量劫平等無量劫與有量劫平等有盡劫與無盡劫平等無盡劫與有盡劫平等不可說劫與一念平等一念與不可說劫平等一切劫入非劫非劫入一切劫欲於一念中盡知前際後際及現在一切世界成壞劫故發阿耨多羅三藐三菩提心是名初發心大誓莊嚴了知一切劫神通智

順中三初總次所謂下別三是名下結能知智別中言平等者通相即相入就緣就性唯心等殊皆無障礙故云平等一長短者如娑婆爲短安樂爲長遞傳相望以爲長短二三及四文並可知五量無量者如勝蓮華界劫更無有上名爲無量已下皆有量言平等者總取諸句平等而平等字要須長短等相方有即入故然云劫者婆沙一百三十五云分別時分故名爲劫即體五蘊生滅以成於劫大乘即以時爲體經云長劫與短劫平等等者意云長劫即短劫短劫即長劫亦是平等長劫入

短劫短劫入長劫亦是平等就緣即緣起相由門就性即法性融通門唯心即唯心所現門即十因中之三等取餘夢幻等七二三及四等者二即一多三即有佛無佛如過去莊嚴現在賢劫未來星宿各有千佛名爲有佛劫此後六萬二千劫空過無有佛名爲無佛劫四即多少如威光修因種種莊嚴劫中有十須彌山微塵數佛大通智勝佛處東南方梵王讚云一百八十劫空過無有佛準十住婆沙第十云如經中說諸比丘是賢劫前九十一劫毗婆尸佛出一百三十一劫有二佛出一名尸棄二名毗式婆此賢劫中鳩樓孫迦那含牟尼迦葉佛出六萬二千劫空過無佛如勝蓮華界等即壽量品六有成壞則有盡無成壞則無盡標中但云成壞從多分說亦麤盡細不盡七念劫相望八劫非劫自有三義一約未經增減縱百千年名爲非劫若經增減成壞名劫二如勝蓮華剎既不可校量亦無劫數故名非劫三推妄歸眞劫入非劫依眞起妄非劫入劫斯則前七事事無礙此乃理事無礙九一念速知兼總包無盡以斯無限安可比前三結能知智即十通中知盡未來際劫神通也

大方廣佛華嚴經疏鈔會本第十七之三

音釋

儻　他朗切或然之辭　磻　蒲官切溪名　鉞　魚厥切音月大斧也

大方廣佛華嚴經疏鈔會本第十七之四

唐于闐國三藏沙門實叉難陀　譯

唐清涼山大華嚴寺沙門澄觀撰述

佛子復置此喻假使有人於一念頃能知東方阿僧祇世界所有衆生種種差別解念念如是盡阿僧祇劫有第二人於一念頃能知前人阿僧祇劫所知衆生諸解差別如是亦盡阿僧秖劫次第展轉乃至第十南西北方四維上下亦復如是佛子此十方衆生種種差別解可知邊際菩薩初發阿耨多羅三藐三菩提心功德善根無有能得知其際者何以故佛子菩薩不齊限但爲知爾所衆生解故發阿耨多羅三藐三菩提心

第四佛子下善知勝解喻文四同前初舉廣喻梵云阿地目多此云勝解謂於決定境印持爲性不可引轉爲業今譯存略耳

釋中二亦先反後順（謂於決定等者謂以邪正教理證力於所取境審決印持由此異緣不能引轉）

爲盡知一切世界所有衆生種種差別解故發阿耨多羅三藐三菩提心所謂欲知一切差別解無邊故一衆生解無數衆生解平等故欲得不可說差別解方便智光明故欲悉知衆生海各各差別解盡無餘故欲悉知過現未來善不善種種無量解故欲悉知相似解不相似解故欲悉知一切解即是一解一解即是一切解故欲得如來解力故

順中初總後所謂下別別中總有十三句初有八句總相以辨後有五句一一別明前中又二初三解爲得方便解智光此光通因通果於中一廣二深約理等故三即

能知後五句爲得佛十力中勝解智力解一切法初一約人謂衆生海解故次一約時及性三約境明似不似上來明所知廣四事事相即顯所知深上皆所知後一能知即佛十力之一也別中總有十三句者此是義合以一解爲一句故

欲悉知有上解無上解有餘解無餘解等解不等解差別故

第二從欲悉知有上下一一別明上但云多未識差別之相今略示之於中五句各是一義初句三對約佛菩薩相望一妙覺無上餘皆有上此約豎論二約橫辨盡未盡故三同位互望爲等高下位相望爲不等

欲悉知有依解無依解共解不共解有邊解無邊解差別解無差別解善解不善解世間解出世間解差別故

第二句有六對約五乘凡聖相望差別有依無依約自性差別託於根境及稱眞故二約淺深差別甚深般若不共小乘故三約境差別佛解無邊餘未盡故四約二諦世諦差別勝義無差故五巧拙差別六漏無漏差別

欲於一切妙解大解無量解正位解中得如來解脫無障礙智故

第三句有四解約佛乘說一深故二廣故三無分量故四契眞如正位得果解故事理無礙故無二礙故

欲以無量方便悉知十方一切衆生界一一衆生淨解染解廣解畧解細解麤解盡無餘

故

第四句唯約衆生以辨差別於中初能知方便不礙空而知假故後悉知下明其所知有三對六解與惑相應名染不相應名淨廣略者約境及作意差別麤細者約行相差別委悉不委悉故

欲悉知深密解方便解分別解自然解隨因所起解隨緣所起解一切解網悉無餘故發阿耨多羅三藐三菩提心

第五句多約知聖教解於中文二先正明二一切下通結前文初中深密者開則深約方廣一乘密謂密意合則深耶是密以祕以妙即事而眞故二方便者略有三種一進趣方便謂見道前方便道是二施爲方便即第七波羅蜜依實起權皆善巧故實無此事假施設有故三集成方便諸法同體巧相集成如六相巧成亦名方便今並能解言分別者凡於一法多門決擇故言自然者法爾本覺内熏發故隨因所起者過去聞熏之所發故或於現在正思惟等而能知故言隨緣所起者善友音上緣力所開悟故二一切下總結廣多交絡故如網也爲此無限而起大小豈同前喻

佛子復置此喻假使有人於一念頃能知東方無數世界一切衆生諸根差別念念如是經阿僧祇劫有第二人於一念頃能知前人阿僧祇劫念念所知諸根差別如是廣說乃至第十南西北方四維上下亦復如是佛子此十方世界所有衆生諸根差別可知邊際菩薩初發阿耨多羅三藐三菩提心功德善

根無有能得知其際者何以故菩薩不齊限但爲知爾所世界衆生根故發阿耨多羅三藐三菩提心爲盡知一切世界中一切衆生根種種差別廣說乃至欲盡知一切諸根網故發阿耨多羅三藐三菩提心

第五知根智可知

佛子復置此喻假使有人於一念頃能知東方無數世界所有衆生種種欲樂念念如是盡阿僧祇劫次第廣說乃至第十南西北方四維上下亦復如是此十方衆生所有欲樂可知邊際菩薩初發阿耨多羅三藐三菩提心功德善根無有能得知其際者何以故佛子菩薩不齊限但爲知爾所衆生欲樂故發阿耨多羅三藐三菩提心爲盡知一切世界所有衆生種種欲樂廣說乃至欲盡知一切欲樂網故發阿耨多羅三藐三菩提心

第六知欲樂欲謂於所樂境希望爲性勤依爲業耶勝解智所攝會釋如前即勝解智所攝者約十力智以種種解脫智亦名樂欲若約法相欲與解別皆是別境五中之一也而在十力合之為一取名有差

佛子復置此喻假使有人於一念頃能知東方無數世界所有衆生種種方便如是廣說乃至第十南西北方四維上下亦復如是此十方衆生種種方便可知邊際菩薩初發阿耨多羅三藐三菩提心功德善根無有能得知其際者何以故佛子菩薩不齊限但爲知爾所世界衆生種種方便故發阿耨多羅三藐三菩提心爲盡知一切世界所有衆生種種方便廣說乃至欲盡知一切方便網故發阿耨多羅三藐三菩提心

第七知方便者即禪善巧及至處道智方便三種如向所辨所望別故無相濫失所望別故等者前三方便屬解今屬欲故

佛子復置此喻假使有人於一念頃能知東方無數世界所有衆生種種差別心廣說乃至此十方世界所有衆生種種差別心可知邊際菩薩初發阿耨多羅三藐三菩提心功德善根無有能得知其際者何以故佛子菩薩不齊限但爲知爾所衆生心故發阿耨多羅三藐三菩提心爲悉知盡法界虛空界無邊衆生種種心乃至欲盡知一切心網故發阿耨多羅三藐三菩提心

第八知心義兼王所即他心智即他心智者若是十力即屬界攝

佛子復置此喻假使有人於一念頃能知東方無數世界所有衆生種種差別業廣說乃至此十方衆生種種差別業可知邊際菩薩初發阿耨多羅三藐三菩提心善根邊際不可得知何以故佛子菩薩不齊限但爲知爾所衆生業故發阿耨多羅三藐三菩提心欲悉知三世一切衆生業乃至欲悉知一切業網故發阿耨多羅三藐三菩提心

第九知業即業報智上皆文四同前可知若辨其名體具如初會十力章中若廣顯差別如第九地

佛子復置此喻假使有人於一念頃能知東方無數世界所有衆生種種煩惱念念如是盡阿僧祇劫此諸煩惱種種差別無有能得知其邊際有第二人於一念頃能知前人阿僧祇劫所知衆生煩惱差別如是復盡阿僧

祇劫次第廣說乃至第十南西北方四維上下亦復如是佛子此十方衆生煩惱差別可知邊際菩薩初發阿耨多羅三藐三菩提心善根邊際不可得知何以故佛子菩薩不齊限但爲知爾所世界衆生煩惱故發阿耨多羅三藐三菩提心

第十佛子復置下明知煩惱差別喻文亦分四前三可知第四釋中亦先反後順

爲盡知一切世界所有衆生煩惱差別故發阿耨多羅三藐三菩提心所謂欲盡知輕煩惱重煩惱眠煩惱起煩惱一一衆生無量煩惱種種差別種種覺觀淨治一切諸雜染故

順中初總後所謂下別別有六門各先惑後治謂非但空知意在斷故初門總明後一義兼總別中間別舉其重今初門中輕重眠起通下諸惑故名爲總就中輕重總中之總以品言之一切煩惱各有輕重約起惑者心有異故據難易斷現行爲輕種子爲重即眠起是又分別爲輕俱生爲重若據破壞三寶焚燒善根則邪見最重餘悉名輕若據損惱自他障菩薩道瞋恚最重餘悉名輕若據發潤生死流轉無明愛取爲重若依爲諸惑根則三毒爲重若依障初聖道不受聖教見慢爲重若據遠隨現行障無學道我愛慢爲重餘可名輕若煩惱當體相望十大煩惱爲重隨惑爲輕隨中大中小隨展轉輕重又正使爲重習氣爲輕更有異門可略言也一切煩惱各有輕重者分九品故約起惑者下出輕重所由如一貪惑重者於下劣境起猛利貪中者稱境而起下者設於勝境心亦微薄等三品各三故成九品據難易下別別相望以論輕重

言種子為重者如俱生惑種金剛喻定方斷盡故故下經云金剛道滅方畢竟又分別為輕者真見道中一時頓斷故唯識云見所斷惑十俱頓斷以真見道總緣諦故此約大乘若通三乘唯識論云煩惱障重見所斷者三乘見道位真見道中一時頓斷俱生為重者於修道位中數數修習無分別智方能斷故餘如十地初說則邪見最重者涅槃經云一切煩惱邪見攝盡戒經十重謗三寶為最重十惡亦然嗔恚最重者如普賢行品一念嗔心起百萬障門開無明愛取為重者淨名經云從癡有愛則我病生涅槃經云生死本際凡有二種一者無明二者愛等三毒為重者本行經云世間之毒莫過三毒諸隨惑等皆從此生見慢為重者見則偏執一理穴徹在心安受聖教慢既恃已豈復他求我愛慢為重者畧有三義一約識至第七故四惑相應是也二約行通至諸禪故如明法品當辨三約果至阿羅漢若作是念我得阿羅漢道則不得故十大煩惱為重者唯識論云煩惱謂貪嗔癡慢疑惡見即六根本俱舍論云六由見與十謂開惡見為五一身見二邊見三邪見四見取五戒禁取隨煩惱中大中小隨展轉輕重者大隨為重中小為輕中隨為重小隨為輕名為展轉言隨惑者唯識煩云隨煩惱謂忿恨覆惱嫉慳誑諂與害憍無慚及無愧掉舉與昏沉不信并解怠放逸及失念散亂不正知長行釋云唯是煩惱分位差別等流性故名

隨煩惱依疏釋云謂忿等十及失念不正知放逸等假染心所是貪等差別位名隨煩惱無慚無愧掉舉昏沉散亂不信懈怠七法雖別有體是前根本之等流故名隨煩惱由煩惱為因此得有故論云此二十種類別說有三謂忿等十各別起故名小隨煩惱無慚等二遍不善故名中隨煩惱掉舉等八遍染心故名大隨煩惱釋云然忿等十自類相望各別而起非不共他中大惑俱行位局故名之為小無慚愧二自類得俱行通忿等唯遍不善位局後八但得名中掉舉等八自得俱生但染皆遍得俱生故不可名小染皆遍故不得名中二義既殊故八名大習氣為輕者此即阿羅漢等餘習也更有異門等者上來已有十門解釋有以五住煩惱無明為重障大菩提故前四為輕障見修故今謂以前四位亦障菩提無明住地亦障見修故不存之又有云等分為輕稱境起故多分為重過境起故又云暫起間起羸劣起者為輕多起常起猛利起者為重此二即前約品中收之又云迷事為輕後得智斷故迷理為重根本智斷故此則與前無明為重障菩提故亦小相違故畧不言耳非無有理故云可畧迷事迷理至十地中當廣分別

言眠起者眠即種子

眠伏藏識起即對境現行言一一衆生無

量煩惱總結多端種種差別如後略說廣

唯佛知種種覺觀通能所治有染淨故染爲所治煩惱依故如欲恚害覺能生貪等無量煩惱涅槃加五說有八覺一欲覺求可意事二瞋覺念欲瞋他三惱覺念欲惱他四親里覺憶念親緣五國土覺念世安危六不死覺積財資養七族姓覺念族高下八輕侮覺侮即是慢念自恃欺人此等非一故云種種皆能引起一切煩惱對上一一衆生無量煩惱亦名引起分別言淨治者欲以不淨觀治瞋以慈治惱害以悲治次四以無常觀治後一以無我我所觀治故云種種覺觀淨治一切雜染能生貪等者即第二十三經高貴德王菩薩品經云復次善男子一切凡夫雖善護身心猶故生於三種惡覺以是因緣雖斷煩惱得生非想非非想處猶故還墮三惡道中善男子譬如有人渡於大海垂至彼岸沒水而死凡夫之人亦復如是垂盡三有還墮三塗何以故無善覺故云何善覺所謂六念下廣說惡覺之過故云如涅槃說言加五說有八覺者即俱舍等論亦名八尋下疏所列惱覺即是害覺涅槃通說六念為善今別說之故以不淨等治為善大意可知

欲盡知依無明煩惱愛相應煩惱斷一切諸有趣煩惱結故

第二依流轉門於所治中即癡愛發潤斷一切下明治由癡愛故諸趣流轉從癡有愛菩薩病生故一切衆生三有五趣三結要當斷盡一欲界諸愛別名欲結二上二界愛合名有結三三界無明名無明結三結亦名三漏即上癡愛斷已永盡生死流故

欲盡知貪分煩惱瞋分煩惱癡分煩惱等分煩惱斷一切煩惱根本故

第三依病行門四分分別分是性義各據

偏多受貪等名名爲不等三分俱多名爲等分然不出三此三別名三不善根故治中云斷根本也

欲悉知我煩惱我所煩惱我慢煩惱覺悟一切煩惱盡無餘故

第四依通諸識門明我我所謂第七識恒執第八爲自內我故惑謂爲我所染之起慢故云我慢通至第六內執我身外執資具恃已陵人又此我者亦兼法我若盡此惑則諸惑皆盡故治中云盡無餘也

欲悉知從顚倒分別生根本煩惱隨煩惱因身見生六十二見調伏一切煩惱故

第五約相生門以利鈍分別先鈍後利故淨名推身以欲貪爲本欲貪以虛妄分別爲本虛妄分別以顚倒想爲本顚倒想以無住爲本今以無住非煩惱故畧不言耳而順明之從顚倒虛妄分別生貪等惑依貪等惑有諸隨惑展轉相生顚倒想者不淨計淨等故利中即身見爲本生六十二見此有二說一依三世五蘊至下當明二依異道邪見具如瑜伽八十七說利中以身見等者言身見者唯識論名薩迦耶見釋云謂五取蘊執著我我所一切見趣所依爲業此見差別有二十句六十五等分別起攝釋曰此見差別下即疏云一依三世五蘊說者彼疏釋云薩迦耶見具足梵云薩迦耶達利瑟致經部師云薩是僞義迦耶是身達利瑟致是見身是聚義即聚義假應言緣聚身起見名爲身見薩婆多云薩是有義迦耶等如前雖見聚身而是實有身者即是自體異名應言自體見大乘法師解云僧吃爛底薩便成移轉以大心心上所變之法故言移轉身見依五蘊起此我見此爲依故諸見得生故言見趣所依爲業趣者況也惑所歸處也言二十句者對法第一云謂如計色是我我有色色屬我我在色中一蘊有四五蘊合有二十句也五爲我見餘皆我所謂相應我所即我有色隨逐我所即色屬我不離我所即我在色中故有十五

我所此即分別行緣蘊不分別所起處若歷三世便有六十加身即我為六十一我復異身為六十二又計常無常等為六十二如十藏品論云六十五者婆沙論云謂如以色為我於餘四蘊各三我所謂是我瓔珞我僮僕我器即有十二色為一我即總有十三五蘊總有六十我所見有五我見為六十五此即分別行緣蘊亦分別所起處此等皆是分別我見二依異道等者論中約迷前際後際為次今依唯識約所依見分之謂於前際計四遍常四一分常及依計後際有想十六無想俱非各有八論共四十種常見差別有計後際七斷滅論此四十七共因我見而起邊見有計前際二無因論四有邊論四不死矯亂及計後際五現涅槃故六十二此六十二以邪見邊見二為自體以餘二見而為眷屬依於身見以為根本此亦舉大數次依瑜伽以釋相者初四遍常者謂我及世間一切皆常但有隱顯依上中靜慮等起宿住隨念生四常論一由能憶二十成壞劫二能憶四十劫三能憶八十劫四依天眼所見現在世見諸有情死時生時諸蘊相續彼便執我世間俱常言四一分常者謂四皆一分一者從梵天沒來生此間得宿住通作如是等執梵王是常我等無常故名一分常二聞梵王如是見大種是常心是無常或復翻此三有先從戲忘天沒來生此間得通起執不生此者常我生此者是無常四有先從意憤天沒一分同前此天住處住妙高層級或三十三天釋曰若依瑜伽此中即說二無因以同計前際故唯識此後即明有想十六等言十六者有四四句一我有色死後有想執色為我名我有色取諸法說名為有想即欲界全色界一分除無想天二我無色死後有想執無色蘊為我此在欲界乃至無所有處唯除非想三我亦有色亦無色死後有想執五蘊為我四我非有色非無色死後有想遮第三也依尋伺等至皆容得起第二第四句云一執我有邊死後有想執色為我體有分限如指節等二執我無邊死後有想執非色為我遍一切處故三執我亦有邊亦無邊死後有想執我隨身卷舒等四執我非有邊非無邊死後有想遮第三也或依尋伺等至皆起第三四句者一我有一想二我有種種想三我有小想四我有無量想一一想者在前三無色二種種想者在欲界色界除無想天三執少色或執少無色為我想為我所我與彼合名為小想在欲色界除無想天四無量想者執無量色或執無量無色為我想我與彼合第四四句者一我純有樂死後有想在前三靜慮二我純有苦死後有想在地獄中三我純有苦有樂死後有想在人欲天畜生界四我純無苦無樂死後有想在第四禪已上尋伺等至皆容得起有想俱非各八論者無想八論者有二四句初四句者一我有色死後無想執色為我得無想定見他有人得定生彼作如是計二我無色死後無想

執命根為我得無想定三執我亦有色亦無色死後無想覺執色命根為我於此二中起一我想四執我非有色非無色死後無想遮第三句等至尋伺皆容起故第二四句者一執我有邊死後無想執色為我其量狹小等得無想定二執我無邊死後無想執色為我遍一切處等三執我亦有邊亦無邊死後無想執色為我隨身有卷舒故第四句者遮第三句更無別義等至尋伺皆容得起後俱非八論者有二四句一云執我有色死後非有想非無想執色為我見諸有情入非想非非想定二想不明利作如是執唯尋伺執非得定也二執我無色死後如前執無色蘊為我等入非想非非想定想不明了故作如是執三執我亦有色亦無色死後如前執色無色為我見有情等同前上皆依尋伺起非由等至其第四句遮第三句更無別義第二四句乃至第四句其文易知如是一切皆執四無色為我以得非想非非想定容有此執一由彼定時分位促故別以一一蘊而為所緣執我有邊二由彼定時分長故總以四蘊為所緣故執我無邊三由彼定或一一蘊或總為所緣故成第三句第四句遮第三句更無別義七斷滅論者一執我有色麤四大種所造為性死後斷滅畢竟無有見身死後有而無故二我欲界天死後斷滅三我色界天死後斷滅四我空無邊處乃至我非非想皆云死後斷滅後之四執執彼彼

地為生死頂故前四十見為常後七見為斷此皆見斷名分別起言有計前際二無因論等者皆因邪見起見不正故名之為邪二無因者一從無想天沒來生此間無宿住通不能憶彼出心已前所有諸位便執諸法本無而起如我亦應本無而起便起執言我及世間無因而起二由尋伺不憶前身作如是執無因而起如是二見由無想天及虛妄尋伺二事而起四有邊者一由一向能憶下至無間地獄上至第四靜慮執我於中悉皆充滿便作是念過此有我我應能見故知有邊二由一向能憶傍無有邊執我遍滿故執無邊三由能憶上下及傍故雙執有邊無邊四由能憶壞劫斷位便生非有邊非無邊想諸器世間無所得故四不死矯亂者先總釋名準婆沙意外道計天常住名為不死計不亂答得生彼天今佛訶云汝言秘容等即是矯亂言四種者一恐無知念我不知善不善等有餘問我不得定答我若定答恐他鑒我無知因即輕笈於我彼天秘密義不應皆說等二行諂曲者作是思惟非我淨天一切隱容皆許記別謂自所證及清淨道故三懷恐怖而無記別恐我昧劣為他所知由是因緣不得解脫以此為室而自安處懷恐怖故四有愚戇專修止行而無所知若有問我當反詰一一切隨言無滅而印順之言五現涅槃者一見現在受若天若人諸五欲樂便謂涅槃二雖猒五欲現住初定以為涅槃引在身中名為得樂見

他現在住定亦爾下皆準此三獸尋伺故現得第二定以為涅槃四獸諸尋伺喜故現住第三定以為涅槃五獸喜樂乃至出入息現住第四定以為涅槃待過去故名為後後際又此計我現既有樂後亦有樂故後際攝以現樂為先而執後樂總名現法此不依我見起故邪見攝六十二見大意已周

欲悉知蓋煩惱障煩惱發大悲救護心斷一切煩惱網令一切智性清淨故發阿耨多羅三藐三菩提心

第六約出家修行者以障蓋分别蓋謂五蓋已見上文障即二障此亦總結前諸惑不離二障發大悲下明能治道謂救有障者護修行者此言在末義兼總結謂菩薩發心不自為已但以大悲救護一切令斷上來諸惑之網斷之何為令本智清淨然能治道雖復衆多不出二種一通二別別如上來隨分開示如不能斷應宜轉治謂如起貪以不淨觀治之不去當起慈悲緣於前境應以淨法與之云何出家無慈悲心反更染污如是隨便種種迴轉皆以無得而為方便所言通者但當深觀第一義諦謂當觀諸惑即是本覺菩提故無行云貪欲即是道恚癡亦復然如是三法中具一切佛法故惑性智性皆本淨故但由虛妄分別凡夫不了如大富盲人動轉為寶所傷二乘熱狂謂為蟲蛇驚走遠避權菩薩輩猶謂有之可斷今乘一切智乘以淨慧眼觀惑即真則煩惱自虛智性常淨是為開佛知見使得清淨不斷煩惱而入涅槃有斯悲智如是知斷發菩提心豈與夫前喻同年而語哉皆已無得即大般若意至迴向當釋貪欲即道勝熱處說

大方廣佛華嚴經疏鈔會本第十七之四

音釋

齊限　齊在詣切齊限分齊也　瑕　何加切玉玷　鬘　莫班切　戇　陟降切聲同壯愚人也　度量　度徒落切量龍張切度量謂計度校量也

大方廣佛華嚴經疏鈔會本第十七之五

唐于闐國三藏沙門實叉難陀　譯

唐清涼山大華嚴寺沙門澄觀撰述

佛子復置此喻假使有人於一念頃以諸種種上味飲食香華衣服幢旛傘蓋及僧伽藍上妙宮殿寶帳網幔種種莊嚴師子之座及衆妙寶供養東方無數諸佛及無數世界所有衆生恭敬尊重禮拜讚歎曲躬瞻仰相續不絕經無數劫

第十一明供佛及生喻文三初舉喻校量二徵三釋今初分二前廣明一人後略辨九人初中有四一舉廣喻二問三答四校量顯勝初中有二初廣說東方後南西下略例九方初中又二先明佛在供養後至佛滅下明滅後供養前中又二先自行後又勸下化他前中有四深勝一供具廣妙二供田廣勝謂無數界悲敬田故三供心勝恭敬等故四供時勝相續無數劫故此自行已勝況於教他況復滅後況於餘方餘並可知

又勸彼衆生悉令如是供養於佛至佛滅後各爲起塔其塔高廣無數世界衆寶所成種種莊嚴一一塔中各有無數如來形像光明徧照無數世界經無數劫南西北方四維上下亦復如是佛子於汝意云何此人功德寧爲多不天帝言是人功德唯佛乃知餘無能測佛子此人功德比菩薩初發心功德百分不及一千分不及一百千分不及一乃至優波尼沙陀分亦不及一

佛子復置此喻假使復有第二人於一念中

能作前人及無數世界所有衆生無數劫中供養之事念念如是以無量種供養之具供養無量諸佛如來及無量世界所有衆生經無量劫其第三人乃至第十人皆亦如是於一念中能作前人所有供養念念如是以無邊無等不可數不可稱不可思不可量不可說不可說不可說供養之具供養無邊乃至不可說不可說諸佛及爾許世界所有衆生經無邊乃至不可說不可說劫至佛滅後各爲起塔其塔高廣乃至住劫亦復如是

後略辨九人中二先舉廣喻二佛子下校量顯勝前中九人展轉遞望念敵多劫數量復增此中如第一人一念以無數供至第二人皆增至無量乃至第十增至不可說不可說皆積當位之念以至當位極長時也

佛子此前功德比菩薩初發心功德百分不及一千分不及一百千分不及一乃至優波尼沙陀分亦不及一

後校量可知

何以故佛子菩薩摩訶薩不齊限但爲供養爾所佛故發阿耨多羅三藐三菩提心爲供養盡法界虛空界不可說不可說十方無量去來現在所有諸佛故發阿耨多羅三藐三菩提心

二徵意云其第十人供福已至不可說不可說全比容許不齊何以不及少分第三釋中分二先反顯不爲齊限明前不及比後爲供養盡法界下順釋以無限故辨此過前略申十種一時過謂窮三際念劫重

重時故二處過謂該十方相即入故三供過謂盡法界稱理之供故四田過謂盡虛空界塵毛等處諸如來身各充法界故五心過謂一一念中各以無盡供供無盡佛經無盡劫心猶不足故六悲過自作教他以此善根唯爲衆生令先成佛我亦供養故七智過了達三事隨其一一稱法界故如海一滴則具百川之味芥子之空已無分限八善巧過能以一事爲多攝多爲一善巧成就融攝諸位眞實行故九所求過唯爲菩提不餘趣故十平等過謂生佛自他供與不供皆平等故束上十義總不出三一無齊限故二稱法性故三事事無礙故無此三意設更重重廣喻亦不及少分

發是心已能知前際一切諸佛始成正覺及般涅槃能信後際一切諸佛所有善根能知現在一切諸佛所有智慧

第四發是心已下就法略示分前喻顯大心因廣此明攝德深勝亦是讚勝勸學文中有二一發是心已者牒前諸喻所校量心二能知下明此大心所攝功德於中有五一解行圓滿二妙果當成三與佛平等四能作佛事五大智現前初中三一總舉所知現佛正覺但云智慧過佛示滅故加涅槃當佛在因云善根也過現已從緣應可得云知未來未有但可云信亦信一切皆當佛也

彼諸佛所有功德此菩薩能信能受能修能得能知能證能成就能與諸佛平等一性

二彼諸下攝以修證有爲能得無爲能知

能證使智身成就法身等佛古德判此一段爲攝位修成謂於佛功德智慧能信是十信信成就故後攝初故能受是十住能修是十行能知是十向得證是十地謂本智證後智得能成就是結因究竟能與佛等是果滿平等謂與佛能證所證平等無二故初心即攝諸位乃至佛果亦是一理

古德判此一段以爲攝位修成者上直就初住之德以爲深勝今明攝位即初後圓融不違經宗事事無礙亦是一理

何以故此菩薩爲不斷一切如來種性故發心爲充徧一切世界故發心爲度脫一切世界衆生故發心爲悉知一切世界成壞故發心爲悉知一切衆生垢淨故發心爲悉知一切世界三有清淨故發心爲悉知一切衆生心樂煩惱習氣故發心爲悉知一切衆生死此生彼故發心爲悉知一切衆生諸根方便故發心爲悉知一切衆生心行故發心爲悉知一切衆生三世智故發心

三徵釋所以何以初心即滿因位釋意云以等眞性所爲無齊限故有十一句初總餘別文並同前初喻中辨

以發心故常爲三世一切諸佛之所憶念當得三世一切諸佛無上菩提即爲三世一切諸佛與其妙法即與三世一切諸佛體性平等已修三世一切諸佛助道之法成就三世一切諸佛力無所畏莊嚴三世一切諸佛不共佛法悉得法界一切諸佛說法智慧何以故以是發心當得佛故

第二以發心故下妙果當成分二初標因所得二徵釋所由令初得於八事一解契

佛心故爲憶念二入正定聚故當得菩提三眞器已成故佛授妙法妙法者即如來知見也四知心性故與佛平等五圓修助道六度四攝六力等未證亦定無疑故云成就七十八不共修習莊嚴八得四無礙辯名説法智慧上七皆言三世明其豎該今云法界辨其横攝前後影略二徵釋所由中初徵意云何以發心即得果法釋云以是發心爲因決定當得佛故望圓極之果故定當成約見性成智身上品云即得故晉經梵本此中皆云即是佛故者當此義也力等未證者即是偈意偈云菩薩於佛十力中雖未證得亦無疑十八不共淨行品已説望圓極之果等者當得佛言且順經文分爲二義故引晉經梵本則知當字是譯人之意譯人意欲不壞初後故作此譯若此意存不壞初後則前梵行品初發心即得菩提如何會釋此改爲當彼亦須改彼成無妨此即何違故此即佛正是梵行初心即成耳且順彼釋故云見性即成智身若約圓融此後更無別佛

應知此人即與三世諸佛同等即與三世諸佛如來境界平等即與三世諸佛如來功德平等得如來一身無量身究竟平等眞實智慧

第三應知下與佛平等者見性均故發心畢竟二不別也文有四句初總餘別總言等佛何所等耶有三種等一所緣境界及分齊境界等二大悲大定力無畏等皆等三得知身無從亦無積聚隨物分別見種種身如是智慧與佛平等三得知身無從等者釋經得如來一身無量身究竟平等眞實智慧即用上光明覺品偈釋偈云一身爲無量無量復爲一了知諸世間現形遍一切此身無所從亦無所積聚衆生分別故見佛種種身

纔發心時即爲十方一切諸佛所共稱歎即

能說法教化調伏一切世界所有衆生即能震動一切世界即能光照一切世界即能息滅一切世界諸惡道苦即能嚴淨一切國土即能於一切世界中示現成佛即能令一切衆生皆得歡喜即能入一切法界性即能持一切佛種性即能得一切佛智慧光明

第四纔發心時下能作佛事有十一句皆是纔發即得言即得者有二意故一約法圓融初心攝諸位故通說諸位相攝總有三類一以行攝位如信中具一切位賢首品說二以位攝位如十住滿即得成佛如十住品及法界品海幢比丘處說其十行十向十地皆爾各如自品說三初心攝終如十住初心即攝諸位如此品說並就因位滿說如普賢作用大分同佛猶未是佛

此中亦爾其十行等者十行第十智度滿故入因陀羅網境界明知已攝諸位十迴向品第十入法界無量迴向證窮法界故十地墮在佛數故如普賢作用下倒引等妙二覺證成二約見性齊故說與佛等具諸佛法豎論位次優劣非無若爾此與歷別何異請以喻顯若彼虛室置之一燈光周室內加二加三乃至百千各各重重徧於室內雖同周徧不妨後後益明初心等佛若彼一燈妙覺等初同第百千若器中盛燈雖復百千共置一室互不相見歷別修行類同此也依於此義故初心即云振動光照一切世界登地已上却說百剎千剎如理思之又即由此義廢高就下住中即齊地故二約見性下此上即藏和尚意此下即天台圓教之意故云昔人暨說五種菩提我即橫開六即此中當其分真即也請以下三解釋先喻圓融後喻行布又即由此義等者亦天台意智者雖說四教三教及至果處却無實事但就

教中施設有果進入位後果即便虛如別教說三賢十地修三賢位則有可修及至登地更無有別別教十地證竟但是圓家住耳即由此義圓教初住自在過地不知此意故謂此會是說十地

此初發心菩薩不於三世少有所得所謂若諸佛若諸佛法若菩薩若菩薩法若獨覺若獨覺法若聲聞若聲聞法若世間若世間法若出世間若出世間法若衆生若衆生法唯求一切智於諸法界心無所著

第五此初發下明大智現前此文二意一別是一段謂以無著大智求菩提故二通釋上四段謂由於一切無所著故稱性圓融能成能攝一切功德文中分二初正明無著後釋其所由前中初總所謂下別謂從三世門見佛法僧非佛法僧同三世攝於中三位初八清淨次四通染淨後二唯染後唯求下釋不著所由文含多意一云唯爲菩提故云求一切智不餘趣向故於法界佛等無著此雖有理不順今文以佛及佛法豈非一切智耶二云求之於已不求佛等求之於已尚未免求文含多意者標也前二敘普言求之於已尚未免求者破第二釋也則違淨名於一切法應無所求今釋有二一只爲求一切智故求而無著以有所著非眞求故故淨名云夫求法者於一切法應無所求了法無求順一切智二言求者不壞相也不著者稱法性也性相雙鑑終日求而無所求經云無所求中吾故求之矣今釋有二下述正義也前意即順般若性空後意則明事理雙現經云無所求中吾故求之即方等經中佛爲雷音菩薩說於法華昔因緣已又云過去有佛名栴檀華彼佛去世甚久我於彼時如汝無異彼有菩薩名曰上首作一乞士入城乞食時有比丘名曰恒伽謂乞士言汝從何來答曰我從眞實中來又問何謂

真實答曰寂滅相故名爲真實又問寂滅相中有所求無所求耶答曰無所求又問無所求者何用求耶答曰無所求中吾故求之又問無所求中何用求耶答曰有所求者一切皆空得者亦空著者亦空嗇者亦空求者亦空語者亦空問者亦空寂滅涅槃一切虛空一切世界亦復皆空吾爲如是次第空法而求真實又問菩薩於何處求答曰於六波羅蜜中求恒伽闍已賣身供養釋曰然上經文雙證二意以正說求者皆空即般若意故不礙求即雙行意雙行亦即不共般若之意耳

爾時佛神力故十方各一萬佛刹微塵數世界六種震動所謂動徧動等徧動起徧起等徧起踊徧踊等徧踊震徧震等徧震吼徧吼等徧吼擊徧擊等徧擊雨衆天華天香天末香天華鬘天衣天寶天莊嚴具作天妓樂放天光明及天音聲

第五爾時下動地與供分全同上文

是時十方各過十佛刹微塵數世界外有萬佛刹微塵數佛同名法慧各現其身在法慧菩薩前作如是言善哉善哉法慧汝於今者能說此法我等十方各萬佛刹微塵數佛亦說是法一切諸佛悉如是說

第六是時十方下他方證成分望於上文有同有異同義可知異有三種即爲三段一佛現證成異前菩薩二顯益證成前文所無三結通無盡前略比廣加說因故今初也先現身次讚說後引已同以初心攝德深廣恐難信受故佛自證

汝說此法時有萬佛刹微塵數菩薩發菩提心我等今者悉授其記於當來世過千不可說無邊劫同一劫中而得作佛出興於世皆號清淨心如來所住世界各各差別

二汝說此法時下顯益證成益通二世初益現在後我等悉當護持已下顯及當來

今初清淨心者以聞菩提心見心性故而經多劫者然餘教說定三僧祇此宗所明劫數不定略有四類一或展則無量不可說不可說剎塵如法界品說二或千不可說或減或增如威光太子及此中說三或一生二生如善財童子兜率天子四初心即得如前所說所乘之法既自在圓融能乘之人亦遲速不定念劫融故故彌勒云一切菩薩無量劫修善財一生皆得起信則以若遲若速皆爲方便此宗則以楷定爲權並有聖言無煩固執不以長時而生退怯不以速證而起輕心若遲若疾誓要當剋是佛意也而經多劫者此標舉亦是問難也應有問言前來讚經玄妙則言一生圓曠劫之果今既圓妙何以多劫方成起信則以下三雙出二宗之意發趣道相中證發心後云或示超地速成正覺以爲怯弱衆生或說於無量阿僧祇劫當成佛道以爲懈慢衆生故能示如是無數方便不可思議而實菩薩種性根等發心則等所證亦等無有超過之法以一切菩薩皆經三阿僧祇劫故但隨衆生世界不同所見所聞根欲性異故示所行亦有差別釋曰此即以遲速皆方便也此宗則楷定爲權以不定或遲或速爲實如前第二段明故毗目瞿沙暫時執手時經多劫則一生不定一生無量劫即一念多劫豈爲多劫故結勸之勿生執也

我等悉當護持此法令未來世一切菩薩未曾聞者皆悉得聞

後益末世令信仰故今之聞者皆由佛力願深愧信行

如此娑婆世界四天下須彌頂上說如是法令諸衆生聞已受化如是十方百千億那由他無數無量無邊無等不可數不可稱不可思不可量不可說盡法界虛空界諸世界中亦說此法教化衆生

三如此下結通無盡是證佛結通非經家

也先明說徧
其說法者同名法慧悉以佛神力故世尊本
願力故為欲顯示佛法故為以智光普照故
為欲開闡實義故為令證得法性故為令衆
會悉歡喜故為欲開示佛法因故為得一切
佛平等故為了法界無有二故說如是法
後其說法下示所說同文中有三一說人
同二說因同謂神力本願故三說意同為
欲下是此文大旨同前十住並顯可知此文
大旨等者同十住中加所為也此中顯示一切佛法即前持說佛法故二智光普照即前覺一切佛法三開闡實義即前增長佛智四證得法性即前所入無礙五衆會歡喜即前善了衆生界及知衆生根六開示佛法因即前所行無障及得無等方便七為得一切佛平等即前入一切智性八為了法界無有二故即前深入法界故總結云說如是法明是說因
爾時法慧菩薩普觀盡虛空界十方國土一
切衆會欲悉成就諸衆生故欲悉淨治諸業
果報故欲悉開顯清淨法界故欲悉拔除雜
染根本故欲悉增長廣大信解故欲悉令知
無量衆生根故欲悉令知三世法平等故欲
悉令觀察涅槃界故欲增長自清淨善根故
承佛威力即說頌言
第七爾時下以偈重頌分先辨偈意有十
一句初一後一是說偈儀而離開者欲顯
中九皆承佛力該十方故中九正明所為
初總餘別別中四對一淨業顯理二除惑
開信妄想分別為雜染根三知病識藥四
觀果淨因即由利他自業便淨一淨業顯理者業淨則理顯故二除惑開信者若無妄想即增信解故餘可知
為利世間發大心其心普徧於十方衆生國
土三世法佛及菩薩最勝海

第二正顯偈辭有一百二十一頌文分三段初八十二偈超頌就法略示二有三十四偈却頌就喻校量三有五偈結德勸讚令景慕發心歎深難說徧於三段又歎爲長行偈頌之本故略不頌之初中文亦分五初有十七偈頌第一解行圓滿二菩薩始發下十七頌超頌第四能作佛事三菩薩所住下十八偈却頌第三得佛平等四趣向菩提下六偈半頌第五大智現前五恒勸衆生下二十三偈半頌第二當成妙果文不次者顯德無前後故又長行明先同果體後同果用偈明用可在今果明當得大智通徧故前後互明初中文分爲二初一偈頌前正明解行圓滿然初句是總舉發心爲因

究竟虛空等法界所有一切諸世間如諸佛法皆往詣如是發心無退轉

餘十六偈頌前徵釋於中有七初一偈頌充徧一切世界

慈念衆生無暫捨離諸惱害普饒益光明照世爲所歸十力護念難思議

十方國土悉趣入一切色形皆示現如佛福智廣無邊隨順修因無所著

二有二偈頌爲欲度脫一切世界衆生

有刹仰住或傍覆麤妙廣大無量種菩薩一發最上心悉能往詣皆無礙

三有一偈頌知世界成壞知者意在往化覲佛故

菩薩勝行不可說皆勤修習無所住見一切佛常欣樂普入於其深法海哀愍五趣諸羣

生令除垢穢普清淨
四一偈半頌爲悉知一切衆生垢淨故及一切世界三有清淨知垢意在令淨故五趣三有名左右耳
紹隆佛種不斷絶摧滅魔宫無有餘已住如來平等性善修微妙方便道於佛境界起信心得佛灌頂心無著兩足尊所念報恩心如金剛不可沮於佛所行能照了自然修習菩提行
五紹隆下兩偈半却頌爲不斷如來種性故初半摧邪顯正即紹隆義次句示佛種之體性次二句即起佛種緣餘是種起之相化化不絶是報佛恩心如金剛是種性義照佛所行修菩提行則佛種不斷也
諸趣差别想無量業果及心亦非一乃至根性種種殊一發大心悉明見其心廣大等法界無依無變如虚空趣向佛智無所取諦了實際離分别知衆生心無生想了達諸法無法想雖普分别無分别億那由刹皆往詣無量諸佛妙法藏隨順觀察悉能入衆生根行靡不知到如是處如世尊清淨大願恒相應樂供如來不退轉人天見者無厭足常爲諸佛所護念
六五偈頌知衆生心樂煩惱習氣下四種發心於中初偈總明所知事想是妄想即煩惱也業即習氣果即死此生彼心即心行根性即諸根次二偈顯知之體相皆即事入玄次偈非唯知病亦識法藥故如世尊後偈非唯空知行願相符能爲實益

其心清淨無所依雖觀深法而不取如是思惟無量刧於三世中無所著

其心堅固難制沮趣佛菩提無障礙志求妙道除蒙惑周行法界不告勞

知語言法皆寂滅但入眞如絕異解諸佛境界悉順觀達於三世心無礙

七有三偈頌知一切衆生三世智謂離三世障故障有十種一煩惱雜染障二觸境迯倒障三長時懈怠障四取著因果障五邪敎邪師引轉障六趣下乘障七麤相現前障八於徧趣行無堪能障九隨言生解障十不亡能所障如次十句各一對治末後二句總結通達

菩薩始發廣大心即能徧往十方刹法門無量不可說智光普照皆明了

大悲廣度最無比慈心普徧等虛空而於衆生不分別如是清淨遊於世

第二菩薩始發下有十七偈頌上能作佛事總分爲十初二偈頌即能說法敎化調伏一切衆生以悲智相導故

十方衆生悉慰安一切所作皆眞實恒以淨心不異語常爲諸佛共加護

二有一偈頌諸佛讚歎必加護

過去所有皆憶念未來一切悉分別十方世界普入中爲度衆生令出離

三有一偈頌即能振動一切世界動入互舉

菩薩具足妙智光善了因緣無有疑一切迯惑皆除斷如是而遊於法界

魔王宮殿悉摧破衆生翳膜咸除滅離諸分

别心不動善了如來之境界
三世疑網悉已除於如來所起淨信以信得
成不動智智清淨故解眞實
爲令衆生得出離盡於後際普饒益長時勤
苦心無厭乃至地獄亦安受
福智無量皆具足衆生根欲悉了知及諸業
行無不見如其所樂爲説法
了知一切空無我慈念衆生恒不捨以一大
悲微妙音普入世間而演説
四菩薩具足下六偈頌即能息滅一切諸
惡道苦於中具悲智之德故能拔因果之
苦而無我人
放大光明種種色普照衆生除黑暗光中菩
薩坐蓮華爲衆闡揚清淨法
五有一偈頌即能光照一切世界照世意

在照生
於一毛端現衆刹諸大菩薩皆充滿衆會智
慧各不同悉能明了衆生心
六一偈即能嚴淨一切國土毛孔現刹即
神通嚴也
十方世界不可説一念周行無不盡利益衆
生供養佛於諸佛所問深義於諸如來作父
想爲利衆生修覺行
七有一偈半頌上即令一切衆生歡喜供
佛問法但爲益物故
智慧善巧通法藏入深智處無所著隨順思
惟説法界經無量劫不可盡智雖善入無處
所無有疲厭無所著
八一偈半頌上即能入一切法界性初半
聞而通達次半思而兼説後半修而無著

三世諸佛家中生證得如來妙法身

九有半偈依修而證頌即能持一切佛種性也

普爲羣生現衆色譬如幻師無不作或現始修殊勝行或現初生及出家或現樹下成菩提或爲衆生示涅槃

十有一偈半頌即能示現成佛

菩薩所住希有法唯佛境界非二乘身語意想皆已除種種隨宜悉能現

菩薩所得諸佛法衆生思惟發狂亂智入實際心無礙普現如來自在力

此於世間無與等何況復增殊勝行雖未具足一切智已獲如來自在力已住究竟一乘道深入微妙最上法

第三菩薩所住下十八偈頌得佛平等於中分四初三偈半頌佛境界平等初偈分齊境次偈兼所證所緣境後一偈半舉況顯勝

善知衆生時非時爲利益故現神通分身徧滿一切剎放淨光明除世暗

譬如龍王起大雲普雨妙雨悉充洽觀察衆生如幻夢以業力故常流轉

大悲哀愍咸救拔爲說無爲淨法性佛力無量此亦然譬如虛空無有邊

爲令衆生得解脫億劫勤修而不倦種種思惟妙功德善修無上第一業於諸勝行恒不捨專念生成一切智

二善知下四偈半頌功德平等

一身示現無量身一切世界悉周徧其心清淨無分別一念難思力如是

三有一偈頌前文得如來一身無量身平
等
於諸世間不分別於一切法無妄想雖觀諸
法而不取恒救衆生無所度
一切世間唯是想於中種種各差別知想境
界險且深爲現神通而救脱
譬如幻師自在力菩薩神變亦如是身徧法
界及虚空隨衆生心靡不見
能所分別二俱離雜染清淨無所取若縛若
解智悉忘但願普與衆生樂
四於諸下九偈頌眞實智慧於中有四初
四頌發離一切妄想廣大心
一切世間唯想力以智而入心無畏思惟諸
法亦復然三世推求不可得
能入過去畢前際能入未來畢後際能入現
在一切處常勤觀察無所有
二有二頌發窮三際廣大心
隨順涅槃寂滅法住於無諍無所依心如實
際無與等專向菩提永不退
修諸勝行無退怯安住菩提不動揺佛及菩
薩與世間盡於法界皆明了
三有二頌發順涅槃菩提廣大心
欲得最勝第一道爲一切智解脱王應當速
發菩提心永盡諸漏利羣生
四一偈結勸可知
趣向菩提心清淨功德廣大不可説爲利衆
生故稱述汝等諸賢應善聽
第四趣向菩提下六偈半頌大智現前於
中初一結前生後
無量世界盡爲塵一一塵中無量刹其中諸

佛皆無量悉能明見無所取

善知衆生無生想善知言語無語想於諸世界心無礙悉善了知無所著

其心廣大如虛空於三世事悉明達一切疑惑皆除滅正觀佛法無所取

十方無量諸國土一念往詣心無著了達世間衆苦法悉住無生眞實際

無量難思諸佛所悉往彼會而覲謁常爲上首問如來菩薩所修諸願行

心常憶念十方佛而無所依無所取

餘正頌大智現前初偈於佛無著次偈即若衆生若衆生法次偈即若佛若佛法次偈若世間若世間法次偈若菩薩若菩薩法二乘文略後半偈頌上結文念十方佛即求一切智無依無取即於諸法界心無所著

恒勸衆生種善根莊嚴國土令清淨一切趣生三有處以無礙眼咸觀察

所有習性諸根解無量無邊悉明見衆生心樂悉了知如是隨宜爲說法

於諸染淨皆通達令彼修治入於道無量無數諸三昧菩薩一念皆能入

於中想智及所緣悉善了知得自在

第五有二十三偈半頌前妙果當成於中有九初三偈半頌常爲一切諸佛護念以具德故

菩薩獲此廣大智疾向菩提無所礙

二半偈頌當得無上菩提

爲欲利益諸羣生處處宣揚大人法

三半偈頌與其妙法大人法者八大人覺

也八大人覺者遺教全明一少欲二知足三寂靜四精進五正念六正定七正慧八無戲論涅槃二十七加二爲十云善男子菩薩成就十法雖見佛法不得明了前七同上八即解脫九讚歎解脫十以涅槃教化衆生十地抄中更當廣釋

善知世間長短劫一月半月及晝夜國土各
別性平等常勤觀察不放逸

四有一偈頌佛體平等時處平等即佛體
故

普請十方諸世界而於方處無所取嚴淨國
土悉無餘亦不會生淨分別

五有一偈頌已修三世諸佛助道之法

衆生是處若非處及以諸業感報別隨順思
惟入佛力於此一切悉了知
一切世間種種性種種所行住三有利根及
與中下根如是一切咸觀察
淨與不淨種種解勝劣及中悉明見一切衆
生至處行三有相續皆能說
禪定解脫諸三昧染淨因起各不同及以先
世苦樂殊淨修佛力咸能見
衆生業惑續諸趣斷此諸趣得寂滅種種漏
法永不生并其習種悉了知
如來煩惱皆除盡大智光明照於世菩薩於
佛十力中雖未證得亦無疑

六有六偈頌成就三世諸佛力無所畏廣
十力之別名略無畏之都號於中五偈半
別明十力後半偈顯得分齊

菩薩於一毛孔中普現十方無量刹或有雜
染或清淨種種業作皆能了
一微塵中無量刹無量諸佛及佛子諸刹各
別無雜亂如一一切悉明見
於一毛孔見十方盡虛空界諸世間無有一

處空無佛如是佛剎悉清淨
於毛孔中見佛剎復見一切諸衆生三世六
趣各不同晝夜月時有縛解
如是大智諸菩薩專心趣向法王位於佛所
住順思惟而獲無邊大歡喜
七有五偈頌已莊嚴三世諸佛不共佛法
三世間圓融不共權小故
菩薩分身無量億供養一切諸如來神通變
現勝無比佛所行處皆能住
無量佛所皆鑽仰所有法藏悉耽味見佛聞
法勤修行如飲甘露心歡喜
已獲如來勝三昧善入諸法智增長信心不
動如須彌普作羣生功德藏
慈心廣大徧衆生悉願疾成一切智而恒無
著無依處離諸煩惱得自在

哀愍衆生廣大智普攝一切同於已知空無
相無眞實而行其心不懈退
八五偈頌悉得諸佛說法智慧
菩薩發心功德量億劫稱揚不可盡以出一
切諸如來獨覺聲聞安樂故
九一偈結德無盡並屬初心該前諸段
十方國土諸衆生皆悉施安無量劫勸持五
戒及十善四禪四等諸定處
復於多劫施安樂令斷諸惑成羅漢彼諸福
聚雖無量不與發心功德比
又教億衆成緣覺獲無諍行微妙道以彼而
校菩提心算數譬喻無能及
一念能過塵數剎如是經於無量劫此諸剎
數尚可量發心功德不可知
過去未來及現在所有劫數無邊量此諸劫

數猶可知發心功德無能測
以菩提心徧十方所有分別靡不知一念三
世悉明達利益無量衆生故
十方世界諸衆生欲解方便意所行及以虛
空際可測發心功德難知量
菩薩志願等十方慈心普洽諸羣生悉使修
成佛功德是故其力無邊際
衆生欲解心所樂諸根方便行各別於一念
中悉了知一切智智心同等
一切衆生諸惑業三有相續無暫斷此諸邊
際尚可知發心功德難思議
發心能離業煩惱供養一切諸如來業惑既
離相續斷普於三世得解脫
一念供養無邊佛亦供無數諸衆生悉以香
華及妙鬘寶幢旛蓋上衣服
美食珍座經行處種種宮殿悉嚴好毗盧遮
那妙寶珠如意摩尼發光耀
念念如是持供養經無量劫不可說其人福
聚雖復多不及發心功德大

大文第二十方國土下三十四頌頌前約喻校量於中分二先十四頌正頌前喻可知

所說種種衆譬喻無有能及菩提心

後二十偈通釋諸喻不及所由前雖略釋今此廣辦又長行中多隨喻別明今此總辨亦總相頌前歎深難說若將別配則令難證等互有所局於中分三初半偈結前生後亦總相頌前等者昔以二十三偈頌前歎深難說即分爲十初三頌甚深二有一偈頌難知三有二偈頌難分別四有二偈頌難信解五三偈頌難證六二偈頌難行七二偈頌難通達八有二偈頌難思惟九二偈頌難說十有三偈頌難度量

故云若將別配言則令難證等者如一切獨覺及聲聞悉以發心作根本頌難證者前文十力十八不共等豈易證耶故云互有所局今二十三偈皆通難信難知難證等故云總相頌前則今證等互無所局

以諸三世人中尊皆從發心而得生發心無礙無齊限欲求其量不可得

次十七偈半正釋後二偈結德無盡就正釋中分三初偈標章次十二偈半別釋三四偈顯德圓滿今初也謂標出生無盡體相無限二章

一切智智誓必成所有衆生皆永度發心廣大等虛空生諸功德同法界

所行普徧如無異永離衆著佛平等一切法門無不入一切國土悉能往

一切智境咸通達一切功德皆成就一切能捨恒相續淨諸戒品無所著

具足無上大功德常勤精進不退轉入深禪定恒思惟廣大智慧共相應

二別釋中初四偈釋無齊限或一句是一義後一偈半頌六度義可以意得

此是菩薩最勝地出生一切普賢道三世一切諸如來靡不護念初發心

悉以三昧陀羅尼神通變化共莊嚴十方衆生無有量世界虛空亦如是發心無量過於彼是故能生一切佛

後八偈半釋出生無盡於中分三初二偈半結前生後以體無限故出生無盡也

菩提心是十力本亦爲四辯無畏本十八不共亦復然莫不皆從發心得

諸佛色相莊嚴身及以平等妙法身智慧無著所應供悉以發心而得有

一切獨覺聲聞乘色界諸禪三昧樂及無色界諸三昧悉以發心作其本

一切人天自在樂及以諸趣種種樂進定根力等衆樂靡不皆由初發心

次善提心是下四偈正顯出生爲本出生乃一義耳

以因發起廣大心則能修行六種度勸諸衆生行正行於三界中受安樂

住佛無礙實義智所有妙業咸開闡能令無量諸衆生悉斷惑業向涅槃

後二偈略釋爲本所由由修六度爲菩薩乘本由勸王行爲人天乘本由闡妙業通爲三乘涅槃之本

智慧光明如淨日衆行具足猶滿月功德常盈譬巨海無垢無礙同虛空

普發無邊功德願悉與一切衆生樂盡未來際依願行常勤修習度衆生

無量大願難思議願令衆生悉清淨空無相願無依處以願力故皆明顯

了法自性如虛空一切寂滅悉平等法門無數不可說爲衆生說無所著

三四偈顯德圓滿中初偈總顯次二偈別顯願滿後一偈別明智圓

十方世界諸如來悉共讚歎初發心此心無量德所嚴能到彼岸同於佛

如衆生數爾許劫說其功德不可盡以住如來廣大家三界諸法無能喻

第三二偈結德無盡可知

欲知一切諸佛法宜應速發菩提心

大文第三欲知下結勸發心於中三初半

偈正勸

此心功德中最勝必得如來無礙智衆生心行可數知國土微塵亦復然虛空邊際乍可量發心功德無能測

出生三世一切佛成就世間一切樂增長一切功勝功德永斷一切諸疑惑

開示一切妙境界盡除一切諸障礙成就一切清淨剎出生一切如來智

次三偈半釋勸所由總舉具足一切德故欲見十方一切佛欲施無盡功德藏欲滅衆生諸苦惱宜應速發菩提心

後一偈結勸速發

大方廣佛華嚴經疏鈔會本第十七之五

音釋

膜 末各切 音莫

大方廣佛華嚴經疏鈔會本第十八之一

唐于闐國三藏沙門實叉難陀　譯
唐清涼山大華嚴寺沙門澄觀撰述

明法品第十八

初來意者前明當位所成之德今辨趣後勝進之行故次來也又前明發心之勝德今辨所具之行相故次來也

二釋名者準梵具翻應云法光明品統有四義一法慧智慧於能所詮進趣行法分明照了故即明所知法二明是能詮以能顯行故法是所詮可軌則故此則詮旨合目明有法故法之明故通二釋也三明是智用法是理行及果境智合說俱是所詮法之明明之法依主名也四所修行法體離無明亦唯所詮有明之法法即是明通有財持業也

統有四義者然法光明攝論中釋云能正了知周遍無量無分限相大法光明令疏取諸釋意參為四義初一即世親意世親先牒本論意釋云謂正了達十方無邊無分限相如善習誦文字光明名法光明令疏取意以能正了達即法智慧十方無邊法即此勝進能所詮法也二即無性意彼牒本論竟釋云謂正通達十方無邊無分限相顯照行故名法光明令疏取意無性但有顯照行言異於世親故取意義以能詮為光明而無性意亦有菩薩智為明耳上二攝論皆是第七三即梁論意梁論即世親同本異譯而文稍廣多是敵對譯故彼論第十先牒本論云三能見一切處無量分別相善法光明次釋云約三乘法說一切處又約內外法說一切處又約真俗法說一切處如此一切處菩薩能見無量相如佛所說法相及世間所立法相菩薩皆能了達即如量智如其本數量菩薩以如理智通達無分別相此二智能照了真俗境故名法光明釋曰此中論意不異初釋但文廣說一切處等耳而能了者亦通諸菩薩智今取其別意但取所詮中菩薩之智異法慧智故為別耳其第四意一向義加顯此四解後後狹於前前

三宗趣者明法不同略有四種謂教理行果尋教悟理觀理起行行成得果皆初宗後趣又此四

皆宗爲成後位及成勝德爲趣

爾時精進慧菩薩白法慧菩薩言

第四釋文文有三分一請説分二正説分三結説分今初分二先長行後祇夜前中亦二初叙問答之人勝進趣後非勤不能故精進慧問

佛子菩薩摩訶薩初發求一切智心成就如是無量功德具大莊嚴升一切智乘入菩薩正位捨諸世間法得佛出世法去來現在諸佛攝受決定至於無上菩提究竟之處

二佛子下正申所問亦分爲二初領前自分勝德後請説勝進之行前中先總後具大莊嚴下別別有七句一領德即領前莊嚴一切諸佛不共之法二領乘即上已住究竟一乘道三領位位不退故即上已住如來平等性三世諸佛家中生此下晋云離生道者即是領道圓教初住離生因故今四五二句晋經一句以捨世間得出世法入住正位即上於諸世間不分別等六去來現在諸佛攝受領得勝緣即上佛護佛讃等也七決定至於菩提領其當果即上云當得三世諸佛無上菩提德雖無量不出於此故略舉耳此約當住位釋若約攝於上位理無不通而於求勝進義非愜當德雖無量下總結謂頌其當位已得勝進云何上求故云而於勝進義非愜當

彼諸菩薩於佛教中云何修習令諸如來皆生歡喜入諸菩薩所住之處一切大行皆得清淨所有大願悉使滿足獲諸菩薩廣大之藏隨所應化常爲説法而恒不捨波羅蜜行所念衆生咸令得度紹三寶種使不斷絶善

根方便皆悉不虚

二彼諸菩薩下請後勝進中亦二先問所成行體後問行成德用以破癡等爲德用故前中先正問後結請前中十句爲三初五自利兼他一問云何修習順佛令喜其修習言亦總亦别總徧諸句别謂策勤即下答中明不放逸二問順法入位三順行四順願五順德積德成藏故次四利他兼自東爲二對初常説法而不捨自行後下念四生上弘三寳末後一句總結二利不虚

佛子彼諸菩薩以何方便能令此法當得圓滿願垂哀愍爲我宣説此諸大會靡不樂聞

二佛子下結請可知

復次如諸菩薩摩訶薩常勤修習滅除一切無明黑暗降伏魔寃制諸外道永滌一切煩惱心垢悉能成就一切善根永出一切惡趣諸難淨治一切大智境界成就一切菩薩諸地諸波羅蜜總持三昧六通三明四無所畏清淨功德莊嚴一切諸佛國土及諸相好身語心行成就滿足善知一切諸佛如來力無所畏不共佛法一切智智所行境界爲欲成熟一切衆生隨其心樂而取佛土隨根隨時如應説法種種無量廣大佛事

第二復次下問行成德用文亦分二初正問後結請前中分二初問行所成因德二問結因成果德今初有十二事初十一字貫下諸句一能滅無明未審修何行法而能滅耶諸句皆爾意在徵因無明有體黑闇爲用非明無之處即名無明故别有惑

體由無明故事理皆昧名爲黑闇二問降魔三問制外四問究竟斷道心垢即是所知亦名習氣五善根以何而成六三惡八難云何可出七智境何由淨治八地等十種淨德云何成就九依正三業功德云何莊嚴滿足十以何觀力知佛功德十一一切智境復云何知十二何法能成就衆生乃至作大佛事非明無之處等者即俱舍第一偈云明所治無明如非親實等上句正明有體謂此無明不了四諦所對治名曰無明與明相違方名無明非是離明之外皆是無明此據眼等亦非明無之處即名無明此即正明有體下句舉喻釋成六地當辨及餘無量諸功德法諸行諸道及諸境界皆悉圓滿疾與如來功德平等

第二及餘下結因成果德於中二先正結平等謂結所不說及等如來

於諸如來應正等覺百千阿僧祇劫修菩薩行時所集法藏悉能守護開示演說諸魔外道無能沮壞攝持正法無有窮盡於一切世界演說法時天王龍王夜叉王乾闥婆王阿修羅王迦樓羅王緊那羅王摩睺羅伽王人王梵王如來法王皆悉守護一切世間恭敬供養同灌其頂常爲諸佛之所護念一切菩薩亦皆愛敬得善根力增長白法開演如來甚深法藏攝持正法以自莊嚴

第二於諸如來下顯等佛之用護持正法便等佛故故偏明之又有十句初總餘別總謂開示演說教理行果皆有護義諸魔下別一異敵不侵二攝持修行三十王外助四舉世同欽五諸佛灌頂準梵本云一切如來共所守護同灌其頂故應迴文六

菩薩愛敬七得衆善根八能演深法九攝
德自嚴若得此九方名護法
一切菩薩所行次第願皆演說
二一切下結請可知
爾時精進慧菩薩欲重宣其義而說頌言
大名稱者善能演菩薩所成功德法深入無
邊廣大行具足清淨無師智
第二爾時下偈文分二初一讚說者
若有菩薩初發心成就福德智慧乘入離生
位超世間普獲正等菩提法
餘十頌上文於中亦二初一頌領前
彼復云何佛教中堅固勤修轉增勝令諸如
來悉歡喜佛所住地速當入
所行清淨願皆滿及得廣大智慧藏常能說
法度衆生而心無依無所著
菩薩一切波羅蜜悉善修行無缺減所念衆
生咸救度常持佛種使不絕
所作堅固不唐捐一切功成得出離如諸勝
者所修行彼清淨道願宣說
餘頌請後於中亦二前四頌所修行體
永破一切無明暗降伏衆魔及外道所有垢
穢悉滌除得近如來大智慧
永離惡趣諸險難淨治大智殊勝境獲妙道
力鄰上尊一切功德皆成就
證得如來最勝智住於無量諸國土隨衆生
心而說法及作廣大諸佛事
後五頌行所成德於中亦二前三頌行所
成因德
云何而得諸妙道開演如來正法藏常能受
持諸佛法無能超勝無與等

云何無畏如師子所行清淨如滿月云何修
習佛功德猶如蓮華不著水
後二頌結因成果德
爾時法慧菩薩告精進慧菩薩言善哉佛子
汝今為欲多所饒益多所安樂多所惠利哀
愍世間諸天及人問於如是菩薩所修清淨
之行
大文第二正說分中分二先長行後偈頌
前中亦二先讚問許說後正答所問前中
三初讚所問利益也
佛子汝住實法發大精進增長不退已得解
脫能作是問同於如來
二佛子下讚能問具德
諦聽諦聽善思念之我今承佛威神之力為
汝於中說其少分

三諦聽下誡聽許說
佛子菩薩摩訶薩已發一切智心應離癡暗
精勤守護無令放逸
第二正答中二先答所成行體後答行成
德用前中答前十問即為十段今初段中
有五十句前二十句答前修習後三十句
答令佛歡喜前修習言亦總亦別今不放
逸亦通總別總則徧下十段皆由不放逸
成別則屬於修習在文分二先牒前標後
勤智守心不犯塵境名不放逸是修習相
不守根門是名放逸不守根門名為放逸即瑜伽意前文曾引
此段疏文乃有三義初略釋名二涅槃云下先彰所以三出其體業涅槃云
不放逸根深固難拔因不放逸一切善根
皆得增長故首明之二中即涅槃二十四高貴德王菩薩品十
功德中第四十事利益功德於中一根深難拔經自牒云云何根深難拔所言根者

名不放逸不放逸者爲是何根所謂阿耨多羅三藐三菩提根不放逸故諸餘善根展轉增長以能增長諸善根故最爲殊勝善男子如諸跡中象跡爲上如日之光諸光中勝亦如輪王諸王中勝諸河之中四河最勝諸山之中須彌山勝善男子如水生華青蓮華爲最不放逸法亦復如是於諸善中爲最爲上善男子如陸生華婆利師華爲最爲上不放逸法亦復如是師子金翅羅睺大身乃至佛僧爲衆中最廣引喻竟結云如是義故不放逸根深固難拔卽其文也

即精進三根於所斷修防非爲性對治放逸成滿一切世出世間善事爲業卽精進三根下第三出其體業卽唯識第六釋日謂依精進及無貪等三種善根此之四法於所斷惡防令不起於所修善隨令增長體是四法約別功能而假建立名不放逸非別有體

佛子菩薩摩訶薩住十種法名不放逸何者爲十一者護持衆戒二者遠離愚癡淨菩提心三者心樂質直離諸諂誑四者勤修善根無有退轉五者恒善思惟自所發心六者不樂親近在家出家一切凡夫七者修諸善業而不願求世間果報八者永離二乘行菩薩道九者樂修衆善令不斷絶十者恒善觀察自相續力佛子若諸菩薩行此十法是則名爲住不放逸

二別辨中有二十句前十始修後十終成今初有四一總標二徵數三別列四總結他皆做此列中一對治破戒放逸三聚非一故名爲衆即三德三身之因故首明也寧捨身命不犯小罪故名護持二離癡智顯故菩提心淨三四可知五恐負自心故思本發六遠離惡緣七修善無住八離小行大寧起疥癩野干之心不起二乘之心難反復故九積善無替十亦愛亦策不令過分使不相續若不續者當令相續故須觀察寧起疥癩下卽薩遮尼揵子經難反復故卽淨名文彼第二經云凡夫於

佛法有反復而聲聞無也

佛子菩薩摩訶薩住不放逸得十種清淨何者爲十一者如說而行二者念智成就三者住於深定不沉不舉四者樂求佛法無有懈息五者隨所聞法如理觀察具足出生巧妙智慧六者入深禪定得佛神通七者其心平等無有高下八者於諸衆生上中下類心無障礙猶如大地等作利益九者若見衆生乃至一發菩提之心尊重承事猶如和尚十者於授戒和尚及阿闍梨一切菩薩諸善知識法師之所常生尊重承事供養佛子是名菩薩住不於逸十種清淨

二終成十中一行清淨由不放逸得無違教失故名清淨二念智清淨念則明記智則決斷念有智故念即無念智有念故常得現前此二相資故名成就三等持清淨不沉不掉故名爲等然此沉掉乃含多意如始學者不昏沉不惡作亦名爲等未是深定今稱性寂然故能不掉智照不昧所以不沉如此深定非深非淺四勤聞清淨五思修清淨六等引清淨七妙慧清淨稱理平等故八攝受清淨等利益故如大地者勝鬘云譬如大地負四重檐一者大海二者諸山三者草木四者衆生菩薩大地荷負四種重任者謂離善知識無聞非法衆生以人天善根而成熟之及三乘人隨機徧攝名等作利益九同行清淨謂如彌伽讚敬善財十承事清淨離雜心故謂離善知識下合上四種重任此合大海最深重難持故諸山喻菩薩十地十地如十山故草木喻緣覺獨善不從師故衆生喻聲聞有師屬故

佛子菩薩摩訶薩住不放逸發大精進起於正念生勝欲樂所行不息於一切法心無依處於甚深法能勤修習入無諍門增廣大心佛法無邊能順了知令諸如來皆悉歡喜

次答令佛喜有三十句初十結前生後次十正成行相後十純熟究竟令初此即牒前十種清淨如次配屬前八可知九攝二句以菩提心佛法無邊誓願知故既敬此心及事於師故能順了上九結前第十生後故令佛喜

佛子菩薩摩訶薩復有十法能令一切諸佛歡喜何等爲十一者精進不退二者不惜身命三者於諸利養無所希求四者知一切法皆如虛空五者善能觀察普入法界六者知諸法印心無倚著七者常發大願八者成就清淨忍智光明九者觀自善法心無增減十者依無作門修諸淨行佛子是爲菩薩住十種法能令一切如來歡喜

次十正成行相者前明即前修習故令佛喜今更別明於中一勤而不退成上精進二內不惜身正念方成三外絕異求故唯有勝進四加行觀空方能不息五正證入理故無所依

六窮得法印方順深法法印多種或五或四或三或一但廣略之異耳言五印者即五非常觀謂無常苦空無我寂靜言四印者合空入於無我空即我所故或名優陀那菩薩藏經第二中名法鄔陀南鄔陀南者此名標相涅槃寂靜是無爲法標相印即決定義如說有爲決定無常善戒第七

地持第八瑜伽四十六廣有分別言三印者四中合苦入於無常或除涅槃寂靜有爲印故今以諸印印於一切亦無能印故云不著則入唯一實相印矣

言五印者即同淨名迦旃延章五非常觀然前四非常即是有爲寂靜爲涅槃即是無爲攝爲無爲盡又前四俗諦後一眞諦言四印者下即莊嚴論第十一名四法印論云四法印者一者一切行無常印二者一切行苦法印三者一切法無我印四者受寂滅印所以知合空入於無我者論云此中應知無常印苦印爲成無願三昧依止無我印成空三昧依止寂滅印爲成無相三昧說此法印爲三三昧依止故或名優陀那者即地持第八亦名優檀那論云有四優檀那諸佛菩薩爲令衆生得清淨故故說爲四云何爲四一切行無常一切行苦一切法無我涅槃寂滅諸佛菩薩具足此法復以此法傳授衆生是名優檀那過去寂滅諸牟尼尊展轉相傳是名優檀那菩薩藏經等者亦即大寶積第三十六菩薩藏會第十二卷末即大試驗菩薩品經云舍利子諸佛世尊具大智力總攝諸法安處四種鄔陀南中何等爲四所謂一切行無常一切行苦一切法無我涅槃寂滅舍利子所演一切行無常者如來謂諸常想衆生斷常想故所演一切行苦法者如來謂諸樂想衆生斷樂想故所演一切無我法者如來謂諸我想衆生斷我想故所演寂滅涅槃法者如來爲諸住有所得顛倒衆生斷有所得顛倒心故舍利子是諸菩薩若聞如來說一切得爲無常者則能善入畢竟無常若有聞說一切行苦則能興起厭離願心若聞說諸法無我則能修習空三摩地妙解脫門若有聞說寂滅涅槃則能修習無相三摩地而不非時趣入眞際如是舍利子若諸菩薩摩訶薩能善修習如是法者終不退失一切善法速能圓滿一切佛法鄔陀南此云標相者釋經也言涅槃寂靜是無爲法標相者略舉亦應云無常是有爲法標相若是有漏法標相無我是諸法標相亦有說言鄔陀南者唐言說也佛常說故義當無問自說經印即決定者諸有漏法決定是苦一切法決定無我無爲決定寂靜善戒第七下略示源由地持第八已如上說善戒第七者經云智有三種一者能捨外物二者能捨內物三者捨內外已兼化衆生云何教化見貧窮者先當語言汝能歸依於三寶不受齋戒不若言能者先受三歸及於齋戒後則施物若言不能復應語言若不能者汝能隨我說一切法無常無我寂滅涅槃不若言能者復當教之教已便施乃至云若能如是先教後施是名大施釋曰此即次下云言三印者四中合苦入於無常即智論所說三法印也瑜伽四十六者論云復次有四種法嗢陀南諸佛

菩薩欲令有情清淨故說與地持同地持即瑜伽同本異譯耳或除涅槃等者此三唯說有爲即不合苦入無常也言三者一無常二苦三無我也然嗢陀南此云集施應與鄔陀南異今論亦云嗢陀南或譯之少巧此三即涅槃三修今以諸印下結前諸印生後釋一印義法華云佛自住大乘者即第一經偈中此前偈云唯此一事實餘二則非眞終不以小乘濟度於衆生後四依理起行七願護小心故增廣大八智護凡見方順佛法九自無法愛十無作而修故入無諍門矣

佛子復有十法能令一切諸佛歡喜何者爲十所謂安住不放逸安住無生忍安住大慈安住大悲安住滿足諸波羅蜜安住諸行安住大願安住巧方便安住勇猛力安住智慧觀一切法皆無所住猶如虛空佛子若諸菩薩住此十法能令一切諸佛歡喜

後十純熟究竟中行修成熟故云安住初二入理行一加行離逸二正證捨相次二救生行次二隨緣行十度別修諸行總攝後四願智行即十度後四也亦可前十如次成此十種但生熟之異耳思之

佛子有十種法令諸菩薩速入諸地何等爲十一者善巧圓滿福智二行二者能大莊嚴波羅蜜道三者智慧明達不隨他語四者承事善友恒不捨離五者常行精進無有懈怠六者善能安住如來神力七者修諸善根不生疲倦八者深心利智以大乘法而自莊嚴九者於地地法門心無所住十者與三世佛善根方便同一體性佛子此十種法令諸菩薩速入諸地

第二答入菩薩所住處問文分爲三初有十法起入地行次住地觀修後明地要勝今初列中初三自分行一具資糧二成加

行一度具十名大莊嚴三智契實相故不隨他後七起勝進行謂四外近良緣五內須自策六能安果用七不厭修因八雙遊定慧深心契寂利智貫達以斯二法嚴於法身故法華云佛自住大乘如其所得法定慧力莊嚴以此度衆生也九不住法門住有二失一不契地智二不能進趣不住反此十善窮地體謂依一佛智方便多門更無異體

復次佛子諸菩薩初住地時應善觀察隨其所有一切法門隨其所有甚深智慧隨所修因隨所得果隨其境界隨其力用隨其示現隨其分別隨其所得悉善觀察知一切法皆是自心而無所著如是知已入菩薩地能善安住

二復次下住地觀修有十一句初一是總一切法門是成地之法次九爲別二諸地證智三修加行因四攝報等果五所知分齊及所化境六進德修業斷障力用七示百身等八分別諸願十善等法九所證法界皆言隨其者諸地非一故十悉善下辨成觀相皆自心者智與心相應故因由心學果是心成境由心現力用是心分位神通是心現起分別是心決擇所得是心造詣並心外無得何所著耶十一如是下結觀成益住地觀修者依梁論云地者對治義

佛子彼諸菩薩作是思惟我等宜應速入諸地何以故我等若於地地中住成就如是廣大功德具功德已漸入佛地住佛地已能作無邊廣大佛事是故宜應常勤修習無有休

息無有疲厭以大功德而自莊嚴入菩薩地
三佛子下顯地要勝標徵釋結文並可知

大方廣佛華嚴經疏鈔會本第十八之一

音釋

癩落蓋切音賴疥也惡疾也 鄔安古切聲同隖

大方廣佛華嚴經疏鈔會本第十八之二

唐于闐國三藏沙門實叉難陀　譯

唐清涼山大華嚴寺沙門澄觀撰述

佛子有十種法令諸菩薩所行清淨何等爲十一者悉捨資財滿衆生意二者持戒清淨無所毁犯三者柔和忍辱無有窮盡四者勤修諸行永不退轉五者以正念力心無迷亂六者分別了知無量諸法七者修一切行而無所著八者其心不動猶如山王九者廣度衆生猶如橋梁十者知一切衆生與諸如來同一體性佛子是爲十法令諸菩薩所行清淨

第三答大行清淨問有二十句初十是因後十是果今初行成出障故云清淨雖數名小異大同十行亦通十度十行所行即是十度欲勝進彼故此前修又下文由爲物説法自增諸度故復廣明所望處別互有影略前七可知八於惡衆生修菩薩行心不傾動是難得中義本願誓化故九善法行中與衆生爲清涼法池大悲堅固普攝衆生爲舍爲歸是廣度衆生如橋梁義有力能故十眞實行中文云此菩薩入三世諸佛體性與三世諸佛善根同等智決體同故雖數名小異等者以刊定不許通十行故雙定之彼云初四五七名同十行餘並全別不可懸指次後有文具顯十度釋曰此公雖爲十度釋經意明但是行法亦非十行亦非十度故今雙定俱是無過次云十行所行即十度者明二義相成俱明無失次云欲勝進彼故此前修者別通十行以其上意云十行自是後位何用懸指今疏通云夫勝進者逆修後位今十住勝進正修十行何有遠耶又下文由爲物下通其不許十度彼云下文自有十度此是十度乃成重也故今釋云彼納説法成度此約通修所望既差亦非繁重彼唯前四名同今取其後三説同十行指

文顯著前七雙具文理自顯

菩薩既得行清淨已復獲十種增勝法何等爲十一者他方諸佛皆悉護念二者善根增勝超諸等列三者善能領受佛加持力四者常得善人爲所依怙五者安住精進恒不放逸六者知一切法平等無異七者心恒安住無上大悲八者如實觀法出生妙慧九者能善修行巧妙方便十者能知如來方便之力佛子是爲菩薩十種增勝法

第二菩薩既得下由行淨因得勝法果一他力勝二自善勝三深定勝四同行勝五助道勝六眞智勝七意樂勝八觀慧勝九修行勝十增進勝

佛子菩薩有十種清淨願何等爲十一願成熟衆生無有疲倦二願具行衆善淨諸世界三願承事如來常生尊重四願護持正法不惜軀命五願以智觀察入諸佛土六願與諸菩薩同一體性七願入如來門了一切法八願見者生信無不獲益九願神力住世盡未來劫十願具普賢行淨治一切種智之門佛子是爲菩薩十種清淨願

第四答大願問有二十句初十起勝淨願後十勵志令滿今初全同初地十願一成熟衆生願二淨佛國土願三供養四護法五承事六同善根七攝法上首法通至佛名如來門八三業不空九具修諸行十現成正覺但彼文廣依彼次者五七一二六八三九四十爲今之次依彼次者五七一二等如次將今之十以對彼十此中第一即彼第五是成熟衆生等

佛子菩薩住十種法令諸大願皆得圓滿何

等爲十一者心無疲厭二者具大莊嚴三者念諸菩薩殊勝願力四者聞諸佛土悉願往生五者深心長久盡未來劫六者願悉成就一切衆生七者住一切劫不以爲勞八者受一切苦不生厭離九者於一切樂心無貪著十者常勤守護無上法門

二佛子菩薩下令願成滿者由斯十句能滿前十及餘多願於中五深心則可久六悉成則可大可久則菩薩之德可大則菩薩之業餘並可知

五深心等者此則用周易繫辭繫辭云乾以易知坤以簡能天地之道不爲而善始不勞而善成故曰易簡易則易知簡則易從易知則有親易從則有功順萬物之情故曰有親通天下之志故曰有功有親則可久有功則可大有易簡之德則能成可久可大之功可久則賢人之德可大則賢人之業天地易簡萬物各載其形聖人不爲羣方各遂其業德業既成則入於形器故賢人目其德業也易簡而天下之理得矣天下之理莫不由於易簡而各得順其分位也天下之理得而成位乎其中矣成位立象也極易簡則能通天下之理通天下之理故能成象並乎法也言其中者則明並天地也天但觀向引疏文可見但取可大可久之言而不取易簡之義

佛子菩薩滿足如是願時即得十種無盡藏何等爲十所謂普見諸佛無盡藏總持不忘無盡藏決了諸法無盡藏大悲救護無盡藏種種三昧無盡藏滿衆生心廣大福德無盡藏演一切法甚深智慧無盡藏報得神通無盡藏住無量劫無盡藏入無邊世界無盡藏佛子是爲菩薩十無盡藏

第五佛子已下答護菩薩藏問文亦有四初是結前生後謂以前行願蘊積成藏故唯十句更無成熟等異文有五對並顯可知

文有五對並顯可知者一見佛持法對二智深悲廣對三多定廣福對四辯深通勝對五豎末橫該對

菩薩得是十種藏已福德具足智慧清淨於諸衆生隨其所應而爲說法

第六菩薩得是下答隨所應化常爲說法

問文分爲三初結前生後謂蘊積福智用以攝生

佛子菩薩云何於諸衆生隨其所應而爲說法

二佛子下徵以標起

所謂知其所作知其因緣知其心行知其欲樂

三所謂下正解其義於中分二前知器授法二具德成益初中先知器有四一識習氣所作如金師之子應教數息等二知種性因緣聞法發心爲因隨因成性遇師聞法爲緣隨緣成種三知心行之病謂多貪等四知希望差別如金師之子等者涅槃經說乃是身子差機十地當引今且引莊嚴論說目連教二弟子金師之子教不淨觀浣衣之子教數息觀久無所證舍利弗問目連汝以何法而教之乎答以二觀又問二人從何來答一浣衣二鍛金身子云鍛金之子應教數息浣衣之子令修不淨於是目連於法教之則得羅漢即說五頌讚身子云第二轉法輪佛法之大將於諸聲聞中得於最上智又云行自境界中獲得所應得行他境界中如魚墮陸地我常在河邊習浣衣自淨安心於白骨相類易開解不大加功力速疾入我意金師常吹囊出入氣是風以其相類故易樂入安般衆生所翫習各自有勝劣釋曰上皆隨宜之意

貪欲多者爲說不淨瞋恚多者爲說大慈愚癡多者教勤觀察三毒等者爲說成就勝智法門樂生死者爲說三苦若著處所說處空寂心懈怠者說大精進懷我慢者說法平等多諂誑者爲說菩薩其心質直樂寂靜者廣爲說法令其成就菩薩如是隨其所應而爲說法

二貪欲下知授法文有十句初二可知三癡有二種一迷於事理教觀法相二惡邪

推求不信業因令其觀察十二因緣能離邪執自性等計上三唯對治四等分者等謂相似三觀不可並施若等重者教觀勝義謂婬欲即道等若等輕者可以生善爲人化之釋此四分具如雜集十三五求人天樂爲樂生死說三苦者乃至非想行苦所隨故十樂事寂者令成理寂若沈空寂令成事用菩薩巳下總結隨宜

釋此四分具如雜集十三等者然此論建立補特伽羅略有七種謂病行差別故方便差別故出離差別故果差別故界差別故住持差別故修行差別故今當病行差別自有七種一貪行二瞋行三癡行四慢行五尋伺行六等分行七薄塵行言貪行補特伽羅者謂有猛利長時貪欲標也雖於下劣可愛境界而能發起上品貪欲此釋猛利起即長時無有斷滅此釋長時如貪行者乃至尋伺行者亦爾各隨自境猛利長行如理配釋等分補特伽羅者謂住自性煩惱遠離猛劣住平等境煩惱故隨境勢力煩惱現行故釋曰猛揀前五劣揀第七住平等境釋成自性隨境勢力煩惱現行釋自性煩惱謂勝境貪心即增劣境貪心則下不同前五於下劣境起上品貪等亦猶顏回怒不遷等或與境等名爲等分又於所起無偏勝劣故云等也論云薄塵行補特伽羅者謂住自性位薄煩惱如前所說自性位煩惱相今此煩惱望彼微薄故雖於增上所緣境界而微薄性煩惱現行昔所修習勝對治力所推伏故釋曰非如前等分等於前境境勝則貪重等今勝亦劣故不同前則父母之讐亦無加報又上有七經多說四者取其三毒爲不善根故等分之中攝餘三故故云等分分其輕重輕即薄塵重即正是等分旣等於境望於薄塵故爲重耳又等皆相似無有勝劣前三則有互增之義五求人天樂爲樂生死恐有難言誰復樂死故令答云所謂樂生以生必死故人天之樂是生死中事故樂事寂者即爲人意下即對治

爲說法時文相連屬義無紕謬觀法先後以智分別是非審定不違法印次第建立無邊行門令諸衆生斷一切疑善知諸根入如來教證眞實際知法平等斷諸法愛除一切執常念諸佛心無暫捨了知音聲體性平等於諸言說心無所著巧說譬喻無相違反悉令

得悟一切諸佛隨應普現平等智身
二爲說法時下明具德成益有十句十對
一文連義正二法智無差即依法不依人
依智不依識三審定無違即依了義經不
依不了義經四立法義故能徧斷疑五了
物根故入於佛教六寂契眞際照法性源
七斷眞法愛除人法執八念佛了音九亡
言巧說雖無說無示善順宗因十令悟隨
宜終歸平等即說之益一文連義正者即依義不依文也疏以文義顯故更不釋之第二句中有其兩對即依法不依人依智不依識具法四依也即淨名經法供養品而以義語智識了義不了義人法而爲其次四依之義三門分別一釋名二出體三次第初名者義爲所詮憑之起行是故應依教雖詮理要須忘言言非義故智無分別能决斷故是以應依識爲了別能起染著故不應依依了義經不依不了義者顯實分明名爲了義憑之起解是故應依隱覆有餘名非了義令人執滯故不應依託法起行是故須依不隨人情故不依人然了義經等乃有多門一法印非印門與無常寂靜無我三印相應以爲了義不與相應即非了義二大小乘門小乘三印亦非了義大乘方了如七善知中又涅槃第六云若說如來無常變易名爲不了若說如來常住不變是名爲了三顯密門密意宣說名爲不了顯了說者即名爲了四又於大乘言未周悉名爲不了周備爲了此上四門初一令物捨邪歸正二捨小歸大三捨密就顯四令尋詮使義周備二出體者初一所詮通事通理二即能證通根本後得三約能詮通詮上二四約能說忘情取法三三次第者即以上義以爲次第餘可思也七斷眞法愛者謂眞實觀智理事無違心生愛著便不證實故諸聖人少有所念不得聖果

菩薩如是爲諸衆生而演說法則自修習增
長義利不捨諸度具足莊嚴波羅蜜道
第七菩薩如是下答恒不捨離諸波羅蜜
問於中二先結前生後則正說法時便具
十度設自修此亦爲利他一向大悲了平
等故通至佛果故皆名道設自修此等者以此章門標說法時不捨諸度而下釋相於諸佛所聞法近友等亦有不因說法所成故爲此通設

（自修時亦爲衆生則不違彌前隨所應化常爲說法）
是時菩薩爲令衆生心滿足故內外悉捨而
無所著是則能淨檀波羅蜜
二是時下正示不捨度相十度即爲十段
皆先辨相後是則下結名前四辨相中先
辨施等相後無著等辨波羅蜜相
具持衆戒而無所著永離我慢是則能淨尸
波羅蜜
檀戒可知
悉能忍受一切諸惡於諸衆生其心平等無
有動搖譬如大地能持一切是則能淨忍波
羅蜜
三忍中諸惡通於內外其心下契理平等
成波羅蜜
普發衆業常修靡懈諸有所作恒不退轉勇
猛勢力無能制伏於諸功德不取不捨而能
滿足一切智門是則能淨精進波羅蜜
四進中普發衆業是無餘修亦利樂勤常
修靡懈是長時修恒不退轉是無間修上
即加行勤也勇猛莫制是勇捍修亦被甲
勤於諸已下是顯度相（四精進中等者此中攝於四修及三精進故疏雙配細尋可知）
於五欲境無所貪著諸次第定悉能成就常
正思惟不住不出而能銷滅一切煩惱出生
無量諸三昧門成就無邊大神通力逆順次
第入諸三昧於一三昧門入無邊三昧門悉
知一切三昧境界與一切三昧三摩鉢底智
印不相違背能速入於一切智地是則能淨
禪波羅蜜
五禪定中文有十一句一訶五欲所以訶

者夫禪定虛凝湛猶渟海高攀聖境尚曰妄情馳想五塵豈當爲道云何訶之色如熱金丸執之則燒聲如毒塗鼓聞之必死香如㸋龍氣齅之則病味如沸熱蜜舐則爛傷觸如卧師子近之則嚙此五欲者得之無猒如火益薪亡國敗家世世爲害過於怨賊故不應著況菩薩體此即如復何所著一訶五欲者即天台止觀依智論諸經修正道前立二十五方便謂一具五緣二訶五欲三棄五蓋四調五事五行五法五五二十五今此但明訶五欲耳況菩薩下三無訶相直順經文無貪著義餘之方便疏文不要畧示其名言具五緣者一持戒清淨二衣食具足三閑居靜處四息諸緣務五近善知識言棄五蓋前已有竟調五事者一調食令不飢不飽二調眠不節不恣三調身令不寬不急四調息令不澀不滑五調心令不沉不舉行五法者一欲二精進三念四巧慧五一心並類前後其相可知二入次第定謂四禪四空及滅受想爲九次第定下十地離世間品具明即

一切門禪即一切門禪者瑜伽三十三說六度四等各有九門謂一自性二一切三難行四一切門五善士六一切種七遂求八此世他世樂九清淨故彼頌云自性一切難一切門善士一切種遂求二世樂清淨又自性皆一一切或二或三難行皆三一切門皆四善士皆五一切種皆六或七遂求皆八一世樂皆九清淨皆十今九門靜慮者一自性者謂心一境性或奢摩他品或毗鉢舍那品或雙運道即十句中二三及九第二一切禪者略有二種一者世間二出世間九次第定通於世間不住不出是出世間亦即第二句攝有三種者一現法樂住禪謂身心輕安遠離憍舉離諸愛味泯一切相二引生功德禪三饒益有情禪如疏已配第三難行禪有三種者一已住深定能引諸靜慮而捨彼最勝生於欲界是第一難即經第五句二依此靜慮能發種種超過二乘所行等持亦第五句故疏云即難行相三依於靜慮逮證無上菩提即第十句疏亦已指第四一切門禪有四種者謂一尋伺俱行二喜俱行三樂俱行四捨俱行即第二句攝故疏已指第五善士禪略有五種者一無愛味即第三四句餘四與四等相應即第八句攝所緣境界即慈念衆生等故第六一切種者此靜慮有六種七種總十三種言六種者一善靜慮二無記變化靜慮三奢摩他品四毗鉢舍那品五自他利正審思惟六能引神通威力功德亦是第六引神

通句亦通餘句言七種者一名緣靜慮二義緣三止相緣四舉相緣五捨相緣六現法樂住七饒益他隨句相應配之可知第七遂求者滿衆生意故亦神通句攝略有八種此一段論文稍廣今義引之一能息諸毒等二能除衆病三降雨止渴四濟諸怖畏五能施飯食六能施資財七能正諫諍八能正造作隨應可知第八此世他世樂靜慮有九者一神通變現調伏有情靜慮二記說變現調伏有情三教誨變現調伏有情四於造惡者示現惡趣五於失辯者能施辯才六於失念者能與正念七制造建立無顛倒論等八於世工巧能隨造作九放光息苦後二亦義引亦隨應配之第九清淨禪有十疏下自配餘度九門十行品說

三安住理定寂愛味住智契不出名正思惟以見心性故亦善士相上二定體即定自性餘六定用四消滅煩惱通愛見慢等故云一切即清淨相

三安住理定寂愛味住者雜集第九云如是靜慮無色由四種相應廣分別謂雜染故清白故建立故清淨故雜染者謂四無記根一愛二見三慢四無明由此四惑染汙其心於諸染汙靜慮定門令色無色界一切有覆無記煩惱及隨煩惱生長不絕釋曰上即略釋論文下別釋中其文廣博今略取意謂由有愛味上靜慮由有見故見上靜慮由有慢故恃上靜慮由無明故疑上靜慮如是煩惱恒染其心令色無色大小二惑相續流轉等論云清白者謂清淨靜慮無色自性善故說名清白雖是世間離纏垢故亦名爲靜建立謂支建立等至建立品類建立名想建立於諸靜慮具四建立諸無色中唯有三種除支建立支建立者取意謂初禪五支等言等至建立者謂七種作意入初靜慮乃至非想言品類建立者於初靜慮具三品熏修八定皆是故初四禪隨三品因各有三天名想建立者謂靜慮中無量名字不可筭數以諸佛世尊所入二乘所不能知故乃至八定互相攝等論云清淨者謂初靜慮中邊際定力乃至非想非非想處邊際是名清淨彼疏釋云八定之中所有最後邊際由作用自在離無堪住障故名清淨通有漏無漏但自在作用俱名清淨釋曰今疏三四即離前雜染四無記根是第四清淨五至八即是前名想建立中互相攝故及品類建立等餘可思之

五出生諸定如起信云得此眞如三昧能生無量諸三昧門上文云一三昧生塵等定是也即難行相

出生諸定者即雜集名想建立疏中先明能出生即依起信修行信心分中之文前云久習純熟乃至得入眞如三昧次論又云復次依是三昧故則知法界一相謂一切諸佛法身與

衆生身平等無二卽名一行三昧當知眞如是三昧根本若人修行漸漸能生無量三昧經言無量三昧者如智論云五智印等三萬五千首楞嚴等五萬三千方便善巧無量無邊

六引發神通謂精義入神以致用也亦遂求相七逆順自在亦難行相從滅定出入非非想乃至初禪是名爲逆從初禪出入第二禪乃至滅定是名爲順此中逆順應各有超間謂超一超二乃至全超文無者略此亦名爲師子遊步三昧

此中逆順等者俱舍定品云二類定順逆均間次及超至間超爲成三洲利無學謂本善等至分爲二類一者有漏二者無漏徃上名順還下名逆今疏已委釋又彼云同類名均異類名間相鄰名次越一名超至間超爲成者名修超也謂觀行者修超定時先於有漏八地等至順逆均次現前數習次於有漏順逆均超現前數習次於無漏順逆均超現前數習是名修習加行滿也後於有漏無漏等至順逆間超名超定成三洲利無學者明處及人修超等至唯人三洲處也仍是利根不時羅漢方能修也今明菩薩居然能超如順超從初禪出應入二禪而入三禪卽是超一若從初出而入四禪卽是超二直入滅定是謂全超逆超亦爾此亦名爲師子等者騰躍跳躑故卽智論百八三昧中第三名也菩薩得是三昧於一切三昧中入出遲速皆得自在譬如衆獸遊戲之時若見師子悉皆怖懼師子戲時於諸羣獸強者則殺伏者則放菩薩亦如是得是三昧於諸外道強者破之信者度之故名師子遊步三昧第一

八一多自在攝一切定應有四句謂在一入一在一入一切在一切入一在一切入一切得其源故

九悉知定境定境有三一諸定所緣二諸定分齊三諸定境用皆能知之

十者總結體用無違言三昧者此云等持唯局有心而通散心三摩鉢底此云等至通於有心及與無心唯諸位定體此二功德名爲等引上二句定體通於此三六句定用卽是所引言智印者卽一實相故智論釋百八三昧中第二名寶印三昧謂與

實相般若相應故上二是定此一是智合即雙運令菩薩隨在一定即與一切三昧此三無違百八三昧名離著虛空不染初一名首楞嚴第二名寶印三昧者智度論云能印諸三昧於諸寶中法寶是實寶今世後世乃至涅槃能為利益如佛語比丘云為汝說法所謂法印法印是寶是解脫門若三藏教門以三法印為法印若摩訶衍但有諸法實相一法印與十實相般若相應三昧名為寶印三昧也一速入智地亦即定果以菩薩之定事窮無邊理極無際故能速至一切智地亦難行相亦二世樂相

又上二三四即現法樂住禪次五引生功德禪五亦饒益有情禪後二通三又上二三下上案文釋今以三禪收之以諸經論多用三故如初會說今當重釋瑜伽四十三云云何菩薩一切靜慮謂此靜慮略有二種一者世間二者出世間復有三種一者現法樂住等論釋云若諸菩薩所有靜慮遠離一切分別皆生身心輕安最極寂靜遠離掉舉離諸愛味泯一切相當知是名現法樂住若諸菩薩所有靜慮能引能住種種殊勝不可思議不可度量十方種性所攝等持乃至若諸菩薩所有靜慮能引能住一切菩薩解脫勝處徧處無礙解無諍願等不共功德名能引等持功德靜慮若諸菩薩所有靜慮於諸有情能引義利彼彼事業與作助伴下取意引息苦除怖救護讚三寶德調伏有情為第三情慮又通十種清淨一由世間淨離諸愛味故即第三句二出世間淨亦此句攝三加行淨即是初句四得根本淨即第二句五根本勝進淨即第五句六入住出自在清淨七捨靜慮已復還證入自在清淨上二即第七句八神通變現自在清淨即第六句九離一切見趣清淨十一切煩惱所知障清淨此二共是第四句攝餘如瑜伽四十三九大禪說十行之中當顯其相又通十種下即九門中第九也

大方廣佛華嚴經疏鈔會本第十八之二

音釋

諂誑 諂丑琰切佞言也誑居況切欺也 **舛謬** 舛昌兖切謬靡切切舛謬謂舛錯謬誤也 **闇** 烏紺切與暗同 **掉** 徒弔切搖也 **渟** 音亭澄也 **躑** 音擲 **弊** 眦祭切惡也 **齅** 許救切以鼻擡氣曰齅 **齧** 倪結切噬也

大方廣佛華嚴經疏鈔會本第十八之三

唐于闐國三藏沙門實叉難陀　譯

唐清涼山大華嚴寺沙門澄觀撰述

於諸佛所聞法受持近善知識承事不倦常樂聞法心無厭足隨所聽受如理思惟入真三昧離諸僻見善觀諸法得實相印了知如來無功用道乘普門慧入於一切智智之門永得休息是則能淨般若波羅蜜

六般若中句亦有十前之三句聞法近友即聞所成慧初句正明二近友不倦是聞慧緣三樂聞無厭是聞慧因暫聞則已慧不生故四即思慧學而後思故云隨所聽也內正作意故云如理五亦思擇慧又於無煩惱中善決擇故捨煩惱故六善觀下皆是修慧此句悟入於如七宿習思量故了無功用道八周備悟入一中一切等名爲普門九入二智門十總結已圓故云休息後三連環後三連環者以經云一乘普門慧二入於一切智智之門三永得休息此三乃似一句爾故云連環而義則別故爲三句此中亦有九門之相恐繁不配此中亦有九門下料揀有二一對九門般若其中雖定慧互有互相嚴故而爲門不同若全雙運故起信論合於六度以爲五門其中雖定慧下二揀濫以互有故於中有六一對前定門揀如前中云知三昧境不違智印入於智地是定中慧慧資定也今此中有入真三昧是定資慧也若全下引證成前既合定慧明必相資後之方便義亦準此涉有不迷於空則名方便不猒有而觀空便稱般若豈令般若不能知有耶方便若不觀空何名方便後之方便下以六對七料揀二亦相成非唯此三萬行皆爾況般若能成萬行何法而不用之寂照盡於理極不得一行無此君

耳所以開則萬行森然泯則一不爲一得意則無所不通耳五非唯此三下總結萬行相資之義況般若下況結深玄言不得一行無此君者借外典語晉書中說王獻之好竹到處即皆樹之人問其故答云人生不得一日無此君耳意在虛心貞節歲寒不移今明萬行不得蹔時而無般若

示現一切世間作業教化衆生而不厭倦隨其心樂而爲現身一切所行皆無染著或現凡夫或現聖人所行之行或現生死或現涅槃善能觀察一切所作示現一切諸莊嚴事而不貪著徧入諸趣度脫衆生是則能淨方便波羅蜜

七方便中亦有十種一巧智現世爲方便二悲非愛見故化而無猒即悲智相導爲方便三依體起用四非捨非受故一切無染五凡聖雙行由雙非故六行無住道七觀察進趣八現相不著九徧入諸趣即無生現生十度脫衆生是無化現化初九拔濟餘皆迴向依瓔珞因果品後之四度亦各有三方便三者一進趣方便即第七句二巧會有無除第四句皆此所攝三不捨不受即第四句依瓔珞下通明後四之相後之三度皆有收束及通明相二段可知

盡成就一切衆生盡莊嚴一切世界盡供養一切諸佛盡通達無障礙法盡修行徧法界行身恒住盡未來劫智盡知一切心念盡覺悟流轉還滅盡示現一切國土盡證得如來智慧是則能淨願波羅蜜

八願中亦有十願前五後三盡字爲初六身恒住盡劫海七智盡心海八窮盡有支九盡現國土十窮佛果智此求菩提前九

利樂若依三願二三四五爲自行願六七爲神通初及八九爲外化願十通二利皆云盡者窮彼源故
具深心力無有雜染故具深信力無能摧伏故具大悲力不生疲厭故具大慈力所行平等故具總持力能以方便持一切義故具辯才力令一切衆生歡喜滿足故具波羅蜜力莊嚴大乘故具大願力永不斷絶故具神通力出生無量故具加持力令信解領受故是則能淨力波羅蜜
九力中十句各二謂標名釋義一契理深心是思擇力染則無力翻此故有餘可準知皆修習力瓔珞有三皆名通力一報通力二修通力三變化通力觀彼似當九十二句耳

知貪欲行者知瞋恚行者知愚癡行者知等分行者知修學地行者一念中知無邊衆生行知無邊衆生心知一切法眞實知一切如來力普覺悟法界門是則能淨智波羅蜜
十智度中識病知根順理授法名爲智度亦有十句初四知病輕重次三知根欲樂一位二行三心後三知法樂一知理法二知果法三普覺法界前七成就有情後三現法樂住瓔珞三智一無相智即知法眞實三變化智即如來力餘皆第二一切種智餘義如初會說
佛子菩薩如是清淨諸波羅蜜時圓滿諸波羅蜜時不捨諸波羅蜜時住大莊嚴菩薩乘中隨其所念一切衆生皆爲說法令增淨業而得度脱

第八佛子下答前所念衆生咸令得度問於中分三初結前起後二正明化度三結如本誓前中初結前清淨約離障圓滿具事理不捨謂常相應住大莊嚴者總結十度爲嚴是大乗體後隨其所念下生後由具前故

墮惡道者教使發心在難中者令勤精進多貪衆生示無貪法多瞋衆生令行平等著見衆生爲説緣起欲界衆生教離欲恚惡不善法色界衆生爲其宜説毗鉢舍那無色界衆生爲其宜説微妙智慧二乗之人教寂靜行樂大乗者爲説十力廣大莊嚴

二墮惡道下正明化度文有十句約爲四類初一令離惡果三塗除無間皆容發心如慈童女二令勤修則脫八難值佛聞法次三令離惡因貪有二種上偏語色貪教修不淨今通語貪財名等故但云示無貪法無貪法者謂不淨觀空少欲知足二瞋亦二種上偏語能爲違害故令修慈今通瞋情非情故觀同體不應自瞋三癡亦二種巳如上明此約邪癡令觀緣起次三令離流轉三界循環皆可猒故初欲恚害等義見三地二色界雖定慧似均然是定地恐其滯寂故爲説觀又無生正觀令得無漏三無色定多故爲説妙慧又示諦觀方得永出後二示以三乗隨機爲説又引權歸實令知本寂

如慈童女者智度論說慈行童女入海採寶辭白其母母不從志相別誤傷母一華髮便墮火盆地獄自省無罪獄主具示罪相便發大心見諸罪人知同此罪便請火盆普爲戴之獄主瞋恚以鐵叉擊頭尋便命終生於天七貪有二種等者畧有此二然準瑜伽二十六中總有五種論云貪有五種一於

內身欲欲欲欲貪二於外身婬欲婬貪三境欲境貪四色欲色貪五薩迦耶欲薩迦耶貪釋曰慈恩解初貪有二一云於自內身初起欲界微少之欲故名欲欲次起重貪故名欲貪二云內身是自所欲之法所以言於內身欲於內身欲上起欲故即能欲心此名欲貪則初一欲字是所欲第二是能欲第三欲字是結名釋曰後釋爲勝濮陽兩解初一同大乘法師後解二云初之欲字義同於前次一欲字即別境欲與貪俱時緣於所欲緣欲之欲重云欲欲後之一字亦是所欲緣欲之貪名爲欲貪釋曰此解不及前以後一皆有別境欲故然古後四皆通二釋思之可知今亦存一今此雖二亦以攝五色貪即初二財名等即後三財即三四名兼第五等即等三耳

如其往昔初發心時見無量衆生墮諸惡道大師子吼作如是言我當以種種法門隨其所應而度脫之菩薩具足如是智慧廣能度脫一切衆生

三如其往昔下結如本誓故能真度師子吼者決定度故

佛子菩薩具足如是智慧令三寶種永不斷絕所以者何菩薩摩訶薩教諸衆生發菩提心是故能令佛種不斷常爲衆生開闡法藏是故能令法種不斷善持教法無所乖違是故能令僧種不斷復次悉能稱讚一切大願是故能令佛種不斷分別演說因緣之門是故能令法種不斷常勤修習六和敬法是故能令僧種不斷復次於衆生田中下佛種子是故能令佛種不斷護持正法不惜身命是故能令法種不斷統理大衆無有疲倦是故能令僧種不斷復次於去來今佛所說之法所制之戒皆悉奉持心不捨離是故能令佛法僧種永不斷絕

第九佛子下答前紹三寶種使不斷絕問文分爲二初仍前總標二所以下徵釋所由由化衆生入三寶海故能紹前令不斷

也文有四番爲成十句前九别明後一總結就初三番釋通總别然皆後後轉深前前通者遍在諸位别者初在十信次居三賢後約登地

三番佛種差别云何初教發心令具因性未發唯有本住性故次讚大願令成因行令所發心不退轉故言大願者謂求菩提願利樂有情願又防惡願如戒經說有進善願如常所明三下佛種子令成佛智謂證真如成無漏故上約别顯通者發菩提心總有三心謂即大悲大願大智初番爲總已含大悲次番是願後番是智謂示妙理令暫見心性成金剛種又防惡願等者梵網經云發十願已持佛禁戒作是願言寧以此身投熾然猛火大坑及上刀山終不以毀犯三世諸佛經律與一切女人作不淨行有十二願兼結云願一切衆生皆得成佛爲十三願

三番法種差别相者初開法藏令教不斷次說因緣令義不斷後具四種護令教理行證皆悉不斷復次初雖領教未發真解次具解行未能證故

三番僧種有何差别初受法無乖始墮僧數次修六和敬僧行已成後統理大衆令僧清淨復次初雖奉教解行未具未是真和次雖具解行未離衆怖不能控御言六和者三業爲三及戒見利謂身和同集口和無諍意和無違見和同解戒和同奉利和同均又約菩薩三業同慈六皆同體真實和也一切恭敬令僧久住言六和者下别釋六和敬先依律釋正在小乘義通大小又約菩薩下後約菩薩明則外同他善謂之爲和內自謙卑名之爲敬言三業同慈者大小異故又三名行和無有和利一同戒和敬菩薩通達實相知罪不可得爲欲安立衆生於實相理以戒方便巧同一切持諸戒品

無有乖諍亦知衆生同此戒善不斷不常未來必得菩提大果是以敬之如佛故說同戒以爲和敬二同見和敬菩薩通達實相不得諸法不知不見爲欲安立衆生於實相正見方便巧同一切種種知見無有乖諍亦知衆生因此知見分別增進開解必得種智圓明是以敬之如佛故說同見以爲和敬三同行和敬菩薩通達實相無念無一行爲欲安立衆生於實相正行方便巧同一切修種種行無有乖諍亦知衆生因此諸行漸積功德皆當成佛是以敬之如佛故說同行爲和敬四身慈和敬菩薩住於無緣大慈以修一其身慈善根力能不起滅定現諸威儀與一切樂故身與九道和同亦知前所得樂衆生悉有佛性未來必定當得金剛之身是以敬之如佛故說身慈以爲和敬五口慈和敬菩薩以無緣平等大慈以修其口慈善根力能不起滅定普出一切音聲言詞與一切樂故口與九道和同亦知前所得樂衆生悉有佛性未來必定當得無上口業是以敬之如佛故說口慈爲和敬六意慈和敬菩薩之心常在無緣大慈三昧以修於意慈善根力能不起滅定現諸心意與衆生樂故意與九道同和亦知前所得樂衆生悉有佛性如來藏理未來必定當得心如佛心是以敬之如佛故說意慈爲和敬也後總句者弘法奉戒三學兼修則不斷三寶化化不絕

菩薩如是紹隆三寶一切所行無有過失

第十菩薩如是下答前善根方便皆悉不空問先略後廣略中分三初結前生後謂由能紹三寶故所行無失

隨有所作皆以迴向一切智門是故三業皆無瑕玷

二隨有下由不空故三業無瑕謂所作迴向是不空業

無瑕玷故所作衆善所行諸行教化衆生隨應說法乃至一念無有錯謬皆與方便智慧相應悉以向於一切智智無空過者

三無瑕玷故下由無瑕故不空所作反覆相成玉之內病曰瑕瑕謂體破外病曰玷玷謂色汙以顯三業內外無失故白珪之玷尚可磨也三業之玷不可爲也白珪下見詩大

雅抑篇曰白珪之玷尚可磨也斯言之玷不可爲也毛傳云玷缺也論語記南容三復白珪謂其誦詩至此三復讀之意在謹言雋永鄭重今疏側用故加三業初句牒前次所作下示無瑕相後皆與下顯不空相方便有慧方便不空慧有方便慧亦不空此辨所行不空迴向智智辨趣果不空方便不空者即側用淨名有慧方便解句下句即有方便慧解即涉有不迷於空是方便有慧觀空不迷於事即慧有方便也

菩薩如是修習善法念念具足十種莊嚴何者爲十所謂身莊嚴隨諸衆生所應調伏而爲示現故語莊嚴斷一切疑皆令歡喜故心莊嚴於一念中入諸三昧故佛刹莊嚴一切清淨離諸煩惱故光明莊嚴放無邊光普照衆生故衆會莊嚴普攝衆會皆令歡喜故神通莊嚴隨衆生心自在示現故正教莊嚴能攝一切聰慧人故涅槃地莊嚴於一處成道周徧十方悉無餘故巧說莊嚴隨處隨時隨其根器爲說法故菩薩成就如是莊嚴於念念中身語意業皆無空過悉以迴向一切智門

第二菩薩如是下廣明有二初明自業不空後辨利他不空初中雖明不空義兼無失以一切清淨離煩惱故又此無失即自業不空順止寂故文有標徵釋結釋中皆先標後釋初四依正莊嚴次六攝化莊嚴言涅槃地者以涅槃嚴地也謂隨有成道入涅槃處當知其地即是金剛令於一切處成則無非金剛也標云涅槃釋云成道文影略耳涅槃嚴地也下即涅槃經文下當廣引在文可見

若有衆生見此菩薩當知亦復無空過者以必當成阿耨多羅三藐三菩提故若聞名若

供養若同住若憶念若隨出家若聞說法若隨喜善根若遥生欽敬乃至稱揚讚歎名字皆當得阿耨多羅三藐三菩提佛子譬如有藥名爲善見衆生見者衆毒悉除菩薩如是成就此法衆生若見諸煩惱毒皆得除滅善法增長

二若有衆生下利他不空於中有法喻合文則可知佛與菩薩俱益不空今不見者不宜見故見不益者無行力故亦遠益故

上來並答所成之行問竟

佛子菩薩摩訶薩住此法中勤加修習以智慧明滅諸癡暗以慈悲力摧伏魔軍以大智慧及福德力制諸外道以金剛定滅除一切心垢煩惱以精進力集諸善根以淨佛土諸善根力遠離一切惡道諸難以無所著力淨智境界以方便智慧力出生一切菩薩諸地諸波羅蜜及諸三昧六通三明四無所畏悉令清淨以一切善法力成滿一切諸佛淨土無邊相好身語及心具足莊嚴以智自在觀察力知一切如來力無所畏不共佛法悉皆平等以廣大智慧力了知一切智智境界以往昔誓願力隨所應化現佛國土轉大法輪度脫無量無邊衆生

第二佛子菩薩摩訶薩住此下答行所成德問前文有二今亦二段第一答以行成因德二答以因成果德今初具答十二問各有二句上句答下句上云修何滅癡今答以智他皆倣此二用慈降魔夫欲害人反招自害苟欲安人則物我俱安故柔勝剛弱勝強以慈安一切惡魔無以施害慈

善根力其功巨量三福則怖之以威智則屈之以辯次四後四文並可知八以方便智慧出生是答一切菩薩已下即是所問準上文中此有七事今波羅蜜下欠總持句然方便有二若加行方便出生地度若善巧方便亦生諸度及餘五法智亦有二若根本智即成內證若後得智即成業用是故此二出生此七言清淨者治彼障故

故柔勝剛等者即借老子道經云柔弱勝剛强御注云柔順可以行權權行即能制物故知柔弱者必勝剛强德經云天下之至柔馳騁天下之至堅御注云天下之至柔者正性也若馳騁伐勝染雜塵境情欲充塞則為天下之至堅矣若河上公意意與前同亦以柔能馳堅如水能穿石今疏意在此若根本智即成內證等者七事皆有內證及業用故

佛子菩薩摩訶薩勤修此法次第成就諸菩薩行乃至得與諸佛平等

二佛子下答以因成果問於中亦二先結因成果謂但勤修上來諸行則能次第從因得果

於無邊世界中為大法師護持正法

二於無邊世界下正答所成之德謂護持正法但當勤修上來以行成因之德自當成後護持法等諸德故乘前結因成德明之答上十句文分九段第一答初總句如來法藏守護開演

一切諸佛之所護念

二佛所護念故則答衆魔外道無能沮壞以佛護故

守護受持廣大法藏獲無礙辯深入法門

三守護受持下答攝持正法無有窮盡

於無邊世界大衆之中隨類不同普現其身

色相具足最勝無比以無礙辯巧説深法其音圓滿善巧分布故能令聞者入於無盡智慧之門

四於無邊下答於一切世界中演説法時十王敬護謂身勝音巧令聞者入智故

知諸衆生心行煩惱而爲説法所出言音具足清淨故一音演暢能令一切皆生歡喜

五知諸衆生下答擧世同欽稱機令喜故

其身端正有大威力故處於衆會無能過者

六其身端正下答菩薩愛敬端正有德故其佛灌頂在前第二佛護之中

善知衆心故能普現身善巧説法故音聲無礙得心自在故巧説大法無能沮壞得無所畏故心無怯弱於法自在故無能過者於智自在故無能勝者般若波羅蜜自在故所説法相不相違背辯才自在故隨樂説法相續不斷陀羅尼自在故決定開示諸法實相辯才自在故隨所演説能開種種譬喻之門大悲自在故勤誨衆生心無懈息大慈自在故放光明網悦可衆心

七善知衆生下答得善根力增長白法於中先總明三業後得心下别顯十種自在皆是善根其十自在之能並是增長白法

菩薩如是處於高廣師子之座演説大法唯除如來及勝願智諸大菩薩其餘衆生無能勝者無見頂者無映奪者欲以難問令其退屈無有是處

八菩薩如是下答開演如來甚深法藏

佛子菩薩摩訶薩得如是自在力巳假使有不可説世界量廣大道場滿中衆生一一衆

生威德色相皆如三千大千世界主菩薩於此纔現其身悉能映蔽如是大衆以大慈悲安其怯弱以深智慧察其欲樂以無畏辯爲其說法能令一切皆生歡喜

九佛子菩薩得如是下答攝持正法以自莊嚴於中初明自嚴

何以故佛子菩薩摩訶薩成就無量智慧輪故成就無量巧分別故成就廣大正念力故成就無盡善巧慧故成就決了諸法實相陀羅尼故成就無邊際菩提心故成就無錯謬妙辯才故成就得一切佛加持深信解故成就普入三世諸佛衆會道場智慧力故成就知三世諸佛同一體性清淨心故成就三世一切如來智一切菩薩大願智能作大法師開闡諸佛正法藏及護持故

次徵後釋以攝正法故有十句德亦即是前所成之德可思準之亦即是前所成之德者即牒前文十種自在總別諸句初智慧輪即牒前總句成就三業智爲導故次之九句牒十自在但一二不次一成巧分別即牒前第一得心自在故巧說大法二廣大念力即第二無畏自在三善巧智慧即第三於法自在及第四於智自在由巧慧了法故故合其二四實相總持即第七陀羅尼自在五成菩提却是第五般若自在般若爲先故六無錯謬辯即第六辯才自在七得佛加持即前第八隨所演法開譬喻門八普入佛會即大悲自在誨生不倦九同一體性即第十大慈自在同體慈故第十一句作大法師即總結前十

爾時法會菩薩欲重宣其義承佛神力而說頌言

心住菩提集衆福　常不放逸植堅慧
正念其意恒不忘　十方諸佛皆歡喜
念欲堅固自勤勵　於世無依無退怯
以無諍行入深法　十方諸佛皆歡喜

第二重頌分十頌分二初六偈頌前十種所成行體後四偈頌行所成德前中初二偈頌佛喜於中初半頌不放逸餘頌佛喜

佛歡喜已堅精進修行福智助道法入於諸地淨衆行滿足如來所說願

二有一頌頌入地及大行大願

如是而修獲妙法既得法已施群生隨其心樂及根性悉順其宜爲開演

三一頌頌菩薩藏及所應化而爲說法

菩薩爲他演說法不捨自己諸度行波羅蜜道既已成常於有海濟群生

四一頌頌不捨自行諸度及所念衆生皆令得度

晝夜勤修無懈倦令三寶種不斷絶

五半頌頌不斷三寶

所行一切白淨法悉以迴向如來地

六半頌頌善根方便皆悉不空

菩薩所修衆善行普爲成就諸群生令其破暗滅煩惱降伏魔軍成正覺

二菩薩所修下頌行所成德初一頌初行所成因果

如是修行得佛智深入如來正法藏爲大法師演妙法譬如甘露悉霑灑

慈悲哀愍徧一切衆生心行靡不知如其所樂爲開闡無量無邊諸佛法

後有三偈頌以因成果德於中初二頌通頌前之八段

進止安徐如象王勇猛無畏猶師子不動如山智如海亦如大雨除衆熱

後一頌別頌第九答攝持正法以自莊嚴

以喻而顯一身儀安諦頌前現身次辨德威猛頌前以無畏辯三心定不動頌安其怯弱四智深如海頌以深智慧五法雨滅障頌前而爲說法

時法慧菩薩說此頌已如來歡喜大衆奉行

第三時法慧下明結說分謂契理合機故佛喜衆奉也第三會竟

大方廣佛華嚴經疏鈔會本第十八之三

音釋

瑕玷　瑕何加切玷都念切
勵　音例勉力也
雋　慈演切前上聲

大方廣佛華嚴經疏鈔會本第十九之一

唐于闐國三藏沙門實叉難陀　譯

唐清涼山大華嚴寺沙門澄觀撰述

升夜摩天宮品第十九

自下第四中賢十行會初來意者酬前十行問故匪知之艱行之惟艱前解此行若膏明相賴目足更資故次來也次品來者此會四品分三初二品當會由致次一品當會正宗後一品勝進趣後於由致中此品先明感應道交後品明讚德顯體前會已終將陳後說故次來也

二釋名者會名有三一約處名夜摩天宮會夜摩此云時分即空居之首表十行涉有化物宜適其時時而後言聞者悅伏時而後動見者敬從涉有依空即事入立託此而說約人名功德林約法名十行會並如後釋三皆依主次品名者大同於會然梵本中上無升字下有神變譯者以升為神變升為神變略有四義一不離前三而升此故二升一處即升一切處故三升已廣其處故四前後同時無障礙故謂佛以圓徧之身不起而升時分天宮升屬如來夜摩約處相違釋也前升須彌後升兜率準此可知

三宗趣者會品之宗並如名說意趣可知

爾時如來威神力故十方一切世界一一四天下南閻浮提及須彌頂上皆見如來處於衆會彼諸菩薩悉以佛神力故而演說法莫不自謂恒對於佛

四釋文者一品長分為十第一本會圓徧

謂前會不散而説後會故初句徧因十方下徧相亦有主伴等並如上説但處加須彌則而演説法通上三會則而演説法等者前第三會不離前二會而昇忉利則各有菩薩承佛神力説前二會之法今加不離須彌頂上則如法慧承佛神力説十住法故兼前二會通三會法也餘義多同須彌頂品

爾時世尊不離一切菩提樹下及須彌山頂而向於彼夜摩天宮寶莊嚴殿

第二爾時世尊下不離而升

時夜摩天王遥見佛來

第三時夜摩下天王見佛並如前會即以神力於其殿内化作寶蓮華藏師子之座

第四即以下各嚴殿座初一句總依空起行故云化作無著導行故曰蓮華一行含多所以稱藏餘如上説

百萬層級以爲莊嚴百萬金網以爲交絡百萬華帳百萬鬘帳百萬香帳百萬寶帳彌覆其上華蓋鬘蓋香蓋寶蓋各亦百萬周迴布列百萬光明而爲照曜百萬夜摩天王恭敬頂禮百萬梵王踊躍歡喜百萬菩薩稱揚讃歎百萬天樂各奏百萬種法音相續不斷百萬種華雲百萬種鬘雲百萬種莊嚴具雲百萬種衣雲周帀彌覆百萬種摩尼雲光明照曜從百萬種善根所生百萬諸佛之所護持百萬種福德之所增長百萬種深心百萬種誓願之所嚴淨百萬種行之所生起百萬種法之所建立百萬種神通之所變現恒出百萬種言音顯示諸法

百萬已下别顯嚴相於中四初明座體備德嚴皆云百萬位漸增故次百萬夜摩下

明座旁圍繞嚴三從百萬下法門行德嚴文有八句攝爲四對一因緣二福智深心契理故三願行四體用無生法體之所起故四末後一句法教流通嚴

時彼天王敷置座已向佛世尊曲躬合掌恭敬尊重而白佛言善來世尊善來善逝善來如來應正等覺唯願哀愍處此宮殿

第五時彼下請佛居殿

時佛受請即升寶殿一切十方悉亦如是

第六時佛下如來受請

爾時天王即自憶念過去佛所所種善根承佛威力而說頌言

第七爾時下各念昔因然晉經亦有樂音止息今略無者譯人之意謂不如十解會事歸理不云樂音止息不及迴向事理無礙不云熾然退可同前進可齊後故並略之

名稱如來聞十方諸吉祥中最無上彼曾入此摩尼殿是故此處最吉祥

第八偈讚十佛此十佛是前會十佛之前如次十佛明位漸高念昔亦遠理實三世諸佛皆同此說餘如前會文亦有二先明此界後辨結通前中十偈亦各有四初句標名讚別德次句通顯具吉祥三憶曾入此殿四結處成勝極亦初一句諸頌不同初二字別名次二字通號下三字別德亦皆以下別德釋上別名一以聞十方釋成名稱

寶王如來世間燈諸吉祥中最無上彼曾入此清淨殿是故此處最吉祥

二以世間燈釋寶王義珠有夜光可代燈者爲寶中王佛有智光照無明夜故曰寶王

喜目如來見無礙諸吉祥中最無上彼曾入
此莊嚴殿是故此處最吉祥
然燈如來照世間諸吉祥中最無上彼曾入
此殊勝殿是故此處最吉祥
饒益如來利世間諸吉祥中最無上彼曾入
此無垢殿是故此處最吉祥
善覺如來無有師諸吉祥中最無上彼曾入
此寶香殿是故此處最吉祥

三四五六義並可知

勝天如來世中燈諸吉祥中最無上彼曾入
此妙香殿是故此處最吉祥

七以世燈釋勝天者身智光照勝於天故

無去如來論中雄諸吉祥中最無上彼曾入
此普眼殿是故此處最吉祥

八以論雄釋無去者具勇智辯不可動故

無勝如來具衆德諸吉祥中最無上彼曾入
此善嚴殿是故此處最吉祥
苦行如來利世間諸吉祥中最無上彼曾入
此普嚴殿是故此處最吉祥

九十可知又此中殿各舉別名初一嚴體下皆寶之别德謂此寶清淨以用莊嚴殊勝無垢此寶發香是香必妙能嚴之寶無所不見可謂普眼如是嚴者是善莊嚴無處不嚴名普嚴也又善嚴者善因生故

如此世界中夜摩天王承佛神力憶念往昔諸佛功德稱揚讚歎十方世界夜摩天王悉亦如是歎佛功德爾時世尊入摩尼莊嚴殿

於寶蓮華藏師子座上結跏趺坐

第九爾時世尊入下佛同升殿

此殿忽然廣博寬容如其天衆諸所住處十方世界悉亦如是

第十此殿下處忽寬容並如前會

夜摩宮中偈讚品第二十

初來意者助化讚揚故說行體性故行所依故然三天偈讚來意宗趣大旨是同但解行願以爲異耳

二釋名三宗趣亦不異前約處約行少有别耳

爾時佛神力故

四釋文者文亦有三一集衆二放光三偈讚初中有十一正明集因亦即各隨其類爲現神通也

十方各有一大菩薩

二十方下辨主菩薩

一一各與佛刹微塵數菩薩俱

三一一下明眷屬數

從十萬佛刹微塵數國土外諸世界中而來集會

四從十萬下來處分量然顯數隨位增信十住百迴向是萬此合當千而云十萬或譯人之誤或是十百則傳寫之誤

其名曰功德林菩薩慧林菩薩勝林菩薩無畏林菩薩慚愧林菩薩精進林菩薩力林菩薩行林菩薩覺林菩薩智林菩薩

五其名下列菩薩字同名林者表十行建立故行類廣多故聚集顯發故深密無間故扶踈庇暎故此十菩薩表行之體也可

以意消息之表十行建立故者此有五義大意可知初言建立者於法性無修之中而起修故二萬行非一故三聚爲十度四行顯發性德令現前故起信云以知法性無慳貪故隨順修行檀波羅蜜等四一一契理曰深意趣秘妙爲密相續無間五扶踈即茂盛之貌如一布施國城内外頭目髓腦而與起故等言庇映者一一行門與慈悲俱普蔭一切相映帶故若建謂修建立謂成立廣謂體廣多謂類異則五句皆二便成十義下三各二可知故下結云可以意消息之

此諸菩薩所從來國所謂親慧世界幢慧世界寶慧世界勝慧世界燈慧世界金剛慧世界安樂慧世界日慧世界淨慧世界梵慧世界

六此諸菩薩下來處刹名同名慧者十解之慧行所依故

此諸菩薩各於佛所淨修梵行所謂常住眼佛無勝眼佛無住眼佛不動眼佛天眼佛解脫眼佛審諦眼佛明相眼佛最上眼佛紺青眼佛

七此諸菩薩各於下明所事諸佛同名眼者以智導行了了分明成有目之足故斯即十行當位之果佛於此位顯者皆名眼故宜以當界之佛與當界菩薩共相屬對思而釋之宜以當界等者以佛是當位之果菩薩即當位之因如功德林菩薩下釋云積行在躬功德圓滿故得成於常住之果二慧爲最勝故成無勝眼三悟勝義諦名爲勝林故成無住眼佛四闇深無畏故成不動五崇真拒迷成大光淨六事理無差離身心相故得解脫七了相不動得審諦眼八照理正修故成明相九照心本源果成最上十鑒達諸佛逈超色聲心言路絕故名智林故得果妙明爲紺青眼以菩薩名下文自釋故今屬對則果號可知

是諸菩薩至佛所已頂禮佛足

八是諸下至已設敬

隨所來方各化作摩尼藏師子之座於其座上結跏趺坐

九隨所下參而不雜

如此世界中夜摩天上菩薩來集一切世界悉亦如是其諸菩薩世界如來所有名號悉等無別

十如此下結通無盡

爾時世尊從兩足上放百千億妙色光明普照十方一切世界夜摩宮中佛及大衆靡不皆現

第二爾時下放光足上謂趺背行必動故背依輪指得有用故表行依信解而成用故餘同前會

爾時功德林菩薩承佛威力普觀十方而說頌言

第三爾時功德林下明說偈讚十菩薩說即爲十段亦以東方爲始上方爲終各有說偈所依謂承佛力等今初菩薩且就能說積行在躬功德圓滿故名功德若就所歎歎佛勝德故云功德林有十二頌以是會主總叙此會普徧之事

佛放大光明普照於十方悉見天人尊通達無障礙

於中二初八述讚奇特後四舉德釋成前中四初一偈叙此品放光

佛坐夜摩宮普徧十方界此事甚奇特世間所希有須夜摩天王偈讚十如來如此會所見一切處咸爾

次二叙前品感應

彼諸菩薩衆皆同我等名十方一切處演說無上法所從諸世界名號亦無別各於其佛所淨修於梵行彼諸如來等名號悉亦同國

土皆豐樂神力悉自在

次三敘此品衆集

十方一切處皆謂佛在此或見在人間或見住天宮如來普安住一切諸國土我等今見佛處此天宮殿

後二明自在普周

昔發菩提願普及十方界是故佛威力充徧難思議遠離世所貪具足無邊德故獲神通力衆生靡不見

後四舉德釋成中二前二舉因顯用

遊行七方界如空無所礙一身無量身其相不可得佛功德無邊云何可測知無住亦無去普入於法界

後二辨果用深廣於中一體用自在上半不去徧至下半卷舒相盡謂一身即多則一相不可得多即是一則多相不可得是故恒一恒多恒非一多由此自在一塵內身無不周于十方徧十方身並潛一塵之內皆悉圓徧非分徧故難思議也後一深廣相成上半牒廣辨深下半釋深顯廣謂不住故無處不至不去故不離本位此釋深也塵毛等處無不普入廣無邊也一塵內身等者以即一恒多故等

爾時慧林菩薩承佛威力普觀十方而說頌言

第二上明功德此辨智慧悟此除冥難遇之慧故名慧林偈中歎此

世間大導師離垢無上尊不可思議劫難可得值遇

十頌分三初一明佛難遇

佛放大光明世間靡不見爲衆廣開演饒益諸群生如來出世間爲世除癡冥如是世間燈希有難可見

次六别釋難遇於中亦三初二益廣難遇

已修施戒忍精進及禪定般若波羅蜜以此照世間

次一因圓難遇

如來無與等求比不可得不了法眞實無有能得見佛身及神通自在難思議無去亦無來說法度衆生若有得見聞清淨天人師永出諸惡趣捨離一切苦

後三果深難遇

無量無數劫修習菩提行不能知此義不可得成佛不可思議劫供養無量佛若能知此義功德超於彼無量剎珍寶滿中施於佛不能知此義終不成菩提

三有三偈校量顯勝於中初一長時大行校量次一長時供佛校量後一勝物供佛校量

爾時勝林菩薩承佛威力普觀十方而說頌言

第三勝林悟勝義甚深之法故

譬如孟夏月空淨無雲曀赫日揚光暉十方靡不充其光無限量無有能測知有目斯尚然何況盲冥者諸佛亦如是功德無邊際不可思議劫莫能分别知

偈歎深廣無涯之德十頌分二初三明佛德廣博後七顯法體甚深横竪互顯前中初二喻況後一法合喻言孟夏月者取意譯也梵本敵對翻云後熱月西域如來聖

教一歲立爲三際謂熱雨寒西域記云從正月十六日至五月十五日爲熱時則後熱月言兼得此方孟夏後半餘之二際各有四月準釋可知赫日之言但取陽光時長難窮其際耳彼方或爲四時與此名同但以正月黑半爲首耳不見此文妄爲異解

喻言孟夏月者取意譯也下疏文有六一總顯文意梵本下二會梵經此即刊定引梵破經如下當說今疏取其所引令順同令經西域如來聖教下三出後熱月相明其三際但是佛教所用俗之所用不必要三亦說四時等赫日之言下四會經通難即刊定破云四月赫日豈勝六月故孟夏之言不順赫日故疏出意云但取光長者故晉經云譬如春後月虛空無雲翳日曜清淨光春後與孟夏無違赫日明取光遠彼方或爲四時下五委彰時分以正濫釋不見此文下六結破刊定謂彼破譯者云準梵本應云後熱月不合言孟夏月若取意總譯應云譬如盛暑月赫日光熾然於淨虛空中無邊光照曜由方言實無敵對翻故應取意譯也言後熱月者西域時節名字兩說一云一年三時謂春夏秋各四月從十一月半已後至三月半已前名春時餘二時準知一云一年六時各兩月謂從十一月後半至正月前半名春時二從正月半至三月前半名熱時三從此後至五月前半名雨時四從此後至七月前半名秋時五從此後至九月前半名雪時六從此後半至十一月前半名極寒時今梵本云後熱月者當此國二月半已後三月半已前彼方雨熱月中後熱月也然此與西國時復不同此地正暄西域已熱是以但可取意譯耳上即刊定記義餘之

二際準知者應云從五月十六日至九月十五日爲夏即雨際從九月十六日至正月十五日即寒際即雨熱寒之三際也斯即俱舍光法師義若泰法師意從十月半爲首泰公約晝夜停等後說增減光公約晝夜極長時後說增減然其兩說亦不愜西域記文刊定承謬更斥經義故云不見此文妄爲異解然疏文已正所引猶暑今當具引彼記第二卷云月盈至滿謂之白分月虧至晦謂之黑分黑分或十四日或十五日以月之大小故然白前黑後合爲一月六月合爲一行日遊在內近北行也日遊在外近南行也總此二行合爲一歲又分一歲以爲六時正月十六日至三月十五日漸熱時也三月十六日至五月十五日盛熱時也五月十六日至七月十五日雨時也七月十六日至九月十五日茂盛時也九月十六日至十一月十五日漸寒時也十一月十六日至正月十五日盛寒時也如來聖教歲爲三時正月十六日

至五月十五日熱時也五月十六日至九月十五日雨時也九月十六日至正月十五日寒時也或歲為四時春夏秋冬也春三月謂制呾羅月吠舍佉月逝瑟吒月當此從正月十六日至四月十五日夏三月謂頞沙荼月室羅伐拏月婆羅鉢陀月當此從四月十六日至七月十五日秋三月謂頞濕縛庾闍月迦剌底迦月末伽始羅月當此七月十六日至十月十五日冬三月謂報沙月磨祛月頞勒窶拏月當此十月十六日至正月十五日故印土僧徒依佛聖教坐兩安居或前三月或後三月前三月當此從五月十六日至八月十五日後三月當此六月十六日至九月十五日前代譯經律者或云坐夏或云坐臘斯皆邊裔俗語不達中國正音或方言未融而傳譯有謬釋曰以此文證邪正可知又令之坐夏正取西域四時非佛教所明故記不許

後七中令於依他修三無性觀以餘之二性不離依他故由於二性成依他故謂圓成是依他體性徧計但橫執依他又迷真似現故即依三性說三無性三性尚一豈有三無三無但是即有之無三性但是即無之有有無不二為一實性有無形奪性亦非性故於依他中具修諸觀謂圓成即是依他之體故觀依他必觀其體離依他性無可橫之執故遍計性亦約依他又迷真似現者此之一句具足三性迷即遍計真即圓成似即依他前意明二不離依他此義明二能成依他故但觀依他已具三性即依三性下第二明三無性不離三性全是唯識偈文具足應云即依此三性立彼三無性初則相無性次無自然性後由遠離前所執我法性則三無性依三性有三性尚一下三明融通謂三性是有尚猶是一三無無相豈定有三故收三性但是一有三無但是一無離有無無故有無不二初句約顯後有無形奪下約遮餘義玄中已具其相

諸法無來處亦無能作者無有所從生不可得分別一切法無來是故無有生以生無有故滅亦不可得一切法無生亦復無有滅若能如是解斯人見如來

文即分三初三作生無自性性觀次二兼修勝義無自性性觀後二修相無自性性觀初三作生無自性性觀者即第二依他上無性也即唯識云次無自然性然三

無性名須彌偈品文中已有今復畧釋謂法從緣無自然生性故上生無自性即是所無下一性字是無性性謂無自然生之自性爲其性故勝義無自性性者即第三無性勝義自性即是所無下一性字義同於前顯無彼勝義之性爲其性故勝義即是圓成圓成即是真如故唯識云此諸法勝義亦即是真如常如其性故即唯識實性相無自性性者即第一無性性謂遍計之相亦不可得如繩上蛇下一性字是第一性以相無自性而爲其性故

今初即分爲三初偈正觀

無生初句果空謂緣生果法非先有體從世性微塵及未來藏因緣心識中來若有來處即先已有如鳥來棲樹何得言生次句因空既無有果對何說因又世性等亦是妄計因緣有故次句雙遣所從是因所生是果又初句不自生次句不他生次句不共生又初句非先有而生次句非先無而生次句非半有半無三義各以末句息妄成觀初句果空等者即中論先有先無門觀也然亦名奪破於中先奪破

其所計先有總舉諸宗世性微塵即是外道及未來藏即一切有部因緣通大小乘約相心識即唯識唯心所現若執定有皆爲所遣從若有來處下縱破鳥來棲樹即中論青目釋無來文謂先有鳥而來就樹可名爲來今從無之有曰生曾何先有炎句因空者即經亦無能作者能作是因因即我也亦即牒辭則通於法瑜伽論云順益是因義謂無常法爲因無有常法能爲法因又雖無常法爲無常因然與他性爲因亦與後自性爲因非即此剎那從既無有果下破也即相待門破可知又世性等亦是妄計因緣有故者亦因緣門因緣無性故亦無體門但有妄計無實體故又初句不自生等者上之四句各別門破今通用因緣門以四開破畧無無因中觀論云諸法不自生亦不從他生不共不無因是故知無生而雜集論二門釋之一云不自生者謂一切法非自所作彼未生時無故性故不從他生者謂彼法緣非作者故不從共生者謂即由此二種因故非不自作他作故不無因生者謂緣望衆生有功能故二又因緣互奪釋云自種有故不從他等次後當釋又初句非先有下前來唯初句用先有門今通三句皆用先有先無門中論因緣品云果先於緣中有無俱不可先無爲誰緣先有何用緣影公云因中先有則境界在六根因中先無則因同非因因同非因則可鑽氷出火境界在六根則可湯中求氷若亦有亦無則具上二過其

第四句乃非此門故中論云若果非有生亦復非無生亦非有無生何得言有緣

次偈以無生釋無滅略有三義一無生可滅故二無待對故三側生從緣故

後偈觀成利益經云無生即是佛故論云若見因緣法則爲能見佛依他因緣即無生故

經云等者正是大品法尚答常啼云諸法如即是佛諸法無生即是佛等下句既云斯人見如來即無生是佛義耳須彌偈讚品一切慧菩薩云一切法無生一切法無滅若能如是解諸佛常現前故論云等者即中論四諦品末云是故經中說若見因緣法則爲能見佛見苦集滅道而論引經即智嚴經至第十菩薩當具引之

諸法無生故自性無所有如是分别知此人達深義以法無性故無有能了知如是解於法究竟無所解

次二偈約依他兼修勝義無自性性觀中前偈遣所觀上半辨觀下半明益各含二義故致兼言一者成前謂非唯能相之生生即無生所生法體從緣無性即無所有此顯依他無性是圓成性益云深者即事而真故二云無生真性亦無所有即彼勝益無自性性益云深者真性不立故各含二義

者釋上兼修之言而云各者正取上半觀相下半觀益爲各二義即依他圓成如下疏列而下遣能亦含依圓故此各言兼於能所方順二偈兼修之言一者成前下別示二義之相此即依他中義也先明觀相由前偈遣能相四相畧舉生滅已含住共此偈遣所相色心法體由四相相成共有爲當法緣生故無自性觀益可知二云無生下即兼修勝義無性義也

後偈遣能觀然有二義一成前所觀謂以無性故無有能了如無有人能了龜毛長短大小知無所了是究竟了二是正遣能了既無所了亦無能了能所兩亡爲究竟解

後偈遣能觀者然此疏中二義亦通前依圓前義依他圓成俱無所了後義依圓皆無能了皆由即性即無性故故疏結云能所雙

亡即正結上二義也亦通結上二偈能所

所說有生者以現諸國土能知國土性其心不迷惑世間國土性觀察悉如實若能於此知善說一切義

後二偈明相無自性性觀中初偈正明後偈總結前中上半顯執不了國等依他謂爲現見妄計爲生故晉經云所言有生者當知由所生下半明觀若知無性則離徧計故後偈總結稱於事理之實以觀世等故善說也不了國等者而言等者國即共業緣生以後偈總結云世間國土性世間之言通有情世間故致等言言謂爲現見者以中論內小乘被破皆悉救云世間現見故意云不合與世間相違又佛言世智說有我亦說有世智說無我亦說無今現見有國等諸法豈得言無故引晉經云當知由所生所生即現故見國等

爾時無畏林菩薩承佛威力普觀十方而說頌言

第四以信樂力聞深不畏名無畏林偈歎信向益深德故

如來廣大身究竟於法界不離於此座而徧一切處

十頌分二初一所信之境謂法身體即法界智身證極法界致令應用之身不動而徧

若聞如是法恭敬信樂者永離三惡道一切諸苦難

後九聞信之益分五初一聞信離惡

設往諸世界無量不可數專心欲聽聞如來自在力如是諸佛法是無上菩提假使欲暫聞無有能得者

次二辨其難聞

若有於過去信如是佛法已成兩足尊而作

世間燈若有當得聞如來自在力聞已能生信彼亦當成佛若有於現在能信此佛法亦當成正覺說法無所畏

次三明聞信成佛將過去已成證現未當成

無量無數劫此法甚難值若有得聞者當知本願力

四有一偈明聞必有由勵物起願

若有能受持如是諸佛法持已廣宣說此人當成佛況復勤精進堅固心不捨當知如是人決定成菩提

五有二頌顯起行益

大方廣佛華嚴經疏鈔會本第十九之一

音釋

拒舊許切抵也 曀於計切音翳 盲眉庚切目無瞳也 翳於計切蔽也 濫盧瞰切音藍去聲水延漫也 膃呼淵切溫也 愜乞協切音怯適意也 謬靡幼切詐也 勵力霽切音例勉力也

大方廣佛華嚴經疏鈔會本第十九之三

唐于闐國三藏沙門實叉難陀　譯

唐清涼山大華嚴寺沙門澄觀撰述

爾時慚愧林菩薩承佛威力普觀十方而說頌言

第五拒妄崇眞拒迷崇智名爲慚愧林故偈讚如來大智勝益

若人得聞是希有自在法能生歡喜心疾除疑惑網

十頌分三初三法說難思次六以喻並決後一結德歸佛今初初偈明聞生勝益令物希聞自在法者即佛智也

一切知見人自說如是言如來無不知是故難思議

次偈佛窮種智故下位難思

無有從無智而生於智慧世間常暗冥是故無能生

後偈顯智從生此文反顯然有二意一者成前謂欲生智慧當於佛求佛無不知故不應求之於凡凡暗冥故猶搴芙蓉必於深水而於木末安可得耶後有一偈下疏文有三一搴經釋有二意前二中云猶搴芙蓉等即顯所應而於木末非所應也即楚詞意彼云搴芙蓉於木末此明不應也二者成後智從熏習自種而生不從煩惱無智所生是故下言二心不同時屬自愚智故故應愼所習也二者成後智從熏習自種有二先正釋謂由本有無漏種子與多聞熏習和合而生無漏智故依唯識論本有新熏三師異說第一淸目等師唯立本有故論云有義一切種子皆悉性有不從熏生由熏習力但可增長第二難陀唯立新熏故論云有義種子皆熏故生所熏能熏俱無始有故諸種子無始成就第三護法正義論云有義種子各有二類一者本有二者始起乃至云由此應信凡有諸有情無始時來有無漏種不由熏習

法爾成就又云共聞熏習非唯有漏聞正法時亦熏本有無漏種子令漸增盛展轉乃至生出世心釋曰出世心者即是見道其第三義正同瑜伽三十五種性品論云云何種性謂略有二種一本性住種性二習所成種性住種性者謂諸菩薩六處殊勝有如是相從無始世展轉傳來法爾所得名本性住種性今疏云熏習即是新熏自種而生者熏但熏舊無別新成若爾何以經言煩惱泥中有佛法矣此說在纏如來藏故然此大智從藏德生非從迷起若爾何以經言下第二釋難會通有兩重難初即引淨名第二佛道品難因淨名問文殊言何等為如來種文殊師利言有身為種無明有愛為種四顛倒為種五蓋為種六入為種七識處為種八邪法為種九惱處為種十不善道為種以要言之六十二見及一切煩惱皆是佛種何謂也答曰若見無為入正位者不能復發阿耨多羅三藐三菩提心譬如高原陸地不生蓮華卑濕淤泥乃生是華如是見無為入正位者終不復能生於佛法煩惱泥中乃有衆生起佛法耳今疏引此以為難耳又入大乘論第一引龍樹偈云不從虛空有亦非地種生但從煩惱中而證成菩提皆此義也此說在纏下疏答然約彼經文見無為入正位者不生佛法則已入見道便不能發若約迦葉領解云如是聲聞諸結斷者

於佛法中無所復益則諸凡夫地前菩薩有諸煩惱增修對治成諸度門得為佛種若已斷結不可得為一切智因故諸菩薩留惑潤生以至惑盡故攝論云煩惱伏不起如毒呪所害留惑至惑盡證佛一切智此是經之顯意今疏所明乃是經之密意而是勝鬘楞伽等義故云在纏如來藏煩惱如泥覆於二藏然大智自從所藏不空大智光明遍照法界義生故二相亦異若爾煩惱即菩提復云何遍約體性故從所迷故如波與濕若爾等者即第二重難既言即者則不得云二事別也謂迷真起妄說為煩惱妄體即真元是佛種無行經云婬欲即是道恚癡亦復一然等疏約體性故下疏答上難有其二意一約體性者煩惱性即菩提非約相也故淨名云煩惱是道場知如實故無行經云貪欲及瞋恚無有能得者是法皆如空知是即成佛故知煩惱實性即菩提耳亦就相明二事不一二云約所迷故者即第二義也謂迷真起妄離真則無能迷妄心故云即菩提耳真即性淨菩提如波與濕雙喻上二濕是波性波是濕相動濕成波是波所依能所不同故非一也然實義者真妄愚智若約相成二門峙立若約相奪二相寂然雙照二門非即非離若說一者離之令異如此

章中若云異者合之令同如後章是善須得意勿滯於言然實義者下第二會實義通會兩章方顯中道正通煩惱即菩提難是顯眞妄交徹之義雖說三門義含四句謂初二門峙立依理成事則唯妄非眞事能顯理即唯眞非妄故各峙立若說一者下明此二章正爲破病若據菩薩二皆會中又此章則二門峙立後章則二相寂然故合此二非即非離言若說一者則離之令異者謂有問言萬法即眞一如無異故妄即眞有何過耶答略有三過一者能依即是所依謂依眞有妄如依水有波今妄即是眞便無能依以無能依亦失所依則生滅眞如二俱不立二若既不異亦失眞妄以妄即眞故無妄無妄對何說眞三者亦失眞假二門若別則三義俱成如金與嚴具波之與水動濕體相二俱不同能依所依各有三義皆不雜亂若云異者合之令同者下章云如金與金色其性無差別等若準晉經云非從智慧生亦非無智生了達一切法滅除世間闇則顯智體絕於愚智不稱實了則名無智此偈雙明性相後喻但顯二相不同

如色及非色此二不爲一智無智亦然其體各殊異如相與無相生死及涅槃分別各不同智無智如是世界始成立無有敗壞相智無智亦然二相非一時如菩薩初心不與後心俱智無智亦然二心不同時譬如諸識身各各無和合智無智如是究竟無和合

二並決中二先五明二性相違後一辨功能不等今初唯第二偈三句是喻餘偈喻合各有半偈一約色非色者非色謂心緣慮質礙體性不同故二中有二喻相無相者理事相反生死涅槃眞妄相反雖同一體分別義門不相是故三成之與壞約相別故四初心後心時不同故五諸識身所用別故緣會不同故眼無耳用又此眼識不合餘根識身同識尚不相合愚智性異安得相生諸識身下釋此有四意一眼唯見色耳唯聞聲等二緣會不同

者眼以色等而爲緣故耳用聲等爲緣故三眼無耳用者對於果位互用而說初意顯自此意遮他四又此眼識不合餘根者亦對六根互用義說以互用義或言眼根發於眼識而了六境餘根亦爾即第三意對之二或言眼根能發六識以了六境此意對之二此識不合餘根此根亦不發餘識更有說言言互用者眼根發耳識而能觀於香等不出上之二意識身同識下結其不同

如阿伽陀藥能滅一切毒有智亦如是能滅於無智

二功能不等者非唯二性各別然智能滅愚愚不滅智藥能去毒毒不去藥亦猶明能滅闇闇不滅明

二功能不等下先法說後舉二喻皆明不等此亦生公十四科善不受報義彼問云善惡相傾其猶明闇不並云何言萬善理同惡異各有限域耶答明闇雖相傾而理實天絕明能滅闇故無闇而不滅所以一𤏲之火與巨澤火同闇不能滅明以其理盡闇質故也思之可知

如來無有上亦無與等者一切無能比是故難值遇

三一偈結歸如來迥出世表故難值遇

爾時精進林菩薩承佛威力普觀十方而說頌言

第六勸觀理事同無差別離身心相故名精進十頌總相顯佛此德前即無差之差此乃差之無差二章相接顯非即離亦互相成

二章相接者非即離義已如上明言互相成者由非即故方成不離等故有問言若言不一者即應離於金別有器體若異金有體者即應與金不異以同金有體無差別故言無差別者一種有體故答只由不異方得不一何者若異即妄自有體不依真立不依真故即不得有妄今有妄者由不異故得成不一以妄無自體故妄依真成以妄成故與真不一如波依水由不異水遂得成波以波成故與濕不一此上即以不異成不一也言不一成不異者即如上章由有能依所依故得交徹不異如有波故說波即濕由有濕故說水即波等

諸法無差別無有能知者唯佛與佛知智慧究竟故

十頌分二初一約法雙標後九就喻雙釋今初也初句標其所知五類之法皆無有差餘三句對人以顯次句揀非餘境下半唯佛究盡

如金與金色其性無差別法非法亦然體性無有異

後九釋中前五釋所知後四釋能知前中初四正釋後一遣疑前中皆上半喻下半法無差所由在於末句然其能喻不離諸法取其所易喻其所難耳然其能喻者如云衆生非衆生三世生滅皆是初句諸法中收並無差別斯則難見若就未來無過去相則無相理昭然易見故喻色心無相之難一體色無別喻此喻爲總喻雖是一法合有二該橫竪故此喻爲總者法非法言該通性相及諸法故竪約理事交徹法者事也非法理也色即空故亦可法眞法也非法妄法也取文雖異義旨乃同謂如金之黃色與金體斤兩性無差別隨取互收合中金是所依喻其眞法色是能依喻妄非法以妄無體攬眞而起則眞無不隱唯妄現也以眞體實妄無不盡唯眞現也是則無體之妄不異體實之眞故云無有異也亦同容嚴如金與指環展轉無差別取文雖異者謂若理若事若眞若妄此文乃異互相交徹義旨則齊亦同容嚴者問明已引云如來清淨藏世間阿賴耶如金與指環展轉無差別則金色如指環金體即金然此上不異總有四句一以本成末本隱末存此即存隱不異即疏云以妄無體攬眞而起則眞無不隱唯妄現也二攝末歸本末盡本顯此即顯滅不異故疏云以眞體實妄無不盡唯眞現也三攝本從末末存攝末歸本本顯此則兩法俱存但眞妄有異即有眞有妄明不異故疏云是則無體之妄不異體實之眞故云無有異也四攝本從末本隱是不無義攝末歸本末盡是不有義此則不有不無明不異亦是末後二句又非異故非邊不一故非中非邊非中是無寄法界妙智所證湛然常住無所寄也又非一

卽非異故恒居邊而卽中等又非一卽生死非異卽涅槃非一卽非異故恒住生死卽處涅槃等云云然其法體圓融無礙上來所說非一異等亦是假言故前疏云善須得意以法就喻金等亦然

橫者異法相望法者可軌之法也非法者不可軌之法也又法謂有法非法謂無故中論釋法不生非法云有不生無故體性無異者謂同如故

橫者異法相望者卽一切差別法無差別也法卽是善法非法卽惡法故百論取般若意云福上捨何況罪以金剛云法尚應捨何況非法故以非法而名爲罪又法謂有法者亦是橫論有無相對故中論下引論證成無法爲非法也卽第三論成壞品頌云從法不生法亦不生非法從非法不生法及於非法直釋偈意法卽是有如色心等非法是無如兔角等若從法生法如母生子法生非法如人生石女兒從非法生法如兔角生人從非法生非法者如龜毛生兔角故長行釋云從法不生法者若至若失二俱不然從法不生非法者非法名無所有法名爲有云何從有相生無相從非法不生法者非法名爲無無云何生有若從無生有者是則無因無因則有大過是故不從非法生法不從非法生非法者兔角不生龜毛

然前義正順於喻後義乃順標中諸法之言要由初義性相無差方得顯於後義事事無差若但用後義未顯相全同性那得顯於事事同於一性

然前義下斷上二說前義卽事理無礙後義卽事事無礙若但用後義下反以理結要用上二謂要由事理無礙方得以理融於事事事隨理而融通耳此中更有別義謂又若依前義則心等四類卽第五無爲若依後義由無爲故前四無差又依前義是性無異故無有差若依後義是同一如體故無差也

衆生非衆生二俱無眞實如是諸法性實義俱非有

第二偈假名不實喻以眞奪俗是故無差攬緣成衆生卽虛非衆生所遺既無能遣安有故俱無實以喻諸法皆無實義並從緣故若以正報爲衆生依報非衆生乃全是所喻非實之相尚難顯了

以眞奪俗下初立二相次所遺既無下釋無實義以喻下釋合下半後若以正報下結彈古釋

譬如未來世無有過去相諸法亦如是無有
一切相
三三世互無簡簡無相故無別謂若未來
有過去者應名過去何名未來故知定無
過現之相文舉一隅應反餘二諸法無相
如彼互無此以差別簡無差別文舉一隅應反餘二者應明現在無過未過去無現未等故論語云舉一隅不以三隅反諸法亦然
譬如生滅相種種皆非實諸法亦復然自性
無所有
四四相非實簡簡無性故無差別生等四
相離所相法無別自性一切諸法離所依
理無別自性此以相無簡於性無
涅槃不可取說時有二種諸法亦復然分別
有殊異
後遣疑者疑云若都無別云何見有性相

等殊故此釋云亦如涅槃體離有無百非
斯絕而強立名字曰餘無餘諸法亦然眞
俗並虛分別成異若離分別則無一切境
界之相眞俗並虛等者故肇公云涅槃蓋是鏡像之所歸絕稱之幽宅也豈可以有無標牓故有餘無餘乃出處之異號應物之假名耳若離分別者卽起信論前文已引此論前文云一切境界唯依妄念而有差別次云若離心念則無一切境界之相
如依所數物而有於能數彼性無所有如是
了知法
第二四偈簡能知者皆展轉遣疑初偈疑
云既有分別則有能知故釋云離所數物
無能數數既所知無性何有能知無知之
知是眞了法
譬如筭數法增一至無量數法無體性智慧
故差別

次復疑云若依向喻能數喻能知能知雖無所知猶有故復用能數法以喻所知智慧差別以喻能知反覆相遣顯無差理謂一上加一名之爲二乃至百千皆是諸一由能數智作百千解故晉譯中第三句云皆悉是本數今譯明一多相待故無體性喻彼妄想於無性中計爲有無耳反覆相遣者謂以所知遣能知復以能知遣所知耳

譬如諸世間劫燒有終盡虛空無損敗佛智亦如是

次又疑云都無能所何名佛智故釋云能所雙亡佛智斯顯故所知妄法如世成壞能知眞智湛若虛空尚不初成況當有敗如出現品又權智照俗同世成壞權即是實如不離空況當有敗者經云譬如世界有成壞而其虛空不增減一切諸佛成菩提成與不成無差別是也

如十方衆生各取虛空相諸佛亦如是世間妄分別

末偈疑云佛智既等應用何殊釋云隨心妄取佛無異相又謂常無常如各取空佛智雙非如空無別

爾時力林菩薩承佛威力普觀十方而說頌言

第七智了三種世間性相諸邊不動故名力林

一切衆生界皆在三世中三世諸衆生悉在五蘊中諸蘊業爲本諸業心爲本心法猶如幻世間亦如是

十頌顯佛離相眞智於中分三初四徧明

世間次五雙遣世及出世後一觀成利益今初略有二觀初二偈攝末歸本觀顯衆生世間空後二緣生無作觀兼顯器世間空今初也初二句推假名衆生不出三世顯是無常次二句推三世衆生不出於蘊顯無有我次句蘊由業生以明果空顯非邪因次句推業唯心明心外無法次句體心如幻不離性空及與中道如幻無性故非有非無故末句以本例末則上五一如

皆展轉緣生故

世間非自作亦復非他作而其得有成亦復得有壞世間雖有成世間雖有壞了達世間者此二不應說

二緣生無作觀中初偈無作故緣成後偈緣成即無作二有二頌下疏文有二初總科謂前偈上半無作下半緣成後偈上半緣成下半無作今初言不自他作者通遣諸非一約外道非自性等作亦非梵天等他作但以虛妄無業報故廣如三論破非自性等作者即明非自作也外道宗計之盛不出數論勝論數論計自性能作自性即實諦能作而我非能作者但是知者而疏言等即等於我我爲能作者即勝論師次言亦非梵天等作者且等取安荼論師所計第一號已明自在即塗灰外道所計合上爲共作離上爲無因故但舉自作四計已備但以虛妄者即總破四句四句之計皆無業報言廣如三論破者不欲繁文指廣有原然三論皆破百論廣破二宗今取順非四句作苦且依十二門論釋云然自性一計第一疏抄已廣破竟衛世計我爲自今當更釋即觀作者門第十偈云自作及他作共作無因作如是不可得是則無有苦長行以因緣門釋則通小乘大乘等次約破外道說先總敘云如經說有裸形迦葉問佛苦自作耶佛默然不答世尊若爾苦不自作者是他作耶佛亦不答世尊若爾苦自作他作耶佛亦不答世尊若爾者苦無因無緣作耶佛亦不答釋曰下論破有二意一約性空結云如是四問佛皆不答當知苦則是空第二約外道說問曰佛說是經不說苦空隨可度衆生作是說是裸形迦葉謂人是苦因有我者說好醜

皆神所作神常清淨無有苦惱所知所解悉皆是神作好醜苦樂還受種種身以是邪見故問佛若自作耶是故佛不答苦實非是我作若我是苦因因我生苦我即無常何以故若法是因及從因生法皆亦無常若我無常則罪福果報皆悉斷滅修梵行福報是亦應空若罪是苦因則無解脫何以故我若作苦離苦無我能作苦者以無身故若無身而能作苦者得解脫者亦應是苦如是則無解脫而實有解脫是故苦自作不然釋曰此破我為自作故疏云自性等等於我故次破他作論云他作苦亦不然離苦何有人而能作苦與他復次若他作苦者則為是自在天作如此邪見問故佛亦不答而實不從自在天作何以故性相違故如牛子還生牛若萬物從自在天生皆應似自在天是其子故復次若自在天作眾生者不應以苦與子是故不應言自在天作問曰眾生從自在天生苦樂亦自在天生以不識樂因故與其苦答曰若眾生是自在天子者唯應以樂遮苦不應與苦亦應但供養自在天則滅苦得樂而實不爾但自行苦樂因緣而自受報非自在天作復次彼若自在者不復有所須有所須自作不名自在若無所須何用變化作萬物如小兒戲復次若自在作眾生者誰復作自在若自在自作則不然如物不能自作若更有作者不名自在下廣有破具如彼論乃至云若自在作苦樂等事而自成壞世間法等又自在亦從他作

則無窮無窮則無因故非自在已破共作有上二過故假因和合故非無因四皆邪見故佛不答破梵天等例同自在約人雖異他作義同然此方妄計亦自西天相傳之說案三王曆云天地渾沌盤古生其中一日九變神於天聖於地天日高一丈地日厚一丈盤古亦長一丈如此萬八千歲然後天地開闢盤古龍身人首首極東西足極東西左手極南右手極北開目成曙合目成夜呼為暑吸為寒吹氣成風雲叱聲為雷霆盤古死頭為甲喉為乙肩為丙心為丁膽為戊脾為己脅為庚肺為辛腎為壬足為癸目為日月髭為星辰眉為斗樞九竅為九州乳為崑崙膝為南嶽股為太山尻為魚鼈手為飛鳥爪為龜龍骨為金銀髮為草木毫毛為鳧鴨齒為玉石汗為雨水大腸為江海小腸為淮泗膀胱為百川面輪為洞庭韋昭同記曰世俗相傳為盤古一日七十化覆為天偃為地八萬歲乃死然盤古事跡近為虛妄既無史籍難可依憑但是古來相傳說妄耳斷曰識如所言亦依稀西域梵天韋紐等今既破邪敘之無失

二約小乘非同類因自作亦非異熟因他作以皆相待無自性故

三約因緣相待如十地論及對法所明三約因緣者十地在下對法云自種有故不從他待眾緣故非自作無作用故不共生有

功能故非無因斯則以因爲自以緣爲他假因遣緣假緣遣因假無用以遣共假有功遣無因十地更廣四約以因望果中論云自作及他作共作無因作如是說諸苦於果則不然此自他言含於二意一以果爲自以因爲他論云果法不能自作已體故二以因爲自以緣爲他此明不從因緣無果待對故離既不成合亦不成故論云若彼此共成應有共作若彼此尚無作何況無因作彼此即自他也約以因望果者初標也即無相宗說中論云下次引論正釋即破苦品初引一偈即初總標偈明四句不作此自他下三疏釋初以果爲自引論果法不能自作已體即青目釋因緣品中不自生義其以因爲自以緣爲他雖同雜集雜集即因緣相奪此即當句以辨緣生無果對待正釋偈中於果則不然也然疏取意釋初二句若論偈中各一偈破破初自作云苦若自作者則不從緣生因有此陰故而有彼陰生釋曰上半縱其自作不從緣下半示其因緣明非自作次破他作云若謂此五陰異彼五陰者如是則應言從他而作苦釋曰此但反顯不他作以今此陰必不異後故不他作必若今異因則異果因同非因自作他作俱不從緣如何得果以待於因故不可也離既下疏生起第三四句後引論正釋不共句但躡前縱破舉況釋第四句故上論云有因尚不成無因何得成下半二意一不礙緣成以遣無因二非但不礙幻有亦由有空義故能成因果是則不動眞際建立諸法又非但說於苦四種義不成一切外萬物四義皆不成成壞之言顯兼器界下半二意者即經而其得有成亦復得有壞前意則上半性空不礙下半緣成即事理無礙義後意由上性空成於下半即以有空義故一切法得成則是事理相成門又非下即是中論結例之言成壞之言者中論正約正報今經意在雙含耳後偈緣成即無作者向約幻有雖言成壞幻有即空故不應說是則不壞假名而說實相

云何爲世間云何非世間世間非世間但是名差別三世五蘊法說名爲世間彼滅非世

問如是但假名云何說諸蘊諸蘊有何性蘊性不可滅是故說無生分别此諸蘊其性本空寂空故不可滅此是無生義衆生旣如是諸佛亦復然佛及諸佛法自性無所有

第二五頌雙遣中初半偈假徵次半標答次偈出體釋成蘊是世間緣成寂滅即出世間故淨名經云世間性空即是出世間一體說二故云假名故淨名下引證即不二法門品第十二那羅延菩薩曰世間出世間爲二世間性空即是出世間而於其中不入不出不溢不散是爲入不二法門是也又思益第一云五陰是世間世間所依止依止於五陰不脫於世間菩薩有智慧知世間實性所謂五陰如世間法不染又云五陰無自性即是世間性若人不知是常住於世間若見知五陰無生亦無死是人行世間而不依世間凡夫不知法於世起諍訟是實是不實但是二相中我常不與世起於諍訟事世間之實相悉已了知故與此大同次二句徵蘊名體世以蘊爲體蘊以何爲體次二句標答上句答體下句答名應名無生五蘊旣云性不可滅則顯前非事滅則顯前非事滅者然滅有二種謂理及事故上出世間亦有二種一約事出謂地前爲世間登地爲出世此約事滅由偈但云彼滅非世間則通二釋以此文證明非事滅二者約相名世約性爲出世即今文意即約理滅合於淨名思益等經次一偈釋成空故不滅亦非事在不滅則知本自不生是無生義則知等者旣言空故不可滅是無滅義而結云此是無生義者以無可滅故是本自不生即法自在菩薩曰生滅爲二法本不生今則無滅得此無生法忍是爲入不二法門後偈例出世間顯智正覺世間亦應緣無性又證無性之理爲自體故又證無性之理者前約應身論無性此約眞身論無性

能知此諸法如實不顛倒一切知見人常見在其前

末後一偈明觀益者佛以實法爲其體故見法則常見佛也

爾時行林菩薩承佛威力普觀十方而說頌言

第八照理觀佛而起正修故名行林

譬如十方界一切諸地種自性無所有無處不周徧佛身亦如是普徧諸世界種種諸色相無住無來處

十頌觀佛體相普周德於中分二前七約喻顯修後三見實成益前中復二初二地種無性普周喻喻佛無生徧應德

但以諸業故說名爲衆生亦不離衆生而有業可得業性本空寂衆生所依止普作衆色相亦復無來處如是諸色相業力難思議了達其根本於中無所見

後五業相無依成事喻喻佛難思現用德於中二三偈喻二偈合前中初一明業果互依次偈明相依無性業不離生故業性空因業有生故生無來處後偈雙結難思顯成眞觀若逆推其本業復有因卒至無住無住無本故無所見無見之見方了業空

若逆推等者前偈因業有生卽是順明今明生依於業業亦從緣故云性空已是逆推言卒至無住卽淨名經意彼逆推云身孰爲本答曰欲貪爲本又問欲貪孰爲本答虛妄分別爲本又問虛妄分別孰爲本答曰顛倒想爲本又問顛倒想孰爲本答曰無住爲本文殊師利從無住本立一切法今經中三並攝在業衆生卽身空寂無來卽無住本

佛身亦如是不可得思議種種諸色相普現十方刹身亦非是佛佛亦非是身但以法爲身通達一切法

二頌合中初偈難思普應合上業果互依次二句以互不相是合互依無性身若是佛轉輪王等卽是如來佛若是身正覺之

心應同色相後二句結示眞體唯如唯智
合第三偈難思達本身若是佛者謂色相之身即金剛經云若以三十二相觀如來者轉輪聖王即是如來後二句結示三即如如四即如如智
若能見佛身清淨如法性此人於佛法一切
無疑惑若見一切法本性如涅槃是則見如
來究竟無所住若修習正念明了見正覺無
相無分別是名法王子
二有三偈明見實中初頌見佛即了法以
見佛稱性不疑同體故以見佛稱性者三寶同體佛即是法法即是衆故經云清淨如法界者如即稱義人信法界難信法佛故致如言寶則佛身即法界也次偈見法即見佛了法即性淨知
佛不住性相故後偈明了正修行照了無
相心寂分別寂照雙流故名正念則從佛
法生是法王子故
又上三偈初知離名爲法次如法名爲佛
後知無名爲僧窮見三寶之實初知離名法者即思益第一已如上引第曰句云是菩薩遍行

大方廣佛華嚴經疏鈔會本第十九之二

音釋

搴苦堅切音牽　淤泥云虛切音迂　峙丈几切池上聲乞立也　爝子肖切炬火也　攬魯敢切音覽手取也　裸卽果切赤體也　混沌混胡本切魂上聲沌徒本切豚上聲混沌陰陽未分也　曙殊過切旦也　叱尺栗切嗔入聲怒聲也　膽都敢切連肝之府也　脾頻彌切土藏也　脅虛業切腋下也　肺芳吠切金藏也　腎時忍切水藏也　髭津私切口毛也　樞抽居切音樗　竅苦第切穴也　尻苦高切脊梁盡處爲尻　鳧逢無切水鳥也　膀胱膀音旁胱音光膀胱脬也　詭古委切詐也　韋紐紐女九切韋紐天名

大方廣佛華嚴經疏鈔會本第十九之三

唐于闐國三藏沙門實叉難陀　譯

唐清涼山大華嚴寺沙門澄觀撰述

爾時覺林菩薩承佛威力徧觀十方而說頌言

第九照心本末名爲覺林十頌顯於具分唯識大分爲二前五約喻顯法後五法合成觀前中二前二約事後三約心作觀此喻似前喻所作後喻能作細尋喻意前喻却親故喻眞妄依持後喻心境依持然依生滅八識但有心境依持而即如來藏心故有眞妄依持以會緣入實差別相盡唯眞如門即前喻所顯攝境從心不壞相故是生滅門即後喻所明存壞不二唯一緣起二門無礙唯是一心故下合中但明心造欲分義別喻顯二門是名具分唯識具分唯識者已如上釋正取眞妄合成以爲具分作觀此喻等者即揀列定云前二喻眞妄心所作以辨唯識次二喻眞妄心能作以辨唯識今言似者大種異色似畫師所作然不離心有彩畫者似能作也則麤觀似爾細尋不然細尋已下即顯正義然依生滅下辨二所由顯法相宗但是心境依持而即如來藏下辨具二所以於中先總後以會緣入實下別示二相即以起信眞如生滅二門爲二義耳存壞不二唯一緣起結歸華嚴會緣入實壞也不壞相故二存也二門無礙者結歸起信依一心法立二種門故須具足二義方名具分唯識問唯識第九說其所轉依有其二種一持種依謂第八識二迷悟依謂即眞如何以說言依然依生滅八識唯有心境依持答彼雖說迷悟依非即心境持種以眞如不變不隨於心變萬境故但是所迷耳後還淨時非是攝相即眞如故但是所悟耳今乃心境依持即是眞妄非有二體故說一心約義不同分成兩義說二門別故論云然此二門皆各總攝一切法故以此二門不相離故廣如問明及玄談中

譬如工畫師分布諸彩色虛妄取異相大種無差別大種中無色色中無大種亦不離大

種而有色可得

今初二偈眞妄依持即眞如門攝一切法也初偈初句總喻一心次句喻隨緣熏變成依他也次句不了依他故成徧計第四句喻依他相盡體即圓成初偈依持眞妄者含眞含妄有能有所論云所言法者謂衆生心是心即攝一切世間出世間法故下合云心如工畫師次句隨緣等者起信論云自性清淨心因無明風動有其染心楞伽經云藏識海常住境界風所動種種諸識浪騰躍而轉生亦是不生不滅與生滅和合非一非異名阿賴耶識次句不了等者以經云虛妄取異相故故起信云一切諸法皆依妄念而有差別若離心念則無一切境界之相第四句喻依他等者以言大種無差別故大種即喻眞如謂心體離念即是如來平等法身從緣無性即眞如矣又一二兩句即不染而染三四兩句即染而不染故有後偈喻不即離後偈喻依圓眞妄非即離義上半不即能所異故大種中無色身所觸故色中無大種眼所見故又能造無異畫色差別故喻妄依眞能所異故性無差別相不同故下半不離義謂所造青等離能造地等無別體故假必依實同聚現故喻妄必依眞性相交徹故然大必能造色非色能造大喻妄必依眞起眞不依妄生故不云也然不離於色有大種可得大種中無色身所觸故者堅濕煖動皆是觸故言色中無大種眼所見故者約顯色說青黃赤白眼之境故直就法體大種是觸色即是色若就根得謂身及眼又能造無異色者然取增勝地多則黃水多則白火多即赤風多即青而堅濕煖動共造於青亦共造於黃赤及白在能造邊同一堅等及所造邊即有青等故云能造無異畫色差別故疏喻妄依眞下合先合能所異故亦應具言眞中無妄聖智境故妄中無眞凡所知故從性無差別下合上又能造無異等假必依實等者諸宗正義堅等爲實色等爲假唯成實宗色香味觸實也地水火風假也以其是數論弟子後入佛法尚順本師故故智論云精巧有餘而明實未足然大必能造色下通妨妨云上非即中既云大種中無色色中無大種今非離中何不言大種不離色色不離大種答意可知上明眞如依持但取心中眞如一門對妄染說

心中無彩畫彩畫中無心然不離於心有彩畫可得

後三約心者喻於唯識心生滅門於中初一亦明心境不即離義初一亦明心境者對上眞妄故有亦言然後三偈亦似上二偈此偈似前第二偈以因不即離之便故先明之後二偈似前初偈至下當知上半不即心中無彩畫不可見故彩畫中無心無慮知故喻能變所變見相別故下半不離隨心安布故喻離心則無境界相故見相別者且順上喻有知無知以見分合心有慮知義以相分合畫無慮知故以器世間即是第八之相分故喻離心者三世所有皆是一心作故要由心變於境非是境能變心故云唯識不言唯境但云然不離於心有彩畫可得不言然不離於畫而有心可得要由心變下解妨妨一如前答意亦爾

彼心恒不住無量難思議示現一切色各各不相知

次一偈喻能所變之行相明畫師巧思不住變態多端所畫非心誰相知者法合彼心者眞妄和合心也恒言遮斷不住遮常如瀑流故含一切種故云無量相甚深細名難思議次一喻等者大同前喻心如工畫師分布諸彩色第先明喻中先釋上三句所畫非心下釋第四句法合言眞妄和合心者揀異法相宗心即起信云不生不滅與生滅和合名阿賴耶識是也恒言遮斷等即唯識論釋第八識初能變中第九因果譬喻門具云恒轉如瀑流論先問云阿賴耶識爲斷爲常答云非斷非常以恒轉故謂此識無始時來一類相續常無間斷是界趣生施設本故性堅持種令不失故轉謂此識無始時來念念生滅前後變異因滅果生非常一故可爲轉識熏成種故恒言遮斷轉表非常猶如瀑流因果法爾如瀑流水非斷非常相續長時有所漂溺此識亦爾從無始來生滅相續非常非斷漂溺有情令不出離是也含一切種者即第三因相門彼偈云一切種相甚深細即含二門彼偈云不可知執受處了其了一字即第五行相門其執受處即第四所緣行相門其不可知即能所緣

行相之內差別之義論先問云此識行相所緣云何(即合問也)謂不可知執受處了謂了別為行相故處謂處所即器世間是諸有情所依處故執受有二謂諸種子及有根身次論云不可知者謂此行相極微細故難可了知(此明見分)或此所緣內執受境亦微細故外器世間量難測故名不可知故經偈云阿陀那識甚深細一切種子如瀑流我於凡愚不開演恐彼分別執為我

次句頓現萬境下句喻所變境離心無體次句頓現者亦即彼果相門云異熟論云此是能引諸界趣生善不善業異熟果故即通辨此識能變之義此是第一能變頓現萬境故楞伽云譬如明鏡頓現萬像現識處現亦復如是下句喻所變等者以無體故無可相知故問明品云諸法無作用亦無有體性是故彼一切各各不相知

又常不住者無住為本故無量難思總標

深廣下二句釋示現一切廣故難思各不相知深故難思又常不住下上約法相常不住言是剎那生滅今明不者即是無義常不住者即常無住無住即實相異名故從無住本立一切法斯法性宗真心隨緣成萬有故深廣難思前之經偈亦可證此

譬如工畫師不能知自心而由心故畫諸法性如是

三一偈重喻上來不相知義謂非唯所畫之法自不相知喻所變之境無有體性能畫之心念念生滅自不相知故亦不能知於所畫雙喻心境皆無自性各不相知故言不能知自心而由心故畫又雖不知畫心而由心能畫喻衆生雖迷心現量而心變於境又由不能知所畫但畫於自心故能成所畫喻衆生由迷境唯心方能現妄境又喻正由無性方成萬境故云諸法性如是能畫之心者心雖慮知今取生滅不住故不能知以前念已滅後念未生未生無體能知前念前念已滅復無可知前念亦不知後前念已滅無有能知後念未生亦無所知能知之心既不自知安能知所雙喻心境下合文可知然釋此偈總有四意一明性空以性空故不能知自心又二雖不知下明雖性空不礙緣起三又由不能下明由迷真起似若悟自心不造妄境四又正由下即以有空義故一切法

得成耳云諸法性如是者遍結四意然唯識論第一能變有兩偈半而有十門上隨用已辨今當具出偈云初阿賴耶識即自性門異熟二果相門一切種三因相門不可知執受處四所緣境界門了五行相門常與觸作意受想思相應六相應門唯捨受七五受俱門是無覆無記八三性門觸等亦如是同上恒轉如瀑流九因果譬喻門阿羅漢位捨十斷伏位次門上十門疏中已有隨配可知前後有此相當例可知

心如工畫師　能畫諸世間　五蘊悉從生　無法而不造

第二五偈合中分四初一偈合初二句初句合最初句心者即總相之心也下三句合第二句諸世間者即諸彩色此句爲總下出諸相即蘊界處故云無法不造故晉譯云造種種五蘊正法念云心如畫師手畫出五彩黑青赤黄白及白白故上文云布諸彩色畫手譬心六色如次喻地獄鬼畜脩羅人天若言種種則十法界五蘊等

法皆心所造

心者如前喻中已辨今第二句者此句有二一從能畫即屬上因二從諸世間之言即屬於果則上半是因能變下半屬果能變故唯識云能變有二一因能變謂第八識中等流異熟二因習氣即種子現行門此二習氣俱名因變此總辨也論云等流習氣由七識中善惡無記熏令增長三種子中各生自現除第八識不能熏故異熟習氣由六識中有漏善惡熏令增長除第七識及無記者非異熟因故前是因緣此增上緣也二果能變者謂前二種習氣力故有第八識生現種種相即前二因所生現果謂有緣法能變現者名果能變種種相者即是第八相應心所見分等也等流習氣爲因緣故八識體相差別而生名等流果果似因故即現八識三性種子各生自現名等流果所生之果與能種性是一果故生異熟習氣爲增上緣感第八識酬引業力恒相續故故云異熟感前六識酬滿業者從異熟起名異熟生不名異熟有間斷故即前異熟及異熟生名異熟果果異因故釋曰以五陰無法不造皆異熟也如次喻等者謂黑即地獄黑黑業報故黄即中方修羅非天亦復非人季孟間故人白者多善業故天白白者因果俱善故九地當廣則十法界五蘊者謂六道四聖四聖中佛在後偈二乘菩薩攝在種種之中既言無法不造亦不揀二乘菩薩更云等法者以今經無法不造三科萬類皆心造也

如心佛亦爾　如佛衆生然　應知佛與心　體性

皆無盡若人知心行普造諸世間是人則見佛了佛真實性

次二頌合前初偈下半於中二初一舉例以合由成前諸言謂如世五蘊從心而起造諸佛五蘊亦然如佛五蘊餘一切衆生亦然皆從心造然心是總相悟之名佛成淨緣起迷作衆生成染緣起緣起雖有染淨心體不殊佛果契心同真無盡妄法有極故不言之然心是總相者法界染淨萬類萬法不出一心是心即攝一切世間出世間法故名總相餘染淨二緣各屬二類然總說十法界中六道爲染四聖爲淨佛果契心下釋其下半上有三法而但說心與佛二法無盡不言衆生者謂衆生有盡故心即總心以真爲體本自不盡佛果契心始本無二同一圓覺故亦無盡迷真起妄無始有終不言無盡然其佛果契心則佛亦心造謂四智菩提是淨八識之所造故若取根本即淨第八若依真諦三藏此佛淨識稱爲第九名阿摩羅識唐三藏云此翻無垢是第八異熟謂成佛時轉第八成無垢識無別第九若依審嚴文具說之經云心有八識或復有九又下卷云如來清淨藏亦名無垢智即同真諦所立第九以出障故不同異熟爲九有由又真諦所翻決定藏論九識品云第九阿摩羅識三藏釋云阿摩羅識有其二種一者所緣即是真如二者本覺即真如智能緣即不空藏所緣即空藏若據通論此二並以真如爲體釋曰此二即起信一心二門本覺在生滅門一心即真如故故論云唯是一心故名真如無論八九俱異凡識即淨識所造四智三身等

若依舊譯云心佛與衆生是三無差別則三皆無盡無盡即是無別之相若依舊下二會晋譯則三皆無盡而二經互闕唐闕衆生晋闕無盡故有第三別更互理應云心佛與衆生體性皆無盡以妄體本真故亦無盡是以如來不斷性惡亦猶闡提不斷性善應云下是第三也若取圓足合如是譯則三事皆具無差之相又得顯明以妄體下出妄無盡之由是以如來下引例證此即涅槃經意天台用之以善惡二法同以真如而爲其性若斷善性即斷真如真不可斷故云性善不可斷也佛性即是真實之性真實之性即第一義空如何可斷性惡不斷即妄法本真故無盡也

又上三各有二義總心二

者一染二淨佛二義者一應機隨染二平等違染衆生二者一隨流背佛二機熟感佛各以初義成順流無差各以後義爲反流無差則無差之言含盡無盡又上三下第四別開義門則却收晉經以爲盡理謂唐經無盡但得二法又唯約淨次言三皆無盡又遺有盡之義今云無差盡與無盡俱無差也亦顯染淨本無差矣言心總二義一染二淨者淨即自性清淨染即本來之染染淨無二爲一心耳言各以初義成順流無差者衆生本有染故隨流背佛佛隨其染豈相違耶逆流例此又三中二義各全體相收此三無差成一緣起

上約橫論若約一人心即總相佛即本覺衆生即不覺乃本覺隨緣而成此二爲生滅門下半此二體性無盡即眞如門隨緣不失自眞性故正合前文大種無差若謂心佛衆生三有異者即是虛妄取異色也若竪說者於一人上即有三法即觀行之人宜用此門後一偈反勢

合謂妄取異色則不知心行若知心行普造世間則無虛妄便了眞實即正合大種無差兼明觀益

心不住於身身亦不住心而能作佛事自在未曾有

三一偈有二義一雙合前眞妄心境不即離義上半合前二三偈之上半即前互無不即之義心即能變及心體故身即所變謂有根身是識相分及性之相故下半雙合前兩偈下半不離之義謂雖不相住而依心現境依體起用作諸佛事體用不礙爲未曾有上半合前二三偈之上半者心不住於身却是色中無大種身亦不住心即大種中無色此合第二偈上半也若合第三上半云心不住於身即彩畫中無心身亦不住心即心中無彩畫心即能變者心境依持中心也及心體故者即眞妄依持中眞也言身即所變下即上境也及性之相即前妄也下半雙合前而

偈下半不離之義者即就不離大種而有色可得即作佛事也亦前就不離於心有彩畫可得是作佛事也依心現境合前第三偈下半依體起用即合前第二偈下半作諸佛事雙合上二體用不礙下釋第四句二又將合前第四偈謂上半合前恒不住義及各不相知而能作佛事合示現一切色自在未曾有合無量難思議爲兼此義不以互無言之而言不住譯之妙也晉經但云心亦非是身但得前文互無之義爲兼此義等者羨斯經也若不合第四偈但合第二三偈應云心中無有身身中無有心即互無之言也則不顯於彼心恒不住義然不相住與恒不住義則小異文則兼之若將此不住同前不住者以心念念滅故不能住身身念念滅安能住心思之可見

若人欲了知三世一切佛應觀法界性一切唯心造

末後一偈結勸即反合前畫師不知心喻若不知心常畫妄境觀唯心造則了眞佛

上半有機下半示觀然有二釋一云若欲了佛者應觀法界性上一切差別皆唯心作以見法即見佛故二觀法界性是眞如門觀唯心造即生滅門是雙結也然有二下開義別釋於中有二意初是結歸唯心二觀法下是結歸二門又一是眞如實觀一是唯心識觀大乘觀要不出此二觀此二門唯是一心皆各總攝一切法盡二諦雙融無礙一味三世諸佛證此爲體故欲知彼者應當觀此既爲妙極是以暫持能破地獄是以暫持者即纂靈記云文明元年洛京人姓王名明幹既無戒行曾不修善因患致死見被二人引至地獄地獄門前見有一僧云是地藏菩薩乃教王氏誦一行偈其文曰若人欲了知三世一切佛應當如是觀心造者如來菩薩既授經偈謂之曰誦得此偈能排地獄之苦王氏既誦遂入見閻羅王王問曰有何功德答唯受持一四句偈具如上說王遂放免當誦偈時聲所及處受苦之人皆得解脫王氏三日方穌憶持此偈向空觀寺僧定法師說之參驗偈文方知是

舊華嚴經第十二卷新經當第十九
夜摩天宮無量菩薩雲集説法品偈

爾時智林菩薩承佛威力普觀十方而說頌言

第十鑒達諸佛迥超色聲心言路絕故云智林頌顯此德

所取不可取所見不可見所聞不可聞一心不思議

十頌分二初一標章後九觧釋今初若準晉本第四句云所思不可思則四句皆標章今經則上三句標章第四句總結謂標章遮過令不依識明佛三業非凡境故第四總結顯德示智入門謂若了唯一眞心言思斯絕則合菩提之體故梵本第四句云於不思何思即是以一眞心而成三業三業不離一眞形奪相融不可以一多思也又非唯佛之三業同一眞心亦與觀者眞心非異非一故難思議若能離於思議則終日見聞亦無所見聞矣故梵本第四句云於不思何思者此是刊定引梵本證第四句亦為標章或於晉經所思不可思義今疏取其所引亦成第四句為總結義謂於不思議之法不應思議以一眞心下出總結難思之相可知

有量及無量二俱不可取若有人欲取畢竟無所得不應說而說是為自欺誑已事不成就不令眾歡喜

後九別釋中即分三別初二釋不可取次四釋不可見後三釋不可聞次四釋等者若順晉經四皆標章釋亦分四前二則同三一偈釋所聞不可聞四二偈釋所思不可思今不依此

今初也初半偈奪以正釋後一偈半縱以生過然有量等實通三業為對下二且就智明有如理智不可言量有如量智不

可言無又一智即是一切智故衆智所用不相雜故後縱中初半縱其令取必無果利後一偈顯取之失夫說法者當如法說法無所得而欲取得心計有說執石爲寶是謂自欺理無謂有是爲自誑終不契理故云已事不成汙他心識故不令衆喜又以量無量取則墮斷常自損損他故皆不可執石爲寶者涅槃春池喻中入水求珠競執草木瓦石各各自謂得瑠璃寶歡喜持出乃知非眞亦自誑也又莊嚴經論說有人見雹謂是瑠璃收之瓶內皆悉成水後見眞瑠璃亦謂爲雹棄而不取世人皆爾不應取而取應取而不取也又以量無量者此有二意謂以量取則墮於斷以無量取則墮於常二者若以常取則墮於斷若以斷取則墮於常故勝鬘云修一切常者墮於斷見修一切斷者墮於常見如步屈蟲要因前足得移後足修斷常者亦後如是要因斷常第三住中已廣分別

有欲讚如來無邊妙色身盡於無數劫無能盡稱述

第二有四偈歎佛色身深奧釋不可見章文分爲二初一法說後三喻況今初非色現色故稱爲妙物感斯現是曰無邊又色即空故邊即無邊又淨識所現空色相融故身分總別乃至一毛皆無邊量攝德無盡具上三義豈可以盡言非色現色下此有三釋一依體現用與無邊不同二又色即空下事理相即妙即無邊色即是空已爲妙色色空相即離空有邊三又淨識所現下約事事無礙方爲妙色亦是邊即無邊無邊乃廣如初無邊淨識所現即唯心所現門空色相融即法性融通門此二即事事無礙之因也

譬如隨意珠能現一切色無色而現色諸佛亦如是

次三喻中分二初一摩尼隨映喻喻佛地實無異色隨感便現故言無色而現色喻全似法故但合云佛亦如是

又如淨虛空非色不可見雖現一切色無能見空者諸佛亦如是普現無量色非心所行處一切莫能覩

後二偈淨空現色喻喻佛法身體非是色能現麤妙一切諸色初偈喻後偈合四句對前但二三前却此是分喻故委合之以空但不可眼見而可心知佛所現色心行處絶故爲分喻心眼尚不能見況肉眼哉此即見中絶思議也此即見中絶思議者以古人將後二偈明所思不可思今明不思遍上三段故指此中身業中不思也下指語中不思亦然問二喻豈不違經上云有無邊妙色今云非色無色耶亦違諸論佛有妙色爲增上緣古德云若約初教大乘義如前說若實教大乘佛地無此色聲麤相功德但有大智大悲大定大願諸功德等然諸功德等並同證眞如若衆生機感即現色無盡既無不應機時故所現色亦無斷絶此以隨他爲自更無別自約此爲有故云無邊妙色今約自説不約隨他故云無色非色也亦可前喻初教後喻實教問二喻下問答料揀先問言上經者即初偈法說之文前經亦有今只要此亦違諸論即瑜伽唯識等補古德云下賢首答後有云若爾下苑公破然上二解下今疏會釋此三段文難解摘方冊科補之姑有云若爾彼能現體爲有無耶十蓮華藏塵數之相皆示現耶八地七勸言佛色聲皆無有量寧不違耶若執佛果唯有如如及如如智獨存者無漏蘊界窮未來際徧因陀羅網皆非實事亦違涅槃滅無常色而獲常色此義具如智慧莊嚴經說唯如如等即金光明亦梁攝論第十三本論云自性身者是如來法身釋論云唯有如如如智獨存説名法身又云身以依止爲義何法爲依止本論云於一切法自在依止故釋論云謂十種

乾隆大藏經　第一三四册　大方廣佛華嚴經疏鈔會本　一八三

自在乃至云云何此法依止法身不離清淨及圓智智即如如如如即智故除實教蘊界未離斷常之見具如智慧者此引本是賢首證成摩尼隨映等喻此經亦名度一切諸佛境界智嚴經一卷在王舍城耆闍崛山頂說如來放光一切菩薩雲集瞻仰佛於山頂法界宮殿上起大寶蓮華師子之座無量摩尼寶宮殿等於摩尼座中出偈上取意引次文殊師利問無生無滅其相云何佛答不生不滅即是如來文殊師利譬如大地瑠璃所成帝釋毗闍延宮殿供具等影現其中閻浮提人見瑠璃地諸宮殿影合掌供養燒香散華願我得生如是宮殿我當遊戲如帝釋等彼諸眾生不知此地是宮殿影乃布施持戒修諸功德為得如是宮殿果報文殊師利如此宮殿本無生滅以地淨故影現其中彼宮殿影亦有亦無不生不滅文殊師利眾生見佛亦復如是以其心淨故見佛身佛身無為不生不滅不起不盡非色非非色不可見非不可見非世間非非世間非心非非心以眾生心淨見如來身散華燒香種種供養願我當得如是色身布施持戒作諸功德為得如來微妙身故如是文殊師利如來神力出現世間令諸眾生得大利益如影如像隨眾生見次舉如日光無心普照喻謂先照高山等隨其所照而有種種次云文殊師利如大海中有摩尼珠名滿一切眾生所願安置幢上隨眾生所須彼摩尼珠無心意識如來無心意識亦復如

是不可測量不可到不可得不可說除過患除無明不實不虛非常非不常非光明非不光明非世間非不世間等廣歷諸非結云文殊師利如來清淨住大慈幢隨眾生所樂現種種身說種種法釋曰大意皆以體無生滅不礙生滅如非色約體非不色約用等次又舉谷響無實喻次後即有虛空喻云文殊師利如虛空平等無下中上如來平等亦復如是眾生自見有上中下如來不作下中上意何以故如來法身平等離心意識無分別故文殊師利一切諸法悉皆平等乃至云若得法性則無希望等又云若眾生著一切法則起煩惱不得菩提文殊問云云何得菩提佛答無根無處文殊重徵佛言身見為根不真實思惟為處文殊師利如來智慧與菩提等與一切法等是故無根無處是得菩提又云文殊師利如來不動名如如實如如實者不見此岸不見彼岸則見一切法見一切法稱為如來又菩提者是不破句不破者無相句者如實下廣釋大意皆以遮過為不破顯實為句又云以從本來不生不滅而為真實故又云菩提者以行入無行以行者緣一切善法無行者不得一切善法又云無生無滅者不起心意識不思惟分別是故我說見十二因緣即是見法見法者即是見佛如是見者名不思議又云云何行菩薩行答不行不生不滅是行菩薩行下亦廣釋後校量功德云假使諸眾生皆悉生人道悉發菩提心為求一切智如

是諸菩薩皆作大施主以種種供具供養無數佛并及諸菩薩緣覺與聲聞乃至入滅度各起七寶塔高至百由旬種種寶嚴飾若人持此經或說一句偈出過此功德無量無有邊以此經所說無相法身故釋曰上已具畧經文其瑠璃地喻衆生心影喻佛身即色即非色摩尼珠喻則同此經空無下中上亦同此經淨空現色故賢首意證唯如如及如如智苑公誤引於和尚之引故畧具出然上二解各是一理並符經論今當會之攝末從本唯如如智自受用色智所現故攝相從性但有如如既所現即如何妨妙色故有亦無失然如外無法何要須現萬法即如如即法身更何所現故云唯如如及如如智獨存於理未失如色相即有無交徹若定執有無恐傷聖旨故今二喻前後相成摩尼現色但云無色無即但是無他非無自體淨空現色既云非色非即非其自體不獨無他前喻自受用身後喻法身此二不二

爲佛眞身故下經云佛以法爲身清淨如虛空所現衆色形令入此法中然上二解下第三疏爲會釋意在雙存二義融即耳於中有八補一總會二攝末從本下收賢首義三既所現下收苑公義藏四然如外無法下四假以苑公重難意云既如收法更無所遺何言機宜現色無盡五萬法即如下爲賢首通由萬法如實無所現故正現時亦唯如矣此即疏家立理收賢首也補六如色相下正融前二七若定執下雙彈前執藏八故今二喻下出有無無礙之旨以釋喻文無即但是無他者此借俱舍論意以會二喻別理以古俱舍釋無爲非因果唐三藏云無爲是能作因何得言非因果無爲是離繫果豈得言非果故新譯云無爲無因果謂無餘五因無餘四果故云無耳所以總云非即非其自體無即乃是無他故非無二言理則懸隔今借此言用之摩尼現色喻自受用身有其根本色但無青黃等異青黃等異隨機映生虛空以喻法性身虛空本非色法豈同摩尼上顯二喻別相即是顯文此二不二下正明融會即出經意故下經云下但引此文以證後義以扶法相者不許無色故有義文顯如苑公難中空色相融以爲眞身亦繫表之談可以雙摧二執此段鈔一二三六七科依方冊補與原鈔夾雜故各以字別之

雖聞如來聲音聲非如來亦不離於聲能知

正等覺菩提無來去離一切分別云何於是中自言能得見諸佛無有法佛於何有說但隨其自心謂說如是法

第三三偈釋所聞不可聞中初約應聲緣感便應離相離性故聲非如來應不差機非聲之聲故云不離故以聲取是行邪道若離聲取未免斷無故以聲取者結成上義上句即金剛經意若以色見我以音聲求我是人行邪道不能見如來後句即兜率偈讚意故偈云色身非是佛音聲亦復然亦不離色聲見佛神通力天鼓無心出現當辨次須約體釋湛然不遷心離分別尚非心見安可耳聞猶如天鼓無心出故此即聞中不思議也後偈釋疑疑云爲是有法不可聞耶爲是無法無可說耶上半順後句答次疑云若爾何以現聞教法下半釋云但自心變非佛說也若依權教此約有影無本然本影相望通有四句若依此宗果海離言故無有說用隨機現謂如是說而此本質亦是自心餘如懸談中說若依權等者本影四句即如玄談若依此宗四句皆用知一切法即心自性故質亦自心

大方廣佛華嚴經疏鈔會本第十九之三

音釋

瀑　蒲報切急也

纂　作管切綜集也

闡　齒善切徹上聲

穌　孫租切音蘇復生也

雹　弼角切音薄雨氷也

大方廣佛華嚴經疏鈔會本第十九之四

唐于闐國三藏沙門實叉難陀　釋

唐清涼山大華嚴寺沙門澄觀撰述

十行品第二十一

來意有二一前序此正故二前辨所依佛智此辨能依之行故次來也

二釋名者隨緣順理造修名行數越塵沙寄圓辨十仁王名為十止就三學中定心增故梵網名為長養長道五根故若具梵本應云功德華聚菩薩說十行品則兼能說人今文略耳仁王名為十止者即上卷伏忍聖胎三十人十信十止十堅心故已如上引梵網經者彼立三賢名云十發趣住十十長養行十十金剛向十迴

宗趣可知

爾時功德林菩薩承佛神力入菩薩善思惟三昧

四釋文此品不同前之二會有行德者以行為主故略無之又行德已純熟進趣中收故唯一品義當行中之解品有七分第一爾時功德林下三昧分功德林入者為衆首故表說十行衆德建立故承佛下是入定因入菩薩下顯定別名揀因異果故名菩薩巧順事理揀擇無礙無心成事名善思惟

入是三昧已十方各過萬佛剎微塵數世界外有萬佛剎微塵數諸佛皆號功德林而現其前告功德林菩薩言善哉佛子乃能入此善思惟三昧善男子此是十方各萬佛剎微塵數同名諸佛共加於汝亦是毗盧遮那如來往昔願力威神之力及諸菩薩衆善根力令汝入是三昧而演說法

第二入是下加分文中三一總辨作加因縁文中四一入是下總標加因二十方下加縁顯現三告功德林下讃有加因四善男子下雙顯加定因縁文中二一別顯所因二結因所屬今初亦有四因一伴佛同加十住文云悉以神力共加於汝二主佛宿願三主佛現威四大衆機感略無助化善根或是諸字中攝餘義具於前會二令汝下結因所屬（畧無助化者十住却有經云亦是汝勝智力故云畧無）

爲增長佛智故深入法界故了知衆生界故所入無礙故所行無障故得無量方便故攝取一切智性故覺悟一切諸法故知一切諸根故能持説一切法故所謂發起諸菩薩十種行

二爲增長下辨加所爲有十一句前十別明後所謂下一句總結乃至起分皆同前會但住行之殊

善男子汝當承佛威神之力而演此法是時諸佛即與功德林菩薩無礙智無著智無斷智無師智無癡智無異智無失智無量智無勝智無懈智無奪智何以故此三昧力法如是故爾時諸佛各申右手摩功德林菩薩頂

三善男子等下正辨加相文中三一語業加二意業加三身業加今初語業加命其説二是時諸下意業加與智慧初總餘別捷辯故即無斷辯故前後二會並無此智即是本覺之智了因自得悟不由師假佛縁顯故得云與與無癡智並是迅辯故應辯故無謬錯辯故豐義味辯故一切世間

最上妙辯故總策前七故此七無勝故上
皆別顯次下徵釋三爾時下身業加增威
力故提辯等者七辯之義前文已有十地更廣
時功德林菩薩卽從定起
第三時功德林下起分
告諸菩薩言佛子菩薩行不可思議與法界
虛空界等何以故菩薩摩訶薩學三世諸佛
而修行故
第四告諸菩薩下本分二初行體若約所
依卽前善思惟三昧爲體若約所觀卽二
諦雙融若約能觀悲智無礙今從教相下
四行爲體若約十行別體卽以十波羅蜜
爲體義見初會今就教相中若直就經文
文分爲二一標顯二徵釋今初標行體難
思行卽深心所修行海也與法界下顯難

思之相深等法界廣齊虛空故心言罔及
也又超下位名不思議又卽理之事行同
事法界之無量等虛空之無邊卽事之理
行同理法界之寂寥等虛空之絕相此二
俱非言之表詮心之顯詮故難思議況二
交徹能令一行攝一切行一位攝一切位
純雜無礙故第十行云入因陀羅網法界
成就如來無礙解脫人中雄猛大師子吼
乃至到一切法實相源底故又若唯遮者
則凡聖絕分故非但遮常心言亦應融常
心言是則於中思議不可盡也遮融無二
則思與非思體俱寂滅方曰眞不思議顯難
思下初就法就別配事理以爲深廣又超
下二就人顯又卽理之事下三事理相融
釋則法界通四法界虛空是喻亦含四義
一事法界卽事之理下二明理法界於中
顯非表義名言及顯境名言所及卽不思
議也況二交徹者卽事理無礙法界能令

一行下四明事事無礙法界仍上而起要由事即是理方得以理融事故有事事無礙下引證可知第三事理無礙亦應言虛空不礙於色色不礙空故四事事無礙如空入在一毛孔即攝無邊法界空又若唯遮者下第二融拂恐滯絶思議故絶但是遮絶心言故融者即言無言故故云於中思議不可盡即用第八眞如相迴向偈文云菩薩住是不思議於中思議不可盡入是不可思議處思與非思俱寂滅上即前半意從遮融無二下即後半意也二何以下徵釋何以因人之行便叵思耶菩薩摩訶薩下釋云同佛果故佛窮事行之邊極理行之際斷一切障證一切理因圓果滿融無障礙菩薩同彼寧可思議

若取論勢菩薩行爲總句餘皆是別不可思議即眞實行也彼約地前不見此約凡愚叵思亦名眞實行布位中無眞如觀故無觀相行二與法界等即是勝行亦是佛本故三與虛空等即因行也是無常因亦未得地智缺常果因也四學三世佛而修行者是不怯弱行未能順理眞實救護故無大行餘同前會不可思議者例後十地六決定中有眞實善決定彼經云不可見今以不思議當之無觀相行者彼云無雜無帶相之雜故今經地前猶帶如相故無無雜之言故無大行者大行合云遍一切佛剎普能救護一切衆生今無此言

佛子何等是菩薩摩訶薩行佛子菩薩摩訶薩有十種行三世諸佛之所宣說何等爲十一者歡喜行二者饒益行三者無違逆行四者無屈撓行五者無癡亂行六者善現行七者無著行八者難得行九者善法行十者眞實行是爲十

第二佛子何等下辨行相文中三一總徵其名二標數顯勝三徵數列名今初二佛子等下標三世佛下顯勝也三何等爲十

下徵數列名上徵下列然與本業名雖小異而義意大同一施悅自他故名歡喜約三施說在因皆悅故下經云爲令衆生生歡喜故若就果說財獲富饒無畏身心安泰法施當獲法喜皆歡喜義此約隨相本業云始入法空不爲外道邪論所倒入正位故名歡喜行此約離相本業云者經此前總明從住入行云從灌頂進入五陰法性空亦行八萬四千波羅蜜故名十行二三聚淨戒亦益自他故名饒益或以後攝前本業云得常化一切衆生法皆利衆生故此唯據利他

三忍順物理名無違逆彼云得實法忍無我我所名無瞋恨此約以後攝初晉云無恚恨亦是以初攝後而　二忍順物法忍順理以後遵前皆順事理彼云者經具云於實法得法忍心無我我所

四勤無怠退名無屈撓亦通三勤彼云常住功德現化衆生故名無盡謂若有怠退斯則有盡而攝論三精進中三名無弱無退無喜足則是以後攝初

五以慧資定離沉掉故名無癡亂彼云命終之時無明鬼不亂不濁正念故名離癡亂此但從一義故下經云於死此生彼心無癡亂

六慧能顯發三諦之理般若現前故名善現彼云生生常在佛國中生此但據得報謂卽空照有而能現生

七不滯事理故名無著彼云於我無我乃至一切法空故此卽涉有不迷於空謂於我而無有我也若於我無我皆不著者則雙不滯也以有不捨不受方便智故

八大願可尊故又成大行願乃能得故故名難得彼云三世佛法中常敬順故名尊重行彼約修心此約難勝九善巧説法名善法行彼經云説法授人動成物則故同於九地法師位故十言行不虚故名眞實又稱二諦故故彼經云二諦非如非相非非相故名眞實然上約十度釋名度各有三並見初會

佛子何等爲菩薩摩訶薩歡喜行

第五佛子何等爲下説分十行則爲十段一各三謂一徵名二釋相三結名今初歡喜行即是檀度初徵名中已如前釋

佛子此菩薩爲大施主凡所有物悉能惠施

第二佛子此菩薩下釋相分二先略辨體相後修此行時下廣顯名相今初瑜伽菩薩地菩薩六度各有九門一自性謂出行體二者一切謂能具行三者難行謂就中別顯者一切門謂行差別五者善士謂作饒益六一切種謂偏攝聖教七者遂求謂隨所須八者與二世樂謂於現在作大饒益令得未來廣大安樂九者清淨謂勝離相成波羅蜜今文分三以攝於九一總標施主二其心下離所不應三但爲下彰其意樂

瑜伽等者即三十九爲首明法品已畧引之今更具引疏但通釋六度九門之相其列名即論謂字已下即是疏釋今先具出布施九門論嗢柁南曰自性一切難一切門善士一切種遂求二世樂清淨一自性者謂諸菩薩乃至身財無所顧惜能施一切所應施物無貪俱生思及因此所發能施一切施物身語二業安住律儀阿笈摩見定有果見隨所希求即以此物而行惠施當知是名菩薩自性施二一切施畧有二法謂内物外物又一切施物謂財法無畏三難行施有三一財物尠少而自貧苦施二可愛惜物甚深愛著物施三艱辛所獲財物施四一切門有四一自

財物二勸他得物三施父母妻子奴婢作使等物四施與諸來求者五善士施有五一淨信施二恭敬施三自手施四應時施五不惱亂他施六一切種有六有七故有十三言六者一無依施二廣大施三歡喜施四數數施五𠰓器施六非因器施言有七者一一切物施二一切處施三一切時施四無罪施五有情物施六方土物施七財穀物施七遂求施有八一匱乏飲食施以飲食二匱乏車乘三衣服四嚴具五資生什物六種種塗飾香鬘七舍宅八光明皆如第一句八此世他世樂施有九謂財無畏法各有三三故財有三者一清淨如法物二調伏慳悋垢三調伏藏積垢二即捨財物執著三即捨受用執著無畏三者一濟拔師子虎狼鬼魅等畏二王賊等畏三水火等畏法施三者一無倒說法二稱理說法三勸修學處九清淨施有十一不留滯施二不執取施三不積聚施四不高舉施五無所依施六不退轉施七不下劣施八無向背施九不望報施十不希異熟施餘廣如彼論然九門自性皆一一切皆二皆三難行皆三一切門皆四善士皆五一切種皆或六或七共有十三遂求皆八二世樂皆九清淨皆十而相隨度異然下文中九門之內或多或少不必俱全若一一配乃成繁碎隨顯配之知法包含今初舍攝前四及與六七謂一者施主惠施顯施自性惠有二義一惠即是施二謂巧惠籌量可不凡所有物悉能施者攝餘五門謂一若內若外二若難若易三財法無畏四一切種門五隨求與故舍攝前者即示此經包含之相下別配之一者施主即九門中初一也雜集第八云云何施圓滿謂數數施故無偏黨施故隨其所願圓滿施故依此義故經作是說爲大施主者此顯數數施及由慣習成性數數能故謂一若內若外即九門一切施中前二義也二若難若易即難行三財法無畏即一切施中後義四攝第四一切門第六一切種五即遂求故攝五門

其心平等無有悔吝不望果報不求名稱不貪利養

二離所不應即清淨施文有五句以攝十義心平等者略有四義一無執取離妄見故二不積聚施觀漸與頓皆平等故三不高舉但行謙下不與他競離憍慢故四無向背不朋黨故言無有悔悋者此有三義

一不退弱施已無悔故二不下劣勝物無悋故三不留滯速與無悋故言不望果報者不求異熟果故不求名稱者無所依故不貪利養者不望報恩故文有五句者但觀前列具知次第

但爲救護一切衆生攝受一切衆生饒益一切衆生爲學習諸佛本所修行憶念諸佛本所修行愛樂諸佛本所修行清淨諸佛本所修行增長諸佛本所修行住持諸佛本所修行顯現諸佛本所修行演説諸佛本所修行令諸衆生離苦得樂

三彰其意樂中有十二句攝上二門謂前十一句明善士施此有五相一但爲救護者不損惱故二攝受者自手授與故三饒益者應其時故上三下益次有八句明其上攀不出二意一淨信故二恭敬故八中一創起習學二憶持不忘三愛樂不捨四淨治其障五更修增廣六住持不斷七令不隱没八演以示人後令諸衆生離苦得樂結歸慈悲即二世樂上但爲之言流下諸句又上救護是無畏施攝受是財饒益是法

佛子菩薩摩訶薩修此行時令一切衆生歡喜愛樂隨諸方土有貧乏處以願力故往生於彼豪貴大富財寶無盡假使於念念中有無量無數衆生詣菩薩所白言仁者我等貧乏靡所資贍飢羸困苦命將不全惟願慈哀施我身肉令我得食以活其命爾時菩薩即便施之令其歡喜心得滿足如是無量百千衆生而來乞求菩薩於彼曾無退怯但更增

長慈悲之心以是衆生咸來乞求菩薩見之倍復歡喜作如是念我得善利此等衆生是我福田是我善友不求不請而來教我入佛法中我今應當如是修學不違一切衆生之心

第二廣顯名相中廣前一切施也亦具諸施恐繁不配文中二先現行財施後願行法施財中復二一隨相二離相前中亦二一明施行二迴向行前中亦二初願受勝生行施二示異類身行施前中依無著論有六意樂一方便二歡喜三恩德四廣大五善好六清淨下並具之先現行財施等者即九門中一切施中之三相也前六度章雖皆畧示今更依攝論釋之本論云施三品者一法施二財施三無畏施無性釋云言法施者謂無染心如實宣說契經等法言財施者謂無染心施資生具無畏施者謂心無損害濟拔驚怖釋曰此第一番自施行相論云又法施者為欲資益他諸善根財施者為欲資益他身無畏施者為欲資益他心釋曰此第二番明施所為天親同此論又云以是因緣故說三施梁攝論法施利益他心財施資益他身無畏施通益他身心復次由財施故有向惡者悉令歸善由無畏施攝彼令成眷屬由法施故生彼善根及成熟解脫由具此義故說三施依無著論者一方便意樂謂先作意二歡喜意樂謂見求者深生歡喜過於乞者稱意歡喜三者恩德意樂謂遇乞者深心荷恩由彼令我勝行成故四者廣大意樂謂廣行施唯期大果故五善好意樂謂令乞者現在豊樂未來得道故六清淨意樂謂離障離相成波羅蜜故疏中先列名後隨文釋中方釋其相故併舉之

於中文四一願具施緣即方便意樂先作意故亦即廣前為大施主二假使下難求能求三爾時菩薩下明難捨能捨舉難況易即便施者無留滯也四如是下明一切無違有三意樂初即廣大意樂能廣行故二但更下即歡喜意樂也三作如是念下恩德意樂也我今應下是隨順心

又作是念願我已作現作當作所有善根令我未來於一切世界一切衆生中受廣大身以是身肉充足一切飢苦衆生乃至若有一小衆生未得飽足願不捨命所割身肉亦無有盡

第二又作下明示異類身而行布施迴現施善未來受身以悲深故亦廣大心也

以此善根願得阿耨多羅三藐三菩提證大涅槃願諸衆生食我肉者亦得阿耨多羅三藐三菩提獲平等智具諸佛法廣作佛事乃至入於無餘涅槃若一衆生心不滿足我終不證阿耨多羅三藐三菩提

第二以此下迴向行初自期大果亦廣大意樂也後願施田亦得二果是善好意樂

初自期大果者上總釋廣大有二義一謂廣行施二唯期大果故前一切無違即是初意今是期大果也亦是善好者前亦二義一令乞者現在豐樂二未來得道今是後意

菩薩如是利益衆生而無我想衆生想有想命想種種想補伽羅想人想摩納婆想作者想受者想

第二菩薩如是下明離相施即清淨意樂也隨相離相行必同時言不並彰故分前後應將離相別別貫前如大般若不欲繁文故併居一處前後體勢類此可知

隨相等者即總示儀式言如大般若者如般若清淨遍歷八十餘科遍為其首成百餘卷如清淨既爾若以無生為首亦遍歷諸法無性無得無相等一一皆然故賢首云若歷事備陳言過二十萬頌今併隨相居于一處併諸離相居于一處猶般若目故東乃數紙展則成多

文分為三初人空觀次法空觀後二觀之益即成彼岸智今初也如是利益衆生者牒前事行欲顯正利益時即無我

想等故所無之法略有十句我謂主宰諸蘊假者也故智論三十五云於五蘊中我我所心起故瑜伽大同此說此句爲總但是一我隨事立下別名然由迷緣生實性計有即蘊異蘊之我既了性空迷想斯寂故云無也若別別觀無之所以如十定品

第二定辨

我謂主宰等者即唯識文論云我謂主宰彼疏釋云主如君主有自在故宰如宰輔能割斷故諸蘊假者於諸蘊中假建立故稱之為我唯識論云世間聖教說有我法但由假立非實有性解曰假有二義一無體隨情假隨自執情名我法故即外道等計二有體強設隨位隨緣假施設故即聖教所說今於二義準下智論及瑜伽文當初義也故智論者問曰如我乃至見者為是一事為各各異答曰皆是一我但以隨事為異於五陰中我我所心起故名為我釋曰次云但是一我下即上論文瑜伽論中者論云於五蘊我我所現前行故即八十三論然由生下釋其無義若別別觀者即四十經菩薩知一切法皆無我故是名入無命法無作法者菩薩於一切世間勤修行無諍法故是名住無我法者菩薩如實見一切身皆從緣起故是名住無衆生法者菩薩知一切法生滅皆從緣生故是名住無補特伽羅法者菩薩知諸法本性平等故是名住無意生法無摩納婆法者釋曰此即別觀無之所以

二衆生者智論云五蘊和合中生故瑜伽名爲有情謂諸賢聖如實了知唯有此法更無餘故

智度論云五陰和合中生故名為衆生瑜伽等者論有二解今是其一言唯有此法者有此有情法有情即識言無餘者無彼識外餘我體也二云又復於彼有愛著故彼疏釋云言於彼者彼即所愛中八識也即是有能愛情名為有情有情梵言薩埵舊云衆生

三有想者智論瑜伽俱名生者謂計有我人能起衆事如父生子故有即所起諸趣生也

四命者謂命根成就故瑜伽云壽命和合現存活故

謂命根者智論具云命根成就故名壽者命者釋曰此論雙釋經中壽命二種以命根體即壽故已見問明世親釋云一報命根不斷故論偈云不斷至命住大雲解云此是根命瑜伽亦是二法合釋

五種種者智論名爲衆數謂陰界入等諸因緣是衆數法

故新譯名異生能受異趣生故新譯等者即大般若第十三前引智論其文小畧具即大品名為衆數智論云從我人有陰界等衆數之法又取我人為陰界入諸法之數故衆多之法是種種義

六補特伽羅者此云數取趣瑜伽云計有我人數數往取諸趣無厭故此名依一聲中呼一人若依多聲中呼多人即云補特伽羅補特等者即瑜伽中名

七人者有靈於土木之稱智論云行人法故大般若名士夫瑜伽釋云能作一切士夫用故有靈者有靈於土本之稱即闗中生公語即智論意瑜伽名士夫即十七相中第六論云言養育者謂增長後有業故能作一切士夫用故疏云養育者令滋茂不斷絕義業令致果果士夫用未來莫窮故名養育釋曰彼雙釋士夫養育文便故引之

八摩納婆此云儒童謂計有我人為少年有學之者此名依一聲中但呼一人若呼多人多聲中呼應云摩納婆嚩迦也摩納婆此云儒童即出智論若瑜伽云謂依止於意或高或下故彼疏云意高下者約行以釋然行高下皆由於意稚年之者高下不定故以高下而以顯之釋曰稚年高下者即少年有學者也

九作者者作諸業故智論云手足能有所作故

十受者者智論云計後世受罪福果報故

大般若第三四大品第二及金剛般若中說數有增減名或小異大意不殊迴向十定準斯會釋大般若第三下結示本源古有章門七問分別一列名二釋名三體性四二執五伏害六成觀七問答初諸說互望差別畧有三種一數增減二互有無三變名字初增減者第六迴向但有其八畧無總我及種種耳十定有七已如上辨一作者二命三我四衆生五補特伽羅六意生七摩納婆畧無受者及種種而加總我大般若第四說十七相一我二有情三命者四生者五養者六士夫七補特伽羅八意生九儒童十作者十一使作者十二起者十三使起者十四受者十五使受者十六知者十七見者第十三中但說十四闕使作者起者使起者使受者闕四加異生異生義當起故三使大同故其第二有無已含在前增減之中三變名字此云衆生大般若中是有情此云補伽羅彼云補特伽羅此云人彼云士夫此云

摩納婆大般若云儒童迴向云童子此云有想大般若云生者等疏中巳對大般若辨竟餘門可畧言也

但觀法界衆生界無邊際法空法無所有法無相法無體法無處法無依法無作法

二但觀下明法空觀菩薩旣了法空安有我耶故上云人空非如二乘人空法有故此直云但觀法界空等法界衆生界總舉所觀法體不出此二菩薩了之究竟無差橫則無邊等虛空故竪則無際離始終故空法者此二皆空也空亦總句何以知空但有名字無實所有故無何所有一外無自共之相狀二內無有爲無爲之體性三無所住之處所謂不在內外中間有中住故四無二法之相依有去不留空故五無造作之功用故無所有無所有故空空故

衆生界卽法界也一外無自共之相狀者自相者謂色礙相受領納等各別所屬共相者謂五蘊等同無常苦空無我此二皆外相也二為無為諸法之體諸法不出此二有去不留空者明空有無二故有即是空若去於有即以去空若有去存空則空有為二故

作是觀時不見自身不見施物不見受者不見福田不見業不見報不見果不見大果不見小果

第三作是下觀益九句皆云不見者窮於法性到彼岸故初三卽是三輪福田者施所生也業約成因招果剋獲爲果酬因曰報習因習續於前習果剋獲爲後習因習果通名爲因能牽後報此報酬因此則果通現得又報謂有漏果謂無漏同是當果漏無漏殊小施小果大施大果剋獲為果者此釋果報有二義一果通現在報唯未來如修初禪為習因證得初禪為習果故云習因習

續於前習果剋獲於後上一重因果望其當報總名為因生於忉禪梵衆等天方名感報故上云酬因為報此則下結示二又報謂有漏下則果之與報俱在未來大施大果等者此等有三一一物施等為小多物施為大二小心施為小大心施為大自利無常等為小心利他空觀等為大三近果為小究竟果為大

爾時菩薩觀去來今一切衆生所受之身尋即壞滅便作是念奇哉衆生愚癡無智於生死內受無數身危脆不停速歸壞滅若已壞滅若今壞滅若當壞滅而不能以不堅固身求堅固身我當盡學諸佛所學證一切智知一切法為諸衆生說三世平等隨順寂靜不壞法性令其永得安隱快樂佛子是名菩薩摩訶薩第一歡喜行

第二願行法施文分為二初觀悲境為起願由二我當盡學下起願利益不壞法性是堅固因安隱快樂是堅固果

大方廣佛華嚴經疏鈔會本第十九之四

音釋

笈　忌立切書箱也　尠　蘇典切先上聲少也　匱　求位切乏也　慣　古患切

羸　力為切瘦也　危脆　脆此芮切物易斷也

大方廣佛華嚴經疏鈔會本第十九之五

唐于闐國三藏沙門實叉難陀　譯

唐清涼山大華嚴寺沙門澄觀撰述

佛子何等爲菩薩摩訶薩饒益行

第二饒益行

此菩薩護持淨戒於色聲香味觸心無所著亦爲衆生如是宣説

二釋相之中先略後廣皆顯三聚合於九戒今初略中文三初明持相次彰離過後顯持意今初初句爲總總該三聚即戒自性於色聲下别釋淨義意地無著是真律儀亦爲生説即饒益有情戒也皆顯三聚等者廣略皆顯初句爲總總該三聚是略中具也即戒自性者是九戒之一也意地無染是真律儀者出三聚相起心即破菩薩戒故亦爲生下攝衆生戒下顯持戒意含於攝善

不求威勢不求種族不求富饒不求色相不求王位如是一切皆無所著

二不求下彰其離過亦是於果無依顯清淨義亦是於果無依即第九清淨戒之一也

但堅持淨戒作如是念我持淨戒必當捨離一切纏縛貪求熱惱諸難逼迫毀謗亂濁得佛所讚平等正法

三但堅持下顯持戒意初句爲總盡壽堅持作如是下以誓自要成上堅相謂一切利養恭敬他論本隨煩惱不能伏故一切惡止得佛正法是真善行謂一切利養等者出堅相也四分戒云明人能護戒能得三種樂名譽及利養死得生天上若希此三非真堅持本隨煩惱者下經自出彼又具明纏即隨惑縛即根本言一切惡止者即是律儀善行即是攝善纏謂八纏即無慚無愧掉擧惡作惛眠慳嫉初二障戒正障律儀次二障止次二障觀後二障捨即障善法饒益於相修

中纏繞身心所以偏說或說十纏謂加忿覆於被舉時爲重障故此即隨惑纏謂八纏下釋此經宇疏文有五一釋八名二辯障業三釋總名四明十纏五者結示然初八纏廣如論釋無慚無愧十藏廣明餘之六事前後頻有初二障戒下辯障業雜集第七修尸羅時無慚無愧爲障由具此二犯諸學處無羞恥故次二障止者論云謂修止時惛沉睡眠二法爲障於內引沉沒故修慧時掉舉惡作二法爲障於外引散亂故釋日此論約二順障今疏反此者以約違障掉舉惡作違止故惛沉睡眠正違慧故後二障捨者論云於修捨時慳嫉爲障由成就此於自他利憍妬門中數數搖動心故即障善法饒益者止觀是善法捨即饒益於相修中者釋總名亦出偏說所以也本論云數數增盛纏繞於心故名爲纏釋論中云由此諸纏數數增盛纏繞一切觀行者心於修善品爲障礙故或說十纏者即第四明十纏俱舍頌第五隨眠品云纏八無慚愧嫉慳并悔眠掉舉與惛沉或十加忿覆論云八纏者品類足論或十者毗婆沙師言於被舉時爲重障者忿以令心忿發爲性覆以覆藏自罪爲性故此即隨惑下結示縛謂四縛即貪欲瞋恚戒取我見貪利不遂熱惱生瞋梵行命難則生毀謗謗則戒取我則濁亂不毀不持方爲平等縛謂四縛者先標列後會經今初雜集等論但有三縛謂貪瞋癡由此三縛縛諸有情令處三苦今言四者此經第三地文亦云此菩薩一切欲縛色縛有縛無明縛皆轉微薄釋曰此即修所斷中三界煩惱及無明故於見縛之外說四并前即五住地惑也今此四縛即按次文貪利已下會經四相初貪利即經貪求爲一二熱惱即瞋三諸難逼迫毀謗即是戒取四濁亂即是我見正於持戒而說四故然其戒取由癡而生不了諸難而生毀謗亦是邪見同三業故故亦不出三毒及見我見特爲諸見之主不毀不持釋經得佛所讚平等正法故淨名第三見阿閦佛品云不施不慳不戒不犯不忍不恚不進不怠不定不亂不智不愚不誠不欺不來不去不出不入今取此勢但用一戒中義耳不犯故事相無違不持故了戒空寂

佛子菩薩如是持淨戒時於一日中假使無數百千億那由他諸大惡魔詣菩薩所一一各將無量無數百千億那由他天女皆於五欲善行方便端正姝麗傾惑人心執持種種珍玩之具欲來惑亂菩薩道意

第二佛子菩薩如是下廣顯三聚即分為三初攝律儀二攝眾生三攝善法

初攝律儀等者唯識十度但有三名而無解釋若梁攝論三學之中具有解釋本論中云一攝律儀戒謂正遠離所應離法二攝善法戒謂正修證應修證法三饒益有情戒謂正利樂一切有情無性釋云律儀戒者謂於不善能遠離法防護受持由能防護諸惡不善身語等業故云律儀攝善法戒能令證得力無畏等一切佛法饒益有情戒能助有情如法所作平等分布無罪作業成熟有情有說後二依初建立釋曰此下釋立三所以無性云此能建立後二尸羅由自防護能修供養佛等善根及益諸有故故世親云住律儀者便能建立攝善法戒由此修集一切佛法證大菩提復能建立益有情戒由此故能成熟有情準梁攝論及釋論云若不離惡攝善利他則不得成有說前二為成後一梁攝論云若人住前二種淨戒則能引攝利眾生戒為成熟他梁論三戒大意同前故彼論云此三品戒即四無畏因何以故初戒是斷德第二戒是智德第三戒是恩德四無所畏不出三德故由此故說戒有三品本業經云戒有三緣一自性戒二善法戒三利益眾生戒義皆同也

今初即堅持不犯

為第一難持文中亦二先顯難持之境謂多而且麗加以惑心日日長時故為難也

今初即堅持不犯者即難行戒準瑜伽論第四十二有其三種一者菩薩現在具足大財大族自在增上弃捨如是大財大族自在增上具受菩薩淨戒律儀是名第一難行戒二者菩薩若遭急難乃至失命於所受戒尚無缺減何況全犯三者如是遍於一切行住作意恒住正念常無放逸乃至命終於所受戒無有悞失尚不犯輕何況犯重釋曰今即第一次二疏中具之

爾時菩薩作如是念此五欲者是障道法乃至障礙無上菩提是故不生一念欲想心淨如佛

後爾時菩薩下起觀對治即能持於難持也言乃至者準大品云貪著五欲障礙生天況復菩提勝事皆障故云乃至

唯除方便教化眾生而不捨於一切智心

第二唯除下攝眾生戒於中四初明忘犯濟物如祇陀末利唯酒唯戒唯除教化即

行於非道不捨智心即通達佛道（祇陁末利者末利夫人爲救厨子飲酒塗飾等祇陁太子爲順國人亦和飲酒而不忘戒並如別說）
佛子菩薩不以欲因緣故惱一衆生寧捨身
命而終不作惱衆生事
二佛子下輕身益物爲第二難持乃至捨
命亦無缺故
菩薩自得見佛已來未曾心生一念欲想何
況從事若或從事無有是處
三菩薩自得下彰持分齊是第三難持謂
恒住正念無誤失故即以難況易以誤況
故本性慣習故分齊者初發心住了見心
性成正覺故解法無生常見佛故觸境皆
佛豈容佛所生欲想耶
爾時菩薩但作是念一切衆生於長夜中想
念五欲趣向五欲貪著五欲其心決定耽染
沉溺隨其流轉不得自在
四爾時菩薩下明深起大悲是善士相在
文分三初悲物著欲二生勸持心三徵釋
所以今初七句初二爲總無時不起是長
夜中想念下別一想念未得二趣向可得
三貪著已得四決謂爲淨五躭染無厭六
迷醉沈溺七隨境流轉八欲罷不能（深起大悲者論云云何菩薩善士戒略有五種謂諸菩薩自具尸羅一勸他受戒二讚戒功德三見聞法者深心歡喜四設有毀犯如法悔除五釋曰今正當中三疏文自配自具尸羅前文已有已毀令悔文中略無）
我今應當令此諸魔及諸天女一切衆生住
無上戒住淨戒已於一切智心無退轉得阿
耨多羅三藐三菩提乃至入於無餘涅槃
二我今下生勸持心初勸他持戒次住淨
戒下兼讚戒功德

何以故此是我等所應作業應隨諸佛如是修學

三徵釋者大悲益他菩薩家業故

作是學已離諸惡行計我無知以智入於一切佛法爲衆生説令除顛倒

第三作是學已下明攝善法戒文分爲二初明自分現攝後辨勝進當攝今初善法雖多不出悲智故文中略舉於中分三初雙標悲智二然知已下雙釋二相三如是解者已下雙明二果今初也先智後悲智中先明離過謂離惡行無明後以智下明其成德爲衆生下即是攝悲

然知不離衆生有顛倒不離顛倒有衆生

二雙釋二相中悲智雙運文分爲二先以智導悲自成正觀二一切諸法下通明入法顯彼倒因今初文有四對前三二互相望後一當體以辨前三對中前二不離後一不即即顯生之與倒非即離也衆生即能起顛倒之人乃染分依他顛倒即所起之妄是徧計所執初對明不離者謂依似執實故離生無倒依執似起離倒無生（謂依似執實者衆生是依他似有故顛倒謂執似爲實如依繩之依他執爲蛇實依執似起者即唯識云依他起自性分別緣所生謂依遍計之執起依之似似即衆生）

不於顛倒內有衆生不於衆生內有顛倒

第二對明不相在重釋前義言不離者明因果相待緣成非先有體二物相在因中無果故倒內無生若必有者則應徧計是依他起果中無因故生內無倒若要令有者則應無有不倒衆生（第二對明不相在即不於顛倒內有衆生言不離者此句牒前上言不離衆生有顛倒等明因果相待方得緣成釋上義）

也依似執實待果成因也依執似起待因成果也上辯前對之是非先有下揀前對之非即先有先無門因中無果下示其正義以釋經文二句之中皆先順說正義後反顯先有之過初云因中無果故倒內無生者傾說正義也次若必下反釋揀非非先有故遍計是因因中有果故遍計中有依他起果中無因故生內無倒者順說正義也若要令有下反釋揀非也苦果有因有衆生等即有顛倒今有不倒衆生故知果中無有因也

亦非顛倒是衆生亦非衆生是顛倒

第三對明不即不壞因果能所徧計之二相故由前對則知生倒非一非異非即非離第三對者因即能遍計果即所遍計所遍計即依他也由前已下結歸中道

顛倒非內法顛倒非外法衆生非內法衆生非外法

第四對當體以辨倒心託境方生故非內法若是內者無境應有境由情計故非外法若是外者智者於境不應不染既非內外寧在中間則當體自虛將何對他以明即離衆生亦爾即蘊求無故非內法離蘊亦無故非外法既非內外亦絕中間本性自空何能起倒將何對他明非即離既如是知則自無倒爲物說此倒惑自除第四對者不對衆生說顛倒等亦皆先順明後反顯如倒心託境方生故非內即先順明次若是內下反顯既如是知下結成二利

一切諸法虛妄不實速起速滅無有堅固如夢如影如幻如化誑惑愚夫

二一切下通明入法顯彼倒因謂由不達緣成不堅妄生徧計故云誑惑愚夫實則愚夫自誑若獼猴執月實則愚夫自誑者如獼猴執月月豈有心誑獼猴耶愚夫執虛爲實明是自誑經云誑愚夫者是愚夫不了之境義似誑耳

如是解者即能覺了一切諸行通達生死及

與涅槃證佛菩提自得度令他得度自解脫令他解脫自調伏令他調伏自寂靜令他寂靜自安隱令他安隱自離垢令他離垢自清淨令他清淨自涅槃令他涅槃自快樂令他快樂

三如是已下雙明二果即前悲智所成之果也亦九戒中二世樂戒也即前悲智者如是解者覺了一切等即智果也通達生死及與涅槃具二果也有大悲故通達生死有大智故通達涅槃又自度等即智果也令他得度即悲果也二利皆即悲智果耳亦九戒中者論云當知此戒略有九種謂諸菩薩爲諸有情於應遮處而正遮止一於應開處而正開許二是諸有情應攝受者正攝受之三應調伏者正調伏之四菩薩於中身語二業常清淨轉是則名爲四種淨戒復有所餘施忍精進靜慮般若波羅蜜多俱行淨戒則爲五種總說名爲九種淨戒能令自他現法後法皆得安樂釋曰今但通說悲智之果智果了一切行即般若相應故云亦是若別配者令他解脫離垢即是遮止開許斯即制聽二戒可以離垢解脫其令他安隱即是攝受令他調伏其名全同皆令他得二世樂也五度助戒含在其中有攝善故先總後別總中由解諸法不實幻化是覺了諸行了行相虛名達生死知行體寂是了涅槃了之究竟即得菩提自得度下別有九對一度苦二脫集以了生死故三調之以道四寂之以滅以了涅槃故次四即證四諦之德如次配上謂由斷苦故得安樂等九即證佛菩提之樂

佛子此菩薩復作是念我當隨順一切如來離一切世間行具一切諸佛法住無上平等處等觀衆生明達境界離諸過失斷諸分別捨諸執著善巧出離心恒安住無上無說無依無動無量無邊無盡無色甚深智慧佛子是名菩薩摩訶薩第二饒益行

第二佛子已下勝進當攝於中有二十句

前十具勝德一順佛二離世三行勝法四住等理五等慈六明智七離過八忘緣九捨執十不斷煩惱而入涅槃後十住深智末句爲總即是佛智餘別顯深廣之義一上無過二言不及三離依著四無變動五超數量六無邊畔七無終盡八絶色相由上故深

佛子何等爲菩薩摩訶薩無違逆行

第三無違逆行即是忍度

此菩薩常修忍法謙下恭敬不自害不他害不兩害不自取不他取不兩取不自著不他著不兩著

於釋相中文分二別初略辨行相後對境正修今初分三一修忍行二離忍過三修忍意今初常修忍法即標行所屬謙下等言彰忍之相文有十句初總顯自性謙尊而光卑而不可踰若海之下百川歸焉恭敬崇彼安敢不忍謙尊而光者即周易謙卦云謙亨君子有終吉彖曰謙亨天道下濟而光明地道卑而上行天道虧盈而益謙地道變盈而流謙鬼神害盈而福謙人道惡盈而好謙謙尊而光卑而不可踰君子之終也象曰地中有山謙君子以裒多益寡稱物平施釋曰上所引文其相並顯但謙之象地在上山在下山合出地今入地下謙之象也又言裒多者裒聚也聚其多而益其寡是益謙義故爲平施若王注云多者用謙以爲褒少者用謙以爲益隨物所施不失平者也謙下忍之本也若海之下等即老子德經云江海所以能爲百谷王者以其善下是以聖人欲上人以其言下之欲先人以其身後之是以處上而人不爲重處前而人不爲害是以天下樂推而不猒釋曰特由謙卑天下歸之不自害下九句別明通有三釋一約三毒二就三業三據三忍初云前三治瞋行忍瞋必害故一無如前境而自刑害二力及害他三以死相敵無論先後一時但取兩害次三治貪

成忍故梁攝論云取是貪愛別名一自貪名利二使彼令取或隨喜彼取三兼行上二後三治癡修忍癡故執著一著已德能云何毀我二彼人若是云何辱我三俱染可知此九皆過菩薩正觀以不不之能治之觀下文自辨一無如前境者天宮云自害略由五緣謂貪瞋邪見愚癡不善心二約三業者害必加身著必由意自他讚舉名為取也苟心讚他尚為謟媚況自稱舉故並安忍之苟心讚他者大智度論五十三說舍利弗讚須菩提善說法好人相不自讚不自毀於他外人亦不讚毀若自讚非大人相不為人讚而便自美若自毀者是妖謟人若毀他者是讒賊人若讚他者是謟媚人須菩提了無生法故舍利弗雖讚而不謟以稱實讚故又以斷法愛故心不高亦不愛著但益無障礙因所謂一切法無所依止故無障礙又言取即是著唯識第八釋三熏習中云或名苦名取能所取故取是著義業不得名智論取增名著七十四云初染曰取生愛名著三約三忍者害即怨害取即

不能安受飢寒等苦妄受取故著則不見諦理由見諦理三忍皆成故思益云諸法念念滅其性常不住於中無罵辱亦無有恭敬若節節解身其心常不動等又上三即約違順中庸之境故成三毒餘可準思

亦不貪求名聞利養

二亦不下離忍過也名引中人利誘下士菩薩上士故不貪求

但作是念我當常為眾生說法令離一切惡斷貪瞋癡憍慢覆藏慳嫉諂誑令恒安住忍辱柔和

三但作下修忍之意也所以修者先自忍已後為生說令修忍行離惡斷惑是內安忍惑亡智現則住法忍既去煩惱鑛穢則身心柔和堪任法器如彼鍊金上來皆是

清淨忍也上來皆是清淨忍者論云略有十種謂諸菩薩遇他所作不饒益事損惱違越終不反報一亦不意憤二亦不怨嫌三意樂相續恒常現前欲作饒益先後無異非一益已捨而不益四於有怨者自生悔謝終不令他生疲猒已然後受謝五於不堪忍成就增上猛利慚愧六依於堪忍於大師所成就增上猛利愛敬七依不損惱諸有情故於諸有情成就猛利哀愍愛樂八一切不忍并助伴法皆得斷故九離欲界欲十由此十相當知菩薩所修行忍清淨無垢釋曰不可別能大意同

經

佛子菩薩成就如是忍法假使有百千億那由他阿僧祇衆生來至其所一一衆生化作百千億那由他阿僧祇口一一口出百千億那由他阿僧祇語所謂不可喜語非善法語不悅意語不可愛語非仁賢語非聖智語非聖相應語非聖親近語深可猒惡語不堪聽聞語以是言詞毀辱菩薩

第二佛子下對境修忍廣顯行相文中分二先明修忍行後明修忍意前中有三初耐寃害次安受苦三諦察法初耐怨害等者三忍之義略見初會今更重依攝論釋之無性論云耐怨害者是諸有情成熟轉因世親釋云能忍他人所作怨害勤修饒益有情事時由此忍力化生雖苦而不退轉言安受苦忍者是成佛因寒熱飢渴種種苦事皆能忍受無退轉故言諦察法忍者是前二忍所依止處堪忍甚深廣大法故世親釋云堪能審諦觀察諸法或由諦察為前二依者世親釋云由此忍力建立次前所說二忍梁攝論云由觀察法忍菩薩能入諸法真理此忍即是前二依處以能除人法二執故今初分二先彰難忍之境後明能忍之行此亦難行忍也此亦難行忍有三一忍羸劣有情所不饒益二忍自臣隸所不饒益三忍種姓卑賤所不饒益今同第三今初分三初明口加毀辱故梁攝論以耐寃害亦名他毀辱忍略顯十種一觸忌諱故二惡軌則故三令憂慼故四無風雅故五極庸賤故六詮邪惡故七不入人心故八詮猥雜故九極鄙惡故十極

麤獷故以是言下總結所作多人多口各

多惡言

又此衆生一一各有百千億那由他阿僧祇

手一一手各執百千億那由他阿僧祇器仗

逼害菩薩

二又此下身加逼害上二事廣

如是經於阿僧祇劫曾無休息

三如是經下總辨長時是謂難忍之境也

菩薩遭此極大楚毒身毛皆竪命將欲斷作是念言我因是苦心若動亂則自不調伏自不守護自不明了自不修習自不正定自不寂靜自不愛惜自生執著何能令他心得清淨

二菩薩遭此下明其忍行先結前生後謂遭前極苦二作是念下正顯忍相以失自要文有十句初一假設不忍失念易志故云動亂餘九明失一則不調瞋恚二則不護根門三迷忍法門四不修忍行五隨風外轉六動亂內生七不惜善根八未忘彼此上八自損由此不能利他令能忍故以不不之便成八行自他俱利自他俱調若說此勝利成善士行若說此勝利者論云善士忍有五種謂諸菩薩先於其忍見諸勝利謂能堪忍補特伽羅於當來世無多怨敵無多乖離有多喜樂臨終無悔於身壞後當生善趣天世界中見勝利已自能堪忍一勸他行忍二讚忍功德三見能行忍補特伽羅慰意慶喜四應有設有不忍如法悔除論闕第五恐是脫漏故今賊之而疏云說此勝利王是第三讚忍功德如失自要即第一自忍不忍不能令他安忍令不不之即是第二既自慶慰亦能慶他當第四五也

菩薩爾時復作是念我從無始劫住於生死受諸苦惱如是思惟重自勸勵令心清淨而得歡喜善自調攝自能安住於佛法中亦令

衆生同得此法

二菩薩爾時下安受苦忍雖仍前文義當安受故引往所受苦以況今苦而欲安受所以引者無始顯昔苦時長諸苦明其事廣雖事廣時長而空無二利今時促苦少能成忍度自利利他安不忍哉故練磨頌云汝已惡道經多劫無益受苦尚能超今行少善得菩提大利不應生退屈由斯重自勸勉誡勵令淨而無亂喜不憂慼調其瞋蔽攝護根門是自住忍法令物同忍故鍊磨頌者即三種鍊磨心斷除四處障中之一即無性攝論第六釋入現觀云由何能入由善根力所住持故謂三種鍊磨心斷四處故若唯識論第九明資糧位釋於二取隨眠猶未能伏滅云此位二障雖未伏除修勝行時有三退屈而能三事鍊磨其心於所證修勇猛不退一聞無上正等菩提廣大深遠心便退屈引他況已證大菩提者鍊磨自心勇猛不退釋曰即第一菩提廣六屈引他況已鍊廣者無邊大者無上深者難測遠者時長由斯故退引他鍊之攝論頌云十方世界諸有情念念速證善逝果彼既丈夫我亦爾不應自輕而退屈唯識論云二聞施等波羅蜜多甚難可修心便退屈省已意樂能修施等鍊磨自心勇猛不退釋曰即第二萬行難修屈省已增修鍊頌云汝昔惡道經多劫無益勤苦尚能超今行少善得菩提大利不應生退屈唯識論云三聞諸佛圓滿轉依極難可證心便退屈引他麤善況已妙因鍊磨自心勇猛不退釋曰即第三轉依難證屈引麤況妙鍊頌云博地一切諸凡夫尚擬遠證菩提果汝已勤苦經多劫不應退屈却沉淪唯識論云由斯三事鍊磨其心堅固熾然修諸勝行釋曰今是十行正是其位故疏引之言斷四處障者無性攝論但舉四云由離聲聞獨覺作意故一由於大乘諸疑離疑以能永斷異慧疑故二由離能聞所聞法中我我所執斷法執故三由於現前現住安立一切於中無所作意無分別斷斷分別故四釋曰即由此四是四處故然三鍊磨通治四障然皆由忍三輪故忍三輪者自他過失分別也

復更思惟此身空寂無我我所無有真實性空無二若苦若樂皆無所有諸法空故我當解了廣爲人說令諸衆生滅除此見是故我

今雖遭苦毒應當忍受
第三復更已下諦察法忍亦仍前起故云
復更斯則一忍之中便具三忍表非全異
故一境具明文分三別一自成法忍文有
五句初句總標無我已下釋成空義以苦
空無常無我四行釋之倒爲其次又約大
乘故苦樂等雙遣一人我法我兩亡二常
與無常非實相待有故三空有俱寂故云
無二四苦樂皆遣云無所有二諸法空下
令他成忍衆生迷空故應爲說皆清淨忍
也二令他成忍至皆清淨忍者清淨有十如前已引今但總相是彼之意亦不別配三是故下結行應修然莊嚴論中由三
思五想則能忍受一思他毀辱我是我自
業二思彼我俱是行苦三思聲聞自利尚
不以苦加人此三文在安受忍中思昔諸
苦自他調攝故言五想者一本親想衆生
無始無非親屬故二修法想打罵不可得
故三修無常想四修苦想五修攝取想即
此文攝對前可思然莊嚴論者即第二論此三思等者前念無始劫受諸苦惱即是自業及行苦也亦令他得此法即況二乘也對前可思者前性空無二即不可得無有真實即是無常苦苦若樂即是苦想廣爲人說等即攝取想略無本親攝在無始生死之中
爲慈念衆生故饒益衆生故安樂衆生故憐
愍衆生故攝受衆生故不捨衆生故自得覺
悟故令他覺悟故心不退轉故趣向佛道故
是名菩薩摩訶薩第三無違逆行
第二爲慈念下明修忍意文有十句義兼
通別通則三忍皆爲此十在義可知別則
爲初五故修耐寃害慈念爲總次但欲饒
益於他不懼他不饒益本欲安人豈當加

報懟彼淪倒寧懷恨心以忍調行攝諸恚怒次一安受苦忍隨逐衆生無疲苦故次二句爲覺自他修諦察法後二通於前三上一爲言下流至此斯即九中二世樂也懟彼淪倒者準智論云羅睺羅被外道打悲泣人問其故答曰我苦少時爾奈渠長苦何卽懟其淪溺而言倒者亦懟其因但由顚倒如提婆菩薩被外道開腹弟子欲追菩薩廣說法空誡諸弟子云此等顚倒妄見我人故生此悪不了性空無有眞實等斯卽九中二世樂者論云二世樂忍有九謂菩薩住不放逸一於諸善法悉能堪忍二於諸寒熱悉能堪忍三於諸飢渴四於蚊虻觸五於諸風日六於蛇蠍觸七於諸劬勞所生種種若身若心疲倦憂惱八於墮生死生老病死苦等有情現前哀懟而修忍行九上七皆有悉能堪忍之言論云如是順忍得二世樂斯亦總相懟念衆生令得二世樂也

佛子何等爲菩薩摩訶薩無屈撓行

第四無屈撓行撓者曲也弱也卽牢強精進也撓者卽周易大過卦意易云大過棟撓利有攸往亨彖曰大過大者過也棟撓本末弱也易文以弱釋撓音義云撓者曲也曲之與弱義相似也今取弱義釋無屈撓則弱者亦曲也旣曰牢強則無屈弱然梵云鉢履耶捺多此云無盡卽晉經之名謂大願之力無有盡耳此亦大同

此菩薩修諸精進所謂第一精進大精進勝精進殊勝精進最勝精進最妙精進上精進無上精進無等精進普徧精進

二釋相中二先總顯其相後隨難別釋前中文三初正顯精進二性無下明離過失三但爲下辨進所爲此之三段初卽總舉次是釋精謂無雜故三是釋進趣所爲故今初正顯中初句標行所屬所謂已下顯勝列名精進多名望業用故初第一者亦是首義此義有三一大故第一謂爲大菩提故二勝故第一光明功德故三殊勝故第一謂超出故第二大亦三義一最勝故

大勝中極故如世大王二最妙故大事理融通故如世大德三上故大行體高上如世尊長第三勝者亦有三義一無上故勝不可加故二無等故勝不可匹故三普徧故勝體周法界無可勝故此義有三者此十地勢十句相釋以二三四釋於初句以五六七釋第二大字以八九十釋第三勝字文並可知

性無三毒性無憍慢性不覆藏性不慳嫉性無諂誑性自慚愧終不爲惱一衆生故而行精進

二離過中即難行精進性無間雜最爲難故先離自惱之過謂本隨煩惱任運不起故曰性無圓融教中地前得爾後終不爲下明離惱他即難行者在文易知然皆七三輪故精進三輪者即衆生高下事用分別

但爲斷一切煩惱故而行精進但爲拔一切惑本故而行精進但爲除一切習氣故而行精進

三辨精進所爲中有二十句具含三種精進但爲是被甲四弘願故而行即是方便加行所爲之法是所攝善具含三種者唯識說三一被甲二攝善三利樂無性釋云一被甲二加行三無怯弱無退轉無喜足初者謂最初時自勵言我當作如是事即是解契經所說初有勢力句次即加行有勤句無怯等者謂隨事意樂所作善事乃至安坐妙菩提座復不放捨於自疲苦心無退屈名無怯弱於他逼惱心不動移名無退轉乃至菩提於其中間進修善品常無懈廢名無喜足如是三句解釋契經所說有勇猛於諸善法不捨離故世親釋三精進大同無性釋經五句復云所以者何或有最初求於無上正等菩提雖有勢力而加行時不能策勵故說有勤雖復有勤心或怯弱爲對治彼故說有勇由有勇故心無退屈心雖無怯逢至死苦心或退轉由此退失所求佛果爲對治彼立無退轉無退轉者即是堅猛故無退轉顯示堅猛由有堅故逢苦不退由有猛故不懼於苦雖逢衆苦能不退轉而得少善便生喜足由此不證無上菩提是故次說無喜足是不得少善生喜

足義此即顯示不捨善軛由此義故說三精進然被甲者從喻立名如人入陣先須被甲以防弓矢今求菩提必先誓願以防退屈本業直云一起大誓願之心二方便進修三勤化衆生

文分爲四初三斷惑次七度生次四知法後六求佛即四弘也今初初斷現行次斷種子後斷餘習

但爲知一切衆生界故而行精進但爲知一切衆生死此生彼故而行精進但爲知一切衆生煩惱故而行精進但爲知一切衆生心樂故而行精進但爲知一切衆生境界故而行精進但爲知一切衆生諸根勝劣故而行精進但爲知一切衆生心行故而行精進

二度衆生中爲成十力智故煩惱是漏意令其盡境界即徧趣行心行義兼於業生死義兼宿住處非處力總故不明

但爲知一切法界故而行精進但爲知一切佛法根本性故而行精進但爲知一切佛法平等性故而行精進但爲知三世平等性故而行精進

三有四句知法中初總餘別別中一事法界若自入法則以淨信爲根本若約利他則以慈悲爲根本等二即理法界云平等性三事理無礙法界三世之事即平等理性也事隨理融義含事事無礙

但爲得一切佛法智光明故而行精進但爲證一切佛法智故而行精進但爲知一切佛法一實相故而行精進但爲知一切佛法無邊際故而行精進但爲得一切佛法廣大決定善巧智故而行精進但爲得分別演說一切佛法句義智故而行精進

四有六句求佛中初二即智初句教智光

明後句證智次二知境先真後俗後二皆
權智前句知機識藥後句四辯宣陳分別
演説即是樂説説於法義句即是辯上之
四弘初二知苦斷集後二修道證滅即無
作四諦之境也

佛子菩薩摩訶薩成就如是精進行已設有
人言汝頗能爲無數世界所有衆生以一一
衆生故於阿鼻地獄經無數劫備受衆苦令
彼衆生一一得值無數諸佛出興於世以見
佛故具受衆樂乃至入於無餘涅槃汝乃當
成阿耨多羅三藐三菩提能爾不耶答言我
能

第二佛子菩薩下隨難別釋於中二先明
被甲精進後明利樂精進今初全同瑜伽
之文但論以被甲爲初約先心自誓故本
業三進之中初名大誓今居攝善之後䟽
假設遇緣耳文有兩番問答初番可知今初
全同瑜伽者四十二云一擐誓願甲若我脱一有情苦以千大劫爲一日夜處於地獄經爾所時證大菩提乃至過此千俱胝倍無懈怠心況短時苦薄耶有能於此生少淨信已長養無量勇猛大菩提性況成就耶故云約先心自誓

設復有人作如是言有無量阿僧祇大海汝
當以一毛端滴之令盡有無量阿僧祇世界
盡末爲塵彼滴及塵一一數之悉知其數爲
衆生故經爾許劫於念念中受苦不斷菩薩
不以聞此語故而生一念悔恨之心但更增
上歡喜踊躍深自慶幸得大善利以我力故
令彼衆生永脱諸苦

後設復有下第二番中更難於前得大善
利者我本發心願代物苦但慮不容相代
今聞苦身能遂順本悲心不慮時長但增

喜慶長劫不懈況盡壽耶一念不悔即忘身無間自慶得利即平等通達有深功德爲難行也有深功德者瑜伽難行精進有三若諸菩薩無間遠離諸衣服想諸飲食想諸卧具想及巳身想於諸善法無間修習曾無懈怠是名第一難行精進若諸菩薩如是精進盡衆同分於一切時曾無懈廢是名第二難行精進若諸菩薩平等通達功德相應不緩不急無有顛倒能引義利精進成就是名第三難行精進今文具三長劫不懈況盡壽耶即是第二一念不悔即亡身無間即是第一自慶已下即第三前行初離過亦此第一

菩薩以此所行方便於一切世界中令一切衆生乃至究竟無餘涅槃是名菩薩摩訶薩第四無屈撓行

第二菩薩以此下利樂精進即用前加行攝善以利衆生令彼涅槃真安樂也

大方廣佛華嚴經疏鈔會本第十九之五

音釋

姝昌朱切美好也　鑛古猛切　獷音鑛惡也

大方廣佛華嚴經疏鈔會本第十九之六

唐于闐國三藏沙門實叉難陀　譯

唐清涼山大華嚴寺沙門澄觀撰述

佛子何等爲菩薩摩訶薩離癡亂行

第五離癡亂行

此菩薩成就正念心無散亂堅固不動最上清淨廣大無量無有迷惑

釋相中二先總顯無癡亂後別明無癡亂今初句雖有六義乃有十初總餘別總云成就正念者然通三義皆名正念（總云成就下釋此總句有二先正釋即瑜伽九門中自性禪也論云靜慮自性者聞思爲先所有心一境性總也）一就奢摩他品名爲正念正念即定以彼定心離妄念之亂故名爲正此從業用立名亦隣近立稱故八正道中正念定攝起信論云心若馳散即當攝來令住正念二就毗鉢舍那品亦名正念謂不偏鑒達明了於緣故下經云正念諸法未曾忘失三雙運道名爲正念次下經云以正念故善解世間等謂於緣明了是無癡義不異所緣名無亂義即雙運也又下經云禪定持心常一緣智慧了境同三昧（一或奢摩他品二或毗鉢舍那品三或雙運道也疏中雙標便引釋成文意可知善解世間等者下云以正念故善解世間一切語言能持出世諸法言說乃至心無癡亂疏自配無癡亂即是雙運又以別義善解是觀能持是止故爲雙運故下經云禪定持心者即是第十廻向偈中）雖有毗鉢舍那及雙運道皆就心一境名禪自性（雖有毗鉢下第二解妨在文別可知正是瑜伽出禪自性）中初句復是無亂之總謂不隨境轉故無散亂三障不能壞名爲堅固四緣不能牽故云不動五超劣顯勝故云最上六異世

無染故云清淨上五釋無亂也下四義釋無癡謂七稱法界故云廣八趣一切智故云大九引發難量故云無量十不捨大悲名無迷惑上九別句攝爲三禪前六現法樂住次二引生功德後一饒益有情上九別句者三禪即瑜伽一切禪也唯識但列而不釋名瑜伽釋廣今依攝論無性釋云一安住靜慮謂得現法樂住離慢見愛得清淨勝故住二引發靜慮謂能引發六神通等殊勝功德故三成所作事靜慮謂饒益諸有情類以能止息飢儉疾疫怖畏等苦惱事故梁攝論中釋三定云有現世得安樂住何以故能離一切染污法故一依能定爲生自利謂三明故能引成六通二引因成通定生隨利他利他即是三輪一神通輪謂身通天耳通天眼通此輪爲引邪向正者令其歸正二記心輪謂他心通天耳通天眼通此輪爲引已歸正者若未信受令其信受三正教輪謂宿住通漏盡通宿住通識其根性由漏盡通如自所得爲說正教令得下種成熟解脫由具此義是故說定有其三品爲離癡亂行

以是正念故

第二以是下別顯無癡亂如次釋前十義即爲十段亦初一爲總釋前正念於中分二初結前生後

善解世間一切語言能持出世諸法言說

後善解巳下顯正念之能文曲分二先雙標後雙釋今初也正念有觀故能善解正念有止所以能持世言無益但須善解出世有益偏語憶持出世不解應不持義世言不持應無記憶故文雖影略義必兩兼解事解理故名善解正念有觀下疏文有五初正釋順文二世言無益下出經局意三出世不解下立理顯通四故文雖下結成通義五解事下別釋善解

所謂能持色法非色法言說能持建立色自性言說乃至能持建立受想行識自性言說心無癡亂於世間中死此生彼心無癡亂入

胎出胎心無癡亂發菩提意心無癡亂事善知識心無癡亂勤修佛法心無癡亂覺知魔事心無癡亂離諸魔業心無癡亂於不可說劫修菩薩行心無癡亂

二所謂下雙釋分二先通就諸境明無癡亂後此菩薩下別約所持明無癡亂今初也據無癡亂文但有九開初爲二句亦有十謂法義別故初句即法無礙合蘊成二謂色與心非色謂心即餘四蘊二能持建立下義無礙也義有二種自性亦二一事二理事即質礙爲色性等理即無性爲色等性皆無名相中施設建立持言及義即文義二持今正覺理事離妄分別名無癡亂此二釋上能持下八釋上善解義必兼具故癡亂雙舉

三於五蘊生滅得無癡亂十地品云死有二種業一能壞諸行二不覺知故相續不絕今此菩薩於二事理靜無遺照故無癡亂四偏語胎生明無癡亂瑜伽第二說四種入胎一正知入而不知住出所謂輪王二正知入住不正知出所謂獨覺三俱能正知所謂菩薩四俱不正知謂餘有情前之二人尚有癡亂也凡夫癡亂相者謂下者見所生處在於廁穢中者見在舍宅上者見處華林若男於母生愛於父生瞋謂競母故女則反上大集二十七涅槃十八二十九俱舍第九皆具說之瑜伽第二下疏文有二先正釋無癡亂言二示癡亂相前中文顯一俱舍第九論問起云前說倒心入母胎藏一切胎藏皆定爾耶釋曰此牒前倒心趣欲境濕化染香處爲問也論中答云不爾經言入胎有四其四者何頌云一於入正知二三兼住出四於一切位及卵恒無知前

三種入胎謂輪王二佛業智俱勝故如次餘四生釋曰但觀上瑜伽頌文易了但業智俱勝更須略釋第一輪王以業勝故正知於入宿世曾修廣大福故第二辟支佛但知勝故正知入住久習多聞勝思擇故第三大覺福智俱勝三三寄正知謂曠劫修行勝福智故除此前三餘胎卵濕福智俱劣故皆癡亂大集二十七多同涅槃涅槃十八者南本十六經云善男子人有三種謂上中下下品之人初入胎時作是念言我今在廁衆穢歸處如死屍間棘刺叢林大黑闇中初出胎時復作是念我今出廁諸穢惡處乃至出於大黑闇中中者念言我今入於衆樹花果園林清淨河中房室屋宇宅舍之中出時亦爾上品之人作是念言我昇殿堂在華林閒乘馬乘象登上高山出時亦爾菩薩摩訶薩初入胎時自知入胎住時知住出時知出不起貪欲瞋恚之心而亦未得初住之地是故復名不可思議二十九者南本二十七經云中陰二種一善業果二惡業果因善業故得善覺觀因惡業故得惡覺觀父母交會和合之時隨業緣向受生處於母生愛於父生瞋父精出時謂是已有見已心悅而生歡喜以是三種煩惱因緣中陰壞生後五陰如蠟印印泥印壞文成釋曰此略舉男俱舍第九則具男女論釋倒心趣欲境云此明中有先起倒心馳趣欲境彼由業力所起眼根雖住遠方能見生處父母交會而起倒心若男中有緣母起愛生於欲心若女中有緣父起愛生於欲想翻此緣二俱起瞋心彼由起此二種倒心便謂已身與所愛合所泄不淨流至胎時謂是已有便生歡喜此心生已中有便沒受生有身餘廣如彼瑜伽又說彼胎藏者若當爲女於母左脇倚脊向腹而住若當爲男於母右脇倚腹向脊而住又此胎藏業報所發生分風起令頭向下足便向上胎衣纏裹而趣產門其正出時胎衣遂裂分之兩腋出產門時名正生位並可知

次三及十文並可知八九各有通別別謂四魔十魔及業如離世間品及大品魔事品起信論說若依智論除諸法實相皆菩薩魔事起心動念悉是魔業今以智覺察不隨其轉如人覺賊及偷狗故知魔界如與佛界如如無二故既覺其事即不造其業別謂四魔者四謂天陰煩惱及死言十魔者一蘊魔生取著故二煩惱魔恒雜染故三業魔能障礙故四心魔起高慢故五死魔捨生處故六天魔自慢縱故七善根魔恒執取故八三昧魔久耽味故九善知識魔起著心故十菩提法智魔不願捨離故言及業者一忘失菩提心修諸善根是爲魔業二惡心布施瞋心持戒捨惡性人遠懈怠

者輕慢亂意識嫌惡慧乃至第十增長我慢無有恭敬於諸衆生多行惱害不求正法眞實智慧其心弊惡難可開悟是爲魔業起信論者餘論廣有此論分明人易尋故故依示耳卽修行信心分中論云或有衆生無善根力則爲諸魔外道鬼神之所惑亂若於坐中現形恐怖或現端正男女等相當念唯心境界則滅終不爲惱或現天像菩薩像亦作如來像相好具足若說陁羅尼若說布施持戒忍辱情進禪定智慧或說平等空無相無願無怨無親無因無果畢竟空寂是眞涅槃或令人知宿命過去之事亦知未來之事得他心智辯才無礙能令衆生貪著世間名利之事又復令人數瞋數喜性無常準或多慈愛多睡多病其心懈怠卒起精進後便休廢生於不信多疑多慮或捨本勝行更修雜業若著世事種種牽纏亦能使人得諸三昧少分相似皆是外道所得非眞三昧或復令人若一日若二日若三日乃至七日住於定中得自然香美飲食身心適悅不飢不渴使人愛著或亦令人食無分齊乍多乍少顏色變異以是義故行者當應智慧觀察勿令此心墮於邪網當勤正念不取不著則能遠離是諸業障釋曰此一段文雖則稍廣亦爲要用其中兼有對治則顯菩薩心無癡亂若依智論除諸法實相等者論有喩云譬如蠅能緣一切物唯不能緣火焰卽爲燒故魔亦如是能緣一切法唯不能緣諸法實相若入實相魔卽實相何

所惑耶故論云魔界如佛界如一如無二如皆法界印豈以法界印更壞法界印又八十二云魔見解般若菩薩如捕魚人見一大魚入深大水鉤網所不及則絕望憂愁以離六十二見網故又七十三中魔作大沙門有重威德等或時語菩薩般若三解脫門是魔說但是空汝常習此空於中得證不得證云何作佛作佛法先行布施持戒等修三十二相福德坐道場時爾乃用空菩薩或行或信或疑遠離般若釋曰依此世魔甚多七十一云魔作知識身說般若空雖有罪福名而無道理或說空可卽取涅槃釋曰前七十三魔令莫修空而須修事行此中說斷滅空令其趣證故人多惑耳若得諸法實相亦不捨空修事亦不謂空礙有亦不以空爲證則以般若性空導一切行修無所修則魔不能令菩薩癡亂令以智覺察下示不爲癡亂所以如人覺賊及偷狗者卽涅槃南經邪正品北經亦如來性品卽第七經如人覺賊賊無能爲又因迦葉問依四種人難云世尊魔等尚能變作佛身況當不能作羅漢等佛言善男子於我所說若生疑者尚不應受況如是等是故應當善分別知善男子譬如偷狗夜入人舍其家婢使若覺知者卽應驅罵汝疾出去若不出者當奪汝命偷狗聞之卽去不還汝等從今亦應如是降伏波旬應作是言波旬汝今不應作如是像若故作者當以五繫繫縛於汝魔聞是巳便當還去如彼偷狗更不復還下廣說

佛說魔說之相此文但令覺察

此菩薩成就如是無量正念於無量阿僧祇劫中從諸佛菩薩善知識所聽聞正法

第二此菩薩下別約所持法門明無癡亂文有二別先正明後徵釋前中三初結前標後次所謂下正顯所持三菩薩下結無癡亂

所謂甚深法廣大法莊嚴法種種莊嚴法演說種種名句文身法菩薩莊嚴法佛神力光明無上法正希望決定解清淨法不著一切世間法分別一切世間法甚廣大法離癡翳照了一切衆生法一切世間共法不共法菩薩智無上法一切智自在法

二正顯中有十五法一所證理體大分深義所謂空故即事眞故大分深義者即十二門論但改彼也字爲故字耳二即體業用之法三具德相故四一具一切故云種種上四即所詮理法五即能詮教法義見初卷六行法以因嚴果故七果法上七通明四法下八唯約地位亦果行收謂八即初地大願已證理故名正希望決定解斷二障故云清淨九即根本智十即後得此二通至七地十一甚深廣大法即八地法證深法忍如法界故十二九地是法師位了物機故十三十地知世間集共不共等故苦無常等通色心故名之爲共色心類殊名爲不共又器世間名共共業感故衆生世間不共自業成故此二唯約所知又隨他意行名共隨自意行名不共又靜慮無色四等五通雖共凡小菩薩無漏大悲故名不共共不共等此有二義前義

十地更釋後義出現品明又隨他意行下即涅槃經意明佛有三語隨自意語隨他意語隨自他意語行亦然如前已引立十四等覺智十五如來智上豎明諸位若約橫配者初一唯因後一唯果中間六智通於因果而別義相顯

菩薩聽聞如是法已經阿僧祇劫不忘不失心常憶念無有間斷

三結無癡亂者不忘不癡不失不亂心常憶下通結相續

何以故菩薩摩訶薩於無量劫修諸行時終不惱亂一衆生令失正念不壞正法不斷善根心常增長廣大智故

第二何以故下徵釋釋中以因深故不亂衆生得無亂果不壞正法增廣大智得無癡果不斷善根得相續果因果影響孱然無差孱然無差者孱現也

復次此菩薩摩訶薩種種音聲不能惑亂

第二復次下別釋上九禪爲三禪初六釋前現法樂住即爲六段今初釋前心無散亂文二初標

所謂高大聲麤濁聲極令人恐怖聲悅意聲不悅意聲諠亂耳識聲沮壞六根聲

二所謂下釋釋中又二前釋種種音聲略列七種言沮壞六根者非唯引奪耳根亦令餘根不能緣境故名沮壞根以見等而爲義故又沮壞者如治禪病經云因於外聲動六情根心脈顛倒五種惡風從心脈入風動心故或歌或舞作種種變此即破壞之義既壞意身餘皆隨壞然色可冥目觸味合知香少詮顯爲禪定刺唯在於聲

故偏語之明無癡亂非餘四塵不能亂也

故上忍中遇身加害心無散亂

五種惡風者即治禪病秘要經第一標云治阿蘭若亂心病七十二種法經云尊者舍利弗所問出雜阿含阿蘭若事下取意引即諸釋子比丘坐禪因毗瑠璃王象戲驚怖發狂阿難令閉門白舍利弗舍利弗牽共問佛經云唯願天尊慈悲一切爲未來世諸阿蘭若比丘因五種事令心發狂一因亂聲二因惡名三因利養四因外風五因内風此五種病當云何治唯願天尊爲我解說爾時世尊即便微笑有五色光從佛口出繞佛七帀還從頂入告舍利弗諦聽諦聽善思念之吾當爲汝分別解說若有行者於阿蘭若修心十二頭陁於阿那般那因外惡聲觸内心根四百四脉治心急故一時動亂風力強故最初發狂心脉動轉五風入咽先作惡口汝等應當教是行者服食酥蜜及阿梨勒繫心一處先想作一玻瓈色鏡自觀已身在彼鏡中作諸狂事見此事已復當更觀而作是言汝於明鏡自見汝作狂癡事等廣有治法末後結云是名治亂倒心法復次舍利弗既去外聲已當去內聲者因於外聲動六情根心脉顛倒五種惡風從心脉入風動心故或歌或舞作種種變汝當教洗心觀洗心觀者先自觀心令漸漸明猶如火珠四百四脉如毗瑠璃等廣說治法今疏即引後段之文然彼但云五種惡風下更不說然似前因五種事便爲五風準金七十論說五種風一者波那二者阿波那三者優陁那四者婆那五者婆摩那是五種風一切根同一事波那風者口鼻是其路取外塵是事謂我止我行是其作事外曰是波那何根能作答曰是十三根共一事攝十一根大我慢譬如籠中鳥鳥動故籠動是故十三根同其事阿波那風者見可畏事即縮避之是風若多令人怯弱優陁那者我欲上上我勝他不如我能作此是風若多令人自高謂我勝我富等是優陁那事婆那風者遍滿於身亦極離身是風若多令人離他不得安樂若稍稍離分分如死離盡便卒婆摩那風者住在心處能攝持是事是風若多令人慳惜覓財覓伴是五種風事並十三根所作釋曰此五必是也不依常位從心脉入故發狂亂

此菩薩聞如是等無量無數好惡音聲假使充滿阿僧祇世界未曾一念心有散亂

二此菩薩下釋不能惑亂文亦分二先總明長時不亂

所謂正念不亂境界不亂三昧不亂入甚深法不亂行菩提行不亂發菩提心不亂憶念

諸佛不亂觀眞實法不亂化衆生智不亂淨衆生智不亂決了甚深義不亂

後所謂下別顯不亂之相句有十一初總餘別別爲五對一境審心定二教達行成三憶因念緣四觀眞起用五外淨他惑自決義門雖遇惡聲此皆無損上皆一切種禪謂通名義止觀及二利故上皆一切種禪者瑜伽四十三一切種禪有六種七種總成十二言六種者一善靜慮二無記變化三奢摩他四毗鉢舍那五於自他利正審思惟六能引神通威力功德言七種者一名緣二義緣三心相緣四舉相緣五捨相緣六現法樂住七能饒益他今云名義即後七中一二是也止觀即六七中各是三四二利即前六中五六及後七中五六七故攝十三善及與無記亦有通也

不作惡業故無惡業障不起煩惱故無煩惱障不輕慢法故無有法障不誹謗正法故無有報障

第三不作下釋前堅固謂四障不壞是知菩薩正念堅固亦是出前不亂之因言法障者於法不了如彼牛羊此即所知障也三障爲言攝在煩惱體即無明故斯亦淨淨靜慮也斯亦清淨者瑜伽四十三云有十種一由世間淨離諸愛味清淨靜慮二由出世淨無有染汚三由加行四由根本五由本勝進六由入住自在七捨靜慮已復還證入自在八神通變現自在九離一切見趣十一切煩惱所知障淨皆有清淨靜慮之言若配經者正是九十及與初二離垢障故然大意清淨者由離三輪故定三輪者一境界二衆生三惑故

佛子如上所說如是等聲一一充滿阿僧祇世界於無量無數劫未曾斷絕悉能壞亂衆生身心一切諸根而不能壞此菩薩心

第四佛子如上下釋前不動謂惡緣不能牽故悉能壞亂衆生身心者彰聲之過不能壞亂菩薩心者對顯難思

菩薩入三昧中住於聖法思惟觀察一切音聲善知音聲生住滅相善知音聲生住滅性

第五菩薩入下釋前最上謂超劣顯勝故此下三段亦即出前無癡亂緣正示現法樂住之相言超勝者初標人揀禪云菩薩入異凡小故住於已下舉法以揀聖法即是無漏揀於凡夫思惟觀察揀於二乘二乘入禪不能緣境故身子不覺刑害之手迦葉不聞涅槃之音身子不覺者準智論說舍利弗當道坐禪有大力鬼名爲刑害以手搏之從禪定起微覺頭痛白佛佛言賴汝定力此鬼之力摑須彌山令如微塵自今已後莫當道坐迦葉不聞者如來二月十五日晨朝出聲普吉一切言如來今日中夜當入無餘涅槃若有疑者今悉可問爲最後問然以佛神力其聲遍滿三千大千世界萬類皆至而迦葉不聞定起方覺世界變異驚惟詢問方知如來入般涅槃上之二事一定中不能覺觸二定中不能聞聲故知劣也今善薩善知故爲超勝善知已下正顯勝相了性相故相則念念不住取不可得性則三相性空固無所得不得性相違順何依相則念念等者然三相四相一念具足已如初卷今性相別明若相融爲四者攬緣名生生即無生空有無礙虛相安立名之爲住住即無住圓融形奪隨緣轉變名之爲異異即無異兩相都盡各無自性名之爲滅滅即無滅斯則即相而性故無所得

如是聞已不生於貪不起於瞋不失於念善取其相而不染著

第六如是聞已下釋前清淨即清淨禪順違中境不生三毒不染善取有定慧故了相無相故名善取有斯正念大地爲鼓妙高爲椎豈能亂哉大地爲鼓等者如幻三昧經云假使以大地爲鼓須彌爲椎於須菩提耳邊打不能生微念心亂何以故入空定故

知一切聲皆無所有實不可得無有作者亦無本際與法界等無有差別

第七知一切下釋廣謂稱法界如虛空故

亦近釋前又有六句初總餘別別中無得相空無作人空無際性空此三相盡故法界理現與法界等事如理故無有差別理即事故

菩薩如是成就寂靜身語意行至一切智永不退轉

第八菩薩如是下釋前大義此下二段釋引生功德今云大者趣一切智不退轉故即難行禪也（即難行禪者難行瑜伽有三明法已引令重取意出之謂住深靜慮捨而利生生欲界爲一依止靜慮發無量菩薩二乘境界等持爲二依此速證無上菩提爲三今文正當第三）

善入一切諸禪定門知諸三昧同一體性了一切法無有邊際得一切法眞實智慧得離音聲甚深三昧得阿僧祇諸三昧門增長無量廣大悲心是時菩薩於一念中得無數百千三昧聞如是聲心不惑亂令其三昧漸更增廣

第九善入下釋前無量謂引發難量故文分爲三初引自利德文有六句初標一切門禪次四別顯後一類結多門則何定不攝復云門者三昧無量數如虛空今一中攝多故名爲門如牽衣一角如蠡王來（初句標舉一切門者瑜伽云略有四種一有尋有伺靜慮二喜俱行三樂俱行四捨俱行復云門者即智論云何以不但言三昧而復說門答但語三昧無量數如虛空無邊菩薩云何盡得是故說門菩薩入一三昧中攝無量三昧如牽衣下同此中意）次增長下引利他德後是時下結不爲亂非唯不亂本定更增如豬揩金山風熾於火（非唯不亂者下出增相豬以穢身揩於金山非唯不污而令山色轉益明淨斯乃外境之豬益定山之淨）

作如是念我當令一切衆生安住無上清淨

念中於一切智得不退轉究竟成就無餘涅槃是名菩薩摩訶薩第五離癡亂行

第十作如是下釋無迷惑謂躭著禪味不起大悲是爲迷惑今悲以導禪故無迷也此即饒益有情禪也住清淨念即現世樂得智斷果即後世樂是謂與二世樂也住清淨念等者瑜伽二世樂有九一神通變現調伏有情靜慮二記心變現調伏有情三教誡變現調伏有情四於造惡者示現惡趣五於失辯者能施辯才六於失念者能施正念七制造建立無顛倒論微妙讚頌摩怛理迦能令正法久住於世八於諸世間工巧業處能引義利饒益有情種種書筭測度數印牀座等事能隨造作九生於惡趣所化有情爲欲暫時息彼衆苦放大光明照觸靜慮今但通舉二世樂義

佛子何等爲菩薩摩訶薩善現行

第六善現行體即般若體即般若者亦忘三輪而照也般若三輪者境智衆生分別瑜伽一切般若亦有三種一能於所知眞實隨覺通達慧二能於如所說五明處及三聚中決定善巧慧三能作一切有情義利慧攝論以加行根本後得爲三皆六度明義唯識以生法俱空本業以照於三諦皆十度明義瑜伽下正釋名有二先引三慧立名不同略出四說就攝論三中準論具列之一無分別加行慧二無分別根本慧三無分別後得慧論具釋云無分別加行慧謂眞如觀前勝方便智二無分別根本慧者謂眞如觀智三無分別後得慧者現諸世俗智能起種種等事梁論三慧者論中釋云從聞無相大乘教得聞思修入分別相空通名無分別加行般若以入三無性者無分別智名無分別般若得無分別智後得入觀如於所證或自思惟或爲他說名無分別後得般若由具此義故說般若有其三品本業以照於三諦者經云一照有諦慧二照無諦慧三照中道第一義諦慧皆十度明義者經具十故經有十度應依本業今爲順文且依瑜伽則權實無礙皆名善現雖彼依六度今圓行菩薩則十度齊修據行布分兼正不同亦不相濫雖彼依下解妨云唯識云若依六度則般若具攝三慧謂加行根本後得

若爲十度第六唯攝無分別智今何引六而成十耶故今釋云約圓行說亦兼正明義如本業是

此菩薩身業清淨語業清淨意業清淨住無所得示無所得身語意業能知三業皆無所有無虛妄故無有繫縛凡所示現無性無依

就釋相中古人亦依本業三慧分三初明中道次念生無性等以爲照無普入已下明其照有此得次第三諦失於圓融又照無經中佛法世法二互不異亦不雜亂豈獨是無今約圓融依於瑜伽兼正以辨各具三諦故彼論釋初慧云於一切法悟平等性入大總相究達一切所知邊際遠離增益損減二邊順入中道故

古人亦依下初敘昔此得次第下二辯非今約下三辯正文中猶略今具引三慧瑜伽釋三慧相云云何菩薩一切慧此有二種一者世間慧二者出世間慧復有三種一能於所知眞實隨覺通達慧謂若諸菩薩於離言說法無性或於眞諦將欲覺悟或於眞諦正覺悟時或於眞諦覺悟已後所有妙慧最勝寂靜明了現前無有分別離諸戲論於一切法悟平等性入大總相究達一切所知邊際遠離增益損減二邊順入中道是名菩薩能入所知眞實隨覺通達慧釋曰據此即具足加行根本後得三慧亦具照有照無照中道三慧之體是第一慧今經文中第一段內便具二諦之慧故與之同二將上證眞善了於俗故廣知五明等論云若諸菩薩於五明處決定善巧演說如前力種性品應知其相及於三聚中決定善巧謂於能引義利法聚能引非義利法聚能引非義利非非義利法聚皆如實知於是八處所有妙慧善巧攝受能速圓滿廣大無上妙智資糧速證無上正等菩提釋曰此是後得廣知諸法三聚即前能引義利等亦即善惡無記兼五明爲八五明即內明因明等二釋能作一切有情義利慧云有十一種如前應知者即三十七論成熟品成熟自性自有十一謂由有善法種子一及數習諸善法二獲得能順二障斷淨三增上心有堪任性四極調善性五正加行滿六安住於此若遇大師不遇大師皆有堪任七有大勢力八無間能證煩惱障斷九所知障斷十譬如癰腫熟至究竟無間可破說名爲熟十一前十別明後一總揄熟相

文分二別先明行相後顯成益前中亦二

先略後廣前中又二先總標後能知下解釋今初也三業清淨是能示體示於三業正是現義住無得現現即無得寂用無礙斯即中道可稱善現若異後有無而說中者相待中也住無得現者住無所得即空觀也示無所得身等假觀也故云住無得現言現即無得上二不二中道觀也故云寂用無礙斯爲中道從若異後下結彈古人以瓔珞三慧別配得中道慧是相待中非得中也二釋中能知三業皆無所有是住無得義不妄取有離二邊縛是清淨義凡所示現無性無依釋示無得義以境無定性心無所依皆不可得也三業皆示故致凡言住如實心知無量心自性知一切法自性無得無相甚深難入

二住如實下廣辨行相中三初如實隨覺慧二佛子此菩薩作如是下於五明等善巧慧三菩薩爾時下能作有情義利慧今初如實覺於三業而現三業於中先別明後總結前中三業即爲三段今初意業是二本故首而明之如實心者用所依也住者心冥體也知無量心等者不礙用也即所示意業多心多法皆有諦也境既無相心何所得即無諦也有無不二故曰甚深即中道義也不可以次第三觀而觀故名難入唯圓機方能入故何者若偏觀三諦是常是斷是相待故若總觀者一則壞於三諦異則迷於一實故即一而三即三而一非三非一雙照三一在境則三諦圓融在心則三觀俱運住之與知即是觀也何者若偏觀下出次第三觀過相有則定有定有著常以離空故定無著斷離二明中故是相待若總觀下示圓融三觀之德於中先有兩句向上成次第之過明次第三觀

有一異過故二者卽初二句反釋雙遮三一故一卽一而三下雙融三一具有四句皆融卽一而三是一句卽三而一是第二句雙非三一是雙非句由卽一而三故非三卽三而一故非一四雖卽一體而三用歷然雖有三用而一體無二故雙照三一卽遮而照卽照而遮故圓融也在境下結成諦觀古德以凡所下至於難入明唯識觀非無所以唯識之義不彰又有釋云心非境外故無得境非心外故無相卽心是境故甚深卽境是心故難入亦是一理古德下敘昔雖非經意釋文稍巧故復敘之故云亦是一理以唯識觀相不明顯故不爲正故

住於正位眞如法性方便出生而無業報不生不滅

二住於正位下釋示身業正位等三卽示所依方便已下依體起用由非惑業之生故生滅卽無生滅此中正位卽眞如異名非約見道以智契會故稱爲住無住住者卽住眞如

住涅槃界住寂靜性住於眞實無性之性言語道斷超諸世間無有所依

三住涅槃下釋示語業前之三句示之所依言語道斷顯示而無相卽言亡言是斷言道故晉經云非有說有言語道斷晉經云非有說有者今經無此示言相隱但有言語道斷卽通身意故引晉經意在有說之言然上之所住總有七種體一名異異從義別一如實心者卽自性淸淨心是爲總相次正位等三卽心之體性正位者法所住故眞如語其自體是實是常法性約爲諸法之本迷此眞如有諸法故成諸法已不失自性故名法性亦卽因相涅槃等三卽是果相住涅槃界卽是眞如體圓寂故出二礙故故智論云有菩薩發心卽觀涅槃

行道恐此涅槃濫唯在果故云住寂靜性謂約眞如體無妄動即是涅槃如此之性體爲有無故云無性無性之性即是實性非謂斷無故舉多名方顯所住之深與依此示現方明所現之爲善（然上之所住下總釋上三業所）

住不同一如實心即自性清淨心者勝鬘起信等皆立此名莊嚴論第六云衆生於無性及有可得此二處中互生怖畏爲遮怖心而說頌云譬如清水濁穢除還本淨自心淨亦爾唯離客塵故以說心性淨而爲客塵染不離心眞如別有心性淨釋日後偈釋前偈上半合上半下半釋下半既不離心眞如別有心性明知但是離於客塵說之爲淨淨體即是自心心即眞如此自性淨心即如來藏亦是本來淨識故眞諦三藏說有九識第九名阿摩羅識若唐三藏此翻無垢即第八異名謂成佛時轉第八識以成此識無別第九若依密嚴經心有八種或復有九又下卷云如來淸淨藏亦名無垢智即同眞諦所立第九又眞諦三藏所翻決定藏論九識品云第九阿摩羅識有二種一者所緣即是眞如二者本覺即眞如智能緣即不空如來藏所緣即空如來藏若據通論此二並以眞如爲體故起信一心二門生滅門中說其本覺

即眞如門體無二也餘名隨釋可知故舉多名者即上七名故收眞如法界略有百名權教最多言百名者謂法性不虛妄性不變異性平等性離生性法定法住實際虛空界不思議界（已上大般若）眞如實有空不空性勝義（已上佛地論攝論）無相無爲正性（已上思益）中法位（大品）眞性無我性眞實性心性一心（上亦大品下三亦華嚴）唯識性無性法印（第一迴向六以法界印印諸善根）寂滅（智論）三性中名圓成實性三身中名法身三淨土中名法性上三佛性中名自性住性五法中名如如五藏中名皆名是謂法界藏法身藏出世間上藏自性清淨藏如來藏四勝義中名勝義勝義亦通證得及道理中滅諦（瑜伽六十四中）六諦中亦名眞諦現觀七諦通達中名法性顯揚二種佛性中名理佛性十四諦中名勝義諦三般若中名實相般若三三寶中名一體三解脫中名空（出智論二十四）二果中名智果涅槃中名性淨方便淨二諦中名眞諦勝義諦三諦中名空諦（仁王經）四諦中名滅諦或名實諦顯揚名一諦或名中道或名解脫涅槃中以一百門顯解脫異名或名不二法門或名無二無性或名實性或名實相或名無量義亦名第一義諦亦名第一義空上來衆名若在大乘權教中者但就理名之若實教中或就即事之理即理之事事事無礙然皆通權實

入離分別無縛著法入最勝智眞實之法入

非諸世間所能了知出世間法此是菩薩善巧方便示現生相

二入離下總結三業中初句結心故無縛著次句結身即所住眞如等三結前語即超諸世間等末句總結三業皆寂用無礙故名善巧善現之名從斯而立

佛子此菩薩作如是念一切衆生無性爲性一切諸法無爲爲性一切國土無相爲相一切三世唯有言說一切言說於諸法中無有依處一切諸法於言說中亦無依處

第二佛子下辨五明處三聚中決定善巧慧故於文中解世間法於中分三初以理會事二菩薩如是下事理無礙三永不下順理起悲今初文有六句一衆生緣生故說無性二法依眞起故會歸無爲三國是心之相分故四時依法以假言故五名無得物之功故若名在法中見義應知名故六物無當名之實故若法在名中聞名則應識義召火應當燒口故名無得物之功者若依世俗名以召實實以當名故使命火不得於水命水不得於火今約眞諦故平等無依此五六句皆先標無依後若名在法等反以釋成如有一人雖先知有曾未相識忽然見面終不得知此是某人此爲見義不知名耳義即境義六中有人雖聞其名竟不識面召火不燒口明知名中無有義也亦應云言飯即應已飽等故智論四十七云凡有二法一者名字二者名字義如火能照能燒是其義照是造色燒是火用二法和合名爲火也今聞火名不得照燒之義故無得物之功等

菩薩如是解一切法皆悉甚深一切世間皆悉寂靜一切佛法無所增益佛法不異世間法世間法不異佛法佛法世間法無有雜亂亦無差別了知法界體性平等普入三世

二菩薩如是下明事理無礙文有七句初

一總顯甚深餘句別顯深相然世法與佛法實無二體假約事理以分其二故以五句顯非一異一世相即空故云寂靜二佛法平等故無增益三以理無不事故佛法不異世法事無不理故世法不異佛法四此全理之事與全事之理而事理不雜五各全收盡互無所遺故云亦無差別末句了前諸法同法界體故得鎔融普入三世橫竪該攝然世法者同一真如故無事非真事亦即如故云假約事理以分其二故以五句顯非一異者初二句當相以辯通非一異正是非一三一句正明不異四一句別明不一五亦無差別句即事事無礙第六了知總出所以若約漏無漏說爲世法佛法各具事理釋者一生死即涅槃故云世間寂靜二無有一法非佛法故更何所增三二法染淨雖殊同一真性故不相異四不壞相故無有雜亂五皆是即理之事而各互收無遺即無差也六同一法界總顯所因若約漏無漏等對上事理此二皆通事理上初二句即是非一今約漏等初二句義却成非異以相即故三約同體四不壞事五事事無礙

永不捨離大菩提心恒不退轉化衆生心轉更增長大慈悲心與一切衆生作所依處三永不下順理起悲謂無緣之悲以導前忘機之智入假化物初句爲總謂雖深入智慧不忘本心非如八地心欲放捨下三句別一不捨願灶二增大悲油三兼前智光故堪爲依處非如八地者八地菩薩證無生忍便欲放捨利衆生事諸佛勸起令憶本願利益衆生是不忘本心不捨願灶等即菩提燈

菩薩爾時復作是念我不成熟衆生誰當成熟我不調伏衆生誰當調伏我不教化衆生誰當教化我不覺悟衆生誰當覺悟我不清

淨衆生誰當清淨此我所宜我所應作
第三菩薩爾時下作一切有情義利慧於中二先建攝生志二先人後已今初文有五句成熟是總或因成果熟故或始末勸獎故餘句是別一折伏二攝化三令悟本性成大菩提四斷惑清淨得涅槃果
復作是念若我自解此甚深法唯我一人於阿耨多羅三藐三菩提獨得解脱而諸衆生盲冥無目入大險道爲諸煩惱之所纏縛如重病人恒受苦痛處貪愛獄不能自出不離地獄餓鬼畜生閻羅王界不能滅苦不捨惡業常處癡暗不見眞實輪迴生死無得出離住於八難衆垢所著種種煩惱覆障其心邪見所迷不行正道菩薩如是觀諸衆生作是念言若此衆生未成熟未調伏捨而取證阿耨多羅三藐三菩提是所不應我當先化衆生於不可說不可說劫行菩薩行未成熟者先令成熟未調伏者先令調伏
二復作下先人後已文分爲四一假設自度二而諸衆生下觀物輪迴具業惑苦三菩薩如是下結所不應有二過故一違本誓心二墮慳貪失此爲不可四我當下決志先拔二墮慳貪失者法華第一云自證無上道大乘平等法若以小乘化乃至於一人我則墮慳貪此是爲不可
是菩薩住此行時諸天魔梵沙門婆羅門一切世間乾闥婆阿修羅等若有得見暫同住止恭敬尊重承事供養及暫耳聞一經心者如是所作悉不唐捐必定當成阿耨多羅三藐三菩提是名菩薩摩訶薩第六善現行
第二是菩薩下顯行成益於中三業不空

是爲徧益終至菩提是究竟益

大方廣佛華嚴經疏鈔會本第十九之六

音釋

泄私列切漏也 脇虛業切腋下也 孱士限切 摑古伯切 蠭孚容切與蜂同 豬專於切與猪同 縮所六切退也 槌直錐切

大方廣佛華嚴經疏鈔會本第二十之一

唐于闐國三藏沙門實叉難陀　譯

唐清涼山大華嚴寺沙門澄觀撰述

佛子何等爲菩薩摩訶薩無著行

第七無著行體即方便體即方便者出體下皆釋名依二方便由迴向故不住生死由拔濟故不住涅槃俱無住故名爲無著先依唯識二方便釋唯識但列不釋無性釋云方便善巧者謂不捨生死而求涅槃是則說名方便善巧此總釋也若以前六波羅蜜多所集善根共諸有情為欲饒益諸有情故不捨有情當知即是不捨生死此釋總中不捨生死即唯識拔濟方便若以此善迴求無上正等菩提爲證無上佛菩提故當知即是希求涅槃此釋總中而求涅槃亦唯識迴向方便本業後四亦各有三方便三者一進趣向果二巧會有無三一切法不捨不受初即迴向二由巧會故方能拔濟不捨不受相同般若唯識唯明後得故不立之本業約兼正不同不妨此一不捨不受下三雙出經論有無之由兼正之義下文當知三皆善巧故俱無住著則不二而二之悲智即二不二之一心是無著也則不二下初合釋前二以二同唯識故以進趣同迴向即大智故巧會同拔濟即大悲故此二相即故唯一心二即一心故不著二一心即二故不著一心有是幻有無是眞空幻有是不有有故即眞空眞空是不空空故即幻有此二無礙故名巧會如是相融故無所著有是幻有下二別約巧會有無釋無著名有能起用空可觀察故皆不捨若受有同凡夫受無同趣證故俱不受

佛子此菩薩以無著心於念念中能入阿僧祇世界嚴淨阿僧祇世界於諸世界心無所著

二釋相中大分爲二前明自分無著後明勝進無著於自分中已含前說二三方便

在文分三初唯明自行無著二何以下徵釋所由後菩薩如是下類顯萬行前中又二先明淨境無著後見不淨下染境不嫌

前中三一明嚴刹無著

往詣阿僧祇諸如來所恭敬禮拜承事供養以阿僧祇華阿僧祇香阿僧祇鬘阿僧祇塗香末香衣服珍寶幢旛妙蓋諸莊嚴具各阿僧祇以用供養如是供養爲究竟無作法故爲住不思議法故於念念中見無數佛於諸佛所心無所著於諸佛刹亦無所著於佛相好亦無所著見佛光明聽佛說法亦無所著於十方世界及佛菩薩所有衆會亦無所著聽佛法已心生歡喜志力廣大能攝能行諸菩薩行然於佛法亦無所著

二往詣下於三寶無著於中初敬事供佛次如是下顯供所爲後於念念下別示無著之相義兼三寶及自進修皆無所著言念念者顯速而且多

此菩薩於不可說劫見不可說佛出興於世一一佛所承事供養皆悉盡於不可說劫心無厭足見佛聞法及見菩薩衆會莊嚴皆無所著

三此菩薩下長時無著

見不淨世界亦無憎惡

二明染境不嫌唯一句者染易捨故

何以故此菩薩如諸佛法而觀察故諸佛法中無垢無淨無暗無明無異無一無實無妄無安隱無險難無正道無邪道

第二徵釋中徵意云欣淨惡穢人之常情菩薩如何不嫌不著釋意云不依佛慧淨

穢自生順法而觀二相安在故云如諸佛法而觀察故佛法即法界佛慧也

菩薩如是深入法界教化衆生而於衆生不生執著受持諸法而於諸法不生執著發菩提心住於佛住而於佛住不生執著雖有言說而於言說心無所著入衆生趣於衆生趣心無所著了知三昧能入能住而於三昧心無所著往詣無量諸佛國土若入若見若於中住而於佛土心無所著捨去之時亦無顧戀

第三類顯萬行若自若他皆無所著於中初句結前生後教化巳下廣列所行言佛所住者即聖天梵等餘並可知（即聖天梵等後會當廣明）

菩薩摩訶薩以能如是無所著故

第二菩薩摩訶薩下勝進無著文分爲三初明自行二得授記巳下利他三菩薩如是觀身下結行成滿今初分二先牒前自分

於佛法中心無障礙了佛菩提證法毘尼住佛正教修菩薩行住菩薩心思惟菩薩解脫之法於菩薩住處心無所染於菩薩所行亦無所著淨菩薩道受菩薩記

後於佛法下正顯勝進有十一句初總餘別總謂了達教理行果之法故別中一了果法謂佛菩提二了理法謂證法毘尼毘尼梵音具云毘奈耶此稱爲滅若律藏受名義兼調伏今云法滅通四種法皆有滅義謂教詮滅故行滅惑故果證滅故理本寂滅故今文上下既有餘三故此滅者即

埋滅也又與證義相應圓融教中此容證故三住佛正教即了教法如所教住故四修菩薩行下皆行法也三句隨相行行即萬行心謂四等解脫即諸解脫門次二句無相行住處即前教理及果所行即前萬行等皆無染著也由此故能淨菩薩道堪受記別謂證法毗尼等者又此證者亦了知義故梵本具云蘇鉢唎味底多達磨毗奈耶釋曰蘇者善也鉢唎味底多了知也而譯人揀異上果果但了知理諦證故約其四法但言是理對上菩提即是涅槃涅槃即是性淨之理證即已為圓淨涅槃

得受記已作如是念凡夫愚癡無知無見無信無解無聰敏行頑嚚貪著流轉生死不求見佛不隨明導不信調御迷誤失錯入於險道

第二大悲利他中二先增長大悲後要心拔濟前中又二先觀其所悲後增悲無著前中又二先觀迷四諦故入於險道後觀迷勝義故入於險道今初也初二句標起念時凡夫已下辨所念境有十三句初總餘別總謂迷於四諦皆曰愚癡先則總觀者然約二愚迷四諦理即是迷勝義愚即四重二諦中第二重二諦今取第三重中勝義謂即真如故與四不同四諦但是俗故別中前五彰迷後七顯過前中一不知苦諦二不見集過三不信性本寂滅四五不能修道一解二行後七顯過一不見集過故頑嚚貪著即癡愛也二由貪愛故受生死苦次不求見下四句釋不修道初三缺道緣四由不信故迷正道失本解以邪爲正名爲錯誤後一由前不修故入險失滅上一向是凡堯典注云心不則德義曰頑言不道忠信曰嚚故頑即癡嚚是愛也

不敬十力王不知菩薩恩戀著住處聞諸法空心大驚怖遠離正法住於邪法捨夷坦道入險難道棄背佛意隨逐魔意於諸有中堅執不捨

二不敬下明迷勝義故入於險道通於凡小初二句離勝緣次二句缺勝因三有生空皆爲住處怖法空者謂斷滅故故大般若諸會之末善現皆愍衆生怖畏法空而興問言云何令諸衆生悟諸法空佛言非先有法後說爲無既非先有後亦非無自性常空勿生驚怖遠離已下覆疏上義由著處怖空故遠正住邪捨夷入險由離勝緣故背佛隨魔執有不捨魔樂生死佛住空故

菩薩如是觀諸衆生增長大悲生諸善根而無所著

二菩薩如是下增長悲心結成無著

菩薩爾時復作是念我當爲一衆生於十方世界一一國土經不可說不可說劫教化成熟如爲一衆生爲一切衆生皆亦如是終不以此而生疲厭捨而餘去又以毛端徧量法界於一毛端處盡不可說不可說劫教化調伏一切衆生於一毛端處一一毛端處皆亦如是

第二菩薩爾時下要心拔濟以大悲隨逐文分二別先起行後乃至下顯無著前中亦二先明心無疲厭以無著故即大悲堅固不以難化而厭捨之後又以下明其心廣大謂一毛量處化多衆生法界皆爾是爲廣大

乃至不於一彈指頃執著於我起我我所想

二顯無著中三初舉少況多

於一一毛端處盡未來劫修菩薩行不著身不著法不著念不著願不著三昧不著觀察不著寂定不著境界不著教化調伏衆生亦復不著入於法界

次於一一下廣顯無著

何以故菩薩作是念我應觀一切法界如幻諸佛如影菩薩行如夢佛說法如響一切世間如化業報所持故差別身如幻行力所起故一切衆生如心種種雜染故一切法如實際不可變異故

後何以下徵釋所以所以不著者後釋有二意一稱深無相而興念故二廣徧虛空起加行故前中無相難明寄以喻顯然此諸喻通喻諸法如下本品今取義便各舉其一則明前所見皆無相也初句爲總觀事法界從緣如幻無實體故是以不著餘句爲別一佛隨機現如影隨質故又現心水故二菩薩行想念生故未大覺故三緣成之聲故隨感有說故餘句經文自釋一切法如實際者總結也（想念生故等者此有二意一要想念方能起行如夢從想故智論云所聞見事多思惟念故夢見也二未大覺大覺是佛近而說之七地已前猶為夢行八地為覺八地之中無明未盡亦是夢境永斷夢妄思想念無復諸大陰界入唯佛一人是故如來獨稱大覺）又前明法界如幻即體從緣後結一切法如實際即事而寂世人皆謂實際不變而謂諸法無常以其所知喻所不知故置如言理實圓融世間之相即是常住

然古德以後七喻展轉釋疑一疑云世間

幻火不成燒用佛現益物豈同幻耶釋云如影亦有應質蔭覆等義豈是實耶然諸法喻各有三義一緣成義二無實義三有用義意取無實故不著也二疑云若佛如影菩薩何以起行往求因既不虛果寧非實釋云如夢夢亦三義無體現實與覺爲緣謂有夢走而驚覺故菩薩行亦爾證理故空無明未盡故似實能與佛果爲緣勤勇不已豁然覺悟如夢渡河三疑云若菩薩行如夢何以經說此是菩薩行此是二乘行釋云如響緣成無本稱聲大小聖教亦爾機感無本隨機異聞四疑云果行可然世間未悟此應是實釋云如化心業神力所持無實有用五疑云若皆如化何有差別之身釋云如幻六疑云身若如幻何

有報類不同釋云如心此二三義如前影說七總結可知如夢渡河者即八地經七總結者彼亦釋疑謂有疑云衆生既爾何故菩薩說法赴機故此釋云所說法如實際即此言說常同實際故今疏中將初為總將後實際以為總結所以名為畧加添改餘義多同但是取意有小異耳

上來古德之釋既二經小異略加添改然其所解似過穿鑿亦是一塗既二經小異等者晉經即云一切法界如幻諸佛法如電菩薩行如夢所聞法如響一切世界如化業報所起如摩覔化身一切衆生猶如畫像種種異形皆由心畫所說諸法皆如實際釋曰此經亦有八喻唯如畫像以經自合餘但有牒法為喻耳彼之電喻今改為影彼摩覔摩喻今改為幻故有二幻此亦是改亦是添義彼業報所起屬摩覔摩所喻今將合化亦是改處又後四喻皆經自釋即是添處經之添改總為小異添改二字正約疏明彼釋電云亦有破闇照明等用今由為影改云亦有應質覆蔭等義彼釋第四疑云果行等可使是空今世界事廣此應為實由經以界為間則世間通三世間故疏改別彼釋第五疑若世如化何有彼因果有善惡異釋云業報生如幻生彼疏釋摩覔摩云古德釋云摩覔摩者重義即是重化今更問得三藏法師摩覔

摩者此云意生亦云意成即是意生身也彼身更起化故釋曰此三藏釋亦有重化意耳但取文别彼釋第六牒疑則同今之䟽文釋云如畫像隨心壁有高下故

又作是念我當盡虛空徧法界於十方國土中行菩薩行念念明達一切佛法正念現前無所取著

二又作下徧周虛空起加行故所以不著初明處廣念念明達彰其解廣正念現前是不著因

菩薩如是觀身無我見佛無礙

第三結行成滿中分三初結自行成二爲化下結利他行成三何以下徵釋雙結二行成就

爲化衆生演說諸法令於佛法發生無量歡喜淨信救護一切心無疲厭

二利他中三初總顯教化無疲

無疲厭故於一切世界若有衆生未成就未調伏處悉詣於彼方便化度其中衆生種種音聲種種諸業種種取著種種施設種種和合種種流轉種種所作種種境界種種生種種歿以大誓願安住其中而教化之

次無疲厭故下别示無厭之相其中施設者隨方儀式異故和合者善惡緣會故餘可知

四施設者下隨難别釋而經云種種生者䟽以易故不廣釋之今當重釋即四生等又緣起經說三種生經中有一苾芻問言世尊如是四種生身之相由生老死有何差别釋曰四種生身之相者謂名色六入觸受也經云世尊告曰此四種生身之相若次第生若屬彼生若如是生世尊云何次第生身之相世尊告曰於其最初有下種生一從此無間有漸增生二從此無間有出胎生三從此無間有漸長生四既成長已受用言說能得生五即受用生如是品類名次第生次明屬彼生經云世尊此屬誰生世尊告曰蘊界處生都無有我所以者何以諸蘊等漸增長故其性無常即無性法有此生相三明如是生經云世尊云何而生世尊告曰由命根力

有斃時住分限法故其性無常即無常法如是而生涅槃十二說五種生與上大同南經十一經云生者出相所謂五種一者初生二者至終三者增長四者出胎五者種類彼疏釋云初言生者出相總顯生義下別顯中一初生者識支是其一報之始故名為初報起名出二至終者名色望前所依說以為終三增長者即前名色增為六入此三胎中四出胎可知五種類者出胎已後乃至老死一報之中運運新起皆名為生釋曰然此五生即前次第生以彼第三為此第四初生即下種至終即漸增長即前漸長出胎名同種類即前受用涅槃增長意是胎內緣起經中在於胎外小有異耳經云種種沒者或延或促三性等殊亦即九種命終緣起經中說六種死經云一即於此四生身相中復有六種死差別相一者究竟死二者不究竟死三者自相死四者不究竟死分差別相五者究竟死分差別相六者時非時死彼釋曰究竟死者謂業盡死不究竟死者翻上應知自相死者謂識離身諸根滅沒不究竟死分差別相者謂業不盡中隨緣多種究竟死分差別相者謂業盡處中隨緣多種時非時死者謂八萬歲至十歲或依時命終或不依時命終涅槃十二云死者捨所受身捨所受身亦有二種一命盡死二外緣死命盡死者亦有三種一者命盡非是福盡謂正報雖亡依報猶在故二者福盡非是命盡謂依報滅壞正報猶在三者福命俱盡謂依正俱亡二外緣死亦有三種一者非分自害二者橫為他害三者俱害又有三種一者放逸死謂有謗大乘方等般若波羅蜜二者破戒死謂有毀犯去來現在佛所制戒三者壞命根死謂捨五陰身今此菩薩悉並委知

不令其心有動有退亦不一念生染著想

後不令下結成無著

何以故得無所著無所依故自利利他清淨滿足是名菩薩摩訶薩第七無著行

三徵釋雙結可知

佛子何等為菩薩摩訶薩難得行

第八難得行體即是願

此菩薩成就難得善根難伏善根最勝善根不可壞善根無能過善根不思議善根無盡善根自在力善根大威德善根與一切佛同一性善根

就釋相中文分二別前明自分行後明勝

進行然此二行各攝上求下化之願略無神通各攝上求下化等者以唯識中有二種願一求菩提願二利樂他願釋相可知初即上求故本業有三願一自行願即是上求二神通願今經畧無三外化願後二皆下化願故舉上求下化即攝唯識二願本業三願以本業第二外化攝故

今初分四初明自行次辨利他第三雙結二行動寂無礙第四雙非二行拂迹入玄初中分三一明修成善根二顯善根行相三行成利益今初也斯即起行所依善謂順理益物根謂增上生長獲之在已故名成就文有十句初總餘別總具後九受難得名

此菩薩修諸行時於佛法中得最勝解於佛菩提得廣大解於菩薩願未曾休息盡一切劫心無疲倦於一切苦不生厭離一切衆魔所不能動一切諸佛之所護念具行一切菩薩苦行修菩薩行精勤匪懈於大乘願恒不退轉

二此菩薩下顯善根行相亦有十句如次對前謂由得最勝解故受難得名等謂由得最勝解者此有三釋初以後成前即後因前果亦可由有難得根能有勝解二亦可由有難得下以前成後即前體後用又亦以後一行成前十善隨前一善具後十行而別配分明三又亦以後下通相釋成亦具前二意但前別配後遍通耳故疏結從前義云別配分明

是菩薩安住此難得行已於念念中能轉阿僧祇劫生死而不捨菩薩大願若有衆生承事供養乃至見聞皆於阿耨多羅三藐三菩提得不退轉

三是菩薩下行成利益文中先結前後於念念下顯益於中初自益能轉生死成大

智益不捨大願成大悲益若有已下顯能
益他由前自行成此能益未正利他
此菩薩雖了衆生非有而不捨一切衆生界
第二此菩薩下辨利他行文分爲三謂法
喻合今初謂有大智故了衆生非有則不
住生死有大悲故不捨衆生界則不住涅
槃大悲般若互相輔翼成無住道
譬如船師不住此岸不住彼岸不住中流而
能運度此岸衆生至於彼岸以往返無休息
故
二喻中初句喻能化次三句喻悲智不住
之行相後而能下三句喻不住之功能初
二句正喻功能以往返不息一句結能度
所以
菩薩摩訶薩亦復如是不住生死不住涅槃
亦復不住生死中流而能運度此岸衆生置
於彼岸安隱無畏無憂惱處亦不於衆生數
而有所著不捨一衆生著多衆生不捨多衆
生著一衆生不增衆生界不減衆生界不生
衆生界不滅衆生界不盡衆生界不長衆生
界不分別衆生界不二衆生界
三法合中二先正合後徵釋前中具合三
段生死即此岸涅槃合彼岸合上中流亦
言生死者以發心之後成佛之前十地三
賢尚居二死是以中流即是生死故云生
死中流非生死涅槃之中間名生死中也
文旨顯然晉譯失旨不應廣引合上中流者疏文有
三一依疏釋意云中流亦合上生死故二
非生死下結彈異釋先總標以古今皆謂
二法中間故有問云中流不唯屬於此岸
何以名生死中流晉經失旨者即破列定
列定先舉向問後引古釋以晉譯失意古
釋豈是晉經云譬如河水不至此岸不住

彼岸不斷中流故古釋非一苑公並引之故今總非恐後誤解須知昔非今抄為引一苑公云前不趣二處是離有後不住中流是離無謂生死無處名斷中流不住無故云不住中流也二賢首云如東流水不住南岸不住北岸亦得說言不斷北岸中流以中無別體約岸分故若爾南岸亦得何以不言涅槃中流由所度生在此岸故所以偏就生死而說而刊定具引竟云今助釋之意乃有二初會文後釋義初中新舊經本說喻不同謂舊經約河水不趣而岸不斷中流為喻喻菩薩以離有無悲智度衆生也新經約船師不住兩岸為喻喻菩薩以生無住悲智度衆生也問若爾梵本豈有二耶答梵本是一由譯者異謂此梵文雖云河水意屬船師即是於能依聲處作所依聲說譯者若善文義則會意譯之為船師若但知文則按文之為河水二釋中義者即準此文有二種中流一者生死中流謂兩岸中間處自別故此則存二之中名生死中流如是見者不絕生死故二者涅槃中流謂離此彼岸即為中流更無別處此則泯二之中名涅槃中流如是知者必證涅槃故今此喻中喻菩薩大智故不住生死大悲故不住涅槃悲智唯是一心不住生死時即不住涅槃以無住故故但云爾釋曰上刊定意前會梵本雙出二經之意及其答結成晉經失旨以從今經義則善矣及後釋義還同古人以生死涅槃皆有中流而以存二岸為生死中流亡二岸為涅槃中流由不住故不存二岸是則住於涅槃中流則不順不住中流之義故疏並非諸釋云文旨顯然

有以煩惱爲中流約其漂溺從因說也有以聖賢爲中流約受生死之人也有以中道爲中流約觀行說並不應住

有煩惱以下重叙異釋為其義收畧有三義初一生公釋維摩意約其漂溺從因說者疏為會取是生死因故與涅槃意同二云有以賢聖為中流者即什公釋淨名意約受下會釋三有以中道為中流者肇公意也約觀下會釋並不應住總收諸義意在不住若住煩惱不證涅槃豈能度生住聖涅槃則無增進亦不能究竟度生住中道則不契理安能成佛度生上三皆屬生死故疏正釋理無不該

安隱已下涅槃之德常故安隱樂故無畏我故無憂淨則無惱亦不已下廣明以智導悲合前往返無休息義謂由不住著故所以往返運濟無休及顯法中非有不捨之義謂非唯悲故不捨亦由了其非有無可捨故則終日度而無度也初句總明不捨下

別有五對十句初一多對已化未化俱有捨著二義思之二增減對化之成道生界不減不從化者生界不增此約多人相望三約一人果起不生惑盡非減四謂空爲盡謂有爲長五一對總結四對不亡並名爲二今無分別契本不二亦由了其非有無可捨者即大智不捨生死也已化未化者著已化者言屬我故未化未屬故不著也著未化者是所應化故已化竟者故不著之

何以故菩薩深入衆生界如法界衆生界法界無有二無二法中無增無減無生無滅無有無無無取無依無著無二

第二徵釋中文有兩番前番正徵不著後番重徵前義今初也先徵意云現化衆生有增有減而言不著其故何耶釋意云以菩薩深觀生界同於法界無增等故所以不著文中初二句總上句是不異義故云如也下句是相即義故云無二後無二法中下別彰無二之相即屬對上文無取依著釋不分別餘文相顯此文昭著而末學之徒但謂一分衆生不成佛故名不滅生界深可悲哉此文昭著下結彈法相師已如玄中而云但謂者然其亦有此義但非究竟耳以生界有二義一性義即衆生是法界義二者是性分義謂衆生相若依究竟相即同性亦理平等彼但取分義衆生成佛義則有減但不盡故言無滅即少分之義非究竟理故可悲之

何以故菩薩了一切法法界無二故

第二番重徵意云何以生界即同法界釋云一切諸法皆同法界豈獨衆生而不同也

菩薩如是以善方便入深法界住於無相以清淨相莊嚴其身了法無性而能分別一切

法相不取衆生而能了知衆生之數不著世界而現身佛刹不分別法而善入佛法深達義理而廣演言教了一切法離欲眞際而不斷菩薩道不退菩薩行常勤修習無盡之行自在入於清淨法界

第三菩薩如是下雙結二行動寂無礙亦名無盡心行有法喻合法中十句初二牒前起後既方便深入故性相無礙住於下餘有八對正顯行相一約起行之身二了法藥三識根緣四遊佛刹五達佛法六深契離言不捨言說七無求離欲而萬行爰修前七明即寂之用八常勤下一對明即用之寂亦通顯所由由勤修故涉權入法界故常寂

譬如鑽木以出於火火事無量而火不滅

二喻中木喻法界火喻所成身智火事喻悲化無邊本火不滅喻身智常湛

菩薩如是化衆生事無有窮盡而在世間常住不滅

三合可知

非究竟非不究竟非取非不取非依非無依非世法非佛法非凡夫非得果

第四非究竟下雙非二行拂迹入玄者然初自行云能轉生死而不捨大願已有權實雙行而多明照體大智次利他之中既云無住運濟則悲智相導而多似起用大悲次復以導悲之智遣彼著心復似悲智二心行有前後故第三段辨動寂雙行則理無不盡而猶慮物謂二事不融故此明形奪兩亡權實無寄豈唯十行菩薩修行

善巧彌顯功德林悲濟之深然初自行下疏文有二先總彰大意意云菩薩慈悲重重顯悲智無礙次上四段四段別說一自行二化他三雙行四雙拂今明自行即有自他雙行雙行既俱義必不著即是雙拂從增科之顯菩薩悲深耳今初自行能轉生死即自行之實不捨大願即利他之權雖前科爲四而今疏文乃有六節一即第一自行二而謂多明下起第二利他三而多似起用大悲者亦是第二利他中徵釋之文四然其復似悲智二心行有前後即生第三雙行五而猶慮物二事不融下生第四段上之四段皆初一句躡前起後六豈唯十行下結歎歎二菩薩一十行難得行用心之深即所說行二即功德林能說之人重重曲巧說悲智斯文有五對十句然其所非之法即前權實二行且如究竟即實不究竟即權今乃雙非者實即權故非究竟權即實故非不究竟又但言非究竟非謂有不究竟故亦非之是則借權以遣實實去而權亡借實以破權權亡實不立言窮慮絕何實何權體本寂寥孰非孰是唯蕭然無寄理自玄會故辨雙非非有雙非可立唯蕭然無寄者即肇公百論序前已用竟然雙非是遮雙是爲照即遮而照故雙非即是雙行即照而遮雙行即爲雙遣總前諸段理極於斯下諸句中皆倣於此然雙非下三又融拂雙非雙非即第四段雙照即第三段融拂二段成玄之入玄又即此第四段中初權實交徹即是雙照後拂迹入玄釋即是雙非此二方入玄矣又既融第三則已具前二故四門一致方顯深玄故下結云總前諸段理極於斯下諸句者例下諸句諸句多唯明初權實交徹一義故例令如初句知二對所化能所取寂故非是取了知心行故非不取三約化處不著世界故非是依依刹現身故非無依亦約所證智無分別而善入故四約化法深達義理故非世法隨世語言故非佛法五證離欲際故非凡夫不斷菩薩行故非得果

菩薩成就如是難得心修菩薩行時

第二菩薩成就下明勝進行文分爲二初明慧行後菩薩如是下辨悲行今初分二先牒前自分行

不說二乘法不說佛法不說世間法不說衆生不說無衆生不說垢不說淨

後不說已下正辨勝進行相皆即事入玄分四初總明離相無說

何以故菩薩知一切法無染無取不轉不退故菩薩於如是寂滅微妙甚深最勝法中修行時亦不生念我現修此行已修此行當修此行不著蘊界處内世間外世間内外世間所起大願諸波羅蜜及一切法皆無所著

二徵釋以顯雙非釋意云所以不說者一無法可說故二菩薩於如是下明無心說謂不起念故

何以故法界中無有法名向聲聞乘向獨覺乘無有法名向菩薩乘向阿耨多羅三藐三菩提無有法名向凡夫界無有法名向染向淨向生死向涅槃

三何以故下轉釋無念所以無念者稱法界故故不說聲聞法等

何以故諸法無二無不二故

四假徵以顯雙運徵意云既無所著何以復修二利之行釋意云性相雙非故能雙運文有法喻合法中諸法無二故無說無著無不二故不妨起行

譬如虛空於十方中若去來今求不可得然非無虛空

二喻可知

菩薩如是觀一切法皆不可得然非無一切

法如實無異不失所作普示修行菩薩諸行不捨大願調伏衆生轉正法輪不壞因果亦不違於平等妙法

三合中皆顯性不礙相於中二先正明普與三世諸如來等不斷佛種不壞實相深入於法辨才無盡聞法不著至法淵底善能開演心無所畏不捨佛住不違世法普現世間而不著世間

後普與下辨功成德立勝進之相故晉經此初有此菩薩言菩薩如是成就難得智慧心修習諸行

第二辨悲行中分三一牒智顯悲悲假智深所以先牒

於三惡趣拔出衆生教化調伏安置三世諸佛道中令不動摇

二於三惡下正顯悲相

復作是念世間衆生不知恩報更相讎對邪見執著迷惑顛倒愚癡無智無有信心隨逐惡友起諸惡慧貪愛無明種種煩惱皆悉充滿是我所修菩薩行處

三復作是念下偏語化惡顯勝進相文中三初明惡是所悲次明善非化境後徵釋所由令初所悲中先明有違教之惑後貪愛下明總具塵勞惑病既深方假醫救前中不知恩報者必無敬養更相酬對則難以訶責邪見執著則不受正教迷惑顛倒所領不眞愚癡無智爲説不知無有信心絶於希向隨逐惡友必遠善人起諸惡慧無由正解故難化也

設有知恩聰明慧解及善知識充滿世間我

不於中修菩薩行
二設有下善非化境可知
何以故我於衆生無所適莫無所冀望乃至不求一縷一毫及以一字讚美之言盡未來劫修菩薩行未曾一念自爲於已但欲度脫一切衆生令其清淨永得出離
三徵釋中初徵次釋後轉徵釋初徵意云菩薩化生理宜平等偏惡棄善其故何耶次釋意云菩薩於物無主定於親疎就於惑重偏是化境如母矜病子豈不等耶又若求名利應化知恩本爲淨他理應隨惡若棄惡從善魔攝持故若棄惡從善魔業攝持故者即五十八經說十種魔業中云捨惡性人遠懈怠者輕慢亂意譏嫌惡慧是爲魔業又云已得解脫已安隱者常樂親近而供養之未得解脫未安隱者不肯親近亦不教化是爲魔業即棄惡從善也

何以故於衆生中爲明導者法應如是不取不求但爲衆生修菩薩道令其得至安隱彼岸成阿耨多羅三藐三菩提是名菩薩摩訶薩第八難得行
三轉徵釋徵云菩薩衆生本不相預何爲長劫悲救無求釋意云諸佛菩薩法爾同導不爾不名爲明導故

大方廣佛華嚴經疏鈔會本第二十之一

音釋

頑嚚頑五還切心不則德義之經爲頑嚚語中切口不道忠信之言爲嚚　適莫適音的可也莫末各切不可也　縷力主切絲縷也　泯彌盡切絶也　唎力至切　毚奴侯切　倣妃兩切効也

大方廣佛華嚴經疏鈔會本第二十之二

唐于闐國三藏沙門實叉難陀　譯

唐清涼山大華嚴寺沙門澄觀撰述

佛子何等爲菩薩摩訶薩善法行

第九善法行體即力度就文分三初徵名二釋相三結歎今初唯識有二一思擇力二修習力本業有三一報通力二修定通力三變化通力唯識約修本業約用互舉一邊由前二力爲機說法則成語意二業之善法有本業三力則成身意二業之善法以修定通即意業故依梁攝論由思擇力能伏一切正行等所對治障令不起故由修習力能令一切善行堅固決定既言一切善行此則二力通三業善此位大同九地是法師位善說法故依梁論者正思諸法過失及功德此思擇若得增勝自地惑所不能動體性堅强故名爲力修習力者心緣此法作觀行令心與法和合成一猶如水乳亦如熏衣

此菩薩爲一切世間天人魔梵沙門婆羅門乾闥婆等作清涼法池攝持正法不斷佛種

二釋相中二前自分後勝進然此二段各具二力至文當知亦有三力謂普知根緣一音普應成就十身義該三通初自分中先總明後別顯前中作清涼法池標也言含法喩謂如無熱惱池清淨無濁下二句釋上句如池含於德水故云攝持正法下句以四辨才出願智等饒益衆生相續無盡究竟入於一切智海名不斷佛種如彼大池流出四河相續入海

得清淨光明陀羅尼故說法授記辯才無盡

得具足義陀羅尼故義辯無盡得覺悟實法

陀羅尼故法辯無盡得訓釋言詞陀羅尼故詞辯無盡得無邊文句無盡義無礙門陀羅尼故無礙辯無盡得佛灌頂陀羅尼灌其頂故歡喜辯無盡得不由他悟陀羅尼門故光明辯無盡得同辯陀羅尼門故同辯無盡得種種義身句身文身中訓釋陀羅尼門故訓釋辯無盡得無邊旋陀羅尼故無邊辯無盡

二得清淨下別顯文分爲二初廣攝持正法二此菩薩大悲下廣不斷佛種今初也具十總持是攝持義十持爲體十辯爲用初句爲總寂障鑒法名淨光明餘九爲別初四即四辯才四持即池之德水四辯即池之四口四辯即喻者此中四河四口等皆依十定品一東恒伽河從銀色象口流出銀沙合以義辯說一切義二私陀河從金剛色師子口流出金剛沙合以法辯說金剛句二信度河從金色牛口流出金沙合以詞辯說隨順世間緣起四縛芻河從瑠璃色馬口流出瑠璃沙合菩薩摩訶薩亦復如是以無盡辯雨無盡百千億那由他不可說法等下別合云云何菩薩四河一願智河二波羅蜜河三三昧河四大悲河並如彼文五即外力加辯智水灌心故稱根令喜此即得辯之緣六即內力證辯謂道契內心光明外徹此乃得辯之因也七同類音辯此約順機八訓釋辯此約窮法前四辯中但明通相文句此明曲盡其源義身即當名身名所詮故體是名境義即境義梵云得種種名身故九總顯深廣持辯無邊旋有入空旋空入有等故無有邊皆言無盡者稱法界故

此菩薩大悲堅固普攝衆生於三千大千世界變身金色施作佛事隨諸衆生根性欲樂以廣長舌於一音中現無量音應時說法皆令歡喜

第二廣前不斷佛種中文分三別初總明三業利生二假使下假設深勝三以得一切下總釋所以前二含於四河今初即大悲河大悲堅固標其體也悲紹佛種故首明之普攝衆生正明不斷於三千下示其攝相

假使有不可說種種業報無數衆生共會一處其會廣大充滿不可說世界菩薩於彼衆會中坐是中衆生一一皆有不可說阿僧祇口一一口能出百千億那由他音同時發聲各別言詞各別所問菩薩於一念中悉能領受皆爲酬對令除疑惑如一衆會中於不可說衆會中悉亦如是

二假設深勝於中有三即爲三河一大會斷疑明問答成就處多大衆頓領頓酬由具諸度故即波羅蜜河

復次假使一毛端處念念出不可說不可說道場衆會一切毛端處皆亦如是盡未來劫彼劫可盡衆會無盡是諸衆會於念念中以各別言詞各別所問菩薩於一念中悉能領受無怖無怯無疑無謬

二復次下微細斷疑前直明大會異問能答今乃云於一毛端處有不可說如前大會多劫殊問一念能答不怖大衆不怯文義決斷揀擇顯轉超勝是三昧力即三昧河故下經云菩薩住此三昧於自身一一毛孔中見不可說不可說佛剎微塵數諸佛如來亦見彼佛所有國土道場衆會聽法乃至云其諸衆生亦無迫隘何以故入不思議三昧境界故彼約聽法此約答問

以之爲異餘義大同此約圓教普賢位中故於地前有斯自在非三乘中得斯作用

而作是念設一切衆生以如是語業俱來問我我爲說法無斷無盡皆令歡喜住於善道復令善解一切言詞能爲衆生說種種法而於言語無所分別假使不可說不可說種種言詞而來問難一念悉領一音咸答普使開悟無有遺餘

三而作是念下周徧斷疑上舉毛端多衆猶有量故今明一切衆各具多言悉能答故即願智河願智相導悲救無休故云作念文中先顯多衆後假使下復顯多言

以得一切智灌頂故以得無礙藏故以得一切法圓滿光明故具足一切智智故

第三總釋所以者所以得此四河廣利者略舉四因此之四因或以一因成前四河或以四因成其一河一他佛外加故二自藏離礙故三所照法圓故四能照智具故或各配屬同體悲加故見心性故諸度圓故二智滿故或各配屬下上即通釋故或一因成四河等今此別配同體悲加故即以他佛外加爲大悲河因二見心性故即第二自藏離礙故自藏即是如來藏性此即心性能觀心性名爲上定故爲三昧河因三諸度圓故即第三所照法圓故爲波羅蜜河因四二智圓滿故即第四能照智具故爲願智河因一切智是根本智重言智者即後得智後得智攝願故

佛子此菩薩摩訶薩安住善法行已

第二佛子此菩薩下明勝進行亦即是前四河之相文分爲二初牒自分行成

能自清淨亦能以無所著方便而普饒益一切衆生不見有衆生得出離者

二能自下正顯勝進文分爲四一辯四河

清淨之義
如於此三千大千世界如是乃至於不可說
三千大千世界變身金色妙音具足於一切
法無所障礙而作佛事
二如於此下辯四河入海無能障義於多
界中化無障故
佛子此菩薩摩訶薩成就十種身所謂入無
邊法界非趣身滅一切世間故入無邊法界
諸趣身生一切世間故不生身住無生平等
法故不滅身一切滅言說不可得故不實身
得如實故不妄身隨應現故不遷身離死此
生彼故不壞身法界性無壞故一相身三世
語言道斷故無相身善能觀察法相故
三佛子下辯此四河旋遶池義四菩薩成
就下辯累劫入海無疲厭義三旋遶中謂
成就隨順身語意業智爲先導身語意業
四方流注入智海故隨順即是旋遶之義
三旋繞中下疏文有二先彰大意謂成就等即十定經文從隨順即是下疏釋旋繞之相
文中二先總標二所謂下列釋皆上句
標名下句釋相勒此十身以爲五對一證
滅示生對二不生不滅對三非實非虛對
四不遷不壞對五一相無相對束此五對
不出體用一一對中體用對辨第一對體
用自體第二對體用之相第三對體用之
力第四對體用之性第五對體用之德今
初理無不證名入無邊法界世無不超名
爲非趣下釋中但釋非趣者謂若入法界
必滅世間若滅世間即入法界標釋相成
此即體之自體也二用無不徧故入無邊
法界隨類受身故云諸趣此言入者應往

之入不同上來證入之入釋文可知此即用之自體也第二對初不生身即前應用之身生而不生言住無生平等法者有二義一依體起用用不離體故二體之與用平等無生故此即用之相也後不滅身即前體滅離言說故一因滅顯理理非滅故二寂滅之理離滅相故此即體之相也故上體滅現生之身即以不生不滅爲相第三對體有何力得如實理離世俗之實也用有何力隨應而現不同塵也第四對用以何爲性隨流應而不遷體以何爲性即法界而無壞第五對體有何德過去無始未來無終現在非有故三世言斷用有何德體即無相能照法相故此十身不離體用用有聚義體具體依皆得名身

體外無用用即是體用外無體體即是用體即法性用即智應二既不二理智圓融唯一無礙法界之身體外無用下二融體用爲法界言用即智應者兼融三身以爲一體隨相顯十以表無盡隨相顯十者三出十身之由一乘圓融地前能爾一乘圓融下四通妨難以有難云地前未證何得爾耶故爲此答更有餘義如十地離世間品明此略舉成就隨順之身言身兼語意也更有餘義者五指廣有本即是彼十一即威勢身菩薩衆中威光赫奕滅諸闇故二即意生身遍趣生故三即菩提身正覺無生故四即福德身福絶三際不可說故五即智身智契實理故六即化身隨應現故七即力持身力持不變故八即法身法界性故九即相好莊嚴身十蓮華藏相同於一相周法界故十即願身願轉法故觀法相無相現相無所不周故經云毗盧遮那佛願力周法界一切國土中恒轉無上輪斯即十地中義會於離世間十佛同前十地已會十身然彼約佛身今約菩薩所得則望彼皆因以因望果故小有不同而圓融交徹故得例彼若不例彼當文自釋義亦無遺又顯十身五體五用謂威勢福德智法相好此五皆體餘五

爲用體即是真用即是應同眞應二身融爲一味

菩薩成就如是十種身爲一切衆生舍長養一切善根故爲一切衆生救令其得大安隱故爲一切衆生歸與其作大依處故爲一切衆生導令得無上出離故爲一切衆生師令入眞實法中故爲一切衆生燈令其明見業報故爲一切衆生光令照甚深妙法故爲一切三世炬令其曉悟實法故爲一切世間照令入光明地中故爲一切諸趣明示現如來自在故

四顯無疲猒謂四河入海累劫無疲菩薩亦爾以普賢行願盡未來劫修菩薩行入如來海不生疲厭是以廣顯與生爲歸爲救等文中先牒前所成之身爲益他之本爲一切下正顯成益句別有十在文可見

十地又明今略其要俗須委示故名爲燈眞但高明故目爲炬甚深則能所不二如光合空爲照爲明但約入地示德爲異

佛子是名菩薩摩訶薩第九善法行菩薩安住此行爲一切衆生作清涼法池能盡一切佛法源故

三佛子已下結歎分二先結名後菩薩安住下歎勝盡法源故以清涼法池即是行體故標結皆舉顯中是其相

佛子何等爲菩薩摩訶薩眞實行

第十眞實行文三同前初徵名者如本分釋體即智度初徵名者即言行不虛故名眞實又稱二諦故瓔珞云二諦非如非相非非相故名爲眞實次經即云誠諦之語等即釋名也體即智下不出別體今更略釋若約二智受用法樂成熟有情並如行能說如說能行即是眞實本

業有三一無相智即受用法樂二一切種智三變化智皆成熟有情下文入一切三昧眞實相即受用法樂智知衆生種種想等即成熟有情知十力智是一切種不著一切世間解衆生無際即無相智我爲善變化及示現如來自在神通即變化智今更暑釋於中有三初依唯識二智而論但列其名無性釋云由施等六成立此智復由此智成立六種謂相教等種種品類是則名爲受用法樂由此妙智能正了知此施此忍進等如所聞法饒益一切有情之類是則名爲饒益有情智本業有三下二約本業便會上二智下文云下三依下經會上經論先會唯識論知十力智下會前本業

此菩薩成就第一誠諦之語如說能行如行能說

就釋相中文分三別第一總顯名體二別顯行相三結住行益今初初句總標後如說下解釋謂言行相符故名誠諦誠實審諦即眞實義誠實審諦者次下疏文引下經釋有用金剛四語釋云眞語爲顯世諦故實語爲顯世諦修行有煩惱無煩惱及清淨相故於中實者此行煩惱此行清淨故如語者爲顯第一義相故不異語者顯第一義修行有煩惱及清淨故此有二義一約先誓自他二利決志具修今如昔說決能行之亦如此行以爲他說故下文云我若先成則違本願等二約現修自他二行如所演說決定能行非數他實故云如說能行亦如所證宣示於人不昧所知名如行能說二約現修者即由實語故所作皆成如涅槃第三十一說昔與調達二人入海採寶船破二人不死調達悲泣我有二珠分一與之又貪一珠遂刺我目我時呻吟有一女人問我我即具答女人問言汝名何等我即答言我名實語彼云誰信我即答言我於提婆達多無惡心者令我兩目平復如故言訖如故忍辱仙人亦同此側同在此卷又如說能行亦是如語如行能說即不異語也

此菩薩學三世諸佛眞實語入三世諸佛種性與三世諸佛善根同等得三世諸佛無二語隨如來學智慧成就

第二此菩薩學三世下別顯行相文分一別先標章後依章別釋今初文有五句一稱實演法師子吼故二深住實相契一性故三二利善根等同佛故四得如說行同本誓故五學佛十力智已成故

此菩薩成就知衆生是處非處智去來現在業報智諸根利鈍智種種界智種種解智一切至處道智諸禪解脫三昧垢淨起時非時智一切世界宿住隨念智天眼智漏盡智而不捨一切菩薩行何以故欲教化一切衆生悉令清淨故

第二此菩薩成就下依章別釋從後倒釋即分五段第一釋智慧成就文中三初顯所成十力言時非時者垢淨之時不同化不化時別故次而不捨下得果不捨因後何以下徵釋所以十力化生之智故須得之令物清淨故須不捨因行

此菩薩復生如是增上心若我不令一切衆生住無上解脫道而我先成阿耨多羅三藐三菩提者則違我本願是所不應是故要當先令一切衆生得無上菩提無餘涅槃然後成佛何以故非衆生請我發心我自爲衆生作不請之友欲先令一切衆生滿足善根成一切智是故我爲最勝不著一切世間故我爲最上住無上調御地故我爲離翳解衆生無際故我爲已辦本願成就故我爲善變化菩薩功德莊嚴故我爲善依怙三世諸佛攝

受故

第二此菩薩復生下釋得三世諸佛無二語文中三初反舉違誓自誠不應次是故下順釋要當先人後已後何以下徵釋所由徵有二意一云何以違誓是所不應二云何以要須先人後已釋此二徵即分二别初釋前徵云由先許故不與則違先誓不請强許令之不與豈是所應後是故下釋第二徵菩薩之道必先人後已不爾豈得名最勝耶文有六句當句自釋不俟繁文

此菩薩摩訶薩不捨本願故得入無上智慧莊嚴利益衆生悉令滿足隨本誓願皆得究竟於一切法中智慧自在令一切衆生普得清淨念念徧遊十方世界念念普詣不可說不可說諸佛國土念念悉見不可說不可說諸佛及佛莊嚴清淨國土示現如來自在神力普徧法界虚空界

第三此菩薩摩訶薩不捨下釋同佛善根本誓智慧皆究竟故文中二先標德成滿二於一切下别顯同相一意業智慧同二念念下身業神通同

此菩薩現無量身普入世間而無所依於其身中現一切刹一切衆生一切諸法一切諸佛

第四此菩薩現無量身下釋入佛種性於中二一約身明人入世無依又身中現刹皆得性融故

此菩薩知衆生種種想種種欲種種解種種業報種種善根隨其所應爲現其身而調伏

之
二此菩薩知衆生下智入種性於中二初
入悲種性知根善化故
觀諸菩薩如幻一切法如化佛出世如影一
切世間如夢得義身文身無盡藏正念自在
決定了知一切諸法智慧最勝入一切三昧
眞實相住一性無二地
二觀諸菩薩下入智種性窮實相故故結
句云住一性無二地以此智性導前悲性
成無住道是爲如來無二之性文中初會
緣入實次得義身下依實了相後智慧最
勝下性相無二文有三句初句約智則雙
照性相次句約定動寂契眞後句釋成並
由住無二性
菩薩摩訶薩以諸衆生皆著於二安住大悲
修行如是寂滅之法
第五菩薩摩訶薩以諸下釋學三世諸佛
眞實語文中二先牒前起後衆生著二不
能悲智雙遊菩薩即寂修悲故得不二
得佛十力入因陀羅網法界成就如來無礙
解脫人中雄猛大師子吼得無所畏能轉無
礙清淨法輪得智慧解脫了知一切世間境
界絕生死迴流入智慧大海爲一切衆生護
持三世諸佛正法到一切佛法海實相源底
後得佛十力下成果起用顯實語相能師
子吼轉法輪故結云知實相源方爲實語
也文中大同十地窮佛所得圓融敎中位
位果滿故窮法實相謂如是性相體力等
皆盡源故餘句可知窮法等者即法華經云唯佛與佛乃能究盡諸法實相所謂諸法如是相如是性如是體如是力如是作如是因如是緣如是

果如是報如是本末究竟等此之十句天台歷十法界一一界中復具十界互相攝故十界便成百界界各十如即有千如更分一一界各有三界一衆生世間二五陰世間三器世間便成三千世間彼宗以此爲法華經樞要最玄後明知見但舉能知耳思大師三種讀此十如一以如是爲頭云如是相爲一句如是性爲二句等即約假觀觀十別相故二云所謂諸法如爲一句是相如爲二句以如字爲空即成空觀三以如是字爲末云謂諸法如是爲一句相如是爲二句等以如是爲中道觀一家之意理無不通

菩薩住此眞實行已一切世間天人魔梵沙門婆羅門乾闥婆阿脩羅等有親近者皆令開悟歡喜清淨

第三菩薩住此下結行成益

是名菩薩摩訶薩第十眞實行

第三結名並如文顯說分已竟

爾時佛神力故十方各有佛刹微塵數世界六種震動所謂動徧動等徧動起徧起等徧起踊徧踊等徧踊震徧震等徧震吼徧吼等徧吼擊徧擊等徧擊雨天妙華天香天末香天鬘天衣天寶天莊嚴具奏天樂音放天光明演暢諸天微妙音聲

大文第六爾時巳下顯瑞證成分文分二别一瑞證二人證前中先此會

如此世界夜摩天宮說十行法所現神變十方世界悉亦如是

後如此下結通

復以佛神力故十方各過十萬佛刹微塵數世界外有十萬佛刹微塵數菩薩俱來詣此土充滿十方語功德林菩薩言佛子善哉善哉善能演說諸菩薩行我等一切同名功德林所住世界皆名功德幢彼土如來同名普功德我等佛所亦說此法衆會眷屬言詞義

理悉亦如是無有增減

二復以下人證亦先此界十住一萬此云十萬表位增故前現瑞中亦應云十方各有十萬文無者略餘義已見十住之末

佛子我等皆承佛神力來入此會爲汝作證十方世界悉亦如是

後佛子我等下結通

大方廣佛華嚴經疏鈔會本第二十之二

音釋

怯 乞協切謙入聲畏懦也　謬 靡幼切　樞 春朱切要會之處曰樞

大方廣佛華嚴經疏鈔會本第二十之三

唐于闐國三藏沙門實叉難陀　譯

唐清涼山大華嚴寺沙門澄觀撰述

爾時功德林菩薩承佛神力普觀十方一切衆會暨於法界欲令佛種性不斷故欲令菩薩種性清淨故欲令願種性不退轉故欲令行種性常相續故欲令三世種性悉平等故欲攝三世一切佛種性故欲開演所種諸善根故欲觀察一切諸根故欲解煩惱習氣心行所作故欲照了一切佛菩提故而説頌曰

第七重頌分中分二初説偈儀意先彰説儀後欲令下説意意有九句初總餘別別中一淨治因性二不退願性三行性續願四以真性導行五上攝果性六開已修性即十行所習七觀所化性八照當果性

一心敬禮十力尊離垢清淨無礙見境界深遠無倫匹住如虛空道中者

二正説偈辭總有一百一頌大分爲三初之一頌總申歸敬次九十六頌正頌前文三有四頌結歎深廣今初也將申偈頌再展敬心初四字申敬十力下顯德十力智德次句斷德次句恩德衆生爲境故末句通喻三德智廣惑淨悲深遠故

過去人中諸最勝功德無量無所著勇猛第一無等倫彼離塵者行斯道

現在十方諸國土善能開演第一義離諸過惡最清淨彼無依者行斯道

未來所有人師子周徧遊行於法界已發諸佛大悲心彼饒益者行斯道

第二正頌前文大分爲二初十一偈頌前

本分後八十五偈頌前說分然十住頌文則舉其次第今沒其次第直云行斯道者略有四義一前則約位始終行布而說今將融會前說令無始終欲顯一位之中具行諸行一行之中具一切故二前約别行今約普行普别無礙二文互顯三前約同教今約别教同别無礙爲一圓教故四前約不雜辯才此約任放辯才說不待次言辭不斷故又前多約因此多就果或廣略綺互體用更陳總别遞明互相影發顯菩薩行深廣難思下文雖依次第既沒本名一同離世間圓融之行也今初亦可總歎行深不頌前文頌亦無失今頌本分曲分爲二前四頌前學三世佛而修行故後七頌前行體不可思議今初分二初三别明

三世所有無比尊自然除滅愚癡暗於一切法皆平等彼大力人行此道

後一總說各初三句辯德後句結德能通所行諸文行斯道言皆倣於此

普見無量無邊界一切諸有及諸趣見已其心不分别彼無動者行斯道

法界所有皆明了於第一義最清淨永破瞋慢及愚癡彼功德者行斯道

於諸衆生善分别悉入法界真實性自然覺悟不由他彼等空者行斯道

盡空所有諸國土悉往說法廣開諭所說清淨無能壞彼勝牟尼行此道

具足堅固不退轉成就尊重最勝法願力無盡到彼岸彼善修者所行道

無量無邊一切地廣大甚深妙境界悉能知

見靡有遺彼論師子所行道
一切句義皆明了所有異論悉摧伏於法決
定無所疑彼大牟尼行此道
後七頌行體中然文旨包含略爲二解一
頌行體二頌加之所爲然所爲正爲十行
義旨不殊故得同頌配文少異分爲二解
先配行體文分爲四初一頌總顯不可思
議故云心無分別彼無動故二一頌頌前
與法界等等法界有三義所有皆明了等
事法界次句等理法界此二無二等無礙
法界由此等故能破惑成德三有二偈頌
等虛空界等空五義初偈顯二謂空無分
別而顯萬像菩薩亦爾入實自悟則無分
別不礙分別於諸衆生故結云等空由入
法界故等虛空二界相成故舉入法界後

偈顯三義一等空廣大初二句顯示二等
空清淨三等空不可壞第三句顯由等虛
空是勝寂靜名曰牟尼四有二偈頌前菩
薩行初偈總舉自分之行後二即勝進之
行二以此文頌加所爲雖開合不同依次
不亂初偈頌前爲增長佛智前半所觀後
半能觀次偈頌深入法界餘如前釋三中
初句頌了知衆生界次二句頌所入無礙
四中頌所行無障往諸國土則身無障說
法清淨則自行無障異論不壞則外無障
第五偈頌得無量方便以願行等皆善修
故六中頌攝取一切智性無邊一切地即
智地故十地之智同佛智故歎勝可知七
中初句頌覺悟一切法次句知一切諸根
隨宜摧伏次句即持說一切法也

遠離世間諸過患普與衆生安隱樂能爲無等大導師彼勝德者行斯道

恒以無畏施衆生普令一切皆欣慶其心清淨離染濁彼無等者行斯道

意業清淨極調善離諸戲論無口過威光圓滿衆所欽彼最勝者行斯道

入真實義到彼岸住功德處心永寂諸佛護念恒不忘彼滅有者行斯道

遠離於我無惱害恒以大音宣正法十方國土靡不周彼絶譬者行斯道

檀波羅蜜已成滿百福相好所莊嚴衆生見者皆欣悦彼最勝慧行斯道

第二遠離下頌前説分十行即爲十段第一六偈頌歡喜行文分四别初一財施財去慳過安隱他故次二偈無畏施前偈修因後偈得果次二偈法施後一頌總結因圓果滿言百福者涅槃二十四云五品心修十善謂下中上上中上上各十善成五十始修終修故成百福然十善之中不殺不瞋是無畏施不盜不貪是財施離口四過不婬不癡是法施故具上三施成百福果

智地甚深難可入能以妙慧善安住其心究竟不動揺彼堅固行行斯道

法界所有悉能入隨所入處咸究竟神通自在靡不該彼法光明行此道

諸無等等大牟尼勤修三昧無二相心常在定樂寂靜彼普見者行斯道

微細廣大諸國土更相涉入各差别如其境界悉了知彼智山王行此道

意常明潔離諸垢於三界中無所著護持衆戒到彼岸此淨心者行斯道

第二智地下頌饒益行五偈分四初偈律儀謂有智能護心不動故是菩薩律儀次二攝善三有一偈饒益有情舉處攝人後偈總結三聚

智慧無邊不可說普徧法界虛空界善能修學住其中彼金剛慧行斯道

三世一切佛境界智慧善入悉周徧未嘗暫起疲厭心彼最勝者行斯道

善能分別十力法了知一切至處道身業無礙得自在彼功德身行此道

十方無量無邊界所有一切諸衆生我皆救護而不捨彼無畏者行斯道

第三智慧下無違逆行四頌中三初一諦察法忍次二安受苦忍一引他勵已以策修二引所成德以進道後一頌耐怨害忍遇害無惱但增救心

於諸佛法勤修習心常精進不懈倦淨治一切諸世間彼大龍王行此道

了知衆生根不同欲解無量各差別種種諸界皆明達此普入者行斯道

十方世界無量刹悉往受生無有數未曾一念生疲厭彼歡喜者行斯道

普放無量光明網照耀一切諸世間其光所照入法性此善慧者行斯道

震動十方諸國土無量億數那由他不令衆生有驚怖此利世者所行道

第四於諸下無屈撓行五偈分三初二頌前攝善精進亦名加行初半偈即頌第一

精進等十句次句即頌前離過十句後偈頌前所爲次一頌被甲精進爲物受苦心無厭等後二偈頌利樂精進

善解一切語言法問難酬對悉究竟聰哲辯慧靡不知此無畏者所行道

善解覆仰諸國土分別思惟得究竟悉使往於無盡地此勝慧者所行道

第五善解下頌離癡亂行二頌中三初一頌現法樂住於中前半頌能持色法言說等後半通頌前無癡亂等七句次半偈頌引生功德禪了一切法無有邊際得一切法真實智慧故云得究竟也後半偈頌饒益有情中我當令一切衆生乃至究竟無餘涅槃即無盡地

功德無量那由他爲求佛道皆修習於其一切到彼岸此無盡行所行道

超出世間大論師辯才第一師子吼普使群生到彼岸此淨心者所行道

第六功德下二頌頌善現行六善現行二偈中初偈頌前正辯三諦次半頌依智起悲後半頌行成益物然皆有無對辯具三諦義古將初半爲加行次半根本後偈後得然取攝論之文論依六度似不會教若兼正明義理則可通前文既依本業令頌不可錄舊

諸佛灌頂第一法已得此法灌其頂心恒安住正法門彼廣大心行此道

一切衆生無量別了達其心悉周徧決定護持佛法藏彼如須彌行此道

能於一一語言中普爲示現無量音令彼衆生隨類解此無礙見行斯道

一切文字語言法智皆善入不分別住於真實境界中此見性者所行道

第七四偈頌無著行對前思之第七四偈頌無著行初偈即二方便中廻向善巧三方便中進趣向果已得灌頂是向果故次二偈即拔濟善巧次半偈即巧會有無謂善入文字是會有也不分別者是會無也後半一切法不捨不受若配經文初偈頌淨菩薩道受菩薩記而無所著次偈頌悲念衆生後二偈頌前於一切世間成熟衆生前約所化種種音等此約能化一音隨類前令所化不著此即能化不著

安住甚深大法海善能印定一切法了法無相真實門此見實者所行道

一一佛土皆往詣盡於無量無邊劫觀察思惟靡暫停此匪懈者所行道

無量無數諸如來種種名號各不同於一毛端悉明見此淨福者所行道

一毛端處見諸佛其數無量不可說一切法界悉亦然彼諸佛子行斯道

無量無邊無數劫於一念中悉明見知其修促無定相此解脫行所行道

能令見者無空過皆於佛法種因緣而於所作心無著彼諸最勝所行道

那由他劫常遇佛終不一念生疲厭其心歡喜轉更增此不空見所行道

盡於無量無邊劫觀察一切衆生界未曾見有一衆生此堅固士所行道

第八安住下八偈頌難得行分五初一偈即自行之願次四神通次一外化次一求菩提後一成熟有情若屬經文初四偈頌前於佛法中得最勝解等十句二無量下三偈頌自行成益第三一偈頌前利他不捨一衆生著多衆生等第八安住下八頌中言頌最勝等十句者於中初句頌廣大解次二句頌決定解第二偈除護念一句頌餘七句後之二偈頌佛護念以明見故得護念也二無量下三偈頌自行中初偈即能轉多劫生死

後二即見者不空初偈辯不空之果後偈辯不空之因由見佛無猒故
修習無邊福智藏普作清涼功德池利益一切諸群生彼第一人行此道
法界所有諸品類普徧虛空無數量了彼皆依言說住此師子吼所行道
能於一一三昧中普入無數諸三昧悉至法門幽奧處此論月者行斯道
忍力勤修到彼岸能忍最勝寂滅法其心平等不動搖此無邊智所行道
於一世界一坐處其身不動恒寂然而於一切普現身彼無邊身行此道
無量無邊諸國土悉令共入一塵中普得包容無障礙彼無邊思行此道
第九修習下六頌頌善法行初一修習力次一思擇力次二修定通次一報得通後一變化通若屬經文初偈頌釋名前半攝持正法後半不斷佛種亦大悲河次偈即波羅蜜河問答成就次偈即三昧河前舉三昧之用此約三昧之體次一即願智河次一十身體用後一即示現如來自在
了達是處及非處於諸力處普能入成就如來最上力彼第一力所行道
過去未來現在世無量無邊諸業報恒以智慧悉了知此達解者所行道
了達世間時非時如應調伏諸衆生悉順其宜而不失此善了者所行道
第十了達下四十三偈頌真實行文分爲六第一三偈頌得十力
善守身語及意業恒令依法而修行離諸取著降衆魔此智心者所行道

於諸法中得善巧能入真如平等處辯才宣說無有窮此佛行者所行道

陀羅尼門已圓滿善能安住無礙藏於諸法界悉通達此深入者所行道

二善守下三偈頌得三世諸佛無二語初偈正明依法修行即無二語餘二偈頌我爲最勝等我爲最勝等二偈即最勝義謂善入平等及達法界不取著故

三世所有一切佛悉與等心同智慧一性一相無有殊此無礙種所行道

已抉一切愚癡瞙深入廣大智慧海普施衆生清淨眼此有目者所行道

已具一切諸導師平等神通無二行獲於如來自在力此善修者所行道

徧遊一切諸世間普雨無邊妙法雨悉令於義得決了此法雲者所行道

能於佛智及解脫深生淨信永不退以信而生智慧根此善學者所行道

能於一念悉了知一切衆生無有餘了彼衆生心自性達無性者所行道

三六偈頌同佛善根同佛善根者初偈頌最上同一佛性是謂御故次偈頌離翳次三偈頌已辦及善變化後偈頌爲依怙與佛化他故

法界一切諸國土悉能化往無有數其身最妙絕等倫此無比行所行道

佛剎無邊無有數無量諸佛在其中菩薩於彼悉現前親近供養生尊重

菩薩能以獨一身入於三昧而寂定令見其身無有數一一皆從三昧起

菩薩所住最深妙所行所作超戲論其心清淨常悅樂能令衆生悉歡喜

諸根方便各差別能以智慧悉明見而了諸

根無所依調難調者所行道
能以方便巧分別於一切法得自在十方世
界各不同悉在其中作佛事
諸根微妙行亦然能爲衆生廣說法誰其聞
者不欣慶此等虛空所行道
智眼清淨無與等於一切法悉明見如是智
慧巧分別此無等者所行道
所有無盡廣大福一切修行使究竟令諸衆
生悉清淨此無比者所行道
善勸修成助道法悉令得住方便地度脫衆
生無有數未曾暫起衆生想
一切機緣悉觀察先護彼意令無諍普示衆
生安隱處此方便者所行道
四法界下十一偈頌入佛種性於中分二
初三偈頌身入餘頌意入於中初四頌入
悲種性後智眼下四頌頌入智種性
成就最上第一智具足無量無邊智於諸四
衆無所畏此方便智所行道
一切世界及諸法悉能徧入得自在亦入一
切衆會中度脫群生無有數
十方一切國土中擊大法鼓悟群生爲法施
主最無上此不滅者所行道
一身結跏而正坐充滿十方無量剎而令其
身不迫隘此法身者所行道
能於一義一文中演說無量無邊法而於邊
際不可得此無邊智所行道
於佛解脫善修學得佛智慧無障礙成就無
畏爲世雄此方便者所行道
了知十方世界海亦知一切佛剎海智海法
海悉了知衆生見者咸欣慶

或現入胎及初生或現道場成正覺如是皆令世間見此無邊者所行道
無量億數國土中示現其身入涅槃實不捨願歸寂滅此雄論者所行道
堅固微密一妙身與佛平等無差別隨諸衆生各異見一實身者所行道
法界平等無差別具足無量無邊義樂觀一相心不移三世智者所行道
於諸衆生及佛法建立加持悉究竟所有持力同於佛最上持者行斯道
神足無礙猶如佛天眼無礙最清淨耳根無礙善聽聞此無礙意所行道
所有神通皆具足隨其智慧悉成就善知一切靡所儔比賢智者所行道
其心正定不搖動其智廣大無邊際所有境界皆明達一切見者所行道
已到一切功德岸能隨次第度衆生其心畢竟無厭足此常勤者所行道
三世所有諸佛法於此一切咸知見從於如來種性生彼諸佛子行斯道
隨順言詞已成就乖違談論善摧伏常能趣向佛菩提無邊慧者所行道

五成就下十八偈頌學三世諸佛真實語

得佛十力等如文思之 頌得佛十力等如文思之者一偈頌得佛加次一超頌轉法輪次二頌無礙解脫次一偈半頌智慧解脫後半偈却頌雄猛無畏次一偈頌了知世間境界智海法海即智正覺世間次或現已下四偈絕生死廻流初二偈八相明絕生死故方能現生次一偈非生死身方能現身次一偈頌入智慧大海樂觀不移是入義故次於諸下三偈頌護持正法初偈神力加持後二六通護持其無礙意即他心通神通具足兼宿命漏盡次其心正定下四偈頌到實相源底餘並可知

一光照觸無涯限十方國土悉充徧普使世
間得大明此破暗者所行道
隨其應見應供養爲現如來清淨身教化衆
生百千億莊嚴佛刹亦如是
六一光下二頌頌益物不空
爲令衆生出世間一切妙行皆修習此行廣
大無邊際云何而有能知者
假使分身不可説而與法界虚空等悉共稱
揚彼功德百千萬劫無能盡
菩薩功德無有邊一切修行皆具足假使無
量無邊佛於無量劫説不盡
何況世間天及人一切聲聞及緣覺能於無
量無邊劫讃歎稱揚得究竟
第三大段四偈結歎深廣文顯可知
大方廣佛華嚴經疏鈔會本第二十之三

音釋
撓女巧切
抉一決切音𩕳挑也
翳於罽切鄣也

大方廣佛華嚴經疏鈔會本第二十之一

唐于闐國三藏沙門實叉難陀　譯

唐清涼山大華嚴寺沙門澄觀撰述

十無盡藏品第二十二

初來意者總有五義一爲答前第二會初十藏問故二前明正位今依位起行故同梵行品三前約位別行今辨始終通行故四前明成位行今辨淨治彼行故同十地中信等十行五前自分究竟今辨勝進趣後同上明法準問應在十迴向後今此辨者略有二義一云藏有二義約蘊攝義在十行後約出生義在十地前義通二處問答互顯一云迴向無別自體但以能迴前行爲其自體今十藏既爲十行勝進亦爲迴向勝進故迴向後無別勝進此即前後互舉顯義方備然明法品及第五迴向皆有十藏隨三賢異故不相濫又前是勝進所成後是一位之果今通爲勝進故意旨不同準問下釋上問前却妨二義通之然明法下會差別有二義釋初以位揀前明法即勝進所成者是勝進家果故故經云菩薩滿足如是願時即得十種無盡藏所謂普見諸佛無盡藏二總持不忘無盡藏三決了諸法四大悲救護五種種三昧六滿衆生心廣大福德七演一切法甚深智慧八報得神通九住無量劫十入無邊世界無盡藏後是一位之果者以是第五迴向之果故經云菩薩住此迴向得十種無盡藏所謂見佛無盡藏於一毛孔見阿僧祇諸佛出與於世故等其中名有同者亦復優劣有異

二釋名者藏是出生蘊積之義謂一藏內體含法界故攝德出用一一無盡寄圓顯十即帶數釋也

三宗趣者十藏爲宗攝前生後得果爲趣

爾時功德林菩薩復告諸菩薩言佛子菩薩

摩訶薩有十種藏過去未來現在諸佛已説當説今説

四釋文中大分四別第一唱數顯同二徵名列異三依名廣釋四總歎勝能今初三世同説顯勝令遵

何等爲十所謂信藏戒藏慚藏愧藏聞藏施藏慧藏念藏持藏辯藏是爲十

二何等下徵名列異藏如前解信等對藏皆持業釋心淨名信制止名戒崇重賢善爲慙輕拒暴惡爲愧餐教廣博爲聞輟已惠人爲施決擇諸法名慧令心明記爲念任持所記爲持巧宣所持爲辯各有業用

各有業用者如信以能除不信濁爲業戒以遮防破戒蔽爲業慚以對治無慚止息惡行爲業愧以對治無愧止息惡行爲業聞以能破無知爲業施以止慳爲業慧以破癡爲業念以治忘念爲業持以治忘失爲業辯以治於謇訥爲業

然念慧反戒慙愧等五皆當體爲性餘五行用立名此約隨相若就融通皆順法界之行良以法界性自清淨離過等故隨義説十然約隨相前九自利後一利他通皆具二信爲行本故首明之依信離過慙愧莊嚴戒行光潔上三離過之行餘皆進善進善之首必藉多聞如聞而行唯福與慧念使增明持令經久辯以利他故前七即七聖財慧爲正導故終辨之次二守護後一積而能散

佛子何等爲菩薩摩訶薩信藏

第三依名廣釋十藏即爲十段信中有四謂徵名釋相結名辨益辨益一種唯初七十餘之七段文但有三今初段中初徵可知

此菩薩信一切法空信一切法無相信一切法無願信一切法無作信一切法無分別信一切法無所依信一切法不可量信一切法無有上信一切法難超越信一切法無生

釋中分三初明信相次若菩薩下明信力三此菩薩入佛下總結信成今初也十句爲四初三三空信所執無相謂情有理無名空空亦無相空無相故無所願求次三信依他無生一緣起無作二不實故無能所分別三無體故無所依次三信圓成無性一廣無邊量三勝故無上三深不可越初三三空等者意以前九別約三性後一總融前中卽依三性信無三性此初信所執遍計所執性云無相者卽相無自性性二依他無生無生卽生無自性性三圓成無性無性卽勝義無自性性後一總信三性無生如初會辨則十皆無生並通三性如一無生觀但信依他無徧計人法自然之生性則是無性圓成餘例此知後一總信三性總融前九文中有三一指前卽第二經清淨功德眼自在天王得知一切法不生不滅不來不去無功用行解脫門廣如前說則十皆無生者一卽空是無生義二無相是無生義三無願是無生義四無作是無生義等並通三性者此有二義一空等通三謂遍計空依他空圓成空等乃至三性難超越二無相無生無性亦通三性下疏依後義作一重云如一無生若作無相應云但信依他無遍計之相則是圓成之相若信依他無自然之性則悟圓成之性是故結云餘例可知

若菩薩能如是隨順一切法生淨信已聞諸佛法不可思議心不怯弱聞一切佛不可思議心不怯弱聞衆生界不可思議心不怯弱聞法界不可思議心不怯弱聞虛空界不可思議心不怯弱聞涅槃界不可思議心不怯弱聞過去世不可思議心不怯弱聞未來世不可思議心不怯弱聞現在世不可思議心

不怯弱聞入一切劫不可思議心不怯弱

第二明信力中二先正顯業用後徵釋所由今初文有十句徧從前十前十並成此十若類例辨初二於勝上法不怯次四廣多法不怯一所化衆生二即化法三是化處四化之所歸後四寛遠法不怯若剋文取義以後十句逆配前十謂由信法無生故於佛法不怯佛法以無生爲體故佛難超故衆生無盡故法界無邊故虛空無依故涅槃無分別故過去之因不作果故未來之法無可願故現在之法即無相故入劫無障礙以即空故此十皆深廣難思若剋文取義者上但當文通釋今對前別釋經

何以故此菩薩於諸佛所一向堅信知佛智慧無邊無盡

二徵釋中先徵意云何以深廣難思菩薩聞而不怯釋意云以於深廣皆堅信故文分爲二初總後別總云一向信者無猶豫故堅者異說不壞故所信謂何即佛智慧智慧何相無邊無盡然通二義一廣無邊涯豎不可盡二無二邊之偏同眞性之無盡

十方無量諸世界中一一各有無量諸佛於阿耨多羅三藐三菩提已得今得當得已出世今出世當出世已入涅槃今入涅槃當入涅槃

二十方下別釋初釋前意十方無量是無邊義已現當入是無盡義言得菩提是自證義出世入滅是應現義法無邊故佛智無邊一佛之智尚不可盡況横徧十方豎

該三際菩薩於斯廣遠堅信不移寧有怯耶

彼諸佛智慧不增不減不生不滅不進不退不近不遠無知無捨

二彼諸下釋第二意聞深不怯謂已得今得菩提而不增當得未得而不減已出今出而不生已入今入而不滅當出而不進當入而不退現得出入而不近在於已當而不遠照窮萬法而無知頓寂諸相而不捨以寂照之體如如超戲論故但以世俗文字數故說有三世非菩提涅槃有去來今菩薩既堅信於此寧聞深而怯耶已得今得菩提者此下即就前廣無邊涯之經以辯離二邊之偏釋後意文四一約真如本無增減等二寂照下寂照契如絕戲論故三但以下暗引淨名證成四菩薩既堅信下結成不法此二段釋文具前十句難思之法如文詳之

此菩薩入佛智慧成就無邊無盡信

第三總結信成於中二初一句總牒信成謂由明達佛智無邊無盡故稱此成信

得此信已心不退轉心不雜亂不可破壞無所染著常有根本隨順聖人住如來家

二得此信下顯成信之益亦是正顯成相有十一句前七行體堅牢初句爲總二内心不雜故不退三外緣不沮故四不染相故

五有正慧故無慧之信長無明故靜法云梵云阿慕羅匿陀此云不從根生謂無生之信無根生故經本云常有根本者譯人不審阿字没在上句翻無爲有於理背也此或應爾今以理通二義無違無根語慧

之體根本約慧之用亦猶從無住本立一切法故無本者即是根本此或應爾下三會通言或應爾且許昔解後今以理下引例會通六順同古聖故七安住菩提心故

護持一切諸佛種性增長一切菩薩信解隨順一切如來善根出生一切諸佛方便

後四攝德無盡一護已成性二復長新解三順如生善四不滯有無

是名菩薩摩訶薩信藏

三是名下結

菩薩住此信藏則能聞持一切佛法爲衆生說皆令開悟

四菩薩住此下辨益易知

佛子何等爲菩薩摩訶薩戒藏

第二戒藏文三

此菩薩成就普饒益戒不受戒不住戒無悔恨戒無違諍戒不損惱戒無雜穢戒無貪求戒無過失戒無毀犯戒

釋相中二初列十名後隨牒釋初中十戒皆通三聚取其相顯初但饒益有情後一律儀中八通三約遮過罪皆菩薩律儀但爲救護等即是饒益攝善可知爲顯此十皆通三聚故釋後一復顯三聚

云何爲普饒益戒此菩薩受持淨戒本爲利益一切衆生

二牒釋中十戒爲十皆先牒後釋初饒益者菩薩本意故首明之

云何爲不受戒此菩薩不受行外道諸所有戒但性自精進奉持三世諸佛如來平等淨戒

二不受中文有二意一不受邪戒謂雞狗等二三聚宿成動不踰矩謂雞狗等者涅槃二十四云菩薩摩訶薩受持禁戒不爲生天不爲恐怖乃至不受狗戒雞戒牛戒雉戒乃至是名菩薩修大涅槃是第三戒又十住毗婆沙論第三明穢土中多諸外道有持牛戒者鹿戒者狗戒者烏戒者象戒者釋曰此皆外道所持惡禁戒通由二因生此妄計一由天眼見有衆生從雞狗等卽生天上故二由非理尋思妄生此計婆沙一百一十四有二外道一名布剌拏憍雉迦受持牛戒二名頞剃剌羅栖你迦受持狗戒二人異時往佛所種種愛語相慰問已時布剌拏先爲他問此栖你迦受持狗戒修道已滿當生何處世尊告曰汝止莫問復再三請佛以慈心告言諦聽受持狗戒若無缺犯當生狗中若有缺犯當墮地獄聞佛語已悲泣哽咽不能自勝世尊告曰吾先告言止不須問今果懷恨時布剌拏白言世尊不以此人當生狗趣故我悲泣然我長夜受持牛戒或恐將來亦當爾耶唯願大慈爲我宣說世尊告曰準前狗戒此等皆由不了真道婆沙又問云云何受持猪戒牛戒狗戒名無缺犯答一如牛法一如狗法名無缺犯

云何爲不住戒此菩薩受持戒時心不住欲界不住色界不住無色界何以故不求生彼而持戒故

三中唯爲菩提及衆生故非如難陀之類非如難陀難陀之緣甚長而人多聞正明其性多欲染著孫陀羅佛方便誘之至於天上見諸天女端正姝麗過其本妻見諸天男皆有天女獨於一處見有天女迥異姝麗而無天男問佛佛令自問彼女答言我夫主卽佛弟難陀難陀答言我身卽是女言難陀爲僧身披袈裟聞已便求剃落持戒本爲貪著天女而持禁戒故阿難譏之如羝羊相觸將前而更却汝爲欲持戒其事亦如是身雖能持戒心爲欲所牽斯業不淸淨何用是戒爲意云如羊本擬向前如汝欲生天上受欲而更却後如汝持戒故業不淸淨

云何爲無悔恨戒此菩薩恒得安住無悔恨心何以故不作重罪不行諂詐不破淨戒故

四中涅槃云何故持戒爲不悔故何故不悔爲歡喜故乃至爲得大涅槃故涅槃等者卽第二十七師子吼言何因緣故受持禁戒佛言爲心不悔何故不悔爲受樂故何故受

樂爲遠離故何故遠離爲安隱故何故安隱爲禪定故何故禪定爲實知見故何爲實知見爲見生死過患故何爲見生死過患爲心不貪著故何爲心不貪著爲得解脫故何爲得解脫爲得無上大涅槃故何爲得無上大涅槃爲得常樂我淨故何爲得常樂我淨爲得不生不滅故何爲得不生不滅爲見佛性故是故菩薩性自能持究竟淨戒疏家但至涅槃已爲究竟故略後三後三卽涅槃中事故

云何爲無違諍戒此菩薩不非先制不更造立心常隨順向涅槃戒具足受持無所毀犯不以持戒惱他衆生令其生苦但願一切心常歡喜而持於戒

五中有四非者違也一不違制立不同調達二不違涅槃不取相故三不違律儀具足持故四不違利物不惱他故不同調達者佛說四依爲除比丘四惡欲故調達加一爲五謂加不食酥鹽魚肉復皆盡形壽說雖有同本意不善故四分律第四卷云調達以五邪法誘諸比丘盡形壽乞食爲一盡形壽著糞掃衣爲二盡形壽露地坐爲三盡形壽不食酥鹽爲四盡形壽不食魚及肉爲五不違涅槃者非涅槃經以無相持順寂滅故

云何爲不惱害戒此菩薩不因於戒學諸呪術造作方藥惱害衆生但爲救護一切衆生而持於戒

六有二意一非爲欲惱衆生先須持戒二非爲欲成淨戒逼惱衆生如殺馬祀等一非爲欲惱衆生者如欲禁龍曾聞羅漢持戒而能遣龍遂卽持戒是也如馬祀等者卽百論中外道計殺馬祀天得生梵天卽逼惱於馬謂爲戒等

云何爲不雜戒此菩薩不著邊見不持雜戒但觀緣起持出離戒

七中戒正見邪故名爲雜定有定無爲斷常雜觀緣性離非有非無則名爲持又無煩惱之雜真出離矣定有定無者今律學者多計爲有禪學之者說戒如空定有著常定無著斷此爲邪見雜於正戒觀緣性離者觀緣之相不壞堅持緣戒性空故不起邊倒

云何爲無貪求戒此菩薩不現異相彰已有德但爲滿足出離法故而持於戒

八中不現異相彰已有德五邪之一已見淨行又如十住論說一者矯異二者自親三者激動四者抑揚五者因利求利大同前引智度論說今文即矯異也又如十住婆沙論說一矯異者謂有貪利養故行十二頭陀作如是念他作是行當得敬養我作是行亦或得之爲利養故改易威儀二自親者爲有貪利養故至檀越家而語之言汝等如我父母兄弟姊妹親戚無有異也若有所須我能相與若有所作我能作之不計遠近來相問訊我住此者正相爲耳爲求利養貪著檀越能以巧辯牽引人心三激動者謂有不計貪罪欲得財物現於貪相語檀越言此衣鉢尼師壇好若我得之則能受用若人能隨意施者此人難得又有謂檀越言汝家羹飯餅肉香美衣服又好若常供養我我以親眷必當相與四抑揚者謂貪利養故語檀越言汝極慳惜尚不能與父母兄弟姊妹妻子親戚更有誰能得汝物者檀越愧恥俛仰施與又至餘家語彼人言汝有福德受人身不空阿羅漢等常入汝家與汝坐起語言欲令檀越必謂我是大阿羅漢五因利求利者謂有以衣鉢及僧伽梨尼師壇等資生之物持示人言此是國王及施主并餘貴人將來與我令其檀越心中生念王及貴人尚供養彼況我不與因以此利更求餘利故以名也

云何爲無過失戒此菩薩不自貢高言我持戒見破戒人亦不輕毀令他愧耻但一其心而持於戒

九中不輕毀者無行經云見破戒人不說其過惡應念彼人久久亦當得道問涅槃云見破戒人應當擯黜訶責舉處當知是人得福無量豈不違於無行此經答略有三義一此經約自行涅槃據攝衆二此經約根未熟護恐增惡故且攝受涅槃約根熟者慈心拔濟故應折伏三彼約慈心此約輕毀故不同也

云何爲無毀犯戒此菩薩永斷殺盜邪婬妄

語兩舌惡口及無義語貪瞋邪見具足受持十種善業菩薩持此無犯戒時作是念言一切衆生毀犯淨戒皆由顛倒唯佛世尊能知衆生以何因緣而生顛倒毀犯淨戒我當成就無上菩提廣爲衆生說真實法令離顛倒

十中釋内分二初明律儀十善衆戒之本故偏明之廣如二地二菩薩持此下雙明二聚攝菩提善益衆生故

是名菩薩摩訶薩第二戒藏

佛子何等爲菩薩摩訶薩慚藏此菩薩憶念過去所作諸惡而生於慚

第三慚藏釋相中二先標章二謂彼下別釋令初然慚愧相别諸說不同涅槃云慚者羞天愧者羞人慚者自不作惡愧者不教他作慚者内自羞耻愧者發露向人瑜伽四十四亦云内生羞耻爲慚外生羞耻爲愧大同涅槃後解成唯識云依自法力崇重賢善爲慚依世間力輕拒暴惡爲愧俱舍亦同若無慚愧但翻上慚愧謂不羞天則是無慚餘可例知

慚愧相别者雙釋慚愧兩章之通别言涅槃云慚者羞天等者即南經第十七耆婆爲阿闍世王說也經云天王諸佛世尊常說是言有二白法能救衆生一慚二愧慚者自不作罪愧者不教他作慚者内自羞耻愧者發露向人慚者羞天愧者羞人是名慚愧無慚愧者不名爲人名爲畜生成唯識即當第六論云云何爲慚依自法力崇重賢善爲性對治無慚止息惡行爲業謂依自法力尊貴增上崇重賢善羞耻過惡對治無慚息諸惡行釋曰言自法者於自身生尊重增上於法生貴重增上二種力故崇賢重善此是慚相論云云何爲愧依世間力輕拒暴惡爲性對治無愧止息惡行爲業謂依世間訶猒增上輕拒暴惡羞耻過罪對治無愧息諸惡業釋曰謂依世間他人譏毀及自羞惡法而不作等名依世間訶猒增上有惡者名暴染法體名惡於彼二法輕有惡者而不親拒惡法業而不住由此增上對治無愧息諸惡業論又云羞耻過惡是二通相故諸聖教

假說爲體釋曰此會顯揚說羞恥爲二相者是通相耳從通假說爲體實是崇拒等是別相故下疏云是二通相俱含亦同者即彼第二疏根品之中偈云無慚愧不重於罪不見怖釋曰不重賢善名爲無慚謂於諸功德及有德人無敬無崇無所忌難無所隨屬說名無慚即是恭敬所離對法云功德者戒定慧有德人者有戒定慧人也無忌難者無畏懼也不隨屬者不作弟子禮也於罪不見怖釋無愧也爲諸善者所訶猒法說名爲罪於此罪中不見能招可怖畏果說名無愧翻上即是慚愧之相謂重賢善等大同唯識若說羞耻爲慙愧者是二通相今經多同唯識而以不相恭敬爲二通相若說羞恥下釋二通相先依唯識已如上引後依今經以二文皆有不相恭敬故

謂彼菩薩心自念言我無始世來與諸衆生皆悉互作父母兄弟姊妹男女具貪瞋癡憍慢諂誑及餘一切諸煩惱故更相惱害遞相陵奪姦婬傷殺無惡不造

二別釋中分二先釋過去作惡即無慙行二自惟下釋而生於慙前中亦二初自念無慙

一切衆生悉亦如是以諸煩惱備造衆惡是故各各不相恭敬不相尊重不相承順不相謙下不相啓導不相護惜更相殺害互爲怨讐

後一切下悲他亦爾

自惟我身及諸衆生去來現在行無慙法三世諸佛無不知見今若不斷此無慙行三世諸佛亦當見我我當云何猶行不止甚爲不可

第二正顯慙相中初自念昔非耻佛知見現修慙相自惟即是內自羞耻自惟即是內自羞恥者正同涅槃兼得唯識依自法力

是故我應專心斷除證阿耨多羅三藐三菩

提廣爲衆生説真實法

二是故巳下決志斷證文言去來現在行無慙者言總意別菩薩自惟昔過惚物三世常行故專心斷除防巳伏之再起爲衆生説則物我之兼亡

是名菩薩摩訶薩第三慙藏

佛子何等爲菩薩摩訶薩愧藏此菩薩自愧昔來於五欲中種種貪求無有厭足因此增長貪恚癡等一切煩惱我今不應復行是事

第四愧藏釋相中三初自念無愧而修愧行故云我今不應復行是事即愧行也

又作是念衆生無智起諸煩惱具行惡法不相恭敬不相尊重乃至展轉互爲怨讐如是等惡無不備造造巳歡喜追求稱歎盲無慧眼無所知見

二又作下傷物無愧不覺苦集故云無知無見（不覺苦集者不知苦果不見集故）

於母人腹中入胎受生成垢穢身畢竟至於髮白面皺有智慧者觀此但是從婬慾生不淨之法三世諸佛皆悉知見若我於今猶行是事則爲欺誑三世諸佛是故我當修行於愧速成阿耨多羅三藐三菩提廣爲衆生説真實法

三於母人下依顧世間而修愧行誓益自他（依顧世間即順唯識意）於中初所愧境有智慧下顧他生愧即外羞也初因人後諸佛是故巳下決志斷證言不淨之法者從婬欲生即種子不淨母人腹中即住處不淨成垢穢身即自相自性究竟髮白意含究竟不淨（從婬欲生者疏中先説五種不淨一種子不淨二住處不淨三自性不淨四自

相不淨五究竟不淨即智論二十一說梵行品已廣其相但自性不淨即三十六物今當更說即涅槃十二聖行品云從頭至足其中唯有髮一毛二爪三齒四不淨五垢穢六皮七肉八筋九骨十脾十一腎十二心十三肺十四肝十五膽十六腸十七胃十八生藏十九熟藏二十大便二十一小便二十二涕二十三唾二十四目淚二十五脂二十六膏二十七腦二十八膜二十九骨三十髓三十一膿三十二血三十三膀三十四胱三十五諸脉三十六釋曰遠公不分其中骨有二腦有二腦連膜除二欠二腸有大小亦欠其一餘處有胞則具三十六直就經文今具者復有分垢爲一汗爲一則穢字屬汗亦具三十六

又垢穢形是內汙穢不淨處胎受生有苦惱不淨從婬欲生下劣不淨若觀待涅槃三界並爲不淨其五取蘊體是違壞不淨上來煩惱亦是不淨

又垢穢形是內污穢不淨者然有二種一內二外論云云何依內污穢不淨謂身中髮毛爪齒塵垢皮肉骸骨筋脉心膽肝肺大腸小腸生藏熟藏肚胃脾腎膿血熱痔肪膏肌髓腦膜涕唾淚汗屎尿如是等類名爲依內釋曰此亦三十六物也論外謂青瘀或復膿爛或復變壞或復胮脹或復食噉或復變赤或復散壞或骨或鎖或或屎所作或唾所作或涕所作或血所塗或膿所塗或便穢處如是等類名爲依外污穢不淨二苦觸不淨論云謂順苦受觸爲緣所生苦身若心不平等受受所攝如是名爲苦觸不淨三下劣不淨者論云謂最下劣事最下劣界所謂欲界除此更無極下極劣最極鄙穢餘界可得如是名爲下劣不淨四觀待不淨者論云謂如有一劣清淨事觀待其餘勝清淨事便似不淨如待無色勝清淨事色界諸法便似不淨觀待薩迦耶寂滅涅槃乃至有頂皆似不淨如是等類名爲觀待不淨五煩惱不淨論云謂三界所有一切結縛隨眠煩惱纏六違壞不淨謂五取蘊無常無恒不可依信是變壞法是故靜慮無色皆名不淨釋曰今疏隨勝已略配竟但觀所引論文自然明了

言誑三世佛者違本四弘誓斷惑故餘文易知

是名菩薩摩訶薩第四愧藏

大方廣佛華嚴經疏鈔會本第二十一之一

音釋

怯弱　怯乞業切畏懦也弱而灼切劣弱也
諂詐　諂丑琰切佞言也詐側駕切數也僞也
瞋癡　瞋昌眞切怒而張目也癡丑知切愚也不慧也
憍慢　憍舉喬切恣也慢謨晏切倨也
怨讎　怨於袁切讎市流切怨讎謂怨對仇讎也

面皺　皺側救切面皮皴皺也
欺誑　欺去奇切謾也詐也誑古況切亦欺也
矯　攣天切詐也
擯黜　擯必刃切斥也黜尺律切貶也
謇訥　謇九輦切訥奴骨切謇訥言難也
頞　烏葛切
矯　舉天切詐也
脾　頻彌切土藏也
腎　時軫切水藏也
肺　芳廢切金藏也
膽　親敢切連肝之府也
膀胱　膀音旁胱音光膀胱水府也
痔　丈里切隱創也
膖脹　膖匹降切脹知亮切
青瘀　瘀於御切青瘀病積血也
噉　徒濫切噉食也

大方廣佛華嚴經疏鈔會本第二十一之二

唐于闐國三藏沙門實叉難陀　譯

唐清涼山大華嚴寺沙門澄觀撰述

佛子何等爲菩薩摩訶薩聞藏

第五聞藏分三初徵名

此菩薩知是事有故是事有是事無故是事無是事起故是事起是事滅故是事滅是世間法是出世間法是有爲法是無爲法是有記法是無記法

二釋相中二初明所知之法後菩薩摩訶薩下顯多聞之意今初標稱聞藏釋云知者聞爲本故實則多知耳文亦分二先標章後牒釋今初句雖有十義束爲七初之四句但是緣生故謂一緣生二有漏五蘊三無漏五蘊四有爲五無爲六有記七無

記聞爲本故者大品第六須菩提白佛言何等一切法中無礙相應學應知釋曰即多知之義下佛答中與此列大同佛言一切法者善不善法無記法世出世間法有漏法有爲法無爲法共法不共法釋曰此十但共不共此中畧無以一向是不共般若故彼經云何爲共法四禪四無色四無量心四無色定如是等法是名共法智論釋云凡夫聖人生處入定處所共故名爲共法經云何等名不共法四念處乃至十八不共法是名不共法論釋云菩薩分別知此諸法各各無相是法從因緣和合生故無性無性故自性空釋曰此即聖人法不共凡夫如十八不共亦不共二乘也餘大同此

何等爲是事有故是事有謂無明有故行有何等爲是事無故是事無謂識無故名色無何等爲是事起故是事起謂愛起故苦起何等爲是事滅故是事滅謂有滅故生滅

二何等下牒釋即爲七段初緣起中依生引二門開爲四重徵釋謂十二支初二能引次五所引次三能生後二所生故爲四

也依生引二者然第六地廣顯基相今文畧引然此一段疏文有三一總顯生引然依雜集第四十二有支皆具此有彼有等義故彼論文釋支相云相者謂無作緣生故無常緣生故勢用緣生故此有彼有者顯無作緣生義唯有緣故果法得有非緣有實作用能生果法此生故彼生者顯無常緣生義非無生法爲因故少有法生而得成立無明緣行等者顯勢用緣生義雖復諸法無作無常然不隨一法爲緣故一切果生以諸法功能差別故二然依雜集下以三緣生會釋經文之意文二先正説三緣生故彼論云云何緣生幾是緣生何義觀緣生耶問也謂相故分別文故釋曰彼有十五義今畧用一二耳論名相者謂無作緣生故無常緣生故勢用緣生故是緣生相由此三故薄伽梵説此有故彼有此生故彼生為無明緣行乃至廣列也此有故彼有者顯無明緣生義等具如疏文即是釋也功能差別下更云如從無明力故諸行得生乃至生力故得有老死然今

經中欲顯緣起無性舉前二門勢用一門六地廣辨就二門中從增勝説前後互舉前七許同因位故名能引所引後五要因果相望云能生所生由此能所引中但云此有彼有後文則云此起彼起起即生也故集論云謂於因時有能引所引於果時有能生所生然今經中下第二會釋經文有五一正明二門然此有彼有等亦兼勢用正顯二相故指勢用在於六地就二門下二出共影畧言前後互舉者謂能所引中明無作緣生能所生中明無常緣生前七許同下三出生引所以言許同者據三世義初二次五過現不同約二世義許得同世但引五種故不名生由此能所下四出此經影畧之由以前於能所引中無作義顯而影取無常能所生中無常義顯影取無作故集論下五引證生引之相然文有染淨二觀初於能引中明染觀故云無明有故行有第二約所引亦通能所相對以明淨觀故云識無故名色無以識通能引有二種

業一持諸有情所有業縛謂與行所引習氣俱生滅故二與名色作緣謂由識入母胎名色得增長今言識無者即不為業熏不持業縛故不入胎增長名色故云識無故名色無然文有下三釋文初句標言染淨觀者六地廣明謂無明緣行等前能生後生死流轉為染無明滅行滅等反本還源為清淨耳初能引中下二別釋即為四番初番可知第二約所引下約所引明淨例前亦合云識有故名色引有前文亦合有無明無故行無以識通能引下釋上亦通能所引義正義正取識通名色為所引義今釋上言通能所引若識支通能引名色唯所引故識與名色是能所引對於中先反釋經文約染觀明然識通能所引者若取識種為識支即是所引若取行種為識業識支識是能引行是能引故今舉二業行初業是能引以取行習氣為識支故實是業行種種與識俱故名為識支即集論意正取業種以為識支識種乃是名色支攝而緣起經通能所引業種識種俱名識故識種但是名色所依非名色故今第二意即是識為能引云與名色作緣謂由識入母胎下兼顯現行二果然今下經義通能所故六地云於諸行中植心種子即具二也其二種業言即六地自業助成章中然彼

二業云識有二種業一令諸有相續二與名色作生起因今取其勢以能所引而為二業約持行種即是能引約其自體即是所引今言識無者上反釋經今順釋也反上二義可知第三能生所生相對以明染觀故云愛起故苦起苦即當果愛即能生能生有三舉初攝末下明淨觀舉末攝初蓋巧辨影略耳第四亦能所生相對以明淨觀謂因亡果喪耳第三下能生所生相對上愛取有是能生生老死為所生故後之三門皆能所相望何以無明與行唯約能引而相望耶答欲顯十二支皆有無作無常二門故於初一位相次以明不爾則謂要四位相望方得此有彼有故下之三門欲顯四位不同故能所相望又為顯能引支中或二或三故於前二別為一段蓋說智之妙也後之三門下料揀初問然第二門識與名色識雖有能引之義正取所引故三皆能所相對又為下重顯前二相次為一所以

識支是所引則能引唯二識是能引則能引有三若識取所引則上四番而為三類初一唯就能引明第二唯就所引說三四通能所相對故顯十二一一相望皆得此有彼有此生彼生等不必要能引所引能生所生相對以明方有此有彼有等故云說者之妙

何等爲世間法所謂色受想行識

第二有漏五蘊蘊者積聚義雜集第一云藏果重擔義而標名世間者世即隱覆義隱覆勝義故又可破壞義三世所遷故間者墮虛僞中故隱覆之法即墮虛僞故世即是間然色等蘊通於無漏出世之義欲訶毀故略舉一分

二有漏下文五一釋總名已見光明覺雜集藏果等者即第二論其藏果義與蘊義大同重擔與陰覆義大同然彼論云蘊義云何答諸所有色乃至若近若遠彼一切畧說色蘊積聚義故如財貨蘊如是乃至識蘊釋曰此即藏果義蘊藏色等果法耳言重擔者論云荷雜染擔故名為蘊如肩荷擔荷雜染擔者謂煩惱等諸雜染法皆依色等故譬如世間身之一分能荷於擔即此一分名肩名蘊色等亦爾能荷雜染故名之為蘊而標名下二釋世間世有三義隱覆名世通為無為如世界成就品下二唯有為世間世即是間持業釋也然色等無三料揀言通無漏者謂佛五蘊況因滅無常色獲常色等兼通無為今但取有漏有為蘊不攝無為義不相應故留於無漏在後段說

云何知之應知三種一知其相謂色以變礙爲相受以領納爲義想者取像行謂遷流識以了別二知其生滅謂生無所從來滅無所至三知其不生不滅謂法本不生今則無滅故力林菩薩云分別此諸蘊其性本空寂空故不可滅此是無生義況知一切法趣蘊蘊即法界無礙方名眞實多聞

云何知下四釋知相即大品意前文已引初知相中言色以變礙為相俱舍第一中色有二義一變壞義論問云始自眼根終乎無表世尊何故說為色耶答可變壞故名為色蘊釋曰變者顯刹那無常壞者顯衆同分無常論問云誰能變壞謂手觸故等云即便變壞廣說乃至蚊蝱等觸此變壞者即是可破壞義二變礙義論云有說變礙故名為色釋曰變謂

變壞凝謂質凝若爾極微應不名色無變礙故此難不然無一極微各處而住衆微聚集變礙義成餘廣如彼雜集亦二義一問云色蘊何相答變現相是色相此有二種一觸對變壞二方所示現觸對變壞者謂由手足乃至蚊虻他所觸對時即便變壞方所示現者謂由方所隨何相示現如此色如是如是色等受以領納者雜集問云受蘊何相答領納相是受故謂領種種淨不淨業所得異熟又唯識云受謂領納

順違俱非境相為性想以取像者即唯識文下云施設種種名言為業謂要安立境分齊相方能隨起種種名言雜集云構了相是想相由此想故構了種種像類隨所見聞覺知之義起諸言說行以遷流者俱舍云造作遷流二義名行雜集云造作相是行相由此行故令心造作謂於善惡無記品中驅役心故釋曰俱舍二義令取遷流欲訶毀故識以了別者俱舍云識謂各了別論云了別名識此有六種了別不同

故名為識雜集云了別相是識相由此識故了別色聲香味觸法等種種境界況知一切法趣色者即於第三義中傍况此義亦大品云一切法趣色色尚不可得云何當有趣及非趣天台為三觀釋云初句假次句空後句中然經文但顯性空今疏引意却取一法趣色明事事無礙一中有無量義故是名善巧多聞

然諸蘊性性皆遷流隨勝立名行之一種雖標總稱即受別名又攝法多故然諸蘊性下第五解妨此即以通為別妨釋有二義初一可知又攝法多者第二釋也因此畧明五蘊攝法多少且依大乘百法識蘊唯攝八識心王色蘊唯攝十一種色想受二蘊但攝心所遍行中二數四蘊但攝二十一法除六無為蘊所不攝餘七十三皆行蘊攝故云多也百法已見第一疏抄

何等為出世間法所謂戒定慧解脫解脫知見

第三無漏五蘊亦名無取五蘊然無漏蘊亦有二類一仍本名亦名色等不與漏相應故名為無漏二從已轉立名即五分法身如今文是欲顯戒等德是可欣故從極果標以出世理實亦有世間戒等理實亦有者上五蘊亦有出世間然世間戒等自有二義一者外道共有十善等戒四禪等定世智之慧脫下地惑於中知見二者正教之中亦說十善五戒四禪八定無見慢修欣厭之慧脫下界縛了見分明而是有漏故名世間戒定慧三上來類

釋解脱即是離繫爲名解脱知見由離繫縛於境自在觀求覺了智論八十八云戒衆者攝一切戒和合成衆衆即蘊也餘皆準之

然即轉前五蘊成此五分謂轉色蘊成於戒身表無表戒皆色蘊故轉受蘊而成定名定名正受入四靜慮出四受故轉想成慧凡所有相皆是虚妄見相非相見法身故轉行爲解脱無貪等行名心解脱永斷無知慧解脱故轉識成解脱知見若與邪受妄想相應謂識依根了別諸境若與正受智慧相應即是現量如實知故仁王觀空品云觀色識受想行得戒忍知見忍定忍慧忍解脱忍即斯義也然即轉下三立所由二先正釋即智論及仁王意仁王下引證如次配之居然可了然新經即菩薩行品經云復次道種性菩薩修十廻向起十忍心謂觀五蘊色受想行識得戒忍定忍慧忍解脱忍解脱知見忍觀三界因果得空忍無相忍無願忍觀二諦假實諸法無常得無常忍觀一切法空得無生忍今即前五文是舊經故次與此不同

知見與慧此二何別佛地論第四總有三説略舉其一謂無漏淨戒名爲戒蘊無漏定慧名定慧蘊無學勝解名解脱蘊無學正見名解脱知見蘊前三是因後二是果知見與慧下第四釋妨難即相濫難也佛地三説者今即第一釋二云一切皆是無礙緣解脱慧名解脱知見緣解脱慧者緣滅諦智也緣餘慧者緣餘三諦等智三云一切通學無學學位分得無學圓滿諸佛菩薩皆有五故此五別説四法爲性謂定慧勝解及無表色此五別説下五出體以解脱知見及慧約所緣異故同是慧慧即與想相應解脱知見即與識相應慧耳然此五分法身不覆勝義不爲相遷不墮虚僞故名出世雜集云謂能對治三界無顛倒無戲論無分別故是出世間義然此下六會釋總名出世所以

引雜集證即上第一論也問無取五蘊即有爲無漏何以言不爲相遷答約教異故前是權小所明若實教定說非爲無爲同眞性故但似蘊相現立以蘊名故涅槃純陀云善覆如來有爲之相應言如來同於無爲況一一融攝若如是知名爲多聞問無取下七會通權實然雜集第三亦云無取五蘊當言有為當言無為答彼不應言有為無為何以故諸業煩惱無故不應言有為隨欲現前故不應言無為所以者何無取諸蘊隨所樂欲而現其前無為不爾以常住故釋曰此乃假說變非以約體用互奪亦不敢定言無為也又言無取五蘊則顯凡夫是有取五蘊雜集云取蘊者與取合故取者蘊中諸煩惱也純陀故實巳見玄談何等爲有爲法所謂欲界色界無色界衆生界

第四有爲者瑜伽一百云有生滅繫屬因緣是名有爲智謂云有所得故是名有爲

二論心境爲異今略舉四事三界即所依處衆生即能依之者瑜伽屬因緣者正理論第一云何為有為者是衆緣聚集共所生故未來未起何為有為是彼類故亦名有為如所燒薪於未燒位是彼類故亦名為薪或據曾當立名無失如琴瑟等名為有聲亦如乳房蓮華池等諸未生法不越彼類故名有為其有生滅此語猶畧雜集論云若法有生滅住異可名有為一切法皆有為唯除法界法處一分為捨執著無常我故釋曰此中論答三問一答云何為有為二一切法下答幾是有爲三爲捨下答爲何義故觀有爲今畧舉四事者理實智論大品等廣有多法大品云何等有為法若法生住滅此釋為義有欲界色界無色界五蘊乃至意識因緣所生受四念處乃至十八不共法為一切智是有為法智論釋云有為法畧說三相一所謂生住滅二三界繫義三四念處乃至十八不共法雖有無為法以有作故是有為法無為相是無為法釋曰今以十八不共等屬有記法故但畧出其四衆生則攝蘊處界也然所依處隨心成異故論云欲所屬界名欲界等故論云者即俱舍第八等字等餘二界應云色所屬界名為色界無色所屬界名為無色界畧其所屬二字但名欲界等如言胡麻飲及金剛環飲之與環俱是總名胡麻金剛並為別

稱以別依總名胡麻飲及金剛環具足應言胡麻所屬飲等畧去所屬但云金剛環等界者總名欲等別稱畧去中言云欲界等論云此中欲言爲說何法答畧說叚食婬所引貪注云婬貪名貪食貪名欲然語猶隱本業上卷云佛子見著二業迷法界中一切欲心故欲所起報分爲欲界報佛子見著二業迷法界中一切色心故色心所起報分爲色界報佛子見著二業迷法界中一切定心故定心所起報分爲無色界報是故於一法界中有三界果報若更令易見欲界有男女形婬欲受身故色界無男女形唯有色故無色界謂無色故前本業言見著者彼經說有七見六著經云佛子無明者名不了一切法迷法界而起三界業果是故我言從無明藏起十三煩惱所謂邪見我見常見斷見戒見盜見疑見七見見一切處求故說一見復起六著心貪愛瞋癡欲慢於法界中一切時起一切煩惱以十三爲本無明與十三爲本是以就法界中別爲三界即云見著二業等如前所引

何等爲無爲法所謂虛空涅槃數緣滅非數緣滅緣起法性住

第五無爲爲者作也即前生滅今虛空等寂寞冲虛湛然常住無彼造作故名無爲

瑜伽云無生滅不繫屬因緣是名無爲智論云無所得故名爲無爲淨名云不墮數故然諸論總名大旨無別瑜伽下引證如次二論對前二義雜集云無生住滅故名無爲不墮數故即淨名阿難章云佛身無爲不墮諸數數即有爲餘義但翻上有爲故疏結云諸論總名大旨無別然其名數開合不同小乘多說三種即此中初及三四諸大乘中掌珍說四謂加眞如法相論中或說有六復加不動及想受滅謂於擇滅中滅惑障故名爲擇滅滅定障故復加後二或開爲八於眞如中開出三性謂善法眞如等漸欲展此眞如徧諸法故然其下二開合中小乘多說三種者即俱舍等論云無漏謂道諦及三種無爲謂虛空二滅而言多者分別論有四一虛空二非擇滅三想受滅四眞如大衆部說九無爲謂三及四空緣起支性聖道支性化地部亦九三外加不動三性道支緣起諸大乘者於小乘三上加眞如故或說有六唯識論等廣如下說或開爲八者雜集第二云無爲法有八

種謂善法真如不善法真如無記法真如虛空擇滅非擇滅不動及想受滅如是建立八無為中當知所依有差別故分析真如假立三種不由自性善法真如者謂無我性空性無相實際勝義法界何故真如說名真如謂此自性無變異故謂一切時無我實性性無改轉故說無變異當知此是無我性離二我故何故復說此名空性一切雜染所不行故所以者何由緣此故能令一切諸雜染事悉皆空寂有時說染但是客塵諸相寂靜故名無相無倒所緣故名實際實者謂無顛倒此處究竟故名為際最勝聖智所行處故說名勝義一切二乘妙法所依故名法界如善真如不善無記當知亦爾餘如彼說論言漸欲下疏出論意

此經說六於擇滅中開出涅槃二道別故復加緣起顯無一事不即真故略無二定未究竟故此經說六下第三釋文於中二先總明有無

言虛空者離諸障礙無物所顯故言虛空下二別釋多用唯識有六無為即為六段初虛空釋語全是百法疏意即唯識依性假施設有義彼論先釋法性云謂空無我所顯真如有無俱非心言路絶與一切法非一非異等是法真理故名法性離諸障礙故名虛空釋曰彼論明法性空但言離諸障礙百法兼取外空云無物所顯故俱舍云此中空無礙

二涅槃者古有二釋一云性寂滅故此即性淨涅槃涅槃三十四亦同此說此與擇滅顯未顯殊一云即性淨之果此即解脫道後擇滅乃在無間道中然大乘非擇滅既約性淨又下說法性則後解為正二涅槃者涅槃即同擇滅先明性淨乃傍出異義耳涅槃三十四者此即刊定記釋謂同此經所說虛空及涅槃也故涅槃經釋緣生四句中云有非緣生非十二因緣者謂虛空涅槃是也此則同性淨義二後義為正云性淨之果即圓淨涅槃應有問言若是果者何殊擇滅由因果殊故分二道所以第一總明中以此義為正云於擇滅中開出涅槃二道別故然其大乘下斷上二義則後解為正者若唯識解非擇滅云不由擇力本性清淨故

三數緣滅者數謂慧數由慧為緣揀擇諸惑能顯滅理故唐三藏譯為擇滅謂擇力所得滅名為擇滅然此滅言有其二義一理性寂滅此從所顯得名二因滅惑顯名理為滅則從能顯得名三數緣滅下故唐三

藏出其異名擇力所得者是俱舍論釋故彼喻云如牛所駕車名曰牛車畧去中言故作是說但云擇滅唯識釋云由揀擇力滅諸雜染究竟證會故名擇滅然此滅言下別釋滅字此二義稱滅若兼能滅之智智亦稱滅四非數緣滅者非由慧數滅惑所得但以性淨及於緣缺之所顯故四非數緣滅者故唯識云不由擇力本性清淨及緣闕所顯名非擇滅釋曰論存二義初義異小故上疏文取為揩定言緣闕者俱舍論云畢竟礙當生別得非擇滅下釋中云言當生者當來生法緣會則生緣闕不生於不生時得非擇滅此非擇滅礙當生法令永不起名畢竟礙言別得者謂非擇滅有實體性緣闕位中起別得故非擇滅得不因擇滅但由一緣闕名非擇滅論指事明云如眼與意專一色時餘色聲香味觸等謝彼緣彼境界五識身等住未來世畢竟不生由彼不能緣過去境緣不具故得非擇滅釋曰謂眼緣色時亦合緣聲等以專注色故耳等不緣聲等同時聲等剎那已謝故令緣聲等識更不復生以前五識唯緣現量不緣過未而言觸等者等取法中有與能緣同時為所緣境者如他心智所緣境是也此他心智唯緣現在心王亦合緣心所以專注心王故於心所得非擇滅故五緣起者有別有通別謂十二因緣故分別論

者大衆一說雞胤化地說出世部皆立十二緣起以爲無爲彼意以其次第作緣恒無雜亂故說爲常有佛無佛此法自爾名曰無爲故智論三十二云聲聞法中亦說法性實際故雜阿含中說有一比丘問佛十二因緣爲是佛作爲是餘人作佛告比丘我不作十二因緣亦非餘人作有佛無佛諸法如法相法位常有所謂是事有故是事有等涅槃亦說即是無爲遠公云就人論法三世流轉是其有爲廢人談法法相常定故曰無爲望今經意緣起無性故曰無爲大品云菩薩觀十二因緣如虛空不可盡涅槃云十二因緣即是佛性雖舉十二因緣即已攝陰界諸法智度下引大乘論證成上義此中論文先有問云聲聞法中何不說法性實際而摩訶衍中處處說耶答聲聞

法中亦説下與疏同玄中巳引涅槃亦説下三引大乘經立無為義先引涅槃即北經迦葉菩薩品第三十四經而為品初南經三十一北經半卷向後列二十一諍論此即第六經云或説十二因緣是有為法或有説言十二因緣是無為法至第三十五方釋經中具云善男子我經中説云何名為十二因緣從無明生行從行生識從識生名色從名色生六入從六入生觸從觸生受從受生愛從愛生取從取生有從有生生從生有老死憂悲苦惱善男子我諸弟子聞是説已不解我意唱言如來説十二因緣定是有為我又一時告諸比丘作如是言十二因緣有佛無佛性相常住善男子有十二因緣不從緣生有從緣生非十二因緣有從緣生亦十二因緣有非緣生非十二因緣有十二因緣非緣生者未來世十一支也有從緣生非十二因緣謂阿羅漢所有五陰有從緣生亦十二緣者謂凡夫人所有五陰有非緣生非十二因緣者謂虛空涅槃善男子我諸弟子聞是説巳不解我意唱言如來説十二因緣定是無為釋曰若經中言為與無為俱不解意若遠公釋各有所以然有二意今疏是第一意第二意云直就因緣事中現在之者名曰有為在未來者未現起用名曰無為釋曰後釋順經後四句意前釋順經初意及智論等意望今經下疏第四出今音次言大品云下引他經證成上正義此即中論青目所引釋初因緣不生之義涅槃又云者復引涅槃重成上義即北經三十二師子吼品經云善男子無明不能吸取諸行行亦不能吸取於識也亦得名為無明緣行行緣識有佛無佛法界常住若言佛性住衆生中者善男子常法無住若有住處即是無常善男子十二因緣無定住處若有住處十二因緣不得名常如來法身亦無住處法界法入法陰虛空悉無住處佛性亦爾都無住處次下又云佛性者名十二因緣何以故以因緣故如來常注一切衆生定有如是十二因緣是故説言一切衆生悉有佛性十二因緣即是佛性佛性即是如來釋曰此上經意正取十二因緣之性以為佛性故是無為文中雖舉下第二通釋難云若緣起無性即無為者諸蘊界等豈有性耶故為此通則意無不該是故上引涅槃云法界法入法陰虛空即説三科皆無住處同佛性也

六法性住者即真如也謂非妄倒故名真如又真實如常揀妄揀事於一切位恒如其性而云住者離遷變故與法為性是隨緣義復云住者是不變義即妄即真事皆如矣若準智論法性法住各是一義云云即為七法法性住者即真如也顯此法性即唯識等真如異名耳謂非妄下別釋其

名初釋真如自有二義初合釋唯揀於妄二離釋即唯識云真謂真實顯非虛妄如謂如常表無變易是故疏云揀妄揀事二釋法性名唯識偈云此諸法勝義亦即是真如常如其性故即唯識實性是也次釋住字亦有二義一連上釋之則三字一名謂上之一釋順法相宗加此住字順法性宗法性謂隨緣住字為不變以隨緣不失自性故二義既具即妄即真故是法性宗義若準智論下別釋取上法字及下住字自為一義或七無為則法字兩用

然小乘說三虛空則就外空復計三皆實有若大乘說非唯數增義亦有異唯識論中二義建立一唯心變故二依法性假施設有謂此諸義但一眞如隨義假設一無相義二所證義三惑盡義四性淨義五隨緣義六隨緣即不變義

然小乘下對揀權實初舉小乘若大乘下舉大斥小非唯數增已如前說義亦有異次下正明小乘之義畧如上說廣如唯識廣引廣破唯識論下正辨大乘無為之相即第二論論中先破諸小乘宗等計於無為為實有竟顯正義云然契經說有虛空等諸無為法畧有二種一依識變假施說有謂曾聞說虛空等名隨分別有虛空等相數習力故心等生時似虛空等無為相現此所現相前後相似無有變易假說為常釋曰此空無為而無本質唯心所變猶如極微假而無體於佛等處聞其名故而心變之次論復云二依法性假施設有謂空無我所顯真如有無俱非心言路絕與一切法非一非異等是法真理故名法性離諸障礙故名虛空由揀擇力滅諸雜染究竟證會故名擇滅不由擇力本性清淨或闕緣所顯故名非擇滅苦樂受滅故名不動想受不行名想受滅釋曰疏取論意以釋經文但順經有不順論有上釋非擇有其二義依此論文

此中法性即是眞如然法性眞如亦假施設遮撥為無故說為有遮執為有故說為空勿謂虛幻故說為實理非妄倒故名眞如為法之性名為法性非離色心別有實體今多聞之人不唯知名而已應如是知

五出體性即彼論示無為體論云此五皆依真如假立真如亦假施設下至故名真如皆是論文為法之性故名法性是疏義加亦即前文唯識論意非離色心別有實體者取論意結具足論云不同餘宗離色心等有實常法名曰真如故諸無為非定實有釋曰言真如亦是假者不得體故遮空見者說如違有遮

小乘中化地部等執定實有故說爲空非言無爲體即空也勿謂虛幻者虛揀遍計幻揀依他即顯真如是圓成實以無虛妄顛倒法故名真如也

大方廣佛華嚴經疏鈔會本第二十一之二

音釋

環 胡關切 音還

雜亂 部名 亂 羊晉切

大方廣佛華嚴經疏鈔會本第二十之三

唐于闐國三藏沙門實叉難陀　譯

唐清涼山大華嚴寺沙門澄觀撰述

何等爲有記法謂四聖諦四沙門果四辯四無所畏四念處四正勤四神足五根五力七覺分八聖道分

第六有記法者有釋云謂能招愛非愛果故名有記此乃通說餘處辨記即是善惡今唯舉善應云順理善法可記録故第六有法中二先釋總名先敘昔助刊定記大品亦云若善法若不善法是名記法如所說相不捨離故此乃通下辨非以下無記既非三性今此有記安得無之後今唯下辨正下出所記法體句有十一義攝唯五四聖諦如前本品已辨四沙門果如梵行品四辨如第九地三十七品如第四地下出所下辨相先指所餘如前後釋不欲繁文四無所畏今當略明謂外難無怯故名無畏瑜伽云如來於此謗難都不見有如實因相由是因緣能自了知坦然無畏無畏爲四一一切智無畏二漏盡無畏三者障道四出苦道四無畏義下唯釋此一言今當畧明者諸經多以五門分別一辨名二出體三行相四次第五諸門今疏但有三門畧無出體次第即分爲三初釋名二辨相三諸門分別初中有二先總名上二句指文都不見有如實因相者謂其所難皆就跡生疑不知所觀眞實之理故此所難無如實因若實有可難則有怯畏所難不實何所畏耶無畏有四下二釋別名文中但列而不解釋釋名含在下行相中故此畧無若具釋者一一切智無畏者瑜伽亦名正等覺無畏謂有正覺覺諸法故名一切智二漏盡者諸煩惱漏種現俱斷故三障道者亦名障法說障礙法染必有障故四出苦道者說出離道諸聖修習決定出苦故於此四中得無所畏皆依主釋謂一切智之無畏等此四各有難答初外難云若佛是一切智者有諸比丘從他方來何須問言安樂住不言一切智無所不知今問於他一何相反佛自唱

言我是一切智人但爲攝受來者隨順世間師弟人事故此之四段下二辨相初一切智無畏難有二初牒舉所難二有諸比丘下正難於中先出難所因謂諸部律中多有此言時諸比丘至如來所頭面禮足佛便問言比丘住止安樂不乞求易得不不以飲食爲苦耶等今云何故問者即是難也言一切智下結成難也佛自唱言下答也於中先案定所難明不失一切智義若具皆云我於此難正見無由得安隱住無怖無畏自稱我是大仙尊位但爲攝受下出是一切智之所以示現問耳非已不知言攝受者令發勝心聞佛慰問發道心故隨順世間師弟人事者此有二意一者成上示現之相二者亦令餘人審諦於事佛知尚問況餘不知亦爲後人作軌則故見來發心應爲引攝故云隨順世間

二有難云若佛自言漏永盡者何以愛語羅睺訶罵調達佛於此難正見無由安隱無怯自唱德號我實漏盡但爲隨根而調伏故二有難云下第二無畏先難中文但有二先牒舉所難謂經中說言我諸漏已盡何以愛下正難難之所因含在其中謂羅睺羅被僧驅出在於廁上佛語諸比丘言云何野干驅師子子即愛語羅睺調達頻爲惡行佛時罵言癡人或云食唾小兒等耶佛於此難下亦先案定所難不失漏盡之義但爲隨根而調伏故即出愛恚所以謂羅睺譬之慧象隨逐人心輙言即調調達喻之惡馬楚毒方調非是如來有愛羅睺有恚調達漏未盡也

三有難云若佛說欲能障道者何故預流一來尚有妻子之愛佛於此難心無怯懼謂自唱德號我說欲能障道但障不還羅漢非初二果佛於此下答中亦二先案所難不失欲爲障道若具亦應云我於此難正見無由安隱無怯處大仙位故云自唱德號我所說下出不障所以若說邪行障諸聖道若說畜妻障離欲道初二果人性戒久成故斷邪行既未離欲不斷妻子斯有何失故諸染法非不障也

四有難云若佛說諸聖道能盡苦者何故羅漢受瘡潰蛇螫之苦佛於此難心無怯懼自唱德號我說聖道實能盡苦邊際但說未來非現在故四有難下第四無畏先難亦二先牒所疑謂如說我爲弟子說出離道諸聖修習決定出離決定通達何故羅漢下正難既瘡潰虵螫豈非苦耶羅漢豈是無聖道耶豈非相違佛於此難下答亦應具云我於此難正

見無由安隱無怖處大仙位我說聖道下通前難然有二意一者由於前世故業感身於此身上得阿羅漢苦依身在故有此苦非得羅漢後有此若即今隨意更有意云無學實無苦果爲現惡因必有苦報由此聖者示相受苦起後教故亦由世尊受金鍮等示義非實故疏畧無

四中初一離所知障次離煩惱障三是出離道障四即出離之道初二自利後二利他所以自歎此四者初一爲菩薩第二爲聲聞後二通爲智論二十五瑜伽五十對法十四廣辨其相

四中初一下第三諸門分別即瑜伽論文三初約離障言三是出離障道者欲爲道障今出離故四是出離之道者諸出離道能出於苦然其後二並約離煩惱障三是所離之障四是能離之道而三就離因爲難四就離果爲難亦可後二通約因位初二自利下二利料揀然約答難並是利他如次下明今約前二就佛身難是約自利德歎後二約化他爲難故云利他所以歎此下三彰歎所以亦約被根差別則皆是利義菩薩爲求種智斷所知故初一爲之二乘求盡諸漏第二爲之欲皆障於三乘三乘皆期出苦故後二並爲智論二十五下總示其源然菩薩藏經第五般若五十三顯揚第四亦廣明之此中即有次第出體言次第者德用自在智最勝故首而明之由具一切智能盡諸漏由具智斷說法化生說法之中先說生死因後出生死故而此一門即前二利門中已攝此意若瑜伽對法出苦爲第三障道爲第四先果後因亦如苦集又依上次者即倒對四諦謂一切智約眞道爲難二約眞滅爲難三約集因四約苦果未見經論義必應然若出體者總有五種一剋性體即信進念定慧爲體二引發體若定若慧三最勝體即正體後得二智四中初一通二智二即正體三四皆後得以是說法心故若約自住四皆正體約能答難此四並以後得爲性四相應體四蘊爲性五眷屬體五蘊爲性亦猶十力道共定共無表戒色助答難故上之四體即瑜伽五十七及雜集說瑜伽云以信進念定慧及具知根爲性對法云若定若慧及彼相應諸心心所又云若起作用後得智爲性若住自性正體智爲體第五亦以義加又無畏若約德初即智德二即斷德三四恩德今就能知並智爲體餘義可知

何等爲無記法

第七無記中分二先徵名後謂世間下辨相今初無記二義一非善非惡不能招感愛非愛果名爲無記可釋餘文今此正謂

虛妄推度非理問難不可記錄故名無記非對善惡故俱舍第十九云諸契經說十四無記即其義也亦名置記記即答也不應答故

第七無記初徵名四一釋總名刊定亦立二義而以前義爲正今依諸論以後爲正俱舍第十九中第二明無記中自分爲二一明無記報二因便明四記前即對善惡之無記也廣如彼論第二別明四無記事頌曰應一向分別反詰捨置記如死生殊勝我蘊一異等釋曰上兩句指事釋之且問記有四一應一向記二應分別記三應反詰記四應捨置記記者答也如問死者一切有情皆當死不應一向記一切有情皆定當死如問生者一切有情皆當生不應分別記有煩惱者受生無煩惱者不生如問殊勝應反詰記有作是問人爲勝劣應反詰言爲何所方若言方天應記人劣若言方下應記人勝釋曰下即惡趣論如問我蘊一異者應捨置記謂若作是問問我與五蘊爲一爲異應捨置記此不應問若有我體可問一異本無我體一異不成如問石女兒爲白爲黑應捨置記謂石女本無兒何得論其白黑此上依毗婆沙說頌言等者等取發智本論及契經說今當叙經云云何有問應一向記謂諸行皆無常耶此問名應一向記云何有問應分別記謂若有問諸有故思造作業已爲受何果此問名爲應分別記造善受人天造惡受惡趣謂若有問士夫報與我爲一爲異此問假我應反詰言汝依何我作如是問答言依麤我色蘊上我應記與報異報色不同故言異也此問名爲應反詰記云何有問但應捨置答若有問世爲常問一無常問二亦常亦無常問三非常非無常問四世爲有邊問五無邊問六亦有邊亦無邊問七非有邊非無邊問八如來滅後爲有問九非有問十亦有亦非有問十一非有非非有問十二爲命者即身問十三爲命者異身問十四此問名爲但應捨置此十四問皆不可記名十四不可記事以我體既無是故皆應捨置答也涅槃三十五亦有四答而一名小異謂從經一半向後因迦葉難佛性義有無如來答云善男子如來爲衆生故四種答一者定答二分別答三隨問答四置答如問作惡得何果耶應答得苦果是名定答二善男子如來十力四無所畏大悲三念處首楞嚴等八萬億諸三昧門三十二相八十種好五智印等三萬五千諸三昧門金剛定等四千二百諸三昧門方便三昧無量無邊如是等法是佛性者如是佛性則有七事一常二我三樂四淨五眞六實七善是名分別答如汝先問斷善根人有佛性者亦有如來佛性亦有後身菩薩佛性是二佛性障未來故得名爲無必定得故得名爲有是名分別答三經云如我所說一切法無常後有問言如是世尊爲何法故說於無常答言爲有爲法故無我亦爾爲何法故說一切

燒爲煩惱故是名隨問答四經云若有説言斷善根人定有佛性定無佛性是名置答下迦葉難云不答名置如來今者何因緣答而名置答佛答云善男子我亦不説置而不答名爲置答善男子置答後二一者遮止二者莫著以是義故得名置答釋曰據上諸文明是不答以爲無記非善惡中之無記也據十四難正同俱舍準涅槃意今文正當爲遮止義兼令莫著 所以不答者何謂此乃無義語也知之不免生死不知不障涅槃前説有記則反於此智論第三云所以不答十四難者此事無實故諸法有常無此理故言斷亦爾如有人問搆於牛角得幾升乳豈曰問耶復次世界無窮猶如車輪復次無利有失墮惡邪中覆於四諦諸法實相復次人不能知復次稱法説故第十七云有一比丘思惟十四難不能解辭佛不爲弟子佛言我爲老病死人説法濟度此是鬬諍法如中毒箭不應推尋楞伽亦

云皆是世論非我所説 智論第三下正引論釋先引第三有五復次多同答十四難兼經中諸無記法如第一無實事故正答十四第二如車輪即答何等爲生死最初際第三無利有失兼答世界來去等以從集因生歸寂滅理妄徵來去即覆四諦第四人不能知兼答有幾佛幾衆生以佛智知無盡法故第五復次兼答佛等先後通意可知第十七下二引此文即引昔例今其文稍畧具云有一比丘於十四難思惟觀察不能通達心不能忍持衣鉢至佛所白佛言佛能爲我解此十四難使我了者當作弟子若不能解我當更求餘道佛言癡人汝共我要誓若答十四難汝作弟子耶比丘言不也佛言汝癡人今何以言若不答我不作弟子我爲老病死人説法濟度此十四難是爲鬬諍法於法無益但是戲論何用問爲若爲汝答汝心不了至死不解不能得脱生老病死譬如有人身被毒箭親屬呼醫欲爲出箭塗藥便言未可出箭我先當知汝姓字親里父母年歲次欲知箭出在何山何木何羽作箭鏃者爲是何人是何等鐵復欲知弓何山木何蟲角復欲知藥是何處生是何種名如是等事盡了知之然後聽汝出箭塗藥佛問比丘此人可得知此衆事然後出箭不比丘言不可得知若待盡知此則已死佛言汝亦如是爲邪見箭愛毒所塗已入汝心欲拔此箭作我弟子爲不欲拔箭而欲求盡世間常無常邊無邊

等求之未得則失慧命與畜生同死自安黑暗比丘慚愧深識佛語即得阿羅漢道復次菩薩欲作一切智人推求一切法知其實相十四難中不滯不礙知其是心重病能出能忍是名法忍釋曰即疏下文引論廣破及經結多聞之意是也論文引毒箭之喻與涅槃大同前已引竟楞伽亦云下即第三經佛令慎勿習近世間諸論舉昔有婆羅門來問我云瞿曇一切所作耶我答婆羅門言一切所作是初世論彼復問言一切非所作耶我復報言一切非作是第二世論復問言一切常耶無常耶生耶不生耶我報言是六世論復云一耶異耶俱耶不俱耶一切因種種受生現耶我報言十一世論磧云譏我言悉是世論非我所說是汝世論我唯說無始虛偽妄想習氣種種諸惡三有之因不能覺知自心現量而生妄想攀緣外性彼復問意癡愛業因故有三有耶為無明因耶我報言此二者亦是世論彼復問言一切法皆入自相共相耶我復報言此亦世論婆羅門乃至意流妄計外塵皆是世論又問頗有非世論耶佛答意云外道中無我論中有非世論汝諸外道不能知以外性不實妄想虛偽計著故謂妄想不生覺了有無自心現量妄想不生不受外塵妄想永息是名非世論此是我法非汝有也偈中云乃至心流轉是則為世論妄想不轉者是人見自心來者謂事生去者事不現明了知去來妄想不復生解曰前偈無妄見後偈了知妄滅據今經文正明是前文一段所有妄計其再問癡愛因緣等雖是正義不了自心故為世論故智論云覆諸法實相亦即涅槃適遣著意

言十四者即此中前四四句其第四四句但合為二謂身與神一身與神異

言十四者下第三示十四相可知若曆五蘊三世成六十二見對前已說

然諸經論多說十四難而相或同異不繁會釋今經委論不出我法二執

然諸經論下第四總會異說言相或同異者多同少異諸處亦說名十四不可說俱舍十九已如上說正與此同智論十七即釋大品大品二十一佛母品云復次須菩提佛因般若波羅蜜諸衆生心數出沒屈伸如實知世尊云何知之佛言一切衆生心數出沒屈伸皆依色受想行識生佛於如是中知衆生心數出沒屈伸所謂神及世間常是事實餘妄語是見依色神及世間無常等三句準知及世間有邊是事實餘妄語等四句準知皆是見依色末云依受想行識亦如是神即是身是見依色等異身亦然依受想行識亦然又云死後有如去是事實為妄語是見依色二死後無如去三死後或有如去或無如去二句同初結云依受想行識亦如是釋曰斯即歷蘊諸句小異耳涅槃三十九先尼梵志問有我耶無我耶等廣有問

雖亦是小異之相繁不出之謂世間有邊世間無邊世間亦有邊亦無邊世別非有邊非無邊世間有常世間無常世間亦有常亦無常世間非有常非無常如來滅後有如來滅後無如來滅後亦有亦無如來滅後非有非無我及衆生有我及衆生無我及衆生亦有亦無我及衆生非有非無

文分五段第一有四四句就我明無記第二過去下就三世橫論凡聖數之多少三何等下約凡聖竪論初後四世間從何下徵三世間所從五何者下約生死際畔以辨無記文分五段下第二辨相便有釋文就常等破皆中論意今初句雖十六其過不出斷常二見言世間者準大品中通三世間謂衆生世間五蘊世間及器世間今此文意正顯衆生世間兼明五蘊世間以衆生是總主假者外道計以爲我故有邊等諸見初有邊四句約未來世常等四句約過去世如來有無依涅槃起故中論邪見品云我於過去世爲有爲是無世間常等見皆依過去世我於未來世爲作爲無作有邊等諸見皆依未來世涅槃品云如來滅後有無等依涅槃起我及衆生有無四句約現在說今初段中句雖十六

下釋此第一就我明無記先辨見所依後正釋文今初有三一明不離斷常言世間下二明世間同異三明見依我起準大品者即上二十一經而三世間是智論釋論云世間有種等餘如疏辨初有邊四句下三釋此我不同不出三世涅槃爲起見處就引中論邪見品云我於過去世等者偈首之我即今世我意問今世之我於過去世爲先已有爲先未有若先已有即是計常若先是無今此雖起即是無常三則雙立四則雙非邊等諸義次下當釋中論涅槃品偈云滅後有無等無邊等常等諸見依涅槃未來過去世釋曰此即總示所依依前別配可知既知起見之

本次隨文別釋即爲四段第一四句言有邊者即斷見外道計我於後世更不復作則與此身俱盡無邊者謂我於後世更有所作三俱句者身盡故有邊我不異故無邊四俱非句者亦以我存身盡見上有過故立此句謂身盡故非無邊我存故非有邊既皆邪見故不答之若欲破者初之二句墮無後世過謂有邊則與陰同盡無邊則是今身故皆無後世無後世者修道若行爲何益耶第三句亦有邊無邊者若身盡我存身我爲一爲異一則不應有盡不盡異則離蘊何相知有我耶若謂捨人生天人分猶在天分更增則半天半人故皆不可第四句非有邊未免於無非無邊未免於有云何於此强分別耶第一四句者然論先明常等後說邊等廣破常等例破邊等今順經次先明邊等文中有三初辨四句之相即前偈中我於未來世爲作爲無作初以無作爲有邊而是斷見外道亦先偈首之我是今世我四句之相疏文自明既皆邪見下二明無記義即出不答所以也若欲破者初之二句皆墮無後世過者合破二句論云若世間有邊云何有後世若世間無邊云何有後世釋曰有邊則後無續故無後世無邊則是今身故無後世有邊則斷無邊則常無後世者下出無後世過亦即斷常過也論又云五陰常相續猶如燈火焰以是故世間不應邊無邊前出過破定有定無故墮斷常今立理破如焰從緣不可爲無無定實故不可爲有故離二邊又前破人我此破法我今經正破人我故不引破法又論反破云若先五蘊壞不因是五陰更生後五陰世間則有邊若先陰不壞亦不因是陰而生後五陰世間則無邊釋曰此亦正破五陰世間五陰和合爲衆生世間既破五陰即破衆生衆生即假我故上云外道依之計我今破五陰亦已破我又上二偈亦別破二句亦兼明第三俱句第三句等者然論廣破常等後例破邊等故論云我於未來世爲作爲不作如是之見者皆同過去世然破邊等無有身一異破身一異破即是前破常等今依論例破故取前勢若論破第三句云若世半有邊世間半無邊是則亦有邊亦無邊不然彼受五陰者云何一分破一分而不破是

事則不然受亦復如是云何一分破一分而不破釋曰前偈破衆生即是遺我後偈破受陰即是破法然俱是相違破無有一法亦常無常故此相難見故疏取前破常等例前破常偈云若謂我即是而身有異相當知離於身何處別有我離身無有我是事爲已成若謂身即我若都無有我但身不爲我身相生滅故釋曰此則破常等以一異門今將例破邊等四句也若謂捨人生天下遮救即論正破邊等之意然偈云若天即是人則墮於常邊天則爲無生常法不生故若天異人者是即爲無常若天異人者是則無相續釋曰前偈破常即破無邊後偈破斷即破有邊次偈云若半天半人則墮於二邊常及於無常是事則不然今疏即影公取偈之意捨人生天人分猶在天分更增等上即縱立則半天下正破結言畧明故皆不然不然之由即如偈文亦常無常二相相違猶如水火義無並立第四句下論但躡前破云若有邊無邊是二亦應成釋曰此即縱破亦相待破有第三句可待對此有第四非有邊無邊句以有無相待故今無第三之源何有第四之末疏中即出過破非有遮有故未免於無非無遮無安得離有故還成亦有亦無無第四俱非之義以皆執取非中道故云何於此下結斥邪見

二常等四句約過去者過去世我即是今我名之爲常若常即有大過破壞因果涅槃等故若謂我今始生名爲無常若爾我是作法亦墮無因無因則亦無涅槃等第三見上二過便謂我常身無常離身何處有我又成上二過第四謂我不異故非無常身有異故非常破同第三句又中論云一切法空故何有邊無邊及常等見餘義廣如彼論二常等四句者上破邊等先出四句後方別破今則常句便立便破初常句中先立然前問偈云我於過去世爲有爲是無即問今之現我過去先已有耶今初句云有故過去世我即是今我也論初常句云過去世有我是事不可得過去世中我不作今世我若言常者即有大過等者出過破也即彼長行云先世中我不作今我有常過故若常則有無量過何以故如人修福因緣故作天然後作人若先世我即是今我者天即是人以罪業因緣故作旃陀羅後作婆羅門若先世我即是今我旃陀羅即是婆羅門等若謂我今下即第二句亦先立後若爾下破有二種破先因緣破緣作是無常法立我常故二墮無因故故論云過去我不作是事則不然過去世中我異今亦不然若謂有異者離彼應有

今我往過去世而今我自生如是則斷滅失於業果報彼作而此受有如是等過先無而今有此中亦有過我則是作法亦爲是無因釋曰此中初二句牒計總非次二句標有異過次二偈二世相對以辨異過末後一偈獨就未來以彰其過上二句標下二句顯第三句由今始有故成作法即墮無常次句指同前非云亦是也前失業果即是無因今我自生豈非無因第三見上下謂見前二過便即雙立從離身下破即前所引偈中即離門又成上二過者亦常同初句亦無常同第二故第四句但翻用前句而云破則還第三論偈但云如過去世中有我無我見若共若不共是事皆不然又中論云下即品末之偈總結上過示以性空末後又偈云瞿曇大聖主憐愍衆生故悉斷一切見我今稽首禮即總結一品也

三如來滅後四句釋有二義一明如來者非是佛也如即相似來謂從前際來謂一有執云如從前世來生此間去向後世亦復如是故云如來滅後有謂如前來時有故此由計我異陰故二云如從前世來此間死後斷滅故云如來滅後無謂不如來時去故此計陰我一故三由計我有麤細故謂麤我與身俱盡故云不如去細我異陰不同滅故亦如來時而去故云如來滅後亦有亦無四云我如虛空體無來去故晉經云如來滅後如去不如去等此則通望三世以辨若依中論附涅槃起四句如來即佛也順此經文亦是外道自立已師而爲如來有謂如來滅後定有不變或謂入無餘依同於太虛或謂法有應無或謂約應非有約法非無以其四句皆成戲論不見如來寂滅相故亦爲邪見此則權小之徒未能免也瑜伽八十七云依二道理如實隨觀俱不可記如來滅後若有若無所以者何且依勝義彼不可得況其滅後或有或無若依世俗爲於諸行假立如來爲於涅槃若於

諸行如來滅後無有一行流轉可得爾時何處假立如來既無如來何有無等若於涅槃涅槃唯是無行所顯絶諸戲論自内所證絶戲論故施設爲有不應道理亦復不應施設非有勿當損毀施設妙有寂靜涅槃又此涅槃極難知故最微細故說名甚深種種非一諸行煩惱斷所顯故說名廣大現量比量及正教量所不量故說名無量

三如來滅後下前明見所依從其後義云依涅槃起而其前義通依三世我陰而起順於晉經若依中論下第二意於中二先定見所依及如來不同以外道自謂勒沙婆等是世尊是如來故故百論中序德相形言優樓佉等亦是世尊故有謂如來滅後者別示四句先示可知以其四句下明破無記之意上依中論下涅槃品偈云如來滅度後不言有與無亦不言有無非有及非無涅槃與世間無有少分別世間與涅槃亦無少分別涅槃之實際及與世間際如是二際者無毫釐差別釋曰初之一偈依二諦說後之二偈唯依第一義與瑜伽同瑜伽八十七下證成上義則

顯中論初偈俱通二諦約世諦中唯釋二句等字等於三四約涅槃中但釋初二句又此涅槃下三義通顯離四句絶百非中論末後偈云一切法皆空何有邊無邊亦邊亦無邊非邊非無邊何者爲一異何有常無常亦常亦無常非常非無常諸法不可得滅一切戲論無人亦無我佛亦無所說釋曰此偈可結無記一段以文相續故此引耳

四我及衆生有無等四句此並雙立衆生即是五蘊非約總主有即定有定有著常無即定無定無著斷三遠上二過雙立有無即墮相違四避此相違立俱非句又成戲論然此四句亦有單計我有所無所有我無亦不離初之一句又合上成第三互奪成第四亦不出初之二句

四我及衆生等者雙立我法衆生即蘊蘊即法故故疏直就緣生法理以辨有無然此四句大品智論俱舍等於此但立二句大品等云身與神一及異成二句俱舍即命與身即及離成二句初句云俱有者謂有執云但有身處則有神我有神我處其必有身身之與神不相離故釋曰此即身神一句故智論云神即是身者有人言身即是神何以故

分析此身求神不可得故受之麤妙皆是身故故言身即是神身異神異者有人言神微細五情所不得亦非凡夫人所見攝心清淨得禪定人乃能得見是故言身異神異復次若身即神身滅神亦滅是邪見身異神異身滅神常是邊見釋曰論文但釋二句今經中初句是論初釋身神一句第二句是論後次身即是神身滅神滅是邪見第二句正是身神異句雖麤妙之異身在俱有身無俱無爲俱句也第四即後是身神一句以身隨神體皆妙故俱離有無然此四句者此對前經中二雙立故亦是智論約邊見意其我有所無正同智論身滅神常二所有我無者身麤可見我無相故言亦不離初之二句者我有所有合是初句我無所無合爲第二又合上爲第三者初句我亦有第二句我亦無初句所亦無第二句所亦有故合爲第三第四既合一處故互相奪如我有合我無則我非有所有合所無則所非有等遮無即爲第一俱有句遮有即爲第二俱無句故云亦不出初之二句問如初我及衆生有即是邪見以計我故次句云我及衆生無則是二空有何過耶故疏中云定無著斷以執定故非緣生無亦應破云約計實我此我非有隨世假我此我非無故說俱無亦非當理

過去有幾如來般涅槃幾聲聞辟支佛般涅槃未來有幾如來幾聲聞辟支佛幾衆生現在有幾佛住幾聲聞辟支佛住幾衆生住

第二門明三乘凡聖數之多少者以橫無邊故不可記也

何等如來最先出何等聲聞辟支佛最先出何等衆生最先出何等如來最後出何等聲聞辟支佛最後出何等衆生最後出何法最在初何法最在後

第三門竪無際故不可記也有人答問云有初佛言自然悟引獺祭天亦爲應機寧加置記若有初佛如來應知則可說名言何法者染淨等一切法也第三門竪明中言有人答問者即永南善知識答燕國公張說問云法在前佛在前答云法在前諸佛所師所謂法故便被難云若爾最初成佛前無佛說何由悟法答云自然而悟如月令中獺乃祭天豈有人教燕公大伏亦爲應機者歎其善對寧加置記者爲順經文從若有初佛

下出不及置記所以既有初佛悉數難窮如來具足一切種智直舉初佛則可示矣故雖善對未息難源言何法者染淨一切法者即如眞妄前後之難也初會畧明初地富
廣
世間從何處來去至何所有幾世界成有幾世界壞世界從何處來去至何所

第四門徵世間所從有六句初二句問衆生及蘊世間次四句約器世間以外道計衆生有最初生故或謂從冥諦中來還至冥故或謂世界皆微塵成謂至妙之色常恒不變聚則爲身器散則成微塵故此皆邪見之源故不應答第四門徵世間所從中其諸邪見初卷已

廣
有情世間不言成壞者瑜伽云有情望器有五不同一謂器界生死共因所生有情生死但由不共故是因不同二器有除斷有情流轉不斷故是時不同三謂三災壞不壞故名法不同四器界因無永斷有情不爾名斷不同五器則斷而復續有情斷已無續名續不同以斯義故略無成壞也器界生死共因者出現品說三謂三災但壞器界不壞有情先令有情生上界竟方壞器界故四器界因無永斷者如染剎之因已亡不復更修染因招染剎也有情染因雖滅陰識不滅五器界斷而復續者約招成壞之剎壞後更成有情若捨異生之性終不更爲凡夫矣然此與四似當相違而四則器界約因斷果不生有情因斷果不失五器界約果斷果更續有情約妄因已斷妄果不續

何者爲生死最初際何者爲生死最後際

第五約生死初後際唯有二句問初際無始聖教所明生死有終豈非正理答略有三義一約一人則可云終通望一切則無終極二以彼定執長邪見故亦不應答謂若許有終必有始故常法無始亦無終故三約法性皆不可說故中論云大聖之所

說本際不可得生死無有始亦復無有終若無有始終中當云何有是故於此中先後共亦無既言本際不可得亦不應定謂無始無終況有始終之見耶又有偈云真法及說者聽者難得故是故則生死非有邊無邊謂若許有終必有始故亦如初地中論云大聖之所說等即本際品偈此中初偈引教立理顯無始終次二句仍上遣中以無始終可待對故後兩句遣其先後畧有三義謂應有問言生死二法爲先生後死爲先死後生爲生死一時一時名共今且總非下有偈出非所以云若使先有生後有老死者不老死有生生不有老死若先有老死而後有生者是則爲無因不生有老死釋曰前偈破先生後死生必因死今先有生則不因老死而有故云不老死有生則亦今生無有老死先獨生故後偈破先死後生生是死因今死在前則爲無因矣次破一時偈云生及於老死不得一時共生時即有死是二俱無因釋曰以生不因死死不因生故後結法空云若使初後共是皆不然者何故而戲論謂有生老死既言本際下疏釋論正爲證有始終之邪見故又有偈云此即邪見品破有邊等偈後前巳引竟上諸邪見多是外道亦參小乘菩薩善知則問答無滯便舉破者令自他造中故也上諸邪見下總結上意言菩薩善知問答者具四種答一正是置答二如說生死無有始終是一向答三如云衆生器界五種不同是分別答四若有問云世尊約何法說我何法說衆生應答言約假名說我約因緣說衆生是名隨問答若通前七以辨多聞問答居然可知餘可思準

是名無記法

菩薩摩訶薩作如是念一切衆生於生死中無有多聞不能了知此一切法我當發意持多聞藏證阿耨多羅三藐三菩提爲諸衆生說真實法是名菩薩摩訶薩第五多聞藏

第二菩薩下顯多聞之意謂悲物無聞長淪生死故誓持聞藏自證利他

大方廣佛華嚴經疏鈔會本第二十一之三

音釋

輭而兗切與軟同　潰胡對切傍決曰潰　螫施隻切蟲行毒也　鎗千羊切與槍同　搆居候切取牛乳也　詰契吉切問也　鏃作木切矢鏑也

大方廣佛華嚴經疏鈔會本第二十一之四

唐于闐國三藏沙門實叉難陀 譯

唐清涼山大華嚴寺沙門澄觀撰述

佛子何等爲菩薩摩訶薩施藏

第六施藏文三同前

此菩薩行十種施所謂分減施竭盡施内施外施内外施一切施過去施未來施現在施究竟施

釋相中二第一標列十章

佛子云何爲菩薩分減施

第二佛子下依章牒釋釋中十段一一各三謂標釋結然此十施前六事捨謂身命財次三心捨謂不取著後一俱捨名爲究竟

此菩薩禀性仁慈好行惠施若得美味不專自受要與衆生然後方食凡所受物悉亦如是若自食時作是念言我身中有八萬戶蟲依於我住我身充樂彼亦充樂我身饑苦彼亦饑苦我今受此所有飲食願令衆生普得充飽爲施彼故而自食之不貪其味復作是念我於長夜愛著其身欲令充飽而受飲食今以此食惠施衆生願我於身永斷貪著是名分減施

第一分減施釋中三初明分減之相二若自食下明施善巧外無施境而不捨施心三復作下對治施障

云何爲菩薩竭盡施

第二竭盡施者不顧活命傾竭所有也然施心須成施行須量若彼爲成大利則身命無悋若彼但爲貪求無猒或惡心欲行

大害應以方便勿成人惡如月光王施頭與怨奪萬姓之安施二人之死怨王喜死乞者恨死雖有賢行未全可準今言竭盡者以彰菩薩施心已成有應施境終無悋也內施內外準此可知若不爾者菩薩能雨七珍充足一切何不施耶亦見衆生所不宜故

如月光王等者即賢愚經第五卷說如月光王施頭二十八經中因說如來受波旬請却後三月當般涅槃舍利弗聞便白世尊不忍見佛涅槃當先涅槃佛便許之涅槃訖佛告阿難舍利弗非但今日不忍見我涅槃先取滅度昔亦如是阿難請說其事佛便廣引經文浩博今略意引佛告阿難過去久遠無量無數不可思議阿僧祇劫此閻浮提有一國王名旃陀婆羅脾(晉言月光)統閻浮提八萬四千國第一夫人名須摩檀(晉言華施)一萬大臣其第一者名摩訶旃陀(晉言大月)有五百太子大者曰尸羅跋陀(晉言戒賢)王所住城名跋陀耆婆(晉言賢壽)廣說莊嚴王思普因廣行大施告令國內悉令大捨時邊遠有一小國王名曰毗摩思那心生嫉妬廣詔外人乞取王頭無肯從者後復廣詔云得月光王頭分國半治以女妻之有婆羅門名勞度叉應詔乞頭月光王國先有變怪大月大臣復得惡夢城神遮之不令得入時首陀天託夢令知月光睡覺詔令見已大月大臣思以五百七寶頭換之不得心裂七分死於王前王許却後七日徧告國內國內皆至擗地請留王不受之言我計死所經地獄一日之中捨身無數竟無所益今日施頭持是功德誓求佛道當度汝等言訖入園以髮繫樹樹神以手搏婆羅門王語樹神我此樹下已捨九百九十九頭今當滿千汝莫遮我無上大道樹神依之婆羅門斬下王頭地六震動施頭之聲聲徧天下時毗摩羨王聞此語已喜踊驚愕心擗裂死時婆羅門嫌頭腥臭擲地脚踏人又呵之廻來在道無施給者飢餓委悴聞毗摩羨王已復命終懊惱憤憤心裂七分吐血而死王及婆羅門墮阿鼻地獄其餘人民感激死者皆得生天月光王者我身是也毗摩羨王波旬是也勞度叉者調達是也其樹神者目連是也大月大臣者舍利弗是釋曰此即世尊本行故云賢行此明世尊無不能捨則合施心須成恐無巧慧不善籌量故云未全可準奪萬姓之安施二人之死向引已具若不爾下成上須量之義菩薩能施而不施者明是不宜即善量也

佛子此菩薩得種種上味飲食香華衣服資生之具若自以受用則安樂延年若輟已施

人則窮苦夭命時或有人來作是言汝今所有悉當與我菩薩自念我無始已來以饑餓故喪身無數未曾得有如毫末許饒益衆生而獲善利今我亦當同於往昔而捨其命是故應爲饒益衆生隨其所有一切皆捨乃至盡命亦無所恪是名竭盡施

二釋相中三初明難施之物二或時下乞境現前三菩薩自念下正修施行下之四施皆有此三

云何爲菩薩內施

第三內施謂內身也

佛子此菩薩年方少盛端正美好香華衣服以嚴其身始受灌頂轉輪王位七寶具足王四天下時或有人來白王言大王當知我今衰老身嬰重疾煢獨羸頓死將不久若得王身手足血肉頭目骨髓我之身命必冀存活唯願大王莫更籌量有所顧惜但見慈念以施於我爾時菩薩作是念言今我此身後必當死無一利益宜時疾捨以濟衆生念已施之心無所悔是名內施

煢者單也玉篇云無兄曰煢無子曰獨頓者損也冀者望也三是名下結名

云何爲菩薩外施佛子此菩薩年盛色美衆相具足名華上服而以嚴身始受灌頂轉輪王位七寶具足王四天下時或有人來白王言我今貧窶衆苦逼迫惟願仁慈特垂矜念捨此王位以贍於我我當統領受王福樂爾時菩薩作是念言一切榮盛必當衰歇於衰歇時不能復更饒益衆生我今宜應隨彼所求充滿其意作是念已即便施之而無所悔

是名外施

第四外施即王位也窶者無財備禮也

云何爲菩薩内外施佛子此菩薩如上所說處輪王位七寶具足王四天下時或有人而來白言此轉輪位王處已久我未曾得唯願大王捨之與我并及王身爲我臣僕爾時菩薩作是念言我身財寶及以王位悉是無常敗壞之法我今盛壯富有天下乞者現前當以不堅而求堅法作是念已即便施之乃至以身恭勤作役心無所悔是名内外施

第五内外施者王位爲外兼身作役爲内也

云何爲菩薩一切施佛子此菩薩亦如上說處輪王位七寶具足王四天下時有無量貧窮之人來詣其前而作是言大王名稱周聞十方我等欽風故來至此吾曹今者各有所求願普垂慈令得滿足時諸貧人從彼大王或乞國土或乞妻子或乞手足血肉心肺頭目髓腦菩薩是時心作是念一切恩愛會當别離而於衆生無所饒益我今爲欲永捨貪愛以此一切必離散物滿衆生願作是念已悉皆施與心無悔恨亦不於衆生而生厭賤是名一切施

第六一切施者凡所有物也此與竭盡及内外施異者竭盡揀異分減但約資生内外合前二門空言作役王位今云一切通前諸門又是事捨之終故總該收舉難攝易畧列數條廣則無邊如第六迴向所辨

云何爲菩薩過去施此菩薩聞過去諸佛菩薩所有功德聞已不著了達非有不起分别

不貪不味亦不求取無所依倚見法如夢無有堅固於諸善根不起有想亦無所倚但爲教化取著衆生成熟佛法而爲演說又復觀察過去諸法十方推求都不可得作是念已於過去法畢竟皆捨是名過去施

第七過去施者然三世之施通相皆明不著別則過去不生追戀未來預止貪求現在心無染著今過去釋中分二先明於佛法無著後又復下於一切法無著前中初二句總明次不起分別下別顯先顯不著之相不分別者稱法性故次不貪染不愛味亦不方便求取以爲己德亦不依此而起修行次見法下廣上了達釋不著所由次但爲下釋疑疑云既俱無著云何而說釋云爲化衆生令無著故二於一切法無著者以般若智求不可得觸目現境尚了性空過往法中寧當計有

云何爲菩薩未來施此菩薩聞未來諸佛之所修行了達非有不取於相不別樂往生諸佛國土不味不著亦不生厭不以善根迴向於彼亦不於彼而退善根常勤修行未曾廢捨但欲因彼境界攝取衆生爲說眞實令成熟佛法然此法者非有處所非無處所非內非外非近非遠復作是念若法非有不可不捨是名未來施

第八未來施釋中分二先正顯後釋疑前中不著修行之因不願淨土之果不味其好不猒其事不迴向者釋上不味不自安處求勝樂故不退己下釋上不猒修彼行故（不自安處求勝樂者初發心住已會此文）二但欲下釋疑疑

云既於淨不味修行何爲釋有二意一者約悲但爲攝物故二然此下約智智了非有故生即非生故不著不礙事故非生之生故修行非有處所者與理冥故非無處所者事像形故非內者相分境故非外者心所淨故非近者十萬等殊故非遠者我淨土不毀故此約淨國以說若通論未來法者可以意知復作巳下更約性空結成捨義又目擊尚捨況於未形非有處所者與理冥故者即明淨土四句之義謂有質不成無質不成等如世界成就品十萬等殊者十萬即阿彌陀經從此西方十萬佛土有世界名曰極樂故等者等於餘土遠近之數若約通論未來法可以意知者未來未至故非有處所緣會當成聖智所知故非無處所未來故非內由心故非外未至何有遠近

云何爲菩薩現在施此菩薩聞四天王衆天三十三天夜摩天兜率陀天化樂天他化自在天梵天梵身天梵輔天梵衆天大梵天光天少光天無量光天光音天淨天少淨天無量淨天徧淨天廣天少廣天無量廣天廣果天無煩天無熱天善見天善現天色究竟天乃至聞聲聞緣覺具足功德

第九現在施釋中有三初明所捨之境二聞巳下正明捨心三爲令下釋通外難令初先列諸天後列二乘功德上二世中舉佛菩薩今舉諸天二乘者文影畧耳天中初六欲界巳如初會梵天巳下明色界天然色界攝天多少諸說小異俱舍正理皆說十七故頌云三靜慮各三第四靜慮八長行之中建立十六以梵王梵輔同一天故瑜伽云處有十八謂色究竟外說大自在不言無想意在廣果中攝今此即文而

數有二十二然四禪初一皆是總標則初靜慮四二三各三第四有八還成十八正理初說有三今加梵身晉經梵衆名梵眷屬若然身亦衆義則梵身是外所領之衆梵衆則爲內眷屬衆梵輔即大梵前行列侍御大梵即彼天王獲中間定初生後歿威德等勝故名爲大

次光天下即二禪三天一自地天內光明最少故二光明轉勝量難測故三光音者口出淨光故次淨天下即三禪三天意地受樂總名爲淨一於自地中此淨最劣故名少淨二淨增難量故三此淨周普故次廣天下明四禪八天初三是凡離八災患皆稱福廣於自地中此福猶劣故名少廣二福難量故三異生果中此最勝故異生果中

此最勝故者上五聖居故無煩已上名五淨居謂離欲諸聖以聖道水濯煩惱垢故名爲淨淨身所止故名淨居或此天中無異生雜純聖所止故名淨居一無煩者煩謂繁雜或謂繁廣無繁雜中此最初故繁廣天中此最劣故此依正理若順今經皆作此煩則無廣義也二無熱者已善伏除雜修靜慮上中品障意樂調柔離熱惱故或熱者熾盛爲義謂上品修靜慮及果此猶未證故三善現者已得上品雜修靜慮果德易彰故名善現已得上品雜修靜慮者謂漏與無漏間雜而修故名雜修俱舍賢聖品論云前說上流雜修靜慮爲因能生色究竟天先應雜修何等靜慮一問由何等位知雜修成二問復有何緣雜修靜慮三問偈云先雜修第四一答辯成由一念雜二答辯爲受生現樂及遮煩惱過三答辯釋曰初句明夫欲雜修必先修第四靜慮由第四靜慮最堪能故二答成位謂阿羅漢或是不還成由一念雜者謂彼必先入第四靜慮多念

無漏相續現前從此引生多念有漏後復多念無漏現前如是旋環後後漸減乃至最後二念無漏次引二念有漏現前無間復生二念無漏名雜修定加行成滿次復唯有一念無漏次復引起一念有漏無間復生一念無漏中間有漏前後無漏以相間雜故名雜修此一念雜名根本成修第四已乘此勢力亦能雜修下三靜慮三答何緣云雜修靜慮總有三緣一爲受生生淨居天故二爲現樂受現法樂故三爲遮煩惱過若不還修由前三緣若羅漢修除受生一從此第六明淨居處何唯有五論頌云由雜修有五生有五淨居釋曰由雜修第四有五品故一下品有三心初起無漏次起有漏復起無漏二是中品亦同上修三心并前成六三是上品四上勝品五上極品亦皆同初各起三心三五便成一十五心如次五品感五淨居應知此中無漏勢力熏修有漏感五淨居非無漏感今善現天是第四品第五善見是極上品故

障至微 四善見者雜修定障餘品至微見極清徹故名善見經本先見後現或恐誤也五色究竟者更無有處於有色中能過於此故或此已到衆苦所依身最後邊故言乃至二乘功德者中間越於四空等故

聞已其心不迷不没不聚不散但觀諸行如夢不實無有貪著

二正明捨心中聞上世出世境已不迷爲實不沈没於貪不聚集其善因不散動以分別但觀下釋其所以可知

爲令衆生捨離惡趣心無分別修菩薩道成就佛法而爲開演是名現在施

三釋難者疑云既言不聚善因何以說五乘因果釋云拯三塗之劇苦示人天以蘇息止劣見之妄情說二乘以引攝爲物然耳非自不捨也

云何爲菩薩究竟施

第十究竟施文三同前徵名者畧有五義得究竟名一前六捨財命次三捨著心今則兼上二門故二又發大願令物無著故

三令物得究竟果故四不生一念愛著則微細無著故五究竟能令物實益故如無眼等而施之者如世凡人豈能將他之目安之於已令菩薩福力令彼還得以慈善根力故如五百群賊平復如故故云究竟益

佛子此菩薩假使有無量衆生或有無眼或有無耳或無鼻舌及以手足來至其所告菩薩言我身薄祜諸根殘缺惟願仁慈以善方便捨已所有令我具足

釋相中三初施境現前二菩薩聞下正明施行三如我下迴向衆生

菩薩聞之即便施與假使由此經阿僧祇劫諸根不具亦不心生一念悔惜但自觀身從初入胎不淨微形胞段諸根生老病死又觀此身無有真實無有慙愧非賢聖物臭穢不潔骨節相持血肉所塗九孔常流人所惡賤作是觀已不生一念愛著之心復作是念此身危脆無有堅固我今云何而生戀著應以施彼充滿其願

二中分二初正施無悋二但自下釋成行之由由入觀故此觀即是念處觀也皆言身者觀有通別別觀五藴一一名身故淨名云是身如泡不得久立等通觀五陰皆無常等故智論云五陰即無常無常即苦苦即無我等今此不淨偏語色身餘之三觀皆通五藴第一苦觀謂始從入胎皆生苦攝老等可知二又觀下明無我觀謂無真實主宰故無有慙愧者雖假以澡浴衣食一旦背恩如小兒故非賢聖物者是世

間故故智論云由無我故令捨世間三臭穢下明不淨觀四復作下明無常觀觀危脆故一旦背恩如小兒故者卽智論文審諦觀此身終畢歸死處難御無反復背恩如小兒故智論云由無我故下亦同此卷已前亦引

如我所作以此開導一切衆生令於身心不生貪愛悉得成就清淨智身是名究竟施是爲菩薩摩訶薩第六施藏

三迴向者揀小乘故然菩薩修此觀時以無所得而爲方便故同法界故已不共小況迴向耶

佛子何等爲菩薩摩訶薩慧藏

第七慧藏中分四一徵名二釋相三結名四歎益

此菩薩於色如實知色集如實知色滅如實知色滅道如實知於受想行識如實知受想行識集如實知受想行識滅如實知受想行識滅道如實知於無明如實知無明集如實知無明滅如實知無明滅道如實知於愛如實知愛集如實知愛滅如實知愛滅道如實知於聲聞如實知聲聞法如實知聲聞集如實知聲聞涅槃如實知於獨覺如實知獨覺法如實知獨覺集如實知獨覺涅槃如實知於菩薩如實知菩薩法如實知菩薩集如實知菩薩涅槃如實知

就釋相中二初明慧藏後釋無盡前中三初明如實知境次云何下釋如實知義三菩薩成就下總結多門以彰善巧今初以四諦慧照十種法攝十爲五類前五五蘊次二有支後三三乘故以四諦慧等者卽無作四諦也故下四諦差別門中云若約菩薩能觀皆無作也收此五類不出二

門初二凡境後三聖境又若後三就果則初二有作四諦後一無作四諦界內界外因果異故此就所觀若約菩薩能觀皆無作也又初二流轉後三還滅前有滅道是流轉始修之還滅後有苦集是還滅未盡之流轉又前是所知之法後是能知之人人中有法即是前法歷於四諦是聲聞法所緣有支是緣覺法五蘊即是三乘共法皆如實知是菩薩法收五爲二四門中前三皆約所知後一方具能所前有滅道下此通妨難謂有難言初二流轉即五蘊有支而皆有四諦謂色滅色道等滅道即是還滅何言流轉後有苦集亦然故今通云前五陰等中有滅道者於蘊等中方始修道期得滅耳若已證滅則無蘊等言後有苦集者即三乘中亦以四諦則有苦集既是還滅何得有之今答雖是聖人苦集未盡無餘涅槃方始盡故又前是所知下第四門中二先正明後人中有法下通妨經云聲聞法如實知緣覺法如實知等何言但是能知之人故爲此通謂三乘聖人歷前諸法成三乘耳歷於四諦下示其以法成人之相其四諦之法遍在前七所緣有支即無明有愛能如實知諸法故名菩薩皆言如實知者下經總釋今當畧辨一如事實二如理實十中前七當相是苦無明與愛有漏性故行苦隨故行蘊攝故緣成是集無性是滅顯滅爲道從詮顯故此則總說及就理滅若别說者不了無常不淨等過而生愛著名爲色集若滅癡愛名爲色滅唯止與觀是色滅道由止離愛由觀離癡若兼助道即有戒學及道品等受想行識例此可知無明集者由他言說不如理引由自妄想不正思惟滅此名滅言愛集者謂無明觸爲緣所生受故亦滅此名滅癡愛之道皆同蘊說十二支中唯舉二者發業潤業唯此二故能引能生各舉初故從癡有愛病

之源故涅槃三十四云從無明生愛當知是愛即是無明從愛生取當知是取即無明愛等亦似斯義又約三際無明爲本愛取爲際此二中間有識等五及生老死今悟無明由迷過去有識等五現在之愛即是無明若不斷者輪轉不息今思斷之將來無復生死矣無明與愛有漏性下釋妨謂有問言無明與愛此是煩惱云何而言七皆是苦故爲此通明三義是苦緣生是集七皆緣生無性是滅七皆無性結是理滅顯滅爲道道者顯無性理言從詮顯者釋上顯滅爲道謂緣生之法是顯滅之詮若不從緣不知無性故亦如修行止觀之顯得滅理故次結云此則總說及就理滅若別說者下歷色等一一別明四諦之相可以思準由他言說等皆瑜伽意義皆可知不正思惟亦涅槃意六地當明無明觸爲緣等者亦瑜伽意大般若等皆說眼觸眼觸爲緣所生諸受等如眼根境識三和合名觸若以明爲緣不成有支由無明迷而受諸受樂受生愛故是愛因發業下解釋略引三文一唯識生引門說無明發業愛能潤業能引有二但舉無明能潤有三但舉於愛已攝取有涅槃下引

經證即是北經有本當三十五南經三十二明一十一對譯論之中此當第十四有心數無心數義此文稍略若具引者經云善男子我於經中作如是說聖人色陰乃至識陰皆是無明因緣所出一切凡夫亦復如是從無明生愛當知是愛即是無明從愛生取當知是取即無明愛從取生有當知是有即是無明愛取從有生受當知是受即是行有從受因緣生於名色無明愛取有行受觸識六入等是故受者即十二支善男子我諸弟子聞是說已不解我意唱言如來說無心數釋曰此中有三先明聖人五陰從無明生二例凡夫三就中明心法展轉相生更無別數此中即三世十二因緣隱顯互論文中先列後結列中先明過去之因從無明生言從無明生愛當知是愛即是無明者謂無明之心對境染著即名爲愛是故此愛即是無明言從愛生取當知是取即無明愛者即前愛心取著境界即名爲取體性不殊是故此取即無明愛言從取生有當知是有即是無明愛取者前取心起業名有是故此有即無明等次論現果云從有生受當知此受即是行有者此諸識支以之爲受識支即是現報之體從因緣得故名爲受即前有支轉爲此受是故此受即前行有亦應即前無明愛取就近言耳言從受因緣生於名色者受增爲名所託識立以之爲色從受生於無明愛取有行者從現報受起後因也從受因緣生於愛觸識六入等者

從現報色轉起未來生老死也亦應宣說名色即是受乃至宣說六入即受而文略耳以下經云是故受者即十二支故此末句即是總結無別受外心法向前即於過去無明愛等向後即於名色等故受即十二支以今疏引但引初段證無明愛是十二支本其即無明愛等字等餘經文然其彼經本意為明斯義又約三際無明為本下即瑜伽論至下六地無別心法非成緣明及愛是有支本故疏結言亦似當廣分別今且略釋無明橫起是本可知不了第一義諦名無明故言愛取為際者即現在所起若更起愛取則有未來生老死支若不起者當苦不生有無由之故名為際言是二中間有識等五者是無明支後愛取支前中間五果言及生老死者即愛取支後望未來世未起愛取支前為中間耳以未來更起展轉無窮故

後三約淨聲聞是人四諦為法所行道品為集所成果為涅槃十二因緣是緣覺法無邊法界是菩薩法又知聲聞即是知苦以聲聞苦是已知故但舉其位法即是彼所行之法即是道諦集即是彼惑集未盡是為集諦已有斷故法後說之涅槃即是滅諦已證滅故改名涅槃緣覺菩薩準斯可見前釋通因後釋就果若定以前二為分段後三為變易則小乘三果已前應受變易直往七地已下非此所知故不可也又知聲聞下會通四諦以前標云以四諦慧照十法故前釋通因下會二釋雖因果云異亦不殊四諦之意也若定以前下四結彈古義即刊定記釋疏先敘之後則小乘三果下示其過相後之三乘通因通果今為變易則三果已受變易變易入無餘竟方始受之何得三果便受變易又此三果非此所知三果是分段故言直往七地等者迴小入大初地已上容受變易直往菩薩入地已上方受變易今總為變易故七地已還非此所知亦可直往七地已前應受變易各有二過疏文影略耳然分段變易者勝鬘經云有二種死何等為二謂分段死不思議變易死分段死者謂虛偽凡夫不思議變易死者謂阿羅漢辟支佛大力菩薩意生身乃至究竟無上菩提釋曰據此明小乘三果七地已還未受變易四變易義前已廣說

大方廣佛華嚴經疏鈔會本第二十一之四

音釋

輟 陟劣切音拙止也歇也

夭命 夭於兆切短折也不盡天年謂之夭命

嬰 於盈切縈也謂縈纏重疾也

煢獨 煢渠營切獨也

羸頓 羸力追切瘦弱也頓都困切顛仆也

籌量 籌直由切筭度也量呂章切稱量也謂稱量輕重長短也

貧寠 寠其矩切貧無禮也

逼迫 逼筆力切驅也迫博陌切急迫也

髓腦 髓息委切骨中脂也腦乃老切頭髓也

脆 七芮切小耎易斷也

擗 毘亦切正作躃倒也

愕 逆各切驚愕也

憤 房吻切怒也

大方廣佛華嚴經疏鈔會本第二十一之五

唐于闐國三藏沙門實叉難陀　譯

唐清涼山大華嚴寺沙門澄觀撰述

云何知知從業報諸行因緣之所造作一切虛假空無有實非我非堅固無有少法可得成立

第二釋如實知義非唯能知行相亦顯所知之相也先徵後釋徵意云爲隨相知爲無相知若隨相知寧異凡小若無相知無相無知故言云何知後釋意云知相知性無有障礙是菩薩所知無知之知是菩薩知文分二別先約自利明知苦集後約利他彰知滅道二文影畧應各具四又二段中含前五類具顯三乘今初段中知從業報是五蘊相業集報苦是二諦相言諸行因緣之所造作十二支相諸行因緣即是集相之所造作是苦諦相上辨知相一切巳下顯知無相通於苦集初有二句共三乘相非我巳下釋成上文揀二別相由非我故空無有實但假五陰是聲聞相以非堅固空無有實但緣成假是緣覺相若無少法可得空無有實但虛假幻相是菩薩相非安立諦無可成故亦顯所知之相者所知者即下性相要顯所知方識能知耳知相下此中有三一知相二知性三知無障礙無障礙有二一上性相無礙二以性融相重重無礙即四法界是此所知言無知知者是菩薩能知也即般若無知對緣而照耳又二段中含前五類等者謂前以如實知一一歷前五類之法在文畧著今明文中義含前法故疏示

欲令衆生知其實性廣爲宣說爲說何等說諸法不可壞何等法不可壞色不可壞受想行識不可壞無明不可壞聲聞法獨覺法菩

薩法不可壞何以故一切法無作無作者無言說無處所不生不起不與不取無動轉無作用

二欲令已下次約利他彰知滅道能知實性是道諦相法不可壞及所知性即滅諦相廣爲宣說唯菩薩相文中二初標說意二爲說下展轉徵釋總有三重初徵意云說何等法令知實性釋云說不可壞此畧示其宗次徵云此不可壞爲性爲相此尋說處釋云相即性故五類等法皆不可壞依般若中自色已上種智已還悉皆徧歷後徵云現見諸法猶如聚沫泡焰芭蕉幻夢不實那言不壞下釋所由畧由三義一色等性空無可壞故若壞方空非本空故二由空即眞同法性故若壞方眞事在理外故三由即空不待壞故壞則斷滅文中十句五對初無我無造故不可壞二離能所詮故三能生不生所生不起故四因不取果果不與因故五體無動轉用無作相故自色已上種智已還者大品畧引八十餘科大般若更廣謂色爲首是五蘊初故次歷四蘊次歷十二入十八界次眼等觸等所生諸受次四念住四諦四禪八解脫陀羅尼十地五眼十力大慈大悲四等相好無忘失法一切種智四果菩薩行無上菩提釋曰上即所歷也現見諸法猶如聚沫等者舉五蘊不實破壞之義以難不壞釋意前已類有

菩薩成就如是等無量慧藏以少方便了一切法自然明達不由他悟

第三總結多門以彰善巧者更有多門皆以無所得等爲少方便則色空見盡壞與不壞兩亡不隨境轉名不由他悟皆已無得等爲少方便者疏以無得釋少方便下經云以無所得而爲方便若準大般若亦以無生

爲方便無住爲方便無依爲方便皆般若相也然爲方便畧有二意一以爲入有方便令有無所得等二爲入空方便亦不住無得故今正取爲入有方便

此慧無盡藏有十種不可盡故說爲無盡何等爲十所謂多聞善巧不可盡故親近善知識不可盡故善分別句義不可盡故入深法界不可盡故以一味智莊嚴不可盡故集一切福德心無疲倦不可盡故入一切陀羅尼門不可盡故能分別一切衆生語言音聲不可盡故能斷一切衆生疑惑不可盡故爲一切衆生現一切佛神力教化調伏令修行不斷不可盡故是爲十

第二釋無盡義有標徵釋結釋亦十事五對一因緣二教理三福智四持辨五智通福智中云一味者百華異色共成一陰萬法雖殊貫之一智亦如上酥無不入也亦如上酥無不入也者辯深密經歎眞實智無不入也

是爲菩薩摩訶薩第七慧藏住此藏者得無盡智慧普能開悟一切衆生

三結四歎文處可知

佛子何等爲菩薩摩訶薩念藏此菩薩捨離癡惑得具足念

釋相中有四一總標念體二所念差別三能念勝相四明念益相

憶念過去一生二生乃至十生百生千生百千生無量百千生成劫壞劫成壞劫非一成劫非一壞劫非一成壞劫百劫千劫百千億那由他乃至無量無數無邊無等不可數不可稱不可思不可量不可說不可說不可說劫念一佛名號乃至不可說不可說佛名號念一佛出世說授記乃至不可說不可說佛

出世說授記念一佛出世說修多羅乃至不可說不可說佛出世說修多羅如修多羅祇夜授記伽陀尼陀那優陀那本事本生方廣未曾有譬喻論議亦如是念一衆會乃至不可說不可說衆會念演一法乃至演不可說不可說法念一根種種性乃至不可說不可說根種種性念一根無量種種性乃至不可說不可說根無量種種性念一煩惱種種性乃至不可說不可說煩惱種種性念一三昧種種性乃至不可說不可說三昧種種性

二憶念下所念差別中唯依宿住以辦明記畧舉十事以顯無盡一生二劫三佛名四授記五演教六衆會七說義八根性九所治十能治文並可知

十二分教今當畧說舊名十二部經恐濫部帙改名分教各有二相

唯修多羅或二或三修多羅者此云契經廣如初卷言二相者一是總相謂涅槃十五云始從如是我聞終至歡喜奉行皆修多羅二者別相雜集十一云謂長行綴緝畧說所應說義然更有異名異名有四一法本二但名經三直說四聖教言法本者遠公以五義釋之一教爲理本二經爲論本三總爲別本四初爲後本五畧爲廣本以彼立三修多羅故一總相二別相三本相亦名畧相總不異前別謂就前總相分出十一餘不收者還復攝在修多羅中名爲別相用斯別相望祇夜等爲其本故名初爲後本言本相者於彼別相十二部中初畧標舉名修多羅後廣釋者隨別名之

如言色者即是根本畧相復云青黄等者是名廣相故云畧爲廣本然其後二不違雜集長行綴緝等言綴緝即是十一所不攝者如賢首品云爾時文殊師利説無濁亂清淨行大功德巳等類此是結集綴緝非佛正説故云十一所不攝者其畧説所應説義即是畧爲廣本如欲顯示菩提心功德故即其類也此第三畧相亦順成實成實名直説語言總相而言名爲直説一一語言多義分别名非直説斯則通十二分皆有此一若十二分中修多羅並通前三若三藏修多羅唯局總相但開雜集别義以成後二有不曉者妄非先賢而云修多羅但依總相業用則違諸論長行綴緝等修多羅者下别釋之此一部分二先辨二相其長行綴緝等者次下當知二然

更有下辨異名便彰三相於中二先列四名亦如初卷言法本下别釋於中一正述遠公釋二以彼立下爲出所以即立三相以五中後三即三修多羅相然其後二下遮破會通以刋定記自立兩重總别如第一疏鈔不許立三彼第一疏中破云隨遠法師雖説修多羅總别畧三初順涅槃二無聖教亦乖正理三違雜集雜集論云修多羅者謂長行綴緝所應説義彼自釋云畧説所應説義即是長行綴緝曾無先畧標舉後廣釋相言畧者總之異名謂修多羅一分是總餘十一分是别今修多羅依藏部中總相業用而立其名餘藏部名依藏部中别相業用所以者何修多羅業能貫攝故餘藏部所詮所化由此貫攝彼方成故故涅槃云始從如是我聞乃至歡喜奉行皆修多羅攝釋曰此即彼之立破今疏知其所立但是總相更不叙之言違雜集故爲辨相却用雜集故云不違此成别相故云長行綴緝是十一所不攝者恐義未顯故引涅槃賢首品示之以總長行綴緝即是總相總相何得揀偈頌耶其有畧説所應説義通畧相修多羅即離雜集論文而爲兩段畧出别之據只用上賢首品一文雙證二義如云爾時文殊師利説無濁亂清淨行大功德巳者但是長行綴緝若云欲顯示菩提心功德故即是畧相標下文之所説故次明不違成實可知從斯則通十二分者明畧相通也不同别相十一不攝若十二分下正辨大義雙結藏部

二修多羅通局之異此文正爲刊定立二總別彼云但藏部立名各有兩重總別一謂三藏十二部爲總名修多羅等爲別稱二謂修多羅爲總號毗柰耶應頌等爲別目自古相傳唯辨前門不論其後釋曰其後一總別彼爲挺拔令正破之彼意云既契理合機名修多羅則律與論皆有契合豈不得名修多羅耶故令示云二藏有契合者即十二部中修多羅耳此約義該何須更立兩重總別三藏修多羅唯局總相十二分中却分三相故從總相立於經藏揀異二藏也但開雜集下結示遠公之據有不曉下結彈刊定違雜集言却在彼已餘十二分文並可知然隨一一分便引當經爲證則顯此經具十二分耳言二祇夜者此云應頌一與長行相應之頌由於長行說未盡故雜集云不了義經應更頌釋如十住品發心住頌即其類也二爲後來應更頌故涅槃云佛昔爲諸比丘說契經竟爾時復有利根衆生爲聽法故後至佛所即便問人如來向者爲說何事佛時知已即因本經以偈頌曰我昔與汝等不識四眞諦是故久流轉生死大苦海等涅槃云佛昔爲諸比丘等者即十五經云長行具云何等名爲祇夜經佛告諸比丘昔我與汝愚無智慧不能如實見四眞諦是故流轉久處生死沒大苦海何等爲四苦集滅道如佛昔日爲諸比丘說契經竟下全同疏疏後等字有二一等餘偈更有一偈云若能見四諦即得斷生死生有既已盡更不受諸有是名祇夜經二等取餘經文三授記者梵云和伽羅那亦云記別記者録也別謂分別一記弟子生死因果其文非一二記菩薩當成佛事如記彌勒此發心品及出現品並有其文如記彌勒者涅槃云何等名爲授記經如有經律如來說時爲諸天人受佛記別汝阿逸多未來有王名曰穰佉當於是世而成佛道號曰彌勒是名授記經四伽陀者此云諷頌諷即是頌謂孤起偈一爲易誦持故二爲樂偈者故三天偈讚皆是其流四伽陀涅槃中引諸惡莫作偈二相即是二意立偈五尼陀那此云因緣一因請方說爲重法故如三家五請等二因事方說知本末故如

觀善財又雜集云又有因緣制立學處即因事制戒亦第二攝二因事方說知本末故者涅槃云何等爲尼陀那經如諸經偈所因根本爲他演說如舍衛國有一丈夫羅網捕鳥得已籠繫隨與水草而復還放世尊知其本末因緣而說偈言莫輕小罪以爲無殃水滴雖微漸盈大器六優陀那此云自說一爲令知而請法故如十地本分等二爲令所化生殷重故念佛慈悲爲不請友如普賢行品等

七本事者梵云伊帝目多伽一說佛往事如說威光太子等二說弟子往事如說諸善友因緣等七本事二相中瑜伽八十一但有初相云本事者說佛前際所有事後際所生事雜集但有後意論云本事者謂宣說聖弟子等前世相應事

八本生者梵云闍陀伽謂說昔受身一說如來如說威光數數轉身值諸佛等二說弟子如諸善友等然其本事但云其事除所生事本生要說受身八本生等一說如來者涅槃云如佛世尊本爲菩薩時修諸苦行所謂比丘當知我於過去作鹿作羆作獐作兎作粟散王轉輪聖王龍金翅鳥如是行菩薩道時捨所可愛身

九方廣者梵云毘佛畧一廣大利樂故二正法廣陳故此經一部全受斯稱涅槃云所謂大乘方等經典其義廣大猶如虛空雜集開爲五義云方廣者謂菩薩藏相應言說亦名廣破以能廣破一切障故亦名無比法無有諸法能比類故一切有情利益安樂所依處故宣說廣大甚深義故九方廣可知所引雜集皆第十一開總菩薩藏相應言爲四并總爲五耳餘可知

十未曾有者梵云阿浮達磨亦云希法一德業殊異故如佛初生即行七步斯經不起而升四天等二法體希奇故謂說佛菩薩不共功德經文非一

十一譬喻者梵云阿波陀那一爲深智說

似令解眞故如法華云諸有智者以譬喻得解如出現品一一喻明二爲淺識就彼取類誘令信故如爲擔人說二蘊等此經所無雜集通說爲令本義得明了故

十二論義者梵云優波提舍一以理深故二義不了故並須循環研覈或佛自說或菩薩相論如問明品等

此之十二於大於小爲局爲通若皆大者則違涅槃等文涅槃第三云護大乘者受持九部法華第一云我此九部法隨順衆生說瑜伽等論說聲聞藏無有方廣然諸經論且約一相故作是說如實說者大小皆具如深密中菩薩依十二分教修奢摩他瑜伽二十一云佛爲聲聞一一具演十二分教而涅槃說大但有九者依三部中之小相故謂因緣中取因事制戒於譬喻中依爲誘引於論議中約非了義法華九部小者三相大故於記別中取記作佛自說之內依不請友方廣之中依廣大利樂其正法廣陳通大通小然契經望餘總相畧相則許通有別相則無應頌諷頌本事本生互望並無本事本生望於記別亦是互無自說因緣容得互有如因事說不由請故除上所除餘皆互有此經之中具足十二已如上引十二分教義已畧周有欲廣知如涅槃十五雜集十二瑜伽八十一等說言一三昧種種性者如一定中凡小權實多差別故又一多即入故涅槃第三云護大乘者受持九部者義引經云若有比丘供身之具亦常豐足復能護持所受禁戒能師子吼演說妙法謂修多羅祇夜授記伽陀優陀那伊帝目多伽闍陀毗佛畧阿浮達

磨以如是等九部經典爲他廣說利益安樂諸衆生故等法華第一即是方便後偈下半云入大乘爲本以故說是經下引瑜伽小唯十一

此念有十種所謂寂靜念清淨念不濁念明徹念離塵念離種種塵念離垢念光耀念可愛樂念無障礙念

三此念下明能念勝相於中十句一靜慮相應故二無漏俱轉故三淨信俱故四了了知故五不取相故六離分別故七離所知故八與慧俱故九具上諸德故十離上諸過故

菩薩住是念時一切世間無能嬈亂一切異論無能變動往世善根悉得清淨於諸世法無所染著衆魔外道所不能壞轉身受生無所忘失過現未來說法無盡於一切世界中與衆生同住曾無過咎入一切諸佛衆會道場無所障礙一切佛所悉得親近是名菩薩摩訶薩第八念藏

四菩薩住此下明念益相亦有十句既世與出世皆念故能離過成德並顯可知

佛子何等爲菩薩摩訶薩持藏此菩薩持諸佛所說修多羅文句義理無有忘失一生持乃至不可說不可說生持

第九持藏釋相中三初別舉文義顯長時持

持一佛名號乃至不可說不可說佛名號持一劫數乃至不可說不可說劫數持一佛授記乃至不可說不可說佛授記持一修多羅乃至不可說不可說修多羅持一衆會乃至不可說不可說衆會持演一法乃至演不可說不可說法持一根無量種種性乃至不可

說不可說根無量種種性持一煩惱種種性
乃至不可說不可說煩惱種種性持一三昧
種種性乃至不可說不可說三昧種種性
二持一佛下徧舉諸法顯能廣持所持即
前所念之法
佛子此持藏無邊難滿難至其底難得親近
無能制伏無量無盡具大威力是佛境界唯
佛能了是名菩薩摩訶薩第九持藏
三佛子下辨能持德量文有十句一大之
無外二廣能虛受三深難至底四邊絕
相五外無能制六體無分量七用無窮盡
八內含衆德九因徹果源十餘無能究
佛子何等爲菩薩摩訶薩辨藏
第十辨藏文有四別謂徵釋結歎
此菩薩有深智慧了知實相廣爲衆生演說
諸法不違一切諸佛經典
釋相中四初總舉體用雙照事理二種實
相名深智慧
說一品法乃至不可說不可說品法說一佛
名號乃至不可說不可說佛名號如是說一
世界說一佛授記說一修多羅說一衆會說
演一法說一根無量種種性說一煩惱無量
種種性說一三昧無量種種性乃至說不可
說不可說三昧無量種種性
二說一品下顯能廣演
或一日說或半月一月說或百年千年百千
年說或一劫百劫千劫百千劫說或百千億
那由他劫說或無數無量乃至不可說不可
說劫說劫數可盡一文一句義理難盡
三或一日下明長時演先正明

何以故此菩薩成就十種無盡藏故成就此藏得攝一切法陀羅尼門現在前百萬阿僧祇陀羅尼以爲眷屬得此陀羅尼已以法光明廣爲衆生演說於法

後徵釋以是十藏之終故說具前十藏近接總持復舉陀羅尼門

其說法時以廣長舌出妙音聲充滿十方一切世界隨其根性悉令滿足心得歡喜滅除一切煩惱纏垢善入一切音聲言語文字辯才令一切衆生佛種不斷淨心相續亦以法光明而演說法無有窮盡不生疲倦何以故此菩薩成就盡虛空徧法界無邊身故是爲菩薩摩訶薩第十辯藏

四其說法下彰辯之德亦有正明徵釋可知

此藏無窮盡無分段無間無斷無變異無隔礙無退轉甚深無底難可得入普入一切佛法之門

四歎勝中文有十句義該七辯一無窮盡是豐義味辯一一句中出多事理故二即捷辯欲言即言無分段故三無踈謬辯不以邪錯間深理故四無斷辯相續連環故五應辯應時應機無變異故六迅辯迅若懸河無隔礙故已下四句即一切世間最上妙辯此辯有五德一甚深如雷即第八句二清徹遠聞故不退轉即第七句三其聲哀雅如迦陵頻伽故能普入一切佛法即第十句四能令衆生入心敬愛五其有聞者歡喜無厭故難可得入上二即第九句上來第三依章別釋竟七辯十地廣明

佛子此十種無盡藏有十種無盡法令諸菩薩究竟成就無上菩提

第四佛子下總歎十藏勝能分三初標歎何等爲十饒益一切衆生故以本願善迴向故一切刼無斷絶故盡虚空界悉開悟心無限故迴向有爲而不著故一念境界一切法無盡故大願心無變異故善攝取諸陀羅尼故一切諸佛所護念故了一切法皆如幻故

二徵釋釋有十句攝爲五對一下化上求二豎窮横徧三捨相契實四無變善攝五外護内明

是爲十種無盡法能令一切世間所作悉得究竟無盡大藏

三是爲下結歎此後應有偈等或是畧無多是經來未盡第四會竟

大方廣佛華嚴經疏鈔會本第二十一之五

音釋

綴緝　綴，朱衛切，聯也；緝，七入切，續也。　獐　止良切，麇屬。　翅　施智切，翼也。

嬈亂　嬈，而沼切，擾同；亦亂也。

大方廣佛華嚴經疏鈔會本第二十二之一

唐于闐國三藏沙門實叉難陀譯

唐清涼山大華嚴寺沙門澄觀撰述

升兜率天宮品第二十三

自下第五會明上賢十向四門同前初來意中先會來者正爲答前迴向問故迴前解行以向眞證廣益自他令行彌綸無不周故菩薩大乘藏經云以少善根引無量果者謂迴向心以迴向心爲大利故故行後明之又前解行既著令悲願彌博後品來者前會既終將陳後詺先明說處表法故來菩薩大乘藏經者或單名菩薩藏經唯一卷亦名禮佛懺悔隨喜等後廣說迴向等功德先明七寶布滿恒河沙三千大千世界供養於佛後云行此迴向功德等卽引無量果乃是義引耳以迴向心爲大利故卽暗引淨名佛道品普現色身菩薩之偈云富有七財寶教授以滋息如所說修行迴向爲大利故行後明之者迴前行故二釋名者先會得名亦有三義同前二會亦有三義者一約處名兜率天宮會二約人名金剛幢菩薩會三約法名十迴向會二釋品名兜率是處佛以法界之身不起而應故名爲升處此說者表位超勝是次第故又上下放逸此天知足表世間行滿故居喜足之天又以彼有一生補處表菩提之心功行滿故又積功累勳知階未足迴勳授子乃知有餘菩薩亦爾勤苦積行未見有餘迴向衆生乃知自足又欲界六天此居其中表悲智均平處於中故又生此天而修三福謂施戒定自餘不具偏多不均故處此說也處此說下此句徴從表位下答答有六意一前行在夜摩今迴向超前故居兜率上但約次第二取知足天名三約天主說之四再就知足釋之前約自利足此約利他足五約中道說之六約均平釋言又生此天而修三福者卽涅槃三十二應言修施戒者得上下天身修施戒定得兜率

天身第三宗趣者會以十向大願爲宗得地爲趣品以升天赴感爲宗說向爲趣

爾時佛神力故十方一切世界一一四天下閻浮提中皆見如來坐於樹下各有菩薩承佛神力而演說法靡不自謂恒對於佛

第四釋文此會有三品經初二當會由致後一正說所以無勝進者由二義故一以此會是三賢位終攝前解行總爲趣地方便迴向當體自是勝進是故無也此經上下其例有四一約行滿入位之際如賢首品信滿總爲入住方便二約願滿入證之際如此迴向初僧祇滿總爲入地方便三約功用滿入無功用之際如第八地初總攝前七地以爲方便此第二僧祇滿四約因位成滿之際如第十地初攝前九地爲入方便此約三僧祇滿處攝也餘同位相接即別有方便故非一例三約功用滿等者第八地初有總明方便集作地分集前七地爲入地方便四十地初有方便作滿足地分是也二方欲入地必離進趣相與無分別爲方便故就初二品前一化主赴機後品助化讚佛今初品中大分十段一本會齊現二不離而升三見佛嚴處四迎佛興供五覲佛勝德六請佛處殿七如來受請八天王獲益九承力偈讚十如來就坐今初也初言神力即是徧因未必起神境通但是修成心自在力十方已下辨所現相於中亦有化主助化望第四會既加及須彌頂此亦應云坐於樹下及須彌夜摩天宮文無者略以第二段中帶前升後既全舉前四則影顯前四皆圓徧也而演說者亦通四

會之所說也未必起等者此亦即前第十二經初各隨其類為現神通餘說四會等例前可知

爾時世尊復以神力不離於此菩提樹下及須彌頂夜摩天宮而往詣於兜率陀天一切妙寶所莊嚴殿

第二爾時下明不離而升謂前十方一切處四會皆儼然不散而升此說意明橫徧十方竪該九會佛法界身徧時處故餘義具如第三會初

時兜率天王遥見佛來即於殿上敷摩尼藏師子之座其師子座天諸妙寶之所集成過去修行善根所得一切如來神力所現無量百千億那由他阿僧祇善根所生一切如來淨法所起無邊福力之所嚴瑩清淨業報不可沮壞觀者欣樂無有厭足是出世法非世所染一切衆生咸來觀察無有能得究其妙好

第三時兜率下見佛嚴處中二初明感應緣會二即於巳下正顯嚴處於中分二先明一方嚴處後結通十方今初初雖標座下列樓帳等皆兼處嚴文分為二初總顯體德後有百萬下別明體用今初有十一句初總餘別總中無盡大願隨意出生悲智必俱生死無染名摩尼藏展行彌布故有數言別有十種圓滿勝相以斯妙座實德成故初一自體相以實成故次六因相一深遠相二勝妙相三廣大相四同體相五具德相六堅固相後三總顯殊特即座之德用一端嚴故二離染故三無極故

有百萬億層級周帀圍繞百萬億金網百萬

億華帳百萬億寶帳百萬億鬘帳百萬億香帳張施其上華鬘垂下香氣普熏百萬億華蓋百萬億鬘蓋百萬億寶蓋諸天執持四面行列百萬億寶衣以敷其上

二別明體用中通有二百九十九種百萬億廣上三段即爲三別初廣自體次有百萬億初發心下廣前殊特三百萬億善根下廣前因相初一多明器世間嚴後二顯衆生世間嚴皆智正覺世間之力也皆言百萬億者位增十行之百萬故初中長分爲十前九色相嚴後一音聲嚴其一一嚴事皆即法門可以意得

第一有十句座體嚴於中初句辨座層級後九覆座之嚴雖四面行列執蓋亦爲覆座

百萬億樓閣綺煥莊嚴百萬億摩尼網百萬億寶網彌覆其上百萬億寶瓔珞網四面垂下百萬億莊嚴具網百萬億蓋網百萬億衣網百萬億寶帳網以張其上百萬億寶蓮華網開敷光榮百萬億寶香網其香美妙稱悅衆心

第二樓閣下十句復於殿内建立樓閣繞座莊嚴亦是嚴處於中初句總下九句別顯嚴閣

百萬億寶鈴帳其鈴微動出和雅音百萬億栴檀寶帳香氣普熏百萬億寶華帳其華敷榮百萬億衆妙色衣帳世所希有百萬億菩薩帳百萬億雜色帳百萬億眞金帳百萬億瑠璃帳百萬億種種寶帳悉張其上百萬億一切寶帳大摩尼寶以爲莊嚴

第三寶鈴帳下　十句辨帳嚴亦是繞座前已辨覆故若重辨者帳上建樓樓上覆帳重重無盡耳

百萬億妙寶華周帀瑩飾百萬億頻婆帳殊妙間錯百萬億寶鬘百萬億香鬘四面垂下百萬億天堅固香其香普熏百萬億天莊嚴具瓔珞百萬億寶華瓔珞百萬億勝藏寶瓔珞百萬億摩尼寶瓔珞百萬億海摩尼寶瓔珞莊嚴座身百萬億妙寶繒綵以爲垂帶

第四妙寶華下有十一句辨嚴座身其頻婆帳應在寶華之前類例穩便亦可十二句辨帳九句嚴座身頻婆者此云身影質謂帳莊嚴具中現外質之影故

百萬億因陀羅金剛寶百萬億自在摩尼寶百萬億妙色眞金藏以爲間飾百萬億毘盧遮那摩尼寶百萬億因陀羅摩尼寶光明照耀百萬億天堅固摩尼寶以爲窻牖百萬億清淨功德摩尼寶彰施妙色百萬億清淨妙藏寶以爲門闥百萬億世中最勝半月寶百萬億離垢藏摩尼寶百萬億師子面摩尼寶間錯莊嚴百萬億心王摩尼寶所求如意百萬億閻浮檀摩尼寶百萬億清淨藏摩尼寶百萬億帝幢摩尼寶咸放光明彌覆其上百萬億白銀藏摩尼寶百萬億須彌幢摩尼寶莊嚴其藏

第五因陀羅金剛寶下有十七句亦嚴座四周皆明妙寶以爲窻門及覆亦嚴座體以莊嚴其藏是蓮華藏故標中表法有異住行不言蓮華理實應有或是座身之龕名藏

百萬億眞珠瓔珞百萬億瑠璃瓔珞百萬億赤色寶瓔珞百萬億摩尼瓔珞百萬億寶光明瓔珞百萬億種種藏摩尼瓔珞百萬億甚可樂見赤眞珠瓔珞百萬億無邊色相藏摩尼寶瓔珞百萬億極清淨無比寶瓔珞百萬億勝光明摩尼寶瓔珞周帀垂布以爲莊嚴百萬億摩尼身殊妙嚴飾百萬億因陀羅妙色寶

第六眞珠瓔珞下十二句瓔珞周垂嚴其摩尼身下二句文似缺略謂因陀羅妙色寶下無所結屬又非下之香類不可別爲一段

百萬億黒栴檀香百萬億不思議境界香百萬億十方妙香百萬億最勝香百萬億甚可愛樂香咸發香氣普熏十方百萬億頻婆羅香普散十方百萬億淨光香普熏衆生百萬億無邊際種種色香普熏一切諸佛國土永不歇滅百萬億塗香百萬億熏香百萬億燒香香氣發越普熏一切百萬億蓮華藏沉水香出大音聲百萬億遊戲香能轉衆心百萬億阿樓那香香氣普熏其味甘美百萬億能開悟香普徧一切令其聞者諸根寂靜復有百萬億無比香王香種種莊嚴

第七黒栴檀下有十六句以香爲嚴阿樓那者此云紅赤色

雨百萬億天華雲雨百萬億天香雲雨百萬億天末香雲雨百萬億天拘蘇摩華雲雨百萬億天波頭摩華雲雨百萬億天優鉢羅華雲雨百萬億天拘物頭華雲雨百萬億天芬陀利華雲雨百萬億天曼陀羅華雲雨百萬

億一切天華雲雨百萬億天衣雲雨百萬億摩尼寶雲雨百萬億天蓋雲雨百萬億天旛雲雨百萬億天冠雲雨百萬億天莊嚴具雲雨百萬億天寶鬘雲雨百萬億天寶瓔珞雲雨百萬億天栴檀香雲雨百萬億天沉水香雲

第八雨百萬下二十句雨雲爲嚴

建百萬億寶幢懸百萬億寶旛垂百萬億寶繒帶然百萬億香爐布百萬億寶鬘持百萬億寶扇執百萬億寶拂懸百萬億寶鈴網微風吹動出妙音聲百萬億寶欄楯周帀圍繞百萬億寶多羅樹次第行列百萬億妙寶窻牖綺麗莊嚴百萬億寶樹周帀垂陰百萬億樓閣延袤綺飾百萬億寶門垂布瓔珞百萬億金鈴出妙音聲百萬億吉祥相瓔珞嚴淨垂下百萬億寶悉底迦能除衆惡百萬億金藏金縷織成百萬億寶蓋衆寶爲竿執持行列百萬億一切寶莊嚴具網間錯莊嚴百萬億光明寶放種種光百萬億光明周徧照耀百萬億日藏輪百萬億月藏輪並無量色寶之所集成百萬億香燄光明映徹百萬億蓮華藏開敷鮮榮百萬億寶網百萬億華網百萬億香網彌覆其上

百萬億天寶衣百萬億天青色衣百萬億天黃色衣百萬億天赤色衣百萬億天奇妙色衣百萬億天種種寶奇妙衣百萬億種種香熏衣百萬億一切寶所成衣百萬億鮮白衣悉善敷布見者歡喜

百萬億天鈴幢百萬億金網幢出微妙音百萬億天繒幢衆彩具足百萬億香幢垂布香

網百萬億華幢雨一切華百萬億天衣幢懸布妙衣百萬億天摩尼寶幢衆寶莊嚴百萬億天莊嚴具幢衆具校飾百萬億天鬘幢種種華鬘四面行布百萬億天蓋幢寶鈴和鳴聞皆歡喜

第九建百萬下四十八句座外四面嚴於中有四初二十句雜雜莊嚴羅列座側言樓閣延袤者靜法云梵云蒲莫迦此云帳轝若是樓閣應云徵麼囊既不爾者譯之誤也此或應爾前文已有樓閣故若重辯者亦無大失實悉底迦者具云塞縛悉底迦此云有樂若見此相必獲安樂其形如卍字具於音義今寶形似此二光明寶下九句光明嚴言網覆者若世之燈以護夕蟲成隱暎故三天寶衣下九句寶衣敷布

嚴四天鈴幢下十句寶幢行列嚴

百萬億天螺出妙音聲百萬億天鼓出大音聲百萬億天箜篌出微妙音百萬億天牟陀羅出大妙音百萬億天諸雜樂同時俱奏百萬億天自在樂出妙音聲其聲普徧一切佛剎百萬億天變化樂其聲如響普應一切百萬億天鼓因於撫擊而出妙音百萬億天如意樂自然出聲音節相和百萬億天諸雜樂出妙音聲滅諸煩惱

百萬億悅意音讚歎供養百萬億廣大音讚歎承事百萬億甚深音讚歎修行百萬億衆妙音歎佛業果百萬億微細音歎如實理百萬億無障礙眞實音歎佛本行百萬億清淨音讚歎過去供養諸佛百萬億法門音讚歎諸佛最勝無畏百萬億無量音歎諸菩薩功

德無盡百萬億菩薩地音讚歎開示一切菩薩地相應行百萬億無斷絕音歎佛功德無有斷絕
百萬億隨順音讚歎稱揚見佛之行百萬億甚深法音讚歎一切法無礙智相應理百萬億廣大音其音充滿一切佛刹百萬億無礙清淨音隨其心樂悉令歡喜百萬億不住三界音令其聞者深入法性百萬億歡喜音令其聞者心無障礙深信恭敬百萬億佛境界音隨所出聲悉能開示一切法義百萬億陀羅尼音善宣一切法句差別決了如來祕密之藏百萬億一切法音其音和暢克諧衆樂

第十天蠡出妙音下辨音聲嚴於中二初十句樂音嚴後悅意音下二十句法音嚴前中云牟陀羅者此云鋒鼓謂天樂初奏此鼓先作故後法音嚴中初十一句讚歎三寶後隨順音下九句說法益物　別明體用中初廣自體竟

有百萬億初發心菩薩纔見此座倍更增長一切智心百萬億治地菩薩心淨歡喜百萬億修行菩薩悟解清淨百萬億生貴菩薩住勝志樂百萬億方便具足菩薩起大乘行百萬億正心住菩薩勤修一切菩薩道百萬億不退菩薩淨修一切菩薩地百萬億童真菩薩得一切菩薩三昧光明百萬億法王子菩薩入不思議諸佛境界百萬億灌頂菩薩能現無量如來十力

大文第二廣前殊特者前文略云見者無猒亦已略明益相今廣顯之即座之德用恭敬供養復顯爲嚴文分爲二初明獲益

後申供養前中有三十九句曲分爲四初

十約位辨益

百萬億菩薩得自在神通百萬億菩薩生清淨解百萬億菩薩心生愛樂百萬億菩薩深信不壞百萬億菩薩勢力廣大百萬億菩薩名稱增長百萬億菩薩演說法義令智決定百萬億菩薩正念不亂百萬億菩薩生決定智百萬億菩薩得聞持力持一切佛法百萬億菩薩出生無量廣大覺解百萬億菩薩安住信根

二得自在下有十二句雜辨得益

百萬億菩薩得檀波羅蜜能一切施百萬億菩薩得尸波羅蜜具持衆戒百萬億菩薩得忍波羅蜜心不妄動悉能忍受一切佛法百萬億菩薩得精進波羅蜜能行無量出離精進百萬億菩薩得禪波羅蜜具足無量禪定光明百萬億菩薩得般若波羅蜜智慧光明能普照耀百萬億菩薩成就大願悉皆清淨百萬億菩薩得智慧燈明照法門百萬億菩薩爲十方諸佛法光所照百萬億菩薩周徧十方演離癡法

三得檀下十句約行辨益

百萬億菩薩普入一切諸佛刹土百萬億菩薩法身隨到一切佛國百萬億菩薩得佛音聲能廣開悟百萬億菩薩得出生一切智方便百萬億菩薩得成就一切法門百萬億菩薩成就法智猶如寶幢能普顯示一切佛法百萬億菩薩能悉示現如來境界

四普入一切佛刹下七句約大用辨益後三並通諸位或可第二段明廻向第三段

明十行第四段明十地或唯約十住通別無礙或可第二明迴向者以初約位是十住三明十度全同十行故二配迴向四配十地則豎位具足以第二段中神通不壞等亦有迴向意第四段普入佛剎等亦有十地體勢故爲此配由二三前却二四不顯故前正釋後三通諸位廣殊特中初明獲益曲分爲四竟

百萬億諸天王恭敬禮拜百萬億龍王諦觀無厭百萬億夜叉王頂上合掌百萬億乾闥婆王起淨信心百萬億阿修羅王斷憍慢意百萬億迦樓羅王口銜繒帶百萬億緊那羅王歡喜踊躍百萬億摩睺羅伽王歡喜瞻仰百萬億世主稽首作禮百萬億忉利天王瞻仰不瞬百萬億夜摩天王歡喜讚歎百萬億兜率天王布身作禮百萬億化樂天王頭頂禮敬百萬億他化天王恭敬合掌百萬億梵天王一心觀察百萬億摩醯首羅天王恭敬供養百萬億菩薩發聲讚歎

二諸天恭敬下明供養文分爲五初十七句雜明八部人天菩薩三業設敬其中所作各隨類所宜

百萬億天女專心供養百萬億同願天踊躍歡喜百萬億往昔同住天妙聲稱讚百萬億梵身天布身敬禮百萬億梵輔天合掌於頂百萬億梵衆天圍繞侍衛百萬億大梵天讚歎稱揚無量功德百萬億光天五體投地百萬億少光天宣揚讚歎佛世難值百萬億無量光天遙向佛禮百萬億光音天讚歎如來甚難得見百萬億淨天與宮殿俱而來詣此百萬億少淨天以清淨心稽首作禮百萬億無量淨天願欲見佛投身而下百萬億徧淨天恭敬尊重親近供養百萬億廣天念昔善

根百萬億少廣天於如來所生希有想百萬億無量廣天決定尊重生諸善業百萬億廣果天曲躬恭敬百萬億無煩天信根堅固恭敬禮拜百萬億無熱天合掌念佛情無厭足百萬億善見天頭面作禮百萬億善現天念供養佛心無懈歇百萬億阿迦尼吒天恭敬頂禮百萬億種種天皆大歡喜發聲讚歎百萬億諸天各善思惟而爲莊嚴

二天女專心下二十六句唯明諸天三業敬養初之三句即欲界天色究竟後復言種種天者或通無色或總上諸類善思惟天亦通諸類

百萬億菩薩天護持佛座莊嚴不絶百萬億華手菩薩雨一切華百萬億香手菩薩雨一切香百萬億鬘手菩薩雨一切鬘百萬億末香手菩薩雨一切末香百萬億塗香手菩薩雨一切塗香百萬億衣手菩薩雨一切衣百萬億蓋手菩薩雨一切蓋百萬億幢手菩薩雨一切幢百萬億旛手菩薩雨一切旛百萬億寶手菩薩雨一切寶百萬億莊嚴手菩薩雨一切莊嚴具

三菩薩天下有十二句明菩薩事供養

百萬億諸天子從天宫出至於座所百萬億諸天子以淨信心幷宫殿俱百萬億生貴天子以身持座百萬億灌頂天子舉身持座

四諸天子從天宫出下四句諸天身供養

百萬億思惟菩薩恭敬思惟百萬億生貴菩薩發清淨心百萬億菩薩諸根悦樂百萬億菩薩深心清淨百萬億菩薩信解清淨百萬億菩薩諸業清淨百萬億菩薩受生自在百

萬億菩薩法光照耀百萬億菩薩成就於地
百萬億菩薩善能教化一切衆生
五思惟菩薩下十句菩薩修法供養亦明
得益菩薩多明得益諸天但說供養者諸
天供養是益因故諸天得益即菩薩故
上申供合前獲益大文廣前殊特竟
百萬億善根所生百萬億諸佛護持百萬億
福德所圓滿百萬億殊勝心所清淨百萬億
大願所嚴潔百萬億善行所生起百萬億善
法所堅固百萬億神力所示現百萬億功德
所成就百萬億讚歎法而以讚歎
第三百萬億善根下廣前因深十句可知
所以此會嚴事偏多者一此天多以補處
爲王故二賢位已極大悲普周故所以十
住無菩薩嚴表凡入位故夜摩即有已入
位故然亦未廣而此勝相皆是如來海印
所現法界差別自在實德人法無礙依正
混融之嚴事也　上廣因相合前先一方
嚴處竟
如此世界兜率天王奉爲如來敷置高座一
切世界兜率天王悉爲於佛如是敷座如是
莊嚴如是儀則如是信樂如是心淨如是欣
樂如是喜悅如是尊重如是而生希有之想
如是踊躍如是渴仰悉皆同等
第二如此世界下結通十方可知　見佛
嚴處竟
爾時兜率天王爲如來敷置座已心生尊重
與十萬億阿僧祇兜率天子奉迎如來
第四爾時下迎佛與供於中二先將迎與
供二爾時如來威神力下見佛與供前中

二初奉迎

以清淨心雨阿僧祇色華雲雨不思議色香雲雨種種色鬘雲雨廣大清淨栴檀雲雨無量種種蓋雲雨細妙天衣雲雨無邊衆妙寶雲雨天莊嚴具雲雨無量種種燒香雲雨一切栴檀沉水堅固末香雲諸天子衆各從其身出此諸雲時百千億阿僧祇兜率天子及餘在會諸天子衆心大歡喜恭敬頂禮阿僧祇天女踊躍欣慕諦觀如來

二以清淨下興供於中先諸天興供皆從身出者非唯顯諸天福力亦表身爲供具供自心生

兜率宫中不可說諸菩薩衆住虛空中精勤一心以出過諸天諸供養具供養於佛恭敬作禮阿僧祇音樂一時同奏

後兜率宫下菩薩興供可知　將迎興供竟

爾時如來威神力故往昔善根之所流故不可思議自在力故兜率宫中一切諸天及諸天女皆遥見佛如對目前

第二見佛興供中二先諸天後百千億那由他先住下明菩薩前中三初明承力見佛一現佛神力二宿善力三法門力

同興念言如來出世難可值遇我今得見具一切智於法無礙正等覺者如是思惟如是觀察與諸衆會悉共同時奉迎如來

二同興下慶遇奉迎

各以天衣盛一切華盛一切香盛一切寶盛一切莊嚴具盛一切天栴檀末香盛一切天沉水末香盛一切天妙寶末香盛一切天香

華盛一切天曼陀羅華悉以奉散供養於佛

三各以下正明興供於中三初十句衣盛供以散佛表修寂滅以趣果故

百千億那由他阿僧祇兜率陀天子住虛空中咸於佛所起智慧境界心燒一切香香氣成雲莊嚴虛空又於佛所起歡喜心雨一切天華雲莊嚴虛空又於佛所起尊重心雨一切天蓋雲莊嚴虛空又於佛所起供養心散一切天鬘雲莊嚴虛空又於佛所生信解心布阿僧祇金網彌覆虛空一切寶鈴常出妙音又於佛所生最勝福田心以阿僧祇帳莊嚴虛空雨一切瓔珞雲無有斷絕又於佛所生深信心以阿僧祇諸天宮殿莊嚴虛空一切天樂出微妙音又於佛所生最勝難遇心以阿僧祇種種色天衣雲莊嚴虛空雨於無比種種妙衣又於佛所生無量歡喜踊躍心以阿僧祇諸天寶冠莊嚴虛空雨無量天冠廣大成雲又於佛所起歡喜心以阿僧祇種種色寶莊嚴虛空雨一切瓔珞雲無有斷絕

二百千億下十句明起心雨供嚴空顯所修萬行稱法性空空有無礙是嚴空義

百千億那由他阿僧祇天子咸於佛所生淨信心散無數種種色天華然無數種種色天香供養如來又於佛所起大莊嚴變化心持無數種種色天栴檀末香奉散如來又於佛所起歡喜踊躍心持無數種種色蓋隨逐如來又於佛所起增上心持無數種種色天寶衣敷布道路供養如來又於佛所起清淨心持無數種種色天寶幢奉迎如來又於佛所起增上歡喜心持無數種種色天莊嚴具供

養如來又於佛所生不壞信心持無數天寶鬘供養如來又於佛所生無比歡喜心持無數種種色天寶旛供養如來百千億那由他阿僧祇諸天子以調順寂靜無放逸心持無數種種色天樂出妙音聲供養如來

三百千億那由他阿僧祇天子下九句雜申供養表萬行雜修故調順寂靜無放逸心應分爲二則有十句　先諸天與供竟

百千億那由他不可說先住兜率官諸菩薩衆以從超過三界法所生離諸煩惱行所生周徧無礙心所生甚深方便法所生無量廣大智所生堅固淸淨信所增長不思議善根所生起阿僧祇善巧變化所成就供養佛心之所現無作法門之所印出過諸天諸供養具供養於佛

第二菩薩與供中二先明行成依報供後其諸菩薩下身出正報供前中二十七句文分爲三初十句多因成多果之供次八句一因成一果供後九句一因成多果供應有四句由多因成一果攝在初段以多因能一一成故又初段即一切中有一及一切中有一切次段即一中一後段即一中一切也

今初十句一時併舉多因後通成諸供出過諸天者勝故多故餘可知

以從波羅蜜所生一切寶蓋於一切佛境界淸淨解所生一切華帳無生法忍所生一切衣入金剛法無礙心所生一切鈴網解一切法如幻心所生一切堅固香周徧一切佛境界如來座心所生一切佛衆寶妙座供養佛

不懈心所生一切寶幢解諸法如夢歡喜心所生佛所住一切寶宮殿

第二一因一果中皆因果相似一蓋以障塵若度能除蔽二帳以庇蔭若悲爲佛境華以開敷如覺解清淨三法忍和悅用嚴法身四演教網則震金剛之妙音觀教網則不礙文而見理五香氣聞而不可見見而不可攬猶幻法見而不可取取而不可得知幻無堅以成堅法六周徧法空是佛智身所依之境座之義也七摧懈慢幢樹法勝幢故八諸法如夢是佛棲託之所也

無著善根無生善根所生一切寶蓮華雲一切堅固香雲一切無邊色華雲一切種種色妙衣雲一切無邊清淨栴檀香雲一切妙莊嚴寶蓋雲一切燒香雲一切妙鬘雲一切清淨莊嚴具雲皆徧法界出過諸天供養之具供養於佛

第三無著下一因多果供無著無生但是一義無生約理無著約智此二契合方成一因文中九句可知

其諸菩薩一一身各出不可說百千億那由他菩薩皆充滿法界虛空界其心等於三世諸佛以從無顛倒法所起無量如來力所加開示衆生安隱之道具足不可說名味句普入無量法一切陀羅尼種中生不可窮盡辯才之藏心無所畏生大歡喜以不可說無量無盡如實讚歎法讚歎如來無有厭足

第二身出正報供中文有十句初二明現身德量謂一一量周法界德齊佛故次以從下三句明勝辯之因次具足下四句顯

勝辯所依後以不可下一句正申辯讚皆從總持辯藏之所流故情動於中故形於言言猶不足敬之至也情動於中等者即子夏詩序具云情動於中而形於言言之不足故嗟嘆之嗟嘆之不足故詠歌之詠歌之不足故不知手之舞之足之蹈之上菩薩與供合前諸天迎佛與供科竟

大方廣佛華嚴經疏鈔會本第二十二之一

音釋

兜率兜當侯切梵語也此云知足　蠡盧戈切音里即螺蚌屬　嚴瑩瑩烏定切嚴瑩謂嚴飾如玉之潔瑩也　沮壞沮慈呂切壞古賴切沮壞謂遏沮毀壞之也　層級層昨棱切級居立切層級猶重階疊級也　鬘莫班切　綺煥綺祛几切繒綺也細綾也煥呼玩切文彩明貌　間錯間古晏切厠也錯七各切雜也　繒綵繒疾陵切帛也綵倉改切繪繒也　欄楯欄落干切勾欄也楯食閏切闌檻也　延袤延以然切遠也袤莫候切長也又廣袤也南北曰袤東西曰廣　螺落戈切貝屬海介蟲也　箜篌箜苦紅切篌戶鉤切箜篌樂器也　撫擊撫芳武切彈也擊古歷切扣也

大方廣佛華嚴經疏鈔會本第二十二之二

唐于闐國三藏沙門實叉難陀　譯

唐清涼山大華嚴寺沙門澄觀撰述

爾時一切諸天及諸菩薩衆見於如來應正等覺不可思議人中之雄

第五爾時一切下覲佛勝德中分二先明覲佛身雲勝德後爾時如來大悲下明現勝德之意前中分二初覲佛勝德後時大衆咸見下見佛光用前通十眼所見後約天眼所見今初也然此經文次第具顯如來二十一種殊勝功德以文言浩汗致古釋同迷然離世間品雖具二十一句而此文義兼廣故隨便引於諸論文分爲三初總觀如來次別觀德相三結成觀解而此文義兼廣者以離世間品初歎佛有名無釋今文有釋無名四紙餘經次第具釋二十一德故云文義兼廣四紙餘經文廣其中句義該收諸論異釋無遺故云義廣由此故於此中引於諸論將論釋經將經證論故云隨便古人亦引諸論在離世間既無經文論無憑據由此無名故古德同迷賢首以下總結十句分爲十段刊定以十六三業配之並如下引今並不用今初略舉三德以顯一雄一者如來二言應者即是應供三正等覺即正徧知此一應字亦通屬下隨應覺故此即總句離世間品名妙悟皆滿佛地攝論皆名最清淨覺親光釋云謂佛世尊普於一切有爲無爲所應覺境正開覺故此釋正義揀異邪覺又於一切所應覺境淨妙圓滿正開覺故此釋最清淨義亦明覺滿揀異菩薩又於一切如所有性盡所有性正開覺故此釋符今等字謂雙照二諦平等覺故亦是徧義故云正徧知離世間品名妙悟皆滿三者上釋經中總句此下會其總句異名然攝論本論即無著所造世親無

性二俱有釋唐三藏俱譯皆有十卷此並當第五今依無性釋所知相中因云若欲釋大乘法略由三相一由說緣起二由說從緣所生法相三由說語義論曰說語義者謂說初句後以餘句分別顯示或由德處或由義處釋中云已得在已圓滿饒益故名爲德未得在已隨順趣求故名爲義論曰德處德者謂說佛功德即二十一種殊勝功德釋中云最清淨覺即是初句由所餘句開顯其義親光釋云者親光即佛地經論主二本攝論不解總句此菩薩解自有三釋疏使以義揀斷釋之然此三釋有其二意一別釋總句一釋正字二釋最清淨字三釋等字彼無等字義符今經二者於所覺法影略出之一約爲無爲爲所應覺境二云一切爲所應覺境三以如所有性等爲所應覺故小異也爲與無爲總明所覺不出二故二一切法曲盡差別故三如所有等通能所故其如所有性等今當略說即雜集論第十一云事邊際所緣者謂一切法盡所有性如所有性彼疏釋云事邊際等者事有二種一是自相事二是共相事初能緣心盡法分量後能緣心如諸經中所有共體俱稱邊際此中事即是境就文分三初標章次開二義後別釋此上是初二段下即別釋論云盡所有有者謂蘊界處爲顯所知諸法體事唯有爾所分量邊際是故建立蘊界處三彼疏釋云謂盡有爲無爲諸法自相論云如所有性者謂四聖諦十六行眞如一切行無常一

切行苦一切法無我涅槃寂靜等空無願無相彼疏釋云此中略明四種共相第一諦門謂四聖諦第二行門謂十六行及眞如第三鄔陀南門謂一切行無常至寂靜四解脫門謂空無願無相本論舉境不舉能了論云由如是等義差別門了所知境故名如所有性疏先釋通名次別釋此初也謂由如是四諦十六行等是盡所有性中差別義其能緣心如諸法中所有差別皆悉了知故名如所有性論或以諦門了所知境彼疏云謂即前所說諸蘊界處隨其所應了知是苦乃至是道彼疏別釋四差別即爲四段此初文也謂總觀前盡所有性中蘊界處有漏者觀於若集其無漏者觀其滅道故云隨其所應論云或以行門了所知境說一一諦各有四行及一切法無有差別皆眞如行彼疏云前諦及法門約所緣得稱此下就能緣得稱即是四諦各別有四行即是前總作諦解而了蘊等今約一一諦中別作四相解而起四行及一切法作總相眞如緣而起眞如行即名了無常及眞如等行解名行即前十六行是緣安立行後眞如行是緣非安立行論或以諸法鄔陀南門了所知境即諸行無常乃至涅槃寂靜彼疏鄔陀南者舊爲憂陀那訛也正翻爲說義當無問自說隨義作名亦總略義或名標相義謂一切行無常是有爲標相涅槃寂靜是無爲標相論或以解脫門了所知境謂空無願無相如是等彼疏云謂離繫涅槃稱爲解脫空

定諸心所是趣入涅槃所依之門此中即以空等三空門以了前境即了所知諸法是空及無相謂雙照下䟽釋第二義釋曰二性之義已略備矣其盡所有唯是世諦其如所有通於二諦則顯如來自相共相若教所説若法本性無不證知如實覺故䟽中但云雙照二諦平等覺故然二諦平等則二性無礙無所不收既無不知即是遍義

彼經無正等言此經缺最清淨上妙嚴品則有最言故云於一切法成最正覺下離世間中復有妙悟妙者微妙離覺相故悟覺及知名異義同妙正徧最名義俱別所揀異故若世親無性不解總句但以下別德成斯一覺故清淨覺句句皆徧彼經無正等下會四經文言有影略總皆含具於中先列四別後妙者微妙下會釋妙正遍最者妙揀取相正揀於邪遍揀不周最揀未極如初會說餘義可知

其身無量不可稱數現不思議種種神變令無數衆生心大歡喜普徧一切虛空界一切法界以佛莊嚴而爲莊嚴令一切衆生安住善根示現無量諸佛神力超過一切諸語言道諸大菩薩所共欽敬隨所應化皆令歡喜住於諸佛廣大之身功德善根悉已清淨色相第一無能映奪

第二其身下別觀德相二十一德分二十段後二合故然攝論中二十一德通有三節一先列經二十一句二無著菩薩立功德名以爲解釋三無性等但釋論名以符經旨今各句句配屬其佛地論釋有同攝論有異攝論異者引之今初明不二現行經也即觀察如來一向無障礙轉功德此是無著立名他皆倣此今各句句配屬者以論中三節各一時併舉謂第一列經二十一句第二本論一時立二十一德之名第三釋論次第一一時牒釋故今各配摘成二十段䟽中文各有二先釋名義後釋經文今初不二現行先釋名義中具指經論及釋三段可知但無性釋論中先牒本論功德之名後方指

經如此段云謂於所知一向無障轉功德者此即開示不二現行下皆準此世親則先牒經今疏皆先牒經後引本論立名故釋名義名且分爲二一牒經立名二引釋論釋初中其即觀察如來五字是疏義加順於此經觀佛德故餘皆是彼論文今初不二現行先牒經立名可知無性二釋一云謂佛一向無障礙智於一切事品類差別無著無礙故非如聲聞等有處有障有處無障二種此約離所知障智德滿故非如聲聞有處有障者謂於極遠時方無邊差別諸佛法中有無智轉此約離所知下疏取生起中意以出德體第二釋云或二處現行此中無有如是所說二種現行此釋二處亦前有障無障但前釋約表爲一智轉此釋約遮故無彼二正同下經二行永絕

世親同於後釋親光云凡夫二乘現行二障世尊無故凡夫現行生死起諸雜染二乘現行涅槃棄利樂事世尊無彼現行二事故名不二現行世親所解者文全同也然世親有四一牒經名二自解釋三擧本論帖四重釋如此段云此中不二現行者一牒經謂二現行此中無有是故說名不二現行二義釋即是於所知一向無障礙轉功德三擧論帖本非聲聞獨覺智亦有障亦無障故四重釋也文多如此言親光下會親光釋同此消文無性生起云云何而得此最勝覺故次說此諸聲聞等於所知境有二現行所謂正智不染無知佛無此故無性生起云下第三段此是無性釋論總畢重復條流生起次第而不曉者謂爲再釋今亦摘其生起爲二十段句句別配此即躡前總句生此別中第一句也故前釋云此約離所知障不染無知即所知障體揀異染汚無知耳文中分二初廣顯利樂明離所知故不同二乘二住於下結成所住彰離煩惱不同凡夫前中三初明應廣順機令喜二普徧下明其徧應定慧莊嚴生物善根三示現下彰應用深廣雖超語言而無遺曲

濟文中二下二釋文雙用二論初廣利樂是親光意離所知故即無性意下離煩惱即唯親光意若約親光不二現行雙離二障雙異凡小定慧莊嚴等者釋經以佛莊嚴至安住善根言定慧者即法華第一云佛自住大乘如其所得法定慧力莊嚴以此度衆生故二結成所住者初句明智住法身能住所住二俱廣大下句心無煩惱善根清淨色相超倫具上二義名清淨覺他皆傚此能住所住俱廣大者所住即法界法身遍一切處故廣大智稱法身等彼眞性如日光含空具上二義下結歸總句兼例下文

智慧境界不可窮盡無比三昧之所出生其身無際偏住一切衆生身中令無量衆生皆大歡喜令一切智種性不斷

第二智慧巳下明趣無相法即觀察如來於有無無二相眞如最勝清淨能入功德無性云爲明斷德故次說之不住生死涅槃相故即無住涅槃後無性下引釋論釋於中文二一明無性生起即無住涅槃五字是疏餘皆是論然無相法即是清淨眞如趣謂趣入謂此眞如諸法無性以爲相故非是有相體即圓成自相有故非是無相此二不相離名無二相諸法中勝故名最勝遠離客塵故名清淨旣自能入亦令他入爲最清淨自入則不住生死他入則不住涅槃二然無相法下疏取釋論釋然疏雙用二釋論文消經及本論名理無不盡而文或取捨無性具云謂此眞如有圓成相無遍計所執相由此道理明無二相無有無相是實有故無有有相所執無故最勝清淨能入功德者謂即眞如最勝清淨一切法中最第一故遠離一切客塵垢故於此眞如自覺能入亦令他入是故說名最勝清淨能入功德世親釋云趣無相法者謂清淨眞如名無相法趣謂趣入即是於有無無二相眞如最勝清淨能入功德謂此眞如非是有相諸法無性以爲相故亦非無相自相有故於此無相眞如最勝清淨能入故最勝能入故清淨能入故釋曰觀上二論以對疏文昭然可見文中先明自入令初先明不住生死智稱如境後明他入

皆不可盡無比三昧令智出生又令眞如
出二障故二其身下明不住涅槃同體大
悲徧住物身心眞如性物物徧故二令無
量下辨令他入一則大悲冥熏二則大智
爲說令於身中見如來性成一切智故種
性不斷是入義也此用常寂名爲涅槃過住物身者如有偈云我今解了如來性如來今在我身中我與如來無差別如來卽是我眞如
住於諸佛究竟所住生於三世諸佛之家令
不可數衆生信解清淨令一切菩薩智慧成
就諸根悅豫法雲普覆虛空法界教化調伏
無有遺餘隨衆生心悉令滿足令其安住無
分別智出過一切衆生之上
第三住於諸佛究竟已下明住於佛住卽
觀察如來無功用佛事不休息功德爲欲

得上無住涅槃故次明之爲欲得上下第二引釋論釋但有生起義在釋文之中
文中初明所住後彰住益令
初言佛住者謂聖天梵等皆佛所住而於
性空大悲徧善安住大悲性空卽是佛家
故能不住生死涅槃爲究竟住此卽恩德
是以親光亦名爲觀所謂化功德常住大
悲晝夜六時觀世間故後令不可下彰住
家益初明由住大悲故能益物無遺是不
休息義由住性空自無功用故能令物住
無分別出過衆生總顯勝也文中下釋文爲二從多而言前段卽釋經後段卽釋論在文易了而取論意若具引釋論者無性論云謂不作功用於諸佛事有情等中能無間斷隨其所應恒正安住聖天梵住非如聲聞要作功用方能成辦利有情事非如外道雖有所住而非殊勝天住謂四種靜慮梵住卽是悲等無量聖住卽是空無相等世親云謂住佛所住無所住處也性空謂此住中常作佛事無有休息大悲今用二論以釋經文大悲性空者大悲是利他家性空是自

利家故法華經明大悲爲室淨名云畢竟空寂舍況二相導真實家也故雙安住故能不住下即上大悲般若所輔翼故
獲一切智放大光明宿世善根皆令顯現普使一切發廣大心令一切衆生安住普賢不可壞智徧住一切衆生國土從於不退正法中生住於一切平等法界明了衆生心之所宜現不可說不可說種種差別如來之身非世言詞而歎可盡能令一切常思念佛充滿法界廣度群生隨初發心所欲利益以法惠施令其調伏信解清淨示現色身不可思議

第四獲一切下明逮得一切佛平等性下云得佛平等即觀察如來於法身中所依意樂作事無差別功德

如上佛住爲共不共故次明之此一切諸佛展轉和雜而同住故一切諸佛三事無差非如聲聞但有所依此一切諸佛下躡上生起以爲問端故今答云和雜而住此亦釋經從一切諸佛三事已下釋論此但標名文即分三初明所依無差別謂一切智以一切諸佛皆依眞如清淨智故放大光下顯智之用二普使已下明意樂無差謂同有利樂勝意樂故普使之言即意樂也不可壞智即如來藏普賢菩薩自體徧故染而不染名不可壞反源照極故名安住三徧住下作業無差一切皆作受用變化利他事故於中先明作業周徧文中別釋三事皆先牒名舉釋論釋後隨經別解普使之言下是疏此德世親但配屬而已次從於下作業所依即自受用身一受不失名爲不退謂得法性即念不退此後親生佛智此智生已還住法界次明了已下正顯作業初觀機後現不可說下作業受用變化各有

多類名不可說差別之身能令已下彰業之益一能益他二隨初下滿本所願亦令於物能現色身

此上四段明其自利後十七段明其利他

等觀衆生心無所著住無礙住得佛十力無所障礙心常寂定未曾散亂住一切智

第五等觀衆生下明到無障處即觀察如來修一切障對治功德利他之中先明化障對治故次明之謂已慣習一切煩惱及所知障對治聖道即一切智及定自在性謂已慣習下釋德名全是無性論故論名爲修治又已到永離一切習氣所依趣處經名到無障處二文互顯以有治必無障無障由有治故從故論名爲修治是疏釋又已到下復是無性論釋疏將屬經故結云二文互顯文中心無所著是無煩惱障住無礙住明無所知障得佛十力即是種智是所知障治心常寂定住一切智即煩惱障治

善能開演種種文句眞實之義能悉深入無邊智海出生無量功德慧藏

第六善能開演下明不可轉法即觀察如來降伏一切外道功德由有上能治故他不能轉利有情事故次明之謂教證二法皆不爲他所動轉故無有餘法勝過此故文中初明教道能悉已下證道出生已下二道之益

恒以佛日普照法界隨本願力常現不没恒住法界住佛所住無有變異於我我所俱無所著住出世法世法無染

第七恒以佛日下明所行無礙觀察如來生在世間不爲世法所礙功德顯示如來

所化之中無高下礙故次明之謂世八風不能拘礙故親光名降魔功德謂色等境不能亂故謂世八風下釋即疏取意略釋兼會親光以色等五塵是塵境故至釋文中方出釋論文中以佛身日普照法界則橫無礙常現不没則竪無礙不以無信生盲等而不現故正顯八風不礙恒住已下顯無礙因無有變異示無礙相如摩尼珠不隨物變不著我所於內無礙世法不染於外無礙由住出世如蓮華故如有頌云諸佛常游於世間利樂一切有情類八法勢風邪分別不能傾動不拘礙不以無信等而不現者即第一迴向中意如有頌云即無性論

於一切世間建智慧幢其智廣大超過世間無所染著拔諸衆生令出淤泥置於最上智慧之地所有福德饒益衆生而無有盡了知一切菩薩智慧信向決定當成正覺以大慈悲現不可說無量佛身種種莊嚴以妙音聲演無量法隨衆生意悉令滿足

第八於一切下明其所安立不可思議即觀察如來安立正法功德由依前方便能作饒益之事故次明之謂十二分教名所安立由深廣故不可思議謂十二下即疏取論意釋無性具云謂契經等十二分教名所安立安立彼彼自相共相故如是安立非諸愚夫覺所行故出世間故不可思議此所安立不可思議即是功德文中分二初約所詮以辨深廣後約能詮以明深廣今初初句總顯建即安立其智下釋超世廣大即是幢義拔置智地即是建義所有已下福智相對明高廣義

二以大慈下現身說法約能詮教以明安立

於去來今心常清淨令諸衆生不著境界恒與一切諸菩薩記令其皆入佛之種性生在佛家得佛灌頂

第九於去來今下明遊於三世平等法性行利有情即觀察如來授記功德以上加事三世諸佛皆悉平等故次明之謂於三世平等性中能隨解了過去未來曾當轉事皆如現在而授記故故下經云普見三世謂於三世下釋義即無性釋然前更有文云謂於三世平等法性能遍遊涉謂於三世平等下全同彼論故下經下證成以遊三世經不明顯故以餘義文中具之文中初明三世平等之義故云心常清淨自得平等令物不著使他平等恒與已下正明授記授記未來今同過去種性亦名平等

常遊十方未曾休息而於一切無所樂著法界佛刹悉能徧往諸衆生心靡不了知所有福德離世清淨不住生死而於世間如影普現

第十常遊十方下明其身流布一切世間即觀察如來於一切世界示現受用變化身功德顯上利益一時頓徧非次第作故次明之顯上利益下生起義在文中易故不總釋無性云謂隨所化遍諸世界示現兩身利樂彼故文中初通辨二身常約豎窮徧約橫廣十方法界綺互其文後諸衆生心下總顯現相德無不淨故不住生死機無不鑒故普現世間

以智慧月普照法界了達一切悉無所得恒以智慧知諸世間如幻如影如夢如化一切皆以心爲自性如是而住

第十一以智慧月下明於一切法智無疑

滯即觀察如來斷疑功德以於上十方彼彼之處作斷疑事故次明之謂於諸境善決定故故下經云智恒明達一切諸法謂於諸境下釋義全無性論文中初自斷疑非不自決能斷他疑故智月普照總明了境了達無得是了眞境非不證眞能了俗故恒以智下明了俗境一切皆以心爲自性義通二境攝境爲心是世俗勝義心之自性即是眞如是勝義勝義如是而住以無所得而爲方便雙照眞俗無住住故菩薩智光月法界以爲輪遊於畢竟空世間靡不現亦可屬上現受用身文中二疑亦是論文論但有兩句云非於諸法自不決定能決他疑釋此反也非離決定能斷疑故頌也但用上句若準梁論具四無礙智能自決疑具四無礙辨能決他疑菩薩智光月者即五十九經偈亦可屬上者此文通二勢上約屬十一爲自斷疑亦通第十其身流布一切世間則斷他疑方屬第十一以屬後爲正故云亦可屬前

隨諸衆生業報不同心樂差別諸根各異而現佛身如來恒以無數衆生而爲所緣爲說世間皆從緣起知諸法相皆悉無相唯是一相智慧之本欲令衆生離諸相著示現一切世間性相而行於世爲其開示無上菩提

二隨諸已下能斷他疑初明隨機現身如來已下所斷疑境爲說緣起是斷疑法深入緣起疑見亡故知緣起無性故知法無相無相無異故名一相智體理成故爲其本深入緣起者淨名云深入緣起斷諸邪見有無二邊無復餘習寶積偈云說法不有亦不無以因緣故諸法生故由見因緣能斷疑故後欲令下正明斷疑若離相著開示菩提疑方斷故

爲欲救護一切衆生出現世間開示佛道令其得見如來身相攀緣憶念勤加修習除滅

世間煩惱之相修善提行心不散動於大乘門皆得圓滿成就一切諸佛義利

第十二爲欲救下明於一切行成就大覺即觀察如來令入種種行功德由所化生性有差別故次明之謂入種種行皆成大覺下經但云了一切行謂入種種下釋義二論易故但以經屬論而已今疏釋意以成就大覺屬所知即隨種種心行差別化之究竟至於一切智故如釋文中故以法華開示悟入意釋耳文中初約說法令入開示佛道者令悟入故後令其下約現身令入攀緣修習是進善行除滅已下是離惡行修善提行總舉萬行心不散動即是入義既萬行齊修則因無不滿果無不成

悉能觀察衆生善根而不壞滅清淨業報智慧明了普入三世

第十三悉能觀察下明於諸法智無有疑惑即觀察如來當來法生妙智功德由即於前所化有能無能善巧別知故次明之謂聖聲聞言此人全無少分善根如來知彼善法當生現證過去微少善根種子所隨故由即於前下生起謂聖聲聞下釋義皆無性意故文云悉能觀察下經云盡一切疑如求度者遠劫採薪與一善念佛便知故觀已便化故不壞其清淨業報智慧已下釋其所以以智普入無不知故故親光名爲能隨所應恒正教誨功德謂於諸法懷疑惑者無有堪能隨應教誨唯佛能故名智慧明了則第十一是自斷疑此斷他疑如求度者遠劫採薪者即大莊嚴論第九因說供養聲聞得無量福何況如來便引此緣昔有一人因緣力故發心出家往至僧坊值佛不在詣身子所身子觀其無少善根詣諸比丘比丘先問誰不度汝

云舍利弗如是展轉皆不度之如來大慈至僧坊門爲說偈云一切種智身大悲以爲體佛於三界中見諸受化子猶如牛求犢愛念無休息以手摩頂其人悲泣具說不度因緣佛說偈云身子舍利弗者彼非一切智亦不解體性不盡知中下彼識有齊限不能深解了無有智能知微細之業報遂牽入僧坊與度得道身子問云我觀此人無少善因云何與度便得道耶佛言汝智微淺此人過去無量劫前爲一貧人入阿蘭若山林取薪爲虎所逼以怖畏故稱南無佛種子今熟故吾度之得羅漢耳故上云微少善根種子所隨則第十一者若準無性世親皆十一斷他疑今順親光故爲此說

永離一切世間分別放光明網普照十方一切世界無不充滿色身妙好見者無厭以大功德智慧神通出生種種菩薩諸行諸根境界自在圓滿作諸佛事作已便沒

第十四永離一切下明凡所現身不可分別下經但云無能測身即觀察如來如其勝解示現功德由上云善巧別知故此次

云於前所化邪正及俱行中無有分別由上善巧別知下生起此上是疏躡前生後無性但云卽於所化有情邪正俱行中所應現相不可分別耳義在文中文中初二句明無分別義世虛妄解種現俱亡故云永離由自無分別故餘不可以分別知故親光名爲能正攝受無染自體殊勝功德謂佛身功德非是雜染分別所起無煩惱業生之雜染故不可分別而無性云隨機現身如摩尼珠無分別者則順今文佛無分別不順彼經不可之言而無性云下會通釋論然無性具云謂隨有情種種勝解現金色等雖現此身而無分別如摩尼珠等及簫笛等廣說如彼如來密繼釋曰故疏斷云則順今文次放光明下彰所示現皆無分別見無猒足則顯衆生不能分別如瞿波觀佛毛孔念念無猒不能窮究故如彼瞿波觀佛毛孔卽七十五經以大功德下辨能現德出生巳下

明所現盖諸根已下辨所現相謂諸根圓滿境界自在作諸佛事總彰現意作已便沒明現時分既隨勝解現則感謝應移

善能開示過現未來一切智道爲諸菩薩普雨無量陀羅尼雨令其發起廣大欲樂受持修習

第十五善能開示下明一切菩薩等所求智即觀察如來無量所依調伏有情加行功德爲欲引發任持不定種性聲聞菩薩唯讚大乘故次明之言等所求者無不求故佛地名爲正所求智謂唯菩薩正能求故言等所求下是疏釋經義在釋文文中初明所求即一切智此所求智即是無量菩薩所依而言道者通因果也爲諸已下即成所依義謂由無量菩薩爲欲調伏諸有情故發起加行要以佛增上力故聞法爲先獲得妙智而爲所依令其發起廣大欲樂者即是調伏有情加行受持修習者即成智之因此所求智即是無量菩薩所依者即是無性釋而言道下是疏釋經謂由無量菩薩本論此下更有文云異類菩薩攝受付屬展轉相續無間而轉由此證得一切菩薩等所求智釋曰此即疏中所成之智謂依此智化生令生成於此智故菩薩皆求

成就一切諸佛功德圓滿熾盛無邊妙色莊嚴其身一切世間靡不現覩永離一切障礙之法於一切法眞實之義已得清淨於功德法而得自在

第十六成就一切下明得佛無二住勝彼岸即觀察如來平等法身波羅蜜多成滿功德爲遮所化於大師所疑一切智非一切智故次明之由滿諸度是一切智言無二者即平等也平等有二一法身平等於

法身中滿諸度故二果住諸度無增減故名爲平等親光則以住於法身即是彼岸不說諸度故云法身無差別相名爲無二緣彼勝定常住其中故名爲住即無二住名勝彼岸佛已窮到故名爲得由滿諸度下疏取意答前疑也從言無二者即無性菩薩以彼經文會於本論從平等有二下釋義二義皆無性論云依平等法身波羅蜜多果位成滿故即前意也論云或平等無減無增於法身中波羅蜜多一切成滿其中無有或增或減非如於彼菩薩地中波羅蜜多有增有減釋曰即後意也二中前義平等屬於法身後義平等屬於諸度然皆法身是所滿諸度是能滿下親光法身即是波羅蜜多世親同無性前義文中初滿諸度故云熾盛次無邊下以度滿故莊嚴法身故法華云微妙淨法身具相三十二以八十種好用莊嚴法身以十身圓融不相離故言一切世間者不隔凡聖靡不現覩雙現受用變化之身永離已下無二礙故和合識破相續心滅故於一切下顯現法身智純淨故於功德下諸度滿故和合識破即起信意前文已有下復重明

大方廣佛華嚴經疏鈔會本第二十二之三

音釋

摘陟革切擿也　犢徒谷切牛子也　淤泥淤依倨切淤泥謂滓淤濁泥也

大方廣佛華嚴經疏鈔會本第二十二之三

唐于闐國三藏沙門實叉難陀　譯

唐清涼山大華嚴寺沙門澄觀　撰述

爲大法王如日普照爲世福田具大威德於一切世間普現化身放智慧光悉令開悟欲令衆生知佛具足無邊功德以無礙繒繫頂受位隨順世間方便開導以智慧手安慰衆生爲大醫王善療衆病一切世間無量國土悉能徧往未曾休息清淨慧眼離諸障翳悉能明見於作不善惡業衆生種種調伏令其入道善取時宜無有休息若諸衆生起平等心即爲化現平等業報隨其心樂隨其業果爲現佛身種種神變而爲說法令其悟解得法智慧心大歡喜諸根踊躍見無量佛起深重信生諸善根永不退轉

第十七爲大法王下明不相間雜如來解脫妙智究竟即觀察如來隨其勝解示現差別佛土功德以外人聞上平等謂同一性故次說言不相間雜謂一切如來十身體用各各別故猶如寘室千光謂一切如下釋義此是疏家總釋經中不間雜義但經云如來解脫無著釋云隨其勝解世親無性皆云此中勝解名爲解脫但經云下會經論異第一引二論釋明本論同經故云勝解名爲解脫云何勝解得名解脫勝解謂於境印持爲性如於大地作黃金解便成黃金一作多解便爲多矣斯則不思議作用解脫如淨名得能令須彌入芥子等又勝解者通機及佛故無性云謂觀衆生勝解差別現金銀等土不相間雜如來勝解現在前時隨衆生樂皆悉顯現無不了知名如來解脫等

親光又爲一釋即離障解脫故云如來妙

智令衆生解脫名如來解脫妙智佛於此智已得究竟疏觀今經中諸論各得一意復應加佛自得離障及作用解脫謂文云離諸障翳故具無邊德故令其入道故明見善惡是如來勝解其心所樂即衆生勝解是以不可偏取下經但云具足如來平等解脫復應加佛自離障者以親光但令衆生離故在文分二初明變化身土不雜二明受用身土不雜無著但云差別佛土略舉一邊親光則雙明身土合今文意今初變化中先身後土初中先總顯化身超勝次普現者通十法界身放智慧光合如日義欲令已下彰所化意能為多化方顯佛德無邊所以名不間雜者以於一切世間普化一佛既爾餘何所化故知所屬不同重重皆徧是不間

雜義所以名不間雜下隨難別釋即是釋經於中先開後故知所屬不同下釋所屬不同即無雜義如千燈各異重重皆遍是無間義如光光涉入故上總言如實室千光後以無礙下別化因圓果滿之身初明因圓為大醫下現果滿身二一切世下明現化土初明非唯能化亦能徧往清淨慧下明佛觀機即是如來勝解現前於作不善下隨機現土等隨諸衆生應以何國起調伏心入佛智慧而取佛土故云善取時宜無適淨穢故云種種欲該餘化略無土言義必含有又對後平等但言不善亦應合有有漏之善

二若諸衆生下現受用身土先土後身已證真如名平等心覩受用土是平等報上則心有高下此則依於佛慧上則心有高下即淨名經意螺髻語舍利弗仁者心有高下不依佛慧故見此土為不淨耳今指上化土是隨

心高下今見受用是依佛慧後隨其心樂下現受用身故親光云於淨佛土現受用身亦不相離令其已下明現之益親光云大集會中現種種身與諸菩薩受用法樂亦不相離得智心喜等皆法樂也又心大歡喜即是初地見諸佛故生歡喜等以證生信故名深重以證不退故得永言

一切衆生隨業所繫長眠生死如來出世能覺悟之安慰其心使無憂怖若得見者悉令證入無依義智智慧善巧了達境界莊嚴妙好無能映奪智山法芽悉已清淨或現菩薩或現佛身令諸衆生至無患地無數功德之所莊嚴業行所成現於世間一切諸佛莊嚴清淨莫不皆以一切智業之所成就

第十八一切衆生下明證無中邊佛平等地即觀察如來三種佛身方處無分限功德由疑上如來妙智究竟非一非異其相云何故次明此無中邊等常無常等皆二邊相言方處者謂諸世界無分限者釋無中邊此無中邊略有四義一世界無中邊佛德如彼無有分限二世界無邊諸佛十身即於其中稱世界量平等徧滿三此法身等於佛地中平等徧滿無中無邊無有分限四此法身等徧一切處爲諸衆生現作饒益然非自性無中無邊親光復名此爲真如相殊勝功德謂真如相無有中邊如此真如即是佛地平等法性證此性故徧知一切於中不染今此文中總顯十身皆無分限由疑上如來妙智下生起此但發揮前義耳此無中邊下總會論以釋其義初之四釋皆無性意然此四意異者一以世間爲喻二佛身滿世界中

上二皆用世界三法身遍佛地中四以契中道故然疏取意義則已周若具無性之文云謂如世界無中邊佛地亦爾功德方處無有分限或復世界方處無邊諸佛三身即於其中稱世界量平等遍滿以法身即住如是諸世界中非餘處故或法身等於佛地中平等遍滿無中無邊無有分限或此法身等遍一切處爲諸衆生現作饒益然非自性無中無邊釋曰以疏四段對之可知則親光意義同後一文中分二先別顯四智十身後無數下總結因果今初先就覺他翻明自覺成就法身於中先明覺他即妙觀察智及成所作智之所利樂若得見下彰其所益無依義智即大圓鏡是佛中邊佛平等地以無礙智身無所依故則證眞如爲佛地性轉昔染依爲智所依即是如如及如如智既令他證顯自已證也次智慧下二句即妙觀察智莊嚴無奪顯圓鏡智所現之影智山清淨即平等性智平等高出所以名山四惑已亡故云清淨因惑爲種生必待時今能生自在故種受芽稱或現巳下即平等性所現之影兼顯十身不唯此二故復言或令諸衆生至無患地者即成佛地以遠離微細念故名爲無患以無礙智身者即引出現品成大圓鏡智是無依義智故彼文云一切佛法依慈悲慈悲又依方便立方便依智智依慧無礙慧身無所依然無礙慧即根本智二智收四根本收大圓鏡故餘轉依等義如十地說四智之義已如前說因惑爲種下釋法身清淨清淨字两遍用之故云悉已謂七識在因四惑相應但能領攬內緣內熏而成種子今無四惑即此七識能生自在更不內熏故云爾後總結中初總明謂十力四智等莊嚴法身業行所成即是報佛現於世間結他受用及變化身總上諸義則有十身總上諸義者一就覺他翻明自覺是菩提身二成就法身及顯如如即法身三四智即智身四莊嚴妙好即相好莊嚴身五無能映奪即威勢身六無數功德即福德身七或現菩薩等即意生身八令生離惑即是願身及九變化身十業行所成現於世間即

力持身故云具十一切已下總結異因同歸一智謂智導萬行故能證此佛平等地若報若化無不清淨

常守本願不捨世間作諸衆生堅固善友清淨第一離垢光明令一切衆生皆得現見六趣衆生無量無邊佛以神力常隨不捨若有往昔同種善根皆令清淨而於六趣一切衆生不捨本願無所欺誑悉以善法方便攝取令其修習清淨之業摧破一切諸魔鬬諍

第十九常守本願下明極於法界即觀察如來窮生死際常現利益安樂一切有情功德以上言無中邊相云何無相故次云極於法界謂此法界最清淨故離諸戲論是法界相能起等流利益之事極此法界無有盡期親光亦名此德爲證得果相殊勝功德謂此窮於清淨法界如是法界修道得故以斯則極法界言有於二義一同法界常故二同法界清淨故以斯下疏會二論以就經利樂今初常守本願者謂本發心法界生文常即前無性意清淨即親光意文中先明常利樂二廣界若有盡我願乃盡今生界未窮故常現利樂作善友者世之善友略有七事一遭苦不捨二貧賤不輕三密事相告四遞相覆藏五難作能作六難與能與七難忍能忍如來亦爾爲物隨於六趣苦而不捨貧無法財而不見輕本性客塵無不相告善根未熟則以權覆實堪眞實化則以實覆虛著弊垢衣執除糞器爲難作能作解髻明珠爲難與能與生違佛化乃至多劫心無退動爲難忍能忍無不究竟方名堅固

如來亦爾下善友七事略無次第義無不具前三通諸教四善根已下即法華意則於一佛乘分別說三爲權覆實會三歸一示眞實相即以實覆虛上即法說周意五著弊垢衣即信解品意謂不說十蓮華藏之相故云脫珍御服而說三十二相等爲著弊垢衣乂證菩提示以三十四心斷結等爲執除糞器六即安樂行品輪王解髻明珠喻一乘圓旨喻若明珠昔爲權覆如在髻中開權顯實爲解髻與珠七意亦通

次清淨已下明同法界清淨雖復常化離能所相故名第一次六趣下廣多不捨次若有已下不捨昔緣次而於下通顯不捨若暫不隨則捨本願如願能作名不欺誑次悉以下彰攝巧益令同法界清淨摧魔惑故

從無礙際出廣大力最勝日藏無有障礙於淨心界而現影像一切世間無不覩見以種種法廣施衆生佛是無邊光明之藏諸力智慧皆悉圓滿恒以大光普照衆生隨其所願皆令滿足離諸怨敵爲上福田一切衆生共所依怙凡有所施悉令清淨修少善行受無量福悉令得入無盡智地爲一切衆生種植善根淨心之主爲一切衆生發生福德最上良田智慧甚深方便善巧能救一切三惡道苦

第二十從無礙際下顯於二句謂盡虛空性窮未來際即觀察如來無盡等功德謂上利樂皆無盡故深窓佛地具斯二句開則別中自有二十一句下離世間但云等虛空界而無窮未來際欲顯圓數故觀光亦云次後二句顯示世尊無盡功德初句自利後句利他故云謂如虛空經成壞劫性常無盡如來一切眞實功德亦復如是如未來際無有盡期利他功德亦復如是

而無著釋但云無盡功德等不言開合世親無性開此等字爲究竟功德故皆云等言等取究竟功德則以無盡功德釋初句究竟功德釋後句而無性意後句是究竟無盡與前無盡異者前則橫論無盡故云盡一切界徧作有情諸饒益事後句則竪顯無盡故云顯佛功德永無窮盡所化有情永無盡故同顯無盡故二句合自他等異二句則開今文意合欲顯二利不相離故窮未來際通在極於法界及盡虚空故六今文下顯今經意雖合而具無性二義利故前段中已顯常隨不捨前段中者謂無性卽向盡虚空下二句明二利無盡今顯極於法界中已有利樂無盡爲順二論文分爲兩初唯橫論無盡正明盡虚空性二爲上福田下雙約橫竪以顯無盡兼明窮未來際今初先二句

總言無礙際者即法身智身如彼虚空無有障礙無邊無際無盡無滅無生無滅無有變易名無礙際而能現前作諸利樂如彼虚空容受質礙故云出廣大力次最勝日下別顯依空無礙之用略舉一日而有四德一蘊藏千光二百川現影三有目皆覩四生成萬差名種種施上一段文言含法喻佛是已下唯就法說初光明藏即上日藏身智光明含攝出生故諸力已下如日無鈌恒以大下如日舒光離諸魔敵降老死怨如日大明衆景奪耀不獨合上故文有影略降老死怨者淨名云譬如勝怨乃可為勇如是兼除老病死者菩薩之謂也今借用之二雙約橫竪論無盡者但云一切通於十方及來際故文中先明爲生福智之田上福田者具前德故凡所有下

釋上田義三義名上一令清淨如無荒穢二因少果多如涅槃說純陀施福三入無盡智如田隨種隨生如穀展轉無盡成金剛種終不銷故具斯三義稱曰上田次爲一切下顯爲田主次爲一切衆生發生下明體即是田後智慧下明能爲田義具悲智故初權實無二總爲一智對下能救悲智無礙合爲一心則是如來最清淨覺則是如來最清淨覺者以在最後故復結之句句亦皆合結也如涅槃說者經云我今所供雖復微少下佛令汝具足檀波羅蜜爲果多也上所引功德之名全依無著其所解釋多依無性有不同者亦已對決與世間品小有同異大旨無違至下品中當更顯示依上所釋文旨有據德相可分若列宿羅空粲然不雜豈得寛文廣申辭句於佛勝德蔑然略陳幸諸後學不咎其繁而不要也　別觀德相二十段竟

如是信解如是觀察

第三如是下結成觀解謂前諸德不出內德及與外相今初二句總明能觀信解約於仰推觀察通於諸眼

如是入於智慧之淵如是遊於功德之海如是普至虛空智慧如是而知衆生福田

後之八句就所觀德以辨能觀前四內德後四外相前中謂佛內德無量不出福智前二福智之體智慧之淵略語其深功德之海義兼深廣淵宜趣入海宜遊涉次二句福智之用智廣虛空福無不益稱此而了名普至知

如是正念現前觀察如是觀佛諸業相好如

是觀佛普現世間如是觀佛神通自在後四外相中初一句重舉能觀揀內外故言正念者明非散心了佛德相唯心無性靜而能鑒復云觀察後三句亦就所觀以辨能觀初一句總後二句別身雲普現即是相好神通自在即前業用前二十一德中或一句之內言兼福智一德之內體用雙明若別配屬義成偏近若別配屬者正彈古德以後十結句科上二十一德之經彼云然此所現佛法界身豈有限量今且依下結文分爲十門於中二先顯十門之德後如是下正結十門之名前中即爲十段然案後結少不次第從初至清淨善根已來超明第十見佛示現不可思議自在神力門彼約晉經與今小異恐尋不曉會取今經今經即至功德善根悉已清淨爲第一段神通自在第二已去全依今經謂第二從色相第一下却明第一如是信解門第三獲一切智故大光下第二觀察正覺門第四示現色身不思議下明入智慧淵門第五恒以佛日普照法界下第四入功德海門第六以大慈悲現不可說無量佛身下明第七正念現前觀察門第七以智慧月下明第五普至虛空智慧門第八放光明網普照十方下即第八觀察如來諸業相好門第九爲大法王如日普照下却明第六如是而知衆生福田門第十清淨第一離垢光明下却明第九如是觀佛普現世間門釋曰此即賢首解爲十門以其總名收其別義皆不盡理故云偏近況結中不出內德外相內德不出福智如何攝得前文又刊定記科爲十六三業而段段之中三業多闕亦消文不盡故皆偏近依今之釋一句無遺矣

時彼大衆見如來身一一毛孔出百千億那由他阿僧祇光明一一光明有阿僧祇色阿僧祇清淨阿僧祇照明令阿僧祇衆觀察阿僧祇衆歡喜阿僧祇衆快樂阿僧祇衆深信增長阿僧祇衆志樂清淨阿僧祇衆諸根清涼阿僧祇衆恭敬尊重

第二時彼大衆下明見佛光用前雖有用乃觀如來常所具德今現目覩故不同也文中三初覩常光二覩放光三顯光意今

初雖云毛出意取常出有十一句初總餘別前三光相後七光益

爾時大衆咸見佛身放百千億那由他不思議大光明一一光明皆有不思議色不思議光照不思議無邊法界

二爾時下覩放光中先舉體相

以佛神力出大妙音其音演暢百千億那由他不思議讚頌超諸世間所有言詞出世善根之所成就復現百千億那由他不思議微妙莊嚴於百千億那由他不思議劫歎不可盡皆是如來無盡自在之所出生又現不可說諸佛如來出興於世令諸衆生入智慧門解甚深義又現不可說諸佛如來所有變化盡法界虛空界令一切世間平等清淨如是皆從如來所住無障礙一切智生亦從如來所修行不思議勝德生復現百千億那由他不思議妙寶光燄從昔大願善根所起以曾供養無量如來修清淨行無放逸故薩婆若心無有障礙生善根故

後以佛下辨光業用文有五現一說法二現嚴此二皆先現後因三現佛則先現後意令成教證二甚深故四現神變五現寶焰光皆先現後因

爲顯如來力廣徧故爲斷一切衆生疑故爲令咸得見如來故令無量衆生住善根故顯示如來神通之力無映奪故欲令衆生普得入於究竟海故爲令一切諸佛國土菩薩大衆皆來集故爲欲開示不可思議佛法門故

第三爲顯下現光意並顯可知

爾時如來大悲普覆示一切智所有莊嚴

第二爾時如來下明現勝德之意文分二別先牒前現德悲爲能現智爲所現者影略其文應以依二嚴體現二嚴德

欲令不可說百千億那由他阿僧祇世界中衆生未信者信已信者增長已增長者令其清淨已清淨者令其成熟已成熟者令心調伏觀甚深法具足無量智慧光明發生無量廣大之心薩婆若心無有退轉不違法性不怖實際證真實理滿足一切波羅審行出世善根皆悉清淨猶如普賢得佛自在離魔境界入諸佛境了知深法獲難思智大乘誓願永不退轉常見諸佛未曾捨離成就證智證無量法具足無邊福德藏力發歡喜心入無疑地離惡清淨依一切智見法不動得入一切菩薩衆會常生三世諸如來家

二欲令下正明現意分二先明下益衆生二開示如來下明上弘佛道今初分二先彰現益後世尊下辨現益之因今初先舉所益後未信下辨益不同然此益中文含多勢且依一判先約行布初五十信始自初信令心調伏信位滿故次七句皆十住益謂初二句是住中觀慧次二句下化上求之心後三句住中證入知心自性故曰不違不退二乘故不怖實際不由他悟是證實理圓教十住許入證故三滿足下三句十行益初句位中之行後二句位中之德四離魔下三句十向益初句起行一向利他離二乘等魔迴向菩提故入佛境次句得法隨相離相無礙難思後句行成五常見諸佛下盡明十地初四句皆歡喜地

一見受用身故稱曰常二根本證眞後得證無量法又證徧行眞如亦名無量三則僧祇積福證理出生名福藏力四發歡喜心是此位名入見道故名無疑地離惡清淨是第二地依一切智見法不動是三四地得入一切菩薩衆會是五六七地常生佛家八地已上念無有間故曰常生若約圓融初之五句信中攝位句各一位如理思之（句各一位者初信位二增長是住位三清淨是行位四成歎是向位五調伏是地位）從觀甚深下義通諸位以圓教中位位攝德故

世尊所現如是莊嚴皆是過去先所積集善根所成爲欲調伏諸衆生故

二辨現因既積善所成故爲益深大爲欲調伏諸衆生故一句文含二勢一結前謂結因所屬二生後生後開示亦是爲生

開示如來大威德故照明無礙智慧藏故示現如來無邊勝德極熾然故顯示如來不可思議大神變故以神通力於一切趣現佛身故示現如來神通變化無邊際故本所志願悉成滿故顯示如來勇猛智慧能徧往故於法自在成法王故出生一切智慧門故示現如來身清淨故又現其身最殊妙故顯示證得三世諸佛平等法故開示善根清淨藏故顯示世間無能爲喻上妙色故顯示具足十力之相令其見者無厭足故爲世間日照三世故

第二明上弘佛道中分二先別彰所爲二自在已下舉因結歎前中有十七句爲欲顯前二十一種殊勝功德初句爲總餘皆

是别於中前五各攝二德餘句各一第一照明無礙智慧藏句顯二德者一顯不二現行故云無礙無二礙故二顯趣無相法故云照智慧藏慧爲能照藏即所照無相真如照明趣達眼目殊稱第二句一顯住於佛住謂住空大悲任運利樂無休息時名曰熾然二顯逮得一切佛平等住謂依清淨智起利樂意作二身業皆熾然故第三句一顯到無障處二顯不可轉法謂此二是降魔伏外功德前由有對治則不爲他動今由有神變乃能轉他第四句一爲顯所行無礙今徧趣現身即是所行有漏盡通八風不染又神通力即能徧因二顯其所安立不可思議謂佛威神所建立故第五句初顯遊於三世平等法性約記三世事亦是神通無邊際言即平等性二顯其身流布一切世間此言甚顯下皆各攝一德六顯於一切法智無疑滯本願巳滿故七顯於一切行成最正覺名智徧往八顯於諸法智無有疑惑名於法自在九顯一切菩薩等所求智十顯凡所現身不可分别十一爲顯得佛無二住勝彼岸彼岸巳圓十身殊妙故十二顯不相間雜如來解脱妙智究竟功德又諸佛平等皆徧而不相雜故十三顯證無中邊佛平等地平等之地即清淨藏十四顯極同法界故云上妙十五有十力故能盡虛空見者無厭十六窮未來際故照三世

自在法王一切功德皆從往昔善根所現一切菩薩於一切劫稱揚讚説不可窮盡

第二舉因結歎前舉積因後歎無盡　五
覩佛勝德竟

爾時兜率陀天王奉爲如來嚴辦如是諸供具已與百千億那由他阿僧祇兜率天子向佛合掌白佛言善來世尊善來善逝善來如來應正等覺唯見哀愍處此宮殿

第六爾時兜率下天王請佛處殿亦稱五號並曰善來及下文意皆如第三會說亦稱五號者一世尊二善逝三如來四應供五正徧知然尋常略舉下三今加上二故爲五德

爾時世尊以佛莊嚴而自莊嚴具大威德爲令一切衆生生大歡喜故一切菩薩發深悟解故一切兜率陀天子增益欲樂故兜率陀天王供養承事無厭足故無量衆生緣念於佛而發心故無量衆生種見佛善根福德無盡故常能發起清淨信故見佛供養無所求故所有志願皆清淨故勤集善根無懈息故發大誓願求一切智故受天王請入一切寶莊嚴殿

第七爾時世尊下如來受請分二先受請入殿二爾時一切下入已現嚴前中先明此界後辨結通前中初一句明能應之德次明所爲之意三正受請並顯可知

如此世界十方所有一切世界悉亦如是

爾時一切寶莊嚴殿自然而有妙好莊嚴出過諸天莊嚴之上一切寶網周帀彌覆普雨一切上妙寶雲普雨一切莊嚴具雲普雨一切寶衣雲普雨一切栴檀香雲普雨一切堅固香雲普雨一切寶莊嚴蓋雲普雨不可思議華聚雲普出不可思議妓樂音聲讚揚如

來一切種智悉與妙法而共相應如是一切諸供養具悉過諸天供養之上

第二現嚴顯是佛力故出過諸天

時兜率宮中妓樂歌讚熾然不息以佛神力令兜率王心無動亂往昔善根皆得圓滿無量善法益加堅固增長淨信起大精進生大歡喜淨深志樂發菩提心念法無斷總持不忘

第八時兜率宮下天王獲益文中初得定益往昔已下是進善益佛神力言通此二益十住位劣攝散歸靜故樂音止息此位超勝得動實性故動寂無二熾然音樂心不動也

爾時兜率陀天王承佛威力即自憶念過去佛所所種善根而説頌言

第九爾時下承力偈讚然憶念昔因亦是益相取文便故爲説偈依文中二先明此處偈讚後結通十方前中先説偈依

昔有如來無礙月諸吉祥中最殊勝彼曾入此莊嚴殿是故此處最吉祥

昔有如來名廣智諸吉祥中最殊勝彼曾入此金色殿是故此處最吉祥

昔有如來名普眼諸吉祥中最殊勝彼曾入此蓮華殿是故此處最吉祥

昔有如來號珊瑚諸吉祥中最殊勝彼曾入此寶藏殿是故此處最吉祥

昔有如來論師子諸吉祥中最殊勝彼曾入此山王殿是故此處最吉祥

昔有如來名日照諸吉祥中最殊勝彼曾入此衆華殿是故此處最吉祥

昔有佛號無邊光諸吉祥中最殊勝彼曾入
此樹嚴殿是故此處最吉祥
昔有如來名法幢諸吉祥中最殊勝彼曾入
此寶宮殿是故此處最吉祥
昔有如來名智燈諸吉祥中最殊勝彼曾入
此香山殿是故此處最吉祥
昔有佛號功德光諸吉祥中最殊勝彼曾入
此摩尼殿是故此處最吉祥

後正陳偈讚十頌頌各一佛佛名有異略無別德餘同前會此佛即前會十佛次前十佛寄位漸深憶念漸遠耳

如此世界兜率天王承佛神力以頌讚歎過去諸佛十方一切諸世界中兜率天王悉亦如是歎佛功德爾時世尊於一切寶莊嚴殿摩尼寶藏師子座上結跏趺坐

第十爾時世尊下如來就座文分四別一明就座

法身清淨妙用自在與三世佛同一境界住一切智與一切佛同入一性佛眼明了見一切法皆無障礙有大威力普遊法界未嘗休息具大神通隨有可化衆生之處悉能徧往以一切諸佛無礙莊嚴而嚴其身善知其時爲衆說法

二法身下顯德亦大同前二十一德恐厭繁文不能具釋

不可說諸菩薩衆各從他方種種國土而共來集衆會清淨法身無二無所依止而能自在起佛身行

三不可說下衆集即眷屬圓滿然後品衆集有所表故但云一萬理實徧集故此但

云不可說衆未必但是後品之人坐此座已於其殿中自然而有無量無數殊特妙好出過諸天供養之具所謂華鬘衣服塗香末香寶蓋幢旛妓樂歌讚如是等事一一皆悉不可稱數以廣大心恭敬尊重供養於佛十方一切兜率陀天悉亦如是

四坐此座下現嚴初此界後結通有云此升座一段宜置入殿之後歎處之前迴文不曉者未必然也謂初請入殿讚爲請坐於理何違有云下敘刊定破經二未必然也總非三謂初請入下出其正理彼破意云謂入殿即坐坐竟方歎故合迴文今明初入殿竟次即歎處請坐後方受請於理何失

大方廣佛華嚴經疏鈔會本第二十二之三

音釋

螺髻 螺盧戈切髻吉詣切 障翳 翳於計切障翳謂障塞蔽翳也 依怙 依於機切怙後五切依怙謂依倚恃怙也 珊瑚 珊所間切瑚戶吳切珊瑚似玉而赤色作樹形出波斯師子二國 遞 大計切更迭也

大方廣佛華嚴經疏鈔會本第二十三之一

唐于闐國三藏沙門實叉難陀　譯

唐清涼山大華嚴寺沙門澄觀撰述

兜率宮中偈讚品第二十四

初來意者前明化主赴感今明助化讚揚及顯位體所依故次來也

二釋名者謂十方菩薩於此宮中讚佛實德故受斯名通二種釋如第三會

三宗趣者集衆放光偈讚爲宗爲說迴向爲趣

爾時佛神力故

四釋文亦三初集衆二放光三偈讚初中二先明集因謂佛神力

十方各有一大菩薩

二十方下衆集於中文二先明此會後如此世界下結通今初長分十段一總舉上首

一一各與萬佛刹微塵數諸菩薩俱

二眷屬數

從萬佛刹微塵數國土外諸世界中來詣佛所

三來處遠近位增數增故各一萬

其名曰金剛幢菩薩堅固幢菩薩勇猛幢菩薩光明幢菩薩智幢菩薩寶幢菩薩精進幢菩薩離垢幢菩薩星宿幢菩薩法幢菩薩

四主菩薩名同名幢者略有五義一高出義表三賢位極故二建立義大悲大智建立衆生及菩提故三歸向義謂大悲攝生智願攝善歸向菩提及實際故四摧殄義如猛將幢降伏一切諸魔軍故五滅怖畏

義如帝釋幢不怖惑業故異名即表十向行體至偈當明七今略其二言一高出二幢者略有五義者刋定有

建立下施幢播中皆有其文一高出者亦云高顯顯即顯現亦出義也下經願一切衆生建高顯幢然智慧燈普照世間二建立者下經云願一切衆生立堅固幢悉能摧殄一切魔業刋定七中一堅固義二滅恐怖義三歸向義四建立義五高顯義六摧殄義七不爲他壞義今以堅固即不爲他壞準上引經即建立中攝又他不壞在滅怖中攝涅槃三十一云修戒定慧如帝釋幢不移轉故故略其二謂不爲他壞及堅固義三歸向義者列衆中有如燈幢爲衆所歸四摧殄者七十八云菩提心者如猛將幢降伏一切諸魔軍故五滅怖者智論二十四明修八念能除恐怖八念者於六念上更加息怨於念三寶中引經證云佛告諸比丘釋提桓因與阿修羅鬪在大陣中時告諸天衆汝與阿修羅鬪時設有恐怖當念我七寶幢恐怖即滅若不念我幢當念伊舍那天子帝釋左寶幢恐怖即除若不念伊舍那寶幢當念婆樓那天子帝釋右寶幢恐怖即除以是故知幢爲滅怖畏義

所從來國謂妙寶世界妙樂世界妙銀世界妙金世界妙摩尼世界妙金剛世界妙波頭摩世界妙優鉢羅世界妙栴檀世界妙香世界

五所從來刹皆稱妙者迴向之力微善彌於法界故其别名即表十向所修法門一救護衆生離衆生相最可貴故二得不壞信常樂因故三等佛白淨故四如金徧至諸色像故五出用無盡如摩尼故六善根堅固如金剛故七隨順衆生不染塵故八眞如之因如水生華最爲勝故九如白栴檀能去熱惱之縛著故十如彼香氣能普周故故下文慈氏座前燒一丸香彌滿法界即其事也慈氏座前等者即六十七經優鉢羅華長者經云善男子兜率天中有香名先陀婆於一生所繫菩薩座前燒其一丸興大香雲徧覆法界普雨一切諸供養具供養一切諸佛菩薩是也

各於佛所淨修梵行所謂無盡幢佛風幢佛

解脱幢佛威儀幢佛明相幢佛常幢佛最勝幢佛自在幢佛梵幢佛觀察幢佛

六本所事佛同名幢義不異菩薩别名即表修十向智亦表當位之果謂一救護之心不可盡故成無盡佛二如空中風不住不壞故三等佛解脱故四四威儀中無不至故五明了功德相故六常能隨順善根故七隨順衆生善最勝故八同於眞如得自在故九淨無垢染不縛著故十觀察即是入法界故

其諸菩薩至佛所已頂禮佛足

七其諸已下至已修敬

以佛神力即化作妙寶藏師子之座寶網彌覆周帀徧滿諸菩薩衆隨所來方各於其上結跏趺坐

八以佛神力下善住威儀座體云妙寶者十住以慧光徧照故以毘盧遮那藏爲體十行以行淨離垢故以蓮華藏爲體今十向大悲處於生死普該萬法不拘乎一故座體直云妙寶不限色類以教行徧周籠攝衆生加以寶網彌覆其上

其身悉放百千億那由他阿僧祇清淨光明此無量光皆從菩薩清淨心寶離衆過惡大願所起顯示一切諸佛自在清淨之法以諸菩薩平等願力能普救護一切衆生一切世間之所樂見見者不虛悉得調伏

九其身悉放下放光利物此位多辨悲智救物故復辨此於中初光體次此無量下辨光因即圓淨迴向心後顯示下略示光業一智敬上業二悲救下業

其菩薩衆悉已成就無量功德所謂徧遊一切諸佛國土無所障礙見無依止清淨法身以智慧身現無量身徧往十方承事諸佛入於諸佛無量無邊不可思議自在之法住於無量一切智門以智光明善了諸法於諸法中得無所畏隨所演說窮未來際辯才無盡以大智慧開總持門慧眼清淨入深法界智慧境界無有邊際究竟清淨猶若虛空

十其菩薩衆下略讚勝德有十一句初總餘別別中十門一神通門二入證門三以智下依智修福四入於下上入果用五住於下住善決擇六於諸下四辯無盡七智開總持八慧眼見性九智慧徧知十究竟離障

如此世界兜率天宮諸菩薩衆如是來集十方一切兜率天宮悉有如是名號菩薩而來集會所從來國諸佛名號亦皆同等無有差別

結通可知

爾時世尊從兩膝輪

第二爾時世尊下放光文分四別一放光處言膝輪者位漸高故又表迴因向果等有屈申進趣之相故又悲智相導屈申無住故

放百千億那由他光明

二放百千下光數

普照十方盡法界虛空界一切世界

三普照下光照分齊

彼諸菩薩皆見於此佛神變相此諸菩薩亦見於彼一切如來神變之相

四彼諸下光所作業謂令彼此互相見故於中分三初正明彼此相見二如是下釋見所由三如是等下結德所屬
如是菩薩皆與毘盧遮那如來於往昔時同種善根修菩薩行
二中由二因故見一宿因同行故
悉已悟入諸佛自在甚深解脫得無差別法界之身入一切土而無所住見無量佛悉往承事於一念中周行法界自在無礙心意清淨如無價寶無量無數諸佛如來常加護念共與其力到於究竟第一彼岸恒以淨念住無上覺念念恒入一切智處以小入大以大入小皆得自在通達無礙已得佛身與佛同住獲一切智從一切智而生其身一切如來所行之處悉能隨入開闡無量智慧法門到金剛幢大智彼岸獲金剛定斷諸疑惑已得諸佛自在神通普於一切十方國土教化調伏百千萬億無數衆生於一切數雖無所著善能修學成就究竟方便安立一切諸法
二悉已下現德圓滿故文有二十句束為十對一離障成身對二入刹近佛對三用速心淨對四外護內證對五能覺所覺對謂一切智處是所覺故六用廣證深對身即智身同住法界及大悲故七得智生身對身即應身八行深解廣對九智極定深對此位中顯名金剛幢對金剛定即菩提智十得通立法對由得通故調化無數由離數故而能安立數有二種一數量數二色心有為皆名為數今文具二謂由不著一多能立一切故不著於有能安立故即

眞俗鎔融謂世俗幻有之相相本自空勝義眞空之理理常自有有是空有非常有斯有未曾不空空是有空非斷空此空何嘗不有有空空有體一名殊名殊故眞俗互乖迢然不雜體一故空有相順冥然不二一與不一不卽不離鎔融無礙菩薩智契其源所以雖逈絕無寄而善修安立離一障成身對者以交易故疏不指經今當指之二入一切土下入剎對三於一念中下是四無量無數下是五恒以淨念下是六以大入小下是七獲一切智下是八一切如來下是九到金剛幢下是十已得諸佛自在下是由離數下釋立法謂世俗下別示眞俗鎔融之相相從緣生舉體卽空理非斷滅故常自有然有三意此上第一當體以明二有是空有下明二諦交徹成一卽有是空卽空是有三有空空有結成鎔融卽仁王云於諦常自二於解常自一通達此無二眞入第一義也從菩薩智契下結成能立

如是等百千億那由他不可說無盡清淨三世一切無量功德藏諸菩薩衆皆來集會在於佛所因光所見一切佛所悉亦如是

三結德所屬謂無盡德屬於此會菩薩及光中所見也

爾時金剛幢菩薩承佛神力普觀十方而說頌言

第三偈讚中十菩薩卽爲十段亦十方如次皆先標說人及說儀式今初東方金剛幢者此是會主名含總別總顯迴向不出悲智金剛者堅利也卽悲之智二乘實際不能壞堅也斷難斷惑利也故文云智慧到彼岸卽智之悲愛見不能動堅也無所不救利也故文中徧剎利生卽悲下二雙出悲智爲金剛義七十八云譬如金剛唯從金剛處及金處生非餘寶處生菩提心金剛亦復如是

唯從大悲救護衆生金剛處一切智智殊勝境界金處而生非餘衆生善根處生故知金剛不獨喻智攻般若者不得此意但以標名獨將金剛喻於般若不觀文中悲濟九類而無所度悲智相導方爲眞實不共般若智者應知別名即是救護衆生悲也離衆生相智也義不殊總說頌儀式頻見上文故知金剛下四結彈以今古諸師皆唯般若喻金剛故不觀文中下成上失意以金剛經具悲智爲金剛故彼經云佛告須菩提諸菩薩摩訶薩應如是降伏其心所有一切衆生之類若卵生若胎生若濕生若化生若有色若無色若有想若無想若非有想若非無想我皆令入無餘涅槃而滅度之悲濟九類也如是滅度無量無數無邊衆生實無衆生得滅度者等大智而無所度也故疏結云悲智雙運

如來不出世亦無有涅槃以本大願力示現自在法是法難思議非心所行處智慧到彼岸乃見諸佛境

正顯頌文十頌歎佛寂用無礙德大分爲二初八讚佛勝德後二結勸修行今初分三初五偈寂而常用次一偈用而常寂後二無礙自在今初分三初二偈無生滅而示生滅於中前偈就法正顯後偈寄對顯深以依體起用體用無礙故難思議又心有心相動不能行故難思議智無智相名到彼岸方見佛境

色身非是佛音聲亦復然亦不離色聲見佛神通力少智不能知諸佛寶境界久修清淨業於此乃能了

次二偈非色聲而現色聲亦前偈就法正顯後偈寄對顯深少智謂權小久修謂圓機素習見聞故能了實

正覺無來處去亦無所從清淨妙色身神力

故顯現

後一頌明無來去而示來去覺處即現不從方來迷處自無不從此去以神力故示有來去然從神力中來即無來矣

無量世界中示現如來身廣説微妙法其心無所著

二用常寂中三句用末句寂

智慧無邊際了達一切法普入於法界示現自在力衆生及諸法了達皆無礙普現衆色像徧於一切刹

三無礙自在中初偈了事理無礙起用自在後偈了生法無礙起用自在可知

欲求一切智速成無上覺應以淨妙心修習菩提行若有見如來如是威神力當於最勝尊供養勿生疑

後二偈結勸中初偈勸修智進行後偈勸修福斷疑

爾時堅固幢菩薩承佛神力普觀十方而説頌言

第二南方堅固者表不壞迴向故菩提心堅固觀佛無厭故

如來勝無比甚深不可説出過言語道清淨如虛空汝觀人師子自在神通力已離於分別而令分別見導師爲開演甚深微妙法以是因緣故現此無比身

十頌多明如來爲物所依德於中分二初三讚佛勝德後七勸修辨益前中初頌明佛體離言次偈無相現相後偈現相所因

此是大智慧諸佛所行處若欲了知者常應親近佛

後七中舉修有益即顯佛德深玄文中分
三初偈指德勸依即結前生後
意業常清淨供養諸如來終無疲厭心能入
於佛道具無盡功德堅住菩提心以是疑網
除觀佛無厭足通達一切法是乃真佛子此
人能了知諸佛自在力
次三示能入者令物思齊各先舉行後彰
行益
廣大智所說欲爲諸法本應起勝希望志求
無上覺若有尊敬佛念報於佛恩彼人終不
離一切諸佛住何有智慧人於佛得見聞不
修清淨願履佛所行道
後三正勸進修然夫進修畧有五法謂欲
精進念巧慧一心初偈明欲次偈辨念後
偈巧慧前二正明後一反顯一心精進攝

在志求之中然夫進修等者釋此三偈自有二重一約五法即智論文天台取之爲二十五方便此第五五止觀具云謂前二十法雖備若無樂欲希慕一身心苦策二念想三方便四一心決志者五止觀無由現前釋曰上即反釋下順釋云若能欣慕無厭一曉夜匪懈二念念相續三善得其意四一心無異五此人能進前路一心喩船枕巧慧如點頭三種如篙櫓若少一事則不安穩無此五法事禪尚難何況理定又慈氏論引醍醐喻經共說九善謂一切法欲爲根本作意所生觸所集起受所引攝以念爲主定爲上首慧爲最勝解脫爲堅固出離爲後邊有前未必有後有後定須有前是故先說欲爲其本下二句揀非惡欲爲勝希望又慈氏論下第二九因釋也即瑜伽論從人名論是其造故醍醐喻經即涅槃經經有五味從牛出乳至於醍醐醍醐喻大般涅槃故事即三十八經明三十七品根本是欲因名明觸攝取名受增名善思主名爲念尊名爲定勝名智慧實名解脫畢竟名爲大般涅槃廣如經說今即瑜伽引經故經論無違欲爲根本者起希望故作意所生者數數警覺故觸所集起者和

心心所對勝境故受所引攝者領在心故以念為主者常名記故定為上首者心澄寂故慧為最勝者擇善惡故解脫為堅固者息纏縛故出離為後邊者覺道滿故從有前下總結釋次偈上半念主下半作意後偈反釋初句慧勝次句觸集及受次句定及解脫後句出離次句觸集及受者即於佛得見聞見佛聞法皆是觸對見聞必領在心也次句定及解脫者修即心定澄寂也清淨為解脫可知後句履佛行道即已出離覺道滿故

爾時勇猛幢菩薩承佛神力普觀十方而說頌言

第三西方菩薩淨心智力見佛盡源等一切佛故名勇猛

譬如明淨眼　因日覩衆色　淨心亦復然　佛力見如來

如以精進力　能盡海源底　智力亦如是　得見無量佛

十頌分二前六明感應道交見佛聞法後四令捨偽求真拂見聞相故此一段總顯如來見聞弘益之德前中前五各上半喻下半合通分為二初二見佛後四聞法前中初偈雙明感應淨心如淨眼為見之因佛力如日為見之緣如來如色為見之境如人入闇則無所見斯則獨因不見也如明淨日瞽者莫見獨緣不見也此辨因緣和合方能見也此辨因緣者正同金剛經云如人有目日光明照見種種色但彼以般若為日法中明心不住法則內心自有因緣不同佛力為日也後偈偏舉於感以因奪緣如出現品云此非如來威神之力等如出現品者謂佛光救地獄衆生生天便即念言此是如來威神之力佛便報言此非如來威神之力若一衆生於如來所不種善根能得如來少分智慧無有是處是也

譬如良沃田　所種必滋長　如是淨心地　出生諸佛法

如人獲寶藏　永離貧窮苦　菩薩得佛

法離垢心清淨譬如伽陁藥能消一切毒佛法亦如是滅諸煩惱患真實善知識如來所稱讃以彼威神故得聞諸佛法

後聞法中四偈分三初偈顯因能生法次二顯得法之益前偈得權智能離所知心垢後偈有根本智能除煩惱之患三一偈顯緣令聞法故上文云佛法無人說雖慧莫能了

設於無數劫財寶施於佛不知佛實相此亦不名施無量衆色相莊嚴於佛身非於色相中而能見於佛如來等正覺寂然恒不動而能普現身徧滿十方界譬如虚空界不生亦不滅諸佛法如是畢竟無生滅

後四令捨僞求真中二前一示僞令捨住相施故以色見佛行邪道故後三顯真令求初二偈顯真佛前偈即相非相故非色能見後偈即寂而應故不可以寂取末偈顯真法真法無生亦無滅故

爾時光明幢菩薩承佛神力普觀十方而說頌言

第四北方菩薩以大悲力運智慧光朗彼重昏無所不至名光明幢又以智慧令諸善根無所不至故

人間及天上一切諸世界普見於如來清淨妙色身

此頌中多顯如來即體化用周普之德十頌分三初一化用廣亦明化處次七化用深亦明化依後二雙結釋化

譬如一心力能生種種心如是一佛身普現一切佛菩提無二法亦復無諸相而於二法

中現相莊嚴身了法性空寂如幻而生起所行無有盡導師如是現三世一切佛法身悉清淨隨其所應化普現妙色身

化依中分四初四雙明能所依次一拂其能化心次一拂其所依體後一雙融自在亦拂能依今初初偈總明一多無礙依一總心變多王所於一實佛應化多端故無礙也次一相二無礙無相現相無二現二體絶能所故云無二相依身有是即二也然相二相對應成四句畧舉其一無二現二即於一現多乃至百千亦名二故次偈顯依性起起不異性故如幻無盡後偈從法身流舉三世佛以顯道同

如來不念言我作如是身自然而示現未嘗起分別

二拂能化心中謂如摩尼珠無私成事故法界無差别亦無所依止而於世間中示現無量身

三一偈拂所依謂上無二無相法性法身即是法界法界本自無差亦無定有爲化依止由無依無别故爲依爲别故下文云虚空雖無所依能令三千世界而得安住如空無色而能顯現一切諸色

佛身非變化亦復非非化於無化法中示有變化形

四一偈雙融自在言非非化者此有二義一假非化以遣化非謂是非化則上半約體絶待下半依體起用二不礙化故然眞化無二融爲一身不壞體用名依眞起依眞起者則報亦依眞非謂三身獨一是化

非謂是非化者此一向是遮即拂跡入玄耳故昔人云我言非有者但言非是有非謂是非有人如人夜見於杌謂之為人智者告言此非是人但非其心中計人愚人聞之便謂此杌是人於非人非人即鬼故人執雖無鬼執即起故為惑耳故下釋云上半絕待則化與非化兩亡二不礙化故者即重釋亦復非非化此即以化遣於非化則上句非變化者即是真身故亦復非非化者有化用故前釋上半是體下半是用今此上半自具體用依於後義廣釋經文於中二先總明然約三身自有多義一法報合為真身應化合為化身二法身以為真身報應皆為化身今依此義故云非謂三身獨是化

一且依真起化畧有二門一開義二融合且依真下第二開章別釋初中真應各有二義真中一不變義謂雖化而常湛然初句顯之二隨緣義謂不守自性無不現故故云亦復非非化二約化中一無體即空義謂攬緣無性故云於無化法中二從緣幻有義故云示有變化形初開義中言各二義者即真同真如化同依他各有二義更無別也如前已釋但前通相說真如依他今就佛身以說二義謂攬緣無性者則知報身亦緣成義

二融合中亦二義一真化別合二真化融通初中由真中隨緣即不變故是故亦真亦非真非真非不真名真法身化中體空即幻有故是故亦化亦非化非化非不化名為佛化身二融通者謂由真不變顯化體空此真不無化不有以為法身而不無化用以有化中空義故又由真隨緣顯化幻有此是化不無真不有以為化身而不無真理以有真中隨緣義故又由隨緣幻有不異不變體空故是故現化紛然未嘗不寂真性湛然未曾不化真化鎔融為一無礙清淨法界宜審思之二融合等者真化別合者即真如上二義自合依他上二義自合耳各成四句且真中四者一真二非真三俱四泯以前二義易故不明又是合故不開但明後二化中二義亦然融通者即將真如二義與依他二義互相收攝耳文有四節前二節明四

義交絡相融三復融上二四真化鎔融下結成一味法界四中一取真如不變義與依他體空義合由在緣不變故顯體空體空卽真如此卽真理奪事故真不無不變體空卽是真空化不有者依他全體空故二又由真隨緣下取真上隨緣與依他幻有合此卽真理成事門故化不無以能成事故真不有舉體隨緣故又上二義第一合得事能顯理門故云不無化用以有化中空義故由化卽空故能顯第二義中兼得事能隱理門故故云不無真理但隨緣耳又由下三總融上二以前別合中二義已融今復真化互合故

正覺不可量法界虛空等深廣無涯底言語道悉絕如來善通達一切處行道法界衆國土所往皆無礙

第三二偈雙結釋中前偈結歸於體謂智冥真境等法界故深無底等虛空故廣無涯皆絕言道爲不可量後偈舉因釋成所以法界無礙者智行徧故

爾時智幢菩薩承佛神力普觀十方而說頌言

第五東北方於佛寂用之境決斷無礙故又智導萬行出生無盡故名智幢故

若人能信受一切智無礙修習菩提行其心不可量

頌中多歎如來應現出生無盡無礙之德十頌分二初一標章勸信信有修行之益

一切國土中普現無量身而身不在處亦不住於法

後九所信勝德於中分二初一總餘八別總中上半用而無盡下半寂而無住不著應處不住法體即本末雙寂也通爲寂用無礙

一一諸如來神力示現身不可思議劫算數莫能盡三世諸衆生悉可知其數如來所示

現其數不可得

　別中二初二明無盡一一衆生前能現無盡身故衆生可知佛不可數

或時示一二乃至無量身普現十方刹其實無二種譬如淨滿月普現一切水影像雖無量本月未曾二如是無礙智成就等正覺普現一切刹佛體亦無二非一亦非二亦復非無量隨其所應化示現無量身

　後六明無礙於中三初四一異無礙亦是本末無礙一法二喻三合四釋

佛身非過去亦復非未來一念現出生成道及涅槃

　次一偈延促無礙

如幻所作色無生亦無起佛身亦如是示現無有生

　後一偈性相無礙

爾時寶幢菩薩承佛神力普觀十方而說頌言

　第六東南方菩薩以圓淨智照平等理不礙應現隨順一切如摩尼寶故名寶幢

佛身無有量能示有量身隨其所應覩導師如是現佛身無處所充滿一切處如空無邊際如是難思議

　頌中多顯平等超世之德十頌分二前五總顯難思後五迴超時數前中初二正明前一超量現量後一超處徧處故出現品云譬如虛空徧至一切色非色處等如是難思雙結上二

非心所行處心不於中起諸佛境界中畢竟無生滅如翳眼所覩非內亦非外世間見諸

佛應知亦如是饒益衆生故如來出世間衆生見有出而實無與世

後三展轉釋成初云何以難思若身若處非生滅心行之境故何以非心境佛自不起心故何以不起體無生滅故若爾何以現見次偈釋云病眼所覩取色分齊勿謂爲實次疑云若爾豈無如來出現世耶次偈釋云自機見耳上三句以應就感衆生謂出末句旣因物感出卽非出名實不出故諸法無行經云如來不出世亦不度衆生衆生强分別作佛度衆生旣無有出安有沒耶上三亦初一超心行次一超内外後一超出沒

不可以國土晝夜而見佛歲月一刹那當知悉如是

後五偈迴超時數而現時數於中初一偈結前標後國土結前處故

衆生如是說某日佛成道如來得菩提實不繫於日如來離分別非世超諸數三世諸導師出現皆如是譬如淨日輪不與昏夜合而說某日夜諸佛法如是三世一切劫不與如來合而說三世佛導師法如是

後四別顯超時初偈立宗上半牒妄情下半正立菩提是有法定不繫時是宗法次偈立三因一智無分別故二三世不遷故三體非有爲之數故次偈舉同喻謂日體常明故不合昏夜後偈合結上半合下半結合中語倒若順應云一切諸如來不與三世合又若以超時現時爲宗者則上宗中四句皆宗應云菩提是有法定不繫日

隨機說日是宗法因云體非三世等不礙三世等故同喻云如日輪不合昏夜以山暎故說有日夜合云佛無三世以不應見機之所暎故而說三世是則上三句皆合下一句結菩提是有法者因明疏云前陳是有法後陳是法法與有法和合為宗言有法者由於前陳為所依故能有後陳故有法但是持自性法無有軌義後陳具二謂由不計時知是常法如無常知是有為等作初偈量云日體無分別不與昏夜合如來無分別不與三世合菩提是有法定不繫時是宗法因云無分別故同喻如日輪與偈合之日體無分別等也二約非世為因菩提是有法定不繫時是宗法因云體非三世故同喻如日輪以偈合云日不屬於時不與昏夜合佛非世法故不與三世合三約超諸數釋菩提是有法定不繫時是宗法因云非有為故同喻如日輪偈云日輪無出沒不與昏夜合如來非有為不與三世合又若以超時現時等四句皆宗者若依前釋上二句牒妄情今將上二句合在下半成經偈云如來得菩提實不繫於日而隨衆生說某日佛成道菩提是有法定不繫日隨機說日是宗法因云體非三世不礙三世故同喻如日輪日體恒明隨映見殊不合昏夜佛體湛

然隨機應已超三世說三世故疏云定不繫日隨機說日是宗法而出因云體非三世不礙三世等者等取無分別不礙分別非有為不礙有為合等可知菩提是有法定不繫日隨機說日是宗法因云體無分別不礙分別故同喻如日輪日離分別隨時殊不合昏夜說昏夜佛無分別隨機應已離分別說分別菩提至宗法同前因云體非有為不礙有為故同喻如日輪日非有念隨時殊不合昏夜說昏夜佛非有為隨機殊已超有為說有為若作偈五言云日明映山故無時說晝夜佛體不礙用常住說三世七言云日體恒明隨映殊不合昏夜說昏夜佛體湛然隨機應已超三世說三世對上三因亦應云日離分別隨映殊佛無分別隨機應皆可意得

爾時精進幢菩薩承佛神力普觀十方而說頌言

七西南方勤觀如來眞應皆同故能平等隨順一切衆生名精進幢

一切諸導師身同義亦然普於十方剎隨應種種現

十頌顯此同義文分為二初一總標餘九

別釋前中上半正標下半略顯同相言身同者三身十身皆悉同故義亦然者此合多意一且約三身體依聚義無不同故所覺能覺覺他同故又義名所以所以得名佛者正覺眞智力無畏等無不具故得名爲佛佛佛皆然故義同也又應用利樂無不同故故攝論第十云諸佛法身應知恒時能作五業等二十一種功德之中名爲逮得一切佛平等性所依意樂作業無差別故義亦然者下出三意一釋三身及與佛義體卽法身依是報身聚是化身所覺下所覺是法身能覺是報身覺他是化身又義名所以者明成佛所以卽具衆德故問明云十方諸如來同共一法身一心一智慧力無畏亦然諸佛法身者卽應化法身言五業者攝論云第一救濟有情災橫爲業於暫時見便能救濟盲聾狂等諸災橫故二救濟惡趣爲業拔諸有情出不善處置善處故三救濟非方便爲業令諸外道捨非方便求解脫行置於如來聖教中故四救濟薩遮耶見爲業授之能超三界道故五救濟諸乘爲業拯拔欲趣餘乘諸菩薩及不定性諸聲聞等安置善處令修大乘行故於此五業應知諸佛業用平等若梁攝論當第十五二十一下指上品所依智等三事佛佛平等無性亦明是利他德

二約十身釋義同者皆通三世間彼此互望無差別故種種利樂居然是同此有三因一行海齊滿二大願齊具三同一法性故非唯相似亦一即一切互相融故餘如問明品說

下半同相略舉應用同以應即眞故非應之外別明法身是同然普有二義一約諸佛謂無有佛不徧十方故二約一佛謂無一方而不現故

汝觀牟尼尊　所作甚奇特　充滿於法界　一切悉無餘　佛身不在內　亦復不在外　神力故顯現　導師法如是　隨諸衆生類　先世所集業　如是種種身　示現各不同　諸佛身如是　無量不

可數唯除大覺尊無有能思議

後九別釋中分二先四頌正釋後五頌轉釋前中初偈釋前普於十方無餘二義一無處不徧故二一切皆佛身故諸佛本師二頌影略次偈釋前現義謂有感方現故云非內神力能現故云非外次偈釋前隨應種種義一隨物類則十法界等萬類殊應二於一類中隨其先業各見不同如金色塗灰等後偈釋前身同之義結成難思佛身皆同無數量故唯除大覺者佛佛同證故

如以我難思心業莫能取佛難思亦爾非心業所現如剎不可思而見淨莊嚴佛難思亦爾妙相無不現譬如一切法衆緣故生起見佛亦復然必假衆善業譬如隨意珠能滿衆生心諸佛法如是悉滿一切願無量國土中導師興於世隨其願力故普應於十方

後五轉釋中從後向前釋上四偈前四兼喻後一唯法於中初二釋第四無能思義一以我爲喻謂如妄計之我本無所有故不可思此以妄計情有理無非聖智境以況法身理有情無非下位測後偈以剎爲喻喻雖絕相難思而不礙相次一偈釋第三隨業異現所以要隨業者同一切法必假緣故此以總喻別次一偈釋第二非內外義如珠現物雖非內外能滿物心後偈釋充滿法界義所以能滿者本願普周故

爾時離垢幢菩薩承佛神力普觀十方而說頌言

第八西北方菩薩真如體淨能成白法復

淨世間故名離垢（真如體淨第八迴向中義復淨世間即今偈意）

如來大智光普淨諸世間世間既淨已開示諸佛法設有人欲見衆生數等佛靡不應其心而實無來處

十頌多歎如來淨德前六淨他後四自淨前中前二總明後四别釋今初前偈智淨妄惑既寂眞智不無開示無我知見性相故名爲法後偈身淨謂拂應顯眞（妄惑既寂等者揀異斷空開示已下即法華開示悟入意也）

以佛爲境界專念而不息此人得見佛其數與心等成就白淨法具足諸功德彼於一切智專念心不捨導師爲衆生如應演說法隨於可化處普現最勝身佛身及世間一切皆無我悟此成正覺復爲衆生說

後别釋中前二釋第二偈後二釋初偈前中初偈正明欲見諸佛應專佛境隨念隨現故名心等又了心境即佛眞性迷則不知念則便現次偈轉釋專念之義無漏具德故能專念（隨念隨現者此有二意一隨念多少佛亦等之如稱一口有一化佛等二隨念淺深佛應稱之見有優劣又了心境下約觀心釋即心即佛之義耳）後二中前偈釋普淨世間說法現身而能淨故後偈釋開示佛法示其所悟二無我故

一切人師子無量自在力示現念等身其身各不同世間如是身諸佛身亦然了知其自性是則說名佛如來普知見明了一切法佛法及菩提二俱不可得導師無來去亦復無所住遠離諸顛倒是名等正覺

後四自淨中初一已淨差别之用後三內淨三德一見性成佛自閑法身稱性現應

次偈無得成佛自開般若佛法所覺菩提能覺必能所相因故俱叵得無所得者則得菩提後偈離妄成佛自開解脫不動無住故妄倒斯寂名眞解脫

爾時星宿幢菩薩承佛神力普觀十方而說頌言

第九下方菩薩解佛徧應法界之身而不離法性若彼星宿粲然羅空不可縛著故以爲名

如來無所住普住一切刹一切土皆往一切處咸見佛隨衆生心普現一切身成道轉法輪及以般涅槃諸佛不思議誰能思議佛誰能見正覺誰能現最勝

十頌顯佛此德分爲三別初三總顯即體之應次六別釋體應自在後一拂去自在之迹前中初偈約處顯身之徧謂法性身則無所住約自受用則無所不住名爲普住約他受用及變化身有感則往故云一切土皆往若約十身無處非佛故云一切處咸見謂法性身者此初一偈上三句約四身說徧第四句約十身說徧此十身正說衆生國土等十身故則有虛空處卽虛空身有國土處卽國土身等故無非佛身矣次偈約機顯身之多故云一切及八相事皆由物感後偈結歎難思初句總標下三句顯相二句約感不能思思惟約心見通心眼下句約應難思云誰能現

一切法皆如諸佛境亦然乃至無一法如中有生滅衆生妄分別是佛是世界了達法性者無佛無世界如來普現前令衆生信喜佛體不可得彼亦無所見

次六別釋中初三順釋後三反釋今初初

偈釋前誰能現義謂現即同如無生滅故次偈釋前誰能思義謂起心而思是妄分別有依有正法性之中能所斯寂後偈釋前誰能見義謂能應隨緣體本自無能感之機竟何所見

若能於世間遠離一切著無礙心歡喜於法得開悟神力之所現即此說名佛三世一切時求悉無所有若能如是知心意及諸法一切悉知見疾得成如來

後三反釋中謂由無思見等方能思等則反顯前有思見等不了佛境於中初偈無思思要無著無礙故次偈無現現神力之現體即虛故後偈明無見見躡前無所有爲見前稱實之見非唯見佛亦得疾成

言語中顯示一切佛自在正覺超語言假以語言說

三一偈拂自在之迹者上明自在尚假言詮正覺超言故拂言迹超言亦假應忘契之

爾時法幢菩薩承佛神力普觀十方而說頌言

第十上方菩薩知眞實之法普入法界則所修行皆無分量故名法幢知法名佛故先讚見佛之益

寧可恒具受一切世間苦終不遠如來不覩自在力

十頌雙顯佛法難聞於中分二前四讚佛勸人聞見後六讚法勸物聞求前中初一正令甘苦近佛

若有諸衆生未發菩提心一得聞佛名決定

成菩提若有智慧人一念發道心必成無上尊愼莫生疑惑如來自在力無量劫難遇若生一念信速證無上道

後三釋其所以畧舉三事初偈聞名益次偈發心益後偈生信益旣受苦得聞成斯勝益受樂不覩不免長淪故應甘苦而近佛也

設於念念中供養無量佛未知眞實法不名爲供養若聞如是法諸佛從此生雖經無量苦不捨菩提行一聞大智慧諸佛所入法普於法界中成三世導師雖盡未來際徧遊諸佛刹不求此妙法終不成菩提衆生無始來生死久流轉不了眞實法諸佛故興世諸法不可壞亦無能壞者自在大光明普示於世間

後六中已遇良醫復須法藥於中初二由聞實法能成行法前反後順次二由聞理智成於果法前順後反後二以感應釋成前偈佛興由生迷實後偈說法示於眞實不動眞際建立諸法則性不可壞不壞假名而說實相則相不可壞斯則天魔外道等皆法印故無能壞餘如十藏品上十菩薩之偈應以六相圓融（上十菩薩下總結言六相者一總顯佛德二別則十種德殊三同則同明佛德四異則十德互望不同五成則共成佛德六壞則各住自性）所以偈後無結通者爲顯法界兜率讚德異故猶彼處處文殊偈偈各別顯佛德無盡故（所以偈後下彰無結意此後一段前二會無此後例前亦是三賢之最後故）

大方廣佛華嚴經疏鈔會本第二十三之一

音釋

膝輪（膝息七切脛頭節也膝輪謂脛膝之中也）闡（齒善切顯明也）沃（烏酷切溉灌也）殄（徒典切滅也）叵（普火切不可也）柂（待可切正船木也）艪（郎古切進舟具也似槳而長）軏（居洧切法也）

大方廣佛華嚴經疏鈔會本第二十三之二

唐于闐國三藏沙門實叉難陀 譯

唐清涼山大華嚴寺沙門澄觀撰述

十迴向品第二十五

初來意者當會序分已彰正宗宜顯故又已總示所依佛智次别顯能依行位故次來也

二釋名者迴者轉也向者趣也轉自萬行趣向三處故名迴向迴向不同有其十種然十之别名本分當釋迴向通稱今當重明隨境所向義有衆多以義通收不出三處謂衆生菩提及以實際上二皆隨相實際即離相

開三爲十一迴自向他故初迴向云若有善根不欲饒益一切衆生不名迴向

二迴少向多故下文云善根雖少普攝衆生以歡喜心廣大迴向又云隨一善根普以衆生而爲所緣乃名迴向

三迴自因行向他因行故第三迴向云菩薩以諸善根迴向佛已復即以此善根迴向一切菩薩所謂願未滿者令得願滿心未淨者令得清淨

四迴因向果此復二種一向自果下文云修諸善根迴向阿耨菩提故深密瑜伽梁攝論等大同此說二迴向他果第三迴向云願以我今所種善根令諸佛樂轉更增勝故

故深密等者深密第四觀自在菩薩白佛言何因緣故波羅蜜多名波羅蜜多佛告觀自在五因緣故一無染著二無顧戀三無罪過四無分別五正迴向乃至云正迴向者謂以如是所作所集波羅蜜多迴求無上大菩提果是也言瑜伽者即三十七云云何菩薩無倒迴向謂諸菩薩三門積集所有善根即善修事業一方

便善巧二饒益於他三去來今世一切攝取以純一味淨妙信心迴求無上正等菩提終不用此所集善根希求世間餘果異熟唯除無上正等菩提梁攝論第十云由般若迴向前六度爲得大菩提故施等無盡故般若能引方便又釋方便波羅蜜中云內欲爲利益諸衆生故所作善根功德悉迴向無上菩提言等者無性世親皆同此說無性釋云若以此善根求無上正等菩提者爲證無上佛菩提故世親釋云所有善根皆悉迴向無上菩提作諸有情一切義利釋曰以文易故疏但略指

五迴劣向勝謂隨喜凡夫二乘之福迴向無上菩提故

六迴比向證經文非一六迴比向證者以文多故疏不別指若取現證即前第三中心未淨者令得清淨清淨即淨心地淨心地即初地未淨即比是迴他比令他得證亦是自比令他得證等

七迴事向理故不壞迴向云與諸法性相應迴向入無作法成所作迴向第六迴向云永離依處到於彼岸故名迴向永絕所作至於彼岸故名迴向

八迴差別行向圓融行故如第九迴向廣說八迴差別等者初列懺悔等五門善根爲差別善根一一迴向中皆願成普賢圓融行故

九迴世向出世故下文云所有善根皆悉隨順出世間法教化成熟一切衆生心常迴向出世之道第六迴向云永出諸蘊到於彼岸故名迴向等

十迴順理事行向理所成事故廣如第八迴向所說十迴順理事等者謂初積集資糧位中雙順事理即志求大乘勇猛無畏等事行植般若德本深心不動心實成就等即順理行言向理所成事者謂百門真如況所成行即理所成也

前十義中初三皆迴向衆生次三皆迴向菩提次二迴向實際後二義通於果及與實際若依總云十迴向即帶數釋若準梵本晉經皆云金剛幢菩薩十迴向品則人法雙舉或人之法法之人人有法通二釋也

三宗趣者以無邊行海順無盡大願爲宗
成就普賢法界德用爲趣

爾時金剛幢菩薩承佛神力入菩薩智光三
昧

四釋文者文有十分一三昧分二加分三
起分四本分五說分六瑞應分七結通分
八證成分九偈讚勸修分十校量功德分
初中金剛幢入者是衆首故表歸向高出
等義故不異名說承佛神力彰入定緣入
菩薩智光三昧者顯所入名揀異果定故
云菩薩智即是體謂根本智光有三義一
是證智前相如明得定等此約寄位在賢
終故二光即根本智用對治無明故如大
乘光明定等三光即後得了所緣故二智
無礙朗照法界此約剛幢自體釋也

入是三昧已十方各過十萬佛刹微塵數世
界外有十萬佛刹微塵數諸佛皆同一號號
金剛幢而現其前

第二入是下加分有三一總顯能加二辨
加所爲三正顯加相今初有二一明佛現
二明讚善今初有五一標所因謂入是三
昧已故十住中云以三昧力二十方下佛
來近遠三有十下佛數多少上二顯位過
行故云十萬四皆同下顯佛名同五而現
下正明佛至餘如前說

咸稱讚言善哉善哉善男子乃能入此菩薩
智光三昧善男子此是十方各十萬佛刹微
塵數諸佛神力共加於汝亦是毗盧遮那如
來往昔願力威神之力及由汝智慧清淨故
諸菩薩善根增勝故令汝入是三昧而演說

法

二咸稱讃下明佛讃善於中初標稱善次別歎得定後顯得定所因先別顯五因一伴佛神力二主佛宿願三主佛現威四説者智淨五聽者善根十住無聽者善根十行缺説者自力此則具二理應徧具而影略者表住初自悟行則捨已利他今則悲兼自他俱無障礙故也所以要此五力者因果主伴皆具足故謂法因久遠願遂將化故主伴加威非器不傳明因主自力非感不應顯因伴善根餘之差當如第三會

後令汝下結前生後因果主伴者因主卽金剛幢力因伴卽聽者善根果主卽遮那二力果伴卽十方佛加謂法因下出五因之由法因久遠願遂將化是遮那本願主伴加威卽及威神力爲主加威十方佛加爲伴加威

爲令諸菩薩得清淨無畏故具無礙辯才故入無礙智地故住一切智大心故成就無盡善根故滿足無礙白法故入於普門法界故現一切佛神力故前際念智不斷故得一切佛護持諸根故

第二爲令下辨加所爲有二十二句分二前二十一別明所爲後一結爲所屬前中初十標所成後十一明所作亦猶十地前十自利後十利他亦猶十地者自利卽同所成利他卽同所作前中初九內德後一外加謂得佛護持信等根故前中前八横具諸德後一竪繼不斷從前所成明記決斷故前中前七法體後一大用佛神力者非神境通離世間品神力神通義有異故通謂無壅力謂幹能通多就外力多約內就前七中前六別明後一總説謂一門之中具於多門總攝福

智重重無盡名普門法界故就前六中前五所具後一離過謂所具福智不與二礙有漏相應故前五中前四智慧後一福德就智慧中前三自分後一勝進住佛智故就自分中前二說教後一入證謂入緣起法界相即自在智故前中無畏則於緣無懼辯才常說不斷上來從後攝疊已釋所成

以無量門廣說衆法故聞悉解了受持不忘故攝諸菩薩一切善根故成辦出世助道故不斷一切智智故開發大願故解釋實義故了知法界故令諸菩薩皆悉歡喜故修一切佛平等善根故護持一切如來種性故

二以無量下明其所作於中初一總謂廣說故後十別於中初一約法次三約位一攝地前二安地上三照佛果次三約修一令開發十向大願二令解實際三令知迴向廣大與法界等後三約人一稱根令喜二喜故學三世佛迴向三救護一切衆生故不斷佛種

所謂演說諸菩薩十迴向

後一總結所屬者謂若說十向前益皆成故加所爲即說所爲六相融攝如理應思然約行布地約說地此爲迴向故與下不同況彼義皆次第今復反此然約行布下結釋明非全取十地中義以釋今文故疏上云亦猶十地猶者如也但云如彼二利其中句義則全不同言地約說地此約迴向者彼云如實說菩薩十地差別相故此云所謂說菩薩十迴向居然自別況彼義者彼中次第顯於地前地上等謂彼云緣念一切佛法故修習分別無漏法故此卽地前次經云善選擇觀察大智光明巧莊嚴故卽是見道次經云善入無量智門故下六句辨修道此句寄從二地至七地次下五句寄入

八地至佛地則自淺至深地前地上見修究竟次第不亂故今則反此者明不依彼次如今經文無彼地前地上見修等次文之與義俱不全同故但可云如彼不可依彼次第釋也上之十句所成亦然但可類耳

佛子汝當承佛威神之力而演此法得佛護念故安住佛家故增益出世功德故得陀羅尼光明故入無障礙佛法故大光普照法界故集無過失淨法故住廣大智境界故得無障礙法光故

第三佛子下正顯加相於中三初語業勸說以增辯二意業寘加以益智三身業摩頂以增威今初口加承語便故文有十句初總餘別總云說此法者有二種力一者他力如經得佛護念故此亦名果力亦名增上緣力二者自力即下八句亦名因位力亦是因緣力是故此法要自他因果親踈融合方得有說自力八中初三明有作淨法力一總謂既住佛家理宜宣法以行家業下二別一長無漏功德二入總持智慧故在佛家次二句無作淨法力一離所淨障謂無二障礙二得所淨智謂事理普照後三顯身淨力即三種盡一二乘不同盡謂雙集悲智離於捨悲入寂過失故二菩薩盡謂離心意識唯依大智法身境故三者佛盡無障礙智是佛法故

初三明有作者此亦取論勢而句多少所用不同彼十句中初總餘別別中初句他力下八自力自力中初一句有作善法淨經云普淨法界故次一句教化衆生淨經云普攝衆生故餘有六句皆名身淨攝爲三種盡等今則有作有三句無作有二身淨有三又闕教化衆生者以依次無故攝在初有作淨中而言四淨者以因中有四義故一有力能作二無力不作三具二能引生四泯攝前三稱理成德如次配前四淨餘廣如彼以句開合不同亦可類取

此是地前有三盡者一圓教普

賢位融攝故二約金剛幢内德位已極故又前加所爲中住行但有十句正口加中唯有一句今並過前者表位增故隣於地故多同地經又前加下亦辨三賢望於十地事須差別不可全同也

爾時諸佛即與金剛幢菩薩無量智慧與無留礙辯與分别句義善方便與無礙法光明與如來平等身與無量差别淨音聲與菩薩不思議善觀察三昧與不可沮壞一切善根迴向智與觀察一切法成就巧方便與一切處說一切法無斷辯

二爾時下意加中二先正明加相二何以下釋偏加所以前中十句初總餘别然此十句大同地經唯五六前却餘如彼次然此十句者此前諸段彼不全同今爲大同既唯一句前却故得全引彼釋所以此多同者以與智辯令其有說則得大同前就所說故小異耳此中十句須觀下十地經疏不可具引隨要略引後别中一不著辯才說法不斷無留礙故二堪辯才以善淨堪智有四種謂緣法作成故云分别句義三任放辯才說不待次言辭不斷處處隨意不忘名義故云無礙法光忘不隨意則有礙故四即第五不雜辯才三種同智常現在前者慧身平等知三相故故彼云與徧至一切處智五即第四能說辯才有淨音故六教出辯才靜鑒雙流故七不畏辯才智不可壞何有畏哉或六七前却思之八即無量辯才謂一切法智隨順宣說修多羅等六種正見故九即同化辯才得一切佛無畏身等三種教化隨所度者顯示殊勝三業神變化故三種智者即自相共相及不二相自相者色心等殊同相者同無我等不二相者即一實理也或六七前却者六即不畏辯才以經云不思議善觀察三

昧同彼如來無所畏故七是教出辯才以不可沮壞一切善根是教出故大同地經成道自在力故六種正見者一真實智正見二行正見三教正見四離二邊正見五不思議正見六根欲正見

何以故入此三昧善根力故　爾時諸佛各以右手摩金剛幢菩薩頂　金剛幢菩薩得摩頂已即從定起

次釋偏加及爾時下身加并第三金剛幢下起分並如前後說

告諸菩薩言佛子菩薩摩訶薩有不可思議大願充滿法界普能救護一切衆生所謂修學去來現在一切佛迴向

第四告諸菩薩下本分中分二先總顯體相後佛子菩薩摩訶薩迴向有幾下別示名相今初若直就經文應分爲三初句總標願體難思希求名願即具攝普賢無盡願海深廣難思二充滿下顯難思相謂體充法界故難思議用普救護故稱爲大又約體深不思議約用廣不思議又深廣無礙名不思議又體相用三並充法界隨所偏處無不救護實難思議三所謂下釋成難思以行同佛故二充滿下釋第二句自有四義一以體釋不思議以用釋大二雙約體用釋不思議三體用雙融釋不思議四約三大相融釋不思議然總論品內一一難思別示其相略申十種一體深二用廣如上已辨三攝德無盡四出生衆行五餘不能壞此三充滿法界中攝六都不自爲七忍苦無倦八背恩不轉九逆順多端十盡窮來際此五普能救護中攝此之十句一一超於言念皆不思議

故收前後有三種體一所依體即智光三

昧二約剋性即上大願三約總含通有六法一定二智三願四悲五所依法界六通慧作用即不思議解脫以爲體性而圓融無礙爲迴向體

若取論勢亦初句是總下三句別一充滿法界即是勝願以是一切佛根本故二普救一切即是大願順作利益故三所謂學佛迴向是不怯弱願決定入佛大願故亦未入地故無觀相及眞實願大悲增故加前行住大願利益而住行中有無常愛果因今此缺者大悲既增惟願救護不欲自求菩提果故

佛子菩薩摩訶薩迴向有幾種

第二別示名相文分四別一擧名徵數

佛子菩薩摩訶薩迴向有十種三世諸佛咸共演說

二佛子下標數顯勝諸佛共說故三何等下徵數列名四佛子是爲下結數引證

何等爲十一者救護一切衆生離衆生相迴向二者不壞迴向三者等一切諸佛迴向四者至一切處迴向五者無盡功德藏迴向六者入一切平等善根迴向七者等隨順一切衆生迴向八者眞如相迴向九者無縛無著解脫迴向十者入法界無量迴向

三中先徵後列十迴向義略以五門分別一釋名二義相三體性四定位五行法差別

初中先總名巳見品初後別名今當略釋然通相而辨有其二意一迴向二字皆是能迴之願救護等名皆是所迴之行故皆

依主受名二救護等名皆迴向之別相迴向二字皆別相之通名當名相望救護等即迴向若互相揀是救護之迴向非不壞之迴向則通依主隨其義便不可局定第一救護等者大悲廣濟名爲救護一切衆生大智無著故云離衆生相即是廣大不顛倒心迴向是行謂以善根迴成救生離相之行故名迴向從所向立名故下文云願此善根普能饒益一切衆生明知救護非是所迴自以十度爲所迴向耳又唯以離衆生相爲能迴者則迴向中無隨相也將墜者護已墜者救救令脫苦護令息惡並以善根願能成此二於三寶等得不壞信以此善根用將迴向三學三世佛所作迴向名等諸佛四菩薩令其善根至一切

處五由迴向故能成無盡功德之藏六順理修善事理無違入於平等七以善根等心順益衆生八善根合如以成迴向九不爲相縛不於見著作用自在故名解脫如不思議解脫等十稱性起用謂以法界善根迴向法界故至隨文中當更開顯即是廣大者四心之二至第八迴向當引釋救護衆生即廣大心離衆生相即不顛倒心上釋救護等覓迴向是行下以第一別名對總迴向以辨得名明知下結彈古義以救護言爲所迴向故將墜下別釋救護一字第二不壞迴向從所迴善根得名三通能所迴悉皆等佛四從所迴向立名五從所成德六從所迴七通能所八通能所善根皆同如故九從能迴向心得名十亦通能所迴及所向法界立名第二顯義相者先別後通別中前七隨事行後三稱理行前中初一悲智不住明行本次四明行相於中一者起行心堅二約佛辨廣三約法顯徧四約德顯多下二行成一智行

成二悲行成後三中一正與理合顯體深廣二明依體起無方大用三顯體用無礙圓明自在二通論一一中皆有三種迴向謂以善根迴向衆生菩提實際此三各有二義故成迴向一以菩薩善根必由衆生而成是衆生之分故還向彼由餘二成餘二流故菩提分故稱實際故法爾向彼二凡是菩薩必爲度生不爾同二乘故必求無上菩提是家法故不爾同凡小故必證實際背無明故照二空故所以要須三者義乃無邊略申十意謂依三法故滅三道故淨三聚戒顯三佛性成三寶會三身具三德得三菩提證三涅槃安住三種祕密藏故一依三法者謂眞性觀照及與資成即起信論體相用也實際依體菩提依相衆生依用二滅三道者見苦實際方能滅苦照煩惱空即得菩提迴結縛業爲利生業三淨三聚者謂向實際故律儀離過向菩提故廣攝衆善向衆生者即是攝也四顯三佛性者實際正因菩提了因向衆生者即是緣因五成三寶者實際成法菩提成佛向彼衆生成同體僧六會三身者謂法報化七具三德謂斷智恩八得三菩提謂實相菩提實智菩提方便菩提菩提樹下示成佛故九證三涅槃者謂性淨涅槃圓淨涅槃方便淨涅槃謂薪盡火滅若依地論唯有上二者則眞極之成寧殊示滅菩提亦爾上四皆如次配迴向實際菩提衆生可以意得十安住三種祕密藏者由向實際則住法身佛以法爲身清淨如虛

空故由向菩提能成般若菩提朗鑒居極照故由向衆生能成解脱自既無累令他解脱隨機應現亦無礙解脱也以斯十義立三迴向若立三種菩提之心亦依此十又此十内舉一爲首展轉相由又此三者成二行故向實自利向生利他菩提通二又向實護煩惱向生護小乘菩提通二護又爲成悲智智照理事故有三也又隨舉悲智亦具此三悲中三者令彼衆生知其實際同證菩提故智中三者照生相盡即同實際證菩提故又此三者其必相資一即具三方成其一一爲證實際故迴向衆生以化衆生成其自利斷障證實故亦向菩提速證菩提具一切智斷於二障方窮實故二爲救衆生故迴向實際速證實際於惑自在方能化故故淨名云若自有縛能解彼縛無有是處亦向菩提速證菩提方能廣利故地經云欲度衆生不離無障礙解脱智三爲得菩提故迴向衆生不化衆生不證果故亦向實際不證實際豈得菩提故此三事相資成立非唯三事自互相資隨一一事具攝法界德用即入無礙方名眞實迴向三事

此三各有二義者第二成三之因言必由衆生者若無衆生菩薩不修行故即由上義故此修善屬於衆生是彼之分如父資財而子有分言餘二流故者同上必由衆生而成爲菩提故爲實際故而修其善即是二流菩提分故下同上是衆生之分一切萬行皆菩提分分亦因義皆稱實物即實際分二凡是菩薩下前就境明此就人説又前以人從法此則攝法從人又前是順釋此是反顯一依三法者下釋也三法即智論意亦三般若及三大也文中但出三大眞性實際即實相般若觀照即觀照般若資成即是眷屬般若以不同三般若名又不攝五名故畧不配二滅三道即三雜染謂煩惱道業道苦道也三淨三聚者

故法集經云若菩薩捨於三聚迴向之心菩薩不應與彼共住四顯三佛性即涅槃意以第一義空是正因性故了因雖通萬行成於菩提究竟了故了了故見佛性故緣因亦通萬行成於菩提今以菩提所了故以向生爲緣五成三寶諸佛所師所謂法也以法眞常體性離故以衆生同體故我向之次四但列不釋下但云如次配之六法身即所證之實際故報身即巧證菩提故化身爲衆生故七證實無惑故爲斷德菩提是智化生是恩不在言也八言實相菩提者下經云譬如世界有成壞而其虛空不增減一切諸佛成菩提成與不成無差別合中上句即實智菩提下句即實相菩提淨名云菩提者不可以身得不可以心得寂滅是菩提滅諸相故等若依地論下結彈地論地論但說性淨及方便淨即眞淨今明眞淨即圓淨萬德俱圓相累俱寂故云圓淨迹盡雙樹機盡應移故是方便淨十安住三種下此義深難又復最後故偏釋之釋解脫中具有三義一自解脫二解脫他若自有縛能解他縛無有是處三化衆生即作用解脫餘如前後說若立三種下例釋先例三菩提心即起信云信成就發心者發於三心一直心正念眞如法故即向實際二者深心樂修一切善行故即向菩提三者大悲心救護一切苦衆生故即向衆生則亦明此十而成彼三又此十內下展轉相成成百

第三體性者有總有別總如前說謂大願等別在說分隨位顯之

第四定位者若約資糧等五諸說不同一云此迴向位是修大乘順解脫分資糧位終從十信來皆資糧故十迴向後別立加行故莊嚴論說行盡一僧祇長養信令增上增上修達分善根又成唯識第九云初無數劫福智資糧順解脫分既圓滿已爲入見道住唯識性復修加行雜集十一亦同此說有云此十迴向是加行位復有二說一云四順決擇分中是後二攝謂十解爲煖十行爲頂前九迴向爲忍第十迴向爲世第一法成唯識云此四善根亦勝解行攝此文爲證雖不分明玄奘三藏意存此釋一云四加行中世第一攝故眞諦翻攝大乘云如須陀洹道前有四方便菩薩

亦爾有四方便謂四十心若依此釋則無五位地前四十心皆加行故餘約四位十三住等並如十住品明上來多是大乘初門接引二乘擬議彼立四善根故有說三賢總爲趣聖方便不分資糧加行遠近此據終說有言一切行位都不可說此約頓顯眞性而說若依當部一位之中頓攝諸位不礙前後而位滿處即是因圓約圓教說然與前教相參應成四句一唯約相如前諸教二唯約自體如前頓說三以體從相四以性融相此二即當今文謂以性隨相性不差而位歷然以性融相相不壞而常相即故下一一位中具一切位非但融因亦常融果融果之因方是眞因莊嚴論說即第七論偈云行盡一僧祇長信令增上衆善隨信集亦具如海滿長行釋云若諸菩薩行行來一阿僧祇劫爾時長養於信方至上品於信增時一切衆善隨信聚集亦爲具足如大海水湛然圓滿次引唯識成上莊嚴後引雜集轉證唯識及上二文雜集論云云何菩薩依瑜伽地方便修行證無所得謂諸菩薩已善積集福德智慧二種資糧已過第一無數大劫此結前也聞已隨順通達眞如契經等法如理作意發三摩地等五位之義十住畧明廣在十地令但定位是資糧位信至迴向皆資糧故有云下二明是加行四加行義亦如初地然有云二釋前釋是加行即三藏意此文爲證下以但云四是勝解行攝勝解行位即通指地前設四加行在迴向後豈可亦是勝解行攝以四善根未入地故一云四加行等者即眞諦意雜集亦云願樂行人自有四種謂十信十住十行十迴向爲菩薩聖道有四方便或有四人如須陀洹道前有四種方便此四十人名願樂行於第一阿僧祇修得圓滿亦於地前無別加行故䟽結云則無五位餘約下二畧指而言等者彼有十門故一約五位二約四住三約十二住四約十三住五約五十三法師六約五忍七約五十二位八約四十二賢聖九約六種性十約四十二位圓融兼第九中合於楞伽無復次位並指如前第五行法差別者行隨位別亦有圓融及寄法差別若對前教亦成四句準位應知有以十

向配於十度隨勝受名雖位位所迴皆具諸度以名收之亦有理在第五行法差別中先正釋圓融則一迴向行具攝諸迴向行二行布如向所釋別名義中有以十向配於十度者即北京李長者意以名收之亦有理在者一救護衆生離衆生相似施二不壞似戒三等佛似忍四至一切處似進進故周徧五無盡功德藏似禪禪攝德故六隨順堅固順般若故七等隨順衆生同方便故八真如相似大願故九無縛著似力故十法界似智入故欲顯多途不壞行布四十位中多分相似故爲比收而一一位中多列諸度又如第六廣說於施故非正義故云亦有理在

佛子是爲菩薩摩訶薩十種迴向過去未來現在諸佛已說當說今說

四結數引證可知

佛子云何爲菩薩摩訶薩救護一切衆生離衆生相迴向

第五佛子云何下說分說十迴向爲十段一一段中皆先長行後明偈頌長行中各二初位行後位果有不具者至文當知位行中各三初牒名徵起二依徵廣釋三依釋結名文處可見今初迴向文鈌位果於位行中先牒名者具如本分又本業云常以無相心中常行六道而入果報不受而受諸受迴易轉化故名救護等又本業云下初標以空法有即先明離衆生相後救護衆生也言不受而受諸受者受即五陰及與六受由了無相故不受諸法爲物現在見聞覺知故而受也又已超五陰現生五陰也故淨名云以無所受而受諸受未具佛法亦不滅受而取證也迴易轉化者救護非一故

佛子此菩薩摩訶薩行檀波羅蜜淨尸波羅蜜修羼提波羅蜜起精進波羅蜜入禪波羅蜜住般若波羅蜜大慈大悲大喜大捨修如是等無量善根

二廣釋中二先明所迴善根後修善根時

下正明迴向今初古人名此以爲行體若順前名救護衆生是悲離衆生相爲智則以悲智爲其行體以是初行故將總體以爲别體若以爲欲迴向故修諸善根即彼善根亦得稱體古義依此以是初行下通妨妨云何以將總體爲别體

修善根時作是念言願此善根普能饒益一切衆生皆使清淨至於究竟永離地獄餓鬼畜生閻羅王等無量苦惱

後正明迴向中二先明隨相迴向後我應如日下明離相迴向前即迴向衆生及與菩提釋救護衆生後即迴向實際釋離衆生相前中二先總明令物離苦至究竟菩提即雙明慈悲及二迴向

菩薩摩訶薩種善根時以已善根如是迴向

後菩薩摩訶薩下别顯文分爲四一利樂救護二佛子菩薩於非親友下受惱救護三佛子菩薩見諸衆生下代苦救護四佛子菩薩以諸善根正迴向下迴拔救護初中三一總標二我當下别顯三佛子下總結今初晉無菩薩等言而有復作是念之語彌顯前已迴向

我當爲一切衆生作舍令免一切諸苦事故爲一切衆生作護悉令解脱諸煩惱故爲一切衆生作歸皆令得離諸怖畏故爲一切衆生作趣令得至於一切智故爲一切衆生作安令得究竟安隱處故爲一切衆生作明令得智光滅癡暗故爲一切衆生作炬破彼一切無明暗故爲一切衆生作燈令住究竟清淨處故爲一切衆生作導師引其令入眞實

法故爲一切衆生作大導師與其無礙大智慧故

二别顯中文有十句初離苦果二離苦因三通因果五怖畏中含三道故上三通於深淺後七唯約究竟四得菩提五得涅槃六滅煩惱之源根本不覺若滅此者如天之大明七滅所知之闇故云一切無明即觸事不了者若滅於此如人執炬委悉而照八令得解脫故涅槃云澄渟清淨即眞解脫巳脫重昏故云燈也九令證法身故言眞法十令成般若無二礙智亦是權實無礙之智（五怖畏中含三道者惡道怖畏苦也惡名是煩惱大衆威德是業若舉其因五皆煩惱又死及不活煩惱爲因餘少功德即是業也根本不覺者即起信文即最初無明）

佛子菩薩摩訶薩以諸善根如是迴向平等饒益一切衆生究竟皆令得一切智

三結中以前十句有通淺深故令究竟得一大事（一大事義巳如初會）

佛子菩薩摩訶薩於非親友守護迴向與其親友等無差别何以故菩薩摩訶薩入一切法平等性故不於衆生而起一念非親友想設有衆生於菩薩所起怨害心菩薩亦以慈眼視之終無恚怒普爲衆生作善知識演說正法令其修習

第二受惱救護中二先明受惱之相後佛子菩薩摩訶薩以諸佛法下明迴向之相前中亦二先法後喻法中有標徵釋可知

譬如大海一切衆毒不能變壞菩薩亦爾一切愚蒙無有智慧不知恩德瞋很頑毒憍慢自大其心盲瞽不識善法如是等類諸惡衆

生種種逼惱無能動亂

後喻中有二喻先大海不變喻喻遇惡緣不變本心海喻菩薩器量大故衆毒喻惡衆生不變喻菩薩不亂

譬如日天子出現世間不以生盲不見故隱而不現又復不以乾闥婆城阿修羅手閻浮提樹崇巖邃谷塵霧煙雲如是等物之所覆障故隱而不現亦復不以時節變改故隱而不現

二日輪普照喻喻遇惡不息利益於中三初喻次合後徵釋喻中略有其二先日輪具德後遇緣不息有十一惡緣

菩薩摩訶薩亦復如是有大福德其心深廣正念觀察無有退屈爲欲究竟功德智慧於上勝法心生志欲法光普照見一切義於諸法門智慧自在常爲利益一切衆生而修善法曾不誤起捨衆生心

合中具合先合具德舉其十德以合於日影顯於日亦具十德一福德之輪已圓二智用深廣難測三正念游空無有高下四慈風運用不退不疲五圓福智輪顯照空法六三乘山谷普照無私七使目覩萬像了眞俗之義八使居自乘業以智成辦九常爲利益晝夜無休十無器生盲亦不誤捨一福德等者每句之中法喻具足一如日輪圓滿爲喻法合即是福德已圓二唯智一字是法餘通法喻日輪廣者周鐵圍故深者不分而徧等故難測者通上二義六三乘山谷者十大山王如菩薩乘黑山爲緣覺高原爲聲聞谷兼衆生少分可生者餘可思準

不以衆生其性弊惡邪見瞋濁難可調伏便即棄捨不修迴向但以菩薩大願甲冑而自

莊嚴救護衆生恒無退轉不以衆生不知報恩退菩薩行捨菩提道不以凡愚共同一處捨離一切如實善根不以衆生數起過惡難可忍受而於彼所生疲厭心

後不以衆生下合非緣不阻於中有四不以具合十一事初一不以通合生盲先正合後但以下反合故出現品云無信無解毀戒毀見等皆名生盲若别合者弊惡合生盲邪見合乾城令人妄謂爲實故瞋濁合脩羅手日爲帝釋先鋒彼瞋故覆障次不知恩合閒浮樹崇巖邃谷次不以凡愚下合前塵霧烟雲以彼能徧空猶彼凡愚同一處住後不以衆生數起下合前時節改變謂頻起過慼乍善乍惡如彼晝夜陰陽失度等

何以故譬如日天子不但爲一事故出現世間

三何以下徵釋中先徵意云何以惡不厭捨釋意云悲智均故文中二初喻後合

菩薩摩訶薩亦復如是

二合中二初總合

不但爲一衆生故修諸善根迴向阿耨多羅三藐三菩提普爲救護一切衆生故而修善根迴向阿耨多羅三藐三菩提

後不但下别合於中二初以大悲合日惡是其境本爲一切豈獨揀於惡人如日普益寧復棄於槁木

如是不但爲淨一佛刹故不但爲信一佛故不但爲見一佛故不但爲了一法故起大智願迴向阿耨多羅三藐三菩提爲普淨一切

佛刹故普信一切諸佛故普承事供養一切諸佛故普解一切佛法故發起大願修諸善根迴向阿耨多羅三藐三菩提

二如是巳下以智合日善惡均照故

佛子菩薩摩訶薩以諸佛法而爲所緣起廣大心不退轉心無量劫中修集希有難得心寶與一切諸佛悉皆平等

第二明迴向之相中二先辨迴向之心後佛子下辨迴向之願前中依悲智心行迴向故於中二先緣境廣大上等佛心即以圓覺因果之法爲所緣境圓明可貴所以稱寶

菩薩如是觀諸善根信心清淨大悲堅固以甚深心歡喜心清淨心最勝心柔軟心慈悲心憐愍心攝護心利益心安樂心普爲衆生

眞實迴向非但口言

後菩薩如是下悲成利樂下救物心於中先牒前起後生二種心一於上等佛得淨信心二下與衆生同大悲體由依此二成甚深等十心一契理故二自慶慶他故三離過故四超二乘故五定樂相應故餘五可知普爲巳下結其所用心順口故名爲眞實

佛子菩薩摩訶薩以諸善根迴向之時作是念言以我善根願一切趣生一切衆生皆得清淨功德圓滿不可沮壞無有窮盡常得尊重正念不忘獲決定慧具無量智身口意業一切功德圓滿莊嚴

第二正辨迴向之願文中二先願衆生令成法器

又作是念以此善根令一切眾生承事供養一切諸佛無空過者

二又作下令得法圓滿於中四一總舉遇緣得法

於諸佛所淨信不壞聽聞正法斷諸疑惑憶持不忘如說修行於如來所起恭敬心身業清淨安住無量廣大善根永離貧窮七財滿足

二於諸佛下成自分德滿七財者即十藏前七上辯十藏前七者一信二戒三慚四愧五聞六施七慧故

於諸佛所常隨修學成就無量勝妙善根平等悟解住一切智以無礙眼等視眾生眾相嚴身無有玷缺言音淨妙功德圓滿諸根調伏十力成就善心滿足無所依住

三於諸佛所常隨下勝進德圓

令一切眾生普得佛樂得無量住往佛所住

四令一切下明得果滿先標佛樂下二句釋故第三迴向略明十種樂謂不可思議佛所住樂等第三迴向等者疏文有一等取餘九二無有等比佛三昧樂三不可限量大慈悲樂四一切諸佛解脫之樂五無有邊際大神通樂六最極尊重大自在樂七廣大究竟無量力樂八離諸知覺寂靜之樂九住無礙住恒正定樂十行無二行不變異樂又不思議法品略明十種無量住謂常住大悲等又不思義法下疏亦有一等餘二住種種身作諸佛事三住平等意轉淨法輪四住四辯才說無量法五住不思議一切佛法六住清淨音徧無量土七住不可說甚深法界八住現一切最勝神通九住能開示無有障礙究竟之法滅數十耳

音釋

渟音廷鞞提梵語也此云恐辱又云安忍鞞初限切很胡懇切很戾謂不聽從也盲瞽盲莫耕切目無童子也瞽公户切目但有眹曰瞽邃谷邃雖遂切邃谷謂深幽之山谷也弊惡弊毘祭切亦惡也甲冑冑直祐切甲冑謂鎧甲兜鍪也玷缺玷都念切瑕玷也缺傾雪切虧缺也

大方廣佛華嚴經疏鈔會本第二十三之三

唐于闐國三藏沙門實叉難陀　譯

唐清涼山大華嚴寺沙門澄觀撰述

佛子菩薩摩訶薩見諸衆生造作惡業受諸重苦以是障故不見佛不聞法不識僧便作是念我當於彼諸惡道中代諸衆生受種種苦令其解脫菩薩如是受苦毒時轉更精勤不捨不避不驚不怖不退不怯無有疲厭何以故如其所願決欲荷負一切衆生令解脫故

第三代苦救護中文分爲三初總明代苦迴向二復作是念我所修行下別明迴向之心三佛子菩薩摩訶薩以諸善根如是迴向所謂隨宜下總結成益今初分二初明先救重苦後菩薩爾時作是念言下念徧救諸苦今初有二先見苦興悲心堅不退堅有七相謂不捨所行不避苦事不驚忽至不怖迷倒不退大悲多苦不怯長苦無猒二何以下徵以釋成徵有二意一云生自造苦何干菩薩而欲代之二云劇苦難堪何爲不猒釋意云本願荷故逢苦若猒焉能荷負

菩薩爾時作是念言一切衆生在生老病死諸苦難處隨業流轉邪見無智喪諸善法我應救之令得出離

二念徧救諸苦中二先救八苦八難等苦故有諸言隨業流轉是業繫苦邪見無智是愚癡苦我應已下起救之心先救八苦者一生苦二老三病四死五五盛陰六求不得七怨憎會八愛別離八難下當廣釋

又諸衆生愛網所纏癡蓋所覆染著諸有隨

逐不捨入苦籠檻作魔業行福智都盡常懷疑惑不見安隱處不知出離道在於生死輪轉不息諸苦淤泥恒所没溺菩薩見已起大悲心大饒益心欲令衆生悉得解脱以一切善根迴向以廣大心迴向如三世菩薩所修迴向如大迴向經所説迴向願諸衆生普得清淨究竟成就一切種智

二又諸衆生下救迷四諦苦文中分二初念苦境二菩薩見下正興悲救今初於中先不知集謂癡愛爲本是煩惱道染著已下明其業道爲有造行故名染著隨業入苦如彼鳥獸囷食愛故入於籠檻作魔業行明有惡業福智都盡明無善業次常懷疑惑無生道見滅之因故不見安隱圓寂不知出離道諦在於生死苦諦二興悲救中起大悲心者令脱苦集故大饒益心者令得清淨滅道故故用善根迴向大迴向經者賢首云如圓教所説普賢迴向故然藏内有大迴向經此教最初不應指彼若結集從簡於理可然

復作是念我所修行欲令衆生皆悉得成無上智王不爲自身而求解脱但爲救濟一切衆生令其咸得一切智心度生死流解脱衆苦

第二别明代苦迴向之心中有五復念前三明代苦之心後二明迴向之心今初即分爲三初明一向普救無自爲心次衆苦備受無懈怠心三決志保護無虚妄心初文可知

復作是念我當普爲一切衆生備受衆苦令

其得出無量生死衆苦大壍我當普爲一切衆生於一切世界一切惡趣中盡未來劫受一切苦然常爲衆生勤修善根何以故我寧獨受如是衆苦不令衆生墮於地獄我當於彼地獄畜生閻羅王等險難之處以身爲質救贖一切惡道衆生令得解脫

二中復二先正明後徵釋今初言大壍者如尾閭壑飲縮衆生無暫已故後徵釋中先徵意云何以獨爲衆生備受衆苦復勤修耶釋云一身之苦令多解脫故願自受顯悲之深（尾閭壑義出現品當明）問衆生之苦自業所招自心所變云何菩薩而能代耶答通論代苦有其七義一以苦自要增悲念故瑜伽四十九問云菩薩從勝解行地隨入淨勝意樂地時云何超過諸惡趣等此問菩薩云何自離惡趣下答文廣意云謂菩薩於世間清淨靜慮已善積資粮於多苦有情修習哀愍無餘思惟由此修習故得哀愍意樂及悲意樂爲利惡趣有情誓處惡趣如已舍宅設住惡趣能證菩提亦能忍受爲除物苦願身代受令彼惡業永不現行一切善業常得現行由此悲願力故一切惡趣諸煩惱品所有麤重於自所依皆得除遣得入初地釋曰約此但有悲願意樂身不能代由悲決定自獲勝益二約菩薩本爲利生求法苦行已名爲代後能爲物爲增上緣亦名代受三約菩薩留惑同事受有苦身爲生說法令不造苦因因亡果喪亦名代受四設有衆生欲造無間等業菩薩化止不從遂斷其命菩薩自受

惡趣苦報令彼得免無間大苦名爲代受此依梁攝論第十一說涅槃仙預國王亦同此義非唯意樂而已五由菩薩初修正願爲生受苦至究竟位願成自在常在惡趣救代衆生如地藏菩薩及現莊嚴王等乃至飢世身爲大魚皆其類也或以光明照觸或神力冥加其事非一六由菩薩此願契同真如彼衆生苦即同如性以同如之願還潛至即真之苦依此融通亦名代也七由普賢以法界爲身一切衆生皆是法界即衆生受苦常是菩薩故名爲代上來七義初但意樂次二但約爲增上緣四五二義實能身代六七二義理觀融通此依梁攝論者本論云甚深差別者若菩薩由如此方便勝智行殺生等十事無染濁過失生無量福德速得無上菩提勝果釋論曰如菩薩能行如所堪行方便勝智令顯

此二義若菩薩能行知如此事有人必應作無間等惡業菩薩了知其心無別方便可令離此惡行唯有斷命方便能使不作此惡又知此人捨命必生善道若不捨命決行此業墮極苦處長時受苦菩薩知此事已作如是念我若行此殺業必墮地獄願我爲彼受此苦報當令此人於現在世受少輕苦於未來世久受大樂譬如良醫治有病者先加輕苦後除重病菩薩所行亦復如是於菩薩道無非福德故離染濁過失因此生長無量福德故能疾證無上菩提如是方便最爲甚深行盜等行亦復如是涅槃仙預國王者第十六經梵行品因說一子地迦葉難云若諸菩薩住一子地者云何如來昔爲國王行菩薩行時斷絕爾所婆羅門命下佛廣答先說慈悲竟末云菩薩常思以何因緣能令衆生發起信心隨其方便要當爲之諸婆羅門命終之後生阿鼻地獄即有三念一者自念我從何處而來生此即便自知從人道中來二者自念我今所生爲是何所即便自知是阿鼻地獄三者自念我何業緣而來生此即便自知我謗方等大乘經典不信因緣爲國王所殺而來生此念是事已即於大乘方等經典生信敬心尋時命終生甘露鼓如來世界於彼壽命具足十劫善男子以是義故我昔爲與是人十劫壽命云何名殺

問若依四五二義應能普代何故猶有衆生受苦答此有

三義一有緣無緣故與菩薩有緣則可代也二業有定不定故不定者可代三若受苦有益菩薩令受方能究竟得離苦故如父母教子付嚴師令治如是密益非凡小所知

復作是念我願保護一切衆生終不棄捨所言誠實無有虛妄

第三決志保護中二先正明

何以故我爲救度一切衆生發菩提心不爲自身求無上道

後徵釋徵意云云何不捨何名不虛釋有二意一異小乘不自爲故

亦不爲求五欲境界及三有中種種樂故修菩提行

二亦不爲下明異凡夫著欲過故文中三

初正明不求

何以故世間之樂無非是苦衆魔境界愚人所貪諸佛所呵一切苦患因之而起地獄餓鬼及以畜生閻羅王處忿恚鬬訟更相毀辱如是諸惡皆因貪著五欲所致耽著五欲遠離諸佛障礙生天何況得於阿耨多羅三藐三菩提

二徵釋所以所以不求者見多過故文中體即是苦復能生苦近障天樂況大菩提惑習雙亡今言婬欲即是道者善須得意

近障天樂者釋曰此即大品經意第一經云菩薩摩訶薩行般若波羅蜜增益六波羅蜜時諸善男子善女人各各生歡喜意念言我等常爲是人作父母妻子親族知識爾時四天王天乃至阿迦尼吒天皆大歡喜各各念言我等常作方便令是菩薩離於婬欲從初發意常作童真莫使與色欲苦會若受五欲障生梵天何況阿耨多羅三藐三菩提以是義故舍利弗菩薩摩訶薩斷婬欲出家者應得阿耨多羅三藐

三菩提非不斷欲今言婬欲下誡勸得意之義前已曾有法界品中更當廣釋

菩薩如是觀諸世間貪少欲味受無量苦終不爲彼五欲樂故求無上菩提修菩薩行但爲安樂一切衆生發心修習成滿大願斷截衆生諸苦罥索令得解脫

三菩薩如是下結成前義

佛子菩薩摩訶薩復作是念我當以善根如是迴向令一切衆生得究竟樂利益樂不受樂寂靜樂無依樂無動樂無量樂不捨不退樂不滅樂一切智樂

第二有二復念明迴向之心即分二初念令彼得樂後念身爲保護令初乘前欲苦故令得樂文有十句初總餘別別中前八涅槃後一菩提於涅槃中一住涅槃能建大事名爲利益二滅心數三證無爲四無能所五相不能遷六廣無分量七生死真性即是涅槃故無所捨智冥真理是以不退八一得永常湛然不滅依解節經說有五樂一出家樂脫家難故二遠離樂以斷欲得初禪故三寂靜樂二禪爲首覺觀息故四菩提樂於法如實覺故五涅槃樂息化入無餘故彼通人天今唯究竟會釋可知依解節經說有五樂初會已具

復作是念我當與一切衆生作調御師作主兵臣執大智炬示安隱道令離險難以善方便俾知實義又於生死海作一切智善巧船師度諸衆生使到彼岸

二保護中初示安隱道令得菩提名知實義後又於下令度生死海得大涅槃名到彼岸

佛子菩薩摩訶薩以諸善根如是迴向所謂隨宜救護一切衆生令出生死承事供養一切諸佛得無障礙一切智智捨離衆魔遠惡知識親近一切菩薩善友滅諸過罪成就淨業具足菩薩廣大行願無量善根

第三總結成益中初總標所謂下別顯別中初句救護餘皆成益

佛子菩薩摩訶薩以諸善根正迴向已作如是念不以四天下衆生多故多日出現但一日出悉能普照一切衆生又諸衆生不以自身光明故知有晝夜遊行觀察興造諸業皆由日天子出成辦斯事然彼日輪但一無二

第四迥拔救護謂孤標大志普爲衆生而無與望文中二先喻後合喻中有二一獨照喻二又諸下成益喻

菩薩摩訶薩亦復如是修集善根迴向之時作是念言彼諸衆生不能自救何能救他唯我一人志獨無侶

法合亦二先合獨照

修集善根如是迴向所謂爲欲廣度一切衆生故普照一切衆生故示導一切衆生故開悟一切衆生故顧復一切衆生故攝受一切衆生故成就一切衆生故令一切衆生歡喜故令一切衆生悅樂故令一切衆生斷疑故

後修習下合前成益即正顯迴向初之一句通其二勢一成前二標後所謂下別顯文有十句初總餘別照謂照機顧復之義見於毛詩餘文可了顧復之義見於毛詩云父兮生我母兮鞠我拊我畜我長我育我顧我復我出入腹我鄭玄箋云顧視也復反也言子離雖近猶步步反顧今菩薩於諸衆生亦爾

佛子菩薩摩訶薩復作是念我應如日普照一切不求恩報衆生有惡悉能容受終不以此而捨誓願不以一衆生惡故捨一切衆生但勤修習善根迴向普令衆生皆得安樂

第二大段我應如日普照一切下離相迴向於中二先以忘機之智導前大悲令成無緣後安置下正明大智離衆生相今初功高二儀而不仁明踰日月而彌昏故於中先正明無私不求恩故能容受惡爲普照故不以一惡而捨衆多設盡背恩尚無嫌恨豈況一耶今初功高等者即肇論中文用老子意老子云天地不仁以萬物爲芻狗聖人不仁以百姓爲芻狗即道經道沖而用之章注云不仁者不爲仁恩也芻狗有二河上公云芻草狗畜即二物也御注云結芻爲狗不恃其警吠也大意明天地聖人無心恃其仁德也今菩薩亦然菩薩功高而不恃般若觀空故而彌昏者若無所知也言高二儀者二儀覆而不載載而不覆菩薩兼之又但覆身不能覆心及萬善等言明逾日月者日月之明不兼晝夜大悲菩薩長燭幽昏日月照身不能照心菩薩智慧反此無法不照故下文云不求恩報即不仁等義也

善根雖少普攝衆生以歡喜心廣大迴向若有善根不欲饒益一切衆生不名迴向隨一善根普以衆生而爲所緣乃名迴向

後善根雖少下顯成廣大大智導悲能普緣故如聲入角小亦遠聞

安置衆生於無所著法性迴向見衆生自性不動不轉迴向於迴向無所依無所取迴向不取善根相迴向不分別業報體性迴向不著五蘊相迴向不壞五蘊相迴向不取業迴向不求報迴向不染著因緣迴向不分別因緣所起迴向不著名稱迴向不著處所迴向不著虛妄法迴向

第二正明離相迴向謂向實際然一一隨

相皆具如下諸句離相說有前後行在一心然一一隨相等者且如上向一衆生卽安置衆生無所著法性迴向等諸句又如大般若隨一離相徧歷八十餘科之相如一清淨徧歷色等今不欲繁文故各併一處文分爲二先正明離相後菩薩如是下總結成益前中義雖總通且取文便略分爲二先會前迴向衆生明入實際後以如是等下會前迴向菩提明入實際然入實際即事理無礙故前段亦明不離蘊等後段亦明離我我所前中二先廣明離善根迴向之相二解一切下雙結二相前中有二十一迴向分四初十四句離所取相次二句離能取想三一句離能詮名言四有四句顯如如理由離妄想成正智故令前名相皆即如如初十四句等者此中卽具五法一相二妄想三名四如如其正智合在離妄之中令初初總餘別總謂令所向衆生契同所向實際故名安置實際即法性性自無著性自無著者揀非修成無著修成文在安置之中別中二前十入理後三離過今初初句遣所向衆生了自性故不著凝然不動隨緣不變二遣能迴悲願不依於悲不取願相三遣所迴善根四遣所獲果報五六二句雙明起行之身及所向衆生之相即真故不著即俗故不壞七遣所成業行八遣所得報相上四遣體九總顯諸事能成因緣十總明前事從緣所起明上迴向不出前十由後二句故無性無性故即法性故無所著了自性者自性卽真如具不變隨緣故九總顯等者諸事卽能迴能向等皆從緣生故明上等者卽總結也由後等者二句卽能成因緣及緣所起以從緣起故無性也無性等者結歸總句安置衆生於無所著法性迴向也以總該別故皆無著也後三離過一不著虛名二不著報處三

不著敬養等名虛妄法

不著衆生相世界相心意相迴向不起心顛倒想顛倒見顛倒迴向

二離能取相中初句對所說能後句別無三倒謂於前諸事起心分別常無常等名爲心倒於常等境取分齊相名爲想倒於相執實名爲見倒翻背正信立以倒名翻上名爲不起三倒

故大品十七彌勒語須菩提言新發意菩薩隨喜諸佛及佛弟子善根已迴向菩提云何不墮想心見倒須菩提言於彼善根心不生想用此心迴向菩提於此迴向心亦不生心想如是迴向則非想倒心倒見倒若取相迴向爲想心見倒光明覺品云若於一切智發生迴向心見心無有生當獲大名稱此亦無三倒也若依大般若第二會隨喜迴向品意則上諸事皆盡滅離變此中何者是諸事耶若菩薩知此一切乃至菩提皆無所有而復能行隨喜迴向則非想心見倒以無所得爲方便故故大品下

即隨喜迴向品引文小略若具經云爾時彌勒菩薩語須菩提若新發意菩薩念諸佛及佛弟子諸善根隨喜功德最上第一最妙無上無與等者隨喜已應迴向菩提云何菩薩不墮想顛倒心顛倒見顛倒須菩提言若菩薩念諸佛及僧於中不生佛想不生僧想不生善根想用是心迴向菩提心中亦不生心想菩薩如是迴向想不顛倒心不顛倒見不顛倒若菩薩念諸佛及僧善根取相取相已迴向菩提名爲想顛倒心顛倒見顛倒智論釋云須菩提答言若是菩薩以般若波羅蜜方便力故能於諸佛不生佛想及弟子諸善根中不生善根想一切法從和合生無有自性故無有實法名爲佛是不生佛等想是迴向心亦不生心想是故菩薩不墮顛倒三若依大般若第二會正當別行大品文辭小異大旨無別而大品所引經末亦云若菩薩摩訶薩用是心念諸佛及僧諸善根是心念時即知盡滅法若盡滅法是不可得迴

向心亦是盡滅相所廻向處及法亦如是相而人謂二經全別故疏影略引之皆明性空心無取耳

然小乘或說想心見三次第而起或說一時義分前後心想非倒由見亂故立以倒名雖諸說不同皆六識建立若大乘中亦有多說一云依七識心義分三倒謂七識妄心性是乖理顛倒之法名爲心倒依是心故便有一切妄境界生如依夢心有夢境起即於彼境妄取其相說爲想倒於所取法執實分明說爲見倒依此三倒於爲無爲境起常無常等八種顛倒諸宗異說恐猒繁文

然小乘或說下第三釋不同略舉三說小乘有二初即分別論者說想心見次第起謂初發微想常無常等次重起心緣前之想取爲定實後後見成就於所取中執見分明此即三心俱是倒也若釋名者想謂取境分齊之相見謂推求心謂積集此中想等體即是倒皆持業釋或說一時者即法救論師心想見三同時義分唯見是倒餘二非倒與見相應爲見所亂名之爲倒是故見唯持業餘二依主俱舍論主正扶此義頌云四顛倒自體謂從三見生唯倒推增故想心隨見力釋曰初兩句出體第三句廢立第四句通經初出體者謂邊見中唯取常見以爲常倒於見取中唯取計樂淨爲樂淨倒於身見中唯取我見以爲我倒也唯倒推增故者廢立也此舉三因以立四倒一一向倒故云唯倒也二推度性故三妄增益故餘或無此三因謂戒禁取非一向倒執有漏道得淨涅槃雖非究竟斷惑證滅而能蹔時離染證滅緣爲淨故斷見邪見非妄增益無所轉故餘貪瞋等不能推度見非見性故是故諸惑非顛倒體言想心隨見力者通經也謂有問云若唯見是倒何故經言於非常計常有想心見三倒於苦不淨非我亦有想心見三倒答理實唯見是倒想心隨見亦立倒名與見相應故行相同常樂我淨三四十二故此十二倒依婆沙師預流永斷見及相應見所斷故餘如彼說依此釋名想謂取境分齊見謂推求心謂積集若大乘下雖標多說但出其一意通性相宗在文可知又有釋云若細分別想心二倒可通七識見是執著局於六識者即下三藏意七識既有四惑中有我見豈無見耶諸宗等者不欲繁文然上已有三宗之義其薩婆多更有一釋想謂於無常苦不淨中妄想分別見謂即於彼所分別中忍可欲樂建立執著心謂即於彼所執著中貪等煩惱皆即心所名心非心王也既以王爲所不順今文故不

出之大乘之中復有三說一依起信三倒之心唯一妄念亦名不覺亦名無始無明而此無明全依本覺還迷本覺從無始來念念相續未曾離念即是一切心識之相然依不覺復生三種一無明業相等即以三細業轉現三如次爲心見想之三倒也今菩薩雖未究竟覺已離凡夫不覺二乘初心相似覺故亦名爲離釋曰以三細諸德正義皆在賴耶菩薩地盡始覺同本方得永離以此而爲三倒非順今文故疏不出二又依禪宗傳於達磨用楞伽意五識帶想總名想倒第七染淨別名心倒第六意識起諸見倒釋曰不順法相故不出之三云依唐三藏傳慈氏論五識現量總無顛倒猶如明鏡現衆色相故第七染識總有想見倒第六意識具有三倒取我法相名爲想倒於想愛樂復名心倒於想計著建立乃名見倒此亦分明上之大小乘大同小異故不委存恐要委知故復出耳初釋經文乃通諸說多同唐三藏意

不著語言道迴向

三一句離能詮名言

觀一切法眞實性迴向觀一切衆生平等相迴向以法界印印諸善根迴向觀諸法離貪欲迴向

四有四句顯如如者前明妄空一切皆空此彰實有一切妙有又即前之空是此之實二義不二爲眞法印是即妄取迴向菩薩不有眞實迴向菩薩不無文有四句初總顯實性次別約衆生三印諸事善四心絶貪求四有四句下先彰大意以諸宗或說妄空眞有二眞空妄有三眞妄俱有四眞妄俱空此具四意前明名相妄想皆空即妄空也此顯如如理有即眞有也而疏云一切皆空者則涅槃菩提亦空計有爲妄情故又言一切妙有者則衆生善根亦皆妙有萬法即眞故次云又即前之空是此之實者上明前空此有今即前之空是此之實則空即有則空非空此有即空則有非有矣由此則妄空眞有即是妄有眞空何者謂虛妄之法緣生無性名爲妄空眞性湛然名爲眞有今即上妄法緣生故名妄有即無性性名爲眞諦故說眞空此無性空體即是實故名眞有是故言語則別理無二致是則妄取迴向下結成本義此即妄空眞有意然但除其病而不除法故前相歷然而無取著耳

鮮一切法無種植善根亦如是觀諸法無二

無生無滅迴向亦如是

第二雙結者一句結所迴善根善根可以獨修但云種植一句結迴向行迴向必有能所故觀無二如此則德本不生惑本不滅又惑累寂然不生真德湛然不滅如此則德本不生者此是真有本有湛然不生妄惑本空空無可滅又惑累寂然不生翻上惑不滅爲不生真德湛然不滅翻上真不生爲不滅前惑空無可滅今空則寂然故不生前以真無初故不生今以真無後故不滅

以如是等善根迴向修行清淨對治之法所有善根皆悉隨順出世間法不作二相

第二會前迴向菩提入實際者又前明隨相次辨離相欲顯此二同時故雙非即離文中三初結前生後二非即下法喻釋成三離我下結成迴向又前明隨相者上判會菩提入實即是離相中義今以小異分之則可爲三第一隨相迴向第二以前會衆生入實爲離相第三以今文爲隨離同時

今初由前離相所行清淨故順出世無上菩提而言二者善根迴向世與出世若有若無若即若離皆名爲二今並無之而言二者善根迴向等者此有四二皆躡前文一善根迴向爲一二即向言善根亦如是回向亦如是以總收前二故二者世與出世爲一二即今經以善根隨順出世則能隨順是世故三若有若無爲一二即前妄空真有是四若即若離爲一二此曲有二一即隨相爲即離相爲離二隨離不同爲離此二不二爲即此四種二今並無之無之所以即下釋成

非即業修習一切智非離業迴向一切智一切智非即是業然不離業得一切智以業如光影清淨故報亦如光影清淨報如光影清淨故一切智智亦如光影清淨

二釋成中先法後喻法中二對初以所迴善根對能迴行願辨非即離明因中無二初句業非迴向能所別故次句不離離業

無可迴故亦同淨名布施迴向一切智爲二布施性即是迴向一切智性故不離斯爲不二非即故無不二也後對因果相望初句果不即因後句離因無果文影略耳理應因果各有非即離義亦同淨名等者即無盡意菩薩其即是迴向一切智性下經云如是持戒忍辱精進禪定智慧迴向一切智爲二智慧性即是迴向一切智性於其中入一相者是爲入不二法門釋曰但知初度餘例可知故不廣引斯爲不二者結彼經文以釋今經謂以今經不離是彼一性故不二以今經非即重遣不二則如文殊離諸問答乃至爲眞不二文影略者亦合云業非一切智然不離一切智而別有業故云理應因果各有非即非離之義後喩中乘光發影及水月之影皆緣生無性非即非離故云清淨初二句以因對報報通十地故後二句以報對果

離我我所一切動亂思惟分別如是了知以諸善根方便迴向

三結成迴向者能迴之我所迴之所若隨若離並稱動亂今照而常寂故離斯分別而不壞相故名方便

菩薩如是迴向之時度脫衆生常無休息不住法相雖知諸法無業無報善能出生一切業報而無違諍如是方便善修迴向菩薩摩訶薩如是迴向時離一切過諸佛所讚佛子是爲菩薩摩訶薩第一救護一切衆生離衆生相迴向

第二總結成益者由隨離不二故成無礙離過之益及第三結名文並可知

爾時金剛幢菩薩觀察十方一切衆會暨于法界入深句義以無量心修習勝行大悲普覆一切衆生不斷三世諸如來種入一切佛功德法藏出生一切諸佛法身善能分別諸

衆生心知其所種善根成熟住於法身而爲示現清淨色身承佛神力即說頌言

第二爾時下重頌分二先叙儀意於中初後二句說儀入深句義者說依以無量下亦是說依依此說故亦說所爲爲此說故

不思議劫修行道精進堅固心無礙爲欲饒益群生類常求諸佛功德法

調御世間無等人修治其意甚明潔發心普救諸含識彼能善入迴向藏

勇猛精進力具足智慧聰達意清淨普救一切諸群生其心堪忍不傾動

心善安住無與等意常清淨大歡悅如是爲物勤修行譬如大地普容受

不爲自身求快樂但欲救護諸衆生如是發起大悲心疾得入於無礙地

十方一切諸世界所有衆生皆攝受爲救彼故善住心如是修學諸迴向

後正陳偈詞二十八偈分二前八偈半頌所迴善根前六四等一慈二悲一偈半喜一偈半捨如地無心故一偈結其普徧

修行布施大欣悅護持淨戒無所犯勇猛精進心不動迴向如來一切智

其心廣大無邊際忍力安住不傾動禪定甚深恒照了智慧微妙難思議十方一切世界中具足修治清淨行

後二偈半明六度

如是功德皆迴向爲欲安樂諸含識大士勤修諸善業無量無邊不可數如是悉以益衆生令住難思無上智

後如是下十九偈半頌迴向行分二前七

偈半頌隨相初一偈半頌利樂迴向
普爲一切衆生故不思議劫處地獄如是曾
無厭退心勇猛決定常迴向
不求色聲香與味亦不希求諸妙觸但爲救
度諸群生常求無上最勝智
智慧清淨如虛空修習無邊大士行如佛所
行諸行法彼人如是常修學
大士遊行諸世界悉能安隱諸群生普使一
切皆歡喜修菩薩行無厭足
除滅一切諸心毒思惟修習最上智不爲自
已求安樂但願衆生得離苦
此人迴向得究竟心常清淨離衆毒三世如
來所付囑住於無上大法城
後六頌代苦迴向餘略不頌餘略不頌即不頌受惱迴向救二救護也

未曾染著於諸色受想行識亦如是其心永
出於三有所有功德盡迴向
佛所知見諸衆生盡皆攝取無有餘誓願皆
令得解脫爲彼修行大歡喜
其心念念恒安住智慧廣大無與等離癡正
念常寂然一切諸業皆清淨
彼諸菩薩處於世不著內外一切法如風無
礙行於空大士用心亦復然
所有身業皆清淨一切語言無過失心常歸
向於如來能令諸佛悉歡喜
未曾下十二偈頌前離相於中二前五頌
正明離相
十方無量諸國土所有佛處皆往詣於中覩
見大悲尊靡不恭敬而瞻奉
心常清淨離諸失普入世間無所畏已住如

來無上道復爲三有大法池
精勤觀察一切法隨順思惟有非有如是趣
於真實理得入甚深無諍處
以此修成堅固道一切衆生莫能壞善能了
達諸法性普於三世無所著
如是迴向到彼岸普使群生離衆垢永離一
切諸所依得入究竟無依處
一切衆生語言道隨其種類各差别菩薩悉
能分别說而心無著無所礙
菩薩如是修迴向功德方便不可說能令十
方世界中一切諸佛皆稱歎
後十方下七偈頌前成益文並可知

大方廣佛華嚴經疏鈔會本第二十三之三

音釋

籠檻　籠盧紅切笭也　檻戶黯切圈也
鬬訟　鬬都豆切競也　訟似用切爭也
忿恚　忿方問切怒也　恚於避切恨怒也
罥　古泫切網也
拊　斐父切與撫同
蒭　窻竊切芟草也

大方廣佛華嚴經疏鈔會本第二十四之一

唐于闐國三藏沙門實叉難陀　譯
唐清涼山大華嚴寺沙門澄觀撰述

佛子云何爲菩薩摩訶薩不壞迴向

第二不壞迴向長行中二先位行後位果位行中三謂牒釋結今初牒名徵起謂於諦寶等十種勝境深信堅固得不壞名然十表無盡信通事理故本業云觀一切法但有用但有名念念不住故名不壞是知善根迴向皆通事事無礙方眞不壞耳故本業云下謂通事理但有名用事也念念不住故名不壞者單取不住即是剎那無常合是壞義以無所住故名不住則是理不壞義耳準下供具等皆通事事無礙

佛子此菩薩摩訶薩於去來今諸如來所得不壞信息能承事一切佛故於諸菩薩乃至初發一念之心求一切智得不壞信誓修一切菩薩善根無疲厭故於一切佛法得不壞信發深志樂故於一切佛教得不壞信守護住持故於一切衆生得不壞信慈眼等觀善根迴向普利益故於一切白淨法得不壞信普集無邊諸善根故於一切菩薩迴向道得不壞信滿足殊勝諸欲解故於一切菩薩法師得不壞信於諸菩薩起佛想故於一切佛自在神通得不壞信深信諸佛難思議故於一切菩薩善巧方便行得不壞信攝取種種無量無數行境界故

第二佛子下依徵廣釋中三初舉所迴善根二辨迴向之行三明迴向所爲今初分二先明起不壞信後佛子下依信種善今初十句不出三寶四信初句佛寶次句僧寶餘皆法寶於中初句是總兼含理法餘

七句別別中初一教法次四行法一大悲行二惡止善行行亦攝於戒三迴向行四近友行次一果法後一重舉行法意欲總包其中理法即信眞如不出三寶四信者四信即三寶外加一然二文不同若起信論即是眞如故彼論修行信心分云畧說信有四種一者信根本所謂樂念眞如法故二者信佛有無量功德常樂親近供養恭敬發起善根願求一切智故三者信法有大利益常念修行諸波羅蜜故四者信僧能正修行自利利他常樂親近諸菩薩衆求學如實行故故下疏云其中理法即信眞如二若準瓔珞下卷四不壞信前三是三寶四是正戒云從今時盡未來際歸依佛歸依法歸依賢聖僧歸依戒法如是言說故疏云二惡止善行行亦攝於戒意取戒爲第四信故四既不定爲十何爽

佛子菩薩摩訶薩如是安住不壞信時於佛菩薩聲聞獨覺若諸佛教若諸衆生如是等種種境界中種諸善根無量無邊令菩提心轉更增長慈悲廣大平等觀察隨順修學諸佛所作攝取一切清淨善根入眞實義集福德行行大惠施修諸功德等觀三世

第二依信種善根中二先種善根後令菩提下長菩薩道有十句初總餘別可知

菩薩摩訶薩以如是等善根功德迴向一切智願常見諸佛親近善友與諸菩薩同共止住念一切智心無暫捨受持佛教勤加守護教化成熟一切衆生心常迴向出世之道供養瞻侍一切法師解了諸法憶持不忘修行大願悉使滿足

第二菩薩摩訶薩以如是等善根下明迴向行中二先將善根迴向後將勝報迴向前中即雙向衆生菩提文中又二初正明迴向後菩薩如是積集下結成今初先總明迴向菩提之果願常下別明迴向成得

果之因文有十句初三行緣次二行因後五所成之行初成利他行即迴向衆生意次三自利後一通二利前中即雙向等者以初云迴向一切智故是菩提次下教化調伏一切衆生等即向衆生故下䟽云即迴向衆生意

菩薩如是積集善根成就善根增長善根思惟善根繫念善根分别善根愛樂善根修習善根安住善根

二結成中九句前三通顯收攝亦是聞慧一積一至多二令至究竟三隨一使增次四皆思慧後二修慧起行爲修習相應爲安住

菩薩摩訶薩如是積集諸善根已以此善根所得依果修菩薩行

二菩薩摩訶薩如是積集諸善根已下將勝報迴向謂依迴向得報復將迴向通向三處文中二先明所迴善根二如是修習無量功德下顯迴向行今初又二先結前生後

於念念中見無量佛如其所應承事供養

後於念念下正明供佛善根於中又二先總標後以阿僧祇下廣顯今初言如其所應者有二義一隨何所要如應即供二稱佛境界所應之供謂不以稱法界之供不能供稱法界之佛故

以阿僧祇寶阿僧祇華阿僧祇鬘阿僧祇衣阿僧祇蓋阿僧祇幢阿僧祇旛阿僧祇莊嚴具阿僧祇給侍阿僧祇塗飾地阿僧祇塗香阿僧祇末香阿僧祇和香阿僧祇燒香阿僧祇深信阿僧祇愛樂阿僧祇淨心阿僧祇尊重阿僧祇讚歎阿僧祇禮敬

二廣顯中四一廣列供事二明供佛三顯供意四結分齊今初廣列供事有六十七句爲六初二十句雜門明内外之供下皆純門

阿僧祇寶座阿僧祇華座阿僧祇香座阿僧祇鬘座阿僧祇栴檀座阿僧祇衣座阿僧祇金剛座阿僧祇摩尼座阿僧祇寶繒座阿僧祇寶色座

二座

阿僧祇寶經行處阿僧祇華經行處阿僧祇香經行處阿僧祇鬘經行處阿僧祇衣經行處阿僧祇寶間錯經行處阿僧祇一切寶繒綵經行處阿僧祇一切寶多羅樹經行處阿僧祇一切寶欄楯經行處阿僧祇一切寶鈴網彌覆經行處

三經行處

阿僧祇一切寶宫殿阿僧祇一切華宫殿阿僧祇一切香宫殿阿僧祇一切鬘宫殿阿僧祇一切栴檀宫殿阿僧祇一切堅固妙香藏宫殿阿僧祇一切金剛宫殿阿僧祇一切摩尼宫殿皆悉殊妙出過諸天

四宫殿

阿僧祇諸雜寶樹阿僧祇種種香樹阿僧祇諸寶衣樹阿僧祇諸音樂樹阿僧祇寶莊嚴具樹阿僧祇妙音聲樹阿僧祇無厭寶樹阿僧祇寶繒綵樹阿僧祇寶璫樹阿僧祇一切華香幢旛鬘蓋所嚴飾樹如是等樹扶踈蔭映莊嚴宫殿

五樹

其諸宫殿復有阿僧祇軒檻莊嚴阿僧祇窗

牖莊嚴阿僧祇門闥莊嚴阿僧祇樓閣莊嚴阿僧祇半月莊嚴阿僧祇帳莊嚴阿僧祇金網彌覆其上阿僧祇香周帀普熏阿僧祇衣敷布其地

六嚴宫殿亦純雜無礙可知

佛子菩薩摩訶薩以如是等諸供養具於無量無數不可說不可說劫淨心尊重恭敬供養一切諸佛恒不退轉無有休息

二佛子下明供佛中二先供現佛

一一如來滅度之後所有舍利悉亦如是恭敬供養

後一一下明供舍利

爲令一切衆生生淨信故一切衆生攝善根故一切衆生離諸苦故一切衆生廣大解故一切衆生以大莊嚴而莊嚴故無量莊嚴而莊嚴故諸有所作得究竟故知諸佛興難可值故滿足如來無量力故莊嚴供養佛塔廟故住持一切諸佛法故

三爲令一切下明供意有十一句可知

如是供養現在諸佛及滅度後所有舍利其諸供養於阿僧祇劫說不可盡

四如是供養現在下結供分齊謂非唯如上所列故云不可盡

如是修集無量功德皆爲成熟一切衆生無有退轉無有休息無有疲厭

第二如是修集下顯迴向行中三初迴向之心二迴向之相三迴向行成前中有三初不離大悲兼迴向衆生之意

無有執著離諸心想無有依止永絶所依遠離於我及以我所如實法印印諸業門得法

無生住佛所住觀無生性印諸境界

次無有執著下離妄契眞即離相之意

諸佛護念發心迴向

後諸佛下結前生後

與諸法性相應迴向入無作法成就所作方便迴向捨離一切諸事想著方便迴向住於無量善巧迴向永出一切諸有迴向修行諸行不住於相善巧迴向普攝一切善根迴向普淨一切菩薩諸行廣大迴向發無上菩提心迴向與一切善根同住迴向滿足最上信解心迴向

二與諸法性下迴向之相兼顯迴向菩提

於中十有一句前六離相後五隨相

佛子菩薩摩訶薩以諸善根如是迴向時

三佛子下迴向行成於中三初隨相行成二以清淨下離相行成三菩薩如是善巧下雙結二行無礙今初有三初牒前由前離相非唯不礙隨相亦能成此隨相（非唯不礙等者不礙者如空不礙萬象能成者如無水即無可爲波亦如無空不能生起雲霞煙霧不礙即相偏門能成即相成門即理成事以有空義故一切法得成也）

雖隨生死而不改變求一切智未曾退轉在於諸有心無動亂悉能度脫一切衆生不染有爲法不失無礙智菩薩行位因緣無盡世間諸法無能變動具足清淨諸波羅蜜悉能成就一切智力

次雖隨下正顯文有十句一由前法性相應故隨生死而不變二以入無作成所作故求一切智未曾退轉三由捨離想著故諸有不動四住多善巧能度衆生五永出諸有故不染有爲六修行不住相故不失

無礙智七普攝善根故因緣無盡八普淨大願故世法不動九發菩提心故具修諸度十由善根同住故具足十力如次配上由前法性等者正辯離相成隨相也此句由與法性相應故是離相故法性即是真如真如隨緣故能成事不失不變故而不改下九例然細尋前十一一相對可知菩薩如是離諸癡暗成菩提心開示光明增長淨法迴向勝道具足衆行

後菩薩如是下結前生後即由前最上信解心生

以清淨意善能分別了一切法悉隨心現知業如幻業報如像諸行如化因緣生法悉皆如響菩薩諸行一切如影出生無著清淨法眼見於無作廣大境界證寂滅性了法無二得法實相具菩薩行於一切相皆無所著善能修行同事諸業於白淨法恒無廢捨離一切著住無著行

二明離相行成由前事不礙理故觸境了如由前等者前之十句離相成於隨相者由理不礙事故今成離相由前事不礙理上總釋意於中初一句總了一切下別別中初唯心觀成次知業下緣生無性觀成次出生下法眼了真具菩薩下妙行無著亦如次配前 一了心性故亦如次配前者從頭別釋即配前與諸法性相應迴向入無作法成就所作迴向等十句而前隨相行成舉前迴向離相為能成隨相為所成故前云由前法性相應故隨生死流而不變等今此則舉前隨相不礙成此離相若事礙理不即離故近躡前事亦遠躡前離相謂由前迴向與法性相應故今成了心性之行 二業無作故二由前入無所作法成就所作故成此知業如幻等 三不起想故三由前捨離一切諸事想著故成此中出生無著清淨法眼等 四行善巧故四由住於無量善巧故成此具菩薩行 五諸有緣生故五由前未出一切諸有故成此於一切相皆無所著 六行無住故六由前修行諸行不住於相故成此

善能修行同事諸業七普攝無著故七由前普攝一切善根故成此於白淨法恒無廢捨八諸行廣大故八由前普淨一切菩薩諸行廣大迴向故成此離一切著九了菩提性無有二唯一實故九由前發無上菩提心故成此離一切著此句難解故疏云了菩提性無有二唯一實故十由與善根同住故能具菩薩行十由前實與一切善根同住故住無著行十一由最上信解故於無漏白法無有廢捨若通由前則易可知十一由最上信解等即前第十一句此中對前文小不次而白淨法兩重用之第七已用故

菩薩如是善巧思惟無有迷惑不違諸法不壞業因明見眞實善巧迴向知法自性以方便力成就業報到於彼岸智慧觀察一切諸法獲神通智諸業善根無作而行隨心自在

三雙結二行無礙以成迴向中初總明不迷理惑事故名善巧思惟後不違下別皆理事無礙可知

菩薩摩訶薩以諸善根如是迴向爲欲度脫一切衆生不斷佛種永離魔業見一切智無有邊際信樂不捨離世境界斷諸雜染亦願衆生得清淨智入深方便出生死法獲佛善根永斷一切諸魔事業以平等印普印諸業發心趣入一切種智成就一切出世間法

第三菩薩摩訶薩以諸善根如是迴向下迴向所爲初句總明後不斷下別顯於中前離魔業通一切惡後魔事業通一切相但違法印皆魔事故故下釋云以平等印普印諸業則離魔也餘句可知

佛子是爲菩薩摩訶薩第二不壞迴向

菩薩摩訶薩住此迴向時得見一切無數諸佛成就無量清淨妙法普於衆生得平等心

於一切法無有疑惑一切諸佛神力所加降伏衆魔永離其業成就生貴滿菩提心得無礙智不由他解善能開闡一切法義能隨想力入一切刹普照衆生悉使清淨菩薩摩訶薩以此不壞迴向之力攝諸善根如是迴向

第二位果亦如十地調柔等果文中初牒得時次得見下正辨果相後菩薩下總結所屬

爾時金剛幢菩薩承佛神力觀察十方即說頌言

菩薩已得不壞意　修行一切諸善業
是故能令佛歡喜　智者以此而迴向
供養無量無邊佛　布施持戒伏諸根
爲欲利益諸衆生　普使一切皆清淨

第二偈頌二十五偈分三初二頌所迴善根及第一節迴向次十八偈頌所成供行復將迴向後五偈頌迴向所爲

一切上妙諸香華　無量差別勝衣服
寶蓋及以莊嚴具　供養一切諸如來
如是供養於諸佛　無量無數難思劫
恭敬尊重常歡喜　未曾一念生疲厭
專心想念於諸佛　一切世間大明燈
十方所有諸如來　靡不現前如目覩
不可思議無量劫　種種布施心無厭
百千萬億衆劫中　修諸善法悉如是
彼諸如來滅度已　供養舍利無厭足
悉以種種妙莊嚴　建立難思衆塔廟
造立無等最勝形　寶藏淨金爲莊嚴
巍巍高大如山王　其數無量百千億
淨心尊重供養已　復生歡喜利益意
不思議

劫處世間救護衆生令解脫
了知衆生皆妄想於彼一切無分別而能善
別衆生根普爲群生作饒益
二中亦二前八頌所迴善根
菩薩修集諸功德廣大最勝無與比了達體
性悉非有如是決定皆迴向
以最勝智觀諸法其中無有一法生如是方
便修迴向功德無量不可盡
以是方便令心淨悉與一切如來等此方便
力不可盡是故福報無盡極
發起無上菩提心一切世間無所依普至十
方諸世界而於一切無所礙
後十頌迴向之行文中三初四頌迴向之
心
一切如來出世間爲欲啓導衆生心如其心
性而觀察畢竟推求不可得
一切諸法無有餘悉入於如無體性以是淨
眼而迴向開彼世間生死獄
次二頌迴向之相
雖令諸有悉清淨亦不分別於諸有知諸有
性無所有而令歡喜意清淨
於一佛土無所依一切佛土悉如是亦不染
著有爲法知彼法性無依處
以是修成一切智以是無上智莊嚴以是諸
佛皆歡喜是爲菩薩迴向業
菩薩專心念諸佛無上智慧巧方便如佛一
切無所依願我修成此功德
後四頌迴向行成
專心救護於一切令其遠離衆惡業如是饒
益諸群生繫念思惟未曾捨

住於智地守護法不以餘乘取涅槃唯願得
佛無上道菩薩如是善迴向
不取衆生所言說一切有爲虛妄事雖復不
依言語道亦復不著無言說
十方所有諸如來了達諸法無有餘雖知一
切皆空寂而不於空起心念
以一莊嚴嚴一切亦不於法生分別如是開
悟諸群生一切無性無所觀
頌迴向所爲可知
佛子云何爲菩薩摩訶薩等一切佛迴向
第三等一切佛迴向長行亦二先位行後位果前中亦三初標名者若準次文但等三世諸佛迴向之道準下一等善根故文云如過去佛所行一切善根我亦如是故本業亦云三世諸佛善一切時行兼顯無間故下文云與妻子俱未曾暫捨菩提之心此從所等立名即等一切佛之迴向以深入法性行普門善而爲其性兼顯無間者上引本業但證等善根以云一切時行故云無間此從所等下結得名從以深入下出體性
佛子此菩薩摩訶薩隨順修學去來現在諸佛世尊迴向之道
二依徵廣釋中二先總標舉即釋名也
如是修學迴向道時見一切色乃至觸法若美若惡不生愛憎心得自在無諸過失廣大清淨歡喜悅樂離諸憂惱心意柔輭諸根清涼
後如是下廣釋亦二先顯迴向後明成益前中又二先等隨相後等離相前中復二先明對境善根以將迴向後總攝萬善以將迴向前中又二初所迴善根後佛子下

正顯迴向今初謂學佛修時於六境違順成四淨心一於順違成就行捨不爲境牽名心自在二異於凡小以悲智廣大淨諸惑故三離憂過故有喜樂捨無憂苦惱四禪定輕安故心意柔輭不妄取境故諸根清涼

佛子菩薩摩訶薩獲得如是安樂之時復更發心迴向諸佛作如是念

第二正迴向中迴向五乘之境文分五段一佛二菩薩三有善衆生四二乘五有惡衆生初中二先牒前起後

願以我今所種善根令諸佛樂轉更增勝所謂不可思議佛在住樂無有等比佛三昧樂不可限量大慈悲樂一切諸佛解脫之樂無有邊際大神通樂最極尊重大自在樂廣大究竟無量力樂離諸知覺寂靜之樂住無礙住恒正定樂行無二行不變異樂

後願以我下正顯所願初總願樂增然佛德已圓今願增者尊重荷恩展誠敬故亦猶獻芹於上香華奉佛非彼須待然佛德已圓下顯文意亦是通難先出難從尊重荷恩下釋亦猶獻芹者即外典中事野老美之而獻於君君豈美之所謂下別文有十句初句望九亦是總句具下諸住故由此名不思議二即天住謂海印等三即梵住四即聖住謂無邊解脫等五種類俱生無作行通即天住等者智論云天住謂四禪聖住謂三解脫梵住謂四無量皆通三乘今皆約一乘果位故皆無量五種類等者即三種意生身中第三從十地得至佛亦同但增勝耳而非生死但取變化身耳三種之義第六迴向當辨六十自在樂或八自在我八自在我者即涅槃二十三經云一能示一身以為多身等二示一塵身滿三千界三能以滿三千界身擧飛過二十恒河沙等世界而無障礙四心自

在故而得自在云何自在如來一心安住不動身化無量類形等五根自在一根見色聞聲等六以自在故得一切法謂無得而得等七智用無邊七說自在故謂說一偈義經無量劫等八離覺圓寂八如來徧滿一切諸處猶如虛空之性不可得見廣釋如彼皆明無得無作而有所成故云自在今但畧列而巳九大用恒湛十二行永亡二行永亡者即上二十一種功德第一已如前辨

佛子菩薩摩訶薩以諸善根迴向佛已復以此善根迴向菩薩

二佛子下迴向菩薩亦二初結前生後

所謂願未滿者令得圓滿心未淨者令得清淨諸波羅蜜未滿足者令得滿足安住金剛菩提之心於一切智得不退轉不捨大精進守護菩提門一切善根

後所謂下正顯有十前六自行後四利他前中通有三義一通相辨隨願行等而滿故二究竟滿故三從次滿三從次滿者此義訣下諸句即次第滿義初信中隨緣之願如淨行品二淨十住解心故晉經云未淨直心者三成十行四成十向故菩薩戒名十金剛五得初地已上證不退故六得八地已上無功用行名大精進任運了一切法名護菩提門善根初句信滿二十住滿故晉經云未淨直心證成此句是住義十住直心增故故云心未得淨者令得清淨

能令衆生捨離我慢發菩提心所願成滿安住一切菩薩所住獲得菩薩明利諸根修習善根證薩婆若

後四利他中初令證發心離二我故二徧安諸地三通得地中之德四令證佛果

佛子菩薩摩訶薩以諸善根如是迴向菩薩已復以迴向一切衆生願一切衆生所有善

根乃至極少一彈指頃見佛聞法恭敬聖僧彼諸善根皆離障礙念佛圓滿念法方便念僧尊重不離見佛心得清淨獲諸佛法集無量德淨諸神通捨法疑念依教而住

三佛子下迴向有善衆生亦是迷眞實義愚衆生有於少善但爲求有處人天乘今令住佛乘以成十益初三令念三寶次三念已成德後三由德成益各如次配佛法僧寶念佛三昧能發通故各如次配者如云不離見佛即由前念佛圓滿所成等淨諸神通即是常見佛益由此句似隱故疏釋云念佛三昧能發通故

如爲衆生如是迴向爲聲聞辟支佛迴向亦復如是

四如爲下迴向二乘然衆生於佛法易反復故先迴向之二乘終竟迴心故亦不捨例前成益於佛法易反復者即淨名第二凡夫於佛法有反復而聲聞無也以聲聞斷結故下云終竟迴心揀異定性下當廣引

又願一切衆生永離地獄餓鬼畜生閻羅王等一切惡處增長無上菩提之心專意勤求一切種智永不毀謗諸佛正法得佛安樂身心清淨證一切智

五又願下爲於有惡謂不遺闡提亦是迷異熟愚衆生不見苦果故初令離苦果成善因後永不下令離惡因成當果亦是迷異熟愚衆生者對前迷勝義愚亦如前釋上來五段初一迴向菩提餘四迴向衆生

佛子菩薩摩訶薩所有善根皆以大願發起正發起積集正積集增長正增長悉令廣大具足充滿

第二佛子菩薩摩訶薩所有善根下總攝

萬善迴向中二先總顯其相後佛子下歷事別陳今初所有善根即所發起等也皆以大願即能發起等也別有三句一未生善根以大願方便發起令生故晉經以發起爲行二亦以大願積集令多三隨已生善一一增勝令充佛地而皆有重句云正發起等者謂隨發起積集增進必向三處不餘趣求離諸過失名之爲正悉令已下總結成益由正發等故令稱悲智故名廣大由發起積集故諸善具足由增長故一一充滿法界等於如來無善不爾故云悉令而晉經譯正爲等以梵本云三通正及等然等有二義一者等佛謂以菩薩之行等佛之行二者等餘謂以一行等餘諸行然古德將爲結上雖穿鑿非一並未會下

文若以等爲平等與正相近亦攝義不周並非今用然古德等者賢首云三結歎相光統云此結上三道究竟之義行等行者結樂與佛成證道行積聚等積聚者結法與菩薩成助道行長養等長養者結與衆生成不住道遠公云證心遊理名行一備一切名等行助道漸滿名為積聚一一行中具一切行名等積聚不住漸增名為長養一一門中各攝一切名等長養軌法師云但起一行名之為行總衆多行名為積聚增進勝前名為長養由是前行異名顯耳菩薩所行行既無量不可備舉但等言之故皆云等也正法師云善根等者施等善也以大願攝取者願大故行大也行者二利也等行者等行一切行也積聚者積行成德也等積聚者成一切德也長養者從行生行也等長養者生一切行也辨法師云行者是佛於願樂位中所行菩薩以大願攝同彼行故云等行積聚者是佛功用位修積聚菩薩同修名等積聚長養者是佛無功用位修菩薩同修名等長養是故上云如佛迴向開化一切菩薩迴向亦復如是此之謂也賢首云今更釋菩薩所有善根皆以大願迴向力故令此善根攝成勝行諸行齊行故云等行又由願力攝此善根所成諸行令不散失故云積聚有行斯積故云等積聚又由願力攝此善根所積衆行復生諸行名為長養一一行中生一切諸行名等長養是故皆

由願力令此善根皆悉廣大具足充滿也靜法云釋行及積集增長義則無違而以等字勝正謂取等佛之義則不見正字之意又亦同古以為結前故俱非也所以䟽云雖穿鑿非一並未會下文下文積集增長皆有文故若以等為平等者但得迴向實際意耳向餘二處及離過等皆不具也

佛子菩薩摩訶薩在家宅中與妻子俱未曾暫捨菩提之心正念思惟薩婆若境自度度彼令得究竟以善方便化已眷屬令入菩薩智令成熟解脱雖與同止心無所著以本大悲處於居家以慈心故隨順妻子於菩薩清淨道無所障礙

第二歷事別陳諸善非一略舉一兩以顯隨緣攝善皆成迴向文中二初顯增長迴向後佛子菩薩爾時下明積集迴向其發起迴向通在二處前段亦是大悲隨順後段以明大悲深重此約善根若據迴向前明迴向菩提為衆生故後迴向衆生令得菩提皆是綺互欲顯一時迴向三處耳前段等者此中通有三意一約所迴善根即如向科此下第二能迴悲願三從若據迴向下約所迴向皆是綺互者正是迴向綺互向佛亦向生故故云一時迴向三處二兼明上大悲隨順及大悲深重亦是綺互綺互亦是影畧今初增長中分二先別明後菩薩如是下總結前中三初明隨染無汙迴向以慈故隨染以智故居清淨道念薩婆若

菩薩摩訶薩雖在居家作諸事業未曾暫捨一切智心所謂若著衣裳若噉滋味若服湯藥澡漱塗摩迴旋顧視行住坐卧身語意業若睡若寤如是一切諸有所作心常迴向薩婆若道繫念思惟無時捨離

二菩薩摩訶薩下動與道合迴向徧而無間

爲欲饒益一切衆生安住菩提無量大願攝取無數廣大善根勤修諸善普救一切

三爲欲下總顯迴向之相正顯前文大願發起增長之義文中二先總明初句標意安住下即能發起願攝取下所起所增善根普救一切即結成正義

永離一切憍慢放逸決定趣於一切智地終不發意向於餘道常觀一切諸佛菩提永捨一切諸雜染法修行一切菩薩所學於一切智道無所障礙住於智地愛樂誦習以無量智集諸善根心不戀樂一切世間亦不染著所行之行專心受持諸佛教法

二永離下別顯文有十句一離惑故二正趣向故三不取餘道故四正觀故五捨雜染故六具修因故七於菩提因捨二障故八持誦智地九以智集善十不染世行受出世法十皆自德能向菩提若以上普救一切貫之則十皆爲生令得此善（謂離惑故者即求離一切憍慢放逸衆惑之根憍爲染法所依慢能長淪主死故離此三諸惑皆離餘可思準）

菩薩如是處在居家普攝善根令其增長迴向諸佛無上菩提

二總結中以此文證釋增長義理甚分明

佛子菩薩爾時乃至施與畜生之食一摶一粒

第二明積集迴向中二初別明後菩薩摩訶薩如是下總結前中二初明微細積集後菩薩初發下長時積集前中亦二先明所積善根下至一摶一粒其福至微施與畜生其田至劣積此微善亦以大願令正

發起成迴向行

咸作是願當令此等捨畜生道利益安樂究竟解脫永度苦海永滅苦受永除苦蘊永斷苦覺苦聚苦行苦因苦本及諸苦處願彼衆生皆得捨離菩薩如是專心繫念一切衆生以彼善根而爲上首爲其迴向一切種智

二咸作下明迴向行先總明離苦得樂次永度巳下別彰離苦文有九句初總顯深廣次八别明苦相受即苦之自性蘊即苦依謂五盛陰苦覺謂苦相亦攝怨會愛離等覺聚謂生老病死三苦八苦行即罪業因即諸惑本即貪欲處即三塗乃至變易所依皆得捨離通後五句後菩薩如是下總結令得菩提初總顯深廣者為苦海故餘可思準本即貪欲者法華第二云諸苦所因貪欲爲本

菩薩初發菩提之心普攝衆生修諸善根悉以迴向欲令永離生死曠野得諸如來無礙快樂出煩惱海修佛法道慈心徧滿悲力廣大普使一切得清淨樂守護善根親近佛法出魔境界入佛境界斷世間種植如來種住於三世平等法中

第二長時積集者從初發心即積集故文中二先總標善根迴向後欲令下明迴向意即是迴向之相以欲令之言是心願故文有十三句前十二爲六對得隨相益後一句入平等理益前中一離苦果得滅樂二出集因修正道三具悲智成上修道四護善近佛則出煩惱海餘二對共成初對

菩薩摩訶薩如是所有已集當集現集善根悉以迴向

第二總結中一摶一粒等即現集也初發心來即已集也當即之善雖則未起願力逆要起必任運注向三處況依此教九世圓融

復作是念如過去諸佛菩薩所行恭敬供養一切諸佛度諸衆生令永出離勤加修習一切善根悉以迴向而無所著

第二復作是念如過去下等佛離相迴向者即向實際統於前二說有前後行在一心文中二初等過去後佛子下等於現未前中二先舉所等後如彼下顯於能等前中三初標隨相即有離相故末句云而無所著次所謂下別顯離相之相三如是深入下結其無礙

所謂不依色不著受無倒想不作行不取識捨離六處不住世法樂出世間

二中先離妄契止初蘊次處不住世法即十八界有根境識是世間故不依不著即是出世

知一切法皆如虛空無所從來不生不滅無有眞實無所染著遠離一切諸分別見不動不轉不失不壞住於實際無相離相唯是一相

後知一切下釋前不著所以不著者由見實成觀故初句是喻無所從下文含法喻但觀所喻能喻可知皆由從緣無性故無來等五句展轉相釋故上文云一切法無來是故無有生等遠離已下結其成觀心無分別故寂然不動外緣不轉不失於照不壞於止故與實際相應實際謂何即是

無相何名無相體離十相唯是一相一相謂何即是無相又無相約理本自無故離相約智離取相故唯是一相心境冥故一切法無來等者此上半以無來釋無生而言等者等取下半云以生無有故滅亦不可得此以無生釋無滅也不滅故無有真實有實則有可滅故無實故無染譬如雲霧不能染空故云五句展轉相釋何名無相等者涅槃三十一云大般涅槃名為無相師子吼問何名無相善男子無十相故何等為十所謂色相聲相香相味相觸相生住壞相男相女相是名十相無如是相故名無相又無相約理下上之四義展轉相承唯明一體此下分能所證以為無相離相能所契合以為一相則實際為總下三別明

如是深入一切法性常樂習行普門善根悉見一切諸佛衆會

三結無礙者既稱法性修隨相故一攝一切名普門善悉見諸佛略辨成益

如彼過去一切如來善根迴向我亦如是而為迴向

二顯能等中二先牒所等總顯能等

解如是法證如是法依如是法發心修習不違法相知所修行如幻如影如水中月如鏡中像因緣和合之所顯現乃至如來究竟之地

二解如是下別顯等相初二句願等佛解證次二句依之修行不違已下顯修行相至究竟地即是修果

佛子菩薩摩訶薩復作是念如過去諸佛修菩薩行時以諸善根如是迴向未來現在悉亦如是

第二等現未中分三初牒所等即舉過去例於現未

我今亦應如彼諸佛如是發心以諸善根而

爲迴向

次我今下總顯能等

第一迴向勝迴向最勝迴向上迴向無上迴向無等迴向無等等迴向無比迴向無對迴向尊迴向妙迴向平等迴向正直迴向大功德迴向廣大迴向善迴向清淨迴向離惡迴向不隨惡迴向

三第一下別明等相通能所等前過去章中已廣顯離相今此文內直歎殊勝義存影略不欲繁文有十九句晉經具二十句謂廣大下有明淨迴向今譯謂同清淨故缺此一於中初九形對辨勝初總明首出故名第一二越凡小故三超因位故四獨出故五無加過故六無與齊故七唯至極無二者可齊等故八無匹故九無敵故後十約自體顯勝一尊可貴重故二妙者言思不及故三稱理無差故四不餘趣向故五攝德故六周法界故舊云大願七離無記故八離垢染故九自無惡行故十不隨惡緣故上來正顯迴向竟

大方廣佛華嚴經疏鈔會本第二十四之一

音釋

璫都郎切充耳珠也　門闥闥他達切宮中小門曰闥　毀謗毀虎委切訾也謗補曠切訕也　薩婆若梵語也此云一切智若爾者切　噉徒濫切食也　澡漱澡子皓切洗手也漱蘇奏切蕩口也　寤五故切寐覺也

大方廣佛華嚴經疏鈔會本第二十四之三

唐于闐國三藏沙門實叉難陀　譯

唐清涼山大華嚴寺沙門澄觀撰述

菩薩如是以諸善根正迴向已成就清淨身語意業住菩薩住無諸過失修習善業離身語惡心無瑕穢修一切智住廣大心知一切法無有所作住出世法世法不染分別了知無量諸業成就迴向善巧方便永拔一切取著根本

第二明迴向成益文顯可知

佛子是爲菩薩摩訶薩第三等一切佛迴向

菩薩摩訶薩住此迴向深入一切諸如來業趣向如來勝妙功德入深清淨智慧境界不離一切諸菩薩業善能分別巧妙方便入深法界善知菩薩修行次第入佛種性以巧方便分別了知無量無邊一切諸法雖復現身於世中生而於世法心無所著

第二位果略辨十種勝德一因修佛業以等佛迴向故迴向衆生是佛業故又如離世間品十種佛業二趣佛果德向菩提故三智入深理向實際故餘可知又如離世間者即五十八經云所謂隨時開導是佛業令正修行故夢中令見是佛業覺昔善根故爲他演說所未聞經是佛業令生智斷疑故等恐繁且止

爾時金剛幢菩薩承佛神力普觀十方即說頌言

彼諸菩薩摩訶薩修過去佛迴向法亦學未來現在世一切導師之所行

第二偈頌二十四偈分三初二十一頌頌前位行次二位果後一結歎前中二初一頌總標釋名

於諸境界得安樂諸佛如來所稱讚廣大光明清淨眼悉以迴向大聰哲

菩薩身根種種樂眼耳鼻舌亦復然如是無量上妙樂悉以迴向諸最勝

後二十偈頌上廣釋亦二先十九頌正明迴向後一頌成益前中隨相離相雙頌文中亦二初六頌對境所生善根迴向於中

初二偈頌所迴善根兼迴向佛樂

一切世間衆善法及諸如來所成就於彼悉攝無有餘盡以隨喜益衆生

世間隨喜無量種令此迴向爲衆生人中師子所有樂願使群萌悉圓滿

一切國土諸如來凡所知見種種樂願令衆生皆悉得而爲照世大明燈

菩薩所得勝妙樂悉以迴向諸群生雖爲群生故迴向而於迴向無所著

後四頌迴向衆生令得佛安樂

菩薩修行此迴向興起無量大悲心如佛所修迴向德願我修行悉成滿

如諸最勝所成就一切智乘微妙樂及我在世之所行諸菩薩行無量樂

示入衆趣安隱樂恒守諸根寂靜樂悉以迴向諸群生普使修成無上智

非身語意即是業亦不離此而別有但以方便滅癡冥如是修成無上智

二有十三偈頌總攝萬善迴向分三初四頌增長迴向

菩薩所修諸行業積集無量勝功德隨順如來生佛家寂然不亂正迴向

十方一切諸世界所有衆生成攝受悉以善

根迴向彼願令具足安隱樂
不爲自身求利益欲令一切悉安樂未曾暫
起戲論心但觀諸法空無我
二有三偈頌積集迴向
十方無量諸最勝所見一切真佛子悉以善
根迴向彼願使速成無上覺
一切世間含識類等心攝取無有餘以我所
行諸善業令彼衆生速成佛
無量無邊諸大願無上導師所演說願諸佛
子皆清淨隨其心樂悉成滿
普觀十方諸世界悉以功德施於彼願令皆
具妙莊嚴菩薩如是學迴向
三六偈却頌上對境善根迴向菩薩迴文
前却初四隨相
心不稱量諸二法但恒了達法無二諸法若
二若不二於中畢竟無所著
十方一切諸世間悉是衆生想分別於想非
想無所得如是了達於諸想
後二離相於中初偈達法際二與不二相
待皆寂後偈了妄源以想遣境境盡想亡
非想遣想相待俱寂寂而常照方名了想
彼諸菩薩身淨已則意清淨無瑕穢語業已
淨無諸過當知意淨無所著
頌成益
一心正念過去佛亦憶未來諸導師及以現
在天人尊悉學於其所說法
三世一切諸如來智慧明達心無礙爲欲利
益衆生故迴逈菩提集衆業
頌位果
彼第一慧廣大慧不虛妄慧無倒慧平等實

慧清淨慧最勝慧者如是說

結歎可知

佛子云何爲菩薩摩訶薩至一切處迴向

第四至一切處迴向長行亦二先位行後位果前中亦三謂牒釋結今初牒名徵起至是能至善根及其供具一切處即所至供境謂以大願令此善根供具徧至一切時處隨所應供供諸福田本業云以大願力入一切佛國中供養一切佛故然準下文若因若果皆至一切略舉十事一法身至一切處如來藏身普周徧故二法身至故智身至三智身至故大願至四大願至故供具善根至五則見佛聽聞至六則現身開悟至七則無來無去至八則不出一毛孔而能至九則一身一毛等一切身毛至十則一念等一切劫至若尅陳別體則以供佛善根及勝解心爲體通則該於法界

謂以大願下總示其相文有三節兩重能所一大願爲能生二善根等是所生上二皆能至三一切處是所至然準下文下總明能至有其十種前四展轉以爲能生從第五已去通由上四令此六種皆悉能至五六約事至七約理八事理無礙九事事無礙上皆約法十即約時

佛子此菩薩摩訶薩修習一切諸善根時作是念言願此善根功德之力至一切處

第二依徵廣釋中三初迴向衆生菩提二迴向實際三結歎成益前中二初略明後廣顯前中三謂法喻合法中謂以願力及善根力此二相資故能徧至

譬如實際無處不至至一切物至一切世間至一切衆生至一切國土至一切法至一切虛空至一切三世至一切有爲無爲至一切

語言音聲

次譬如下喻況中實際者即一切法真實之際故無不在一切物者謂凡是有形故晉經中名一切有餘並可知此與如相及法界迴向有差別者此據善根迴向成供具至一切處第八約善根迴向同如體相業用第十約所迴向行廣多無量故無濫也

願此善根亦復如是徧至一切諸如來所供養三世一切諸佛

第三願此善根下以法合中先總

過去諸佛所願悉滿未來諸佛具足莊嚴現在諸佛及其國土道場衆會徧滿一切虛空法界

後過去下別明於中二先舉三世合所至處能事已畢過云願滿修因已圓未云具足現成正化故云國土道場

願以信解大威力故廣大智慧無障礙故一切善根悉迴向故以如諸天諸供養具而爲供養充滿無量無邊世界

後願以信下明能至供於中先成供因因有三種一以勝解則隨心轉變二以大智了無障礙三以善根迴向稱願而成以如諸下辨所成供可知

佛子菩薩摩訶薩復作是念諸佛世尊普徧一切虛空法界種種業所起十方不可說一切世界種世界不可說佛國土佛境界種種世界無量世界無分齊世界轉世界側世界仰世界覆世界

第二佛子菩薩摩訶薩復作是念下廣明

於中二先約十方佛明其徧至後約常住佛明其徧至前中分三初總明供處二如是一切下別明供養三以此善根下通顯迴向之心今初先約處顯多次種種業所起約因顯多十方已下約數顯多種種世界約形類顯多義通受用及變化土

如是一切諸世界中現住於壽示現種種神通變化

二別明供養中二初供現在佛後若佛形像下供住持佛前中二先所供田後佛子下明能供行前中二初實報田

彼有菩薩以勝解力爲諸衆生堪受化者於彼一切諸世界中現爲如來出興於世以至一切處智普徧開示如來無量自在神力法身徧往無有差別平等普入一切法界如來藏身不生不滅善巧方便普現世間證法實性超一切故得不退轉無礙力故生於如來無障礙見廣大威德種性中故

二彼有下辨權應田於中三初現身次說法言以至一切處智者意明今此位菩薩亦能爾也此即本下迹高若佛爲菩薩則本高迹下或俱高俱下因果交徹思之（或與高俱下者略成四句佛化爲佛本迹俱高菩薩化爲菩薩本迹俱下就菩薩中以位相望亦有高下可知）三法身下釋權佛所由初之三句顯與果佛平等同性起故一得法性身同徧往故二等有智身入法界故三普賢自體如來藏身不生滅故由上三義故能善巧普現世間若爾衆生豈無如來藏身故下三句復釋成前義一證法實故得同法身二有無礙智力故普入法界三佛種

中生故得如來藏身之用謂絕三障權實無礙是如來見廣大威德是如來用菩薩隨順悟入是生彼種性之中故出現品云若得聞此如來無量不思議無障礙智慧法門聞已信解隨順悟入當知此人生如來家廣如彼說得斯後三因位尚即爲果況應現耶上亦供行所因上亦供行所因者卽上釋權化所由以如來藏等力故令供行至故爲所因

佛子菩薩摩訶薩以其所種一切善根願於如是諸如來所以衆妙華及衆妙香鬘蓋幢旛衣服燈燭及餘一切諸莊嚴具以爲供養若佛形像若佛塔廟悉亦如是

二明供行及供住持佛等文並可知

以此善根如是迴向所謂不亂迴向一心迴向自意迴向尊敬迴向不動迴向無住迴向無依迴向無衆生心迴向無躁競心迴向寂靜心迴向

三通顯迴向之心中初句總牒善根迴向後所謂下別顯行相謂前以善根迴向成供供諸田時如是用心文有十句一不生妄念二專注正境三不由他悟四於田殷重五違順不動六不住於法七不依於境八知我空九心行安審十正順涅槃

復作是念盡法界虛空界去來現在一切劫中諸佛世尊得一切智成菩提道無量名字各各差別於種種時現成正覺悉皆住壽盡未來際一一各以法界莊嚴而嚴其身道場衆會周徧法界一切國土隨時出興而作佛事

第二約常住佛明徧至者謂三世住壽盡

未來際應亦常也三身十身融無礙故不同前文有塔廟等文中有三初以善根迴向供佛二願令一切下以供佛善迴向衆生三譬如下總願善根普攝迴向初中二先所供境後如是一切下顯能供行今初盡空法界明處無不徧去來現劫時無不窮諸佛世尊總該真應得一切下明真極之成於種種時下明應現成成即有始應乃無終故皆住壽盡未來際真應無二故一一各以法界莊嚴主伴圓通故道場衆會皆周法界出非在我故曰隨時興必利生名作佛事三身十身融故者出應亦常不斷常今法性宗同是一常若別說者法身無始無終報身有始無終化身有始有終今化即法故即無始終況報同法亦無有始十身融義居然可知如是一切諸佛如來我以善根普皆迴向

二顯能供行中三初結前生後二願以下所成供具三以如是下結成供行

願以無數香蓋無數香幢無數香旛無數香帳無數香網無數香像無數香光無數香燄無數香雲無數香座無數香經行地無數香所住處無數香世界無數香山無數香海無數香河無數香樹無數香衣服無數香蓮華無數香宮殿

二中三初以香爲蓋等二十事

無量華蓋廣說乃至無量華宮殿無邊鬘蓋廣說乃至無邊鬘宮殿無等塗香蓋廣說乃至無等塗香宮殿不可數末香蓋廣說乃至不可數末香宮殿不可稱衣蓋廣說乃至不可稱衣宮殿不可思寶蓋廣說乃至不可思寶宮殿不可量燈光明蓋廣說乃至不可量

燈光明宮殿不可說莊嚴具蓋廣說乃至不可說莊嚴具宮殿不可說不可說摩尼寶蓋不可說不可說摩尼寶幢如是摩尼寶旛摩尼寶帳摩尼寶網摩尼寶像摩尼寶光摩尼寶燄摩尼寶雲摩尼寶座摩尼寶經行地摩尼寶所住處摩尼寶刹摩尼寶山摩尼寶海摩尼寶河摩尼寶樹摩尼寶衣服摩尼寶蓮華摩尼寶宮殿皆不可說不可說

次無量華蓋下以華鬘等九例於前香各具二十香等離蓋等更無別體故有二百香等離蓋等者如初以香等爲二十事但有二十無二十一以香徧二十故如刻栴檀爲二十事豈別有栴檀後華等九事各爲二十亦然

如是一一諸境界中各有無數欄楯無數宮殿無數樓閣無數門闥無數半月無數却敵無數總牖無數清淨寶無數莊嚴具

後如是一一下隨彼蓋幢等中若總相說皆有楯等九事成一千八百并前本門總有二千是則香等成蓋等蓋等有楯等從無數無量如是漸增且至不可說理實皆等法界難可稱也然一一諸言定通香等不全通於蓋等以衣及光明何有門闥樓閣等耶是則都數未必二千但通相言一一諸境界也如是一一下釋此第三段疏文有三初正釋從無數下却釋前第三段中增數之相三然一一諸言下揀定言定通香等者香等十事爲能成體故得定通不全通於蓋等者蓋是所成所成有二十事如以香爲宮殿則有楯等香爲光明何有楯等況燈光明爲能成類前亦成蓋等以燈光明成燈光明此之光上難具楯等故云不全通於蓋等以能成中有燈光明所成之中復有燈光明故略舉燈光以示無楯等例且如香河河裏如何安前楯等明知總相則有別相或無思之可見

以如是等諸供養物恭敬供養如上所說諸

佛世尊

三結成供行可知

願令一切世間皆得清淨一切衆生咸得出離住十力地於一切法中得無礙法明

第二以供佛善根迴向衆生者正顯迴向之願然前段供後有不亂等心今此供後明清淨等願者文有影略義實相通文分爲二初總顯所爲謂令得果惑淨智明令一切衆生具足善根悉得調伏其心無量等虛空界往一切刹而無所至入一切土施諸善法常得見佛植諸善根成就大乘不著諸法具足衆善立無量行普入無邊一切法界成就諸佛神通之力得於如來一切智智

後令一切下別顯願得因圓果滿初明二利因圓成就已下智用果滿

譬如無我普攝諸法

第三總願善根普攝迴向者以上來三段別明善根但說成供供佛令欲顯此善根無所不成故復明此於中二初喻謂二無我理普攝理事無不周故

我諸善根亦復如是普攝一切諸佛如來咸悉供養無有餘故普攝一切無量諸法悉能悟入無障礙故普攝一切諸菩薩衆究竟皆與同善根故普攝一切諸菩薩行以本願力皆圓滿故普攝一切菩薩法明了達諸法皆無礙故普攝諸佛大神通力成就無量諸善根故普攝諸佛力無所畏發無量心滿一切故普攝菩薩三昧辯才陀羅尼門善能照了無二法故普攝諸佛善巧方便示現如來大神力故普攝三世一切諸佛降生成道轉正

法輪調伏衆生入般涅槃恭敬供養悉周徧故普攝十方一切世界嚴淨佛刹咸究竟故普攝一切諸廣大劫於中出現修菩薩行無斷絶故

二我諸下法合有二十句前十二句攝成自利德

普攝一切所有趣生悉於其中現受生故普攝一切諸衆生界具足普賢菩薩行故普攝一切諸惑習氣悉以方便令清淨故普攝一切衆生諸根無量差别咸了知故普攝一切衆生解欲令離雜染得清淨故普攝一切化衆生行隨其所應爲現身故普攝一切應衆生道悉入一切衆生界故普攝一切如來智性護持一切諸佛教故

後八成利他並顯可知

佛子菩薩摩訶薩以諸善根如是迴向時用無所得而爲方便

第二佛子至以諸善根下實際迴向中二初總標二不於下别顯今初用無所得爲方便者略有二義一以無所得導前隨相則涉有不迷於空爲入有之方便二假無得以入有不存無得即此無得亦是方便此爲入空之方便也今文正用前意義兼於後欲顯隨相離相無前後故然略云無得準大般若亦以無生無滅無住等皆爲涉有之方便也此爲入空之方便者眞空非得而無不得故欲顯隨相等者釋上正用前意也欲將離相無得導前隨相之有故言義兼於後者前意是結前此意是生後亦不住於離相故準大般若下例釋無得爲方便如清淨歷一切法則以清淨爲方便也若云無生即云行般若波羅蜜時知一切法無生所謂色無生受想行識無生眼無生耳鼻舌身意無生等今此猶是略舉能入方便廣更有多

故復有等言等取無依無作清淨不增不減不垢不淨不可取不可見不可動不可壞等

不於業中分別報不於報中分別業

二別顯中三初正顯觀心二菩薩如是了達下明觀成之相三菩薩如是觀一切下明觀成益初中十句義有四節初一會事歸理謂事法既虛相無不盡理無不現故業果皆空業空故無體可能招報況謂因中而有果耶報空故無體可以酬因況謂果中而有因耶若約觀心名會用歸寂業空

下別釋此有二意一正以緣生卽空破權小見顯業不能爲因招果果亦不能爲果酬因二兼破外道因中有果等彼計因中有果者如乳是略因乳中有略成略之後亦有於乳故曰果中有因若約觀心者上約法理通境及智今約觀心但一是非卽名爲寂亦無心於事理方稱爲寂不失於照故名爲用不取用相卽用常寂

雖無分別而普入法界雖無所作而恒住善根雖無所起而勤修勝法不信諸法而能深入不有於法而悉知見

次五句明理不礙事約心則寂不礙用於中初句理無能所分別而不礙有能入之智所入法界次句無作而造作次句無起而修起次句無能所信而能卽事入玄此與初句但事理之異大般若云若信一切法則不信一切法以不信一切法名信一切法此約不信是真信今約不信不礙信末句不有能所見而不礙能所見此與初句者初

句約理無入而入今約事上無能入以諸法卽事而能深入故云卽事入玄大般若下引此文者揀義不同謂般若意却是卽用而寂同上須彌山頂偈云無見卽是見能見一切法於法若有見是則無所見此偈則先正後反大般若則先反後正今此中意明理不礙事故意別也末句不有能所見者以文言不有於法法通能所見也何以得知法是能所見以下句云悉知見故卽同金剛如來悉知悉見

若作不作皆不可得知諸法性恒不自在三有二句事理雙絕約心則止觀兩亡初句正釋作事也不作理也待對假言故皆不可得下句釋成法從緣起不能不生諸緣離散不能不滅從緣生滅不能不有緣生無性不能不空故諸法性無暫自在何有性相而可得耶待對者出絕事理之意一相待門謂待事說理待理說事如因長有短短不可得等二云假言者諸法寂滅本絕名言今云事理皆假名耳故皆雙絕上是疏家釋成下句經自釋成

雖悉見諸法而無所見普知一切而無所知四有二句明事理無礙約心則寂照雙流良以事虛攬理無不理之事理實應緣無不事之理所以寂而常照照而常寂故終日知見而無知見也良以事虛下出事理無礙之相是總意亦十門中相即門是三義中無礙義也廣如上說上四句初則會有歸空有未曾損次依空立有有未始存次空有兩亡無隱無顯後空有無礙存沒同時四句鎔融方名離相實際觀也上四句下總融前四言有未曾損者法即是空非法滅空有未始存者即空之有有相虛故無隱無顯者有存則空隱空存則有隱今由兩亡故非隱顯存沒同時者空不礙有故存有不礙空故沒然隱顯皆就理明存沒並約事說亦影略耳四句鎔融下總結此則非唯離於隨相亦離離相眞無礙也眞實際也

菩薩如是了達境界知一切法因緣爲本見於一切諸佛法身至一切法離染實際解了世間皆如變化明達衆生唯是一法無有二性不捨業境善巧方便於有爲界示無爲法而不滅壞有爲之相於無爲界示有爲法而不分別無爲之相

二觀成之相然此沒文更有二意一前是即觀之止後明即止之觀前雖云知意明

無知二以後段釋成前文由知因緣等故不於業中分別報等雖有此二觀成相顯於中分二初句結前生後由依如前了達心境故能成下如是知見後知一切下正顯其相文有八句初總餘別總中由上觀故能知因緣何等因緣謂一切法若漏無漏爲無爲等皆以因緣而爲其本云何爲本謂因緣故有因緣故空因緣故不有因緣故不空因緣故流轉因緣故還滅乃至一切皆由因緣故中論云未曾有一法不從因緣生有爲緣生無爲緣顯因有有爲則有無爲又形奪相盡是真無爲因緣故有者然通相說總有四義一緣生故有二無性故空三緣生故空四無性故有今但取因緣二句謂法從緣生安得言無二從緣無性故名爲空上二即空有二門從因緣故不有者即明中道亦從因緣謂既從緣有有即不有既從緣空空即不空合前二句即亦空亦有四門之理皆從因緣因緣故流轉下辨生死涅槃亦皆因緣乃至一切下結例上所明義略舉綱要耳故中論云下引證皆從因緣然此偈前有一偈云因緣所生法我說即是空亦爲是假名亦是中道義未曾有一法不從因緣生是故一切法無不是空者前偈亦得證前四句成三觀義而不後偈釋前偈故但引之而論略結云是故一切法無不是空者亦合云未曾有一法不從因緣生是故一切法無不是假者又是故一切法無不是中者今此但取一切法從緣之義耳有爲緣生下通妨妨云涅槃云我觀諸行悉皆無常云何知耶以因緣故若一切法從緣生者則知無常是諸外道無有一法不從緣生是故無常虛空如來佛性不從緣生是故名常則無爲非因緣何言爲無爲法皆從因緣故今答云從緣有二一從緣生有無常義二約緣顯何得一非緣故說佛性了因所了豈非因緣此是一義因有有爲下相待門釋待於有爲即從緣義後云又形奪相盡下者要待形奪相盡故真無爲亦是從緣

別有七句釋成上義由觀因緣得見佛等是故因緣爲諸法本一見法身因緣無住無住之本即是法身經云佛以法爲身故中論云若見因緣法則爲能見佛二見法

實際因緣性離爲法實故三無性緣生故如化似有四理外無事故唯一法皆如來藏事事皆虛故無二性尚無有二何況有五五緣性無礙故於業境皆得善巧以業攝報境必對心則内外因果皆善巧也六即事顯理而不壞事故云於有爲等七即理成事而不隱理故云於無爲等若滅壞有爲則失有爲本空若分別無爲即壞無爲之性是以若約相即爲即無爲無可滅壞無爲即爲亦無可分別若約無礙則事能顯理而非理理能成事而非事事理相即性相歷然故爲無爲體非一異示謂顯示有爲界分無爲界性故中論云者上偈及此皆四諦品下句云見苦集滅道亦可證第二句尚無有二等者結彈五性以業攝報等者以經但云業境今業攝報故有因果境必對心故有内外六即事等者有爲事也無爲理也事能顯理故云於有爲界示無爲法事即是理故不壞事若壞於事成斷滅故下句反此可知若滅壞下反成上二是以若約相即下結成正義於中略有數門一相即門二約無礙下即相成門又云而非理而非事即不相是門即是事理無礙十門中六門一眞理即事門二事法即理門三依理成事門四事能顯理門五眞理非事門六事法非理門七又前有形奪相盡即眞理奪事門八事能隱理門通辨無礙即事徧於理理徧於事八門非異不相是二門非一故疏結云爲與無爲體非一異示謂顯示下隨難別釋

菩薩如是觀一切法畢竟寂滅成就一切清淨善根而起救護衆生之心智慧明達一切法海常樂修行離愚癡法已具成就出世功德不更修學世間之法得淨智眼離諸癡翳以善方便修迴向道

三觀成之益文顯可知

佛子菩薩摩訶薩以諸善根如是迴向稱可一切諸佛之心嚴淨一切諸佛國土教化成

就一切衆生具足受持一切佛法作一切衆生最上福田爲一切商人智慧導師作一切世間清淨日輪一一善根充徧法界悉能救護一切衆生皆令清淨具足功德佛子菩薩摩訶薩如是迴向時能護持一切佛種能成熟一切衆生能嚴淨一切國土能不壞一切諸業能了知一切諸法能等觀諸法無二能徧往十方世界能了達離欲實際能成就清淨信解能具足明利諸根

第三佛子至稱可下結歎成益上來近明離相之益今則通辨一迴向益文中二先明自分二利益初句上稱佛心餘句自成二利二佛子下勝進二利益文兼體用並顯可知

佛子是爲菩薩摩訶薩第四至一切處迴向

菩薩摩訶薩住此迴向時得至一切處身業普能應現一切世界故得至一切處語業於一切世界中演說法故得至一切處意業受持一切佛所說法故得至一切處神足通隨衆生心悉往應故得至一切處隨證智普能了達一切法故得至一切處總持辯才隨衆生心令歡喜故得至一切處入法界於一毛孔中普入一切世界故得至一切處徧入身於一衆生身普入一切衆生身故得至一切處普見劫一一劫中常見一切諸如來故得至一切處普見念一一念中一切諸佛悉現前故佛子菩薩摩訶薩得至一切處迴向能以善根如是迴向

第二大段菩薩下位果中三初牒得時二得至下正顯所得文有十句初三三業體

徧次三三業用徧後四顯用自在三佛子

下總結

爾時金剛幢菩薩承佛威力普觀十方而說頌言

内外一切諸世間菩薩悉皆無所著不捨饒益衆生業大士修行如是智

第二重頌有十一偈分三初七頌迴向衆生及菩提次三偈半頌迴向實際後半頌成益前中二初一偈頌前略明至一切處

但頌法説所修善根

十方所有諸國土一切無依無所住

後六頌前廣明於中初半偈通頌前所至處

不取活命等衆法亦不妄起諸分别普攝十方世界中一切衆生無有餘觀其體性無所有至一切處善迴向

次一偈半頌前迴向衆生

普攝有爲無爲法不於其中起妄念如於世間法亦然照世燈明如是覺

菩薩所修諸業行上中下品各差别悉以善根迴向彼十方一切諸如來

菩薩迴向到彼岸隨如來學悉成就恒以妙智善思惟具足人中最勝法

清淨善根普迴向利益群迷恒不捨悉令一切諸衆生得成無上照世燈

後四頌前普攝迴向餘可知

未曾分别取衆生亦不妄想念諸法雖於世間無染著亦復不捨諸含識

菩薩常樂寂滅法隨順得至涅槃境亦不捨離衆生道獲如是等微妙智

菩薩未曾分別業亦不取著諸果報一切世
間從緣生不離因緣見諸法深入如是諸境
界不於其中起分別
一切衆生調御師於此明了善迴向
大方廣佛華嚴經疏鈔會本第二十四之三
音釋
穢(於廢切汙穢也)
躁競(躁則到切競渠敬切躁競謂急躁爭競也)

大方廣佛華嚴經疏鈔會本第二十五之一

唐于闐國三藏沙門實叉難陀　譯

唐清涼山大華嚴寺沙門澄觀撰述

佛子云何爲菩薩摩訶薩無盡功德藏迴向

第五無盡功德藏迴向長行中亦二先明位行中亦三今初牒名徵起由緣無盡境行迴向故成無盡善根功德之行得十無盡藏之果從能迴及果行受名或無盡功德之藏或即藏通二釋以迴向望行迴向爲能藏無盡功德是所藏以因望果亦然並有財釋本業云常以三寳授與前人故名無盡功德藏此義亦通所迴善根即以五門善根迴向而爲其性

第二依徵廣釋中三初明所迴善根二明迴向之行三結行成德今初文有八句初三可知四聞法修證屬於勸請以對佛親請必聞法故後四皆隨喜然依離垢慧所問禮佛法經總有八重一供養佛二讚佛德三禮佛餘即五悔或合禮讚或略供養或但爲五以發願迴向但總別之異如十住婆沙今文依此迴向在於下文故此有四或但爲三故智論云菩薩晝夜三時各行三事謂懺悔勸請隨喜行此三事功德無量轉近得佛若依善戒經但有二事謂懺悔迴向皆隨時廣略初三可知者即經列五也一懺悔一禮敬三勸請四隨喜五迴向迴向在後然昔有別章六門分別一説多少二釋名三出體四釋相五明益六問答今並具之但略出體總分爲三初明開合即彼多少二釋文即釋名辨相三料揀含餘別門今初初爲八行然依離垢等者唯一卷經大旨如常可知二或合禮讚即是七則禮讚俱是所依懺主故三或略供養即但爲六供養亦屬佛故四或但爲五以迴向發願但總別之異者二俱是願迴向是總發願是

別別發願故如十住毗婆沙者卽第三初明至第四方懺悔卽今晨朝前四悔是第五發願卽涅槃經闍王發願後人安之五今文依此則同上有五六或但有三卽智論第七也七若依善戒卽合爲二以禮讃是懺所依依人德故廻向攝願亦攝隨喜勸請故結云隨時廣略又隨時者看臨其時應用廣略然晝夜三時不宜闕也

佛子此菩薩摩訶薩以懺除一切諸業重障所起善根

然懺名陳露先罪悔名改往修來除惡業障故須懺也然懺有二種若犯遮罪先當依教作法悔之若犯性罪應須起行此復二種一事行如方等經及禮佛名等二依理觀謂觀諸法空如淨名說當直除滅勿擾其心等若依普賢觀及下隨好品皆具事理無礙之懺至下廣明

然懺名下第二釋文卽釋名辨相四事卽爲四段今初釋懺悔先釋名懺悔二字古有二釋今䟽卽天台釋亦通漢梵二者今釋卽半梵半漢懺者梵云懺摩此云請忍悔卽此方體是惡作厭先過失求請三寶忍受悔過單云悔者非是六釋合二卽是依主除惡業者此辨懺益亦懺意也然懺有二下卽辨相也如方等者經中令先嚴淨道場香泥塗地及室內外作圓壇彩畫懸五色旛燒海岸香然燈敷高座請二十四尊像多亦無妨設餚饍盡心力須新淨衣鞋履無新洗故出入脫着令無參雜七日長齋日三時洗浴初日供養僧隨意多少別請一明了內外律者爲師受二十四戒及陀羅尼呪對師說罪要月八日十五日當以七日爲一期此不可減若能更進隨意堪任十人已還不得出此俗人亦得須辦單縫三衣備佛法式旋遶一百二十帀却坐思惟等廣如佛經說佛名經常所見聞如淨名卽優波離章波離白佛憶念昔時者有二比丘犯律行以爲恥不敢問佛來謂我言我等犯律誠以爲恥不敢問佛願解疑悔得免斯咎我卽爲其如法解說時維摩詰來謂我言唯優波離無重增此二比丘罪當直除滅勿擾其心彼罪性不在內不在外不在中間如佛心垢故衆生垢心淨故衆生淨心亦不在內不在外不在中間如其心然罪垢亦然諸法亦然不出於如如優波離以心相得解脫時寧有垢不我言不也維摩詰言一切衆生心相無垢亦復如是唯優波離妄想是垢無妄想是淨取我是垢不取我是淨顚倒是垢不顚倒是淨一切法亦如是如夢如燄如水中月如鏡中像以妄想生其知此者是名奉律其知此者是名善解等

卽一向理觀以呵事也若普賢觀者初令晝夜六時對十方佛普賢菩薩徧懺六根卽事懺也復令觀心令此空慧與心相應卽是理懺如前釋毗盧遮那已引經竟今時常用一切業障海皆從妄想生等卽彼經後總偈皆事理雙明隨好品意至下當知

禮敬三世一切諸佛所起善根

言禮敬者除我慢障起信敬善故勒那三藏說七種禮今加後三以成圓十一我慢禮謂依次位立無敬心故二唱和禮高聲喧雜故此二非儀三恭敬禮五輪著地捧足殷重故四無相禮入深法性離能所故五起用禮雖無能所而禮不可禮之三寶一一佛前皆影現故六內觀禮但禮身中法身佛故七實相禮無內無外同一實故八大悲禮前雖有觀未顯爲生今一一禮普代衆生故九總攝禮總攝前六爲一觀故十無盡禮入帝網境若佛若禮重重無盡故

言禮敬者此牒第二行經文除我慢下疏釋初明行益以我慢故不能禮敬今摧我慢山卽是除惡起信敬善卽是成德三皆行益故勒那下卽辨相也前七是三藏意後三疏以義加略無釋名以易知故然三恭敬禮云五輪著地者離垢慧經云一一發願初總願云我今五輪於佛作禮爲斷五道離放五蓋願諸衆生常得安住不壞五通具足五願願我右膝著地之時令諸衆生得正覺道願我左膝著地之時令諸衆生於外道法不起邪見悉得安立正覺道中願我右手著地之時猶如世尊坐金剛座右手指地震動現瑞證大菩提我今亦爾共諸衆生同證覺道願我左手著地之時令諸衆生離諸外道難調伏者以四攝法而攝取之令入正道願我首頂著地之時令諸衆生離憍慢心悉得成就無見頂相餘義可思

勸請一切諸佛說法所起善根聞佛說法精勤修習悟不思議廣大境界所起善根

言勸請者名爲祈求除謗法障起慈善根故聲聞自度但懺巳罪菩薩愍衆故須勸請但勸如來普雨法雨則自必霑洽此文

略云勸佛說法智論復加請佛住世占察經中亦請菩薩速成正覺次句因聞法故起悟入善言修習者瑜伽八十三云修者了相作意習者勝解作意故又修者於所知事而發趣故習者無間殷重修加行故

言勸請者此牒第三行也下疏解釋除謗法下先明成益聲聞自度下來意智論復加者如十住毗婆沙亦請住世云十方一切佛現在成道者我請轉法輪安樂諸衆生十方一切佛若欲捨壽命我今頭面禮勸請令久住占察經者經具五懺悔勸請云唯願十方一切菩薩未成正覺者願速成正覺已成正覺者願常住世轉正法輪不入涅槃釋曰即具三也次句因聞下即經自勸勸請成益了相作意等即七作意義如三地釋

於去來今一切諸佛一切衆生所有善根皆生隨喜所起善根去來今世一切諸佛善根無盡諸菩薩衆精勤修習所得善根三世諸佛成等正覺轉正法輪調伏衆生菩薩悉知

發隨喜心所生善根三世諸佛從初發心修菩薩行成最正覺乃至示現入般涅槃般涅槃已正法住世乃至滅盡於如是等皆生隨喜所有善根

言隨喜者爲慶悅彼故除嫉妬障起平等善然十住智論皆有三位一諸佛善二二乘善三人天善今文四句初一總明具於三善二乘正是所訶故不別舉而含在一切衆生之中次三句別其第二句別明三善結一隨喜後一隨喜諸佛因果

言隨喜者此明第四行也爲慶下先釋行名然十住下三辯相然智論多同十住婆沙論云所有布施福持戒修禪定從身口意生去來今所有習學三乘人具足一乘者一切凡夫福皆隨而歡喜釋曰其初三句通三世佛也

大品隨喜品明大千海水一毛破爲百分滴取海水可知其數隨喜之福不可知數法華展轉第五十人

尚難校量況初隨喜此據隨喜如來權實功德其福更多大品隨喜下重示隨喜威益即上平等功德初引大品即第十七法華展轉即第六經隨喜功德品第十八爾時彌勒菩薩白佛言世尊若有聞是法華經隨喜者爲得幾所福經答文廣今當略引謂有人於會中聞是法華經隨喜已從法會出至於餘處轉爲人說是第二人聞已復轉爲第三人說如是展轉至第五十其第五十善男子善女人所得功德今當說之若四百萬億阿僧祇世界六趣四生充滿其中有人求福一一衆生與滿閻浮金銀瑠璃硨磲碼磁珊瑚琥珀乃至象馬車乘奴婢人民七寶樓閣等比第五十人聞法華經隨喜功德百分不及一乃至筭數譬喻所不能知下結云何況最初於會中聞而隨喜者釋曰此顯功德多此據等者疏出得多所以大品但通明隨喜之福今就所隨喜中分其勝劣

勝境隨喜其福更多言權實功德者即是法華經故經云此法華經開方便門也權示真實相也實如來智慧甚深無量也實其智慧門難解難入也權於一佛乘分別說三從實開權也會三歸一會權歸實也世尊法久後要當說真實也佛以方便力示以三乘教權也故二十八品三周之文但顯如來權實知見昔人云此華不有則已有則華實雙含此經不說則已說則權實雙辨明知法華不出權實功德已說既窮終極唱

難信難解今能隨喜故德難量最初聞人近獲六根清淨遠則速成佛果故云其福更多

然佛是除罪勝緣故與懺悔前後無在既淨身器次希法雨復攝他同已迴向三處不墮三界及與二乘然禮等五果通得菩提別則懺得依正具足禮則尊貴身器具足勸請得慧隨喜得大眷屬并大財福迴向離邪常遇佛世常能修行約教不同可以思準然佛是下第三料揀於中曲有三門一明次第然禮等五果下二辨果報約教下三約教揀定言可思者如前禮佛十重初二非儀令其知非故辨之耳三通權小四是始教順空義故五是終教通事理故六七頓教但禮心佛無禮禮故八通終教同教一乘故後三合成圓教八是能禮一具一切故九融深淺事隨理融事事無礙故而言攝前六者二非儀故十重重無盡故下經云一毛孔中悉明見不思議數無量佛一切毛孔皆如是普禮一切世間燈舉身次第恭敬禮如是無邊諸最勝亦以言辭普稱讚窮盡未來一切劫一如來所供養具其數無量等衆生又普賢行云於一微塵中見一切諸佛菩薩衆圍繞法界塵亦然一一如來所一切

刹塵禮等若依此禮一禮則無有盡功德豈可量哉餘之七門可以思準不入斯觀徒自疲勞
菩薩如是念不可說諸佛境界及自境界乃
至菩提無障礙境如是廣大無量差別一切
善根凡所積集凡所信解凡所隨喜凡所圓
滿凡所成就凡所修行凡所獲得凡所知覺
凡所攝持凡所增長
第二菩薩如是下明迴向行中二先結前
善根後悉以下正明迴向前中二初橫結
上來及不可說者後凡所下竪結前善謂
隨前一善皆有積集等故具足爲圓滿學
成爲成就證入爲獲得了性爲覺知餘文
並顯
悉以迴向莊嚴一切諸佛國土
二正明迴向於中二先迴向菩提後迴向
衆生前中二先明隨相後明離相前中亦
二先正起行願後結行成益前中又二先
迴向淨土後總攝迴向前中亦二先明衆
寶莊嚴後明人寶爲嚴汎論嚴淨有其三
種一處所淨二住處衆生淨即前二段三
法門流布淨亦名受用淨徧上二段又此
二段之中具足十八圓滿今初有二初總
標所成又此二段此十八法華藏品中已具列釋今經文具疏但隨文配屬
難則釋之今鈔重依彼經論牒經配屬論
云經曰薄伽梵住最勝光曜七寶莊嚴放
大光明普照一切無邊世界此上顯色圓滿無量
方所妙飾間列形色圓滿周圓無際其量難測
分量圓滿超過三界所行之處方所圓滿勝出世間
善根所起因圓滿也最極自在淨識爲相果圓滿也
如來所都主圓滿諸大菩薩衆所共雲集輔翼
圓滿無量天龍人非人等常所翼從眷屬圓滿廣
大法味喜樂所持住持圓滿作諸衆生一切義
利事業圓滿滅諸煩惱災橫纏垢攝益圓滿遠離衆
魔無畏圓滿過諸莊嚴如來莊嚴之所依處依處
圓滿大念慧行以爲遊路即路圓滿大止妙觀以
爲一乘乘圓滿也大空無相無願解脫爲所入
門門圓滿也無量功德衆所莊嚴大寶華王衆

所建立圓滿依持大宮殿中論曰此顯如來住處圓滿謂佛淨土由十八圓滿淨事故說名圓滿次列十八圓滿竟下結云如是十八圓滿所莊嚴宮殿名佛淨土佛住如是大宮殿中說此契經釋曰下隨疏釋依今經次釋義即彼論廣文

如過去世無邊際劫一切世界一切如來所行之處所謂無量無數佛世界種佛智所知菩薩所識大心所受莊嚴佛刹

二如過去下別顯嚴相於中亦二先舉三世土嚴二願成彼嚴今初亦二先別明二總結前中三世即爲三別謂過未現在而爲其次今初分二先總明後別顯今初先舉時辨處次所謂下總標世界種者即方處間列如初會說無量者無分量故無數者數多故佛智所知者淨識所現唯佛窮故菩薩所識者登地分見故大心所受者地前能受故莊嚴佛刹者即正顯示此雖義當形色意是總該今初下於總中數多者佛所莊嚴廣大刹等於一切微塵數故其中已有圓滿之相如方處間列即方處圓滿無分量即分量圓滿淨識所現者謂賴耶淨識現自受用土第七淨識現他受用土餘五淨識現變化土唯佛窮者八識轉智唯佛窮故登地分見見他受用故雖含有別意皆是總

清淨業行所流所引應衆生起如來神力之所示現諸佛出世淨業所成普賢菩薩妙行所興

二清淨下別明有二圓滿初辨因圓滿謂出過三界淨土亦有出過之因然上世界成就品中起具因緣總有十種生佛兼說有淨穢故今此唯五欲同佛淨故略衆生初辨因滿下總明初句亦總亦別總明三土之因皆無漏業故云清淨自受用土淨行所流萬行生故他受用土及變化土淨業所引隨業現故別則唯約受用因緣所流增上

緣所引故佛地論云如來藏識中無漏善根爲因而生有義但是增上緣生以外法故有義亦是因緣而生親能生故若不爾者應無因緣外法相望非因緣故意以後義爲正言亦是者通二緣故有云感報淨土以四塵種子而爲正因親感土故六度萬行而爲緣因助成土故或以自利後得而爲緣因依此經宗以一切波羅蜜行隨其所應依正二果互爲二因互相資辨以皆是法性相應善根成故常融常別餘如世界成就品下四唯別初二變化土因初句約爲緣義後句約爲因義次句是自受用因故云出世淨業後句義兼自他受用土因登地已上皆修普賢之妙行故又此妙行即圓融因融上諸土無障礙故初句亦總

下別別有五句初句亦總亦別即清淨業行所流所引亦總下中自利行業親招爲所流利他行業與物爲緣故云所引故釋云隨業現故此業即是所化者業以菩薩衆生之業爲因親感他受用變化之土如來利他爲增上緣隨他衆生之業成故故云引也泉能成池名爲所流鑿池引水水名所引正同前世界品引生公義行致淨土非造之也造於土者衆生類矣別則唯約下釋上亦別之言於中三初總明也因緣親生曰流增上緣踈爲引故佛地論下二成立二因之義此有三義一唯立因緣此已含二法一如來識二無漏善合二爲因亦同多聞熏習與阿賴耶中解性合之爲因也然引論猶略若具應云謂大宫殿用出世間無分別智後得智善根爲因而得生起非是無因非大自在等而爲其因乃至云此用本來無分別智後得無漏善法種子三無數劫修令增廣爲此淨土變現生因此佛淨土如來識由無漏善根爲因而生則具修生本有二法合爲因緣二云有義下出所以云以外法故謂以識生識可是因緣外生淨土那是因緣外土即爲增上果故是增上緣三云有義下雙立非謂但取因緣亦取增上亦取因緣故云親能生故出因緣義若不下反難成立一切外法皆因內法熏習爲因明有因緣故云不爾應無因緣無則非理外法相望者正成上義第二師義難第一師汝已外法故唯增上緣外法則不得立於因緣今謂

外假內熏明有因緣若爾內熏其外既非自類何名因緣境全心變即八識相分亦不離心亦因緣矣意以後義爲正四蹟家斷取也兼顯是通二義有云感報下出二因體四塵種子全在識中即八識中相分種也或以自利後得者上言六度萬行則通二利此依唯識別義以利他後得爲他受用變化土緣故用自利後得爲自受用土緣也依此經宗下正於前文唯取自利爲自受用緣故二利之行同取他受用土以皆下出互通所以故指如世界品問明品中亦已明餘可思準

一切諸佛於中成道示現種種自在神力

二一切下事業圓滿自能現作一切有情一切義利故如來雖即是主意取義利自能現作者即佛地論文但略其要具足論云如其淨土住持圓滿作何事業謂作諸衆生一一切義利別說總也謂於此中能現作一切有情一切義利或一切有情自作義利等然十八圓滿皆初假問生起次引經答三以論釋文皆約宮殿上明今之所明乃通說耳以問易知故並不出

盡未來際所有如來應正等覺徧法界住當成佛道當得一切清淨莊嚴功德佛土

第二盡未來下舉未來土嚴文中二初總標

盡法界虛空界無邊無際無斷無盡

二盡法界下別顯有九圓滿文分爲五一分量圓滿此通二土謂約自受用從初得佛盡未來際相續無變橫周法界故無邊際約他受用爲於地上隨宜而現勝劣大小改變不定但地前不測言無邊際登地常見亦無斷盡此文兼明方所圓滿以方所有二一自受用周徧法界於三界處不即不離故二他受用處下文當辨從初得下即唯識文然論云相續變爲純淨佛土今無變字乃是義釋謂雖復相續變化不同他受用土前後改轉故不云變橫周法界者即唯識論前所引論後云周圓無際佛地經中同佛地論又云無際者謂無長短等分齊相難測故下說他受用並如世界品

皆從如來智慧所生

二皆從如來智慧生者即果圓滿自受用土圓鏡智生他受用土平等智生即果下引鏡智等即世界品佛地論云以佛自在淨識爲相

無量妙寶之所莊嚴所謂一切香莊嚴一切華莊嚴一切衣莊嚴一切功德藏莊嚴一切諸佛力莊嚴一切佛國土莊嚴

三無量下依持圓滿故佛地經云無量功德衆所莊嚴大寶華王是爲依持佛地經下三會佛地經然彼論先問起云如是淨土門既圓滿如餘宮殿應有所依故次須說依持圓滿問起無量功德衆所莊嚴大寶華王衆所建立釋經答也今疏引經云爲所依持者以先問後不引釋故但結歸名今文中先總標妙寶所謂下別列初三事嚴中有蓮華次二德嚴初即無量功德佛力即是能持後一即是所持之國佛地唯據於事但云蓮華今通事理故云佛力功德莊嚴亦通事理後會彼論於中二先出論意以論廣釋但約華故論云謂如地等依風輪等或如世間宮殿依地如是淨土無量功德衆善所嚴大寶紅蓮華王衆所建立即紅蓮華大寶所成如是大寶無量功德衆善所起於衆寶中勝故名大此寶紅蓮華於諸華中最爲殊勝故名華王或此寶華望諸菩薩善根所起紅蓮華最勝故名爲大佛法王是佛最勝善根所起故名爲王又此寶華極難得故名爲大寶華中最勝故名華王又此大華非一或華藥多故名爲衆釋曰此即唯據事也以將功德莊嚴屬佛故若將無量功德通理則佛地亦有佛力任持故疏云功德亦通事理

如來所都

四明主圓滿如來所都者全同佛地經論釋曰謂大宮殿諸佛世尊爲主非餘以殊勝故唯屬世尊或唯屬世尊住持攝受非餘所能故

不可思議同行宿緣諸清淨衆於中止住未來世中當成正覺一切諸佛之所成就非世所覩菩薩淨眼乃能照見此諸菩薩具大威德宿植善根知一切法如幻如化普行菩薩諸清淨業入不思議自在三昧善巧方便能

作佛事放佛光明普照世間無有限極
五不可思下輔翼圓滿復兼四種文中分
二初總顯則兼眷屬圓滿眷屬謂人天八
部然皆菩薩化作示淨土不空故今但云
諸清淨衆則兼之矣輔翼圓滿佛地論云如是淨土主既圓滿
應有輔翼主必攝受輔翼者故彼經云諸
大菩薩衆所雲集論云謂大宮殿有無數
大菩薩僧所共雲集諸來朝者名爲輔翼
既有如是大菩薩僧常來輔翼故無怨敵
能爲遠害諸聲聞等無如是事眷屬圓滿
佛地經云無量天龍人非人等常所翼從
今文無此故以諸衆攝之然皆菩薩化作
示淨土不空即彼論釋妨妨云云何淨土
超過三界所行之處而有天等以爲眷屬
天等皆是三界攝故答云淨識如是攝受
變現爲嚴淨土故不相違第一釋也或爲成熟
所化有情示現如是變化種類第二釋也即阿
彌陀經云是諸衆鳥皆是阿彌陀佛欲令
法音宣流變化所作論云或諸菩薩化作
無量天龍等身住淨土中供養佛故第三釋也
或自化身爲天龍等翼從如來是故無過
第四釋也四義皆示不空爾後未來下別顯勝德兼三圓
滿初明方所圓滿佛地經云超過三界所

行之處今云一切諸佛之所成就通於自
他受用非世所覩即是超過菩薩能見是
他受用受用方所或說淨居或說西方等
是初明方所圓滿此即標名論云如是淨土分量圓滿爲同三界爲不爾耶問超過三界所行之處答論釋云謂大宮殿處所方域超過三界所行之處非如三界自地法愛執爲已有所緣相應二縛隨增是彼異熟及增上果如是淨土非三界愛所執受故離天縛故非彼異熟增上果故如涅槃等超過三界異熟果地乃至云如是淨土爲與三界同一處所爲各別耶問有義別有處說在淨居天亦有處說在西方等有義同處淨土周圓無際徧法界故如實義者實受用土周徧法界無處不有不可說言離三界處亦不可說即三界處若隨菩薩所宜現者或有在色界淨居天上或西方等處所不定釋曰今疏直用其要兼取如實義耳二此諸菩薩
具大威下皆門圓滿以三三昧爲所入門
此中初句顯門之因知一切下是空門相
行菩薩業是無相門相善巧方便下是無
作門相入不思議三昧通該前後以三三昧者即

義引也彼經云大空無相無願解脫爲所入門故疏以下經配三門相三昧通該前後者該前明空等爲不思議三昧故該後以三昧等爲攝益故三又此淨業即攝益圓滿以離煩惱纏垢等爲攝益故名爲清淨三又此淨業下辨攝益相彼經云滅諸煩惱災橫纏垢故論云謂於此中遠離一切煩惱纏垢及諸災橫即諸煩惱名爲纏垢如是即名諸災橫因煩惱纏垢此中無故所作災橫此中亦無釋曰離此煩惱等即名攝益又現證得解脫煩惱災橫纏垢殊勝福智故名攝益故疏指上淨業名爲攝益

大方廣佛華嚴經疏鈔會本第二十五之一

音釋

楯食尹切欄檻也　餚饍餚何交切饍時戰切具食也

大方廣佛華嚴經疏鈔會本第二十五之二

唐于闐國三藏沙門實叉難陀　譯

唐清涼山大華嚴寺沙門澄觀撰述

現在一切諸佛世尊悉亦如是莊嚴世界無量形相無量光色悉是功德之所成就無量香無量寶無量樹無數莊嚴無數宮殿無數音聲隨順宿緣諸善知識示現一切功德莊嚴無有窮盡所謂一切香莊嚴一切鬘莊嚴一切末香莊嚴一切寶莊嚴一切旛莊嚴一切寶繒綵莊嚴一切寶欄楯莊嚴阿僧祇金網莊嚴阿僧祇河莊嚴阿僧祇雲雨莊嚴阿僧祇音樂奏微妙音

第三現在下舉現在嚴中亦二初總標類同過未云亦如是二無量下別顯有三圓滿一者形相即形色圓滿無量形相者彼論雙問云如是淨土顯色圓滿形相云何引經荅形色云無量方所妙色間列論釋云謂大宮殿妙色間列無量方所或大宮殿無量妙飾方所間列言無量者或殿無量或處無量妙慧為光安布為飾是故說名妙飾間列釋曰無量相貌間列即形色二無量光色即顯色圓滿悉是已下總以因結無量光色者彼經云最勝光曜七寶莊嚴放大光明普照一切無邊世間論釋云謂大宮殿用最勝光曜七寶莊嚴或寶嚴故最勝光曜於此所重且言七寶其實淨土無量妙寶綺飾莊嚴非世所識故經云無量光色又論釋放大光明等云謂大宮殿放大光明普照一切無邊世界或大宮殿其體周徧無邊世界故放大光普照一切釋曰彼經有其二句今經云無量光色則已攝二無量光者是彼放無邊光句無量色者即初最勝光曜等　三無量香下住處圓滿於中有三初總明住處次隨順下別顯處因即他受用因故云示現後所謂下廣顯處嚴以超過一切菩薩及餘住處名處圓滿住處圓滿彼經云過諸莊嚴如來莊嚴之所依處論釋云謂於此中佛所住處勝過一切菩薩及餘莊嚴住處唯是如來妙飾莊嚴為所住處由勝彼一切莊嚴住處是故說名住

處圓滿以超過一切菩薩下即彼論文經顯處嚴在文極顯

如是等無量無數莊嚴之具莊嚴一切盡法界虛空界十方無量種種業起佛所了知佛所宣說一切世界其中所有一切佛土所謂莊嚴佛土清淨佛土平等佛土妙好佛土威德佛土廣大佛土安樂佛土不可壞佛土無盡佛土無量佛土無動佛土無畏佛土光明佛土無違逆佛土可愛樂佛土普照明佛土嚴好佛土精麗佛土妙巧佛土第一佛土勝佛土殊勝佛土最勝佛土極勝佛土上佛土無上佛土無等佛土無比佛土無譬喻佛土

第二如是等下總結三世嚴具及土於中二初總結能所嚴後所謂下別顯所嚴有二十九種隨體德用立名不同亦可并前總標通結上來十八圓滿隨勝立土如理應思

亦可并前等者上來過去有二未來有九現在有三但有十四下人寶中有五事業分佛菩薩遂即重出除重十八云何攝耶今總標文為主圓滿以言佛土故別中二十九句有十七圓滿一莊嚴二清淨為因圓滿佛地經云超出世間善根所生今以清淨故為出世以其莊嚴為所起嚴萬善嚴故三四事業平等妙好故五即是路大念慧行為威德故六七住處廣大安樂八即輔翼巨壞九眷屬無盡十分量無量十一依持不動十二無畏名同十三顯色光明十四無違十五可愛皆攝益圓滿無煩惱災橫之違故可愛也十六照明十七嚴好皆果最極清淨為其相故十八精麗十九妙巧二十第一皆依持無量功德眾所莊嚴大寶華王眾所建立故二十一二三四皆門圓滿三解脫門為最勝等故二十五六皆乘大止妙觀為無上等二十七無等二十八無比二十九無譬喻皆方所以徧法界性不並真無比對故經旨多含畧為此配未必要爾故疏畧示令如理思

如是過去未來現在一切佛土所有莊嚴菩薩摩訶薩以已善根發心迴向願以如是去來現在一切諸佛所有國土清淨莊嚴悉以莊嚴於一世界如彼一切諸佛國土所有莊

嚴皆悉成就皆悉清淨皆悉聚集皆悉顯現皆悉嚴好皆悉住持

第二如是過去下願成彼嚴於中二先嚴一界

如一世界如是盡法界虛空界一切世界悉亦如是三世一切諸佛國土種種莊嚴皆悉具足

後如一世界下例嚴普周顯嚴分齊令法界土皆具三世一切莊嚴既一佛土即具無盡莊嚴則一嚴一切嚴亦顯一圓滿即一切圓滿重重無盡方是華嚴淨土圓滿

佛子菩薩摩訶薩復以善根如是廻向願我所修一切佛刹諸大菩薩皆悉充滿

第二佛子菩薩至復以善根下人實爲嚴同十大願中第七願也亦即是前輔翼圓滿文中三初總願所成二其諸下別顯願相三願令如是下結以嚴刹

其諸菩薩體性眞實智慧通達

二中文二先願德齊後願業廣前中亦二先正顯德後結德嚴土前中有二十句初二總明體實智圓

善能分別一切世界及衆生界深入法界及虛空界捨離愚癡成就念佛念法眞實不可思議念僧無量普皆周徧亦念於捨法日圓滿智光普照見無所礙從無得生生諸佛法爲衆勝上善根之主發生無上菩提之心住如來力趣薩婆若破諸魔業淨衆生界

後善能下十八句別顯於中先明智慧後深入下明體實令初即路圓滿大念慧行爲所游路路即道之異名大念慧行爲所遊路即佛地經

文言路即道之異名者是彼論釋彼論具云謂此中大念大慧及以大行爲所遊履故名遊路是道異名聞所成慧名爲大念聞已記持無離義故思所成慧名爲大慧依理審思得決定故修所成慧名爲大行由修習力緣真理故大者念等緣大乘法而生起故彼所攝故履三妙慧淨土往還故名遊路此說菩薩因三妙慧得入淨土遊路

文中初明大慧分別是權深入是實此是慧體離癡慧業成就念下即大念也七念之中略舉前四七念如離世間品後法日下即是大行行即修慧故

七念等者等常六念加念眾生

深入法性永離顛倒善根大願皆悉不空

後釋體實亦是行攝

如是菩薩充滿其土生如是處有如是德

二結德嚴土中初句總次生如是處指前淨土有如是德即指向文

常作佛事得佛菩提清淨光明具法界智現神通力一身充滿一切法界

第二常作佛事下願業廣中分四即四圓滿初明事業圓滿上辨佛業今菩薩業

上辨佛業者佛地經但云作諸眾生一切義利論先問云如是淨土任持圓滿作何事業即引向經云謂於此中即能現作一切有情一切義利或令一切有情自作一切義利等今經云一切諸佛於中成道故是佛業今明菩薩常作佛事故是菩薩業

得大智慧入一切智所行之境善能分別無量無邊法界句義於一切剎皆無所著而能普現一切佛土心如虛空無有所依而能分別一切法界善能入出不可思議甚深三昧

二得大智下即乘圓滿大止妙觀以爲乘故

大止妙觀者即佛地經文論釋云止謂奢摩他觀謂般若大義如前大念中緣大乘故此二等運故名所乘乘前道路止與觀隨其所應行

趣薩婆若住諸佛剎得諸佛力開示演說阿僧祇法而無所畏

三趣薩婆下無畏圓滿内無災患外無畏故無畏圓滿彼經云遠離衆魔論云謂以此中遠離一切煩惱蘊死及以天魔或令他人遠離四魔如是四種是怖畏因由是能生諸怖畏故此中無彼故名無畏

隨順三世諸佛善根普照一切如來法界悉能受持一切佛法知阿僧祇諸語言法善能演出不可思議差别音聲入於無上佛自在地普遊十方一切世界而無障礙行於無諍無所依法無所分别修習增廣菩提之心得善巧智善知句義能隨次第開示演説

四隨順三世下即任持圓滿論云諸佛菩薩後得無漏能説能受大乘法味生喜樂故文中二前明能受後知阿僧祇下能説即任持圓滿者彼經文云廣大法味喜樂所持疏即論釋也此文猶畧具云謂於此中大乘法味喜樂所持食能令住住是持義乃至云此淨土中諸佛後得無漏之智能説能持受大乘法味生大喜樂又正體智受真如味生大喜樂能任持身命不斷壞故長養善法名爲食也在文可知

願令如是諸大菩薩莊嚴其國充滿分布隨順安住

第三結以嚴刹中初總彰人徧

熏修極熏修純淨極純淨恬然宴寂

次熏修下結行德深謂以止以觀唯智唯悲熏修身心無有間斷名極熏修現惑不生故云純淨種習不起名極純淨恬和也宴安也恬和安寂即照寂之相也亦一乘也亦一乘者以大止妙觀爲熏修故

於一佛刹隨一方所皆有如是無數無量無邊無等不可數不可稱不可思不可量不可説不可説不可説諸大菩薩周徧充滿如一方所一切方所亦復如是如一佛刹盡虚空徧法界一切佛刹悉亦如是

後於一佛剎下別示徧相兼顯數多於中三節一剎中一方有多數量次以方例剎後以剎例法界一方所言義兼大小準下僧祇品於一微細毛端處則有不可說諸普賢也言如是者如前具德也

佛子菩薩摩訶薩以諸善根方便迴向一切佛剎方便迴向一切菩薩方便迴向一切如來方便迴向一切佛菩提方便迴向一切廣大願方便迴向一切出要道方便迴向淨一切衆生界方便迴向於一切世界常見諸佛出興於世方便迴向常見如來壽命無量方便迴向常見諸佛徧周法界轉無障礙不退法輪

第二佛子至方便迴向下總攝迴向非唯但向佛淨土故文有十句初三結前已說

後七辨所未明言出要者小乘出要唯有四種謂進念定慧三十七品不離此故今亦兼有大乘出要唯有三科謂四攝四等及與十度三乘切要唯止與觀一乘切要唯智與悲故十地皆云大悲爲首智慧增上餘並可知

佛子菩薩摩訶薩以諸善根如是迴向時普入一切佛國土故一切佛剎皆悉清淨普至一切衆生界故一切菩薩皆悉清淨普願一切諸佛國土佛出興故一切法界一切佛土諸如來身超然出現

第二佛子至如是迴向下結行成益總收三種世間

佛子菩薩摩訶薩以如是等無比迴向趣薩婆若其心廣大猶如虛空無有限量入不思

議知一切業及以果報皆悉寂滅心常平等無有邊際普能徧入一切法界

第二佛子至以如是等下離相廻向即向實際文中二先明見實智冥實際後彰離妄德合實際此之二段反覆相成今初初句牒前廻向菩提其心已下正顯離相寂然無涯爲入不思議即是契眞故常平等由此故能徧入若事若理無礙法界名爲一切此之二段及覆相成者由見實故離妄如見杌則不見鬼由離妄故見實若無鬼見是見木故

佛子菩薩摩訶薩如是廻向時不分別我及以我所不分別佛及以佛法不分別刹及以嚴淨不分別衆生及以調伏不分別業及業果報不著於思及思所起不壞因不壞果不取事不取法不謂生死有分別不謂涅槃恒寂靜不謂如來證佛境界無有少法與法同止

二佛子下彰其離妄文有十對初六遮妄執有以緣成無性故皆前廻向之法思所起者謂身語業餘文可知思所起者謂身語業者俱舍云分別由業生思及思所作思即是意業所作謂身語故九地廣明次一對遮妄執空以即眞故不礙存故不壞假名說實相故不壞因果以即眞故下此有三義釋不壞因果初同淨名色即是空非色滅空故此約空觀二不礙存故即假觀三不壞假名說實相故二義雙照爲中道觀後三對雙遮空有初遮事理法即理法互相即故不可定取次遮生死涅槃離向背相通有二義一約離相謂生死涅槃相待而有俱空叵得二約體融以緣就實生死即涅槃故無妄分別以實從緣涅槃即生死故非眞寂靜故

中論云涅槃之實際及與世間際如是二際者無毫釐差別而晉經云生死非雜亂涅槃非寂靜言異義同俱空叵得即上云有諍說生死無靜說涅槃生死及涅槃二俱不可得此約性空下約顯實後對即遮能所證既二際無差唯佛能證故復拂之上句標下句釋亦通二意一約離相能證相離不能證於佛境所證體空故無少法與能證智同止相契故楞伽云遠離覺所覺二約體融佛即法界不應以法界更證法界故文殊問經云若以法界證法界則是諍競如智一體如外無少智為能證智外無少如為所證故無可同止次下文云無有少法為智所入亦無少智而入於法影公云法性不並眞聖賢無異道即斯意也故楞伽云遠離覺所覺前已引竟故文殊問云下亦前已引影公即中論疏上

來三節皆約遮邊前來契實已辨雙照則四門備矣

佛子菩薩摩訶薩如是迴向時以諸善根普施眾生決定成熟平等教化無相無緣無稱量無虛妄遠離一切分別取著

第二佛子下迴向眾生中初總明謂即前迴向菩提時便以善根迴向眾生故云如是迴向時也次決定下別顯行相有七句二句隨相一無放捨心二無怨親相五句離相一不見眾生相二不取化緣三不稱量根性四無能度我人末句總結

菩薩摩訶薩如是迴向已得無盡善根所謂念三世一切諸佛故得無盡善根念一切菩薩故得無盡善根淨諸佛剎故得無盡善根淨一切眾生界故得無盡善根深入法界故

得無盡善根修無量心等虛空界故得無盡善根深解一切佛境界故得無盡善根於菩薩業勤修習故得無盡善根了達三世故得無盡善根

第三菩薩至如是迴向已下結行成德有四佛子兼此爲五一成無盡善根德二成二空智慧德三成境界清淨德四成福智無盡德五成福智廣大德就此五中初一雙明次二離相後二隨相今初由隨一一行發無盡心故成無盡德文有十句初總所謂下別於中前四隨相所成初二因果後二依正次二離相所成顯其深廣次二解行通於隨相及與離相後二通顯上來迴向同三世故

佛子菩薩摩訶薩以一切善根如是迴向時了一切衆生界無有衆生解一切法無有壽命知一切法無有作者悟一切法無補伽羅了一切法無有忿諍觀一切法皆從緣起無有住處知一切物皆無所依了一切剎悉無所住觀一切菩薩行亦無處所見一切境界悉無所有

第二佛子下成二空智慧益中十句初四我空一無衆生離衆生垢故二無壽命離生死故三無作者亦名無我離我垢故四無數取趣前後際斷故餘如十行說後六法空文亦可知一無衆生垢故者多同淨名即目連章中淨名云夫說法者當如法說法無衆生離衆生垢故法無有我離我垢故法無壽命離生死故法無有人前後際斷故釋曰上四句我空故疏取之此四即金剛無我無人無衆生無壽者今經辨次不同二經皆明無定前後也名亦小異以作者當我以補特伽羅當人若釋義者人我等相十行已具空之所以亦如前辨今取彼經意案今文釋一

法無衆生者已無衆生爲法故遠公云正明理無其所無有三一無横計神我二於假名衆生無有定性三無假名衆生之相此等皆是虛妄分別相有理無餘門類爾離衆生垢者破情顯理取我之心名衆生垢生公亦云若得見理垢情必盡以離垢驗之知無衆生也二法無壽命正明理無離生死故釋成上義壽命謂色心連持從生至死本無生死何有壽命又壽命爲生死之果若有實者不合得離今有本離之人明本無矣三無有我者理本無也離我垢故釋成上義一同初句四數取趣淨名爲人智論云能造善惡行人法故取於諸趣三際輪迴本無數取者何有前後際耶又若定有者不應聖人斷前後際今聖有斷明無有人能數取也

佛子菩薩摩訶薩如是迴向時眼終不見不淨佛刹亦復不見異相衆生無有少法爲智所入亦無少智而入於法解如來身非如虛空一切功德無量妙法所圓滿故於一切處令諸衆生積集善根悉充足故

第三佛子成境界清淨德一刹淨者畧有三義一了穢即空故二如螺髻等穢處見淨故三雖覩淨穢無見相故二衆生淨同一空故同如來藏故無見相故三法淨對法辨智義便故來此亦二義一空無能所故二同一如故舉一全收智外無如爲智所入如外無智而入於如法性寂然故名爲如寂而常照故名爲智何有異耶亦同上來無法同住後一佛淨爲破執有說佛如空若同空無此見非淨今明二利德圓非如虛空一向無也螺髻亦是淨名前已引竟餘即可知

佛子此菩薩摩訶薩於念念中得不可說不可說十力地具足一切福德成就清淨善根爲一切衆生福田此菩薩摩訶薩成就如意摩尼功德藏隨有所須一切樂具悉皆得故隨所遊方悉能嚴淨一切國土隨所行處令不可說不可說衆生皆悉清淨攝取福德修

治諸行故

第四佛子福智無盡德初上攝佛智謂十力智地有不可說用故念念得多福具足下自爲福田此菩薩下福智無盡

佛子菩薩摩訶薩如是迴向時修一切菩薩行福德殊勝色相無比威力光明超諸世間魔及魔民莫能瞻對善根具足大願成就其心彌廣等一切智於一念中悉能周徧無量佛刹智力無量了達一切諸佛境界於一切佛得深信解住無邊智菩提心力廣大如法界究竟如虛空

第五佛子福智超勝德中初句總顯福智之因次福德下正顯勝相初明福勝其心已下顯智超勝

佛子是名菩薩摩訶薩第五無盡功德藏迴向

菩薩摩訶薩住此迴向得十種無盡藏

第二菩薩下辨位果中四謂標徵釋結

何等謂十所謂得見佛無盡藏於一毛孔見阿僧祇諸佛出興世故得入法無盡藏以佛智力觀一切法悉入一法故得憶持無盡藏受持一切佛所說法無忘失故得決定慧無盡藏善知一切佛所說法秘密方便故得解義趣無盡藏善知諸法理趣分齊故得無邊悟解無盡藏以如虛空智通達三世一切法故得福德無盡藏充滿一切諸衆生意不可盡故得勇猛智覺無盡藏悉能除滅一切衆生愚癡翳故得決定辯才無盡藏演說一切佛平等法令諸衆生悉解了故得十力無畏無盡藏具足一切菩薩所行以離垢繒而繫

其頂至無障礙一切智故

三中有十句皆先標名後釋義於中初六自利初一見佛約微細門一毛之義前文頻釋今重發揮謂心性本無大小悟之成智身土皆爲智影智淨影明故大小無礙一多即入次五見法即相入門一證理法二持教法三慧知密意謂以實覆權等四義窮意趣謂四意趣等亦是窮於性相五聞藏義兼修證次三利他一福滿他意二智滅他惑三辯教平等後一攝行成果此上多有同十藏品可以意得

是爲十佛子菩薩摩訶薩以一切善根迴向時得此十種無盡藏

四結可知

爾時金剛幢菩薩普觀十方而說頌言

菩薩成就深心力普於諸法得自在以其勸請隨喜福無礙方便善迴向

第二應頌二十五偈分二初一頌所迴善根文並具含

三世所有諸如來嚴淨佛剎徧世間所有功德靡不見迴向淨剎亦如是

三世所有諸佛法菩薩皆悉諦思惟以心攝取無有餘如是莊嚴諸佛剎

盡於三世所有劫讚一佛剎諸功德三世諸劫猶可盡佛剎功德無窮盡

如是一切諸佛剎菩薩悉見無有餘總以莊嚴一佛土一切佛土悉如是

餘二十四偈雙頌前迴向善根及結行成益於中二先有十一偈頌二段隨相後十三偈頌二段離相今初分三初八頌向菩

提於中亦三初四頌上嚴剎
有諸佛子心清淨悉從如來法化生一切功
德莊嚴心一切佛剎皆充滿
彼諸菩薩悉具足無量相好莊嚴身辯才演
說徧世間譬如大海無窮盡
菩薩安住諸三昧一切所行皆具足其心清
淨無與等光明普照十方界如是無餘諸佛
剎此諸菩薩皆充滿
次三偈半頌人寶莊嚴
未曾憶念聲聞乘亦復不求緣覺道
後半偈頌總攝迴向
菩薩如是心清淨善根迴向諸群生普欲令
其成正道具足了知諸佛法
二菩薩如是下一偈頌迴向衆生
十方所有衆魔怨菩薩威力悉摧破勇猛智
慧無能勝決定修行究竟法
菩薩以此大願力所有迴向無留礙入於無
盡功德藏去來現在常無盡
三十方下二偈頌結行成德五段通頌
菩薩善觀諸行法了達其性不自在既知諸
法性如是不妄取業及果報
無有色法無色法亦無有想無無想有法無
法皆悉無了知一切無所得
一切諸法因緣生體性非有亦非無而於因
緣及所起畢竟於中無取著
一切衆生語言處於中畢竟無所得了知名
相皆分別明解諸法悉無我
如衆生性本寂滅如是了知一切法三世所
攝無有餘剎及諸業皆平等
以如是智而迴向隨其悟解福業生此諸福

相亦如解豈復於中有可得

如是迴向心無垢永不稱量諸法性了達其性皆非性不住世間亦不出

第二菩薩善覲下頌二段離相中二初七頌前菩提離相與前見實及離妄相參而頌顯此二相成故

一切所行衆善業悉以廻向諸群生莫不了達其眞性所有分別皆除遣

所有一切虛妄見悉皆棄捨無有餘離諸熱惱恒清涼住於解脫無礙地

次二頌衆生離相

菩薩不壞一切法亦不滅壞諸法性解了諸法猶如響悉於一切無所著

了知三世諸衆生悉從因緣和合起亦知心樂及習氣未曾滅壞一切法

後四頌結行成德離相中初二頌境界清淨德

了達業性非是業而亦不違諸法相又亦不壞業果報說諸法性從緣起

了知衆生無有生亦無衆生可流轉無實衆生而可說但依世俗假宣示

後二頌二空智慧德第五廻向竟

大方廣佛華嚴經疏鈔會本第二十五之二

音釋

恬然 恬徒兼切安然也

補伽羅 梵語也或云補特伽羅此云數取趣謂數數往來諸趣也伽求加切

大方廣佛華嚴經疏鈔會本第二十五之三

唐于闐國三藏沙門實叉難陀　譯

唐清涼山大華嚴寺沙門澄觀撰述

佛子云何爲菩薩摩訶薩隨順堅固一切善根迴向

第六隨順堅固一切善根迴向長行中亦二謂位行位果行中亦三謂牒釋結今初牒名徵起謂所修事善皆悉順入堅固法性故下文云則爲隨順眞實住本分名入一切平等善根入即隨順平等即堅固平等之理不可壞故若順等理則順諸善根故下文云則爲隨順佛住等又本業云習行相善無漏善而不二故名隨順平等一切善根此則不唯事順於理理事相順受平等名如此平等方名堅固此約所迴善根及所向實際以立斯名亦可名爲堅固之善根堅固即善根若以隨順望堅固善根亦通二義即以無礙善根而爲其性

佛子此菩薩摩訶薩或爲帝王臨御大國

第二依徵廣釋中二先明行所依身二具足下依身起行前中復二先明得位後顯具德今初菩薩行檀之身隨宜萬類故置或言而偏語王者一則在家是施位故二難捨能捨舉勝策劣故三者菩薩多爲王故以菩薩位唯有二種一者法王二者人王法王教化人王攝化具菩薩戒處處爲王故發號施令無敢違故具能施物遂所求故帝者主也王者王也臨者治也御亦主領千乘之國即稱爲大下言爲轉輪王則以一洲已去可稱爲大千乘之國者古以一城出革車

一乘千乘之國其地千城也乘卽車乘謂以皮褁車革卽皮也生曰革毅曰韋每乘管卒七十二人一洲已去者輪王有四鐵輪卽王一州故威德廣被名震天下凡諸怨敵靡不歸順發號施令悉依正法執持一蓋溥蔭萬方周行率土所向無礙以離垢繒而繫其頂於法自在見者咸伏不刑不罰感德從化以四攝法攝諸衆生爲轉輪王一切周給

二威德下顯具德中二先統領自在德後菩薩下正報殊倫德今初有十二句初二句總有威則下必畏之有德則下必懷之故令名振次凡諸下十句別初句釋威祖父之雠曰怨四夷有土曰敵由威被故敵歸怨順次發號下釋上有德依正施令物可則也執持一蓋等兼釋臨御一蓋有三一則無私萬物故二等教十善故下施蓋中云爲令衆生得自在蓋能持一切諸善法故三慈悲蓋大光王云如諸菩薩爲高蓋慈心普蔭諸衆生故以離垢繒釋爲帝義於法自在釋爲王義不刑已下雙顯威德謂不以刑戮徵罰之威但令感德從化則威而不猛也又加苦曰刑削奪爲罰導之以德義莫敢不服則庶人無刑齊之以禮樂莫敢不敬則大夫無罰次以四攝下顯是菩薩揀異世王爲轉輪王結成有位一切周給結有大財即財位果二等教者夫輪王十善化世故

菩薩摩訶薩安住如是自在功德有大眷屬不可沮壞離衆過失見者無厭福德莊嚴相好圓滿形體支分均調具足獲那羅延堅固之身大力成就無能屈伏得清淨業離諸業

障

二正報殊倫德初句結前義兼生後有大眷屬下具七種果一宗族果二離衆過失不亢不驕發言誠實見者無厭有慈有慧人所信順即信言果三福德已下顯大色果四獲那羅延堅固之身顯壽命果五大力成就等顯大力果六得清淨業謂得大念慧成就總持曾事不忘未萌先覺由斯有上名振天下即聲譽果七離諸業障顯人性果有業報障非丈夫故兼上財位具八異熟是增上生如是自在是大勢生具八異熟者即瑜伽論三十六淨行品已辨

具足修行一切布施或施飲食及諸上味或施車乘或施衣服或施華鬘雜香塗香牀座房舍及所住處上妙燈燭病緣湯藥寶器寶車調良象馬悉皆嚴飾歡喜布施或有來乞王所處座若蓋若傘幢旛寶物諸莊嚴具頂上寶冠髻中明珠乃至王位皆無所悋若見衆生在牢獄中捨諸財寶妻子眷屬乃至以身救彼令脫若見獄囚將欲被戮即捨其身以代彼命或見來乞連膚頂髮歡喜施與亦無所悋眼耳鼻舌及以牙齒頭頂手足血肉骨髓心腎肝肺大腸小腸厚皮薄皮手足諸指連肉爪甲以歡喜心盡皆施與或爲求請未曾有法投身而下深大火坑或爲護持如來正法以身忍受一切苦毒或爲求法乃至一字悉能徧捨四海之內一切所有恒以正法化導群生令修善行捨離諸惡若見衆生損敗他形慈心救之令捨罪業若見如來成最正覺稱揚讚歎普使聞知或施於地造立

僧坊房舍殿堂以爲住處及施僮僕供承作役或以自身施來乞者或施於佛爲求法故歡喜踊躍爲衆生故承事供養或捨王位城邑聚落宮殿園林妻子眷屬隨所乞求悉滿其願或捨一切資生之物普設無遮大施之會

第二依身起行中三一明隨相迴向二明離相迴向三釋迴向名初即迴向菩提及向衆生次即迴向實際後段通二又初是廣大迴向次甚深迴向後兼深廣今隨相中分三初總相標列善根迴向二佛子菩薩摩訶薩隨所施下依標廣顯善根迴向三佛子菩薩摩訶薩隨諸衆生下總結多門善根迴向今初亦三一列所施物二其中下辨所施田三佛子下顯行所依心今初初句總或施下別別中若望下迴向應爲六十若直就文數都八十事初從飲食至牀座爲一十以牀座但通是一牀下文別施座故次房舍至蓋爲二十傘至頂髻爲三十以王位爲重爲明外財施竟故結云乃至王位下文自有王位後迴向中此次後無故次眼至足爲四十血至腸爲五十厚皮至救損他形爲六十示佛興至邑爲七十從聚落至終爲八十救獄囚中雖有妻等四事但爲一救囚之行耳

於中前二十七事是外財施次救獄囚一兼於內外代囚命下二十九事唯明內財下諸門中或兼內外或但是外可以意得（二內外料揀即一切施中二門明義）又前二十七施無樂者是爲慈行救囚代命等爲大悲行餘或通

二行若通相辨皆兼二行三四等料揀喜捨二行在總句中
又代命救殘害男形是無畏施斷殺有
二若望所殺是無畏施若望能殺令持五
戒是爲法施告示佛與即是法施財施可
知又此等既並是法門俱通三施四三施料揀即一切施也

其中衆生種種福田或從遠來或從近來或
賢或愚或好或醜若男若女人與非人心行
不同所求各異等皆施與悉令滿足

二所施田中等皆施與者不揀賢愚等故
悉令滿足者隨所求故

佛子菩薩摩訶薩如是施時發善攝心悉以
迴向

三顯能施迴向之心者望前是能施之心
故云如是施時發善攝心望後是能迴向
心故云發善攝心悉以迴向故下諸門迴
向之内皆以此心貫之文中二先總明

所謂善攝色隨順堅固一切善根善攝受想
行識隨順堅固一切善根善攝王位隨順堅
固一切善根善攝眷屬隨順堅固一切善根
善攝資具隨順堅固一切善根善攝惠施隨
順堅固一切善根

後所謂下别顯於中所攝有五總收上來
能施所施及以施物言善攝者釋隨順義
謂此菩薩若行於施迴向之時於自他五
蘊等心無住著不令馳散故云善攝如此
則與實際相應便能隨順堅固善根謂捨
住著故隨順施善無異求故隨順戒善忍
深理故隨順忍善離色相故隨順進善不
馳散故隨順定善了無生故隨順慧善如

是乃至一切由順實際任運順於一切稱性之善（三隨順善根略舉六度總結萬行）第二依標廣顯中麤相望前略有五異一傘二頂前有後無舍宅一種前無後有即有無異也二前以法導化即後禁殺令住五戒即名字異也三承事供養前合後開象馬等事前開後合即開合異也四後文舌居牙齒之後眷屬居妻子之前骨居腸下飲於食後即前後異五前略後廣其文非一也餘皆大同然其都門但有六十由開合故謂十二段二二相合一象馬二幢旛三寶冠明珠四耳鼻五牙齒六手足七髓肉八厚薄皮九手足指十僮僕十一園林十二妻子復有二段各五事合謂一腸腎肝肺四事及大小腸合一迴向二王位邑聚落宮殿合一迴向故下文云國土一切諸物即斯五事都十四門合二十事雖鈌二事而加二事謂舍宅及開承事與供侍別故有六十門昔光統師以後都門東前標中亦唯六十成一百二十門皆有十善成千二百以七施乘之成八千四百一一具十迴向成八萬四千言七施者隨相有六謂心有三種即三時喜事有三種即是三輪入理有一即照三輪空又以七聖財乘之亦得如一施行有八萬四千餘一一行皆亦如是此上且約法門非無有理若散說者行相無量如施資具及大會等不可言一故次標云無量無邊後都結云阿僧祇物實則皆是法界大緣起門普賢無礙自在之行故以一切所有施於一田一切皆爾一微

塵處即施一切衆生徧法界皆爾一刹那中頓成此行盡前後際亦爾此一菩薩滿法界身備起此行仍有純雜若以純門於一施眼徧上時處唯見施眼十方無邊初後無際餘門如虛空雜則隨一施眼具足諸門餘亦如是純雜無礙重重無盡故知六十八十乃舉其大綱耳然其都門下正出八十六十所以開合有無故二出其本意以皆成事事無礙重重之行

佛子菩薩摩訶薩隨所施物無量無邊以彼善根如是迴向

文中二初總標施行成迴向行無量之義已如上辨

所謂以上妙食施衆生時其心清淨於所施物無貪無著無所顧恡具足行施

第二所謂下一一別顯六十門内一一皆四一施行二迴向行三雙結二行四迴向所爲若缺所爲則但有三亦可合後二段爲雙結所爲此科宜記下有廣略至文當知若具四段門前多不科判今第一施食以食爲世命貴賤同依故首明之文但有三先明施行言其心清淨者離施過故謂不求名利果報及怖畏等而行施故不貪著者是無貪思無顧恡者是無慳思又施時無貪著施已無顧恡隨所施行與衆生共兼於事理名爲具足此心在初亦貫下諸段

願一切衆生得智慧食心無障礙了知食性無所貪著但樂法喜出離之食智慧充滿以法堅住攝取善根法身智身清淨遊行哀愍衆生爲作福田現受搏食

二願一切下迴向行然其所願正爲衆生令得成佛即向菩提也下皆準之然阿含唯識等說世間食總有四種一觸二思三識四段說出世食有其五種一禪悅二願三念四解脱五法喜今翻四成五然阿含唯識食等說者唯識第四云謂契經說食有四種一段食即分段義變壞爲相謂欲界繫香味觸三於變壞時能爲食事但觸所得由此色處非段食攝以變壞時色無用故變壞不益色麤著眼根故又此三爲與眼相離方能有用不與眼合故非是食也問食爲對自根亦對餘根答先資身根爲資養已後資餘根以發識明利二觸食觸境爲相即心所觸爲此食體謂有漏觸纔取境時攝受喜等能爲食事此正顯也此觸雖與諸識相應七八觸境細故不攝喜樂等故屬六識者食義偏勝觸麤顯境攝受喜樂及順益捨資養勝故三思食希望爲相唯取與欲俱思謂有漏思與欲俱轉希可愛境能爲食事此思雖與諸識相應屬意識者食義偏勝意識於境希望勝故四識食執持爲相謂有漏識由段觸思勢力增長能爲食事此識雖通諸識自體而第八識食義偏勝一類相續執持勝故釋曰此三食勢增長此識亦長養諸根大種能爲食事由是集論說彼四食三蘊五處十一界攝釋曰段食是色觸思是行識食如名段是香味觸三處思是法處識是意處段攝三界觸思法界識七心界論云此四能持有情身命令不斷壞故名爲食餘如彼論而列段食居其後者前三有漏通於三界段唯欲界故又順經翻最在後故說出世食者然上云阿含即雜阿含連說九食前四世間後五出世一禪悅食者禪定資神輕安適悅即爲食義然其五食既云出世通資法身二願力任持出世之法法身增長即爲食義三念力明記聖道現前故四解脱除障居然資益五法喜內充攝喜樂故一翻思食成智慧食即是念食念慧隣故二無所貪下翻於觸食以成法喜觸以攝受喜等能爲食事故但願法喜其出離食即解脱食總離四故三智慧充下翻於識食以成禪悅禪則不動故以法堅住引生功德故攝取善根能除煩惱故二身清淨並如識食能執持故四哀愍下大悲願力現受段食今云搏者尚依古譯一翻前思成第三念以經之智釋成於念念慧隣故出其

所以亦如四念慧爲體故隣近名念二翻觸成第五熏於第四三翻識成第一四翻段成第二顯食言摶者尚依古譯今以飲水等亦是段食不可摶握故譯爲段形段分段而食故

是爲菩薩摩訶薩布施食時善根迴向

三是爲下雙結二行

佛子菩薩摩訶薩若施飲時

第二施飲中亦三

初施行

以此善根如是迴向

二以此下迴向行於中先牒前起後

所謂願一切衆生飲法味水精勤修習具菩薩道斷世渴愛常求佛智離欲境界得法喜樂從清淨法而生其身常以三昧調攝其心入智慧海興大法雲霔大法雨

後所謂願一切下別顯顧相下皆倣此然望食雖異不離五食望水雖異多同水用故所願事或翻或順或敵體相似或流類以明不全剋定文中一如飲無間易得充足飲法精勤速具大道餘並可知（一如餘無間此卽敵體相似斷世渴愛常求佛智卽惑翻也得法喜樂等卽順也入海霔雨卽同水義也下諸門中體勢亦爾隨時解釋）

是爲菩薩摩訶薩布施飲時善根迴向

三雙結

佛子菩薩摩訶薩布施種種清淨上味所謂辛酸醎淡及以甘苦種種諸味潤澤具足能令四大安隱調和肌體盈滿氣力彊壯其心清淨常得歡喜咽咀之時不欬不逆諸根明利內藏充實毒不能侵病不能傷始終無患永得安樂

第三施味文四加所爲故初施行可知

以此善根如是迴向所謂願一切衆生得最上味甘露充滿願一切衆生得法智味了知一切諸味業用願一切衆生得無量法味了達法界安住實際大法城中願一切衆生作大法雲周徧法界普雨法雨教化調伏一切衆生願一切衆生得勝智味無上法喜充滿身心願一切衆生得無貪著一切上味不染世間一切諸味常勤修習一切佛法願一切衆生得一法味了諸佛法悉無差別願一切衆生得最勝味乘一切智終無退轉願一切衆生得入諸佛無異法味悉能分别一切諸根願一切衆生法味增益常得滿足無礙佛法

二以此下迴向行中十願初願晉經得上味相則是三十二相之一經說佛大牙後有甘露泉但食入口悉爲甘露約法亦即涅槃爲甘露不死之味餘文並顯經說佛大牙等者即涅槃十四其施食等亦皆發願各是一事與此大同不能繁引

是爲菩薩摩訶薩布施味時善根迴向

三雙結

爲令一切衆生勤修福德皆悉具足無礙智身故

四所爲

佛子菩薩摩訶薩施車乘時以諸善根如是迴向所謂願一切衆生皆得具足一切智乘乘於大乘不可壞乘最勝乘最上乘速疾乘大力乘福德具足乘出世間乘出生無量諸菩薩乘是爲菩薩摩訶薩施車乘時善根迴向

第四施車乘分三初施行者義通馬等以

第十六別施車故迴向十願皆約代步初一唯果餘兼通因然乘體性通於理智隨義立名一體性包含二不可廢立三超劣四無過五不歷三祇六十力普運七兼五度萬行八無漏相應九發心趣者即名菩薩義通馬等者以梵語通呼車乘云野駼切曩若別呼車云耆羯吒若呼車輅云曷羅他此云野曩明是車乘故通馬等下第十六即單是車以梵云耆羯吒故

佛子菩薩摩訶薩布施衣時以諸善根如是迴向所謂願一切衆生得慚愧衣以覆其身捨離邪道露形惡法顏色潤澤皮膚細輭成就諸佛第一之樂得最清淨一切種智是為菩薩摩訶薩布施衣時善根迴向

第五衣中瑜伽施衣能感妙色以衣禦寒令顏色潤澤故人新衣成暫持獻佛得無量福若要期日數未滿而取成取佛物

佛子菩薩摩訶薩常以種種名華布施所謂微妙香華種種色華無量奇妙華善見華可喜樂華一切時華天華人華世所珍愛華甚芬馥悅意華以如是等無量妙華供養一切現在諸佛及佛滅後所有塔廟或以供養說法之人或以供養比丘僧寶一切菩薩諸善知識聲聞獨覺父母宗親下至自身及餘一切貧窮孤露布施之時

第六施華文四初施行中先列施物後供養下明所施田下至自身者身為福田是法器故依之進道故施自身勝施外道無量

以諸善根如是迴向所謂願一切衆生皆得諸佛三昧之華悉能開敷一切諸法願一切衆生皆得如佛見者歡喜心無厭足願一切

衆生所見順惬心無動亂願一切衆生具行廣大清淨之業願一切衆生常念善友心無變異願一切衆生如阿伽陀藥能除一切煩惱衆毒願一切衆生成滿大願皆悉得爲無上智王願一切衆生智慧日光破愚癡暗願一切衆生菩提淨月增長滿足願一切衆生入大寶洲見善知識具足成就一切善根

迴向十願前七可知八亦蓮華等不遇日光翳死無疑菩薩之行必資乎智涅槃第九云譬如蓮華爲日所照無不開敷九月開青蓮佛智照行涅槃二十云譬如月光能令一切優鉢羅華開敷鮮明十約寶華

涅槃第九下即如來性品廣歎涅槃之德疏但舉喻彼合文云一切衆生亦復如是若得見聞大涅槃自未發心者皆悉發心爲菩提因是故我說大涅槃光所入毛孔必爲妙因彼一闡提雖有佛性而爲無量罪垢所纏不能得出如蚕處繭以其合文

第一疏已用今但要喻耳九月開青蓮者即梵行品耆婆爲闍王說因世尊入月愛三昧放光照王王問其故耆婆答云此是如來入月愛三昧放光王問云何等名爲月愛三昧耆婆答言譬如月光能令一切優鉢羅華開敷鮮榮月愛三昧亦復如是能令衆生善心開敷下即廣說今但取月開青蓮耳合以佛智爲月行爲蓮開

是爲菩薩摩訶薩布施華時善根迴向爲令衆生皆得清淨無礙智故

後二段可知

佛子菩薩摩訶薩布施鬘時以諸善根如是迴向所謂願一切衆生人所樂見見者欽歎見者親善見者愛樂見者渴仰見者除憂見者生喜見者離惡見者常得親近於佛見者清淨獲一切智是爲菩薩摩訶薩布施鬘時善根迴向

第七施鬘者貫華如環而爲首飾或以纓身故未見則樂見正見則愛樂或以纓身者在身曰

纓在首曰鬘纓乃鬘類皆結華成因便故來

佛子菩薩摩訶薩布施香時以諸善根如是迴向

第八施香中準下塗香十度萬行皆香此偏語戒者翻破戒之穢故

願一切衆生具足戒香得不鈌戒不雜戒不汙戒無悔戒離纏戒無熱戒無犯戒無邊戒出世戒菩薩波羅蜜戒願一切衆生以是戒故皆得成就諸佛戒身

願有十二初一總標次十別顯少同十藏多同智論隨宜不同但案文釋一具持三聚二不雜外道三無染心涅槃經中乃至染環釧聲亦名汙菩薩戒四不犯重故犯重之人多生悔恨五設有誤犯深慚愧故如其故犯數犯不生慙愧深愛著犯見犯是福名之爲纏六七定共相應故無惑熱常持如初八九道共相應離斷常邊成出世行十遠離二乘圓修十度方名不犯菩薩律儀是智所讃戒末句結因成果謂五分之一

是爲菩薩摩訶薩布施香時善根迴向爲令衆生悉得圓滿無礙戒蘊故

佛子菩薩摩訶薩施塗香時以諸善根如是迴向所謂願一切衆生施香普熏悉能惠捨一切所有願一切衆生戒香普熏得於如來究竟淨戒願一切衆生忍香普熏離於一切險害之心願一切衆生精進香普熏常服大乘精進甲冑願一切衆生定香普熏安住諸佛現前三昧願一切衆生慧香普熏一念得成無上智王願一切衆生法香普熏於無上

法得無所畏願一切衆生德香普熏成就一切大功德智願一切衆生菩提香普熏得佛十力到於彼岸願一切衆生清淨白法妙香普熏永滅一切不善之法是爲菩薩摩訶薩施塗香時善根迴向

第九塗香十度皆有熏發資長菩提心義

辟除蔽障俱得稱香

佛子菩薩摩訶薩施牀座時以諸善根如是迴向

第十施牀座中初舉施行下第十八別明施座故晉譯此以爲牀敷深允當也

所謂願一切衆生得諸天牀座證大智慧願一切衆生得賢聖牀座捨凡夫意住菩提心願一切衆生得安樂牀座永離一切生死苦惱願一切衆生得究竟牀座得見諸佛自在神通願一切衆生得平等牀座恒普熏修一切善法願一切衆生得最勝牀座具清淨業世無與等願一切衆生得安隱牀座證眞實法具足究竟願一切衆生得清淨牀座修習如來淨智境界願一切衆生得安住牀座得善知識常隨覆護願一切衆生得師子牀座常如如來右脇而臥

迴向行中十願一即第一義天大智證故二菩提心是賢聖依三涅槃解脫四首楞嚴定名爲究竟如四禪座能發神通餘六可知

是爲菩薩摩訶薩施牀座時善根迴向爲令衆生修習正念善護諸根故

佛子菩薩摩訶薩施房舍時以諸善根如是迴向所謂願一切衆生皆得安住清淨佛剎

精勤修習一切功德安住甚深三昧境界捨離一切住處執著了諸住處皆無所有離諸世間住一切智攝取一切諸佛所住住究竟道安樂住處恒住第一清淨善根終不捨離佛無上住處是爲菩薩摩訶薩施房舍時善根迴向爲欲利益一切衆生隨其所應思惟救護故

十一房舍中攝取一切諸佛所住謂聖天梵等後言不捨佛最上住者住大寂室餘取事類例可以虚求

佛子菩薩摩訶薩施住處時以諸善根如是迴向所謂願一切衆生常獲善利其心安樂願一切衆生依如來住依大智住依善知識住依尊勝住依善行住依大慈住依大悲住依六波羅蜜住依大菩提心住依一切菩薩道住是爲菩薩摩訶薩施住處時善根迴向爲令一切福德清淨故究竟清淨故智清淨故道清淨故法清淨故戒清淨故志樂清淨故信解清淨故願清淨故一切神通功德清淨故

十二住處謂僧坊等

佛子菩薩摩訶薩施諸燈明所謂酥燈油燈寶燈摩尼燈漆燈火燈沉水燈栴檀燈一切香燈無量色光燈施如是等無量燈時爲欲利益一切衆生爲欲攝受一切衆生

十三施燈一明施行於中列其施物寶燈者如夜光之類沉水栴檀用和酥油無量色者然膏色白然漆色赤然油色黄然檀色緑如是種種如是等下明其施意

以此善根如是迴向所謂願一切衆生得無

量光普照一切諸佛正法願一切衆生得清淨光照見世間極微細色願一切衆生得離翳光了衆生界空無所有願一切衆生得無邊光身出妙光普照一切願一切衆生得普照光於諸佛法心無退轉願一切衆生得佛淨光一切刹中悉皆顯現願一切衆生得無礙光一光徧照一切法界願一切衆生得無斷光照諸佛刹光明不斷願一切衆生得智幢光普照世間願一切衆生得無量色光照一切刹示現神力

二以此下迴向行於中先正顯迴向願後辨迴向意前中十願然準瑜伽賢首皆明施燈得淨眼報然燈功德經燒燈供養大能滅罪生福令發願言當以大海爲油須彌爲炷然大燈明徧佛刹海供養無休又願法門之燈大願爲炷等今文願中具身智光並可思準然準瑜伽等者瑜伽文廣事亦可知賢首偈云又放光名眼清淨能令盲者見衆色以燈施佛及佛塔是故得成此光明然燈功德經者亦名施燈功德唯有一卷前廣說施燈所獲功德近後偈云於彼佛塔施燈已其人身光如日照年尼牛王清淨眼以好燈明照彼塔得於無漏無上道其身光明照十方見四眞諦具十力不共之法亦究竟得徧見眼成善逝此果皆由布施燈釋曰此明至極功德次有偈校量云設令一切諸衆生昔曾供養無量佛具大威德見實義億劫來成緣覺道十方所有諸世界悉布燈明無有餘以是世界諸燈鬘若人信心供養彼一是人如是修供養於無量劫常不斷若人一燈供養佛得福過前無有量燈油譬如大海水其炷猶如須彌山有人能然如是燈徧照一切諸世界是人深心唯敬信其志唯求緣覺道十方徧置如是燈一心恭敬而供養若人發於菩提心手執草炬暫供佛是人得福過於彼我見實義作是說釋曰案上經文以佛德難思故舉廣供碎支不及佛塔非令發願今取下七十八大願爲炷大悲爲油等例之應廣發願令其事理皆廣大耳

菩薩如是施燈明時爲欲利益一切衆生安

樂一切衆生故以此善根隨逐衆生以此善根攝受衆生以此善根分布衆生以此善根慈愍衆生以此善根覆育衆生以此善根故護衆生以此善根充滿衆生以此善根緣念衆生以此善根等益衆生以此善根觀察衆生

後菩薩如是下顯迴向意

是爲菩薩摩訶薩施燈明時善根迴向

三是爲下雙結

如是迴向無有障礙普令衆生住善根中

四如是下迴向所爲其迴向意諸文應具大同所爲故略不明

佛子菩薩摩訶薩施湯藥時以諸善根如是迴向

十四湯藥中三一施行施藥近果得無病報如薄俱羅遠得藥王樹身等如十大願中辨

所謂願一切衆生於諸蓋纏究竟得出願一切衆生永離病身得如來身願一切衆生作大良藥滅除一切不善之病願一切衆生成阿伽陀藥安住菩薩不退轉地願一切衆生成如來藥能拔一切煩惱毒箭願一切衆生親近賢聖滅除煩惱修清淨行願一切衆生作大藥王永除衆病不令重發願一切衆生作不壞藥樹悉能救療一切衆生願一切衆生得一切智光出衆病箭願一切衆生善解世間方藥之法所有疾病爲其救療

二迴向行言不重發者經云世醫所療治雖差還復生如來所治者畢竟不復發餘可知（世醫所療治雖差還復生卽涅槃經第五地中當廣引說）

菩薩摩訶薩施湯藥時爲令一切衆生永離衆病故究竟安隱故究竟清淨故如佛無病故拔除一切病箭故得無盡堅固身故得金剛圍山所不壞身故得堅固滿足力故得圓滿不可奪佛樂故得一切佛自在堅固身故以諸善根如是迴向

三菩薩下雙辨二行所爲言金剛圍山所不能壞者如不思議法品十種大那羅延幢勇健法中第一說堅固滿足力亦是彼品中十力第七名堅固力不可奪樂者是常樂故自在堅固身者即金剛身金剛爲內照之實非唯金色故云自在即金剛身者涅槃第三有金剛身品金剛爲內照之實即生公釋言非唯金色亦不全遮意通內外耳前已引竟

佛子菩薩摩訶薩悉能惠施一切器物所謂黃金器盛滿雜寶白銀器盛衆妙寶瑠璃器盛種種寶玻瓈器盛滿無量寶莊嚴具硨磲器盛赤眞珠瑪瑙器盛滿珊瑚摩尼珠寶白玉器盛衆美食栴檀器盛天衣服金剛器盛衆妙香無量無數種種寶器盛無量無數種種衆寶

十五施器中文四初施行中三一所施物

或施諸佛信佛福田不思議故或施菩薩知善知識難值遇故或施聖僧爲令佛法久住世故或施聲聞及辟支佛於諸聖人生淨信故或施父母爲尊重故或施師長爲恒誘誨令依聖教修功德故或施下劣貧窮孤露大慈大悲愛眼等視諸衆生故專意滿足去來今世一切菩薩檀波羅蜜故以一切物普施一切終不厭捨諸衆生故

二或施下對田顯施聖僧通三乘

如是施時於其施物及以受者皆無所著

三如是下成波羅蜜

菩薩摩訶薩以如是等種種寶器盛無量寶而布施時以諸善根如是迴向所謂願一切衆生成等虛空無邊藏器念为廣大悉能受持世出世間一切經書無有忘失願一切衆生成清淨器能悟諸佛甚深正法願一切衆生成無上寶器悉能受持三世佛法願一切衆生成就如來廣大法器以不壞信攝受三世佛菩提法願一切衆生成就最勝寶莊嚴器住大威德菩提之心願一切衆生成就功德所依處器於諸如來無量智慧生淨信解願一切衆生成就趣入一切智器究竟如來無礙解脫願一切衆生得盡未來劫菩薩行器能令衆生普皆安住一切智力願一切衆生成就三世諸佛種性勝功德器一切諸佛妙音所說悉能受持願一切衆生成就容納盡法界虛空界一切世界一切如來衆會道場器爲大丈夫讚說之首勸請諸佛轉正法輪

二菩薩下明迴向行十願一廣二深三高四堅五勝六淨七果八悲九聞熏納教十攝法上首然隨施一器即發多願未必一器以對一願

是爲菩薩摩訶薩布施器時善根迴向爲欲普令一切衆生皆得圓滿普賢菩薩行願器故

三結四所爲可知

大方廣佛華嚴經疏鈔會本第二十五之三

音釋

摶度官切音團以手圜食也　溥蔭溥滂古切廣也遍也蔭於禁切庇也覆也　戮力竹切殺也　腎時忍切水藏也　肝占寒切木藏也　腸直良切肚腸也　僮僕僮徒紅切僕蒲木切僮僕奴隸也謂供給走使之人也　咽咀咽於甸切吞也咀慈語切咀嚼也又含味也　欬苦蓋切氣逆也　芬馥芬敷文切馥方六切芬馥謂華葉芬芳香氣馥郁也　順愜愜詰叶切快也順愜謂從順快愜其心也　玻瓈梵語也亦云塞頗胝迦此云水玉亦云水精玻普禾切　鞋戶佳切履也　羯居謁切　輅魯故切車也　繭吉典切蠶衣也　繒慈陵切音情帛也

大方廣佛華嚴經疏鈔會本第二十六之一

唐于闐國三藏沙門實叉難陀　譯

唐清涼山大華嚴寺沙門澄觀撰述

佛子菩薩摩訶薩以種種車衆寶嚴飾

十六施車中二先標列財田後佛子菩薩摩訶薩以如是下隨田别顯前中三一總標所施

奉施諸佛及諸菩薩師長善友聲聞緣覺如是無量種種福田乃至貧窮孤露之者此諸人衆或從遠來或從近來或承菩薩名聞故來或是菩薩因緣故來或聞菩薩往昔所發施願故來或是菩薩心願請來

二奉施下别舉福田於中先辨類後此諸人下彰其來意因緣故來者往昔有緣應受施故

菩薩是時或施寶車或施金車悉妙莊嚴鈴網覆上寶帶垂下或施上妙瑠璃之車無量珍奇以爲嚴飾或復施與白銀之車覆以金網駕以駿馬或復施與無量雜寶所莊嚴車覆以寶網駕以香象或復施與栴檀之車妙寶爲輪雜寶爲蓋寶師子座敷置嚴好百千婇女列坐其上十萬丈夫牽御而行或復施與玻瓈寶車衆雜妙寶以爲嚴飾端正女人充滿其中寶帳覆上幢旛侍側或復施與碼碯藏車飾以衆寶熏諸雜香種種妙華散布莊嚴百千婇女持寶瓔珞駕馭均調涉險能安或復施與堅固香車衆寶爲輪莊嚴巨麗寶帳覆上寶網垂下種種寶衣敷布其中清淨好香流芬外徹其香美妙稱悅人心無量諸天翼從而行載以衆寶隨時給施或復施

與光明寶車種種諸寶妙色映徹衆妙寶網羅覆其上雜寶瓔珞周帀垂下散以末香内外芬潔所愛男女悉載其上

三菩薩是時下別列所施以明施行問瑜伽三十九云若有衆生來求種種能引戲樂能引無義所施之物不應施與今施美色豈不相違又云施妻子時不應施與怨家惡人藥叉羅刹凶暴業者今云種種福田豈皆施與答能有二謂必知能爲損惱不施無咎若不委知但作利安之心施亦無咎況菩薩能知無染又同行之女必不生物染又女能以法而化彼故攝論中有利有染無利無染有染無利此三菩薩不行有利無染菩薩乃行問瑜伽等者即彼明菩薩應施不應施中總有二十三類今當其一不應施與下更有論云何以故若施彼時雖暫

令彼於菩薩所心生歡喜而復令彼廣作種種不饒益事謂因施故令彼多行憍逸惡行身壞之後墮諸惡趣從今施美色下疏以論難經又云施妻子時不應施與怨家亦是此論次文其凶暴業者論具云又諸菩薩於自妻子奴婢僕使親戚眷屬若不先以正言曉喻令其歡喜終不強逼令其憂惱施來乞者雖復先以曉喻令其歡喜生樂欲心而不施與怨家惡友藥叉羅利凶暴業者不以妻子形容輭弱族姓男女施來求者今作奴婢論次又云菩薩若有上品逼惱衆生樂行種種暴惡業者來求王位終不施與若彼暴惡補特伽羅先居王位菩薩有力尚應廢黜況當施與釋曰此皆不應施又從今云種種下疏以論難經答能有二下答中先正答後引證論前有三意一菩薩善知不知皆得二知女無染三知翻利益故攝論中者即無性論第八兩本世親皆是第九梁論當第十二今依無性然是義引彼論先併舉本論四句後更牒釋今便舉便釋本論云若諸菩薩成就如是增上尸羅增上質多增上般若功德圓滿於諸財位得大自在何故現見有諸有情匱乏財位釋曰上即問也釋論今觧本論答云見彼有情於諸財位有重業障故無性先總明答意云今當顯說由是因緣菩薩雖有財位自在而不施他釋向初答云謂諸菩薩見彼有情於其財位有重業障故不施與勿令惠施空無有果設復施彼亦不能受何用施爲如有頌

云如母乳嬰兒一經月無倦嬰兒喉若閉乳母欲何爲解曰此即第一無利無染以一向不能受何利何染二本論云見彼有情若施財位障生善法故釋論云謂諸菩薩見彼有情雖於財位無重業障而彼若得財位圓滿便多放逸不起善法作是思惟寧復現世少時貧賤勿令來生多時貧賤故不施彼所有財位解曰即第二有染無利三本論云見彼有情若乏財位猒離現前故釋論云謂諸菩薩見彼有情若乏財位猒生死心便現在前求欲出離若得富貴即生放逸故不施彼所有財位作是思惟寧彼貧賤猒離生死心常現前勿復富貴愛樂放逸不起善法解曰此亦成上有染無利四本論云見彼有情若施財位即爲積集不善法因故釋論云謂諸菩薩見彼有情若當施彼滿足財位即便放逸積集種種惡不善業故不施彼所有財利如有頌云寧使貧乏於財位遠離惡趣諸惡行勿被富貴亂諸根令感當來衆苦器解曰亦有染無利五本論云見彼有情若施財位即便作餘無量有情損惱因故釋論云謂諸菩薩見彼有情若得富貴即便損惱無量有情故不施彼所有財位作如是念寧彼一身受貧窮苦勿令損惱餘多有情解曰亦有染無利也故本論結云是故現見有諸有情匱乏財位此中有頌見業障現前積集損惱故現見諸有情不感菩薩施釋曰上云五重但有二句初一無利無染餘四皆有染無利而義不同一障

生善法二不生猒離三自積不善四損惱於他其有利有染損益雙具故亦不施爲損過微論畧不說餘可知也

佛子菩薩摩訶薩以如是等衆妙寶車奉施佛時

第二隨田別顯約五類田則分爲五一一段中文皆具四今初施佛先施行可知

以此善根如是迴向所謂願一切衆生悉解供養最上福田深信施佛得無量報願一切衆生一心向佛常遇無量清淨福田願一切衆生於諸如來無所悋惜具足成就大捨之心願一切衆生於諸佛所修行施行離二乘願逮得如來無礙解脫一切智智願一切衆生於諸佛所行無盡施入佛無量功德智慧願一切衆生入佛勝智得成清淨無上智王願一切衆生得佛徧至無礙神通隨所欲往

靡不自在願一切衆生深入大乘獲無量智安住不動願一切衆生皆能出生一切智法爲諸天人最上福田願一切衆生於諸佛所無嫌恨心勤種善根樂求佛智願一切衆生任運能往一切佛刹一刹那中普周法界而無懈倦願一切衆生逮得菩薩自在神通分身徧滿等虛空界一切佛所親近供養願一切衆生得無比身徧往十方而無厭倦願一切衆生得廣大身飛行迅疾隨意所往終無懈退願一切衆生得佛究竟自在威力一刹那中盡虛空界悉現諸佛神通變化願一切衆生修安樂行隨順一切諸菩薩道願一切衆生得速疾行究竟十力智慧神通願一切衆生普入法界十方國土悉盡邊際等無差別願一切衆生行普賢行無有退轉到於彼岸成一切智願一切衆生升於無比智慧之乘隨順法性見如實理

迴向行中有二十願初十約所施佛田立願後十約所施車立願並顯可知

但云修安樂行者法華安樂行品說四安樂行一畢竟空行經名行處近處已入於理而履行之名爲行處故經云又復於法無所行而觀諸法如實相等雖未入理能遠諸惡親而近之名親近處故經云不親近國王及外道等爲遠惡也觀一切法空爲近理也二名身口無過失行三者心無嫉妬行四大慈悲行廣如彼說法華等者今疏所列初一會諸師義後三全同生公生公初一但名行處近處意是總明遠惡近理下三別耳賓林基公第一名空行二名離憍慢三四同生公南嶽云一名無着正慧二明口不說過三敬上接下四同生公大乘法師一正身行二正語行三心離諸惡自利

行四心修善法利他行天台云止觀慈悲導三業及誓願初身有止故離身麤業有觀故不得身業不得能離無所得故不墮凡夫有慈悲故勤修身業廣利一切不墮二乘有止行故着忍辱衣有觀行故坐如來座有慈悲故入如來室止行離過即成斷德觀行無着即成智德慈悲利他即成恩德恩德資成智德智德能通達斷德名身安樂行餘口意誓願亦如是釋曰此即通辦三法爲能導其所導即初一是身二是口三是意四是誓願大乘法師傍以立此名然諸師立皆從多分增勝以分通用三法理則玄妙不彰四別今取生公之意合身口在第二取行處近處及南嶽寶林共立一名畢竟空行寶林但語一空似約於境南嶽云無着慧但語於心今云畢竟空心境兩七空有雙會故生公云近處明遠惡近理行處而爲履行之宗在畢竟空耳此爲大智四爲大悲悲智相導於中二三業天合之意亦不失也又初後成德中二離過離過即斷德初智後悲三德備矣雖義俱通從多故別是以第一經中但名行處近處意在近理行理耳已入於下即生公釋下疏引經證既云無行而觀即寂照雙流爲行理也而言等者等取下文亦不行不分別釋此自有二意一謂上無行而觀皆是不分別今又不行則寂照兩七也二但對上而觀諸法如實相恐濫從行起觀今明正觀時亦不行此觀不分別此觀就行約心詣於理觀約照達於理今

心行不行觀無分別即觀無觀是寂照雙流故下偈云又復不行上中下法有爲無爲實不實法即不行也亦不分別是男是女不得諸法不知不見正是入理即亦不分別也問若以入理爲行住忍辱地等豈入理行耶答正是入理謂無生地寂滅之忍爲所住處柔和善順即柔順忍而不卒暴心亦不驚即音聲忍三忍頓具故爲入理住忍辱地即如來衣觀如實相即如來座以此導悲即如來室雖未入理下亦生公之意遠諸惡下引經證先證遠諸惡言及外道等等取餘八總離十緣一遠豪勢謂國王等爲損害緣二不近邪人法謂外道梵志等爲惡見緣三亦不親近諸有凶戲者是壞亂緣四又不親近旃陀羅等即惡業緣五不親近求聲聞等即離劣友緣六又文殊師利等不應於女人身取能生欲想相而爲說法等即長染緣七亦復不近五種不男之人即非器緣八不獨入他家即譏訶緣九若爲女人說法下離非軌緣天台云八離怨害九離譏嫌十不樂畜年少弟子沙彌小兒等即散亂緣上明不應親近下云常好坐禪下明所應親近上爲親近之始爲初親近處次云復次菩薩摩訶薩觀一切法空如實相等即第二親近處爲親近之終正明近理以觀想末除故名親近二身口無過失者經云若口宣說若讀經時不樂說人及經典過長行多唯辨口偈中則說於身以油塗身澡浴塵穢亦薰身矣三心無嫉妬者經云於後末

世法欲滅時受持讀誦是經典者無懐嫉妬諂誑之心等四云於在家出家人中生大慈心於非菩薩人中生大悲心等廣如彼經然安樂者略有二意一涅槃之果名爲安樂此行能趣即安樂之行二住此四行則身靜神定身靜神定則外苦不干故稱安樂又常見外道因果俱苦斷見外道因樂果苦析法二乘因苦果樂唯有菩薩因果俱樂故涅槃云定苦行者謂諸凡夫苦樂行者謂聲聞緣覺定樂行者謂諸佛菩薩因果俱樂名安樂行然安樂下釋安樂行名初釋以果名因二因即安樂亦生公意又常見等即天台意常見外道因果俱苦者計我常故修於苦行以期妙果所修是邪還招苦果斷見外道不信當報恣意行惡受五欲樂當受苦果析法二乘無常拙度加功苦到此名因苦得入涅槃故云果樂菩薩如實巧度故為因樂證大菩提常涅槃樂故涅槃下引證即二十七經經云善男子不見中道者凡有三種一定樂行二定苦行三苦樂行一定樂行者所謂菩薩憐愍一切諸衆生故雖復處在阿鼻地獄如三禪樂二定苦行者所謂凡夫三苦樂行者所謂聲聞緣覺聲聞緣覺行於苦樂作中道想以是義故雖有佛性而不能見下經文廣不正釋凡夫而說道有三種謂下中上下者梵天無常謬見是常等後說生死本際凡有二種一者無明二者有愛是二中間即有生老病死等者是定苦行也

是爲菩薩摩訶薩以衆寶車奉施現在一切諸佛及佛滅後所有塔廟善根迴向爲令衆生得於如來究竟出離無礙乘故

三結文中加及佛滅後所有塔廟塔安舍利廟置佛像塔者正云窣堵波此云高顯亦曰歸宗之所言所有者不局佛塔故長阿含說四種人應可起塔一佛二辟支佛三阿羅漢四輪王十二因緣經云八種人應起塔一佛其露盤八層已上餘七謂菩薩緣覺四果輪王次第減一層輪王唯一層見一層塔不應禮拜非聖人故僧祇律

說凡僧亦許起塔然不得安露盤令在屏處謂一持律二法師三營事四德望今造塔者宜審此文汎論起塔總有六意一爲表人勝二爲令生淨信三令標心有在四令供養生福五爲報恩行畢六生福滅罪若造佛塔近招梵福遠脫生死故無上依經供佛舍利如芥子許悉得究竟脫生死苦長阿含十二因緣經僧祇律造塔事未捨故無上依經者經有兩卷今當第一因阿難隨佛乞食見一新城樓閣心念有人以此勝閣布施四方僧并具四事若如來滅後取佛舍利如芥子大安立塔中起塔如阿摩羅子大戴刹如針大露盤如棗葉大造佛如麥子大此二功德何者爲勝問佛佛讚廣爲引喻校量初舉滿閻浮提如稻麻竹葦四果及辟支佛有人盡形四事供養滅後起大塔供養佛問功德多不阿難答多次舉西瞿陀尼次舉東弗婆提次舉北鬱單越皆量漸廣供事如前比所造閣如常釋所處問於阿難阿難皆答甚多佛告阿難若有善男子善女人佛涅槃後取舍利如芥子大造塔如阿摩羅子大戴刹如針大露盤如棗葉大造佛如麥子大此功德比前所說百分不及一千分不及一億分不及一乃至算數譬喻所不能及阿難若此功德不迴向阿耨多羅三藐三菩提此功德聚所獲福報盡娑婆世界微塵數作他化自在天王化樂天王兜率陀天王夜摩天王三十三天王況復轉輪聖王釋曰據此但云福多若加迴向必至究竟

佛子菩薩摩訶薩以衆寶車施菩薩等善知識時以諸善根如是迴向所謂願一切衆生心常憶持善知識教專勤守護令不忘失願一切衆生與善知識同一義利普攝一切與共善根願一切衆生近善知識尊重供養悉捨所有順可其心願一切衆生得善志欲隨逐善友未嘗捨離願一切衆生常得值遇諸善知識專意承奉不違其教願一切衆生樂善知識常不捨離無間無雜亦無誤失願一切衆生能以其身施善知識隨其教命靡有違逆願一切衆生爲善知識之所攝受修習

大慈遠離諸惡願一切衆生隨善知識聽聞諸佛所説正法願一切衆生與善知識同一善根清淨業果與諸菩薩同一行願究竟十力願一切衆生悉能受持善知識法逮得一切三昧境界智慧神通願一切衆生悉能受持一切正法修習諸行到於彼岸願一切衆生乘於大乘無所障礙究竟成就一切智道願一切衆生悉得上於一切智乘至安隱處無有退轉願一切衆生知如實行隨其所聞一切佛法皆得究竟永無忘失願一切衆生普爲諸佛之所攝受得無礙智究竟諸法願一切衆生得無退失自在神通所欲往詣一念皆到願一切衆生往來自在廣行化導令住大乘願一切衆生所行不空載以智乘到究竟位願一切衆生得無礙乘以無礙智至一切處

二施菩薩中有二十願前十約所施田發相似願後十約所施車發相似願並顯可知

是爲菩薩摩訶薩施善知識種種車時善根迴向爲令衆生功德具足與佛菩薩等無異故

佛子菩薩摩訶薩以衆寶車布施僧時起學一切施心智善了心淨功德心隨順捨心僧寶難遇心深信僧寶心攝持正教心住勝志樂得未曾有爲大施會出生無量廣大功德深信佛教不可沮壞

三施僧初施行中顯十施心一財無不捨田無所揀二了事可不受畜不淨不應施故三淨三輪故四順檀行故五因佛有僧

佛難遇故六依僧知佛故七依僧知教故入應景慕九不局一僧十由教說僧故

以諸善根如是廻向所謂願一切衆生普入佛法憶持不忘願一切衆生離凡愚法入賢聖處願一切衆生速入聖位能以佛法次第開誘願一切衆生舉世宗重言必信用願一切衆生善入一切諸法平等了知法界自性無二願一切衆生從於如來智境而生諸調順人所共圍繞願一切衆生住離染法滅除一切煩惱塵垢願一切衆生皆得成就無上僧寶離凡夫地入賢聖衆願一切衆生勤修善法得無礙智具聖功德願一切衆生得智慧心不著三世於諸衆中自在如王願一切衆生乘智慧乘轉正法輪願一切衆生具足神通一念能往不可說不可說世界願一切衆生乘虛空身於諸世間智慧無礙願一切衆生普入一切虛空法界諸佛衆會成就第一波羅蜜行願一切衆生得輕舉身殊勝智慧悉能徧入一切佛剎願一切衆生獲無邊際善巧神足於一切剎普現其身願一切衆生得於一切無所依身以神通力如影普現願一切衆生得不思議自在神力隨應可化即現其前敎化調伏願一切衆生得入法界無礙方便一念徧遊十方國土

二廻向行中有二十願亦前十約田後十約車其十三云乘虛空身者當其無有車之用故當其無有車之用者即老子道經云三十輻共一轂當其無有車之用注云此明無有功用相資而成又下結云有之以爲利無之以爲用意明假轅廂輪等以成於車車中不虛則無所用故約形質麤有之利以明妙無之有用今借此語萬行緣成之乘其內無性即中空矣若不涉有無以利物若不入空無以道行以

有空義故一切法得成故爲大用也

是爲菩薩摩訶薩施僧寶車善根迴向爲令衆生普乘清淨無上智乘於一切世間轉無礙法智慧輪故佛子菩薩摩訶薩以衆寶車布施聲聞獨覺之時起如是心所謂福田心尊敬心功德海心能出生功德智慧心從如來功德勢力所生心百千億那由他劫修習心能於不可說劫修菩薩行心解脫一切魔繫縛心摧滅一切魔軍衆心慧光照了無上法心

四施二乘中亦四初施行中言如來勢力生者設是獨覺亦由過去曾習佛法後道成無佛世故六七翻彼三生百劫故翻三生百劫者羅漢三生修福緣覺百劫今令百千億那由他劫修等故

以此施車所有善根如是迴向所謂願一切衆生爲世所信第一福田具足無上檀波羅蜜願一切衆生離無益語常樂獨處心無二念願一切衆生成最第一清淨福田攝諸衆生令修福業願一切衆生成智慧淵能與衆生無量無數善根果報願一切衆生住無礙行滿足清淨第一福田願一切衆生住無諍法了一切法皆無所作無性爲性願一切衆生常得親近最上福田具足修成無量福德願一切衆生能現無量自在神通以淨福田攝諸含識願一切衆生具足無盡功德福田能與衆生如來十力第一乘果願一切衆生爲能辨果眞實福田成一切智無盡福聚願一切衆生得滅罪法悉能受持所未曾聞佛法句義願一切衆生常勤聽受一切佛法聞悉解悟無空過者願一切衆生聽聞佛法通

達究竟如其所聞隨順演說願一切眾生於如來教信解修行捨離一切九十六種外道邪見願一切眾生常見賢聖增長一切最勝善根願一切眾生心常信樂智行之士與諸聖哲同止共歡願一切眾生聽聞佛名悉不唐捐隨其所聞咸得目見願一切眾生善分別知諸佛正教悉能守護持佛法者願一切眾生常樂聽聞一切佛法受持讀誦開示照了願一切眾生信解佛教如實功德悉捨所有恭敬供養

二以此下迴向行中亦二十願多翻劣顯勝前十多翻緣覺樂獨善寂等故無諍有二一人嫌我行我則長立等二觀緣無性無乖違故

後十翻聲聞一翻彼小乘非究竟滅罪之法彼犯律儀容可懺滅犯四重禁爲不可救大乘至教無所不滅佛名經說一聞佛名滅無量劫生死重罪涅槃第十云若犯四禁及五逆罪若爲邪鬼毒惡所持聞是經典所有諸惡悉皆消滅又云犯四重禁不還生者無有是處如是等文處處皆有犯重得佛聞大經力故二聲聞雖從佛聞未悟深理故三不能廣傳故四望於大乘猶是邪故所以諸處多說九十五種別有九十五種外道邪論經今言九十六者自有二義一依薩婆多律說外道六師各有十六種所學法一法自學餘十五種各教十五弟子師徒合論有九十六二者外道有二一外外道即佛法外二內外道此復三種一附佛法外道起自犢子方廣自以

聰明讀佛經書而生一見附佛法起故得此名犢子讀舍利弗毗曇自別制義言我在四句外第五不可說藏中佛說此人不異外道諸論皆推不受名外道也又方廣道人自以聰明讀佛十喻自作義云不生不滅如幻如化空幻爲宗龍樹斥言此非佛法方廣所作亦邪人法也二學佛法成外道謂執佛教門而生煩惱不得入理故智論云若不得般若意入阿毗曇即墜有中等三以大斥小故七卷楞伽第一云大慧云何爲外道惡見謂不知境界自心分別現於第一義見有見無而起言說又第二云復有說言見一切法因作者有此是涅槃大慧彼無解脫以未能見法無我故此是聲聞及外道種性於未出中生出離

想應勤修習捨此惡見故諸大乘訶彼二乘同於外道非奪方便之意今合後三總爲一類成九十六依此義故發願永離七中得目見者非聞見故餘可例知涅槃等者明經法資人除惑有十復次今是其一經云若比丘比丘尼優婆塞優婆夷及諸外道有能受持如是經典讀誦通利復爲他人分別演說若自書寫令他書寫斯等皆是菩提因緣若犯四禁及五逆罪若爲邪鬼毒惡所持聞是經典所有諸惡悉得除滅如見良醫惡鬼遠去當知是人是真菩薩摩訶薩也何以故暫得聞是大涅槃故亦以生念如來常故若暫聞者尚得如是何況書寫受持讀誦釋曰是則疏但舉中又云犯四重者即第五經云又解脫者名爲虛寂無有不定有不定者如一闡提究竟不移犯重禁者不成佛道無有是處何以故是人若於佛正法中心得淨信爾時即便滅一闡提若復得作優婆塞者亦得斷滅於一闡提犯重禁者滅此罪已則得成佛若言畢竟不成佛道無有是處如是等文者第六又云是大涅槃微妙經典不可消伏甚奇甚特若有聞者聞已信受能信如來是常住法如是之人甚爲希有如優曇華我涅槃後若有得聞如是大乘微妙經典生信敬心當知是等於未來世百千億

劫不墮惡道第九經初又云譬如日出衆霧悉除此大涅槃微妙經典亦復如是出興于世若有衆生一經於耳悉能滅除一切諸惡無間罪業其餘大乘文亦廣多二學佛法成外道若不得般若意入阿毗曇則滯有故故七卷楞伽者七卷即實叉難陀三藏所譯然十卷文廣四卷文慳七卷處中而文又潤疏所引經具足經文引意明此呼二乘以爲外道何以得知是二乘耶以此前有經云大慧此是過去未來現在一切如來應正等覺法自性第一義心以此心成就如來世出世間最上之法以聖慧眼入自共相種種安立其所安立不與外道惡見共故次即是疏所引之文謂前不是佛法言不與外道共早兼二乘況出相不知境界自心分別等即二乘見又四卷云大慧云何外道論惡見共所謂自境界妄想見不覺識自心所現分齊大通大慧愚癡凡夫性無性自性第一義作二見論釋曰此則皆二乘見故同外道又第二云者亦彼七卷經外道二乘同義更顯疏所引經一字無闕以斯二段明呼二乘同外道也出相下有脫文疑

是爲菩薩摩訶薩施聲聞獨覺種種車時善根迴向爲令衆生皆得成就清淨第一智慧神通精進修行無有懈怠獲一切智力無畏故

佛子菩薩摩訶薩以衆寶車施諸福田乃至貧窮孤獨者時隨其所求一切悉捨心生歡喜無有厭倦仍向彼人自悔責言我應往就供養供給不應勞汝遠來疲頓言已拜跪問訊起居凡有所須一切施與或時施彼摩尼寶車以閻浮提第一女寶充滿其上或復施與金莊嚴車人間女寶充滿其上或復施與妙瑠璃車内宮妓女充滿其上或施種種奇妙寶車童女充滿如天婇女或施無數寶莊嚴車寶女滿中柔明辯慧或施所乘妙栴檀車或復施與玻瓈寶車悉載寶女充滿其上顔容端正色相無比衣服莊嚴見者欣悅或復施與碼碯寶車灌頂王子身載其上或時施與堅固香車所有男女悉載其中或施一

切寶莊嚴車載以難捨親善眷屬佛子菩薩摩訶薩以如是等無量寶車隨其所求恭敬施與皆令遂願歡喜滿足

五施諸田初施行中有悲境故加以拜跪等言以有劣田重舉妙物最下乞人等如來故言裓服者大盛玄黃之服也

大方廣佛華嚴經疏鈔會本第二十六之一

音釋

駿馬　駿子峻切馬之材良者曰駿

駕馭　馭牛倨切駕馭使馬也謂範其馳驅也

稱悅　稱昌孕切稱悅謂愜稱喜悅人意也

翼從　翼與職切翼衛也從疾用切侍從也

恡惜　恡良刃切慳恡也惜私積切貪惜也

裓服　裓黃絹切裓服謂好衣盛服也

腎　時軫切水藏也

窣　蘇骨切

輻　方六切輪轑也

轂　古祿切輻所湊者爲轂

轅　于元切音員輈也

闍提　齒善切梵語也此云信不具

大方廣佛華嚴經疏鈔會本第二十六之二

唐于闐國三藏沙門實叉難陀　譯

唐清涼山大華嚴寺沙門澄觀撰述

以此善根如是迴向所謂願一切衆生乘不退轉無障礙輪廣大之乘詣不可思議菩提樹下願一切衆生乘清淨因大法智乘盡未來劫修菩薩行永不退轉願一切衆生乘一切法無所有乘永離一切分别執著而常修習一切智道願一切衆生乘無諂誑正直之乘往諸佛刹自在無礙願一切衆生隨順安住一切智乘以諸佛法共相娛樂願一切衆生皆乘菩薩清淨行乘具足菩薩十出離道及三昧樂願一切衆生乘四輪乘所謂住好國土依止善人集勝福德發大誓願以此成滿一切菩薩清淨梵行願一切衆生得普照十方法光明乘修學一切如來智力願一切衆生乘佛法乘到一切法究竟彼岸願一切衆生載衆福善難思法乘普示十方安隱正道願一切衆生乘大施乘捨慳悋垢願一切衆生乘淨戒乘持等法界無邊淨戒願一切衆生乘忍辱乘常於衆生離瞋濁心願一切衆生乘大精進不退轉乘堅修勝行趣菩提道願一切衆生乘禪定乘速至道場證菩提智願一切衆生乘於智慧巧方便乘化身充滿一切法界諸佛境界願一切衆生乘法王乘成就無畏恒普惠施一切智法願一切衆生乘無所著智慧之乘悉能徧入一切十方於真法性而無所動願一切衆生乘於一切諸佛法乘示現受生徧十方剎而不失壞大乘之道願一切衆生乘一切智最上寶乘滿

足普賢菩薩行願而無厭倦
二以此下迴向行亦二十願施田非一故
但就車發相似願其中亦兼所施女等可
以意得
六云十出離道者即是十地以十度行出
十重障離十麤故
七乘四輪乘者文中自列然莊嚴論第六
名四種不放逸輪先辨相者各具五種因
緣一住好國土輪者彼名勝土輪言五緣
者一者易求謂四事易故二善護王如法
故三善地處調和故四善伴同戒見故五
善寂無喧聲故莊嚴論第六名四種不放逸輪者一勝土輪二善人輪三自正輪四先福輪下疏依此論以釋其相經住好國土者論有偈云易求及善護善地亦善伴善寂此勝土菩薩則往生今疏即長行釋但小略耳具云一者易求謂四事供身不難得故二善護國王如諸惡人盜賊不得住故三善地處所調和無疾癘故四善伴同見同戒為伴侶故五善寂謂晝日無喧雜聲故二依止
善人輪五緣者一多聞二見諦三巧說四
憐愍不貪利故五不退無疲倦故經依止善人偈云多聞及見諦巧說亦憐愍不退此丈夫菩薩勝依止下釋即論前三易故不釋論具云一多聞成就阿含故二者見諦得聖果故三者巧說分別法故四憐愍不貪利故五者不退無疲倦故三集勝福德輪者彼當第四
名先福輪一可樂由住勝世爲因故二無
難由值善人爲因故三無病四三昧五智
慧此三以自正輪爲因經三集勝福德偈云可樂及無難無病與寂靜觀察北五種宿植善根故釋云一可樂二無難三者無病四三昧五智慧第一事由住勝土爲因第二事由值善人爲因後三事由自正成就爲因釋曰疏中將後出便因間名釋之四發大誓願彼當第三名自
正輪故成實論名自發正願輪一善緣妙
法爲緣故二善聚具福智故三善修止觀
諸行相應修故四善說無求利故五善出

所有上法恭順修故經四發大誓願下彼當第三偈云善緣及善聚善修及善說善出此五種是名自正勝彼釋云一者善緣妙法爲緣故下四多同一兩字異二者善聚福智具足故三者善修止觀諸行相應時修故四者全同五順字是敬字耳上云成論名自發正願者論第二四法品云又經中說人天四輪能增善法一住善處二依善人三自發正願四宿植善根次即明摧八難次下當知

然前二就果立稱後二從因立名雖俱通因果影略五顯前二外緣後二內因願是智因福是福因

此四何因受輪之稱依成實論以四輪能摧八難故謂初住善處能除五難即三塗北洲及長壽天次依善人除佛前後難三發大誓願除世智辯聰四宿植善根除生盲聾瘂前五是惡處六是惡時七是惡因八是惡果已知四輪云何總名爲乘瑜伽論說住好國土謂得人天身出諸難處以爲車體二由集勝福諸根完具如車轂軸釭鐗可施脂膏三發大願如良牛引重致遠四依善人謂佛菩薩如善御者由具此四成大涅槃故云成滿一切清淨梵行因圓必至果也若依此經國土即十國土海善人即十身如來勝福即性起功德大願即普賢願海共成無盡大法界緣起車也餘並可知三得名二先明得輪名即成實論文

是爲菩薩摩訶薩以衆寶車施諸福田乃至貧窮孤露之人善根迴向爲令衆生具無量智歡喜踊躍究竟皆得一切智乘故

佛子菩薩摩訶薩布施象寶其性調順七支具足年齒盛壯六牙清淨口色紅赤猶如蓮華形體鮮白譬如雪山金幢爲飾寶網羅覆種種妙寶莊嚴其鼻見者欣玩無有厭足超

步萬里曾不疲倦或復施與調良馬寶諸相具足猶如天馬妙寶月輪以爲光飾眞金鈴網羅覆其上行步平正乘者安隱隨意所往迅疾如風遊歷四洲自在無礙菩薩以此象寶馬寶或奉養父母及善知識或給施貧乏苦惱衆生其心曠然不生悔悋但倍增欣慶益加悲愍修菩薩德淨菩薩心

以此善根如是迴向所謂願一切衆生住調順乘增長一切菩薩功德願一切衆生得善巧乘能隨出生一切佛法願一切衆生得信解乘普照如來無礙智力願一切衆生得發趣乘能普發與一切大願願一切衆生具足平等波羅蜜乘成滿一切平等善根願一切衆生成就寶乘生諸佛法無上智寶願一切衆生成就菩薩行莊嚴乘開敷菩薩諸三昧華願一切衆生得無邊速疾乘於無數劫淨菩薩心精勤思惟了達諸法願一切衆生成就最勝調順大乘以善方便具菩薩地願一切衆生成最高廣堅固大乘普能運載一切衆生皆得至於一切智位

十七施象馬二事合有十願一如性調順二如隨意所往三似彼盛壯四如超步萬里五猶行步平正六如彼象寶七似彼如華八即迅疾如風九上云調順通顯增於功德今云具菩薩地名最勝調象馬各有調義故分二願十似彼上立金幢

是爲菩薩摩訶薩施象馬時善根迴向爲令衆生皆得乘於無礙智乘圓滿究竟至佛乘故

佛子菩薩摩訶薩布施座時或施所處師子

之座其座高廣殊特妙好瑠璃爲足金縷所成柔輭衣服以敷其上建以寶幢熏諸妙香無量雜寶莊嚴之具以爲莊校金網覆上寶鐸風摇出妙音聲奇珍萬計周帀填飾一切臣民所共瞻仰灌頂大王獨居其上宣布法化萬邦遵奉其王復以妙寶嚴身所謂普光明寶帝青寶大帝青寶勝藏摩尼寶明淨如日清涼猶月周帀繁布譬如衆星上妙莊嚴第一無比海殊妙寶海堅固幢寶奇文異表種種莊嚴於大衆中最尊最勝閻浮檀金離垢寶繒以冠其首享灌頂位王閻浮提具足無量大威德力以慈爲主伏諸怨敵教令所行靡不承順時轉輪王以如是等百千萬億無量無數寶莊嚴座施於如來第一福田及諸菩薩真善知識賢聖僧寶說法之師父母宗親聲聞獨覺及以發趣菩薩乘者或如來塔乃至一切貧窮孤露隨其所須悉皆施與以此善根如是迴向所謂願一切衆生坐菩提座悉能覺悟諸佛正法願一切衆生處自在座得法自在諸金剛山所不能壞能悉摧伏一切魔軍願一切衆生得佛自在師子之座一切衆生之所瞻仰願一切衆生得不可說不可說種種殊妙寶莊嚴座於法自在化導衆生願一切衆生得三種世間最殊勝座廣大善根之所嚴飾願一切衆生得周徧不可說不可說世界座阿僧祇劫歎之無盡願一切衆生得大深密福德之座其身充滿一切法界願一切衆生得不思議種種寶座隨其本願所念衆生廣開法施願一切衆生得善妙座現不可說諸佛神通願一切衆生得

一切寶座一切香座一切華座一切衣座一切鬘座一切摩尼座一切瑠璃等不思議種種寶座無量不可説世界座一切世間莊嚴清淨座一切金剛座示現如來威德自在成最正覺

十八施座迴向中言三種世間義如常釋辨法師云地前爲願樂世間初地至七地名功用世間八至等覺名無功用世間有云西域相傳衆生界中有三世間一地下世間龍修羅等二人中世間三天上世間若依智論三世間者即衆生五蘊及器爲三於彼顯勝義皆無失餘並可知

是爲菩薩摩訶薩施寶座時善根迴向爲令衆生獲離世間大菩提座自然覺悟一切佛法故

佛子菩薩摩訶薩施諸寶蓋此蓋殊特尊貴所用種種大寶而爲莊嚴百千億那由他上妙蓋中最爲第一衆寶爲竿妙網覆上寶繩金鈴周帀垂下摩尼瓔珞次第懸布微風吹動妙音克諧珠玉寶藏種種充滿無量奇珍悉以嚴飾栴檀沉水妙香普熏閻浮檀金光明清淨如是無量百千億那由他阿僧祇衆妙寶物具足莊嚴以清淨心奉施於佛及佛滅後所有塔廟或爲法故施諸菩薩及善知識名聞法師或施父母或施僧寶或復奉施一切佛法或施種種衆生福田或施師僧及諸尊宿或施初發菩提之心乃至一切貧窮孤露遁有求者悉皆施與

十九施蓋中本行經説編草爲蓋七寶蓋隨況衆寶嚴功報何極本行經者賢愚經第八説過去有王

名爲金剛夫人有胎身上恒有七寶大蓋及生太子身紫金色相好具足蓋在其上名蓋事王七寶自至王四天下卽是佛身佛言阿難因過去久遠仙人山有辟支佛涅槃後有長者起塔以蓋蓋其上故獲斯報

以此善根如是迴向所謂願一切衆生勤修善根以覆其身常爲諸佛之所庇廕願一切衆生功德智慧以爲其蓋永離世間一切煩惱願一切衆生覆以善法除滅世間塵垢熱惱願一切衆生得智慧藏令衆樂見心無厭足願一切衆生以寂靜白法而自覆蔭皆得究竟不壞佛法願一切衆生善覆其身究竟如來清淨法身願一切衆生作周徧蓋十力智慧徧覆世間願一切衆生得妙智蓋出過三世無所染著願一切衆生得應供蓋成勝福田受一切供願一切衆生得最上蓋獲無上智自然覺悟是爲菩薩摩訶薩布施蓋時善根迴向

爲令一切衆生得自在蓋能持一切諸善法故爲令一切衆生能以一蓋普覆一切虛空法界一切剎土示現諸佛自在神通無退轉故爲令一切衆生能以一蓋莊嚴十方一切世界供養佛故爲令一切衆生以妙幢旛及諸寶蓋供養一切諸如來故爲令一切衆生得普莊嚴蓋徧覆一切諸佛國土盡無餘故爲令一切衆生得廣大蓋普蓋衆生皆令於佛生信解故爲令一切衆生以不可說衆妙寶蓋供養一佛於不可說一一佛所皆如是故爲令一切衆生得佛菩提高廣之蓋普覆一切諸如來故爲令一切衆生得一切摩尼寶莊嚴蓋一切寶瓔珞莊嚴蓋一切堅固香莊嚴蓋種種寶清淨莊嚴蓋無量寶清淨莊

嚴蓋廣大寶清淨莊嚴蓋寶網彌覆寶鈴垂下隨風揺動出微妙音普覆法界虛空界一切世界諸佛身故爲令一切衆生得無障無礙智莊嚴蓋普覆一切諸如來故又欲令一切衆生得第一智慧故又欲令一切衆生得佛功德莊嚴故又欲令一切衆生於佛功德生清淨欲願心故又欲令一切衆生得無量無邊自在心寶故又欲令一切衆生滿足諸法自在智故又欲令一切衆生以諸善根普覆一切故又欲令一切衆生成就最勝智慧蓋故又欲令一切衆生成就十力普徧蓋故又欲令一切衆生能以一蓋彌覆法界諸佛刹故又欲令一切衆生於法自在爲法王故又欲令一切衆生得大威德自在心故又欲令一切衆生得廣大智恒無絶故又欲令一切衆生得無量功德普覆一切皆究竟故又欲令一切衆生以諸功德蓋其心故又欲令一切衆生以平等心覆衆生故又欲令一切衆生得大智慧平等蓋故又欲令一切衆生具大迴向巧方便故又欲令一切衆生獲勝欲樂清淨心故又欲令一切衆生得善欲樂清淨意故又欲令一切衆生得大迴向普覆一切諸衆生故

四所爲中有十爲令二十又欲皆令衆生因圓果滿觸理皆蓋方顯菩薩悲智深妙可謂隨順一切善根並可虛求法門浩大不可具釋

佛子菩薩摩訶薩或施種種上妙幢旛衆寶爲竿寶繒爲旛種種雜綵以爲其幢寶網垂覆光色徧滿寶鐸微揺音節相和奇持妙寶

形如半月閻浮檀金光踰瞰日悉置幢上隨諸世界業果所現種種妙物以爲嚴飾如是無數千萬億那由他諸妙幢旛接影連輝遞相間發光明嚴潔周徧大地充滿十方虛空法界一切佛剎菩薩摩訶薩淨心信解以如是等無量幢旛或施現在一切諸佛及佛滅後所有塔廟或施法寶或施僧寶或施菩薩諸善知識或施聲聞及辟支佛或施大衆或施別人諸來求者普皆施與以此善根如是迴向所謂願一切衆生皆能建立一切善根福德幢旛不可毀壞願一切衆生建一切法自在幢旛尊重愛樂勤加守護願一切衆生常以寶繒書寫正法護持諸佛菩薩法藏願一切衆生建高顯幢然智慧燈普照世間願一切衆生立堅固幢悉能摧殄一切魔業願一切衆生建智力幢一切諸魔所不能壞願一切衆生得大智慧那羅延幢摧滅一切世間慢幢願一切衆生得智慧日大光明幢以智日光普照法界願一切衆生具足無量寶莊嚴幢充滿十方一切世界供養諸佛願一切衆生得如來幢摧滅一切九十六種外道邪見

二十幢旛二事合一迴向十中初二幢旛合願一建善翻惡二重法翻慢次一唯就旛旛書字故後七皆就幢辨

是爲菩薩摩訶薩施幢旛時善根迴向爲令一切衆生得甚深高廣菩薩行幢及諸菩薩神通行幢清淨道故

佛子菩薩摩訶薩開衆寶藏以百千億那由他諸妙珍寶給施無數一切衆生隨意與之

心無悋惜

以諸善根如是迴向所謂願一切衆生常見佛寶捨離愚癡修行正念願一切衆生皆得具足法寶光明護持一切諸佛法藏願一切衆生能悉攝受一切僧寶周給供養恒無厭足願一切衆生得一切智無上心寶淨菩提心無有退轉願一切衆生得智慧寶普入諸法心無疑惑願一切衆生具足菩薩諸功德寶開示演說無量智慧願一切衆生得於無量妙功德寶修成正覺十力智慧願一切衆生得妙三昧十六智寶究竟成滿廣大智慧願一切衆生成就第一福田之寶悟入如來無上智慧願一切衆生得成第一無上寶王以無盡辯開演諸法

二十一開藏施寶迴向行中言十六智寶者辨法師云地前明得明增印順無間等四定地上光明集福德王賢首健行等四定此八各有自分勝進依此發智爲十六智寶有云佛地四智智各有四故爲十六以果位自在互融通故地上光明集福德王賢首等如出現品四智之義亦具上文智各有四如出現品今依賢首即是八忍八智然此有二一依觀能所取以立十六一苦法智忍觀三界苦真如正斷三界見苦所斷分別隨眠二苦法智謂忍無間觀前真如證前所斷煩惱解脫三苦類智忍謂智無間無漏慧生於法忍智各別內證言後聖法皆是此類四苦類智謂此無間無漏智生審定印可苦類智忍前二觀如後二觀智苦下有四三諦亦然爲十六智今依賢首者且依唯識釋之即論釋相見道中緣安立諦有十六心見道一苦

法智忍者苦即苦諦法者即彼能詮之教智者所謂加行道中緣苦法智忍者無漏忍忍前苦法智也此苦法智忍觀苦下如能斷三界見道二十八種分別隨眠謂欲苦有十上二界苦各九以除瞋故三界合有二十八也二苦法智者法謂苦如能緣苦如之智名苦法智三苦類智忍者謂苦法智無間無漏慧生等意云此第三心於一刹那各別內證法忍法智謂二心後乃至無學一切聖法從此二心彼得生故故云皆是此類四苦類智者此智但緣第三苦類智忍故雜集云於苦類智忍內證印可故名苦類智前二等者謂法忍法智觀如類忍類智觀智

二者依觀上下諦境別立謂觀欲苦有法忍法智初即無間道後即解脫道次觀上二界苦爲類忍類智類同欲故如苦既然餘三亦爾爲十六智廣如唯識雜集第九所明二者依觀者論云二者依觀上下諦境別立法類十六種心謂觀現前不現前界苦等四諦各有二心一現觀忍二現觀智釋曰欲界名下是現前界色無色名上是不現前界十六心者謂觀欲界四諦四諦別立法忍法智八種依觀上二界四諦別立類忍類智八種然論但舉欲界苦諦以爲法也一現觀忍是無間道二現觀智是解脫道餘可準知如其所應法眞見道無間解脫見分觀諦斷見所斷百一十二分別隨眠名相見道釋曰今疏以略配而不法自證者彼疏云以於前十六心後而作此觀觀漸麤故今謂觀智即法自證既不觀智故不法耳一百一十二者欲界四諦四十上二界四諦各除瞋故八諦減八故百一十二餘可知如苦既然下類釋餘三一諦有四故有十六皆斷二十八分別隨眠然是取意具足論云如於苦諦有四種心集滅道諦應知亦爾此十六心八觀眞如八觀正智可知法眞見道無間解脫見自證分差別建立名相見道釋曰謂法忍法眞無間道見分法智法眞解脫道見分類忍法無間之自證分類智法解脫之自證分印前智故差別立也

第十願言無上實王者佛爲法寶之主故

是爲菩薩摩訶薩施衆寶時善根迴向爲令一切衆生皆得成滿第一智寶如來無礙淨眼寶故

佛子菩薩摩訶薩或以種種妙莊嚴具而爲布施所謂一切身莊嚴具令身淨妙靡不稱可菩薩摩訶薩等觀一切世間衆生猶如一

子欲令皆得身淨莊嚴成就世間最上安樂佛智慧樂安住佛法利益衆生以如是等百千億那由他種種殊妙寶莊嚴具勤行布施行布施時以諸善根如是迴向所謂願一切衆生成就無上妙莊嚴具以諸清淨功德智慧莊嚴人天願一切衆生得清淨莊嚴相以淨福德莊嚴其身願一切衆生得上妙莊嚴相以百福相莊嚴其身願一切衆生得不雜亂莊嚴相以一切相莊嚴其身願一切衆生得善淨語言莊嚴相具足種種無盡辯才願一切衆生得一切功德聲莊嚴相其音清淨聞者喜悅願一切衆生得可愛樂諸佛語言莊嚴相令諸衆生聞法歡喜修清淨行願一切衆生得心莊嚴相入深禪定普見諸佛願一切衆生得總持莊嚴相照明一切諸佛正法願一切衆生得智慧莊嚴相以佛智慧莊嚴其心

二十二施莊嚴具中十願初一利他後九自利於中初三約身次三約語後三約意其中言百福相前文已引涅槃二十四說依瑜伽五十三名百福行故論云復由百行所攝律儀謂少分離殺乃至邪見爲一十二多分離殺等三全分離四少時離五多時離六盡壽離七自離八教人離九以無量門稱揚讚述離十見離殺等深心慶悅生大歡喜十門各十總說爲百行所生福量亦爾此且就同教三十二相化身而說若依此經十身相海隨一一相無盡因成故上普與雲幢主水神偈云清淨慈門刹塵數共生如來一妙相等故餘可知依瑜

伽五十三百福行即決擇分中文相甚顯少分者經部許有分受或多或全由彼根性有劣中上差別及時有多時少時等少時從一日至十日多時謂一年已去未知命終時耳然其十種分爲四類初三十據事以分次三十依時有別次之二十約自他明後之二十依讚說立正約行時名爲百行約所生福則爲百福若就十惡名爲百非此且就同教者第一會中已廣分別即師子吼品二十八經南本二十六

是爲菩薩摩訶薩惠施一切莊嚴具時善根迴向爲令衆生具足一切無量佛法功德智慧圓滿莊嚴永離一切憍慢放逸故

佛子菩薩摩訶薩以受灌頂自在王位摩尼寶冠及髻中珠普施衆生心無悋惜常勤修習爲大施主修學施慧增長捨根智慧善巧其心廣大給施一切

以彼善根如是迴向所謂願一切衆生得諸佛法之所灌頂成一切智願一切衆生具足頂髻得第一智到於彼岸願一切衆生以妙智寶普攝衆生皆令究竟功德之頂願一切衆生皆得成就智慧寶頂堪受世間之所禮敬願一切衆生以智慧冠莊嚴其首爲一切法自在之王願一切衆生智慧明珠繫其頂上一切世間無能見者願一切衆生皆悉堪受世間頂禮成就慧頂照明佛法願一切衆生首冠十力莊嚴之冠智慧寶海清淨具足願一切衆生至大地頂得一切智究竟十力破欲界頂諸魔眷屬願諸衆生得成第一無上頂王獲一切智光明之頂無能映奪

二十三施寶冠及髻珠二事合一迴向六

智慧明珠等者體圓德備鑒徹惑亡爲智明珠極果所宗故名頂上是祕是妙無能見者亦以權隱實名在髻中開權顯實故名解髻文無解義因便故來若不明解佛

有祕藏前後可知體圓德備等者釋智明珠此有二意一直就智上體圓者顯是圓智即智性也德備者能成一切衆德故即是智相鑒徹即明照無遺或亡即所知障盡略舉珠之四德二融於理智爲涅槃三德一體圓即法身二鑒徹即般若三惑亡爲解脫德備通於三德亦別屬法身具足三德方名圓智亦以權隱實者上直就佛智以明今就法華經意兼彰於教以權隱覆實理即昔開三三即爲譬隱一乘旨從開權下即會三歸一文無已下成上開義後若不明解下出因便明之義所以反顯佛無祕藏故涅槃說如來但有客語而無客藏如秋月十五日欲令同見豈有祕藏衆生不了謂之爲客上言如來有祕密藏者約下位不測耳有約法體無約佛心佛心無悋故

是爲菩薩摩訶薩施寶冠時善根迴向爲令衆生得第一智最清淨處智慧摩尼妙寶冠故

佛子菩薩摩訶薩見有衆生處在牢獄黑暗之處杻械枷鎖檢繫其身起坐不安衆苦競集無有親識無歸無救裸露饑羸酸劇難忍

菩薩見已捨其所有一切財寶妻子眷屬及以自身於牢獄中救彼衆生如大悲菩薩妙眼王菩薩既救度已隨其所須普皆給施除其苦患令得安隱然後施以無上法寶令捨放逸安住善根於佛教中心無退轉

二十四施妻子等救獄囚者上來皆明外施此下二段明無畏施初一兼於內外之財內財爲難故佛本行經說昔五百長者子各捨珍寶等施有一貧人問求何願云欲求佛道自念貧無以蜜塗身塚間而捨天帝試之心安不動知求佛果而稱讚之汝此勇猛過彼五百菩薩所施百千億倍當先作佛彼貧人者即我身是故知難中之難施行有三初覩境興悲二如大悲下指同先例大悲即觀自在也以其偏主此

門故下文引例皆準此知後既救度下施以財法迴向行十願準思易了故佛本行經等者具足經云過去有五百長者子各出珍寶象馬車乘衣服飲食隨乞悉與有一貧人見而問之曰汝等施福求何等耶答願欲求佛道又問何謂佛道答中廣歎佛德貧人聞已自念我今欲習學此願度一切復念貧窮無財行施當持己身而用惠施念已索客徧塗其身臥於冢間我今以身施與一切若有須血肉頭目髓腦悉以與之持是功德用求佛道廣度一切作是願已應時三千大千世界而大震動諸天惶懼帝釋天眼見於菩薩臥於冢間以身布施下來欲試化作衆狗鳥獸欲食菩薩見有欲來噉身心便歡喜無有退轉傾動之意天帝復形讚問所求爲求輪王帝釋梵王答云不爾唯求佛道廣度衆生帝釋諸天同讚善哉語菩薩言汝此勇猛過彼五百菩薩所施百千萬億不可計倍當先作佛時貧人者今我身是五百長者子者今此彌勒五百菩薩是也我以精進勇猛力人超諸菩薩所作功德而先成佛

佛子菩薩摩訶薩於牢獄中救衆生時以諸善根如是迴向所謂願一切衆生究竟解脫貪愛纏縛願一切衆生斷生死流升智慧岸願一切衆生除滅愚癡生長智慧解脫一切煩惱纏縛願一切衆生滅三界縛得一切智究竟出離願一切衆生永斷一切煩惱結縛到無煩惱無障礙地智慧彼岸願一切衆生離諸動念思惟分別入於平等不動智地願一切衆生脫諸欲縛永離世間一切貪欲於三界中無所染著願一切衆生得勝志樂常蒙諸佛爲說法門願一切衆生得無著無縛解脫心廣大如法界究竟如虛空願一切衆生得菩薩神通一切世界調伏衆生令離世間住於大乘是爲菩薩摩訶薩救度牢獄苦衆生時善根迴向爲令衆生普入如來智慧地故

佛子菩薩摩訶薩見有獄囚五處被縛受諸苦毒防衛驅逼將之死地欲斷其命捨閻浮

提一切樂具親戚朋友悉將永訣置高碪上以刀屠割或用木槍竪貫其體衣纏油沃以火焚燒如是等苦種種逼迫菩薩見已自捨其身而代受之如阿逸多菩薩殊勝行王菩薩及餘無量諸大菩薩爲衆生故自捨身命受諸苦毒菩薩爾時語主者言我願捨身以代彼命如此等苦可以與我如治彼人隨意皆作設過彼苦阿僧祇倍我亦當受令其解脫我若見彼將被殺害不捨身命救贖其苦則不名爲住菩薩心何以故我爲救護一切衆生發一切智菩提心故

佛子菩薩摩訶薩自捨身命救衆生時以諸善根如是迴向所謂願一切衆生得無斷盡究竟身命永離一切災横逼惱願一切衆生依諸佛住受一切智具足十力菩提記莂願一切衆生普救含識令無怖畏永出惡道願一切衆生得一切命入於不死智慧境界願一切衆生永離怨敵無諸厄難常爲諸佛善友所攝願一切衆生捨離一切刀劍兵仗諸惡苦具修行種種清淨善業願一切衆生離諸怖畏菩提樹下摧伏魔軍願一切衆生離大衆怖於無上法心淨無畏能爲最上大師子吼願一切衆生得無障礙師子智慧爲諸世間修行正業願一切衆生到無畏處常念救護諸苦衆生是爲菩薩摩訶薩自捨身命救彼臨刑諸獄囚時善根迴向爲令衆生離生死苦得於如來上妙樂故

二十五捨身代死囚一向內財文四可知

大方廣佛華嚴經疏鈔會本第二十六之二

音釋

冢知隴切高墳也 塡徒年切塡塞也 光踰曒日踰音俞曒音皎光踰曒日謂金光踰越於曒明之日也 首冠冠古玩切加冠於首曰冠 杻械杻敕久切手械也械胡解切器之總名桎梏也 枷鏁枷古牙切項械也鏁蘇果切鋃鐺也謂鐵索也 裸露裸郎果切裸露謂赤體也 酸劇酸蘇官切辛酸也劇竭戟切尤甚也 碪正作椹知林切木櫍也 屠割屠同都切刳也殺也割古達切切肉也又剝也 木槍槍千羊切木槍謂剡木爲矟也 記莂莂并列切記莂謂授將來成佛之記劫國名號之莂也 懅其據切懼也 釭鐧釭音工鐧音澗釭鐧車軸鐵也

大方廣佛華嚴經疏鈔會本第二十七之二

唐于闐國三藏沙門實叉難陀譯

唐清涼山大華嚴寺沙門澄觀撰述

佛子菩薩摩訶薩布施乞者連膚頂髻

二十六連膚頂髻卽肉髻也施行中三初

總標施行

如寶髻王菩薩勝妙身菩薩及餘無量諸菩

薩等

二如寶髻下指物同修

菩薩是時見乞者來心生歡喜

三菩薩是時下正明施行於中六一覩乞

生欣住種性故

而語之言汝今若須連膚頂髻可就我取我

此頂髻閻浮提中最爲第一作是語時心無

動亂不念餘業捨離世間志求寂靜究竟清

淨精勤質直向一切智

二而語下語意清淨離二障故

便執利刀割其頭上連膚頂髻右膝著地合

十指掌一心施與

三便執下身業正捨事業勝故

正念三世一切諸佛菩薩所行發大歡喜增

上志樂

四正念下欣慕上流意樂勝故

於諸法中意善開解不取於苦了知苦受無

相無生諸受互起無有常住

五於諸法下巧安諦理無相攝故

是故我應同去來今一切菩薩修行大捨發

深信樂求一切智無有退轉不由他教善知

識力

六是故下決志思齊依止勝故此及迴向

有七最勝成波羅蜜前後諸施文多略無

菩薩摩訶薩作是施時以諸善根如是迴向所謂願一切衆生得無見頂成就菩薩如塔之髻願一切衆生得紺青髮金剛髮細軟髮能滅衆生一切煩惱願一切衆生得潤澤髮密緻髮不侵鬢額髮願一切衆生得柔軟髮盡於鬢額而生髮願一切衆生得如卍字髮螺文右旋髮願一切衆生得佛相髮永離一切煩惱結習願一切衆生得光明髮其光普照十方世界願一切衆生得無亂髮如如來髮淨妙無雜願一切衆生得成應供頂塔之髮令其見者如見佛髮願一切衆生皆得如來無染著髮永離一切暗翳塵垢

二菩薩下迴向行中十願一無見頂者縱窮上界亦有餘故言如塔者菩薩敬故二堅無中斷故五中靜法云準梵本令得二相髮謂室利靺蹉塞縛悉底迦相髮義如前說六云得佛相髮準梵本却是右旋餘可知

是爲菩薩摩訶薩施連膚髻時善根迴向爲令衆生其心寂靜皆得圓滿諸陀羅尼究竟如來一切種智十種力故

迴向所爲中總綰諸髮成髻圓滿故云爾也

佛子菩薩摩訶薩以眼布施諸來乞者如歡喜行菩薩月光王菩薩及餘無量諸菩薩等所行惠施

二十七施眼智論十四說施有三種飲食爲下珍寶爲中頭目五臟爲上廣如彼說文中施行內有四一標章引例經云及餘無量菩薩

者賢愚經第六快目王施眼說過去阿僧祇劫有王名爲快目其目徹過精壁見四十里王八萬四千國性善好施有邊國王名波羅陀拔彌不賓王化治正失度快目王舉兵往伐彼王有臣云快目王好施令一盲婆羅門從其乞眼快目便許之七日後施臣佐悲諫太子請以眼代快目王廣爲說法令剜一眼置於掌中廣發大願後置婆羅門眼中彼即得視復剜一眼置彼匡中亦即得視大地震動諸天下讚帝釋問王施眼何求答惟求佛道問有悔心不答言無悔若不悔者令我如故尋便平復婆羅門廻奏報彼王彼王聞已心裂而死

菩薩摩訶薩布施眼時起清淨施眼心起清淨智眼心起依止法光明心起現觀無上佛道心發廻向廣大智慧心發與三世菩薩平等捨施心發於無礙眼起不壞淨信心於其乞者起歡喜攝受心

二菩薩摩訶薩下發起勝心

爲究竟一切神通故爲生佛眼故爲增廣大菩提心故爲修習大慈悲故爲制伏六根故於如是法而生其心

三爲究竟下明行心所爲可知

佛子菩薩摩訶薩布施眼時於其乞者心生愛樂爲設施會增長法力捨離世間愛見放逸除斷欲縛修習菩提隨彼所求心安不動不違其意皆令滿足而常隨順無二捨行

四佛子下彰施儀式

以此善根如是廻向所謂願一切衆生得最勝眼示導一切願一切衆生得無礙眼開廣智藏願一切衆生得淨肉眼光明鑒徹無能蔽者願一切衆生得淨天眼悉見衆生生死業果願一切衆生得淨法眼能隨順入如來境界願一切衆生得智慧眼捨離一切分別取著願一切衆生具足佛眼悉能覺悟一切諸法願一切衆生成就普眼盡諸境界無所

障礙願一切衆生成就清淨離癡翳眼了衆生界空無所有願一切衆生具足清淨無障礙眼皆得究竟如來十力

二迴向行願成十眼與離世間大同小異

願成十眼等者今畧會之彼十眼者一所謂肉眼見一切色故二天眼見一切衆生心故三慧眼見一切衆生諸根境界故四法眼見一切衆生實相故五佛眼見如來十力故六智眼知見諸法故七光明眼見佛光明故八出生死眼見涅槃故九無礙眼所見無齊故十一切智眼見普門法界故若會今文一即第八示導衆生令出生死得涅槃證爲最勝故二即第九名義全同次五即五眼用小有異多同尋常五眼八即第十名同所見從能見智是佛一切智雙就能所故名普眼九即光明眼從其能照名爲光明身智二光照生性空就其離過名淨離翳十即智眼如來十力方見諸法故然彼約菩薩此願得佛因果小異故用小殊大旨同也故疏云大同小異

是爲菩薩摩訶薩布施眼時善根迴向爲令衆生得一切智清淨眼故

佛子菩薩摩訶薩能以耳鼻施諸乞者如勝行王菩薩無怨勝菩薩及餘無量諸菩薩等

二十八施耳鼻中二事合明施行別顯迴向而文但三今初施行有二一標章引例

布施之時親附乞者專心修習諸菩薩行具佛種性生如來家念諸菩薩所修施行常勤發起諸佛菩提清淨諸根功德智慧觀察三有無一堅固願常得見諸佛菩薩隨順憶念一切佛法知身虛妄空無所有無所貪惜菩薩如是施耳鼻時心常寂靜調伏諸根勉濟衆生險惡諸難生長一切智慧功德入大施海了達法義具修諸道依智慧行得法自在以不堅身易堅固身

二布施之時下安住勝心一具佛種性卽安住最勝二念諸下事業最勝三常勤下依止最勝四隨順下清淨最勝五免濟下

意樂最勝六生長下巧便最勝具佛種性者謂具七最勝成波羅蜜如第一會

佛子菩薩摩訶薩布施耳時以諸善根如是迴向所謂願一切衆生得無礙耳普聞一切說法之音願一切衆生得無障耳悉能解了一切音聲願一切衆生得如來耳一切聰達無所壅滯願一切衆生得清淨耳不因耳處生分別心願一切衆生得無聾聵耳令蒙昧識畢竟不生願一切衆生得徧法界耳悉知一切諸佛法音願一切衆生得無礙耳開悟一切無障礙法願一切衆生得無壞耳善知諸論無能壞者願一切衆生得普聞耳廣大清淨爲諸耳王願一切衆生具足天耳及以佛耳

二迴向行中先耳十願初及第七俱名無礙者準梵本初名無著聵者從生即聾故爲耳王者聞與不聞皆自在故

是爲菩薩摩訶薩布施耳時善根迴向爲令衆生皆悉獲得清淨耳故

佛子菩薩摩訶薩布施鼻時

後施鼻迴向中有四初牒起

如是迴向所謂願一切衆生得隆直鼻得隨好鼻得善相鼻得可愛樂鼻得淨妙鼻得隨順鼻得高顯鼻得伏怨鼻得善見鼻得如來鼻

二正顯中有二願前一願得十鼻言隨好者兩孔不現故善相者相海品云如來鼻有大人相名一切神通智慧雲故隨順鼻者隨宜所現故

願一切衆生得離恚怒面得一切法面得無

障礙面得善見面得隨順面得清淨面得離過失面得如來圓滿面得徧一切處面得無量美好面

後一願得十面鼻居面中好醜由起故相從立願一切法者正向諸法故

是爲菩薩摩訶薩布施鼻時善根迴向

是爲下結

爲令衆生究竟得入諸佛法故爲令衆生究竟攝受諸佛法故爲令衆生究竟了知諸佛法故爲令衆生究竟住持諸佛法故爲令衆生究竟常見諸如來故爲令衆生皆悉證得佛法門故爲令衆生究竟成就無能壞心故爲令衆生皆能照了諸佛正法故爲令衆生普悉嚴淨諸佛國土故爲令衆生皆得如來大威力身故

四爲令下迴向所爲有十以鼻香氣所入故攝受香故了知故住於覺故如眼見色故合中知故不壞鼻根故不邪分別故香氣嚴潔故五分法身香故

是爲菩薩摩訶薩施耳鼻時善根迴向

佛子菩薩摩訶薩安住堅固自在地中能以牙齒施諸衆生猶如往昔華齒王菩薩六牙象王菩薩及餘無量諸菩薩等

二十九施牙齒初施行中安住堅固自在位者登地已上故智論十四云象王施牙是法身菩薩事廣如彼及十輪第四論云如釋迦文佛曾爲六牙白象獵者伺便以毒箭射之諸象競至欲來蹋殺獵者白象以身捍之擁護其人愍之如子曉諭殷勤遮止羣象徐問獵人何故射我答曰我須汝牙即以六牙內石孔中血肉俱出以鼻舉牙授與獵者雖曰象身用心如是當知此象非畜生行報阿羅漢法中都無此心當知此爲法身菩薩及十輪者經云若有菩薩

於諸根本性重罪中隨犯一罪雖名破戒惡行苾芻猶勝一切在家白衣犯性罪者尚應如是況犯其餘諸小遮罪是故不許國王大臣諸在家者輕慢謫罰所以者何善男子乃至過去有迦奢國王名曰梵授勑五旃陀羅有大象王名青蓮華六牙具足住雪山邊汝可往彼拔取牙來若不得者汝等五人定無活義時旃陀羅爲護身命執持弓箭被赤袈裟現於沙門威儀形相往雪山邊至象王所彼母象逢見人來執持弓箭驚怖馳走請象王所白言大天今見有人張弓挾箭徐行覘視來趣我等將非我等命欲盡耶象王聞已舉目觀見剃除鬚髮着袈裟人即爲母象而說偈言被殑伽沙等諸佛法幢相觀此離惡心必不害衆生時彼母象以頌答曰雖知被法服而執於弓箭是惡旃陀羅樂惡無悲愍時大象王復說頌曰見袈裟一相知是慈悲本此必歸佛者愍念諸衆生汝勿懷疑慮宜應速攝心被此法衣人欲度生死海時旃陀羅即以毒箭彎弓審射中象王心母象見之悲號叫哭聲哀哽咽以頌白言被此法衣人宜應定歸佛威儀雖安靜而懷毒惡心應速踏彼身令其命根斷滅此怨令盡以射天身故時大象王以頌答曰寧速捨身命不應生惡心彼雖懷詐心猶似佛弟子智者非爲命而壞清淨心爲度諸有情當習菩薩行時大象王心生悲愍徐問人言汝何所須彼人答曰欲須汝牙象王歡喜即自拔牙施旃陀羅而說頌曰

我以白牙今施汝無忿無恨無貪惜願以施福當成佛滅除衆生煩惱病善男子當觀如是過去象王雖受如是傍生趣身爲求阿耨多羅三藐三菩提故而能棄捨身命無惱恭敬尊重着袈裟人雖彼爲怨而不加報然未來世有剎帝利旃陀羅王牢官居士長者沙門婆羅門等歸於我法而出家者若是法器若非法器弟子諸所惱亂呵罵或已鞭杖楚撻其身或閉牢獄乃至斷命此於一切過去未來現在諸佛犯諸大罪決定當趣無間地獄斷滅善根焚燒相續一切智者之所遠離莊嚴論十三亦云昔釋迦牟尼爲菩薩時作六牙白象王時王夫人於象有怨即慕人取與一狩象別處而住獵師服袈裟懷挾弓箭屏樹徐行狩象語象王象王問彼着何衣服云着袈裟象王答云何所怖畏亦說偈云如是之幢相不害於外物内有慈悲心常雙解於一切於是臟人即射毒箭狩象乃云大天云有慈悲何以爲此象王偈云此是脫服煩惱之所作遠離於慈悲悉非衣服過狩象欲害王言何不治結使復說偈云如人鬼入心癡狂毀罵詈毉師治於鬼不責病苦人羣象尋來王恐傷之向彼獵師安之腹下遣去羣象獵師感之悲泣流淚象王撫之問爲何來獵師答云王遣取牙象王命取云不敢取象王遂以鼻絞牙良久而出血大流出痛苦戰掉有天說偈言心當堅安住莫爲愚癡悶當觀苦惱衆云何可濟拔復有天云弟子拔牙苦悲念於

地獄拔已而住獵師思惟將無悔耶象王知念說偈勸取以鼻擎牙而授與之釋曰緣起小異大意皆同而牙有出沒又爲難行故重重引證

菩薩摩訶薩施牙齒時其心清淨希有難得如優曇華所謂無盡心施大信心施步步成就無量捨心施調伏諸根心施一切悉捨心施一切智願心施安樂衆生心施大施極施勝施最勝施輟身要用無所嫌恨心施

菩薩爾時以諸善根如是迴向所謂願一切衆生得銛白牙齒成最勝塔受天人供願一切衆生得齊平牙齒如佛相好無有踈缺願一切衆生得調伏心善趣菩薩波羅蜜行願一切衆生口善清淨牙齒鮮白分明顯現願一切衆生得可憶念莊嚴牙齒其口清淨無可惡相願一切衆生牙齒成就具滿四十常出種種希有妙香願一切衆生意善調伏牙齒鮮潔如白蓮華文理迴旋卍字成就願一切衆生口脣鮮淨牙齒潔白放無量光周徧照耀願一切衆生牙齒堅利食無完粒無所味著爲上福田願一切衆生於牙齒間常放光明授諸菩薩第一記莂

二菩薩下迴向行十願唯第三單約心說謂智能調惑趣於彼岸如牙調食以資法身餘皆約牙齒說萬字成就者若梵本但云右旋及有樂耳放無量光者即如相海品說

是爲菩薩摩訶薩施牙齒時善根迴向爲令衆生具一切智於諸法中智慧清淨故

佛子菩薩摩訶薩若有人來從乞舌時於乞者所以慈悲心軟語愛語猶如往昔端正面王菩薩不退轉菩薩及餘無量諸菩薩等佛

子菩薩摩訶薩於諸趣中而受生時有無量百千億那由他衆生而來乞舌菩薩爾時安置其人在師子座以無恚心無害心無恨心大威德心從佛種性所生心住於菩薩所住心常不濁亂心住大勢力心於身無著心於語無著心兩膝著地開口出舌以示乞者慈心軟語而告之言我今此身普皆屬汝可取我舌隨意所用令汝所願皆得滿足

菩薩爾時以諸善根如是迴向所謂願一切衆生得周普舌悉能宣示諸語言法願一切衆生得覆面舌所言無二皆悉真實願一切衆生得普覆一切佛國土舌示現諸佛自在神通願一切衆生得軟薄舌恒受美妙清淨上味願一切衆生得辯才舌能斷一切世間疑網願一切衆生得光明舌能放無數萬億光明願一切衆生得決定舌辯說諸法無有窮盡願一切衆生得普調伏舌善能開示一切祕要所有言說皆令信受願一切衆生得普通達舌善入一切語言大海願一切衆生得善說一切諸法門舌於言語智悉到彼岸

三十施舌願中初卽相海品廣長舌相餘可知

是爲菩薩摩訶薩布施舌時善根迴向爲令衆生皆得圓滿無礙智故

佛子菩薩摩訶薩以頭布施諸來乞者如最勝智菩薩及大丈夫迦尸國王等諸大菩薩所行布施

三十一施頭初施行中三初標章引證引迦尸國王者又本行經說月光王報恩第五名大光王施頭與婆羅門具說如彼迦尸

國王未見名同月光王緣十藏品已引菩薩本緣經亦有大同小異

爲欲成就入一切法最勝智首爲欲成就證大菩提救衆生首爲欲具足見一切法最第一首爲得正見清淨智首爲欲成就無障礙首爲欲證得第一地首爲求世間最勝智首欲成三界無能見頂淨智慧首爲得示現普到十方智慧王首爲欲滿足一切諸法無能破壞自在之首

次爲欲下顯施所爲爲有十種皆約佛智隨義不同一入理二導悲三見事四離障五融事理六爲所依七超劣八見無初相九現用自在十卽事而真故不可壞

佛子菩薩摩訶薩安住是法精勤修習則爲已入諸佛種性學佛行施於諸佛所生清淨信增長善根令諸乞者皆得喜足其心清淨慶悅無量心淨信解照明佛法發菩提意安住捨心諸根悅豫功德增長生善樂欲常好修行廣大施行

後佛子下正顯施行亦具最勝可以意得

菩薩爾時以諸善根如是迴向所謂願一切衆生得如來頭得無見頂於一切處無能映蔽於諸佛刹最爲上首其髮右旋光淨潤澤卍字嚴飾世所希有具足佛首成就智首一切世間最第一首爲具足首爲清淨首爲坐道場圓滿智首

二菩薩下迴向行等可知

是爲菩薩摩訶薩布施頭時善根迴向爲令衆生得最勝法成於無上大智慧故

佛子菩薩摩訶薩以其手足施諸衆生如常精進菩薩無憂王菩薩及餘無量諸菩薩等

於諸趣中種種生處布施手足
三十二施手足二事合願文但有三初施
行亦三初標章引證
以信爲手起饒益行往反周旋勤修正法願
得寶手以手爲施所行不空具菩薩道常舒
其手擬將廣惠安步遊行勇猛無怯以淨信
力具精進行除滅惡道成就菩提
次以信下標因祈果信爲手因果能兩寶
行爲足因果普遊步等
佛子菩薩摩訶薩如是施時以無量無邊廣
大之心開淨法門入諸佛海成就施手周給
十方願力任持一切智道住於究竟離垢之
心法身智身無斷無壞一切魔業不能傾動
依善知識堅固其心同諸菩薩修行施度
後佛子下淨心正施於中初施手心願力

已下明施足心如足住地能持身故願住
智地能成智身離心垢故能顯法身法身
湛然故不可壞智證永續故無有斷
佛子菩薩摩訶薩爲諸衆生求一切智施手
足時以諸善根如是迴向所謂願一切衆生
具神通力皆得寶手得寶手已各相尊敬生
福田想以種種寶更相供養又以衆寶供養
諸佛興妙寶雲徧諸佛土令諸衆生互起慈
心不相惱害遊諸佛剎安住無畏自然具足
究竟神通
二佛子下明迴向行文二初廣辨一用手
能兩寶足能遊剎
又令皆得寶手華手香手衣手蓋手華鬘手
末香手莊嚴具手無邊手無量手普手得是
手已以神通力常勤往詣一切佛土能以一

手徧摩一切諸佛世界以自在手持諸衆生得妙相手放無量光能以一手普覆衆生成於如來手指網縵赤銅爪相菩薩爾時以大願手普覆衆生願一切衆生志常樂求無上菩提出生一切功德大海見來乞者歡喜無厭入佛法海同佛善根

次又令下略舉諸手之用

是爲菩薩摩訶薩施手足時善根迴向

佛子菩薩摩訶薩壞身出血布施衆生如法業菩薩善意王菩薩及餘無量諸菩薩等

三十三壞身出血施文亦唯三施行引例及下施髓並如智論十四中說及下施髓並在智論者論云月光太子出行遊觀癩人見之要車白言我身重病辛苦懊惱太子嬉遊獨自歡耶大慈愍念願見救療太子聞之以問諸醫醫言當須從生長大無瞋之人血髓塗而飮之如是可愈太子念言設有此人貪生惜壽云何可得自除我身無可得處即命旃陀羅令除身肉破骨出髓以塗病人以血飮之

於諸趣中施身血時起成就一切智心起欣仰大菩提心起樂修菩薩行心起不取苦受心起樂見乞者心起不嫌來乞心起趣向一切菩薩道心起守護一切菩薩捨心起增廣菩薩善施心起不退轉心不休息心無戀已心

以諸善根如是迴向所謂願一切衆生皆得成就法身智身願一切衆生得無勞倦身猶如金剛願一切衆生得不可壞身無能傷害願一切衆生得如變化身普現世間無有盡極願一切衆生得可愛樂身淨妙堅固願一切衆生得法界生身同於如來無所依止願一切衆生得如妙寶光明之身一切世人無能映蔽願一切衆生得智藏身於不死界而

得自在願一切衆生得寶海身見皆獲益無空過者願一切衆生得虛空身世間惱患無能染著

是爲菩薩摩訶薩施身血時以大乘心清淨心廣大心欣悦心慶幸心歡喜心增上心安樂心無濁心善根廻向

佛子菩薩摩訶薩見有乞求其身髓肉歡喜軟語謂乞者言我身髓肉隨意取用如饒益菩薩一切施王菩薩及餘無量諸菩薩等

三十四施身髓肉中二事合願初施行中三初標章引證

於諸趣中種種生處以其髓肉施乞者時歡喜廣大施心增長同諸菩薩修習善根離世塵垢得深志樂以身普施心無有盡具足無量廣大善根攝受一切妙功德寶如菩薩法受行無厭心常愛樂布施功德一切周給心無有悔審觀諸法從緣無體不貪施業及業果報隨所會遇平等施與

次於諸趣下正顯行相

佛子菩薩摩訶薩如是施時一切諸佛皆悉現前想之如父得護念故一切衆生皆悉現前普令安住清淨法故一切世界皆悉現前嚴淨一切佛國土故一切衆生皆悉現前以大悲心普救護故一切佛道皆悉現前樂觀如來十種力故去來現在一切菩薩皆悉現前同共圓滿諸善根故一切無畏皆悉現前能作最上師子吼故一切三世皆悉現前得平等智普觀察故一切世間皆悉現前發廣大願盡未來劫修菩提故一切菩薩無疲厭行皆悉現前發無數量廣大心故

後佛子下彰施現益

佛子菩薩摩訶薩施髓肉時以此善根如是迴向

所謂願一切衆生得金剛身不可沮壞願一切衆生得堅密身恒無缺減

願一切衆生得意生身猶如佛身莊嚴清淨

二迴向十願三云意生身者七卷楞伽第二云譬如意去速疾無礙名意生身此乃意是舉喻此乃等者彼經意生身下便云大慧譬如心意於無量百千由旬外憶先所見種種諸物念念相續疾詣於彼非是其身及山河石壁所能爲礙意生身者亦復如是故云喻也然此身類有其二種一三昧樂二覺法自性三種類俱生無作行然此身類下二顯別類三一列名今依七卷若依四卷初明三昧樂正受第二名中有壹性字然三段俱是七卷第四若依四卷即當第三今更引四卷對決四卷地位便在釋相之中最初列竟即云修行者了知初地上增進相得三種身初者楞伽第四云謂入於三昧離種種心寂然不動心海不起轉識波浪了境心現皆無所有楞伽下第二釋相即七卷若第四但畧結名及地位耳地位一同四卷留待辯位明故初身四卷云大慧云何三昧樂正受意生身謂第三第四第五地三昧樂正受故種種自心寂靜安住心海起浪識相不生知自心現非境界性是名三昧樂正受意生身釋曰斯則七卷文簡而顯然四卷疏意云從初至七皆觀三界心意識境界妄想是故須入三昧滅心意識以起意生法身經隱前二沒後二地畧舉中間從種種自心下出體亦有解云初二約位未得定故不說意生身六七已得般若常在無相故屬第二身今疏依此故下約位云五地前云何覺法自性謂了法如幻皆無有相心轉所依依如幻定及餘三昧能現無量自在神通如華開敷速疾如意如幻如夢如影如像非四大造與造相似一切色相具足莊嚴普入佛剎了諸法性故云何覺法自性等者四卷云大慧云何覺法自性性意生身謂八地觀察覺了如幻等法悉無所有身心轉變得如幻三昧及餘三昧門

無量相力自在明如妙華莊嚴迅疾如意猶如幻夢水月鏡像非造非所造如造所造一切色種種支分具足莊嚴隨入一切佛剎大衆通達自性法故是名覺法自性性意生身釋曰二經相對居然可見彼疏釋云謂八地菩薩覺一切法無自性性故名覺法自性性意意生身也經文釋中由八地已上滅心意意識覺知諸法無所有故得如幻等無量三昧門也從無量相下三昧所起德用於三三昧中得自在故名力自在明以此功德莊嚴其身故云如妙華嚴也法性生身隨念所起如意迅疾也從猶如下所起化身不實也非四大造如四大造色也從一切色下辯莊嚴具足隨入下入佛境界以化生也通達自性法故者釋能化所以也

云何種類俱生無作行謂了達諸佛自證法相釋曰初身從所依定爲名次身從所依智立稱三自證法相義兼定慧及法性相故名種類由此故能隨衆生類種種一時現生任運而成云無作行

云何種類下明第三身四卷經云大慧云何種類俱生無作行意生身所謂覺一切佛法緣自得樂相是名種類俱生無作行意生身釋曰彼疏釋云得如來法身隨衆生類以現其形而不作意故立其名言覺一切佛法者如來覺知一切佛法也緣自得樂相者緣自內心所證自覺聖智樂相欲與衆生故作種類身也大雲釋云以八地深證無相於一切法不能圓滿故爲佛一呵得勸修至九地便獲四無礙智具修一切佛法覺一切法皆是法界以覺即法界緣內證眞如得寂滅之樂與一切法無差別矣釋曰此但說菩薩覺一切法前是恭法師意謂佛覺也理實通二今疏文分二先畧引經正釋義當佛覺諸法從釋曰下將釋第三偎騰前二顯三得名從三自證法下正釋第三得名便釋俱生種類之義

若依地位初卽五地前次卽八地前後卽八地後

初卽五地前者自有二意一依密嚴第三初地卽得意生身則通五地二依上四卷七卷經皆以三四五地當其初身以初二地未得定故故十卷楞伽第五云三地修定得三昧樂意生身八地證無生故得覺法自性意生身第三身不配地位斯則初身以初攝後云三地得第二身以後攝初云八地得故疏云八地已前由六七地已得般若常在無相是故覺法自性攝不爾三得第一八得第二初唯至五則六七地何無意生明是以後攝初耳三不配者三本楞伽總皆不配疏以入地向前爲第二則三卽九地至十乃至如來居然可知耳有云所以已見上文若無上依經第一不配地位但約三人得謂聲聞緣覺大地菩薩若勝鬘經云無明習地爲緣

無漏業爲因有阿羅漢緣覺自在菩薩三種意生身西域自有二解勝鬘一依楞伽二依無上依前中復有三說羅漢緣覺迴心至十信仍本名故名爲二乘至十迴向終名自在菩薩即初地已上對前二位故名自在初地已上即有三種如前楞伽一云羅漢緣覺俱迴心俱至十迴向終方名羅漢緣覺直往菩薩初地已上名自在菩薩菩薩亦有三種意生身一云聲聞緣覺同第二釋從二乘有學迴心至迴向終名自在菩薩對未發心得名自在三身得同前二解二據無上依隨三乘人即爲三身前二迴心至等覺位名聲聞緣覺意生身後一初地至等覺名菩薩意生身釋曰後釋似非得意經意但明三乘人皆得三意生身耳

若成唯識第八名爲意成隨意願成故意明但轉變成非新生故故論又云亦名變化身無漏定力轉令異本如變化故

若成唯識下三彰異名唯識因解變易生死名云由悲願力改轉身命無定齊限故名變易無漏定願正所資感妙用難測名不思議或名意成身隨意願成故彼釋云隨大悲意之所成耳意明已下是疏釋論然此異名總有其三一名不思議變易身二名變化身三名意成身若出體者總有三說一云悲願爲體二云定願爲性三云無明住地惑無漏有分別業爲性若問答

者問若所依身隨地有別可說短長而命如燈焰念念生滅非如分段一期等事愍何說彼無定齊限答玄奘三藏解云理實命根無別分限隨所依身假說分限問若依悲願而感此身故留煩惱此後何用諸法師答云七地已來自有菩薩受分段身故留不斷八地已上雖受變易而與聖道不相違故所以不斷又解八地已上變易生死還相假藉故留不斷由此惑力資別業力得受用身非如無學迴心大者唯依一業問若所知障助業能感生死二乘定性應不永入無餘涅槃釋曰小乘問也二乘既有所知障則常感生死不入涅槃論主答云如諸異生拘煩惱故釋曰異生有煩惱不趣涅槃彼趣寂者心樂趣寂爲此心拘馳流無相不起無上正等菩提如諸異生爲煩惱均故論問云如何道諦實能感苦釋曰以無漏有分別業即是道故論答云誰言實感不爾如何下論主答無漏定願資有漏業令得得果相續長時展轉增勝假說名感如是感時由所知障爲緣助力非獨能感然所知障不障解脫無能發業潤生用故釋曰謂第四禪無漏勝定資色無色已感異熟諸有漏業令所得果相續增長無漏資勝假說能感非無漏業實能感苦又此能感由所知障助故所知障不感苦者不同煩惱障有發潤故論云彼後何須所知障助論答云既未圓證無相大悲不執菩提有情實有無由發起猛利悲願餘可畧也

上皆通因

今卽十身之一義取亦通後一廣如別章

願一切衆生得百福相身三十二相而自莊嚴

四云百福相身此舉三十二相之通因若別因者如涅槃師子吼品百福相等者百福十行品中已辨三十二相至法界品瞿波處廣說

願一切衆生得八十種好妙莊嚴身具足十力不可斷壞

五云八十種好者謂皆殊妙立隨好名具如瑜伽四十九大般若三百八十一說餘文可知八十種好今當畧示大般若三百八十一今當具引經云善現云何如來應正等覺八十隨好善現一世尊指爪狹長薄潤光潔鮮淨如華作赤銅色二世尊手足指圓纖長脯直柔輭節骨不現三世尊手足各等無差於諸指間悉皆充四世尊手足圓滿如意輭淨光澤色如蓮華五世尊筋脉盤結堅固深隱不現六世尊兩踝俱隱不現七世尊行步直進庠審如龍象王八世尊行步威容齊肅如師子王九世尊行步安平庠序不過不滅猶如牛王十世尊行步進止儀雅猶如鵝王十一世尊廻顧必皆右旋如龍象王舉身隨轉十二世尊支節漸次牖圓妙善安布十三世尊骨節交結無隙猶若龍盤十四世尊膝輪妙善安布堅固圓滿十五世尊隱處其文妙好威勢具足圓滿清淨十六世尊身支潤滑柔輭光悅鮮淨塵垢不着十七世尊身容敦肅無畏常不怯弱十八世尊身支堅固稠密善相屬着十九世尊身支安定敦重常不掉動圓滿無壞二十世尊身相猶如山王周帀端嚴光淨離翳二十一世尊身有周帀圓光於行等時常自照曜二十二世尊腹形方正無欠柔輭不現衆相莊嚴二十三世尊齊深右旋圓妙清淨光澤二十四世尊齊厚不窊不凸周帀妙好二十五世尊身皮遠離疥癬亦無黶點疣贅等過二十六世尊手掌充滿柔輭足下安平二十七世尊手文深長明直潤澤不斷二十八世尊脣色光潤丹輝如頻婆果上下相稱二十九世尊面門不長不短不大不小如量端嚴三十世尊舌相輭薄廣長如赤銅色三十一世尊發聲威震深遠如象王吼明朗清徹三十二世尊音韻美妙具足如深谷響三十三世尊鼻高修而且直兩孔不現三十四世尊諸齒方整鮮白三十五世尊牙圓白光潔漸次鋒利三十六世尊眼淨青白分明三十七世尊眼相修廣譬如青蓮華葉甚可愛樂三十八世尊眼睫上下齊整稠密不

白三十九世尊雙眉長而不白緻而細輭四十世尊雙眉綺靡順次紺瑠璃色四十一世尊雙眉高顯光潤形如初月四十二世尊耳厚廣大修長輪埵成就四十三世尊兩耳綺麗齊平離衆過失四十四世尊容儀能令見者無捨無染皆生愛敬四十五世尊額廣圓滿平正形相殊妙四十六世尊身分上半圓滿如師子王威嚴無對四十七世尊首髮修長紺青稠密不白四十八世尊首髮香潔細輭潤澤旋轉四十九世尊首髮齊整無亂亦不交雜五十世尊首髮堅固不斷永無折落五十一世尊首髮光滑殊妙塵垢不着五十二世尊身分堅固充實逾那羅延五十三世尊身體長大端直五十四世尊諸竅清淨圓好五十五世尊身支勢力殊勝無與等者五十六世尊身相衆所樂觀常無猒足五十七世尊面輪修廣得所皎潔光淨如秋滿月五十八世尊顔貌舒泰光顯含笑先言惟向不背五十九世尊面貌光澤熙怡遠離頻蹙青赤等過六十世尊身支清淨無垢常無臭穢六十一世尊所有諸毛孔中常出如意微妙之香六十二世尊面門常出最上殊勝之香六十三世尊首相周圓妙好如末達那亦如天蓋六十四世尊身毛紺青光澤如孔雀項紅輝綺飾色類赤銅六十五世尊法音隨衆大小不增不減應現無差六十六世尊頂相無能見者六十七世尊手足指約分明莊嚴妙好如赤銅色六十八世尊行時其足去地如四指量

而現印文六十九世尊自持不待他衛身無傾動亦不逶迤七十世尊威德遠振一切惡心見喜恐怖見安七十一世尊音聲不高不下隨衆生意和悅與言七十二世尊能隨諸有情類言音意樂而爲說法七十三世尊一音演說正法隨有情類各令得解七十四世尊說法咸依次第必有因緣言無不善七十五世尊等觀諸有情類讚善毀惡而不愛憎七十六世尊所爲先觀後作軌範具足令識善淨七十七世尊相好一切有情無能觀盡七十八世尊頂骨堅實圓滿七十九世尊顔容常少不老好巡舊處八十世尊手足及胷臆前俱有吉祥喜旋德相文同綺畫色類丹珠善現是名八十隨好但經結次後云是爲一二等令迴次在前意不欲具如經文耳若瑜伽說與上有異今當更說論云如來八十種好謂兩手足具二十指及以節爪並皆殊妙是即名爲二十隨好兩手兩足表裏八處手四足四並皆殊妙即名爲八種隨好兩踝膝股六處殊妙是即名爲六種隨好兩臂肘腕六處殊妙是即名爲六種隨好腰膝殊妙各一隨好兩核殊妙爲二隨好陰藏殊妙爲一隨好兩臀殊妙爲二隨好腕臚臍三並皆殊妙各一隨好腕尻也臚呂於反胷腹前後是也兩脇腋乳並皆殊妙爲六隨好腹胷項脊各一隨好如是所說除頸以上於下身分六十隨好上下齒勢並皆殊妙爲二隨好其齒勇出行列猶如華蔓故名勢也齶髆殊妙爲一隨好齶音堮也齒所居兵腭顎虛髆兩脣眷屬並皆殊

妙爲二隨好頤益圓滿爲一隨好兩頰圓滿善安其所爲二隨好兩目脩廣並皆殊妙爲二隨好兩眉殊妙爲二隨好其鼻二孔並皆殊妙爲二隨好其額殊妙爲一隨好角贊兩耳並皆殊妙爲四隨好頭髮殊妙爲一隨好如是所說從頭已上二十隨好總合說爲八十隨好若依無上依經亦有八十與大般若大同恐繁不引然釋此相瑜伽之中乃有二門一列名二辨釋初中上瑜伽但列名而已二辨釋中論更有五門一相好起位二相好之因三相好位差四相好廢立五相好優劣初起位者論云如是諸相及諸隨好若諸菩薩入淨勝意樂地時以得異熟從此已上諸相隨好展轉獲得殊勝清淨二明因者大同涅槃前疏已引三位差別若論云當知如是三十二相八十隨好菩薩在種性地唯有種子依身而住菩薩若在勝解行地始能修彼能得方便若在清淨增上意樂地中乃名爲得若在諸餘上地如是相好轉勝清淨若在如來到究竟地當知相好善淨無上四廢立者論云如是諸相是有色故劣中勝品諸有清淨易了知故餘有一切不共佛法皆得名爲大丈夫相唯立此爲大丈夫相又即如是三十二種大丈夫相由所依性爲任持故釋曰此三十二與餘功德爲所依故偏得立名餘不得名下辨好論云由極殊妙令端嚴故說名隨好五優劣者至隨好品當廣分別

願一切衆生得如來身究竟清淨不可限量

願一切衆生得堅固身一切魔怨所不能壞

願一切衆生得一相身與三世佛同一身相

願一切衆生得無礙身以淨法身徧虛空界

願一切衆生得菩提藏身普能容納一切世間

十云菩提藏身者如出現品如來成正覺時於其身中普見一切衆生成正覺等故

普見一切等者等有二義一等下文云乃至普見一切衆生入涅槃皆同一性所謂無性無何等性所謂是無相性無盡性無生性無滅性等二等取次下經云佛子菩薩應知如來身一毛孔中有一切衆生數等諸佛身亦即身藏之義上則普含衆生此則但含諸佛上全身含今一毛含遍法界毛當知亦爾故身爲藏

是爲菩薩摩訶薩求一切智施髓肉時善根迴向爲令衆生皆得如來究竟清淨無量身故

佛子菩薩摩訶薩以心布施諸來乞者如無悔厭菩薩無礙王菩薩及餘無量諸大菩薩

三十五施心初施行

以其自心施乞者時學自在施心修一切施心習行檀波羅蜜心成就檀波羅蜜心學一切菩薩布施心一切悉捨無盡心一切悉施慣習心荷負一切菩薩施行心正念一切諸佛現前心供養一切諸來乞者無斷絕心菩薩摩訶薩如是施時其心清淨爲度一切諸衆生故爲得十力菩提處故爲依大願而修行故爲欲安住菩薩道故爲欲成就一切智故爲不捨離本誓願故

二迴向行中先辨意後顯願有二十心

以諸善根如是迴向所謂願一切衆生得金剛藏心一切金剛圍山等所不能壞

初云金剛藏者藏即名堅其猶樹藏金剛亦堅即佛地智世法莫壞如不思議品十種勇健法中第一法說藏即名堅者此即十地初釋金剛藏論文如不思議品者經云謂一切諸佛身不可壞命不可斷乃至云八部天龍盡其勢力雨大金剛山如須彌山及鐵圍山遍於三千大千世界一時俱下不能令佛心有驚怖乃至一毛亦不搖動

願一切衆生得卍相莊嚴金剛界心

二中外標卍相表萬德吉祥內智契如名金剛界界者性也由契性故堅如金剛不可損壞由成智故利如金剛壞難壞惑故十地受職分內名金剛莊嚴臆德相不思議法品及離世間皆有此心名大同也第九迴向及離世間又名金剛界根金剛焰根亦即此名以清淨心王於無分別智有所依增上義故立以根稱

得無能動搖心得不可恐怖心得利益世間常無盡心得大勇猛幢智慧藏心

其大勇猛幢取降伏義

得如那羅延堅固幢心

言堅固幢取不爲他壞義

得如衆生海不可盡心得那羅延藏無能壞心得滅諸魔業魔軍衆心得無所畏心得大威德心得常精進心得大勇猛心得不驚懼心得被金剛甲胄心

被金剛甲是大誓義

得諸菩薩最上心得成就佛法菩提光明心得菩提樹下坐安住一切諸佛正法離諸迷惑成一切智心得成就十力心

餘並可知

是爲菩薩摩訶薩布施心時善根迴向

爲令衆生不染世間具足如來十力心故

佛子菩薩摩訶薩若有乞求腸腎肝肺悉皆施與如善施菩薩降魔自在王菩薩及餘無量諸大菩薩

三十六施腸腎肝肺四事合一迴向前有大小二腸今合爲一腸

行此施時見乞者來其心歡喜以愛眼觀爲求菩提隨其所須悉皆施與心不中悔觀察此身無有堅固我應施彼取堅固身復念此身尋即敗壞見者生厭狐狼餓狗之所噉食此身無常會當棄捨爲他所食無所覺知佛子菩薩摩訶薩作是觀時知身無常穢汙之極於法解悟生大歡喜敬心諦視彼來乞者如善知識而來護想隨所乞求無不惠施以不堅身易堅固身

佛子菩薩摩訶薩如是施時所有善根悉以迴向願一切衆生得智藏身内外清淨願一切衆生得福藏身能普任持一切智願願一切衆生得上妙身内蘊妙香外發光明願一切衆生得腹不現身上下端直支節相稱願一切衆生得智慧身以佛法味充悅滋長願一切衆生得無盡身修習安住甚深法性願一切衆生得陀羅尼清淨藏身以妙辯才顯示諸法願一切衆生得清淨身若身若心内外俱淨願一切衆生得如來智深觀行身智慧充滿雨大法雨願一切衆生得内寂身外爲衆生作智幢王放大光明普照一切

言智藏身者身爲智依故餘可知

是爲菩薩摩訶薩施腸腎肝肺善根迴向爲令衆生内外清淨皆得安住無礙智故

大方廣佛華嚴經疏鈔會本第二十七之一

音釋

紺青　紺古暗切青而含赤色也　緻　直利切密也　鬢額　鬢必刃切額旁髮也額五革切顙也　卍　按卍字本非是字武后長壽二年權制此文著於天樞音之爲萬謂吉祥萬德之所集也　壅滯　壅委勇切塌塞也滯直例切凝滯也　聾　聵　聾音籠耳無聞也聵胡對切亦聾也　網縵　縵莫官切網縵謂佛手指間皮相連如鵝鴈掌也　慣習　慣古患切亦習也　脇　虛業切腋下也　傭圓　傭尺容切圓直也　瘂　倚下切瘖瘂也　韎　亡達切　蹉　倉何切　卍　音萬　剜　烏歡切刻削也　捍　侯旰切衛也　彎　烏還切持弓也　牸　疾置切牝牛也　窊　烏爪切不平也　絞　古巧切　踝　胡瓦切足骨也　凸　田結切高起也　臍　前西切與臍同　黶　於琰切黑子也　覘　蚩占切音譫窺也探也　疣贅　疣于求切埀瘤也贅朱芮切附贅也　睫　即涉切目旁毛也　緻　直利切密也　埵　都火切　頻蹙　蹙子六切頻蹙愁貌　肘　陟柳切臂節也　腕　烏貫切手也　逶迤　逶於危切迤余支切逶迤衺去貌　齇腭　齇羌魚切腭五各切與齶同　頤　盈之切頷也　臀　徒孫切脽也　臚　呂於切腹前曰臚　縮　音梳

蹋徒合切音達又音榻踐蹋也謫音責殑渠京切音擎又音兢擎渠京切音鯨持高也拓也銛思廉切聲同先利也隟音乞空隟也黭烏含切音菴又音闇並黰也

大方廣佛華嚴經疏鈔會本第二十七之三

唐于闐國三藏沙門實叉難陀　譯

唐清涼山大華嚴寺沙門澄觀撰述

佛子菩薩摩訶薩布施乞者支節諸骨如法藏菩薩光明王菩薩及餘無量諸大菩薩施其身分支節骨時見乞者來生愛樂心歡喜心淨信心安樂心勇猛心慈心無礙心清淨心隨所乞求皆施與心

三十七支節諸骨前云骨髓髓已前明而加支節諸骨若合者但是一事謂支節之骨若開支節自是一事如節節支解等即前列所無

菩薩摩訶薩施身骨時以諸善根如是廻向所謂願一切衆生得如化身不復更受骨肉血身願一切衆生得金剛身不可破壞無能勝者願一切衆生得一切智圓滿法身於無縛無著無繫界生

廻向行中言無繫界者即涅槃界

願一切衆生得智力身諸根圓滿不斷不壞願一切衆生得法力身智力自在到於彼岸願一切衆生得堅固身其身貞實常無散壞願一切衆生得隨應身教化調伏一切衆生願一切衆生得智熏身具那羅延支節大力

言具那羅延支節大力者如涅槃校量具那羅延者即涅槃北經第十一南本第十現病品因佛現臥迦葉怪問如來已離病惱何故倚臥便校量佛力云十小牛力不如一大牛力十大牛力不如一青牛力十青牛力不如一凡象力十凡象力不如一野象力次四牙象次雪山白象次香山象次青象次黃象次赤象次白象次山象次優鉢羅象次芬陀利象次一力士次鉢健提次八臂那羅延次十住菩薩一節之力皆前前之十不及後後之一如前六重故知佛力不可思議

願一切衆生得堅固相續不斷絶身永離一切疲極勞倦願一切衆生得大力安住身悉能具足精進大力願一切衆生得徧世間平等法身住於無量最上智處願一切衆生得福德力身見者蒙益遠離衆惡願一切衆生得無依處身皆得具足無依著智願一切衆生得佛攝受身常爲一切諸佛加護願一切衆生得普饒益諸衆生身悉能徧入一切諸道願一切衆生得普現身普能照現一切佛法

言普照現身者如淨明鏡無不現故餘可知

願一切衆生得具足精進身專念勤修大乘智行願一切衆生得離我慢貢高清淨身智常安住無所動亂願一切衆生得堅固行身成就大乘一切智業願一切衆生得佛家身永離世間一切生死是爲菩薩摩訶薩施身骨時善根迴向

爲令衆生得一切智永清淨故所爲中言得智者智爲萬德之骨故

佛子菩薩摩訶薩見有人來手執利刀乞其身皮心生歡喜諸根悦豫譬如有人惠以重恩逢迎引納敷座令坐曲躬恭敬而作是念此來乞者甚爲難遇斯欲滿我一切智願故來求索饒益於我歡喜和顔而語之言我今此身一切皆捨所須皮者隨意取用猶如往昔清淨藏菩薩金脇鹿王菩薩及餘無量諸大菩薩等無有異

三十八施身皮引例中清淨藏菩薩未見同名智論十六中如毒龍受一日戒被剥

五色皮忍而施之云云言金脇鹿王者智論及菩薩本緣集經第三說金脇鹿救於溺者彼人背恩告王取鹿大例名同而非施皮智論者論云問曰已知尸羅相云何尸羅波羅蜜答曰有人言菩薩持戒寧自失身不毁小戒是爲尸羅波羅蜜如上蘇陀摩王經中所說不惜身命以全禁戒如菩薩本身曾作大力毒龍若衆生在前身力弱者眼視便死身力強者氣徃而死是龍曾受一日禁戒出家求靜入林樹間思惟坐久疲懈而睡龍法睡時復形如蛇身有文綵七寶雜色獵者見之驚喜言曰此乃希有難得之皮獻上國王以爲服飾不亦宜乎便以杖按其頭以刀剝其皮龍自念言我力如意傾覆此國其如反掌此人小物豈能困我我今以持戒故不計此身當從佛語於是自忍眼目不視閉氣不息憐愍此人爲持戒故一心受剝不生悔意既以失皮赤肉在地時日大熱宛轉土中欲趣大水見諸小蟲來食其身爲持戒故不復敢動自思惟言我今此身以施諸蟲爲佛道故今以肉施以充其身後成佛時當以法施以益其心如是誓已身乾命終卽生第二忉利天上爾時毒龍卽今我身釋迦佛是是時獵者提婆達多等六師是諸小蟲輩釋迦佛初轉法輪八萬諸天得道者是菩薩護戒不惜身命決定不悔其事如是名尸羅波羅蜜釋曰雖本明戒正是施皮耳菩薩本緣經亦有此緣其事更廣先爲大龍有大勢力或化身爲人爲與諸龍女共相娛樂至毗陀山幽邃之處金翅欲食欲來諸山碎壞泉池令其枯涸諸龍龍女化爲女人來附此龍龍爲金翅說慈心法令反本宮後爲諸龍說慈心法亦令行慈後捨諠就靜山間齋戒多日困乏暫卧止息遂遇惡人餘同上智論及菩薩本緣經者經云菩薩過去墮畜生中而爲鹿身兩脇金色脊似瑠璃餘處雜廁種種難名譬如硨磲角如金精其身莊嚴如七寶藏身色光麟如日初出諸天敬重爲立名字名金色鹿善解人語爲諸羣鹿宣說正法爲大利益下取一意略引至一河邊暴水泛溢損壞樹岸見一溺人投水救之其人以得濟白鹿王言君卽是我再生父母何以報德鹿王言我無所須以身皮妙恐人見當嘿汝言知恩之人具多功德不知恩者多受苦報此人背恩還白王知王卽命駕令此溺人引至鹿所鹿王正聽有烏啄耳覺已瞻望見王兵已近鹿王乃安撫羣鹿云王爲我來汝勿驚怖尋至王所溺者指鹿言此是鹿王兩手墜落王見是事下馬詣鹿鹿却慰王王勿令驚怖我施一切衆生無畏王遂讚言汝雖獸身非實畜也王語鹿言旣施一切衆生無畏爲何令此溺人兩手墮落鹿王答言如人犯官重法自招其咎此人自作自受非我使然王便長跪叉手白鹿我從今日長相歸依鹿王白王言若能

爾者願賜此人無畏如赤子想此人必墮地獄故可憐愍王益稱歎願長爲弟子普施諸鹿令得無畏勅令國內不得遊獵殺害衆生廣如彼說更有九色鹿經事緣一同但云九色又王夫人夜夢託病王爲求之許分半國貪利見王言知鹿處當卽面癩後結會云鹿卽我身是王卽父王夫人卽先陀利烏卽阿難溺人卽調達餘皆同也釋曰金色義同非正捨皮云大例相似

菩薩爾時以諸善根如是迴向所謂願一切衆生得微細皮猶如如來色相清淨見者無厭願一切衆生得不壞皮猶如金剛無能壞者願一切衆生得金色皮如閻浮檀上妙眞金清淨明潔願一切衆生得無量色皮隨其心樂現清淨色願一切衆生得淨妙色皮具足沙門善軟清淨如來色相願一切衆生得第一色皮自性清淨色相無比願一切衆生成就如來清淨色皮以諸相好而自莊嚴願一切衆生得妙色皮放大光明普照一切願一切衆生得明網皮如世高幢放不可說圓滿光明願一切衆生得潤澤色皮一切色相悉皆清淨

願中云相好皮者謂金色等相好者相謂三十二相中第十五身皮金色好者八十種好中第十六世尊身皮潤滑柔輭光悅鮮淨塵垢不着故疏云等

是爲菩薩摩訶薩施身皮時善根迴向爲令衆生皆得一切嚴淨佛剎具足如來大功德故

所爲云淨佛剎者皮爲外相故

佛子菩薩摩訶薩以手足指施諸乞者如堅精進菩薩閻浮提自在王菩薩及餘無量諸大菩薩菩薩爾時顏貌和悅其心安善無有顚倒乘於大乘不求美欲不尚名聞但發菩薩廣大之意遠離慳嫉一切諸垢專向如來

無上妙法

三十九施手足指

佛子菩薩摩訶薩如是施時攝諸善根悉以迴向

迴向十願

願一切衆生得纖長指與佛無異

纖長者量纖長者直就事說若約相好纖長是相卽三十二中第三相

願一切衆生得傭圓指上下相稱

傭圓者形圓傭是第二好

願一切衆生得赤銅甲指其甲隆起清淨鑒徹

赤銅者色赤銅是第一好

願一切衆生得一切智勝丈夫指悉能攝持一切諸法

能攝者力此以智爲指能攝者持法界故亦第五十三好

願一切衆生得隨好指具足十力

隨好者妙言十力者隨一一指能持一切世界等隨好者總指由此一句故別名云爲力爲色等亦瑜伽二十指皆殊妙爲二十隨好也

願一切衆生得大人指纖傭齊等

齊等者不參差齊等者不參差卽第三隨好云各等無差

願一切衆生得輪相指指節圓滿文相右旋

輪相等者準梵本云願一切衆生得十指端裏面皆有千輻輪相所餘節中裏面皆有本那伽吒及以塞縛悉底迦相相間莊嚴準此則圓滿之言應云滿餅右旋之言應云有樂若準觀佛三昧海經一一指節端有十二輪相現輪相等卽第八十隨好上說八十世尊手足及胷臆前俱有吉祥喜旋德相文同綺畫色類丹珠裏面皆有本那伽吒者此云滿餅塞縛悉底迦此云有樂故云圓滿之言應言滿餅右旋之言應云有樂其右旋梵云

難提迦物多若準等者即第一經觀相品

願一切衆生得如蓮華卍字旋指十力業報相好莊嚴

八中準梵本願得大蓮華難提迦物多相指却是右旋十力業報者亦十種大那羅延幢勇健法也相即纖等好即殊妙有云卍字旋者約中文也準三昧海經指端各有萬字相萬字㸃間有千輻輪相

願一切衆生得光藏指放大光明照不可說諸佛世界願一切衆生得善安布指善巧分布網縵具足

網縵者經云歛指不現張時即現如眞珠網分明可愛餘可知

是爲菩薩摩訶薩布施指時善根迴向爲令衆生一切皆得心清淨故

所爲云得清淨心者得指由心故

佛子菩薩摩訶薩請求法時若有人言汝能施我連肉爪甲當與汝法菩薩荅言但與我法連肉爪甲隨意取用如求法自在王菩薩無盡菩薩及餘無量諸大菩薩爲求法故欲以正法開示演說饒益衆生一切皆令得滿足故捨連肉爪甲與諸乞者

菩薩爾時以此善根如是迴向所謂願一切衆生皆得諸佛赤銅相爪願一切衆生得潤澤爪隨好莊嚴願一切衆生得光淨爪鑒徹第一願一切衆生得一切智爪具大人相願一切衆生得無比爪於諸世間無所染著願一切衆生得妙莊嚴爪光明普照一切世間願一切衆生得不壞爪清淨無缺願一切衆生得入一切佛法方便相爪廣大智慧皆悉

清淨願一切衆生得善生爪菩薩業果無不淨妙願一切衆生得一切智大導師爪放無量色妙光明藏

四十施連肉爪中言赤銅相者即是小相五無比者事爪則不染塵垢智爪則不染境相言善生者善業生故有云西域方言謂善生爲端正餘可知赤銅者卽第一隨好事爪則不染者亦第一好第一好云一世尊指爪狹長薄潤光潔鮮淨如赤銅色故具此二

是爲菩薩摩訶薩爲求法故施連肉爪甲時善根廻向爲令衆生具足諸佛一切智爪無礙力故

所以求法偏語施爪者一則以引例中有現事故下入火求法亦準此通二有所表以爪能㧜取順求義故下入火求者表難取故故智論云般若波羅蜜猶如大火聚四邊不可取無取亦不取故般若波羅蜜猶如大火聚卽龍樹讚般若至勝熱處當廣引釋

佛子菩薩摩訶薩求佛法藏恭敬尊重生難得想有能說者來語之言若能投身七仞火坑當施汝法菩薩聞已歡喜踊躍作是思惟我爲法故尚應久住阿鼻獄等一切惡趣受無量苦何況纔入人間火坑卽得聞法奇哉正法甚爲易得不受地獄無量楚毒但入火坑卽便得聞但爲我說我入火坑如求善法王菩薩金剛思惟菩薩爲求法故入火坑中

四十一求法入火施行中言七仞者一仞七尺也求法入火者三地有文又賢愚經云又復世尊過去久遠無量阿僧祇劫此閻浮提有大國王名曰梵天王有太子字曇摩鉗好樂正法四方求法周遍不獲愁悶懊惱帝釋化爲婆羅門來詣王所王請就座爲說妙法婆羅門言學之甚難云何便說太子審問答言若能作大火坑令深十丈滿中熾火自投於中爲供養

者吾乃與法太子如教羣臣諫喻令慇我等婆羅門曰吾不相逼若不爾者吾不說法王知意定令使乘八千里象宣告一切太子却後七日求法入火諸小王等遠近皆集悲哀勸喻太子告言我於久遠生死之中喪身無數人中爲貪更相殘害天上壽盡失欲憂苦地獄之中火燒湯煮等受無量苦未曾爲法吾今以此臭穢之身爲法供養云何止我將欲投火先請說法時婆羅門爲說偈云常行於慈心除去恚害想大悲愍衆生矜傷爲雨淚修行大喜心同已所得法救護以道意乃應菩薩行聞說法已便投火坑帝釋梵天王各執一手而歎之言一切生類賴太子安何爲投火喪他父母太子答言爲無上道不惜身命纔投於火火變華池太子安然坐蓮華臺諸天雨華沒至于膝爾時梵天王者淨飯王是

菩薩爾時以此善根如是迴向所謂願一切衆生住佛所住一切智法永不退轉無上菩提願一切衆生離諸險難受佛安樂願一切衆生得無畏心離諸恐怖願一切衆生常樂求法具足喜樂衆法莊嚴願一切衆生離諸惡趣滅除一切三毒熾火願一切衆生常得安樂具足如來勝妙樂事願一切衆生得菩薩心永離一切貪恚癡火願一切衆生悉得菩薩諸三昧樂普見諸佛心大歡喜願一切衆生善說正法於法究竟常無忘失願一切衆生具足菩薩神通妙樂究竟安住一切種智

迴向行中初及第九約求法爲願餘約入火爲願

是爲菩薩摩訶薩爲求正法投火坑時善根迴向爲令衆生離障礙業皆得具足智慧火故

佛子菩薩摩訶薩爲求正法分別演說開菩薩道示菩提路趣無上智勤修十力廣示一切智心獲無礙智法令衆生清淨住菩薩境界勤修大智護佛菩提時以身具受無量苦

惱如求善法菩薩勇猛王菩薩及餘無量諸大菩薩爲求法故受無量苦乃至攝取誹謗正法惡業所覆魔業所持極大惡人彼所應受一切苦惱以求法故悉皆爲受四十二爲求法護法受衆苦者如香城粉骨雪嶺忘軀其類非一如香城粉骨等下句即涅槃上句即大般若大般若文廣今依大品二十七略引經云佛告須菩提菩薩摩訶薩求般若者當如薩陀波崙此云常啼欲求般若不惜身命聞空中聲汝但東行莫憚勞苦即當得聞菩薩聞已作是念言令我東行何時何處當聞般若即住立啼泣經于七日空中有佛即語之言從此東行五百由句有城名衆香彼有菩薩名曇無竭此云法尚日中三時宣說般若波羅蜜心念欲徃即得無量三昧法門諸佛慰喻忽然不現欲見法尚自念貧無以何供養遂欲賣身中路有城以魔蔽故並無人聞賣身之聲唯有城中長者女聞帝釋化爲婆羅門云我不要人唯要人血髓用祀天神菩薩遂刺左臂出血割右髀肉復當破骨出髓時長者女樓上遥見下問其故答云我欲供養法尚求聞般若女遂止之許供所須與共同徃帝釋即時復天身云我相試耳欲求何願答云與我無上菩提帝釋言是佛境界非我所能更何所求答云無所求帝釋乞令其身如故菩薩許之平復如故釋曰此即粉骨言香城者彼衆香城七重欲徃彼故又至彼城刺血灑地故言雪嶺忘軀者即涅槃第十四聖行品明世尊昔在雪山修行爲求菩提帝釋化爲羅剎去其不遠遂說半偈云諸行無常是生滅法菩薩忽聞竪髮舉視遂見羅剎初疑其人若聞此偈不合受此可畏之身又思或於過去佛所曾聞尋徃問言汝於何處得是過去離怖畏者所說半偈半如意珠耶羅剎言曰我饑讇言菩薩請言汝所說者義味不盡爲我說終我當終身爲汝弟子供給所須又言我今饑苦終不能說菩薩問言汝須何食羅剎答言我所飲者唯人熱血我所食者唯人暖肉我飛行處處而不能得菩薩請言但爲我說我聞偈已以身奉施羅剎又言誰當信汝菩薩答言釋提桓因大梵天王得他心者諸佛菩薩以爲證明次脫衣服以敷高座羅剎坐已說餘半偈云生滅滅已寂滅爲樂羅剎又言偈已說竟當施我身菩薩是時深思此義若石若壁若樹若道書寫此偈後昇樹上投身而下未至於地虛空之中發種種聲稱歎菩薩上至阿迦尼吒天釋復本身接之安置平地稱讚善哉真是菩薩必成正覺願見濟度禮足而去因此乃超彌勒菩薩十二劫在先成佛言其類非一者如菩薩本緑經說處聞那黎王愛樂正法廣召賢達

有婆羅門應召而至今王剜身千燈經停七日廣集眷屬遶剜千燈燈如錢大漆滿油竟請說偈法婆羅門說偈言常者皆盡高者亦墮合會有離生必有死聞竟然燈又發願言願成菩提然大法燈照於一切帝釋問云得無悔耶答言不悔若不虛者平復如故言畢平復賢愚經第一亦有此緣名虔闍婆棃又有釘身千道涅槃二十二亦有賣身重法之緣恐繁不引八十經中普賢自說求法因緣第三地中亦說求法內外無恡

以此善根如是迴向所謂願一切衆生永離一切苦惱逼迫成就安樂自在神通願一切衆生永離諸苦得一切樂願一切衆生永滅苦蘊得照現身恒受安樂願一切衆生超出苦獄成就智行願一切衆生見安隱道離諸惡趣願一切衆生得法喜樂永斷衆苦願一切衆生永拔衆苦互相慈愛無損害心願一切衆生得諸佛樂離生死苦願一切衆生成就清淨無比安樂一切苦惱無能損害願一切衆生得一切勝樂究竟具足佛無礙樂是爲菩薩摩訶薩爲求法故受衆苦時善根迴向爲欲救護一切衆生令離險難住一切智無所障礙解脫處故

佛子菩薩摩訶薩處於王位求正法時乃至但爲一文一字一句一義生難得想能悉罄捨海內所有若近若遠國土城邑人民庫藏園池屋宅樹林華果乃至一切珍奇妙物宮殿樓閣妻子眷屬及以王位悉能捨之於不堅中求堅固法爲欲利益一切衆生勤求諸佛無礙解脫究竟清淨一切智道如大勢德菩薩勝德王菩薩及餘無量諸大菩薩勤求正法乃至極少爲於一字五體投地正念三世一切佛法愛樂修習永不貪著名聞利養捨諸世間自在王位求佛自在法王之位於

世間樂心無所著以出世法長養其心永離世間一切戲論住於諸佛無戲論法

四十三求法捨海内所有即捨王位所統也

菩薩爾時以諸善根如是迴向所謂願一切衆生常樂惠施一切悉捨願一切衆生能捨所有心無中悔願一切衆生常求正法不惜身命資生之具願一切衆生悉得法利能斷一切衆生疑惑願一切衆生得善法欲心常喜樂諸佛正法願一切衆生爲求佛法能捨身命及以王位大心修習無上菩提願一切衆生尊重正法常深愛樂不惜身命願一切衆生護持諸佛甚難得法常勤修習願一切衆生皆得諸佛菩提光明成菩提行不由他悟願一切衆生常能觀察一切佛法拔除疑箭心得安隱

迴向行中言疑箭者如涅槃説人中毒箭應速拔之若妄分别未究而終故

是爲菩薩摩訶薩爲求正法捨國城時善根迴向爲令衆生知見圓滿常得住於安隱道故

佛子菩薩摩訶薩作大國王於法自在普行教命令除殺業閻浮提内城邑聚落一切屠殺皆令禁斷無足二足四足多足種種生類普施無畏無欺奪心廣修一切菩薩諸行仁慈莅物不行侵惱發妙寶心安隱衆生於諸佛所立深智樂常自安住三種淨戒亦令衆生如是安住菩薩摩訶薩令諸衆生住於五戒永斷殺業

四十四爲王斷殺等施行中自住三聚淨

戒令他住於五戒是爲法施五戒殺初故
此偏語若望所殺是無畏施
以此善根如是迴向所謂願一切衆生發菩薩心具足智慧永保壽命無有終盡願一切衆生住無量劫供一切佛恭敬勤修更增壽命願一切衆生具足修行離老死法一切災毒不害其命願一切衆生具足成就無病惱身壽命自在能隨意住願一切衆生得無盡命窮未來劫住菩薩行教化調伏一切衆生願一切衆生爲壽命門十力善根於中增長願一切衆生善根具足得無盡命成滿大願願一切衆生悉見諸佛供養承事住無盡壽修習善根願一切衆生於如來處善學所學得聖法喜無盡壽命願一切衆生得不老不病常住命根勇猛精進入佛智慧是爲菩薩摩訶薩住三聚淨戒永斷殺業善根迴向爲令衆生得佛十力圓滿智故

佛子菩薩摩訶薩見有衆生心懷殘忍損諸人畜所有男形令身缺減受諸楚毒見是事已起大慈悲而哀救之令閻浮提一切人民皆捨此業

四十五救於形殘初施行中具足三施於中三初觀境與悲

菩薩爾時語其人言汝何所爲作是惡業我有庫藏百千萬億一切樂具悉皆充滿隨汝所須盡當相給汝之所作衆罪由生我今勸汝莫作是事汝所作業不如道理設有所獲於何可用損他益已終無是處如此惡行諸不善法一切如來所不稱歎

次菩薩爾時下以法諫喻

作是語已即以所有一切樂具盡皆施與復以善語爲説妙法令其歡悅所謂示寂靜法令其信受滅除不善修行淨業互起慈心不相損害彼人聞已永捨罪惡

後作是語下財法雙救財救所害之現苦法救能害之當苦示寂靜滅修淨業道滅集因故俱舍論說昔有黄門救五百牛毁形之事善根力故男形具足

俱舍論說等者與西域記第一全同彼云是屈支國舊曰龜茲國城西門外路之左右各立佛像高九十餘尺五年修設一大會西北渡河至阿奢理貳伽藍唐言奇特相傳云昔此國先王崇敬三寶將欲遊方觀禮聖迹乃命母弟攝知留事其弟受命竊自割勢防未萌也封之金函持以上王王曰斯何謂也對曰駕迴之日乃可開發即付執事隨軍掌護王之還也果有構禍者曰王王命監國婬亂中宮王聞震怒欲置嚴刑弟曰不敢逃責願開金函王遂發而觀之乃斷勢也白斯何異物欲何發明對曰王昔遊方命知留事懼有讒禍割勢自明今果有徵願垂照鑒王深敬異情愛彌隆出入後庭無所禁礙王弟於後行遂遇一夫擁五百牛欲事刑腐見而懷念引類增懷我今形虧豈非宿業即以財寶贖此羣牛以慈善力男形漸具以形具故遂不入宮王怪而問之乃陳其始末王以爲奇特也遂建伽藍式旌美迹傳芳後葉從此立名

菩薩爾時以此善根如是迴向所謂願一切衆生具丈夫形成就如來馬陰藏相願一切衆生具男子形發勇猛心修諸梵行願一切衆生具勇猛力恒爲主導住無礙智永不退轉願一切衆生皆得具足大丈夫身永離欲心無有染著願一切衆生悉得成就善男子法智慧增長諸佛所歎願一切衆生普得具於大人之力常能修習十力善根願一切衆生永不失壞男子之形常修福智未曾有法願一切衆生於五欲中無著無縛心得解脫厭離三有住菩薩行願一切衆生成就第一智慧丈夫一切宗信伏從其化願一切衆生

具足菩薩丈夫智慧不久當成無上大雄
二迴向行中修諸梵行未必制心後離欲
心必無身過具男子形但異女身具大丈
夫必心懷道德
是爲菩薩摩訶薩禁絶一切毀敗男形善根
迴向爲令衆生具丈夫形皆能守護諸善丈
夫生賢聖家智慧具足常勤修習丈夫勝行
有丈夫用巧能顯示七丈夫道具足諸佛善
丈夫種丈夫正教丈夫勇猛丈夫精進丈夫
智慧丈夫清淨普令衆生究竟皆得
四所爲中初令得果後常勤下令得起行
丈夫行者涅槃十八云一切男女若具四
法即名丈夫一近善知識二聽聞正法三
思惟其義四如說修行又四相品具四相
故名爲丈夫四如說修行者此下餘經云善男子若男若女具足四法

謂名丈夫若有男子無此四法即不得名
爲丈夫也何以故身雖丈夫行同畜生如
來調伏若男若女是故佛號調御丈夫也
又四相品即南經北經即如來性品卷當
第四言四相者一者自正二者正他三者
能隨問答四者善解因緣義前亦已引意
云自正者明信三寶常住不移寧以利刀
割斷其舌終不說言如來法僧是無常也
二正他者意云隨機受法智小未堪說無
常等智大堪化乃可具說常無常等三能
隨問答者意云善知如來制聽之意隨問
而說如有問言云何不施一錢得大施名
佛言不食酒肉施以酒肉不飾香華施以
香華無費一毫施名流布迦葉因言食肉
之人不應受施便爲廣說斷肉之制昔聞
三種乃爲漸損其貪耳四善解因緣義者
意云知佛有何因緣初不說深不廣制戒
後方說之知未堪聞故先未說未有過失
故不廣制隨過補之然此四相將爲衆生
開大涅槃爲能開德通是利他若別說者
初一自利自行非邪故名爲正後三利他
令離邪過故名正他此一正是利他行體
後二化德能隨問答明知法藥自在隨問
巧答四違根性善知隨機授化因緣上說
就能開以說若就所開四者經云復次自
正者所謂得是大般涅槃正他者我爲比
丘說言如來常存不變隨問答者迦葉因
汝問故得廣爲菩薩摩訶薩比丘比丘尼
優婆塞優婆夷說是甚深微妙義理因緣
義者聲聞緣覺不解如是甚深之義不聞

伊字三點而成解脫涅槃摩訶般若成秘密藏我今於此闡揚分別爲諸聲聞開發慧眼等餘廣如彼經此中但取知其四事名丈夫耳又云雖是女人能信自身有佛性者即是丈夫故男子不信即是女人顯示七丈夫道即丈夫用道字梵本名爲揭底此云事業晉本云丈夫趣與道相近然七丈夫總有多說一約世間瑜伽丈夫有其七義一長壽久住二妙色端嚴三無病少惱四非僕非女非半擇迦五智慧猛利六發言威肅七有大宗葉具此七法名爲丈夫道即是彼之因也即下所列六句小有開合可以思準前令具丈夫形即非女等也二依小乘有七丈夫即七賢聖一隨信行二隨法行三信解四見至五身證六慧解脫七俱解脫離世間品當說此應不願成彼小乘三依大乘瑜伽七地即七賢聖如十住品初說四依瓔珞六位及信即上生賢聖家復有說言即七善知謂知法知義知時知足知自知衆知尊卑故佛丈夫種所謂大悲成十力等爲佛丈夫丈夫正教即內三藏及外五明餘文易了雖是女人下亦即涅槃第九經末前廣說女人之過竟便云善男子以是義故諸善男子善女人等聽是大乘般涅槃經常應呵責女人之相求於男子何以故是大乘經典有丈夫相所謂佛性若人不知是佛性者我說是等名爲女人若能自知有佛性者我說是人爲丈夫相若有女人能知自身定有佛性當知是等即是男子釋曰以此文證宗五性者都非丈夫若具四德不揀男女即丈夫矣然七丈夫者疏出其五一依瑜伽七丈夫即八異熟中除財位果以屬外故八異熟義即當瑜伽第三十六此迴向初已具引竟淨行品中亦以略出依小乘者如俱舍賢聖品離世間亦出七善知如梵行品引

大方廣佛華嚴經疏鈔會本第二十七之三

鉼 音丙 攫 居縛切爪持也 莅物 莅力至切莅物謂臨莅萬物也 剥 北角切 邃 雖遂切深也 翅 施智切鳥翼也 脇 虛協切腋下也 髀 部禮切股骨也 諂 丑冉切佞言也 剜 烏官切刻也 龜茲 龜音丘茲音慈龜茲國名 腐 扶雨切謂割去勢宮刑也

大方廣佛華嚴經疏鈔會本第二十八之一

唐于闐國三藏沙門實叉難陀　譯
唐清涼山大華嚴寺沙門澄觀撰述

佛子菩薩摩訶薩若見如來出興於世開演正法

四十六歎佛出世如上大威光童子偈聲普告等初施行者即法施行於中三一見佛興世二以大下法施益生三爾時下結所成益

以大音聲普告一切如來出世如來出世令諸衆生得聞佛名捨離一切我慢戲論復更勸導令速見佛令憶念佛令歸向佛令攀縁佛令觀察佛令讚歎佛復爲廣說佛難值遇千萬億劫時乃一出衆生由此得見於佛生清淨信踊躍歡喜尊重供養復於佛所聞諸佛名轉更值遇無數諸佛植諸善本修習增長

二中四初令聞名離惑益二復更下見身起行益三復爲下讚希增敬益四復於下展轉增長益

爾時無數百千萬億那由他衆生因見佛故皆得清淨究竟調伏彼諸衆生於菩薩所皆生最上善知識想因菩薩故成就佛法以無數劫所種善根普於世間施作佛事

三結益可知

佛子菩薩摩訶薩開示衆生令見佛時以諸善根如是迴向所謂願一切衆生不待勸誘自往見佛承事供養皆令歡喜願一切衆生常樂見佛心無廢捨願一切衆生常勤修習廣大智慧受持一切諸佛法藏願一切衆生

隨所聞聲皆悟佛法於無量劫修菩薩行願一切衆生安住正念恒以智眼見佛出興願一切衆生不念異業常憶見佛勤修十力願一切衆生於一切處常見諸佛了達如來徧虚空界願一切衆生皆得具足佛自在身普於十方成道説法願一切衆生遇善知識常聞佛法於諸如來得不壞信願一切衆生悉能稱歎諸佛出與令其見者普得清淨

二廻向可知

是爲菩薩摩訶薩歎佛出世善根廻向爲令衆生見一切佛供養承事於無上法究竟清淨故

佛子菩薩摩訶薩捨於大地或施諸佛造立精舍或施菩薩及善知識隨意所用或施衆僧以爲住處或施父母或施别人聲聞獨覺種種福田乃至一切貧窮孤露及餘四衆隨意悉與令無所乏或施造立如來塔廟於如是等諸處之中悉爲辦具資生什物令隨意用無所恐懼

四十七施大地中但通相言也初施行中略列諸田實通一切言别人者謂有資財人非敬非悲故菩薩通於一切善知識要在益我言别人者即不思議境界經普賢云又復菩薩爲護三昧隨法施時不揀福田怨親善惡持戒破戒富貴貧賤又復思惟施於富者雖無所用然我自應修習施行釋曰即有財爲别人也於中佛塔菩薩知識父母是恩田亦敬田衆僧二乘是德田亦敬田貧孤是悲田亦苦田此等皆能生福如世之田於中佛塔下第二料揀諸田有四一總立五田謂恩敬德悲苦若敬田有病即亦敬亦悲乃成四句故智論十四云一憐愍施謂於貧窮下賤及畜生

二恭敬施謂於佛及法身菩薩等三憐愍恭敬施謂於老病貧窮阿羅漢辟支佛等二若敬田下辨其無通言智論十四者論云復次三事因緣生檀一者信心清淨二者財物三者福田心有三種若憐愍若恭敬若憐愍恭敬施貧窮下賤及諸畜生是憐愍施佛及諸法身菩薩是爲恭敬施若施諸老病貧窮阿羅漢辟支佛是爲恭敬憐愍施釋曰論唯此三句今總收爲二謂有非恭敬非憐愍即上別人悲與敬其非敬非悲亦悲田攝無德可恭敬故三總收爲二者謂悲田攝若敬田攝恩德然此二田以理御心則等無優劣故淨名云最下乞人猶如如來福田無異無所分別等于大悲若直就境論則敬強悲劣以恩深德厚故如校量功德經說若就於心即悲田爲勝覩引悲故故敬則田強而悲心弱悲則田弱而悲心强各有其美俱爲良田若等是敬田恩則勝德故校量經云供百羅漢不及

一生身父母阿含中說供養父母共一生補處功德齊等若同是恩田在家人則父母恩勝出家則師僧恩勝如舍利弗請問經說或約生色身及生法身則優劣可知矣等是德田別不如普故梵網經說別請五百羅漢菩薩僧不如僧次一凡夫僧又由主財田異感報勝劣種種不同恐繁不載然此二田下四彰其優劣一約智二約境三約悲初融心境故云以理御心今初成上以理御心則心境無二況就於境而有分別即淨名第一善德長者子章中長者子自於父舍設大施會供養一切沙門婆羅門及諸外道貧窮下賤孤獨乞人期滿七日時維摩詰入會訶云當爲法施之會何用是財施會爲問曰何謂法施之會答云法施會者無前無後一時供養一切衆生是名法施之會後廣爲說法施長者子發心解身瓔珞價直百千上之不肯取再請受之分作二分一分施此會中最下乞人持一分奉彼難勝如來一切衆會皆見光明國土難勝如來又見瓔珞在彼佛上變成四柱寶臺四面嚴飾分明不相障蔽時維摩詰現神變已復作是言若施

主等心施一最下乞人猶如如來福田之相無所分別等于大悲不求果報是則名爲具足法施釋曰既云無所分別即以理御心等于大悲亦同體悲矣又云施主等心施明以理御心也若直就下第二約境敬勝言校量功德經者經云施畜生得百倍福施外道得千倍福等前已引竟又甚希有經云以七寶等供滿四洲四果聖人及滅度後廣起塔廟不如造麨麥等佛塔功德乃至算數譬喻非比釋曰此即四果尚不及佛明故田勝也若就於心下第三約悲心說然探玄記引像法決疑經中乃至施佛菩薩聲聞衆生不如有人施畜生一口飯食等此是僞經故疏不引但取親引於悲悲是菩薩根故悲爲菩薩體故若無大悲非菩薩故淨名亦云等于大悲故故敬則田強下即羅什法師釋淨名等等于大悲之言而廢公不許但以心等故等即前第一義耳今取雙成後二故云各有其美若等是敬田下第二但就敬中以論優劣以恩德田皆敬田故於中三一敬恩分別若同是恩下二恩中道俗分別如舍利弗請問經者經唯一卷問云何故如來說父母恩大不可報又言師僧之恩不可量其誰爲最佛言夫在家者孝事父母在於膝下莫以報生長育養等以生育恩深故言大也若從師學開發知見此恩大也夫出家者捨其父母生死之家入法門中受微妙法是師之力也生長法身出功德財養智慧命功莫大也追其所生乃次之耳

釋曰若據經意前疏順前意各自爲重以二相望則出家爲勝故言或約生色身等則優劣可知即順經後意也三等是德田下就德田中普別分別引梵網經即菩薩戒云若佛子有出家菩薩在家菩薩及一切檀越請僧福田求願之時應入僧坊問知事人令欲次第請者即得十方賢聖之僧而世人別請五百羅漢及菩薩僧不如僧次一凡夫僧若別請者是外道法七佛無別請法不順孝道若故別請者犯輕垢罪又由主財田等者俱舍論云由主財田異故施果差別此即約分別門就於三輪皆具優劣主謂重心輕心等財謂好物惡物等田謂若敬若悲等

然今此中菩薩施心悲智齊於虛空事物窮乎法界施田凡聖盡於十方故三事性空深無底三事殊特勝無比三事廣大徧無涯三事相融俱無礙然今此中下第三結示經旨三事即三輪廣即約事深即約理融有二義一融於上事理二以理融事重重無盡

菩薩摩訶薩隨何方所布施地時以諸善根如是迴向所謂願一切衆生具足清淨一切智地悉到普賢衆行彼岸願一切衆生得總

持地正念受持一切佛法願一切衆生得住持力常能守護一切佛教願一切衆生得如地心於諸衆生意常清淨無有惡念願一切衆生持諸佛種成就菩薩諸地次第無有斷絶願一切衆生普爲一切作安隱處悉令調伏住清淨道願一切衆生同諸如來利益世間普使勤修安住佛力願一切衆生普爲世間之所愛樂悉令安住無上佛樂願一切衆生獲善方便住佛諸力無畏法中願一切衆生得如地智自在修行一切佛法

二迴向行中初一果地餘九因地各相似義如理應思

是爲菩薩摩訶薩施大地時善根迴向爲令衆生皆得究竟一切如來清淨地故

佛子菩薩摩訶薩布施僮僕供養一切諸佛菩薩眞善知識或施僧寶或奉父母尊勝福田或復給施病苦衆生令無闕乏以存其命或復施與貧窮孤露及餘一切無瞻侍者或爲守護如來塔廟或爲書持諸佛正法以百千億那由他僕使隨時給施其諸僕使皆聰慧善巧性自調順常勤精進無有懈惰具質直心安樂心利益心仁慈心恭恪心無怨恨心無讎敵心能隨受者方俗所宜於彼彼中作諸利益又皆從菩薩淨業所感才能技藝工巧筭數靡不通達善能供侍悅可其心

四十八施僮僕少美曰僮以擬瞻侍執守曰僕以備勞役然不放之從良而施與人還令成僕者以菩薩行海無善不修若唯放從良有三義缺一行海不具二彼僕本願不滿三佛果缺此應機之德餘可知

菩薩爾時以諸善根如是迴向所謂願一切衆生得調順心一切佛所修習善根願一切衆生隨順供養一切諸佛於佛所說悉能聽受願一切衆生得佛攝受常觀如來更無餘念願一切衆生不壞佛種勤修一切順佛善根願一切衆生常勤供養一切諸佛無空過時願一切衆生攝持一切諸佛妙義言詞清淨遊行無畏願一切衆生常樂見佛心無厭足於諸佛所不惜身命願一切衆生得見諸佛心無染著離世所依願一切衆生但歸於佛永離一切邪歸依處願一切衆生隨順佛道心常樂觀無上佛法

是爲菩薩摩訶薩施僕使時善根迴向爲令衆生遠離塵垢淨治佛地能現如來自在身故

佛子菩薩摩訶薩以身布施諸來乞者布施之時生謙下心生如地心生忍受衆苦無變動心生給侍衆生不疲厭心生於諸衆生猶如慈母所有衆善悉迴與心生於諸愚險極惡衆生種種侵陵皆寬宥心安住善根精勤給事

四十九施自身爲給侍

菩薩爾時悉以善根如是迴向所謂願一切衆生隨其所須常無關乏修菩薩行恒不間斷不捨一切菩薩義利善住菩薩所行之道了達菩薩平等法性得在如來種族之數住眞實語持菩薩行令諸世間得淨佛法深心信解證法究竟令諸衆生出生清淨增上善根住大功德具一切智又以此善根令一切衆生常得供養一切諸佛解一切法受持讀

誦不忘不失不壞不散心善調伏不調令調以寂靜法而調習之令彼衆生於諸佛所住如是事又以此善根令一切衆生作第一塔廟受世間種種供養令一切衆生成最上福田得佛智慧開悟一切令一切衆生作最上受者普能饒益一切衆生令一切衆生成最上福利能使具足一切善根令一切衆生成第一好施處能使獲得無量福報令一切衆生於三界中皆得出離令一切衆生作第一導師能爲世間云如實道令一切衆生得妙總持具持一切諸佛正法令一切衆生證得無量第一法界具足虛空無礙正道

二迴向行中有二十願前十進善後十住持

是爲菩薩摩訶薩施自已身善根迴向爲令衆生皆得應供無量智身故

佛子菩薩摩訶薩聞法喜悅生淨信心能以其身供養諸佛欣樂信解無上法寶於諸佛所生父母想讀誦受持無礙道法普入無數那由他法大智慧寶諸善根門心常憶念無量諸佛入佛境界深遠義理能以如來微密梵音與佛法雲雨佛法雨勇猛自在能分別說一切智人第一之地具足成就薩婆若乘以無量百千億那由他大法成滿諸根佛子菩薩摩訶薩於諸佛所聞如是法歡喜無量安住正法自斷疑惑亦令他斷心恒怡暢功德成滿善根具足意恒相續利益衆生心常不匱獲最勝智成金剛藏親近諸佛淨諸佛剎常勤供養一切如來

五十聞法喜悅捨身供佛初施行者即財

法二供文中三初標行體二欣樂下别顯行相初自利行後能以如下利他行三佛子下結行成益

菩薩爾時以諸善根如是廻向所謂願一切衆生皆得圓滿最勝之身一切諸佛之所攝受願一切衆生常近諸佛依諸佛住恒得覲仰未曾遠離願一切衆生皆得清淨不壞之身具足一切功德智慧願一切衆生常勤供養一切諸佛行無所得究竟梵行願一切衆生得無我身離我我所願一切衆生悉能分身徧十方刹猶如影現而無來徃願一切衆生得自在身普徃十方無我無受願一切衆生從佛身生處在如來無上身家願一切衆生得法力身忍辱大力無能壞者願一切衆生得無比身成就如來清淨法身願一切衆生成就出世功德之身生無所得清淨法界是爲菩薩摩訶薩以身供佛善根廻向爲令衆生永住三世諸佛家故

佛子菩薩摩訶薩以身布施一切衆生爲欲普令成就善根憶念善根

五十一以身普施一切衆生施行中亦具事法二施初總標

菩薩摩訶薩自願其身爲大明燈普能照耀一切衆生爲衆樂具普能攝受一切衆生爲妙法藏普能任持一切衆生爲淨光明普能開曉一切衆生爲世光影普令衆生常得覲見爲善根因縁普令衆生常得值遇爲眞善知識令一切衆生悉蒙教誨爲平坦道令一切衆生皆得履踐爲無有上具足安樂令一切衆生離苦清淨爲明淨日普作世間平等

利益
後菩薩下別顯若約事則身爲日月光明
河池井泉以施於物以三種世間身得自
在故若約法施則法燈照耀法日利益等
文中或法或事而義實兩兼
菩薩爾時以諸善根如是迴向所謂願一切
衆生常親近佛入佛智地願一切衆生得隨
順智住無上覺願一切衆生常處佛會意善
調伏願一切衆生所行有則具佛威儀願一
切衆生悉得涅槃深解法義願一切衆生具
知足行生如來家願一切衆生捨無明欲住
佛志樂願一切衆生生勝善根坐菩提樹願
一切衆生殺煩惱賊離怨害心願一切衆生
具足護持一切佛法
二迴向行中上之施行以身就生等翻願
衆生以身近佛等隨義思之
是爲菩薩摩訶薩以身布施一切衆生善根
迴向爲欲利益一切衆生令得無上安隱處
故
佛子菩薩摩訶薩自以其身給侍諸佛於諸
佛所念報重恩如父母想於諸如來起深信
樂以清淨心護佛菩提住諸佛法離世間想
生如來家隨順諸佛離魔境界了達一切諸
佛所行成就一切諸佛法器
五十二施身給侍諸佛初施行亦有身侍
心侍
菩薩爾時以此善根如是迴向所謂願一切
衆生得清淨心一切智寶而自莊嚴願一切
衆生住善調伏遠離一切諸不善業願一切
衆生得不可壞堅固眷屬普能攝受諸佛正

法願一切衆生爲佛弟子到於菩薩灌頂之地願一切衆生常爲諸佛之所攝受永離一切不善之法願一切衆生隨順諸佛修行菩薩最勝之法願一切衆生入佛境界悉皆得授一切智記願一切衆生與諸如來皆悉平等一切佛法無不自在願一切衆生悉爲諸佛之所攝受常能修行無取著業願一切衆生常爲諸佛第一侍者一切佛所修智慧行

二迴向行亦依二侍立願

是爲菩薩摩訶薩給侍諸佛善根迴向爲欲證得諸佛菩提爲欲救護一切衆生爲欲出離一切三界爲欲成就無損惱心爲得無量廣大菩提爲欲成就照佛法智爲欲常蒙諸佛攝受爲得諸佛之所護持爲欲信解一切佛法爲欲成就與三世佛平等善根爲欲圓滿無悔恨心證得一切諸佛法故

佛子菩薩摩訶薩布施國土一切諸物乃至王位悉亦能捨

五十三施國所有乃至王位初施行中先明事捨

於諸世事心得自在無繫無縛無所戀著遠離惡業饒益衆生不著業果不樂世法不復貪染諸有生處雖住世間非此處生心不執著蘊界處法於內外法心無依住常不忘失諸菩薩行未曾遠離諸善知識持諸菩薩廣大行願常樂承事一切善友

後於諸下明其心捨自在是總下十句別現棄萬乘猶如脫屣何繫縛哉餘義見十藏品

菩薩爾時以此善根如是迴向所謂願一切

衆生爲大法王於法自在到於彼岸願一切衆生成佛法王摧滅一切煩惱怨賊願一切衆生住佛王位得如來智開演佛法願一切衆生住佛境界能轉無上自在法輪願一切衆生生如來家於法自在護持佛種永使不絶願一切衆生開示無量法王正法成就無邊諸大菩薩願一切衆生住淨法界爲大法王現佛出興相繼不斷願一切衆生於諸世界作智慧王化導群生無時暫捨願一切衆生普爲法界虛空界等諸世界中一切衆生作法施主使其咸得住於大乘願一切衆生得成具足衆善之王與三世佛善根齊等是爲菩薩摩訶薩布施王位善根迴向爲欲令彼一切衆生究竟住於安隱處故

佛子菩薩摩訶薩見有人來乞王京都嚴麗大城及以關防所有輸稅盡皆施與心無悋惜專向菩提發大誓願

五十四施王都城可知

住於大慈行於大悲志意歡悅利益衆生以廣大智解了深法安住諸佛平等法性發心爲求一切智故於自在法起深樂故於自在智求證得故淨修一切諸功德故住於堅固廣大智故廣集一切諸善根故修行一切佛法願故自然覺悟大智法故安住菩提心無退故修習一切菩薩行願一切種智盡究竟故而行布施以此善根如是迴向所謂願一切衆生悉能嚴淨無量剎土奉施諸佛以爲住處願一切衆生常樂居止阿蘭若處寂靜不動願一切衆生永不依止王都聚落心樂寂靜永得究竟願一切衆生永不樂著一切

世間於世語言常樂遠離願一切衆生得離貪心施諸所有心無中悔願一切衆生得出離心捨諸家業願一切衆生得無悋心常行惠施願一切衆生得不著心離居家法願一切衆生得離衆苦除滅一切災横怖畏願一切衆生嚴淨十方一切世界奉施諸佛是爲菩薩摩訶薩布施王都善根迴向爲令衆生悉能嚴淨諸佛刹故

佛子菩薩摩訶薩所有一切內宫眷屬妓侍衆女皆顔貌端正才能具足談笑歌舞悉皆巧妙種種衣服種種華香而以嚴身見者歡喜情無厭足如是寶女百千萬億那由他數皆由菩薩善業所生隨意自在敬順無失盡以布施諸來乞者而於其中無愛樂心無顧戀心無耽著心無繫縛心無執取心無貪染心無分别心無隨逐心無取相心無樂欲心

五十五施內宫眷屬初施行中二一女麗具德二而於下明施心清淨

菩薩爾時觀諸善根爲欲令一切衆生咸得出離故迴向得佛法喜故迴向於不堅固中而得堅固故迴向得金剛智不可壞心故迴向入佛道場故迴向到於彼岸故迴向得無上菩提心故迴向能以智慧了達諸法故迴向出生一切善根故迴向入三世諸佛家故迴向

二菩薩爾時下明迴向行文分爲二初迴向意二正顯迴向今初以歷事將終文勢稍展此一段文貫於前後然晉經迴向二字皆在句初則是迴向菩提意也今經在於句末則是迴向之意然迴向意與迴向

所爲大同小異小異云何謂有此意故所以廻向令廻向者爲成此故又意則多通諸行所爲别約施行言大同者意爲此故

就文又二初正顯廻向之意文有十句

佛子菩薩摩訶薩住如是法生如來家增長諸佛清淨勝因出生最勝一切智道深入菩薩廣大智業滅除一切世間垢惱常能供施功德福田爲諸衆生宣説妙法善巧安立令其修習諸清淨行常勤攝取一切善根

後佛子下重牒前意欲將廻向初句總指上意故云住如是法生如來家下從後倒牒亦有十句一牒入佛家二勝因即出世善次五可知八善巧者謂不堅易堅九修習者是得法喜十常攝善根爲令出離西域文勢義多如此反騰前辭義多如此者即五失本中

之一如初會説

菩薩爾時以諸善根如是廻向所謂願一切衆生常得無量三昧眷屬菩薩勝定相續不斷願一切衆生常樂見佛悉入諸佛莊嚴三昧願一切衆生成就菩薩不思議定自在遊戲無量神通願一切衆生入如實定得不壞心願一切衆生盡獲菩薩甚深三昧於諸禪定而得自在願一切衆生得解脱心成就一切三昧眷屬願一切衆生種種三昧皆得善巧悉能攝取諸三昧相願一切衆生得勝智三昧普能學習諸三昧門願一切衆生得無礙三昧入深禪定終不退失願一切衆生得無著三昧心恒正受不取二法

二菩薩爾時下正明廻向文有十願隨一一願具前十意十願皆云三昧者禪定輕

安身心柔輭猶彼女故故善財偈云定女常供侍

是爲菩薩摩訶薩布施一切内宮眷屬時善根迴向爲欲令一切衆生皆得不壞清淨眷屬故爲欲令一切衆生皆得菩薩眷屬故爲欲令一切衆生悉得滿足佛法故爲欲令一切衆生滿足一切智力故爲欲令一切衆生證於無上智慧故爲欲令一切衆生得於隨順眷屬故爲欲令一切衆生得同志行人共居故爲欲令一切衆生具足一切福智故爲欲令一切衆生成就清淨善根故爲欲令一切衆生得善和眷屬故爲欲令一切衆生成就如來清淨法身故爲欲令一切衆生成就次第如理辯才善説諸佛無盡法藏故爲欲令一切衆生永捨一切世俗善根同修出世清淨善根故爲欲令一切衆生淨業圓滿成就一切清淨法故爲欲令一切衆生一切佛法皆悉現前以法光明普嚴淨故

三結四所爲並可知

佛子菩薩摩訶薩能以所愛妻子布施猶如往昔須達拏太子現莊嚴王菩薩及餘無量諸菩薩等

五十六施妻子二事合願初施行中二先標章引例須達拏者此云善愛或云好愛事如彼經現莊嚴王如大莊嚴經説又如菩薩本緣經説一切持王子施二子等須達拏者此云善愛或云好愛經唯一卷説事甚廣今當畧引阿難請問佛説過去不可説劫有一大國名爲葉波王號濕波無子禱神後乃有子内外歡喜號須大拏年十五六無藝不通納妃名曼坻生一男一女太子廣行惠施施王敵國行蓮華白象與其怨國大臣瞋懼白王擯太子於檀特山太子出門一切皆施無捒車馬亦爲他乞

太子負男其妃抱女至其山所山有道人名阿蘭陀太子遂問道人云何可居止答云山是福地無處不可乃造草庵而居有拘留國十二醜婆羅門年四十方娶妻妻令求奴婢聞太子好施去山六千里而來求乞初遇獵師欲殺之云王遣迎太子獵遂放之見太子乞子太子自縛以施之其母不在母目瞤動左手復痒恐太子不安遠歸三問太子不應復問方答云我已施訖其妻悶絶良久乃甦放聲大哭太子言汝憶過去提和竭佛時我為婆羅門子汝為女賣華我以五百金錢買汝五華汝寄二華以上於佛願為我妻我時要汝莫違我意汝答可爾今何亂我善施心耶帝釋知其心堅復化為婆羅門亦十二醜就其乞妻太子即施却來寄太子所太子怪問方答云我是天帝故來相試遂復天身令其求願妻有三願一願賣我子還至本國二願我子不至饑苦三願我及太子早還本國帝釋曰如汝所願太子發願言願一切眾生皆得度脱生老病死之苦帝釋歎言大哉是願非我所能更求何願又願言今且願大富常行布施又願國王大臣皆思見我帝釋言如意婆羅門將子歸婦瞋何用王種別求奴婢遂外國賣子帝釋謗無買者遂至本國國人識之白王王欲抱之啼不肯就問賣男子先言男銀錢一千特牛百頭女銀錢二千牸牛二百王問何以女貴男賤答言王之後宮與王無親出自微賤而受榮寵王唯一子逐之深山曾不眷念明知女貴男賤王遂令人追太子還付以寶藏恣其布施遂致得佛父即淨飯母即摩耶妃即瞿夷男即羅睺女即現羅復成利母婆羅門即調達妻即旃遮那摩山上道人即目連獵師即阿難又如菩薩本緣者經有三卷今當第一一半向後至第二卷一半向前然其緣起全似須大拏但彼施一男一女此施二子皆男又加乞眼畧無王請歸餘多同也更復畧引一切持王好施施王白象行蓮華上力能敵國國人大臣皆悉恐懼又慮敵國來侵遂令擯王子於雪山山中施二子與醜婆羅門婆羅門賣之至本國祖王驚歎後帝釋化為婆羅門乞妻王子施之便云汝妻端正恐為賊劫且寄於汝我要當取王子聞已默然受之復化婆羅門從之乞眼王子欲挑復止之云我今未用且寄汝處我要當取王子云我云何受二種寄付釋知心堅復還天身云妻及目二物是我所有今且寄汝勿復施人飛空而去雨華稱讚必證菩提

菩薩爾時乘薩婆若心行一切施淨修菩薩布施之道其心清淨無有中悔罄捨所珍求一切智令諸眾生淨深志樂成菩提行觀菩薩道念佛菩提住佛種性

二菩薩爾時下明能施心於中初自分所

依

菩薩摩訶薩成辦如是布施心已決定志求如來之身自觀已身繫屬一切不得自在又以其身普攝衆生猶如寶洲給施一切未滿足者令其滿足菩薩如是護念衆生欲令自身作第一塔普使一切皆生歡喜欲於世間生平等心欲爲衆生作清涼池欲與衆生一切安樂欲爲衆生作大施主智慧自在了知菩薩所行之行而能如是大誓莊嚴趣一切智願成無上智慧福田普念衆生常隨守護而能成辦自身利益智慧光明普照於世常勤憶念菩薩施心恒樂觀察如來境界

後菩薩摩訶薩下勝進所爲初結前生後

次自觀下觀身不堅況於妻子後又以下

而修堅固二利之法

佛子菩薩摩訶薩以無縛無著解脫心布施妻子所集善根如是迴向所謂願一切衆生住佛菩提起變化身周徧法界轉不退輪願一切衆生得無著身願力周行一切佛刹願一切衆生捨愛憎心斷貪恚結願一切衆生爲諸佛子隨佛所行願一切衆生於諸佛所生自已心不可沮壞願一切衆生常爲佛子從法化生願一切衆生得究竟處成就如來自在智慧願一切衆生證佛菩提永離煩惱願一切衆生能具演說佛菩提道常樂修行無上法施願一切衆生得正定心不爲一切諸緣所壞願一切衆生坐菩提樹成最正覺開示無量從法化生諸善男女

二佛子下明迴向行有十一願初一依於

施心欲令普徧故次二依妻立願次三及後一依子立願生自巳心如巳骨肉等故餘通依上三立願

然所施化實應成四句一乞者是化所施爲實如賢愚經說毗沙門化作夜叉從王乞子等此破菩薩執故

然所施下第二料揀言如賢愚經毗沙門等者即第一經因梵王請佛說法佛辭衆生垢蔽不如速滅梵王遂引昔緣勸佛昔無數劫爲生求法乃至一偈以身心妻子而用施與何不念昔而欲棄生過去久遠於閻浮提有大國王號修樓婆領此世界八萬四千小國初以財施後思以堅實法施遂募說者毗沙門王見欲往試變作夜叉色貌青黑眼赤如血鉤牙外出頭髮悉豎詣王宮門云我能說法王請入宮欲請說法彼云先以所愛夫人及所愛子與我食者乃與汝法王即以所愛夫人及兒中勝者與之夜叉食竟爲王說偈云一切行無常生者皆有苦五陰空無相無有我我所王聞歡喜書寫流布無有悔恨毗沙門遂復本身讚云奇特夫人及子猶存如故王者佛是昔爲法尚爾今何速滅釋曰此即妻子是實乞者是化此破菩薩執者如淨名云十方世界中作魔王者多是住不思議解脫菩薩以方便力現作魔王故云破菩薩執

二乞者是實所施是化如攝論說毗荀陀王捨子與婆羅門是化無惱以菩薩方便滿乞意故

二乞者是實者引第十一梁攝論云或現種種本生由逼惱他及逼惱怨對令他相愛利益安樂心釋論曰爲化邪見衆生不信因果令得正法離惡修善故化現種種本生如毗荀陀王捨兒與婆羅門非是逼惱他此兒是化作何以故菩薩無逼惱此人生彼人安樂故又如樂藏菩薩令肩絺王與毗提訶王相逼惱此亦是化作後悉令相愛利益安樂心菩薩行如是事有何利益論曰生他信心爲先後於三乘聖道中彼善根成熟是名菩薩甚深制差別

三者俱化旁誓衆生

三俱化可知

四者俱實復有二種一始行者欲將施時再三本問故瑜伽三十九說施妻子時先當曉喻令喜終不強逼令其憂惱於來乞者雖以正言曉喻不施怨家等二根熟者其所施人多與菩薩同結志願互爲主伴今將爲施遂本所祈故

下經云生生行施處願常以我施四俱實者如一切施王施兒與婆羅門婆羅門鞭打而持去至一樹下更欲打之樹神手擬婆羅門婆羅門即倒神欲斷彼命奪王子送還王子告神請勿害之我若再還令我父王檀行不足即爲不孝之子神遂放之此即妻子同行也尚須自捨身命豈有辭苦而退言生生行施處者即七十五釋迦女瞿波昔緣中事當時妙德童女欲事太子太子要云恐爲其障修菩薩道彼女意云我無染心請爲主者偈白太子中有偈云無量劫頂戴廣大金剛山若能眷納我甘心受此苦無量生死海以我身肉施汝得法王處願令我亦然若能眷納我與我爲主者生生行施處願常以我施釋曰斯皆根熟之者

是爲菩薩摩訶薩布施妻子善根迴向爲令衆生皆悉證得無礙解脫無著智故

佛子菩薩摩訶薩莊嚴舍宅及諸資具隨有乞求一切施與行布施法於家無著遠離一切居家覺觀厭惡家業資生之具不貪不味心無繫著知家易壞心恒厭捨都於其中無所愛樂但欲出家修菩薩行以諸佛法而自莊嚴一切悉捨心無中悔常爲諸佛之所讚歎舍宅財物隨處所有悉以惠施心無戀著見有乞求心生喜慶

五十七施宅舍可知

菩薩爾時以此善根如是迴向所謂願一切衆生捨離妻子成就出家第一之樂願一切衆生解脫家縛入於非家諸佛法中修行梵行願一切衆生捨離慳垢樂一切施心無退轉願一切衆生永離家法少欲知足無所藏積願一切衆生出世俗家住如來家願一切衆生得無礙法滅除一切障礙之道願一切衆生離家屬愛雖現居家心無所著願一切衆生善能化誘不離家法說佛智慧願一切衆生身現在家心常隨順佛智而住願一切

衆生在居家地住於佛地普令無量無邊衆生發歡喜心是爲菩薩摩訶薩布施舍宅時善根廻向爲令衆生成就菩薩種種行願神通智故

佛子菩薩摩訶薩布施種種園林臺榭遊戲快樂莊嚴之處作是念言我當爲一切衆生作好園林我當爲一切衆生示現法樂我當施一切衆生歡喜之意我當示一切衆生無邊喜樂我當爲一切衆生開淨法門我當令一切衆生發歡喜心我當令一切衆生得佛菩提我當令一切衆生成滿大願我當於一切衆生猶如慈父我當令一切衆生智慧觀察我當施一切衆生資生之具我當於一切衆生猶如慈母生長一切善根大願

五十八施園林等施行中二先標起念

佛子菩薩摩訶薩如是修行諸善根時於惡衆生不生疲厭亦不誤起棄捨之心設滿世間一切衆生悉不知恩菩薩於彼初無嫌恨不生一念求反報心但欲滅其無量苦惱於諸世間心如虛空無所染著普觀諸法眞實之相發大誓願滅衆生苦永不厭捨大乘志願滅一切見修諸菩薩平等行願

後佛子下離過成德餘可知

大方廣佛華嚴經疏鈔會本第二十八之一

音釋

懈惰 懈古隘切怠也惰徒卧切慢也 恪 克各切敬也 技藝 技奇寄切方術也藝魚祭切才能也 寛宥 宥于救切謂寛之而已未全放也 怡暢 怡弋支切怡悦也暢尺亮切通暢也 匱 求位切竭也 履踐 履力紙切踐才線切蹈也 阿蘭若 梵語也此云閑靜處若爾者切 摩訶衍 梵語

也此云大乘衍以淺切屣所綺切屩也穬古猛切麥也瞤舒閏切目動也癢余兩切膚欲搔也甦孫租切死而更生也

大方廣佛華嚴經疏鈔會本第二十八之二

唐于闐國三藏沙門實叉難陀　譯

唐清涼山大華嚴寺沙門澄觀撰述

佛子菩薩摩訶薩如是觀察已攝諸善根悉以迴向所謂願一切衆生念念滋生無量善法成就無上園林之心願一切衆生得不動法見一切佛皆令歡喜願一切衆生樂法園苑得諸佛刹園苑妙樂願一切衆生得淨妙心常見如來神足園林願一切衆生得佛戲樂常善遊戲智慧境界願一切衆生得遊戲樂普詣佛刹道場衆會願一切衆生成就菩薩解脫遊戲盡未來劫行菩薩行心無疲倦願一切衆生見一切佛充滿法界發廣大心住佛園林願一切衆生悉能徧往一切佛刹一一刹中供養諸佛願一切衆生得善欲心清淨莊嚴一切佛刹是爲菩薩摩訶薩布施一切園林臺榭善根迴向爲令衆生見一切佛遊戲一切佛園林故

佛子菩薩摩訶薩作百千億那由他無量無數廣大施會

五十九設大施會初施行中初總標

一切清淨諸佛印可終不損惱於一衆生普令衆生遠離衆惡淨三業道成就智慧

次一切下離過成德擇薪而爨濾水而用不強乞求名不惱衆生今多反此豈成大益

開置無量百千億那由他阿僧祇清淨境界積集無量百千億那由他阿僧祇資生妙物

次開置下畧顯儀式

發甚難得菩提之心行無限施令諸衆生住清淨道初中後善生淨信解隨百千億無量衆生心之所樂悉令歡喜以大慈悲救護一切承事供養三世諸佛爲欲成就一切佛種修行布施心無中悔增長信根成滿勝行念念增進檀波羅蜜

次發甚難得下顯施所依心成波羅蜜

菩薩爾時以諸善根如是迴向所謂願一切衆生發大乘心悉得成就摩訶衍施願一切衆生皆悉能行大會施盡施善施最勝施無上施最無上施無等等施超諸世間施一切諸佛所稱歎施願一切衆生作第一施主於諸惡趣勉濟衆生皆令得入無礙智道修平等願如實善根得無差別證自境智願一切衆生安住寂靜諸禪定智入不死道究竟一切神通智慧勇猛精進具足諸地莊嚴佛法到於彼岸永不退轉願一切衆生設大施會終不疲厭給濟衆生無有休息究竟無上一切種智願一切衆生恒勤種植一切善根到於無量功德彼岸願一切衆生常蒙諸佛之所稱歎普爲世間作大施主功德具足充滿法界徧照十方施無上樂願一切衆生設大施會廣集善根等攝衆生到於彼岸願一切衆生成最勝施普令衆生住第一乘願一切衆生爲應時施永離非時大施究竟願一切衆生成就善施到佛丈夫大施彼岸願一切衆生究竟常行大莊嚴施盡以一切諸佛爲師悉皆親近與大供養願一切衆生住清淨施集等法界無量福德到於彼岸願一切衆生於諸世間爲大施主誓度羣品住如來地

是爲菩薩摩訶薩設大施會善根廻向一
爲令衆生行無上施究竟佛施成就善施不
可壞施供諸佛施無恚恨施救衆生施成一
切智施常見諸佛施善精進施成就一切菩
薩功德諸佛智慧廣大施故
佛子菩薩摩訶薩布施一切資生之物心無
貪惜不求果報於世富樂無所希望離妄想
心
六十施資具者以别說諸門不可盡故末
後總說一切資具文但有二一施行二廻
向行以隣後都結故缺後二今初有四一
施時離過
善思惟法為欲利益一切衆生審觀一切諸
法實性
二善思惟下辨施所依
隨諸衆生種種不同所用所求各各差别成
辦無量資生之具所有嚴飾悉皆妙好行無
邊施行一切施盡内外施
三隨諸衆生下正明施行
行此施時增志樂力獲大功德成就心寶常
能守護一切衆生皆令發生殊勝志願初未
曾有求反報心所有善根等三世佛悉以圓
滿一切種智
四行此施下顯所成德
佛子菩薩摩訶薩以此布施所有善根廻向
衆生
二佛子下明廻向行中二先牒前起後後
願一切下正顯
願一切衆生清淨調伏願一切衆生滅除煩
惱嚴淨一切諸佛剎土願一切衆生以清淨

心於一念中周徧法界願一切衆生智慧充滿虚空法界願一切衆生得一切智普入三世調伏衆生於一切時常轉清淨不退法輪願一切衆生具一切智善能示現神通方便饒益衆生願一切衆生悉能悟入諸佛菩提盡未來劫於十方世界常説正法曾無休息令諸衆生普得聞知願一切衆生於無量劫修菩薩行悉得圓滿願一切衆生於一切世界若染若淨若小若大若麤若細若覆若仰或一莊嚴或種種莊嚴所可演説在世界數諸世界中修菩薩行靡不周徧願一切衆生於念念中常作三世一切佛事教化衆生向一切智

顯中十願資生多種願亦類别一施洗滌資具願二施掃拭資具願餘可準思又資具總明願亦總發未必别配上來依標别顯善根迴向竟

佛子菩薩摩訶薩隨諸衆生一切所須以如是等阿僧祇物而爲給施

等三從佛子菩薩摩訶薩隨諸衆生下總結多門善根迴向别不可盡故此總明文分二别先結善根即前施行後佛子下結前迴向今初分三一結所施物謂菩薩所施非止六十故等以僧祇二爲令下結施所爲三時十方下結能施心

爲令佛法相續不斷大悲普救一切衆生安住大慈修菩薩行於佛教誨終無違犯以巧方便修行衆善不斷一切諸佛種性隨求悉與而無患厭一切悉捨未曾中悔常勤迴向一切智道

二中文含二意以初貫後即是所爲若依大悲等而行布施是施所依所爲即通爲自他所依則自心所住瑜伽三十九云又諸菩薩於諸有怨以慈意樂而行惠施於諸有苦以悲意樂於諸有德以喜意樂於諸有恩親善同意以捨意樂而行惠施當知亦名菩薩巧慧而行布施文中初句總後大悲下別顯不斷之相謂以四等心而行萬行爲相續不斷初悲次慈不斷一切下明其大捨後段廣明大喜又下離相亦是起捨

時十方國土種種形類種種趣生種種福田皆來集會至菩薩所種種求索菩薩見已普皆攝受心生歡喜如見善友大悲哀愍思滿其願捨心增長無有休息亦不疲厭隨其所求悉令滿足離貧窮苦

三結能施心中四初對多田生喜離過

時諸乞者心大欣慶轉更稱傳讚揚其德美聲遐布悉來歸往菩薩見已歡喜無量

二時諸乞下明其田彌多其喜彌廣

假使百千億那由他劫受帝釋樂無數劫受夜摩天樂無量劫受兜率陀天樂無邊劫受善變化天樂無等劫受他化自在天樂不可數劫受梵王樂不可稱劫受轉輪王王三千樂不可思劫受徧淨天樂不可說劫受淨居天樂悉不能及

三假使下校量顯廣畧舉十王所受之樂不及菩薩喜樂之心其中色天鈌於光音若依瓔珞十五輪王則二禪王當第十三應言王二千樂若王三千即當第十四覺

德光相輪作三界王當等覺菩薩也又依十大數不可思後有不可量今文缺此則似梵本脫於二禪四禪巳上雖捨受相應地無報樂而有定樂凡是禪定皆有輕安適悅之樂故又五那含分有解脫樂故無色界中報非顯現故此不言若依大丈夫行論中菩薩喜樂過於世間及二乘涅槃今但過世間者淨居天中兼二乘樂若依瓔珞者即三賢十聖等妙二覺至隨好品當廣分別此中即是三禪梵王若依大丈夫行論論有二卷或單云大丈夫論廣說世間勝樂之事皆不及菩薩見乞歡喜末舉解脫之樂亦不能及即過二乘也

菩薩摩訶薩見乞者來歡喜愛樂欣慶踊躍信心增長志樂清淨諸根調順信解成滿乃至增進諸佛菩提

四菩薩摩訶薩下結喜廣深何等菩薩見乞生喜謂施行熟故施障盡故言施障者瑜伽三十九云又諸菩薩於施障及對治如實了知施障有四一先未慣習二施物鮮鈌三躭著上妙物四欣樂當來具足財果云何對治若現有施物乞者現前而施心不發應觀此心由往習故今若不施後世之中定背施行故應勵力思擇而行惠施二觀宿業過今受饑渴乏少之苦尚應亡軀況有少活命而不行施三應觀妄樂能生當苦四應觀當果是邪果報速滅離散求大菩提瑜伽三十九云等者於中有三初標舉二列障三明治前二具論文對治中略取論意耳然論文繁廣收義無遺論後結云如是菩薩四種施障當知四種能對治智對治於彼一者覺悟二者忍受衆苦三者備知顛倒四者見一切行性不堅牢是諸菩薩由前三種能對治智決定堪能正行惠施由後一種能對治智能正撕受施福勝果當知亦名菩薩巧慧而行布施

佛子菩薩摩訶薩以此善根爲欲利益一切衆生故迴向爲欲安樂一切衆生故迴向爲令一切衆生得大義利故迴向爲令一切衆生悉得清淨故迴向爲令一切衆生悉求菩提故迴向爲令一切衆生悉得平等故迴向爲令一切衆生悉得賢善心故迴向爲令一切衆生悉入摩訶衍故迴向爲令一切衆生悉得賢善智慧故迴向爲令一切衆生悉具普賢菩薩行願滿十力乘現成正覺故迴向

第二結前迴向迴向隨義已具上文今但結其迴向所爲則顯前來別別迴向不出於此可知

佛子菩薩摩訶薩以諸善根如是迴向時身口意業皆悉解脫無著無繫

大文第二佛子菩薩摩訶薩以諸善根如是迴向時下離相迴向即向實際行稱涅槃此彰行深前彰行廣深廣同時言不並耳文分爲二先正明離相後菩薩如是觀察下不礙隨相前中三初畧標二無衆生下別顯三何以故下徵釋今初三句解脫是總不著於解不繫於縛是眞解脫

無衆生想無命者想無補伽羅想無人想無童子想無生者想無作者想無受者想

二別顯中分二一內絕想念故無縛解二佛子下觸境離染故無縛解今初分二先明絕想後如是下彰其行成前中又二先絕我想但法上妄執故具如前釋先絕我者即歡喜行中

無有想無無想無今世後世想無死此生彼想無常想無無常想無三有想無無三有想

非想非非想
後無有想下絶其法想前段以法奪我今則以我除法既無有我則無我所故法我無礙文有六對一不於法體起增減想二於法時離三世想三於分位離流轉想四於法義離斷常想五於影像離依處想六於法本遣心非心想一不於法體者一切法體不出有無定有則增益定無則損減四於諸法者就一有上即有常無常義從緣而有即是無常不從緣有即名爲常五三有器界唯識頓變名爲影像爲生所依想即是心非想非心六於法本遣心非心想以上諸句皆有想言一切諸法皆想所持通是有心之義心爲法本故忘心即爲非想今並遣之故云六於法本遣心非心想耳
無知所以下經自釋今且畧明初對爲總言無有想者有即空故二空一味等無差故言無無想乃有五意一以事例無有法緉目尚不生想無法無物安可念耶二者相無來去故謂有本自無非有去無來即以此義則無可無也故無無想三者有即非有不可謂之爲有況得言無則言思道斷四者假非有以遣有非謂有於非有故復遣之五者以是法無我理非是斷無必不礙有故無無也故下釋云非有非非有矣有無既寂俱及俱非豈當有寄餘對例知有即空故者約緣有明二空一味等無差故約眞如說皆無有義然法相所立依他緣有圓成性有今明緣有故非有二空爲性性即非有言無無想者初一遣無物之無如虛空龜毛兎角等二明緣有即無故淨名云色即是空非色滅空色性自空明有即無故此明非滅色之空也三明遣無爲有四遣無爲非有三四俱遣以空爲有義五者上四遣病明非有此句顯實明非有不礙有故下釋云非有非非有矣引證也此非非有即是非無但言非無含義則少言非非有含義則多但言非無得前二義後之二義言非非有方始攝也然第一義即古人云我言非非有者但言非是有非謂是非有五明有即空故非有空即有故非非有上之五句但順經文以爲

二句此下總遣四句合上即俱句相奪即俱非有無之本既無俱句非俱何立末對總結前有無等想總名爲想一切都絕是曰無想假非想以遣想非有非想故云非非想餘義例知末對釋結句非非想中唯取第四意耳亦可兼於第五不礙想耳

如是非縛迴向非縛解迴向非業迴向非業報迴向非分別迴向非無分別迴向非思迴向非思已迴向非心迴向非無心迴向

二顯行成文有五對初對爲總由絕如是我法想故無有縛解謂非想故非縛非非想故非解下四對別初對唯語於縛但因果之異由無作者及受者故次對雙顯縛解由無有無等想故即顯上來有分別業無分別業二皆絕故次雙顯二業行俱爲思行後爲思已後對亦雙明縛解即思所依王有心則生死波浪無心則同乎外道又以無心爲是則未免於有故皆非之次對雙顯者以分別爲縛無分別爲解也次對雙顯二業者即思及思已而爲二也後對亦雙明縛解者有心則生死波浪故非心迴向無心則同乎外道故非無心迴向此則無不礙有義又以無心下拂迹以明前意言有心爲非有者有起動也言無心爲非者無觀照也此則寂不失照後意則寂乎唯寂二皆有理

佛子菩薩摩訶薩如是迴向時不著內不著外不著能緣不著所緣不著因不著果不著法不著非法不著思不著非思

第二觸境離染無縛解者文分爲三初明無著次辨不縛後明不解心染於境故名爲著由境纏心故名爲縛楞伽云心縛於境界覺想智隨轉此之謂也離於心境故名爲解今初無著中初牒前起後謂內無想念迴向之時則於諸境心無所著文有

十六句初十句五對顯界處空故不染著內謂六入外謂六塵次對兼前即十八界能緣是識所緣通於內外因果一對即界處爲緣所生之法法與非法總顯諸法通其三義一則有無二則善惡三則性相已如上辨末後一對别語業體性相

不著色不著色生不著色滅不著受想行識不著受想行識生不著受想行識滅

後之六句顯不著蘊大般若中觀色等有三一相二生滅三無生滅今不著前二即契無生滅不著色者即是色相知色緣成如聚沫故不著生滅者生無所來滅無所至故由此則入無生滅理後之四蘊但相有異餘二並同已遣三科則無所遺矣

佛子菩薩摩訶薩若能於此諸法不著則不縛色不縛色生不縛色滅不縛受想行識不縛受想行識生不縛受想行識滅

二佛子下明其不縛縛著雖異義不出前

若能於此諸法不縛則亦於諸法不解

三若能下明其不解若本無縛其誰求解離縛取解未免於縛故復遣之遣之又遣以至無遺儻然無寄理自玄會矣

若本無縛其誰求解者即闇用淨名不二法門中寶印手菩薩曰樂涅槃不樂世間爲二若不樂涅槃不猒世間則無有二所以者何若有縛則有解若本無縛其誰求解無縛無解則無樂猒是爲入不二法門儻然無寄者此言出肇公百論序彼有二對具云其爲論也言而無當破而無報儻然靡據而事不失眞蕭焉無寄而理自玄會反本之道著乎茲矣釋曰此通說論旨前對不失事後對不失理雖不據說於事理而契當於事理今蹤合其二對但取不失於理以是離相迴向故儻者俶儻廣雅云俶儻者卓異也謂無所依據卓異蟓象而皆與理會矣

何以故

三徵釋中先徵意云設我假立法體不無今無念著其故何耶

無有少法若現生若已生若當生無法可取無法可著一切諸法自相如是無有自性自性相離

後釋意云法性爾故文分為二初總顯法體離相後非一下別彰所離今初先顯法體無生故不可取著即般若中第三義也三世求生不可得故從無而有故名為生已生已有不可名生如母已有不名生故未生未有亦不名生若未生名生衆生菩提應名為生諸未生法悉應名生現在之法刹那不住恒屬已未離於已未無別現故為生之理不出三世三世既無生將安寄既無有生則亦無滅無生無滅則無境可取於何執著三世求生者即總顯文意是中論三時門從無而有故名為生者立生之理下別出三世求不得生相已生未生正生為三已未不生理易彰顯現在正生之理隱故以不住故過未分之則無現在之正生也正同淨名若過去生過去生已滅若未來生未來生未至若現在生現在生無住以無住故即屬已未從為生之理下結成無生次應問云生是能生之相可許推無所相法體豈應非有故復釋云一切諸法自相如是離生滅外有為法體不可得故從緣而生相即無相故生即無生故此顯相空次應問云法從緣生相可觸目云何言無故復釋云從緣而生無自性故此顯性空自性相離雙結上二又顯法本自離非推之使離

非一非二非多非無量非小非大非狹非廣非深非淺非寂靜非戲論非處非非處非法非非法非體非非體非有非非有

二別彰所離者上但云離爲離何相謂一二等文有十對初二約數次二約量外望論大小內望論廣陿次二約理智淺深約事理靜論語識智次二約教法處非處者邪正教相對法非法者善惡相對後二約體相初對約體色心之體不可得故離色心外非體之法亦叵得故後對約相爲法之相不出有無設非有非無若有此者亦不出有若無此句亦不出無但遣有無萬法斯寂由離性相故觸法斯非靜論語識智者然依智不依識識是戲論智是寂靜今並雙非則不可以智知不可以識識矣即法四依四依之義下文當釋

菩薩如是觀察諸法則爲非法於言語中隨世建立非法爲法不斷諸業道不捨菩薩行求一切智終無退轉了知一切業緣如夢音聲如響衆生如影諸法如幻而亦不壞因緣業力了知諸業其用廣大解一切法皆無所作行無作道未嘗暫廢

第二菩薩如是觀察下不礙隨相者凡情封執觸言生滯聞於離相則謂乖前隨相之言失於業果菩提之行故此畧爲雙會二文言隨相者約隨俗說言離相者約勝義說諸佛依二諦爲衆生說法此之謂也諸佛依二諦者即中論四諦品下更偈云一以世俗諦二第一義諦若人不能知分別於二諦則於深佛法不知眞實義前已引竟然俗是眞俗則不壞假名而說實相故云觀察諸法則爲非法眞是俗眞故不動眞際而建立諸法故云於言語中隨世建立非法爲法由建立故不斷諸業道則不壞世間不捨下不壞出世因果次了知下却釋觀察諸法則爲

非法初了俗即眞而不壞俗謂依他業緣等皆如夢幻無眞實故俗即爲眞由即俗而眞故不壞因果本來自眞不假壞故不妨了業其用廣大謂業雖如幻一念幻惡長劫沉淪一念幻善遠階佛果故云廣大次解一切下明了俗即眞不礙修眞無作眞道尚須修行若不修行不契眞故況不壞俗寧無修證隨相離相準此應知此二無礙異於凡小然俗是眞俗下融上二諦成無礙義

佛子此菩薩摩訶薩住一切智若處非處普皆迴向一切智性於一切處皆悉迴向無有退轉

大文第三佛子此菩薩摩訶薩住一切下釋迴向名文分爲二初總釋後以何下別釋令初住一切智是自善根由此能成下諸義故若處已下釋平等隨順義若約對境處即是善非處爲惡若約自行處即隨相非處離相處非處殊皆向智性於一切處悉皆迴向是隨順一切善根義迴向智性是迴向義無有退轉是堅固義又向智性亦堅固義

以何義故說名迴向永度世間至於彼岸故名迴向永出諸蘊至於彼岸故名迴向度言語道至於彼岸故名迴向離種種想至於彼岸故名迴向永斷身見至於彼岸故名迴向永離依處至於彼岸故名迴向永絶所作至於彼岸故名迴向永出諸有至於彼岸故名迴向永捨諸取至於彼岸故名迴向永出世法至於彼岸故名迴向

二別釋中三初假徵起釋迴向義二佛子

下釋隨順義三又佛子釋堅固一切善根義今初然隨相之名以堅固心修諸善行皆願衆生向菩提果不言自顯而離相受稱非釋不知所以偏明故徵起云離相之中無能所殊以何義故說名迴向下隨順等例此可知然隨相之名下疏文有二一辯來意畧顯十義雖一離相得成迴向謂但能離相順一切智則自度世等至於彼岸豈非迴向義耶二畧顯十義下正明離相受迴向名前即假徵此下解釋於中有二先總一過世八法至不動岸後一過世八法下別各隨所趣立彼岸別今初利衰毀譽稱譏苦樂此之八法即世間法八法不動名不動岸二度我我所至解脫岸二依蘊計我故有二我若離二我名爲解脫三離尋伺至實際岸三尋伺即言語道道是因故實際絕言故四滅盡諸想至實智岸四念想觀除爲實智故五離煩惱本至有餘岸五身見以爲煩惱障本故但能斷便是有餘六離苦依身至無餘岸六若依身即爲依處智所依身智俱亡爲無餘也七出一切業至施等岸七施等即是所作善法故八出三界至無住涅槃岸八菩薩出有入無而無染故爲無住岸九盡有漏至法身岸九證於法身是無漏界故十出生住滅見至自覺聖智岸十生住異滅即是有爲世間之法覺心現量生滅流注無有自性故成自覺聖智岸也

佛子菩薩摩訶薩如是迴向時則爲隨順佛住隨順法住隨順智住隨順菩提住隨順義住隨順迴向住隨順境界住隨順行住隨順眞實住隨順清淨住

二釋隨順然下二段兼顯益相正爲釋名亦應徵云實際之內誰是能隨誰是所隨故此釋云但能如是離相迴向自然隨順佛法智等以佛法等實爲體故

佛子菩薩摩訶薩如是迴向則爲了達一切

諸法則爲承事一切諸佛無有一佛而不承事無有一法而不供養無有一法而可滅壞無有一法而可乖違無有一物而可貪著無有一法而可厭離不見內外一切諸法有少滅壞違因緣道法力具足無有休息

三釋堅固一切善根亦合徵云實際非相何名堅固實際無差何名一切此釋意云如是離相迴向方名堅固凡是有相可破壞故但能離相自成諸善諸善皆以實際而爲體故於中一不了法無相不名爲了故二佛以法爲身心詣於法爲事佛故三若身承事則有事不事若事於理則一事一切事佛無二體故四如理修行眞供養故五相即無相不須滅壞六無非無相不可乖違七八染淨皆空無貪無厭九世間常住故無少滅壞隨緣起滅故不違因緣十究此根源法力方具又由無礙故名具足

佛子是爲菩薩摩訶薩第六隨順堅固一切善根迴向

第三依釋結名可知

菩薩摩訶薩住此迴向時常爲諸佛之所護念堅固不退入深法性修一切智隨順法義隨順法性隨順一切堅固善根隨順一切圓滿大願具足隨順堅固之法一切金剛所不能壞於諸法中而得自在

大文第二菩薩摩訶薩住此迴向時下明位果隨離無二招斯十果

爾時金剛幢菩薩觀察十方觀察衆會觀察法界已入於字句甚深之義修習無量廣大

之心以大悲心普覆世間長去來今佛種性心入於一切諸佛功德成就諸佛自在力身觀諸衆生心之所樂隨其善根所可成熟依法性身爲現色身承佛神力而說頌言

第二應頌先說因緣有十二句初一總辨儀式後一總明所依前文屢釋中間十句別顯二義初二儀式一觀所被二徹事理上觀察言通心及眼下辨所依一依教智次下三句依廣大心初句爲總大悲普覆即上廣心長佛種性即前大心次二句上依果德一依說德二依說身次二依權智觀樂觀宜後句依體起用

菩薩現身作國王於世位中最無等福德威光勝一切普爲羣萌興利益

其心清淨無染著於世自在咸遵敬弘宣正法以訓人普使衆生獲安隱

現生貴族升王位常依正教轉法輪稟性仁慈無毒虐十方敬仰皆從化

智慧分別常明了色相才能皆具足臨馭率土靡不從摧伏魔軍悉令盡

堅持淨戒無違犯決志堪忍不動搖永願蠲除忿恚心常樂修行諸佛法

後正顯偈四十一頌長分爲三初五偈頌行所依身次飲食下三十偈半頌依身起行後隨順下有五偈半頌釋名中隨順等義兼頌位果

飲食香鬘及衣服車騎牀褥座與燈菩薩悉以給濟人并及所餘無量種

爲利益故而行施令其開發廣大心於尊勝處及所餘意皆清淨生歡喜

菩薩一切皆周給內外所有悉能捨必使其
心永清淨不應暫爾生狹劣
或施於頭或施眼或施於手或施足皮肉骨
髓及餘物一切皆捨心無悋
菩薩身居大王位種族豪貴人中尊開口出
舌施羣生其心歡喜無憂戀
以彼施舌諸功德迴向一切諸衆生普願藉
此勝因緣悉得如來廣長舌
或施妻子及王位或施其身作僮僕其心清
淨常歡喜如是一切無憂悔
隨所樂求咸施與應時給濟無疲厭一切所
有皆能散諸來求者普滿足
爲聞法故施其身修諸苦行求菩提復爲衆
生捨一切求無上智不退轉
以於佛所聞正法自捨其身充給侍爲欲普
救諸羣生發生無量歡喜心
彼見世尊大導師能以慈心廣饒益是時踊
躍生歡喜聽受如來深法味
菩薩所有諸善根悉以迴向諸衆生普皆救
護無有餘永使解脫常安樂
菩薩所有諸眷屬色相莊嚴能辯慧華鬘衣
服及塗香種種莊嚴皆具足
此諸眷屬甚希有菩薩一切皆能施專求正
覺度羣生如是之心無暫捨
菩薩如是諦思惟備行種種廣大業悉以迴
向諸含識而不生於取著心
菩薩捨彼大王位及以國土諸城邑宮殿樓
閣與園林僮僕侍衛皆無悋
彼於無量百千劫處處周行而施與因以教
導諸羣生悉使超升無上岸

無量品類各差別十方世界來萃止菩薩見已心欣慶隨其所乏令滿足

如三世佛所迴向菩薩亦修如是業調御人尊之所行悉皆隨學到彼岸

二中分兩先十九偈頌隨相迴向於中初一頌標後三頌結中間皆頌廣顯標顯二文影畧不具

菩薩觀察一切法誰爲能入此法者云何爲入何所入如是布施心無住

菩薩迴向善巧智菩薩迴向方便法菩薩迴向眞實義於其法中無所著

心不分別一切業亦不染著於業果知菩提性從緣起入深法界無違逆

不於身中而有業亦不依止於心住智慧了知無業性以因緣故業不失

心不妄取過去法亦不貪著未來事不於現在有所住了達三世悉空寂

後菩薩觀察下十一偈半頌離相迴向文分四別第一五偈頌內絕想念於中初句總顯觀力次句人空餘皆法空知菩提等者菩提性淨不礙從緣淨法爲緣有菩提起起即無性不違法界是性起菩提菩提性淨下有二菩提一性淨二圓淨從緣起者即是圓淨圓淨復二一明緣起萬行爲緣故二明性起全是眞如性淨功德之所顯故又緣起無性即性淨故廣如出現此亦法華云諸佛兩足尊知法常無性佛種從緣起是故說一乘義耳前已廣引若業依身有則不由心若住心中則有心皆業既許有心無業則業假緣生其性安有若業依身下釋不於身中而有業偈

菩薩已到色彼岸受想行識亦如是超出世間生死流其心謙下常清淨

諦觀五蘊十八界十二種處及已身於此一
一求菩提體性畢竟不可得

二菩薩已到下二偈頌觸境離染由到不可得岸故無所著

不取諸法常住相於斷滅相亦不著法性非
有亦非無業理次第終無盡

不於諸法有所住不見衆生及菩提十方國
土三世中畢竟求之無可得

三有二偈頌前徵釋

若能如是觀諸法則如諸佛之所解雖求其
性不可得菩薩所行亦不虛

菩薩了法從緣有不違一切所行道開示解
說諸業跡欲使衆生悉清淨是爲智者所行
道一切如來之所說

四二偈半頌不礙隨相餘並可知

隨順思惟入正義自然覺悟成菩提諸法無
生亦無滅亦復無來無有去

不於此死而生彼是人悟解諸佛法了達諸
法眞實性而於法性無分別

知法無性無分別此人善入諸佛智法性徧
在一切處一切衆生及國土三世悉在無有
餘亦無形相而可得

一切諸佛所覺了悉皆攝取無有餘雖說三
世一切法如是等法悉非有

如諸法性徧一切菩薩迴向亦復然如是迴
向諸衆生常於世間無退轉

大方廣佛華嚴經疏鈔會本第二十八之二

音釋

萃 秦醉切聚也　爨 七亂切炊爨也　濾 良據切漉去滓也　儻 他曩切或然之辭　伺 相吏切察也　俶 他歷切

大方廣佛華嚴經疏鈔會本第二十九之一　盟二

唐于闐國三藏沙門實叉難陀　譯
唐清涼山大華嚴寺沙門澄觀撰述

佛子云何爲菩薩摩訶薩等隨順一切衆生迴向

第七等隨順一切衆生迴向長行中亦二先位行後位果初中亦三今初牒名徵起謂以善根等心順益故等即平等通於能所所順衆生無相平等能隨順心智照平等此從迴向受名等即隨順故本業云以觀善惡父母無二一相一合相故名隨順觀一切衆生迴向名無等字釋有等義有云善惡即怨親此二平等俱生法身皆名父母應云善父母者方便般若也惡父母者無明貪愛也不滅癡愛起於明脫故無二相智契無二名一合相即以無貪等善根而爲其性

應云下正釋義般若方便即淨名及今經七十九中之意下當廣釋惡父母者無明貪愛即楞伽第三經云爾時大慧菩薩白佛言世尊如世尊說若男子女人行五無間業不入無間地獄世尊云何男子女人行五無間業不入無間地獄佛告大慧諦聽諦聽善思念之吾爲汝說大慧白佛言善哉世尊唯然受教佛告大慧五無間業所謂殺父母及害羅漢破壞衆僧惡心出佛身血大慧云何衆生母謂愛更受身貪喜俱如緣母立無明爲父入處聚落斷二根本名害父母彼諸使不現如鼠毒發究竟斷彼名害羅漢云何破僧謂異相諸陰和合積聚究竟斷彼名爲破僧大慧不覺外自共相自心現量七識身以三解脫無漏惡想究竟斷彼七識佛名爲惡心出佛身血若男子女人行此無間者名五無間事亦名無間等偈言貪愛名爲母無明以爲父覺境識爲佛諸使爲羅漢陰集名爲僧無間次第斷是謂五無間不墮無間獄釋曰言如鼠毒發者西方有鼠嚙人甚毒毒在身中其瘡雖差忽遇雷聲其瘡還發使亦如之忽遇境雷則還動發餘可知不滅癡愛下釋一合相義即淨名須菩提章二乘之人滅癡得明滅愛則脫今了一性故不滅之體即明脫知理無二即是契合合無合相方是真合

佛子此菩薩摩訶薩隨所積集一切善根所謂小善根大善根廣善根多善根無量善根種種善根微塵數善根阿僧祇善根無邊際善根不可思善根不可量善根

第二佛子下依徵廣釋中二先明迴向後佛子菩薩摩訶薩修行如是迴向之時下辨所成益初中亦二先辨所迴善根後佛子菩薩摩訶薩以淨志下攝將迴向前中復二先正修善根後佛子菩薩摩訶薩於此善下因修成德亦可初是行體後明行用前中有三十一句分爲三段初十一句明善根分齊次十善所依緣後十善根體性然其前十一一徧從中十中十一一能生後十後十一一容具前十前十一一該後二十思之自顯 然其前十下料揀言前十一一徧從中十者從佛境生小等從法境生小等從餘八亦然二中十一一能生後十者從一佛境能生檀等十度從法生十度餘八亦然三後十一一容具前十者謂布施等有小有大或一或二或三或四或具足十不必皆具故云容具戒等九度於前十亦然四前十一一該後二十者謂從佛境起小施或從佛境起大施等或於佛境起小戒或從佛境起大戒等理即昭然云思之自顯 今初十一句即增數十也於中初三約分量如小心施名爲小善爲菩提施名之爲大爲利他施名之爲廣餘之九度例此可知又從佛境所生之施有此小等從九境生亦有小等如施既爾餘九亦然此三既爾下八例知次三約類謂有多色類乃至無量種種不同末至無量但可名多三五相望亦名種種餘五約數明多於中後二亦顯甚深難思傍無分量

佛境界善根法境界善根僧境界善根善知

識境界善根一切衆生境界善根方便善巧
境界善根修諸善心境界善根内境界善根
外境界善根無邊助道法境界善根
二佛境下中十句内前五爲緣境前四智
境後一悲境後五造修境初一能修智次
一能修心次二所觀境後一所修法因覩
此法能起十度等
勤修一切捨善根立勝志究竟持淨戒善根
一切捨無不受堪忍善根常精進心無退善
根以大方便入無量三昧善根以智慧善觀
察善根知一切衆生心行差别善根集無邊
功德善根勤修習菩薩業行善根普覆育一
切世間善根
三勤修下後十中前七可知入願心積德
九念力習行辨力説法以爲業行十由智
自在故能覆育
佛子菩薩摩訶薩於此善根修行安住趣入
攝受積集辦具悟解心淨開示發起時
二因修成德中二先牒已修後顯成德初
有十句初總餘别一住作意二加行趣入
三攝行屬已四漸集成多五假緣資助六
照其事理七惑障不生此上自修後二轉
教入開顯指示九勸如説行隨修一善則
有斯十
得堪忍心閉惡趣門善攝諸根威儀具足遠
離顛倒正行圓滿堪爲一切諸佛法器能作
衆生福德良田爲佛所念長佛善根住諸佛
願行諸佛業心得自在等三世佛趣佛道場
入如來力具佛色相超諸世間不樂生天不
貪富樂不著諸行一切善根悉以廻向

後得堪忍下正顯成德文分爲二初成自利德後爲諸衆生下成利他德前中十對皆含因果一得忍息惡二攝根具戒三離倒行正四上受下資五佛護善增六住願起業七心等諸佛行詣道場八内入佛力外相超世九不樂當報不貪現樂十不著諸行而修迴向此雖有迴向之言意取所迴之善十中前八成德後二離過九離凡十離小

爲諸衆生功德之藏住究竟道普覆一切於虚妄道中拔出衆生令其安住一切善法徧諸境界無斷無盡開一切智菩提之門建立智幢嚴淨大道普能示現一切世間令除垢染心善調伏生如來家淨佛種性功德具足作大福田爲世所依安立衆生咸令清淨常勤修習一切善根

後利他中先總明悲智雙運爲究竟道於虚妄下別顯文並易知常勤修下一句總結

佛子菩薩摩訶薩以淨志願菩提心力修諸善根時作是念言此諸善根是菩提心之所積集是菩提心之所思惟是菩提心之所發起是菩提心之所志樂是菩提心之所增益皆爲憐愍一切衆生皆爲趣求一切種智皆爲成就如來十力作是念時善根增進永不退轉

第二攝將迴向中二初念修善根本因法應迴向後佛子下正將迴向令初先經叙念時次此諸下正陳所念初之五句總顯諸善由菩提心多聞積集思惟義理發起

修行志樂無猒唯深唯廣皆爲下三句顯菩提心三迴向義種智證於實際即是菩提三心迴向三處也後作是下結

佛子菩薩摩訶薩復作是念願我以此善根果報盡未來劫修菩薩行悉以惠施一切衆生悉以迴向一切衆生普徧無餘

第二正將迴向中文爲三別初向衆生及向菩提二佛子菩薩摩訶薩如是迴向時不著業下明向實際三佛子菩薩摩訶薩以此善根普施世間下總結三種迴向今初分二初迴已修善願成資具以施衆生二佛子菩薩摩訶薩以所集善根於念念下復迴此施願令衆生具足財法今初亦二先總顯要期二願令下別彰施行今初所以偏願成施行者一則自具行緣故云修菩薩行二則衆生現益故云惠施一切三則檀爲行首舉一例餘四則此一施行具一切行

願令阿僧祇世界珍寶充滿阿僧祇世界衣服充滿阿僧祇世界妙香充滿阿僧祇世界莊嚴具充滿阿僧祇世界無量摩尼寶充滿阿僧祇世界妙華充滿阿僧祇世界上味充滿阿僧祇世界財貨充滿阿僧祇世界牀座充滿蓋以寶帳敷以妙衣阿僧祇世界種種莊嚴寶冠充滿

二別彰中先願成外施後佛子菩薩摩訶薩復作是念下願成內施以情非情而爲內外今初分四一顯施廣大各僧祇故

假使一人盡未來劫常來求索以此等物而惠施之未曾厭倦而有休息如於一人於一

切衆生悉亦如是

二假使下辨施無限長時多田隨求無猒故

佛子菩薩摩訶薩如是施時無虛僞心無希望心無名譽心無中悔心無熱惱心但發專求一切智道心一切悉捨心哀愍衆生心教化成熟心皆令安住一切智智心

三佛子下明施殊勝離過順理故文有十句前五離過追悔不已則生熱惱後五順理前二大智後三大悲

佛子菩薩摩訶薩以諸善根如是迴向盡未來刼常行惠施住一切智智心

四又佛子結成二行謂由迴向行以成施行

佛子菩薩摩訶薩復作是念我爲一衆生故欲令阿僧祇世界寶象充滿七支具足性極調順上立金幢金網彌覆種種妙寶而爲莊嚴以用布施願令阿僧祇世界寶馬充滿如龍馬王種種衆寶莊嚴之具而嚴飾之持用布施願令阿僧祇世界妓女充滿悉能歎奏種種妙音持用布施願令阿僧祇世界男女充滿持用布施願令阿僧祇世界已身充滿發菩提心而用布施願令阿僧祇世界已頭充滿起不放逸心而用布施願令阿僧祇世界已眼充滿而用布施願令阿僧祇世界已身血肉及以骨髓充滿其中心無顧戀持用布施願令阿僧祇世界自在王位充滿其中持用布施願令阿僧祇世界奴僕作使充滿其中持用布施

第二内施文四初對一田顯施廣大謂一

衆生即施多事各僧祇故

菩薩摩訶薩以如是等種種諸物盡未來劫安住廣大一切施心施一衆生如一衆生盡衆生界一切衆生皆如是施

二菩薩下以一例餘彰施無限先擧人例人

佛子菩薩摩訶薩於一世界盡未來劫修菩薩行以是等物施一衆生如是給施一切衆生皆令滿足如於一世界於盡虛空徧法界一切世界中悉亦如是大悲普覆終無間息普加哀愍隨其所須供給供養不令施行遇緣而息乃至不於一彈指頃生疲倦心

佛子下擧處例處總收其義有六無限一物二時三心四田五施六處三大悲下結成所作該六無限一處徧法界故普覆二時盡未來故無息三田盡生界而加哀四施隨所求而滿足五物該種種行不息六心任大施而無疲

佛子菩薩摩訶薩如是施時生於此心所謂無著心無縛心解脫心大力心甚深心善攝心無執心無壽者心善調伏心不散亂心不妄計心具種種寶性心不求果報心了達一切法心住大迴向心善決諸義心令一切衆生住無上智心生大法光明心入一切智智心

四佛子下顯施殊勝離過成德有二十心初一牒前起後後所謂下正顯一十九心一不染施行二不爲施縛三由遮前二故得解脫四違緣不傾五詰甚深理六無相善攝上六皆巧便殊勝上六皆巧便殊勝者通即七種最勝

成波羅蜜初會已共然最勝亦名殊勝前雖已釋爲對經文須知總意言巧便殊勝者彼當第五云要無相智所攝故故上六句皆無相智次五清淨殊勝初句總總無二執故下四別初句無我執餘三無法執一不取法相故二了唯心性故三見性空故言次五清淨最殊勝者彼當第七云謂要不爲二障間雜別中一無法執及了唯心離所知障三見性空無煩惱障次有三心即安住殊勝初句爲總菩薩種性萬行齊修皆可貴故二心爲別無瑕而明故次有三心即安住殊勝者彼當第一謂要安住菩薩種性次有二心即迴向殊勝善決諸義具三迴向故次有二心即殊勝者迴向彼當第六謂要迴向無上菩提今言善決諸義具三迴向者決智決悲決實際故次有一心即意樂殊勝悲愍一切故次有一心即意樂殊勝者彼當第三謂要悲愍一切衆生後之二心依止殊勝依菩提心故初句因後句果後之二心依止殊勝者彼當第二謂要依止大菩提心上顯施中廣大無限

即事業殊勝具上七勝檀度行成上顯施中即事業殊勝者彼當第四謂要具行一切事業具上七下結成前義故唯識云要七最勝之所攝受方可建立波羅蜜多以上釋經文同符契

佛子菩薩摩訶薩以所集善根於念念中如是迴向所謂願一切衆生財寶豐足無所乏少願一切衆生成就無盡大功德藏願一切衆生具足一切安隱快樂願一切衆生增長菩薩摩訶薩業願一切衆生成滿無量第一勝法願一切衆生得不退轉一切智乘願一切衆生普見十方一切諸佛願一切衆生永離世間諸惑塵垢願一切衆生皆得清淨平等之心願一切衆生離諸難處得一切智

第二迴上施行願令衆生具足財法中文分爲三第一慈悲迴向二又勸衆生下勸物迴向三又以諸善如是迴向下究竟迴

向令初分三初正明迴向二佛子菩薩摩訶薩如是迴向時發歡喜心下明迴向所爲三佛子菩薩摩訶薩如是悲愍下結其成益今初先總標後所謂下別顯十願初一豐財以財施故餘皆具法積善本故文意總顯

佛子菩薩摩訶薩如是迴向時發歡喜心

第二迴向所爲中二先牒前起後

爲令一切衆生得利益安樂故爲令一切衆生得平等心故爲令一切衆生住能捨心故爲令一切衆生住一切施心故爲令一切衆生住歡喜施心故爲令一切衆生住永離貧窮施心故爲令一切衆生住一切財寶施心故爲令一切衆生住無數財寶施心故爲令一切衆生住普施無量施一切施心故爲令一切衆生住盡未來劫無斷施心故爲令一切衆生住一切悉捨無悔無惱施心故爲令一切衆生住悉捨一切資生之物施心故爲令一切衆生住隨順施心故爲令一切衆生住攝取施心故爲令一切衆生住廣大施心故爲令一切衆生住捨無量莊嚴具供養施心故爲令一切衆生住無著施心故爲令一切衆生住平等施心故爲令一切衆生住如金剛極大力施心故爲令一切衆生住如日光明施心故爲令一切衆生住攝如來智施心故

後爲令下隨義別顯總有一百一十句文分爲二前七十二句令成行布修因至果後三十八句令成圓融因圓果滿此二無礙爲迴向意亦是前自分後勝進前中六

初二十一句爲令修善趣賢首位之行然純明施行末云攝如來智施行者照三輪空離諸分別同菩提故善趣賢首位之行者圓融十信位也爲令一切衆生善根眷屬具足故爲令一切衆生善根智慧常現在前故爲令一切衆生成就得不可壞淨心圓滿故爲令一切衆生於煩惱睡眠中得覺悟故爲令一切衆生滅除一切諸疑惑故爲令一切衆生得平等智慧淨功德故爲令一切衆生功德圓滿無能壞者故爲令一切衆生具足清淨不動三昧故爲令一切衆生住不可壞一切智智故

二爲令一切善根下十句成種性位中修行種性即十住

爲令一切衆生成滿菩薩無量清淨神通行故爲令一切衆生修集無著善根故爲令一切衆生念去來今一切諸佛心清淨故爲令一切衆生出生清淨勝善根故爲令一切衆生滅除一切魔所作業障道法故爲令一切衆生具足無礙清淨平等功德法故爲令一切衆生以廣大心常念諸佛無懈廢故爲令一切衆生常近諸佛勤供養故爲令一切衆生廣開一切諸善根門普能圓滿白淨法故爲令一切衆生無量心廣大心最勝心悉清淨故

三有十句令成解行位中修行第十云無量者四等也解行雖通三賢今正取行向二位故故解行發心在於十行方發迴向心故

爲令一切衆生成就清淨等施心故爲令一切衆生奉持諸佛尸波羅蜜等清淨故爲令

一切衆生得大堪忍波羅蜜故爲令一切衆生住精進波羅蜜常無懈故爲令一切衆生住無量定能起種種神通智故爲令一切衆生得知一切法無體性般若波羅蜜故爲令一切衆生圓滿無邊淨法界故爲令一切衆生成滿一切神通清淨善根故爲令一切衆生住平等行積集善法悉圓滿故爲令一切衆生善入一切諸佛境界悉周徧故

四從成就清淨等施心下令成十地位中修十度行七云滿無邊淨法界此通事理故曰無邊是方便度也八成滿神通即是大願九住平等方可名力十入佛境是謂智圓

爲令一切衆生身口意業普清淨故爲令一切衆生善業果報普清淨故爲令一切衆生了達諸法普清淨故爲令一切衆生了達實義普清淨故爲令一切衆生修諸勝行普清淨故爲令一切衆生成就一切菩薩大願普清淨故爲令一切衆生證得一切功德智慧普清淨故爲令一切衆生成就一切同體善根迴向出生一切智乘普圓滿故爲令一切衆生嚴淨一切諸佛國土普圓滿故爲令一切衆生見一切佛而無所著普圓滿故

五有十句令成等覺位中修行故皆有普言

爲令一切衆生具諸相好功德莊嚴普圓滿故爲令一切衆生得六十種音聲發言誠諦皆可信受百千種法而以莊嚴如來無礙功德妙音悉圓滿故爲令一切衆生成就十力莊嚴無礙平等心故爲令一切衆生得一切

佛無盡法明一切辯才普圓滿故爲令一切衆生得無上無畏人中之雄師子吼故爲令一切衆生得一切智轉不退轉無盡法輪故爲令一切衆生了一切法開示演説普圓滿故爲令一切衆生以時修習清淨善法普圓滿故爲令一切衆生成就導師無上法寶等清淨故爲令一切衆生於一莊嚴無量莊嚴大莊嚴諸佛莊嚴普圓滿故爲令一切衆生等入三世所有境界悉周徧故

六從具諸相好下有十一句令成佛果位中行言六十種音者第十迴向有而不具至文當知密迹力士經第二具説莊嚴論亦引此經而云百千種法而以莊嚴者不思議法品云如來具足六十種音聲一一音有五百分一一分有無量百千清淨之音以爲嚴好即其事也復有處説六十四音以聲有八轉謂體業具爲從屬於呼是八轉聲各具八德所謂調和聲柔軟聲諦了聲易解聲無錯謬聲無雌小聲廣大聲深遠聲八八則有六十四種密迹力士經者亦至第十迴向明之莊嚴論亦引此經者論當第六偈云菩薩自成就如前義應知聲有六十種是説如來事長行釋中具引佛祕密經佛祕密經即密迹經耳並至下明復有處説者瑜伽等説八轉者疏文但舉唐言之名今兼顯梵音西域國法若欲尋讀內外典籍要解聲論此八轉聲方知文義分齊一補盧沙此是直指陳聲如人斫樹指説其人即今體聲二補盧衫是所作業聲如所作斫樹故云業也三補盧息拏是能作具聲如由斧斫故云具也四補盧沙耶是所爲聲如爲人斫故云爲也五補盧沙頞多丁可是所從聲如因人造舍等故云從也從即所因故六補盧殺娑是所屬聲如奴屬主故云屬也七補盧鎩所戒是所於聲如客依主故云於也於即依義瑜伽第二名上七種爲七例句以是起解大例故唯有梵語聲論八轉更加醯補盧沙是呼召之聲故云呼也然此八聲各有三種一男聲二女聲三非男非女聲此上且約男聲

說之以梵名丈夫爲盧沙也是八轉聲者卽八梵音賢首品已明今當重說一調和者謂大小得中故二柔軟者言無麤獷故三諦了者亦云最好如迦陵頻伽等故四易解者亦云易了言辭辯了故五無錯謬者亦云不誤言無錯誤故六無雌小者亦云不女其聲雄朗故七廣大者亦云尊慧言無戰懼故八深遠者臍輪發生故如來具此八八之音

四云無盡法明者第八地云如來法明有無量轉等第十云一莊嚴者無二相故以一莊嚴嚴一切故無量莊嚴者衆多差別故大莊嚴者稱法界故若依若正皆具此嚴

爲令一切衆生悉能往詣一切佛剎聽受正法無不徧故爲令一切衆生智慧利益爲世所宗與佛等故爲令一切衆生以一切智知一切法普圓滿故爲令一切衆生行不動業得無礙果普圓滿故爲令一切衆生所有諸根咸得神通能知一切衆生根故爲令一切衆生得無差別平等智慧於一相法普清淨故爲令一切衆生與理無違一切善根悉具足故爲令一切衆生於一切菩薩自在神通悉明達故爲令一切衆生得一切佛無盡功德若福若智悉平等故爲令一切衆生發菩提心解一切法平等一相無遺缺故

第二悉能往詣下三十八句明圓融行因圓果滿明位位中有佛義故若將此下屬前佛果則令果中有修菩薩行遇善知識便違正理文分爲四初十句令衆生於種性位因行圓滿四云行不動業得無礙果者毀譽不動則觸境無礙有云其因有四一就機法施二無障礙願三悲心亡己爲物受生四修法性鎔融行感三業皆無功用盡衆生界同時普應無所障礙若將此下屬前

佛果下會異釋卽刊定記釋二段皆屬於佛果故今明修菩薩行及近善友非屬佛耳

爲令一切衆生了達正法爲世最上福德田故爲令一切衆生成就平等清淨大悲爲諸施者大力田故爲令一切衆生堅固第一無能沮壞故爲令一切衆生見必蒙益無能摧伏故爲令一切衆生成滿最勝平等心故爲令一切衆生善能了達一切諸法得大無畏故爲令一切衆生放一光明普照十方一切世界故爲令一切衆生普修一切菩薩精進行無懈退故爲令一切衆生以一行願普滿一切諸行願故爲令一切衆生以一妙音普使聞者皆得解故

二從了達正法下十句令解行位中因圓果滿二云大力田者謂於其中種少善根能壞大惑故三云堅固第一者悲智大願無能壞故

爲令一切衆生悉能具足一切菩薩清淨心故爲令一切衆生普得值遇諸善知識咸承事故爲令一切衆生修菩薩行調伏衆生不休息故爲令一切衆生以妙辯才具一切音隨機廣演無斷盡故爲令一切衆生能以一心知一切心以一切善根等迴向故爲令一切衆生常樂積集一切善根安立衆生於淨智故爲令一切衆生得一切智福德智慧清淨身故爲令一切衆生善知一切衆生善根觀察迴向普成就故

三從悉能具足一切菩薩清淨心下八句令十地位中因行圓滿晉經第一名直心平等卽初證眞如此約離障故云清淨二

云見善知識生大歡喜正順初地得見多佛故云咸事

爲令一切衆生得一切智成等正覺普圓滿故爲令一切衆生得具足神通智於一處出興一切諸處皆出興故爲令一切衆生得普莊嚴智嚴淨一衆會一切衆會皆嚴淨故爲令一切衆生於一佛國土普見一切佛國土故爲令一切衆生以一切莊嚴具不可說莊嚴具無量莊嚴具無盡莊嚴具莊嚴一切諸佛國土普周徧故爲令一切衆生於一切法悉能決了甚深義故爲令一切衆生得諸如來最上第一自在神通故爲令一切衆生得非一非異一切功德自在神通故爲令一切衆生具足一切平等善根普爲諸佛灌其頂故爲令一切衆生悉得成滿清淨智身於諸有中最尊勝故

四從令得一切智成等正覺下十句令成佛果圓滿八云非一非異等者即十通中無體性無作神通以了一切爲無爲等非一異故於一切染淨自他等境轉變自在相即相作而非一異業用無礙又非一異應成四句如十忍品說八云非一者標示也故彼通中廣說非一異義以了一切下出非一異是神通相若一向非一各互相礙不能相作若一向非異無二可得將何相作以非異故一理融通非一事故得相作等又非一異者一非一二非異三非非一非非異四非亦一亦異十忍當說然上諸義望一一位各有所由恐猒繁文舉其大略耳又行布圓融無礙不可定執

佛子菩薩摩訶薩如是悲愍利益安樂一切衆生

第三結其成益中二先結前生後

大方廣佛華嚴經疏鈔會本第二十九之一

音釋

斫職略切斬也 崽所皆切 頦丁可切 鎩所戒切 鑛古猛切銅鐵朴石也

大方廣佛華嚴經疏鈔會本第二十九之三

唐于闐國三藏沙門實叉難陀　譯

唐清涼山大華嚴寺沙門澄觀撰述

咸令清淨遠離慳嫉受勝妙樂具大威德生大信解永離瞋恚及諸翳濁其心清淨質直柔輭無有諂曲迷惑愚癡行出離行堅固不壞平等之心永無退轉白淨法力具足成就無惱無失善巧迴向常修正行調伏衆生滅除一切諸不善業修行苦行一切善根

後咸令下別顯益相文有十三句顯二種生攝一切德初三句顯勝妙生二句爲因一句爲果清淨者戒受人天身離慳者施有大財位人天財位即勝妙生有大威德後之十句顯功德生功德生者即決定勝道有人天中具大財位無信解等非功德生一生大信解揀異邪小二永離三毒障翳即癡濁即是貪亦兼餘障故致諸言三其心下即離毒之德初句爲總質直下別由離瞋故質直柔輭由離貪故無有諂曲由離癡翳故無有迷惑愚癡四修眞定慧爲出離道五運同體悲爲平等心六入無漏因爲白淨法七由離前過不惱衆生自行無失兼能迴向八自他兼利九滅除惡因十修行善本初之三句者即前十度章中引唯識釋前三爲增上生道感大財體及眷屬故其勝妙生即增上生名異義同後三決定勝道

又勸衆生令其修習普爲含識具受衆苦以大智眼觀諸善根知其悉以智慧爲性方便迴向一切衆生

第二勸物迴向中二先令悲智雙行而成迴向

爲令一切衆生悉得安住一切清淨功德處故爲令一切衆生悉能攝受一切善根知諸功德性及義故爲令一切衆生普淨一切諸善根故爲令一切衆生於福田境界中種諸善法心無悔故爲令一切衆生普能攝受一切衆生一一皆令趣一切智故爲令一切衆生普攝一切所有善根一一皆與平等迴向而相應故

後爲令下明迴向意意通能所約能菩薩爲此故教約所教其當如是爲文有六句二中性即體性義即所以通於理事

又以諸善根如是迴向所謂願一切衆生究竟安隱願一切衆生究竟清淨願一切衆生究竟安樂願一切衆生究竟解脱願一切衆生究竟平等願一切衆生究竟了達願一切衆生究竟安住諸白淨法願一切衆生得無礙眼願一切衆生善調其心願一切衆生具足十力調伏衆生

第三又以下究竟迴向上來展轉迴向以隨宜故或通因果世及出世今迴向既終惟願得成究竟之果安隱者無障惱故安樂者唯寂滅故

佛子菩薩摩訶薩如是迴向時不著業不著報不著身不著物不著剎不著方不著衆生不著無衆生不著一切法不著無一切法

第二迴向實際中先牒前隨相後不著下正顯離相十句五對一已業因果二自已身財三起行方便四所化衆生五所迴行法亦通一切不著一切法者了法空故不著無一切者空亦空故

佛子菩薩摩訶薩如是迴向時以此善根普施世間願一切衆生成滿佛智得清淨心智慧明了内心寂靜外緣不動增長成就三世佛種

第三佛子已下總結三種迴向近仍前起謂即上離相不礙隨相遠結上文普施世間即向衆生願生成佛即向菩提得清淨心下即向實際成就三世佛種即總結三種迴向之能

佛子菩薩摩訶薩修行如是迴向之時超出一切無能過者一切世間所有言詞悉共稱讃亦不可盡普修一切菩薩諸行悉能往詣一切佛土普見諸佛無所障礙又能普見一切世界菩薩所行以善方便爲諸衆生分別諸法甚深句義得陀羅尼演說妙法盡未來劫無有斷絶爲衆生故念念於不可說不可說世界猶如影像普現其身供養諸佛念念嚴淨不可說不可說諸佛國土悉令周徧修行嚴淨佛刹智慧而無厭足念念令不可說不可說百千億那由他衆生清淨成就平等滿足於彼一切諸國土中勤修一切諸波羅蜜攝取衆生成就淨業得無礙耳於不可說不可說諸佛世界一一如來所轉法輪聽聞受持精勤修習不生一念捨離之心住無所得無依止無作無著菩薩神通於一刹那一彈指頃分身普詣不可說諸佛世界與諸菩薩等同一見

大文第二迴向成益即此行所成廣大之德有四佛子即爲四段第一佛子成因位廣大德第二佛子果位清淨德三會違自

在德四相盡平等德前之二段即隨相益後之二段即離相益又初一現成德次一當成德此二因果一對三是會相德四是得實德此二會違攝法對今初先牒成益之時顯正修時即成此益後超出下正顯顯有十二句初二爲總初句顯深無能過故後句顯廣歎不盡故後十句别攝爲五對初二所行所見對行中初行行後詣刹所見中初見果後見因二說法深廣對事理善巧故法義甚深總持廣包辭辯無斷三爲衆生下現身嚴刹對於嚴刹中先果後因四念念令下成就攝生對初成就後於彼下攝取五得無礙下遠聽速往對初明遠聽聽必修行後往無得下速往往皆無得不假靜慮故曰無依不起加行故云無作不染通境故云無著依此無依故能刹那頓現等同一見者詣刹雖多道風無異

佛子菩薩摩訶薩如是修習菩薩行時尚能成滿無量不可說不可說清淨功德憶念稱讚所不能盡況復得成無上菩提

第二果德清淨文分爲二一牒現況當請結前因德尚爾無盡況當成果德豈可量耶

一切佛刹平等清淨一切衆生平等清淨一切身平等清淨一切根平等清淨一切業果平等清淨一切衆會道場平等清淨一切圓滿行平等清淨一切法方便智平等清淨一切如來諸願迴向平等清淨一切諸佛神通境界平等清淨

二一切佛刹下懸解當相謂成果之狀略舉此十前六果相圓備後四舉因顯果謂此果滿由因圓故皆言清淨者無染不盡云平等者無理不證染淨皆虛故云平等淨符乎理但云清淨此上因果德用若非圓教諸位相攝何容地前得斯無礙

佛子菩薩摩訶薩如是迴向時得一切功德清淨歡喜法門無量功德圓滿莊嚴

第三會違自在德中二初結前生後此結有二一近結上果德果德無邊上言不盡故云一切功德清淨二通結因果以隨相益竟欲明得隨相益即有離相故總結云得一切功德乃至圓滿莊嚴由此故有不違等也

如是迴向時衆生不違一切刹刹不違一切衆生刹衆生不違業業不違刹衆生思不違心心不違思思心不違境界境界不違思心業不違報報不違業業不違業道業道不違業

二如是迴向時下正顯會違之益有十五對大分爲四初十一對法法相望無違次二對世世無違次一對世法無違後一因果無違即是總結前中分三初六對事事無違次法性下二對事理無違三刹平等下三對理理無違

今初一依正二業果三王所四心境五業報二是引業此是滿業六正助無違行前之思方便造業但名爲業思之所起身口意行名爲業道以是思之所遊履故晉經名業迹迹即道也此之事事所以無違者

隨性融故緣起相由故同一緣起義故亦由後二段令此無違六正助無違者即經業道不違業業不違業道俱舍業品云俱得名尸羅一妙行二業三律儀四唯初表無表名別解脫五業道六釋曰此有六名今此即當第六彼疏釋云又此初念亦名業道第六名也本求戒思今曰究竟依業暢義立業道名謂戒前之思名之爲業初念戒體名之爲道思所履故業家之道故名業道故初刹那名別解脫初棄惡故亦得名爲別解脫律儀能防非故亦得名爲根本業道暢思起故第二念等不名業道非暢思故名爲後起根本後故今疏全依俱舍論文故不更引古來異釋此之事事下出事事無違之因畧出三因一法性融通門二緣起相由門上二即事事無礙義三直語同一緣起通事通理非無礙義如觀一葉落知天下秋矣亦由後二者後二即事理無違及理理無違由此故令事事無違謂既同一味事復即理由事即理理融於事故得事事無礙故無違也法性不違相法相不違性法生不違性法性不違生

次二對理事無違者初對約所相之法論性相無違後對約能相四相辨性相無違略舉一生耳性不違相者理能成事故相不違性者事能顯理故不動眞際建立諸法故不壞假名說實相故

刹平等不違衆生平等衆生平等不違刹平等一切衆生平等不違一切法平等一切法平等不違一切衆生平等離欲際平等不違一切衆生安住平等一切衆生安住平等不違離欲際平等

三理理無違三對一依正二人法三能所證離欲際即所證理衆生安住即能證智智㝠於理故二無違

然上三段無違初後二段唯約異類相望由後段中以事取理有多平等故中間事理無違則有二義一自類相望如刹望刹

平等二異類相望如刹望衆生平等平等即無性之理也然上三段下重總料揀於中有二一同異類料揀開此則有四句若細論則有五重四句第一四句者一刹二衆生三刹無性理四衆生無性理此四爲本第二四者一刹即刹無性以事不存故二不即以不壞事故三無性即刹以不守自性故四不即刹以性不變故第三四者衆生與無性亦同刹說上二四句各初及第三是第二段性相無違中自類相望各二及四雖非無礙亦不相違義如上說第四四者一刹無性即衆生無性以無二故二不即以無可即故三刹即衆生以無性是衆生刹既無性即衆生故四刹不即衆生以不礙兩存故此中初二句是第三段理理無違以無可即亦無可違故第三句是第一段事事無違第四句雖非無礙亦不相違第五四句者一刹即衆生無性二不即三衆生即刹無性四不即此中初及第三句是第二段理事無違中異類事理相望二四兩句雖不壞性相亦不相違然爲門不同有多差別理實諸句無不融通二開此則有下句數料揀但就刹衆生以成諸句初根本四句二刹上理事成四句三約衆生上理事成四句上二三兩四句但是事理無礙四以刹事對生理爲四五以衆生事望刹理成四此後二四方成事事無礙上二等者以事理相望唯就同類即得成故言各二及四雖非無礙亦不相違義如上說者以二四皆是不即故非無礙亦不相違者由上同一緣起故由不壞之事不變之性皆同一緣起故此中初二句是理理無違者一刹無性即衆生無性二理同故以無可即亦無可違者釋第二句是理理無違義第四句者第四不礙兩存故非無礙而亦同是一緣起故及第五四句中亦不相違皆同前二三四句中亦不相違此中初及第三句是異類事理相望者以將刹望衆生無性衆生與刹是異類也

過去不違未來未來不違過去過去未來不違現在現在不違過去未來

二約世世

世平等不違佛平等佛平等不違世平等

三約世法

菩薩行不違一切智一切智不違菩薩行

四約因果文並可知

佛子菩薩摩訶薩如是迴向時得業平等得報平等得身平等得方便平等得願平等得一切衆生平等得一切刹平等得一切行平等得一切智平等得三世諸佛平等

第四相盡平等德文分爲二初得平等離相益

得承事一切諸佛得供養一切菩薩得種一切善根得滿一切大願得教化一切衆生得了知一切業得承事供養一切善知識得入一切清淨衆會道場得通達一切正教得成滿一切白法

二得承事一切佛下明得不壞諸相益

佛子是爲菩薩摩訶薩第七等隨順一切衆生迴向

第三依釋結名可知

菩薩摩訶薩成就此迴向則能摧滅一切魔怨拔諸欲刺得出離樂住無二性具大威德救護衆生爲功德王神足無礙往一切刹入寂滅處具一切身成菩薩行於諸行願心得自在分別了知一切諸法悉能徧生一切佛刹得無礙耳聞一切刹所有音聲得淨慧眼見一切佛未甞暫捨於一切境界成就善根心無高下於一切法得無所得菩薩摩訶薩

以一切善根等隨順一切衆生如是迴向
大文第二辨位果與益興者成益約於位中得果就其位滿有二十一句初一牒前後一總結中間十九攝爲九果一斷染果降魔寃謂止惡緣拔欲刺斷惡因也二入證果得出離樂正證住無二性證因三益生果具大威德即護生之因四内外超勝果謂内德外用五往一切下寂用無礙果六具一切下行願廣大果七分別下智通殊勝果八得無礙下見聞自在果九於一切境下修行具足果初成就後無得
爾時金剛幢菩薩承佛神力普觀十方而說頌言
菩薩所作諸功德　微妙廣大甚深遠
第二重頌二十一偈分三初十一偈頌迴向次九偈頌成益後一偈結讃今初分二初半偈頌所迴善根
乃至一念而修行　悉能迴向無邊際
菩薩所有資生具　種種豐盈無限億　香象寶馬以駕車　衣服珍財悉殊妙
或以頭目并手足　或持身肉及骨髓　悉徧十方無量剎　普施一切令充徧
無量劫中所修習　一切功德盡迴向　爲欲救度諸群生　其心畢竟不退轉
餘頌攝將迴向於中三初三偈半頌迴已修善願成資具以施衆生
菩薩爲度衆生故　常修最勝迴向業　普令三界得安樂　悉使當成無上果
菩薩普興平等願　隨其所集清淨業　悉以迴施諸群生　如是大誓終無捨

菩薩願力無限礙　一切世間咸攝受　如是迴向諸群生　未曾暫起分別心
普願衆生智明了　布施持戒悉清淨　精進修行不懈廢　如是大誓無休息
菩薩迴向到彼岸　普開清淨妙法門　智慧同於兩足尊　分別實義得究竟
次菩薩爲度下五偈頌復迴此施願令衆生具足財法
菩薩言詞已通達　種種智慧亦如是　說法如理無障礙　而於其中心不著
常於諸法不作二　亦復不作於不二　於二不二並皆離　知其悉是語言道
三菩薩言詞下二偈頌迴向實際
知諸世間悉平等　莫非心語一切業　衆生幻化無有實　所有果報從茲起
一切世間之所有　種種果報各不同　莫不皆由業力成　若滅於業彼皆盡
二知諸世間下頌成益中三初二頌因德廣大
菩薩觀察諸世間　身口意業悉平等　亦令衆生住平等　猶如無等大聖尊
菩薩善業悉迴向　普令衆生色清淨　福德方便皆具足　同於無上調御士
菩薩利益諸群生　功德大海盡迴向　願使威光特超世　得成雄猛大力身
凡所修習諸功德　願使世間普清淨　諸佛清淨無倫匹　衆生清淨亦如是
菩薩於義得善巧　能知諸佛最勝法　以衆善業等迴向　願令庶品同如來
次五頌果德清淨

菩薩了知諸法空一切世間無所有無有造
作及作者衆生業報亦不失
諸法寂滅非寂滅遠離此二分別心知諸分
別是世見入於正位分別盡
後二頌相盡平等略不頌會違上已委具
然頌三段勢少異前前直語益今兼顯迴
向之因
如是眞實諸佛子從於如來法化生彼能如
是善迴向世間疑惑悉除滅
大方廣佛華嚴經疏鈔會本第二十九之三
音釋
暢丑亮切通也

大方廣佛華嚴經疏鈔會本第三十之一

唐于闐國三藏沙門實叉難陀　譯

唐清涼山大華嚴寺沙門澄觀撰述

佛子何者是菩薩摩訶薩真如相迴向

第八真如相迴向長行中二先廣明後結示前中亦二先明位行後辨位果前中亦三今初標名善根合以成迴向從所依立名義通能所故本業云常照有無二諦一切法一合相故若梵本中具名真如相自性迴向相即德相性即體性以二非即離所以雙舉多說德相唐本單名即以法界印而爲其性此與前後異者謂第七明會事向理故云平等此明事盡理現故行等同如第九明從體起用第十明用同體同體而用餘如第四迴向會釋從所依立名者但言真如相即是所依善根合如故義通能所常照者以有能所況一合相復有二義一有無不二即一合相以同如故二智與境冥絕能所故則通能所爲如相矣即以法界下四出體能所契合爲法界故此與前後下五揀濫前即第七以平等隨順衆生故後即九十九即離於能所縛著故十入法界亦契合故故其四名多分相濫疏揀可知餘如第四迴向者彼以善根如於實際故至一切處前對此揀竟故今不對第四揀之

佛子此菩薩摩訶薩正念明了其心堅住遠離迷惑專意修行深心不動成不壞業趣一切智終不退轉志求大乘勇猛無畏植諸德本普安世間生勝善根修白淨法大悲增長心寶成就常念諸佛護持正法於菩薩道信樂堅固

第二依徵廣釋中三初明隨相迴向二佛子菩薩摩訶薩以此善根下離相迴向三

佛子此菩薩摩訶薩如是迴向時得一切

下迴向成益初中分二先積善迴向後佛子菩薩摩訶薩若見下觸境迴向前中亦二先明所迴行體後菩薩爾時慧眼下攝將迴向前中亦二先積集資粮後成就無量下結德成就

今初文有十句初一爲總謂正念堅明下九爲別文有三節初三正念菩提一遠離迷惑是明了義專意修行即爲正念正念是定明了是慧定慧雙運爲道之源二契理不動故曰深心緣不能沮成不壞業即自分堅住三求佛不退即勝進堅住次四句正念化生初句爲總勇求兼濟爲大法故下三句別一悲智雙運爲明了般若爲衆德之本故二進善去漏爲正念三悲增智圓爲堅住後三正念三寶一念佛二護法三信僧上有正念下句堅固影畧該攝成就無量淨妙善根勤修一切功德智慧爲調御師生衆善法以智方便而爲迴向

二結德成就文有四句前三結前一非止上十故云無量二三統而攸之不出福智大悲末句生後迴向

菩薩爾時慧眼普觀所有善根無量無邊

第二攝將迴向中二先觀察善根本期迴向二以諸善根下正明迴向今初有三初總標

其諸善根修習之時若求緣若辦具若治淨若趣入若專勵若起行若明達若精審若開示

次其諸善下別顯

如是一切有種種門種種境種種相種種事

種種分種種行種種名字種種分別種種出
生種種修習
三如是下總結於中二先結種類多門有
十句謂隨前求緣等有多差別一通遊非
一故如一趣入爲用有門爲用空門乃至
無量故慈行童女云諸佛各以異門令我
入此普莊嚴門二隨其一門緣何爲境爲
佛爲法等三隨一境上相貌不同四相所
依事謂色心等五隨一事上有多分位六
施等萬行七能詮名字八分別決擇九生
多知見十若定若慧上中下修
其中所有一切善根悉是趣向十力乘心之
所建立皆悉迴向一切種智唯一無二
後其中下結修本意本意既然寧不迴向
以諸善根如是迴向所謂願得圓滿無礙身

業修菩薩行願得清淨無礙口業修菩薩行
願得成就無礙意業安住大乘願得圓滿無
障礙心淨修一切諸菩薩行願起無量廣大
施心周給無邊一切衆生願於諸法心得自
在演大法明無能障蔽願得明達一切智處
發菩提心普照世間願常正念三世諸佛諦
想如來常現在前願住圓滿增上志樂遠離
一切諸魔怨敵願得安住佛十力智普攝衆
生無有休息
第二正明迴向分二初向菩提二佛子菩
薩摩訶薩如爲已身下迴向衆生前中有
二十願分三初十願願成智行即菩提因
果
願得三昧遊諸世界而於世間無所染著願
住諸世界無有疲厭教化衆生恒不休息願

起無量思慧方便成就菩薩不思議道願得諸方不迷惑智悉能分別一切世間
二得三昧下四願周徧利生即化用因果一化所依二化時處三知藥治四識病宜願得自在神通智力於一念中悉能嚴淨一切國土願得普入諸法自性見一切世間悉皆清淨願得生起無差別智於一剎中入一切剎願以一切剎莊嚴之事顯示一切教化無量無邊衆生願於一佛剎中示無邊法界一切佛剎悉亦如是願得自在大神通智普能往詣一切佛土
三得自在下六願普嚴佛剎即淨土因果一神通智嚴淨事土二入理智嚴法性土亦非嚴嚴故三事理無礙智嚴帝網土四以前三嚴用化衆生上四因圓後二果滿

佛子菩薩摩訶薩以諸善根願得莊嚴一切佛國願得周徧一切世界願得成就智慧觀察如爲已身如是迴向如是而爲一切衆生
第二迴向衆生文三初牒前起後即從後倒牒前之三段
所謂願一切衆生永離一切地獄畜生閻羅王趣願一切衆生除滅一切障礙之業願一切衆生得周普心平等智慧願一切衆生於怨於親等心攝受皆令安樂智慧清淨願一切衆生智慧圓滿淨光普照願一切衆生思慧成滿了真實義願一切衆生以淨志樂趣求菩提獲無量智願一切衆生普能顯示安隱住處
二所謂下正顯迴向文有八句初二願離三障障礙之言義兼煩惱次四成四智後

二結二果謂菩提涅槃菩提不唯四智故云無量

佛子菩薩摩訶薩恒以善心如是迴向爲令一切衆生遇清涼雲霔法雨故爲令一切衆生常值福田勝境界故爲令一切衆生皆能善入菩提心藏自護持故爲令一切衆生離諸蓋纏善安住故爲令一切衆生皆獲無礙神通智故爲令一切衆生得自在身普示現故爲令一切衆生成就最勝一切種智普興利益無空過故爲令一切衆生普攝群品令清淨故爲令一切衆生皆能究竟一切智故爲令一切衆生心不動揺無障礙故

三佛子下總結所爲

佛子菩薩摩訶薩見可愛樂國土園林草木華果名香上服珍寶財物諸莊嚴具或見可樂村邑聚落或見帝王威德自在或見住處離諸諠雜見是事已以方便智精勤修習出生無量勝妙功德爲諸衆生勤求善法心無放逸廣集衆善猶如大海以無盡善普覆一切爲衆善法所依之處以諸善根方便迴向而無分別開示無量種種善根智常觀察一切衆生心恒憶念善根境界以等眞如平等善根迴向衆生無有休息

第二觸境迴向大同淨行對境發願於中五一列所見境二見是事下覩境成德謂增悲智三以諸善根下總明迴向亦是迴向之德四菩薩爾時下別明迴向五佛子下迴向成益前三可知

菩薩爾時以諸善根如是迴向所謂願一切衆生得諸如來可愛樂見見法眞性平等平

等無所取著圓滿清淨願一切衆生見諸如來甚可愛樂圓滿供養願一切衆生徃生一切無諸煩惱甚可愛樂清淨佛刹願一切衆生得見諸佛可愛樂法願一切衆生常樂護持一切菩薩可愛樂行願一切衆生得善知識可愛樂眼見無所礙願一切衆生常見一切可愛樂物無有違逆願一切衆生證得一切可愛樂法而勤護持願一切衆生於一切佛可樂法中得淨光明願一切衆生修諸菩薩一切能捨可愛樂心願一切衆生得無所畏能說一切可愛樂法願一切衆生得諸菩薩極可愛樂甚深三昧願一切衆生得諸菩薩甚可愛樂陀羅尼門願一切衆生得諸菩薩甚可愛樂善觀察智願一切衆生能現菩薩甚可愛樂自在神通願一切衆生能於諸

佛大衆會中說可愛樂甚深妙法願一切衆生能以方便開示演說甚可愛樂差別之句願一切衆生常能發起甚可愛樂平等大悲願一切衆生念念發起甚可愛樂大菩提心常令諸根歡喜悅豫願一切衆生能入一切甚可愛樂諸如來家願一切衆生得可愛樂能調伏行調伏衆生無有休息願一切衆生得諸菩薩甚可愛樂無盡辯才演說諸法願一切衆生於不可說不可說劫住於一切可樂世界教化衆生心無厭倦願一切衆生以無量方便普能悟入甚可愛樂諸佛法門願一切衆生得可愛樂無礙方便知一切法無有根本願一切衆生得可愛樂離貪欲際知一切法畢竟無二斷一切障願一切衆生得可愛樂離貪欲際知一切法平等真實願一

切衆生具足成滿一切菩薩甚可愛樂無戲論法願一切衆生得金剛藏精進之心成可愛樂一切智道願一切衆生具可愛樂無礙善根摧伏一切煩惱怨敵願一切衆生得可愛樂一切智門普於世間現成正覺

四中初句總標標將說別上起行中云以諸善根方便迴向未知迴向其相云何故云爾時如是迴向後所謂下別顯顯如是言三十一願皆言令得可愛樂者由見可愛樂境起可愛樂善故願成可愛樂德釋此諸願通有二意一橫對上境發等流願二豎配地位以彰總願總者隨見一境即發多願該因果故言橫對者初之十願對上國土一若見國土當願衆生見法性土二土之供具三遍受用變化淨土餘皆土中之事可以意得對此一境發十願者以一例諸皆應有多不欲繁文下漸從畧三通受用者但言清淨變化亦有淨故無諸煩惱則是受用既衆生往生故皆通也餘皆是土中之事者四法即法門流布五行即菩薩修行六即天眼常喜世界生者天眼徹見十方七則水鳥樹林華池寶閣八護法九證法十心無著次得無畏下三願對上園林無漏法林無所畏故總持三昧爲園苑故無漏法林等即淨名佛道品無漏法林樹總持之園苑下經三昧爲園苑故次一願對上草木善觀五乘三草二木智差別故對上草木者三草二木即法華藥草喻品初會已引五乘差別但由智異故將善觀察智以對草木次三對華神通等法如華開敷處衆開演皆華敷故果之一種留在後明

從發大悲下一願以對一境謂大悲熏心以對上香令根喜悅如彼上服生如來家得珍寶分以調伏行爲聖財物無礙辯說

爲莊嚴具可樂世界猶如於村悟入多門等彼城邑無礙無本如彼聚落畢竟無二若國無二王證離欲際方得自在無戲論法爲離諠雜後三句即對前果

二賢配地位者文分爲二前顯因圓後三果滿前中分三初七未入法者令得入法即是地前一最初發心同佛見理二行法供養此二十信三生諸佛前四解心見法此二十住五如説行即是十行六同善友見七觸境無違此二十向

二證得下十七願已入法者令得入地初三初地一證如理二得教光三成施行次一二地行不慮誤犯故無所畏愛語偏多故能説法次二三地行習諸禪定求多聞故次有三願如次三地謂焰慧觀道品難勝具神通現前深般若次方便下二願七地行謂方便偏多故雖善修空無相而慈悲不捨衆生故云平等大悲次二八地行謂諸佛勸起利他大心無間現前常悦豫故得無生忍眞生家故次二九地行善知稠林能調伏故四十無礙辯善説法故次二十地行得入劫智入微塵世界等廣利樂故能受如來大法雨故

三有四願已入地者成普賢位一一切境中得無礙見覺法本源無根本故二得無二住斷二障故三住眞實際等如來故四得寂滅忍無戲論故

第二三願明果滿者即是三德亦初金剛智而爲能斷次離二礙以爲所斷此二爲無間道後一解脱道證成出現智周法界

故用前二釋文旨有據次第無差金剛幢之巧談非説者之穿鑿也第二三願者能斷是般若所斷是解脱智周法界即法身取所證故又初智德次即斷德後即恩德恩德故能現世間故涅槃三德釋中云如來之身亦非涅槃通色身故

佛子菩薩摩訶薩修習如是諸善根時得智慧明爲善知識之所攝受如來慧日明照其心永滅癡冥勤修正法入諸智業善學智地流布善根充滿法界以智迴向盡諸菩薩善根源底以智深入大方便海成就無量廣大善根

第五迴向成益中先明得時後得智下正顯十句攝爲五對一以因感緣由智内明外爲友攝二以緣感因外蒙慧照内滅癡冥此除障益三由勤修入三慧業此明學益四上學證智自善普充此證入益五盡善福源入實智海此成二嚴益即爲向實際之本以智窮入故

佛子菩薩摩訶薩以此善根如是迴向所謂不著世間不取衆生其心清淨無所依止正念諸法離分别見不捨一切佛自在慧不違三世一切諸佛正迴向門隨順一切平等正法不壞如來真實之相

第二離相迴向即向實際此與前諸迴向小異前多攝相歸性少有依性起相今此多顯性相無礙以爲如相故上諸標文皆躡前隨相之時今不要對前以成無礙故無時字文分爲二初直明迴向後譬如下對如廣辯今初分二初順如之行二於諸佛法下順如之益前中亦二先約心明則止觀雙運不著有無後雖善下别約行明

則權實雙行不違性相今初後二一止寂
妄取不違體用二等觀下觀達空有信智
雙圓前中初二句標次其心下二句釋上
句無所取故下句離能取故不捨下明其
不違一不違因二不違法三不違果所以
不違者不著無故

等觀三世無衆生相善順佛道善說於法深
了其義入最勝地悟真實法智慧圓滿信樂
堅固

觀中初觀真空善順下觀其妙有

雖善修正業而知業性空了一切法皆如幻
化知一切法無有自性觀一切義及種種行
隨世言說而無所著除滅一切執著因緣知
如實理觀諸法性皆悉寂滅了一切法同一
實相知諸法相不相違背與諸菩薩而共同
止修行其道善攝衆生入去來今一切菩薩
迴向之門

二權實雙行中初句立宗以無礙爲宗次
句同喻如幻相有體即虛故後知一切下
合及出所因一法無性故二觀一切下觀
無著故上二順於空如三知如實下知一
實故則順不空如四知諸法下結成無違
五與諸下結成所作謂能橫入一道豎入
一門初句立宗者即雖善修正業而知業性空量云正業是有法空有無礙是宗法因云緣成即無性故同喻云如幻幻法從緣生空有不相礙正業從緣生同彼幻法不相礙

於諸佛法心無驚怖以無量心令諸衆生普
得清淨於十方世界不起執取我我所心於
諸世間無所分別於一切境界不生染著勤
修一切出世間法於諸世間無取無依於深

妙道正見牢固離諸妄見了真實法二順如益中十句五對令四心彌固一上安深法下淨衆生即廣大心二二我不生世見斯絶即不顛倒心三於境無染出世勤修四不依世間正道唯固上二即第一心無住涅槃爲第一故五妄見斯寂了實體同即常心常不捨離同體悲故十句五對者即天親般若論中答住問也若依無著即當第一發心住處然無著十八住處住皆答三問三問即應云何住應云何修行應云何降伏泰經闕修行問合在二中言發心住處者經佛告須菩提菩薩應如是降伏其心所有一切衆生之類若卵生若胎生若濕生若化生若有色若無色若有想若無想若非有想若非無想即廣大心我皆令入無餘涅槃而滅度之第一心也如是滅度無量無數無邊衆生實無衆生得滅度者常心也何以故須菩提若菩薩有我相人相衆生相壽者相即非菩薩不顛倒心也論偈云廣大第一常其心不顛倒利益深心住此乘功德滿此偈上半標四心下半說住義四心利益具自他行故此深心菩薩應住大乘功德盡圓滿矣四心者三界九類皆盡

度之是廣大心令入無餘涅槃是第一心二乘尚有三餘非曰無餘不名第一今二種涅槃無餘第一四涅槃中無住涅槃方為第一今言無餘即佛無住往昔但有三涅槃故不言無餘耳彼疏科上二心名加行住言常心者論云如是取衆生如我身常不捨離是名常心偈中利益解其常義謂度衆生常不離大悲同體如我之心故名常矣疏科此心為修行定言不顛倒心者疏科為折散心言不顛倒者論云此示現離依止身見衆生等相故依身執我名為身見有我等四即非菩薩是名顛倒今誰此四即是菩薩非顛倒心大雲言此文即根本智前文大悲是後得智由根本智離我見故前大智觀無衆生相始得本成就又大雲解實無衆生得滅度者總有五義一衆生性空故無可滅二菩薩後得智同體大悲離自身外無別衆生即無他體於根本智必先自離我見之相即自無體既無自他實無衆生得滅度矣三一切衆生本來寂滅不更滅故四順法性法性無念心若起念即違法性故五解法界不度衆生天親解云平等真法界佛不度衆生以衆生名名即法界衆生陰身陰即法界衆生與佛同一法界豈於此理度衆生哉故淨名云衆聖賢亦如也至於彌勒亦如也若彌勒得受記者一切衆生亦應受記以同一如不應別故斯理特深天親下文有此解者謂教迦上諸大菩薩以初地上盡證真如今地上學佛平等法界觀矣而

今天親即解此文大悲同體是教地前學地上觀故為此釋天親妙意今日曉矣釋曰上皆暉公之意今謂不然且問寂滅與空為一為異若言一者則初三不別若言異者異相云何豈不詮言法性本空寂耶又寂滅言但是盡相為顯實耶若是顯實即同第五同一法界又同體悲寧殊同一法界又五法界與順法性復何差別非無念智不名真解是知論明法界生佛相望論明同體菩薩望生故不應二則上五解唯應為二其無念義應合在於不顛倒心經唯衆我以為顛倒法執不七豈非顛倒故不顛倒約止絕妄想同體常心觀寘真理是故經文以不顛倒釋上常心云何以故由無妄故方能契實由契理故方得無妄二義相成故無衆生得滅度者一契空如性空寂滅故無可度二契不空同一法性法性平等故無可度足顯玄妙皆就諸佛菩薩觀心非獨約理故今疏文直取論意便為正解復順今經以今經證天親解經妙符
聖旨

第二對如廣辯如相迴向生此段文畧以五門分別一釋名真謂真實顯非虛妄如謂如常表無變易此法相宗若法性宗云不變為真順緣曰如由不變故與有為法有非一義由順緣故與有為法有非異義而起信云無遣曰真無立曰如唯就遮詮頓彰真理順緣曰如者即隨緣義淨名云法隨於如無所隨故今謂如隨於法無能隨故以如性空方能隨緣成一切故而起信下此論解釋分中初釋真如門正舉法體有二一正顯如體二會執釋名初門論云心真如者即是一法界大總相法門體所謂心性不生不滅一切諸法唯依妄念而有差別若離心念則無一切境界之相是故一切法從本以來離言說相離名字相離心緣相畢竟平等無有變異不可破壞唯是一心故名真如釋曰此上論文自有三段一就實畧標二一切諸法下會妄顯真三是故下結真離妄此三皆是正顯如體即離妄偽為真離異相為如今疏所引即會執釋名具足論云以一切言說假名無實但隨妄念不可得故言真如者亦無有相謂言說之極因言遣言此真如體亦無可遣以一切法悉皆真故亦無可立以一切法皆同如故當知一切法不可說不可念故名為真如釋曰此上論文中二先釋後當知一切下結前中分三初正會執恐有執言上言離名字相何故復立真如之名故云此真如名亦是假說二言說之極下約名釋疑疑云若但假立何故不立餘名而立真如釋云真如者言說之極此後更無有名故攝論中謂真如為究竟名故云極耳因言遣言立此極名若無此名無以遣名若

存此名亦不遣名三此真如體亦無可遣下約相釋遣古有多釋今並不依今謂此即非安立真如若安立說遣妄曰真顯理為如同唯識意今正拂此二無法非真何有妄可遣耶則真非真矣無法不如何有理可顯耶故如非如矣斯則無遣無立為非安立之真如矣故疏結云唯就遮詮頓彰真理

二明種類或唯一味無有差別或分爲二即生空真如法空真如又安立非安立二又空不空二並如常釋或分爲三約三性辨如瑜伽等或分爲七謂一流轉真如即諸行流轉實性二實相真如謂思惟諸法無二我性三唯識真如即唯識性四安立五邪行六清淨七正行上四即如次四諦體性如顯揚說或分爲十十地當明或有百門十十無盡如今經辨則上來所列皆是其中一義設言通一切法亦一義耳二明種類總有六門謂一二三七十及百為六類一中有三及六真如并八真如總有十義餘如十藏及前諸會巳說唯

七真如今當說之即顯揚論第三卷攝事品第一之三論曰真如作意相者謂緣七種徧滿真如作意廣說如經一流轉真如作意謂已見諦諸菩薩以增上法行善修治作意於染淨法時思惟諸行無始時來流轉實性既思惟已離無因見及不平等見二實相真如作意謂如前說乃至於染淨法因思惟諸法衆生無我性及法無我性既思惟已一切身見及思惟分別衆相作意不復現行三唯識真如作意謂如前說乃至於染淨法所依思惟諸法唯識之性既思惟已如實了知唯心染故衆生染唯心淨故衆生淨四安立真如作意謂如前說乃至於染淨法體思惟苦諦既思惟已欲令知故為有情說五邪行真如作意謂如前說乃至染汙法因思惟集諦欲令斷故為有情說六清淨真如作意謂如前說乃至於清淨法體思惟滅諦既思惟已欲令證故為有情說七正行真如作意謂如前說乃至於清淨行思惟道諦既思惟已欲令修故為有情說釋曰作意之義三即菩薩觀餘可知疏但列名畧囑而已

辨德用一成依持用與一切法而爲所依此能持故二成觀境謂爲賢聖證觀境故亦是百門之一德耳起信說有三大一者體大謂真如平等不增減故二相大謂具

足無量性功德故三用大能成一切世間
出世間善因果故然彼依心說於三大真
如乃是其一以一統二二皆屬如然違真
名惡契如則滅順真爲善稱如則大約善
順義故說如爲善因然違順雖殊離如則
無可違故惡亦以如爲體若會此經百門
之內或體或相或用或兼實則一一皆通
體等故爲百門融通理事使重重無盡猶
如帝網一成依持用者即唯識論真如為
迷悟依如四轉依義中廣辯十地
再辯起信等者疏文有四一引論三大全
是論文而體大中一者體大下欠一切法
言耳斯即立義分中彼疏釋體云真性深
廣而凡聖染淨皆以為依故受大名隨流
加染而不增反流除染而不減又反流之加
淨而不增隨流闕淨而不減良以染淨之
所不虧始終之所不易故云平等不增減
也二相大論云謂如來藏具足無量性功
德故疏釋云二種藏中不空如來藏也今
疏畧無如來藏言但約真如以說相故謂
不異體之德故云性功德也如水八德不
異於水三用大全同彼疏釋云謂隨淨業
約自然大用報化二身麤細之用令諸眾
生始成世善終成出世善故彼論下文具
顯用相然彼依心下第二對會今經亦是
解妨妨云彼論依依一心法而立三大真如
乃是其一云何得真如具三大耶故三大真
分中云摩訶衍者總說有二種一故彼立義
者義所言法者謂眾生心是心則攝一切
世間出世間法依於此心顯示摩訶衍義
所言義者則有三種一者體大等通局既
異何得引耶故下通云以一體統二二皆屬
如故下解釋分中分為三門真如即是一
法界大總相法門體又此二門不相離故
故如必有相用二也然違真下三釋用大
義似太局亦名解妨妨云真如既為一切
法體隨流成法何得不言能生惡因果耶
故為此通是以瓔珞經云始起一惡想住於
緣順第一義諦名之為善背第一義諦名
之為惡約違義邊不言生惡於中先明不
言生惡所以然違順雖殊下釋為惡體藏
和尚云以違真故不得離真以違真故非
其用也故今疏云離如則無可違故不離
也如波違水離水無波若會此經下第四
會釋經文具四約教不同可以思準四約
闕王下當知教不
同者小乘但有生空始教即立二空及六
七等不即於事終教則即事即如頓教多
用非安立義圓教即
是百門重重無盡五釋文者然此百門
古釋非一一英法師十十分之如次配於

十位中如一賢首位二十住三十行四十向五淨心地六行迹地七決定地八究竟地九等覺地十佛地更有諸德各分十門賢首並皆不許遠公分三初十配地前次八十八句配地上後二句佛地中如理皆難通佛地何以無前如德如第二門真實爲性何以不得通於諸位若取隨位之德以立如名如十地十如理則可通然又不出其相實則百門之德必貫之一如能如之德豈無異相異相難見且從不分分亦無過故末句云究竟清淨義同於果理皆難通下二辯順違於中二意初奪分者次若取下縱成分義責不出相貌後實則縱成二義今且十十科之以配十地十如今且十十下三中今正解上辯順違二皆有理後有究竟分則理長初徧一切及無相爲相等即徧滿真如之義初徧一切下別顯即為十

段依唯識第九前雖隨地別釋今為對文類例併舉今初徧一切處及無相為相即徧滿真如謂此真如二空所顯無有一法而不在故世親釋云謂此法界徧一切行以無少法非無我故今言二空無有一法非二空故今疏云徧滿一切徧滿義彰無相為相即二空相二中無能測量無有比對即最勝義二中等者唯識釋最勝真如云謂此真如具無邊德於一切法最為勝故注云由能離犯戒垢證此真如德莊嚴故今無測無對即最勝義三中於法無破爲衆法眼即勝流義三中下論釋勝流真如云謂此真如所流教法於餘教法最為勝故注由得三慧照大乘法觀此法教根本真如名勝流真如或證此如說法勝故今云於法無礙即教法等為衆法眼亦勝流矣四中無著無住等即無攝受義四中等者論云四無攝受真如謂此真如無所繫屬非我執等所依取故世親解云於此如中無計我所無攝我所如北洲人無繫屬故應說此如非我執我慢我愛無明邊見我所見等所依取故今無著無住即無攝受五中畢竟無盡無有變易即類無別義五中下論云五類無別真如謂此真如類無差別非如眼等類有異故注云謂生死涅槃二皆平等故無差別今竟無盡變豈有別耶六

中無有分別體性無生即無染淨義六中下論云六無染淨真如謂此真如本性無染亦不可說後方淨故中邊釋云由六地觀十二因緣知緣起法無染無淨非謂如也由真如故法無染淨詺此真如為無染淨今無有分別何有染淨七中無所不在住有無法即法無別義七中下論云七法無別真如謂此真如雖多教法種種安立而無異故注雖諸教法依如建立如無異故今無所不在何有別耶有無同如法豈別耶八中體性清淨體性平等即不增減義八中下論云八不增減真如謂此真如離增減執不隨染淨有增減故即此亦名相土自在所依真如謂若證得此真如已現相現土俱自在故注謂凡位不減聖位不增故今清淨平等豈有增減九中徧一切法是佛境界即智自在義九中下論云九智自在真如謂若證得此真如已於無礙解得自在故注謂此地中得無礙解名智自在今徧一切智何不知是佛境界真自在也十中住一切地成就一切諸佛菩薩等即業自在義其中餘義可以類取十中下論云十業自在真如謂若證得此真如已普於一切神通作業總持定門皆自在故今住一切地

成佛菩薩業自在矣然此十如約詮體若不爾者且如非先不徧今者方徧若不約詮說徧何法上來畧取文中各有二義以成其名餘各八義取類本名可以意得隨地別顯唯說十如一具一切十十成百欲顯如德無量無邊隨地別顯下第二解妨總有四妨第一十百不同妨謂有妨云彼唯十如此中說百何要將百以同十耶故疏釋云為順十地且說十如理實真如具無盡德十十融攝且說百門百十皆是一周圓數順無盡耳地前通修等覺徧等如來窮證地前通修者第二通前後無如妨妨云將百門如配十地如地前等妙應無如矣故為通云地前通修十如等覺徧等十如妙覺窮證十如但同地如無不同矣然異從義別體本常融但契一如自含衆德非由作意順差別如能同迴向亦融攝無礙然異從下第三通如觀難成妨妨云十地菩薩一地之內唯觀一如加行既成方證其一今羅百數成觀何由況一味之如何由契合故今答云約行布說別證十如就圓融修一含衆妙加行有異說十不同正證一相應本唯一味隨門入理畧有百門若契一門自含衆妙如海一滴味具百川牽衣一角全體來矣故唯識云雖真如性體無差別而隨勝

德假立十種十既假立百門亦然德用多門非體不一言能同廻向者由如融攝行順於如亦融攝矣故初地中徧達十如隨能證行後後建立稱如起行體即是如但人信如德尚迷廻向故以如德喻廻向德若取文義便者應云真如體相徧一切處善根廻向以同如故亦徧一切無邊際等又徧一切方得同如稱如起行下第四通廻向非如妨妨云夫如普徧無法非如何有如外別有廻向以為所喻通意有二一以其所信喻所不信二若取文義下立為體式則無前難百門之內各有二句上即所同之如德下善根下能同廻向之德百門之內下第三釋文於中有二先總

大方廣佛華嚴經疏鈔會本第三十之一

音釋

稠除留切密也 穿鑿鑿疾各切音昨 躡尼輒切音捻 麤倉胡切音粗物不精也 詺眉病切音命辨別物名

大方廣佛華嚴經疏鈔會本第三十之二

唐于闐國三藏沙門實叉難陀　譯
唐清涼山大華嚴寺沙門澄觀撰述

譬如眞如徧一切處無有邊際善根迴向亦復如是徧一切處無有邊際譬如眞如眞實爲性善根迴向亦復如是了一切法眞實爲性譬如眞如恒守本性無有改變善根迴向亦復如是守其本性始終不改譬如眞如以一切法無性爲性善根迴向亦復如是了一切法無性爲性譬如眞如無相爲相善根迴向亦復如是了一切法無相爲相譬如眞如若有得者終無退轉善根迴向亦復如是若有得者於諸佛法永不退轉譬如眞如一切諸佛之所行處善根迴向亦復如是一切如來所行之處譬如眞如離境界相而爲境界善根迴向亦復如是離境界相而爲三世一切諸佛圓滿境界譬如眞如能有安立善根迴向亦復如是悉能安立一切衆生譬如眞如性常隨順善根迴向亦復如是盡未來劫隨順不斷

最初十中初門顯在緣中故無不徧二明不變故云眞實三明隨緣即不變云恒守本性四示其性五示其相此五一向就如以辨次二對智以說故爲智境八顯眞如非境爲境謂要忘境方契如境故如之本性非安立故九即安立如十即如常之義餘可思準逐難當解後最初下別既依十如則十十科之

譬如眞如無能測量善根迴向亦復如是等虛空界盡衆生心無能測量譬如眞如充滿一切善根迴向亦復如是一刹那中普周法

界

十二云充滿一切者謂若色若心若大若小等極微刹那亦皆圓滿非分滿故如不可分分則多過即由此義及下四十不離諸法故諸法隨如徧一塵中故下果中得此門故一毛容納一切刹等

譬如眞如常住無盡善根迴向亦復如是究竟無盡譬如眞如無有比對善根迴向亦復如是普能圓滿一切佛法無有比對

十四無比對者法性不並眞故

譬如眞如體性堅固善根迴向亦復如是體性堅固非諸惑惱之所能沮譬如眞如不可破壞善根迴向亦復如是一切衆生不能損壞

十五惑不能壞十六人不能壞

譬如眞如照明爲體善根迴向亦復如是以普照明而爲其性

十七寂而常照智即如用故

譬如眞如無所不在善根迴向亦復如是於一切處悉無不在譬如眞如徧一切時善根迴向亦復如是徧一切時譬如眞如性常清淨善根迴向亦復如是住於世間而體清淨譬如眞如於法無礙善根迴向亦復如是周行一切而無所礙譬如眞如爲衆法眼善根迴向亦復如是能爲一切衆生作眼

二十二既以照明爲體何無照矚之眼又由見如成法眼故大般若云三世諸佛皆以性空而爲佛眼大般若者見性爲佛眼故

譬如眞如性無勞倦善根迴向亦復如是修行一切菩薩諸行恒無勞倦譬如眞如體性

甚深善根迴向亦復如是其性甚深譬如眞如無有一物善根迴向亦復如是了知其性無有一物譬如眞如性非出現善根迴向亦復如是其體微妙難可得見譬如眞如離衆垢翳善根迴向亦復如是慧眼清淨離諸癡翳譬如眞如性無與等善根迴向亦復如是成就一切諸菩薩行最上無等譬如眞如體性寂靜善根迴向亦復如是善能隨順寂靜之法譬如眞如無有根本善根迴向亦復如是能入一切無根本法

三十云無根本者前無所依故即無住本故

譬如眞如體性無邊善根迴向亦復如是淨諸衆生其數無邊譬如眞如體性無著善根迴向亦復如是畢竟遠離一切諸著譬如眞如無有障礙善根迴向亦復如是除滅一切世間障礙譬如眞如非世所行善根迴向亦復如是非諸世間之所能行譬如眞如體性無住善根迴向亦復如是一切生死皆非所住譬如眞如性無所作善根迴向亦復如是一切所作悉皆捨離譬如眞如體性安住善根迴向亦復如是安住眞實

三十七云安住者由無所住安住眞實故

譬如眞如與一切法而共相應善根迴向亦復如是與諸菩薩聽聞修習而共相應譬如眞如一切法中性常平等善根迴向亦復如是於諸世間修平等行譬如眞如不離諸法善根迴向亦復如是盡未來際不捨世間譬如眞如一切法中畢竟無盡善根迴向亦復如是於諸衆生迴向無盡

四十一畢竟無盡者雖在諸法諸法盡而體常又正在法中取不可盡如芥子之空故

譬如真如與一切法無有相違善根迴向亦復如是不違三世一切佛法譬如真如普攝諸法善根迴向亦復如是盡攝一切衆生善根譬如真如與一切法同其體性善根迴向亦復如是與三世佛同一體性譬如真如與一切法不相捨離善根迴向亦復如是攝持一切世出世法譬如真如無能映蔽善根迴向亦復如是一切世間無能映蔽譬如真如不可動搖善根迴向亦復如是一切魔業無能動搖譬如真如性無垢濁善根迴向亦復如是修菩薩行無有垢濁譬如真如無有變易善根迴向亦復如是愍念衆生心無變易

譬如真如不可窮盡善根迴向亦復如是非諸世法所能窮盡譬如真如性常覺悟善根迴向亦復如是普能覺悟一切諸法

五十一性常覺悟者能內熏發起厭求故

譬如真如不可失壞善根迴向亦復如是於諸衆生起勝志願永不失壞

五十二不可失壞者在於生死染而不染故

譬如真如能大照明善根迴向亦復如是以大智光照諸世間

五十三即大智光明徧照法界義故

譬如真如不可言說善根迴向亦復如是一切言語所不可說

五十四離言真如

譬如真如持諸世間善根迴向亦復如是能

持一切菩薩諸行譬如真如隨世言說善根
迴向亦復如是隨順一切智慧言說譬如真
如徧一切法善根迴向亦復如是徧於十方
一切佛剎現大神通成等正覺譬如真如無
有分別善根迴向亦復如是於諸世間無所
分別譬如真如徧一切身善根迴向亦復如
是徧十方剎無量身中譬如真如體性無生
善根迴向亦復如是方便示生而無所生譬
如真如無所不在善根迴向亦復如是十方
三世諸佛土中普現神通而無不在
六十一無所不在者上徧一切即無邊際
今隨一一法皆全在中
譬如真如徧在於夜善根迴向亦復如是於
一切夜放大光明施作佛事
六十二在晝夜乃至盡未來者一念長劫
各各收如各各依如故得念劫互收互入
譬如真如徧在於晝善根迴向亦復如是悉
令一切在晝衆生見佛神變演不退輪離垢
清淨無空過者譬如真如徧在半月及以一
月善根迴向亦復如是於諸世間次第時節
得善方便於一念中知一切時譬如真如徧
在年歲善根迴向亦復如是住無量劫明了
成熟一切諸根皆令圓滿譬如真如徧成壞
劫善根迴向亦復如是住一切劫清淨無染
教化衆生咸令清淨譬如真如盡未來際善
根迴向亦復如是盡未來際修諸菩薩清淨
妙行成滿大願無有退轉譬如真如徧住三
世善根迴向亦復如是令諸衆生於一剎那
見三世佛未曾一念而有捨離譬如真如徧
一切處善根迴向亦復如是超出三界周徧

一切悉得自在譬如真如住有無法善根迴向亦復如是了達一切有無之法畢竟清淨

七十住有無者理無惑計有無常實故理無惑計者斯生公十四科實相義中具云夫惑情所封則兩端斯失失理背宗所計皆虛理無惑計則有無並實實則說空可以袪滯有者之惑明有可以釋守空者之迷斯則空有二教旨俱得實釋曰此中有三初約情非二約理是三約教真今當其中但用理是

譬如真如體性清淨善根迴向亦復如是能以方便集助道法淨治一切諸菩薩行譬如真如體性明潔善根迴向亦復如是令諸菩薩悉得三昧明潔之心

七十二性覺爲明離念爲潔

譬如真如體性無垢善根迴向亦復如是遠離諸垢滿足一切諸清淨意譬如真如無我我所善根迴向亦復如是以無我我所清淨之心充滿十方諸佛國土譬如真如體性平等善根迴向亦復如是獲得平等一切智智照了諸法離諸癡翳譬如真如超諸數量善根迴向亦復如是與超數量一切智乘大力法藏而同止住與徧十方一切世界廣大法雲譬如真如平等安住善根迴向亦復如是發生一切諸菩薩行平等住於一切智道譬如真如徧住一切諸衆生界善根迴向亦復如是滿足無礙一切種智於衆生界悉現在前譬如真如無有分別普住一切音聲智中善根迴向亦復如是具足一切諸言音智能普示現種種言音開示衆生譬如真如永離世間善根迴向亦復如是普使衆生永出世間譬如真如體性廣大善根迴向亦復如是悉能受持去來今世廣大佛法恒不忘失勤

修一切菩薩諸行譬如眞如無有間息善根迴向亦復如是爲欲安處一切衆生於大智地於一切劫修菩薩行無有間息譬如眞如體性寬廣徧一切法善根迴向亦復如是淨念無礙音攝一切寬廣法門譬如眞如徧攝群品善根迴向亦復如是證得無量品類之智修諸菩薩眞實妙行譬如眞如無所取著善根迴向亦復如是於一切法皆無所取除滅一切世間取著普令清淨譬如眞如體性不動善根迴向亦復如是安住普賢圓滿行願畢竟不動譬如眞如是佛境界善根迴向亦復如是令諸衆生滿足一切大智境界滅煩惱境悉令清淨譬如眞如無能制伏善根迴向亦復如是不爲一切衆魔事業外道邪論之所制伏譬如眞如非是可修非不可修善根迴向亦復如是捨離一切妄想取著於修不修無所分別

八十九非可修者無所得故非不可修者為聖境故

譬如眞如無有退捨善根迴向亦復如是常見諸佛發菩提心大誓莊嚴永無退捨譬如眞如普攝一切世間言音善根迴向亦復如是能得一切差別言音神通智慧普發一切種種言詞譬如眞如於一切法無所希求善根迴向亦復如是令諸衆生乘普賢乘而得出離於一切法無所貪求譬如眞如住一切地善根迴向亦復如是令一切衆生捨世間地住智慧地以普賢行而自莊嚴譬如眞如無有斷絕善根迴向亦復如是於一切法得無所畏隨其類音處處演說無有斷絕譬如

眞如捨離諸漏善根廻向亦復如是令一切衆生成就法智了達於法圓滿菩提無漏功德

九十五捨離諸漏者準梵本云阿那薩攞嚩此云無漏今言捨者性本捨故猶心體離念

譬如眞如無有少法而能壞亂令其少分非是覺悟善根廻向亦復如是普令開悟一切諸法其心無量徧周法界

九十六云無有少法而能壞亂令其少分非覺悟者如徧非情則有少分非是覺悟況經云佛性除於瓦石論云在非情數中名爲法性在有情數中名爲佛性明知非情非有覺性故應釋言以性從緣則情非情異爲性亦殊如涅槃等況緣從性則非覺不覺本絶百非言亡四句若二性互融則無非覺悟起信云以色性即智性故說名智身以智性即色性故說名法身徧一切處論云菩提菩提斷俱名爲菩提說智及智處俱名爲般若亦可證此既二性相即緣復即性故無少分非覺悟者況心爲總相又融攝重重哉

無有少下文中三意初牒經二如徧非情下設難三故應釋云下會通然此段疏爲遮妄執一切無情有佛性義就計此義自有淺深一謂精神化爲土木金石梟獍負塊以成於子情變非情非情變情斯爲邪見不異外道衆生計生草木有命故不可也若說無情同一性故則稍近宗亦須得意彼本立意約於眞如自體徧故眞實之性無有二故涅槃經說第一義空爲佛性故一切法中有安樂性攝境從心無非心故色性智性體無二故如是等文諸經具有今謂此釋太即太過失情無情壞於性相若以涅槃第一義空該通心境涅槃何以揀於瓦礫言無性耶廣如別破今直顯正義謂性與相非一非異情與非情亦非一非異故應釋言以性從緣等一如涅槃者揀去牆壁瓦礫等故二無覺不覺者眞

性之中無心境故三無非覺悟以無情性融覺性故故引起信文畧一句然其此義前已引竟今此復要彼論通問問云若諸佛法身離於色相者云何能現種種色相答即此法身是色體故能現於色所謂從本已來色心不二以色性即智性故色體無形說名智身以智性即色性故說名法身徧一切處今取二性相即互融之義說耳論云等者引證非正證前故云亦可證此可爲證者智及智處同般若故既二性下結釋經文況心爲總相下舉況以釋前結一性義今結唯心義總相則無所不攝又融攝重重即本經意隨舉一塵即含法界何令色境非一性耶

譬如眞如過去非始未來非末現在非異善根迴向亦復如是爲一切衆生新新恒起菩提心願普使清淨永離生死

九十七云過去非始等者過去初際所以名始未來爲終故稱爲末現在似有已末分之無暫住時故名爲異今明眞如雖徧三世之中體絕三世初中後相故並言非迴向亦爾雖爲衆生新新起願同彼眞如徧三世中而令永離三世生死之相方名清淨而晉本云過去非同未來非故現在非異若以今文會取非同過去之始雖在未來非是性本故有又晉經誤將後門三世無分別同入此門致令百數缺一紛然異解繁不敘之

譬如眞如於三世中無所分別善根迴向亦復如是現在念念心常覺悟過去未來皆悉清淨

言三世無分別者前約遮詮不同三世今約顯詮常無分別意旨相似故晉本合之耳又上不同三世總顯非新今無分別亦明非故而性相互融能新能故新故雙絕矣

譬如眞如成就一切諸佛菩薩善根迴向亦

復如是發起一切大願方便成就諸佛廣大智慧譬如眞如究竟清淨不與一切諸煩惱俱善根迴向亦復如是能滅一切衆生煩惱圓滿一切清淨智慧

佛子菩薩摩訶薩如是迴向時得一切佛刹平等普嚴淨一切世界故得一切衆生平等普爲轉無礙法輪故得一切菩薩平等普出生一切智願故得一切諸佛平等觀察諸佛體無二故得一切法平等普知諸法性無易故得一切世間平等以方便智善解一切語言道故得一切菩薩行平等隨種種善根盡迴向故得一切時平等勤修佛事於一切時無斷絶故得一切業果平等於世出世所有善根皆無染著咸究竟故得一切佛自在神通平等隨順世間現佛事故佛子是爲菩薩摩訶薩第八眞如相迴向

第三迴向成益及結名並顯可知

菩薩摩訶薩住此迴向證得無量清淨法門能爲如來大師子吼自在無畏以善方便教化成就無量菩薩於一切時未曾休息得佛無量圓滿之身一身充徧一切世界得佛無量圓滿音聲一音開悟一切衆生得佛無量圓滿之力一毛孔中普能容納一切國土得佛無量圓滿神通置諸衆生於一塵中得佛無量圓滿解脫於一衆生身示現一切諸佛境界成等正覺得佛無量圓滿三昧一三昧中普能示現一切三昧得佛無量圓滿辯才說一句法窮未來際而不可盡悉除一切衆生疑惑得佛無量圓滿衆生具佛十力盡衆生界示成正覺

大文第二菩薩住此下明位果初牒得因後證得下正顯所得文有十句初總餘別皆云無量者同如廣大無盡故皆云得佛者同佛所證故作佛事故

佛子是爲菩薩摩訶薩以一切善根順眞如相迴向

大文第二佛子下總以結示

爾時金剛幢菩薩承佛威力普觀十方而說頌言

第二應頌二十九偈分四

菩薩志樂常安住正念堅固離癡惑其心善輭恒清涼積集無邊功德行

菩薩謙順無違逆所有志願悉清淨已得智慧大光明善能照了一切業

初六頌隨相於中先二所迴行體

菩薩思惟業廣大種種差別甚希有決意修行無退轉以此饒益諸群生

諸業差別無量種菩薩一切勤修習隨順衆生不違意普令心淨生歡喜

已升調御人尊地離諸熱惱心無礙於法於義悉善知爲利群生轉勤習

菩薩所修衆善行無量無數種種別於彼一切分別知爲利群生故迴向

後四迴向之行

以妙智慧恒觀察究竟廣大眞實理斷諸有處悉無餘如彼眞如善迴向

譬如眞如徧一切如是普攝諸世間菩薩以此心迴向悉令衆生無所著

菩薩願力徧一切譬如眞如無不在若見不見念悉周悉以功德而迴向

夜中隨住晝亦住半月一月亦隨住若年若
劫悉住中眞如如是行亦然
所有三世及刹土一切衆生與諸法悉住其
中無所住以如是行而迴向
譬如眞如本自性菩薩如是發大心眞如所
在無不在以如是行而迴向
譬如眞如本自性其中未曾有一法不得自
性是眞性以如是業而迴向
如眞如相業亦爾如眞如性業亦爾如眞如
性本眞實業亦如是同眞如
譬如眞如無邊際業亦如是無有邊而於其
中無縛著是故此業得清淨
二有十六偈頌離相迴向於中先九頌對
如廣辯
如是聰慧眞佛子志願堅固不動揺以其智
力善通達入於諸佛方便藏
覺悟法王眞實法於中無著亦無縛如是自
在心無礙未曾見有一法起
如來法身所作業一切世間如彼相說諸法
相皆無相知如是相是知法
菩薩住是不思議於中思議不可盡入此不
可思議處思與非思皆寂滅
如是思惟諸法性了達一切業差別所有我
執皆除滅住於功德無能動
菩薩一切業果報悉爲無盡智所印如是無
盡自性盡是故無盡方便滅
菩薩觀心不在外亦復不得在於内知其心
性無所有我法皆離永寂滅
後七却頌約法直明菩薩住是不思議等
宜善思之

彼諸佛子如是知一切法性常空寂無有一法能造作同於諸佛悟無我

了知一切諸世間悉與眞如性相等見是不可思議相是則能知無相法

若能住是甚深法常樂修行菩薩行爲欲利益諸群生大誓莊嚴無退轉

是則超過於世間不起生死妄分別了達其心如幻化勤修衆行度群生

菩薩正念觀世間一切皆從業緣得爲欲救度修諸行普攝三界無遺者

了知衆生種種異悉是想行所分別於此觀察悉明了而不壞於諸法性

三彼諸佛子下六偈頌迴向成益

智者了知諸佛法以如是行而迴向哀愍一切諸衆生令於實法正思惟

四一偈結迴向意並可知

大方廣佛華嚴經疏鈔會本第三十之二

音釋

袪丘於切音區却也 攞嚩攞朗可切嚩符約切 梟獍梟吁驕切獍居慶切 礫即擊切小石也 蹔同暫 繁符難切音煩多也 遮之奢切者平聲蔽也 輭市兗切柔也 謙苦兼切欠平聲敬也讓也

大方廣佛華嚴經疏鈔會本第三十一之一

唐于闐國三藏沙門實叉難陀　譯

唐清涼山大華嚴寺沙門澄觀撰述

佛子云何爲菩薩摩訶薩無著無縛解脫迴向

第九無著無縛解脫迴向長行中亦先明位行後顯位果前中亦三

今初牒名徵起謂理智無依不爲能所見著相惑所縛由此即名解脫此約行體釋之故本業云以諸法無二般若無生二諦平等三世一合相故又解脫者亦作用自在如不思議等此約行用由攝善根皆用迴向普賢三業無邊自在德用故今初等者約行釋無縛著引證中諸法無二所見無著般若無生能見無著二諦平等通上所結諸法即無二般若即無生三世一合相豎論無著一合相言文在三世義通前三一者一切法無二二者般若無知三者上二契合

於何無縛著耶謂心等十以自身有心身口業果及所作佛事有世界佛刹衆生法智等故不爲何等所縛著耶略如上說別有十事五對一由離凡故不縛生死以出小乘不著二乘二離六識取不縛外境離第七執不著於內三離現行縛無種子著四不取有縛不執空著五無惑障縛無智障著皆縛麤著細若約一事由著故縛義如總中或縛著一義於何已下三約解釋解脫之言具有五義一生死爲能縛由離凡故不縛言不縛生死者不爲生死所縛耳此即相不縛不著二乘即所見不著二境相不縛能見不著三現惑不縛所見不著種子即所見故四有不能縛所見空不能著五惑不能縛見智不著故雖十事不出相惑及能所見也

此約無礙大用受名通能所迴向約脫惑障無縛無著即是解脫約用解脫乃無縛

著之解脱若望心等亦是無縛著之心即

上體用並爲其性

佛子是菩薩摩訶薩於一切善根心生尊重所謂於出生死心生尊重於攝取一切善根心生尊重於希求一切善根心生尊重於悔諸過業心生尊重於隨喜善根心生尊重於禮敬諸佛心生尊重於合掌恭敬心生尊重於頂禮塔廟心生尊重於勸佛說法心生尊重於如是等種種善根皆生尊重隨順忍可

第二廣釋中分三一明所迴善根二佛子下能迴向行三菩薩摩訶薩如是迴向時如三世下明迴向成益今初先總標尊重以一毫之善皆佛因故無非佛所流故次所謂下別顯後於如是下總結並可知以一毫下即生公解法華一毫之善發跡顯佛舉手低頭皆已成佛言無非佛流即涅槃意乃至外道典籍亦佛法流況內法耶大小等教皆從如來大悲所流故

佛子菩薩摩訶薩於彼善根皆生尊重隨順忍可時究竟欣樂堅固信解自得安住令他安住勤修無著自在積集成勝志樂住如來境勢力增長悉得知見

第二迴向行中二先仍前進修擬將迴向二以諸下正明行願今初亦二先總牒前後究竟下別顯修相文有十句前五修前即釋尊重等言謂一欣樂故尊重二信解故忍可三自隨順四令他順五總顯無著以該上四後五進修一積集勝進二志樂普賢無方德用三上入佛境四善根增勢五知見逾明

以諸善根如是迴向所謂以無著無縛解脫心成就普賢身業以無著無縛解脫心清淨

普賢語業以無著無縛解脫心圓滿普賢意業以無著無縛解脫心發起普賢廣大精進第二正明願行中義有十門文分爲二第一廣顯其相二佛子菩薩摩訶薩以彼善根如是迴向所謂心無縛下總結多門前中分二先明衆生及菩提迴向後佛子菩薩摩訶薩以無著無縛解脫心迴向不分別下實際迴向前明廣大後顯甚深廣大迴向有六十一門甚深之內有二十門并前尊重進修復二十門總有百一門顯圓融無盡深廣無礙爲大迴向就廣大六十一門廣顯普賢自在德用大分爲二初之四門總顯餘皆別明今初前三成三業以下諸門不出三業故後一精進通策萬行故於中無著無縛解脫心是能迴之心成就普賢身業正是所向他皆倣此前諸善根即是所迴故以諸善根之言下流八十門內此一迴向不願成佛願成普賢者以普賢通於位前及以位後得道不捨因行窮盡生界利樂有情故願成普賢兼二迴向下別顯中一一門內皆攝法界自在德用或理或行或智或境或自行或化生或體或用或因或果或人或法皆各總攝一切法故不可相從願成普賢者位後普賢是佛卽向菩提等覺位前卽向衆生

以無著無縛解脫心具足普賢無礙音聲陀羅尼門其聲廣大普徧十方以無著無縛解脫心具足普賢見一切佛陀羅尼門恒見十方一切諸佛以無著無縛解脫心成就解了一切音聲陀羅尼門同一切音說無量法以

無著無縛解脱心成就普賢一切劫住陀羅尼門普於十方修菩薩行
别科略分爲二初二十三門顯普賢自分究竟即位中普賢後三十四門顯普賢勝進究竟即位後普賢二分無礙是普賢德前即因圓果滿後即得道不捨因行故二段中皆含因果今初分三初四成普賢總持德二有十二願成普賢自在力用三有七願願成普賢行然諸門德多約三業今初總持亦具三業初一語業總持二身業見佛三意業解了後一三業用之時處標名約時辨用就處文互顯耳
以無著無縛解脱心成就普賢自在力於一衆生身中示修一切菩薩行盡未來劫常無間斷如一衆生身一切衆生身悉亦如是以無著無縛解脱心成就普賢自在力普入一切衆道場普現一切諸佛前修菩薩行以無著無縛解脱心成就普賢佛自在力於一門中示現經不可説不可説劫無有窮盡令一切衆生皆得悟入以無著無縛解脱心成就普賢佛自在力於種種門中示現經不可説不可説劫無有窮盡令一切衆生皆得悟入其身普現一切佛前以無著無縛解脱心成就普賢自在力念念中令不可説不可説衆生住十力智心無疲倦以無著無縛解脱心成就普賢自在力於一切衆生身中現一切佛自在神通令一切衆生住普賢行以無著無縛解脱心成就普賢自在力於一一衆生語言中作一切衆生語言令一切衆生一一皆住一切智地以無著無縛解脱心成就普

賢自在力於一一衆生身中普容納一切衆生身令皆自謂成就佛身以無著無縛解脱心成就普賢自在力能以一華莊嚴一切十方世界

第二力用中復二初九願一多攝入自在文有三業化時處等可知

以無著無縛解脱心成就普賢自在力出大音聲普徧法界周聞一切諸佛國土攝受調伏一切衆生以無著無縛解脱心成就普賢自在力盡未來際不可說不可說劫於念念中悉能徧入一切世界以佛神力隨念莊嚴以無著無縛解脱心成就普賢自在力盡未來際所住之劫常能徧入一切世界示現成佛出興於世

後三廣大自在可知

以無著無縛解脱心成普賢行一光普照盡虛空界一切世界以無著無縛解脱心成普賢行得無量智慧具一切神通說種種法以無著無縛解脱心成普賢行入於如來盡一切劫不可測量神通智慧以無著無縛解脱心成普賢行住盡法界諸如來所以佛神力修習一切諸菩薩行身口意業曾無懈倦

第三成普賢行中分二初四願成神通

以無著無縛解脱心成普賢行不違於義不壞於法言詞清淨樂說無盡教化調伏一切衆生令其當得一切諸佛無上菩提以無著無縛解脱心修普賢行入一法門時放無量光照不思議一切法門如一法門一切法門皆亦如是通達無礙究竟當得一切智地以無著無縛解脱心住菩薩行於法自在到於

普賢莊嚴彼岸於一一境界皆以一切智觀察悟入而一切智亦不窮盡

二有三願願成四辯初一總具四辯次二别顯法義初法後義即顯果滿究竟

以無著無縛解脱心始從此生盡未來際住普賢行常不休息得一切智悟不可說不可說眞實法於法究竟無有迷惑以無著無縛解脱心修普賢業方便自在得法光明於諸菩薩所行之行照了無礙以無著無縛解脱心修普賢行得一切方便智知一切方便所謂無量方便不思議方便菩薩方便一切智方便一切菩薩調伏方便轉無量法輪方便不可說時方便說種種法方便無邊際無畏藏方便說一切法無餘方便

第二始從此生下明勝進究竟而言因者乃果中之因於中分三初有九門攝法廣大自在德次有十五門相即相入重重德後有十門明微細容持甚深德初中分六初三願成智前一實智後二方便智初是照行方便後一照方便之方便

以無著無縛解脱心住普賢行成就身業令一切衆生見者歡喜不生誹謗發菩提心永不退轉究竟清淨以無著無縛解脱心修普賢行得了一切衆生語言清淨智一切言詞具足莊嚴普應衆生皆令歡喜

二有二願成利益不空三業

以無著無縛解脱心住普賢行立殊勝志具清淨心得廣大神通廣大智慧普詣一切廣大世間廣大國土廣大衆生所說一切如來不可說廣大法廣大莊嚴圓滿藏

三有一願廣大三業廣大衆生者具大心故

以無著無縛解脫心成滿普賢迴向行願得一切佛清淨身清淨心清淨解攝佛功德住佛境界智印普照示現菩薩清淨之業善入一切差別句義示諸佛菩薩廣大自在爲一切衆生現成正覺

四一願成清淨三業

以無著無縛解脫心勤修普賢諸根行願得聰利根調順根一切法自在根無盡根勤修一切善根根一切佛境界平等根受一切菩薩不退轉記大精進根了知一切佛法金剛界根一切如來智慧光照金剛燄根分別一切諸根自在根安立無量衆生於一切智根無邊廣大根一切圓滿根清淨無礙根

五一願諸根三業別有十四根皆以勝用增上光顯義故立以根名初聰利等三根約眼等六兼五受根聰利者領覽敏疾故調順者內無剛強故自在者外境不牽故餘約信等五根初一信根信心無盡故亦兼命根次一進次一念唯念佛平等故次一定及精進以不退轉是定義故餘七皆慧

別有十四根者按經文數有十四義合二十二根如俱舍第十一明皆以勝用者彼論解根有二義此依薩婆多宗故彼論云最勝自在光顯名根由此總成根增上義解云根體勝故爲最勝根用勝故名爲自在體用雙彰名爲光顯由有最勝自在光顯名爲增上將增上義以釋根也論云此增上義誰望於誰釋曰謂二十二根望誰增上頌曰傳說五於四四根於二種五八染淨中各別爲增上釋曰傳說五於四者眼等五根於其四事能爲增上一莊嚴身二導養身三生識等四不共事釋曰初盲聾等非莊嚴故二眼見耳聞避險難故香味觸三是段食性能受用故三生識等等取心所四不共事眼唯見等言四根於二種者謂男女命意名爲四根各於二

種而得增上男女於二得增上者一有情異謂男女類別二分別異謂形相言音乳房等別命根二者一能續過去衆同分二能持現在衆同分意根二者一能續後有二自在隨行誦經云心能導世間卽自在義心能徧攝受卽隨行義如是一心法皆自在隨行言五八染淨中者五謂樂等五受八謂信等五根三無漏根謂五受順三毒染信等八根順清淨法隨生長故論次敘異說云了自境增上總立於六根謂發識了境根增上名從身立二根女男性增上同前分別於同住雜染清淨增上故應知命五受信等立為根釋曰謂下二句由上二句得增上義故立以根名謂命根於同分住得增上等五受於染法得增上信等於煖頂位中伏諸煩惱引聖道故大同前解頌云未知當知根具知根亦爾於得後後道涅槃等增上釋曰言亦爾者類顯一一各能為根未知根是見道已知根是修道具知根是無學道未知於已知根道有增上用見道引修道故已知於具知道有增上用引無學故具知於涅槃有增上用由具知根心得解脫心若解脫方證涅槃故已知是未知之後具知是已知之後故言後後更有異說未知已知各於自道斷惑增上具知於現法樂住得增上已知根義正義所立二十二根經中略無男女二根餘皆具有薰五受根者頌云身不悅名苦損惱義故卽此悅名樂攝益義故及三定心悅謂第二禪五識無故無有身樂心悅名樂餘處悅名喜餘處謂初二禪及欲界處心悅名喜心不

悅名憂中捨二無別中謂非苦非樂此處中故名為捨根捨在身心同無分別任運而生故雖通二身心二捨同一捨根耳見修無學道依九立三根者釋曰九謂意喜樂捨信等五根若在見道依此九立未知當知根修道及無學亦依九立已知具知論云如是三名因何而立謂在見道有未曾知當知行轉故說彼名未知當知根解云卽見道十五心八忍七智如苦法忍與疑得俱未知苦諦名未曾知後至智位必當知故名為未知當知根如若忍既爾諸餘七忍

亦然故忍總名未知當知中間七智雖能正知良由知諦未徧中間起故亦名未知當知故說彼在見道行者名未知當知又論云若在修道無未知當知但為斷除餘隨眠故卽於彼境復數數知是故說彼名為已知釋曰從道類智已去乃至金剛喻定皆名修道若在修道上下八諦總故知竟無未曾知但為斷除迷事煩惱貪瞋癡慢四隨眠故於四諦境復數起智知名為已知又論云在無學道知已已知故名為知此釋知也謂盡智無生智作知已已知之解故名為知有此知者名為具知此釋具義有此者成就義也約成釋具也或習此知已成性者名為具知此第二解約習釋具也謂得盡智無生智故如實自知我徧知苦不復更知乃至廣說釋曰卽以盡無生智為具知根體四諦之上各有盡無生義故云乃至論彼所有根名未知當知根等者此釋名謂彼未知等行者身中所有此根故名未知根等也餘如俱舍根品廣明信等五根前疏已釋命根之義問明品說以不退轉

者以精進言經文自有定但有義故以不退當之進謂進趣定謂不動故金剛界根者義兼定慧金剛三昧即是定故金剛正智即是慧故界即是性智了心性名上定故亦即未知當知根現觀位中得不壞故

金剛界根者釋此一根疏文有二一正釋二傍通今初有四一雙標定慧二金剛三昧下示定三金剛正智下示慧四界即是性釋於界言通定慧義智了心性者智了即慧契性不動是定然此根體通智通心二俱名根故第六迴向施心中云願一切衆生得萬字相莊嚴金剛界心心體性堅即金剛心智符心王同不可壞心智俱能壞惑壞惑亦即刹義受金剛名金觀心性義含王所亦即未知者二傍通也金剛定慧即等妙覺今欲具三無漏根故以此當未知根未知根正在見道何有金剛之義故言現觀位中得不壞故現觀即見道諦現觀也現觀之義十地廣釋

金剛燄者燄通事理及能所故即已知根已成智故離世間品云如金剛根證知一切諸法性故即此界根又云金剛光燄根普照一切佛境界故佛境有二一所觀境通於事理二分齊境即能觀智亦得稱境

金剛燄下文中有二一正釋金剛燄燄金剛如燈發燄如教故雙了事理言及能所者照境爲所亦兼照於能觀智也即已知根者通照事理如修道中故二離世間下引證雙證前二根初證界根知法性故二又云金剛光燄根即證前燄根雙照之義先舉經後佛境有二下釋同一所知中已通事理二分齊境有能觀智故前釋云燄通事理及能所故後二具知根三無漏根具矣然心名根清淨心王於無分別智有所依增上義故二智名根即於後後道涅槃得增上故如前論釋大小乘說六八等殊三得成根義類相似故得引於俱舍文證人常了故

次三調化後二果圓惑淨即具知根也

以無著無縛解脫心修普賢行得一切菩薩神力所謂無量廣大力神力無量自在智神力不動其身普現一切佛刹神力無礙不斷自在神力普攝一切佛刹置於一處神力一身徧滿一切佛刹神力無礙解脫遊戲神力無所作一念自在神力住無性無依神力一

毛孔中次第安立不可說世界徧遊法界諸佛道場示諸衆生皆令得入大智慧門神力

六一願神力三業文雖鈌語義亦兼具

以無著無縛解脫心入普賢門生菩薩行以自在智於一念頃普入無量諸佛國土一身容受無量佛剎獲能嚴淨佛國土智恒以智慧觀見無邊諸佛國土永不發起二乘之心

以無著無縛解脫心修普賢方便行入智慧境界生如來家住菩薩道具足不可說不可說無量不思議殊勝心行無量願未曾休息了知三世一切法界以無著無縛解脫心成就普賢清淨法門於一毛端量處悉包容盡虛空徧法界不可說不可說一切國土皆使明見如一毛端量處徧法界虛空界一一毛端量處悉亦如是

第二即入重重德中分六初三入普賢門

一行門二智門三法門

以無著無縛解脫心成就普賢深心方便於一念心中現一衆生不可說不可說劫念心如是乃至現一切衆生爾許劫念心以無著無縛解脫心入普賢迴向行方便地於一身中悉能包納盡法界不可說不可說身而衆生界無所增減如一身乃至周徧法界一切身悉亦如是以無著無縛解脫心成就普賢大願方便捨離一切想倒心倒見倒普入一切諸佛境界常見諸佛虛空界等清淨法身相好莊嚴神力自在常以妙音開示演說無礙無斷令其聞者如說受持於如來身了無所得

二有三願成普賢方便一深心方便以契

理深心故於一心能現多心二迴向方便

一身悉包一切但向一身已向一切故云

方便三大願方便以無得心入佛境故

以無著無縛解脫心修普賢行住菩薩地於

一念中入一切世界所謂入仰世界覆世界

不可說不可說十方網一切處廣大世界以

因多羅網分別方便普分別一切法界以種

種世界入一世界以不可說不可說無量世

界入一世界以一切法界所安立無量世界

入一世界以一切虛空界所安立無量世界

入一世界而亦不壞安立之相悉令明見

三有二願入普賢位初一始入於地故能

入刹無礙

以無著無縛解脫心修習普賢菩薩行願得

佛灌頂於一念中入方便地成滿安住衆行

智寶悉能了知一切諸想所謂衆生想法想

刹想方想佛想世想業想行想界想解想根

想時想持想煩惱想清淨想成熟想見佛想

轉法輪想聞法界了想調伏想無量想出離

想種種地想無量地想菩薩了知想菩薩修

習想菩薩三昧想菩薩三昧起想菩薩成想

菩薩壞想菩薩歿想菩薩生想菩薩解脫想

菩薩自在想菩薩住持想菩薩境界想劫成

壞想明想暗想晝想夜想半月一月一時一

歲變異想去想來想住想坐想睡想覺想如

是等想於一念中悉能了知而離一切想無

所分別斷一切障無所執著一切佛智充滿

其心一切佛法長其善根與諸如來等同一

身一切諸佛之所攝取離垢清淨一切佛法

皆隨修學到於彼岸

後一終成故得灌頂成智於中三初標能所知次所謂下列所知想有五十二其業行界解根等皆十力智所知如初會釋餘亦攝在其內持謂執持善惡地謂斷證分齊菩薩成者解行正命菩薩壞者戒見邪命餘皆可知其業行界下疏以十力攝五十二於文有二先知衆生後知菩薩前中有十七想衆生是總十力皆是化生事故餘即明十力所知初有五想皆處非處於佛法等相應為處不相應者名非處故二業力三行即禪定行四界力五解力六根力七時即宿住八持即徧趣行徧持善惡至諸趣故九煩惱下三想即漏盡力十見佛想即天眼智力想取其相皆了知故從法輪想下知菩薩亦不出十力所知恐繁不配後如是等想下結能知德謂離四過失具五功德謂離四過等者從一切佛智下即具五功德

以無著無縛解脫心爲一切衆生修普賢行生大智寶於一一心中知無量心隨其依止隨其分別隨其種性隨其所作隨其業用隨其相狀隨其思覺種種不同靡不明見以無著無縛解脫心成就普賢大願智寶於一處中知於無量不可說處如於一處於一切處悉亦如是以無著無縛解脫心修習普賢行業智地於一業中能知無量不可說不可說業其業各以種種緣造明了知見如於一業於一切業悉亦如是以無著無縛解脫心修習普賢知諸法智於一法中知不可說不可說法於一切法中而知一法如是諸法各各差別無有障礙無違無著

四有四願成普賢智一成行智無機不知以化衆生爲其行故二大願智無處不知願徧化故三窮業智了因緣故四知法智知化法故

以無著無縛解脫心住菩薩行得具普賢無

礙耳根於一言音中知不可說不可說言音無量無邊種種差別而無所著如於一言音於一切言音悉亦如是以無著無縛解脫心修普賢智起普賢行住普賢地於一一法中演說不可說不可說法其法廣大種種差別教化攝受不可思議方便相應於無量時於一切時隨諸衆生所有欲解隨根隨時以佛音聲而爲說法以一妙音令不可說道場衆會無量衆生皆悉歡喜一切如來所無量菩薩充滿法界立殊勝志生廣大見究竟了知一切諸行住普賢地隨所說法於念念中悉能證入一刹那頃增長無量不可說不可說大智慧聚盡未來劫如是演說於一切刹修習廣大虛空等行成就圓滿

五有二願願成普賢聽說初耳無不聽次舌無不演

以無著無縛解脫心修習普賢諸根行門成大行王於一一根中悉能了知無量諸根無量心樂不思議境界所生妙行

六有一願成知根德一攝一切於中言大行王者以徧知根於化行自在故一根知一切根者有二義一約理融二約事別謂如一人有多乘根性一一乘中有無量品如聲聞中有信行法行等此二通有退思護住等上中下根隨於一品復有信等種種善根之異如聲聞等此二通有退思護住者俱舍二十五云阿羅漢有六謂退至不動前五信解生總名時解脫後不時解脫從前見至生釋曰契經說有六阿羅漢一者退法謂遇少緣便退所得二者思法謂懼退失恒思自害三者護法謂於所得喜自防護四安住法無勝退緣雖不自護亦能不退無勝加行亦不增進五堪達法謂性堪能好修練根速達不動六不動法不爲煩惱所退動故前五種

性從無學位信解性生此五總名時解脫
也以要待時方能入定及心解脫言待時
者此有六種一得好衣二得好食三得好
卧具四得好處五得好說法師六得好同
學後不動性名不時解脫謂是利根以不
待時便能入定及心解脫故從無學位見
至性生釋曰論云從無學位信解生等者
二十三論云第十六心隨三向住果名信
解見至亦由鈍利別釋曰隨三向住果者
隨三向人至住三果隨鈍利根得名不同
若鈍根人名爲信解若利根者名爲見至
前隨信行今名勝解謂由信故勝解相顯
名爲信解前隨法行今名見至謂由向見
得至果見故名見至此二聖者信慧互增
故標信解見至名別言謂由向見得至果
見者以法行人見理情多故次前論云且
依見道十五心位建立衆聖有差別者頌
曰名隨信法行由根鈍利別具修惑斷一
至五向初果斷次三向二離八地向三釋
曰初二句明見道位中有二聖者謂根鈍
者名隨信行彼於先時隨信他言而行義
故若利根者名隨法行彼於先時由自披
閱契經等法隨行義故此上二向下疏更
釋此中相承故具出之下四句即前二聖
於見道位爲三向釋曰梵行品已引取意
不同今復引之謂於先時未以世道斷欲
修惑名具修惑此爲一人或有漏道斷於
一品至於五品即爲五人兼前六人至見
道中名初果向趣預流果故若斷六七八
品名爲次三此有三人至見道中名向第

二果也言離八地向三者謂斷欲界第九
品爲一人次四禪三空爲七地名九品七
九六十三兼前欲界一品故有八地爲六
十四人至見道中名第三果向故上總有
七十三人皆在見道故見道中名爲信行
法行至第十六心去修道位中三果聖人
名信解見至至羅漢位名時解脫不時解
脫故如聲聞中有信行法行等此二通有
退思護住等者信行至羅漢有前五見至
至羅漢爲不動等即等取堪達不動就前
五中有上中下據法華中則不動羅漢亦
有上中下三根聲聞悟不同故五百千二
百亦稱下故況前見道之內有多種人亦
是上中下也言隨於一品後有信等者如
一下根亦具五根而於五品中互有勝劣有
人定增有慧增等故其根品多不同也今
菩薩理觀深玄於
一根中能都照耳

以無著無縛解脫心住普賢行大迴向心

第三得色甚微細下十門明願得普賢微
細知法以所知之事幽微故能知之智微
細微細有二一準無性攝論以難知故二
就經宗於一法中有一切法炳然齊現故
如文云衆生業報微細等即約初義如在

母胎等通於二義十門即爲十段第一明世間法微細瑜伽云色微細性有三一損減微細性即柝至極微二種類微細性謂如風等色中有色三心自在轉微細性即色無色界色如經說有天住一毛端量地處展轉無礙此三即難知微細也餘之難知類此各有異義文中分三初標得所依一準無性者即第一論釋阿陀那識甚微細言論意云深揀世智細揀聲聞故論釋甚深云諸聲聞對難了知是故不爲聲聞等開示此識彼不求微細一切智故釋曰本論雖但云細釋有微細之言辯公亦云此等並難知故衍法師云所知之事幽微故能知之智微細亦難知義也得色甚微細智身甚微細智刹甚微細智劫甚微細智世甚微細智方甚微細智時甚微細智數甚微細智業報甚微細智清淨甚微細智

次得色下列所得法

大方廣佛華嚴經疏鈔會本第三十一之一

音釋

欣樂 樂五教切　疲倦 疲音皮勞乏也倦渠卷切解也　誹謗 誹敷尾切非議也謗補曠切訕也　逾 雲俱切越也　倣 妃兩切效也　數數 生角切音朔頻頻也　柝 思積切音昔同析分也

大方廣佛華嚴經疏鈔會本第三十一之二

唐于闐國三藏沙門實叉難陀　譯
唐清涼山大華嚴寺沙門澄觀撰述

如是等一切甚微細於一念中悉能了知而心不恐怖心不迷惑不亂不散不濁不劣其心一緣心善寂定心善分別心善安住

後如是等下結能知之德不怖甚深不迷理事亂謂錯謬散謂不專濁謂垢染劣無堪任今皆反此上明離過下顯成德一緣謂專注一境故不散善寂謂心境兩亡故不亂即定而知名善分別故不迷即照而止名善住故不怖此能知之德以在初門義通下九皆應爾知一緣謂專注者釋曰此下成德翻上諸過而小不次一緣成上不散以善寂成上不亂以善分別成上不迷以善住成上不怯怖

以無著無縛解脫心住菩薩智修普賢行無有懈倦能知一切衆生趣甚微細衆生死甚微細衆生生甚微細衆生住甚微細衆生處甚微細衆生品類甚微細衆生境界甚微細衆生行甚微細衆生取甚微細衆生攀緣甚微細如是等一切甚微細於一念中悉能了知

第二知衆生趣微細智住謂住壽餘並可知

以無著無縛解脫心立深志樂修普賢行能知一切菩薩從初發心爲一切衆生修菩薩行甚微細菩薩住處甚微細菩薩神通甚微細菩薩遊行無量佛剎甚微細菩薩法光明甚微細菩薩清淨眼甚微細菩薩成就殊勝心甚微細菩薩往詣一切如來道場衆會甚

微細菩薩陀羅尼門智甚微細菩薩無量無畏地一切辯才藏演說甚微細菩薩無量三昧相甚微細菩薩見一切佛三昧智甚微細菩薩甚深三昧智甚微細菩薩大莊嚴三昧智甚微細菩薩法界三昧智甚微細菩薩大自在神通三昧智甚微細菩薩盡未來際廣大行住持三昧智甚微細菩薩出生無量差別三昧智甚微細菩薩出生一切諸佛前勤修供養恒不捨離三昧智甚微細菩薩修行一切甚深廣博無障無礙三昧智甚微細菩薩究竟一切智地住持行智地大神通地決定義地離翳三昧智甚微細如是等一切甚微細悉能了知

第三知菩薩行德微細智列所得中有二十句前十別類後十同明三昧

以無著無縛解脫心修普賢行

第四知菩薩位德大用智於中三初標所修

悉知一切菩薩安立智甚微細菩薩地甚微細菩薩無量行甚微細菩薩出生迴向甚微細菩薩得一切佛藏甚微細菩薩觀察智甚微細菩薩神通願力甚微細菩薩演說三昧甚微細菩薩自在方便甚微細菩薩印甚微細菩薩一生補處甚微細

次悉知下列所得有四十一種初十一事位行成滿

菩薩生兜率天甚微細菩薩住止天宮甚微細菩薩嚴淨佛國甚微細菩薩觀察人中甚微細菩薩放大光明甚微細菩薩種族殊勝甚微細菩薩道場衆會甚微細菩薩徧一切

世界受生甚微細菩薩於一身示現一切身命終甚微細菩薩入母胎甚微細菩薩住母胎甚微細菩薩在母胎中自在示現一切法界道場衆會甚微細菩薩在母胎中示現一切佛神力甚微細菩薩示現誕生事甚微細菩薩師子遊行七步智甚微細菩薩示處王宮巧方便智甚微細菩薩出家修調伏行甚微細菩薩菩提樹下坐道場甚微細菩薩破魔軍衆成阿耨多羅三藐三菩提甚微細如來坐菩提座放大光明照十方界甚微細如來示現無量神變甚微細如來師子吼大涅槃甚微細如來調伏一切衆生而無所礙甚微細如來不思議自在力如金剛菩提心甚微細如來普護念一切世間境界甚微細如來普於一切世界施作佛事盡未來劫而無休息甚微細如來無礙神力周徧法界甚微細如來於盡虚空界一切世界普現成佛調伏衆生甚微細如來於一佛身現無量佛身甚微細如來於去來今三世中皆處道場自在智甚微細

後生兠率下三十事明位滿大用現八相等其中有菩薩佛名因果之異皆是用中之事耳其微細之事離世間品及不思議法品廣明

如是等一切微細悉能了知成就清淨普能示現一切世間於念念中增長智慧圓滿不退善巧方便修菩薩行無有休息成就普賢迴向之地具足一切如來功德永不厭捨菩薩所行出生菩薩現前境界無量方便皆悉清淨普欲安隱一切衆生修菩薩行成就菩

薩大威德地得諸菩薩心之樂欲獲金剛幢迴向之門出生法界諸功德藏常爲諸佛之所護念入諸菩薩深妙法門演說一切眞實之義於法善巧無所違失起大誓願不捨衆生於一念中盡知一切心非心地境界之藏於非心處示生於心遠離語言安住智慧同諸菩薩所行之行以自在力示成佛道盡未來際常無休息一切世間衆生劫數妄想言說之所建立神通願力悉能示現

三如是下結能知德謂成普賢自在行德德亦名益此德通從諸智而生亦可別配恐厭繁文於中云心非心等者以識緣境名爲心地以智了境名非心地識所了境通於善惡善唯有漏智所了境唯無漏善漏無漏境心能含之心即名藏故晉經云究竟了知思議不思議地諸功德藏言於非心處示生於心者即非心量之心量也由此故能離言語道安住智等故晉經云於不思議出生思議示諸法門離言語道上經云菩薩住是不思議於中思議不可盡入此不可思議處思與非思俱寂滅即斯義也以心與非心生滅眞如非即離故不爲此釋令人誤解謂使無情有心設令無情有心既云示生於理無失餘文可知

識所了境者無分別是智有分別是識故晉經下證成上義思議是心地不思議非地也此中心地不同心地法門於非心下於中有二初正釋二揀濫言即非心量之心量者有二義若楞伽云非心爲心量我說爲心量者此拂迹入玄謂以非心量爲遣心量若以非心量爲是斯即心量二者不同上意謂非心量即不思議之心量者不礙心量故引第八迴向之住不思議即非心量思議不可盡即之心量以二相即奪故有下半俱寂滅也以心與非心下引義證成不爲此釋下第二揀濫人多

設解情作非情非情作情故下又縱云設言於非心處示生於心是非情爲情者既言示生非真無情爲有情矣

以無著無縛解脫心修普賢行

第五知衆生界智其第二知衆生趣即十力中自業智境此知生界即是性異十力之中種種界智境故晉經云入衆生性微細也文中亦三初標德所依

得一切衆生界甚微細智所謂衆生界分別甚微細智衆生界言說甚微細智衆生界執著甚微細智衆生界異類甚微細智衆生界同類甚微細智衆生界無量趣甚微細智衆生界不思議種種分別所作甚微細智衆生界無量雜染甚微細智衆生界無量清淨甚微細智

次得一切下列所得智於中十句初總所謂下別別言衆生界分別等者亦可言衆生分別界等一分別者自性強思起邪見等二言說界者依邪師敎名言熏習等三謂戒見等四五可知六欲求趣天有求趣靜慮邪梵行求趣無色無想各謂爲涅槃故七謂諸行界諸求衆生行各異故隨一邪求有裸形等種種殊故八多貪瞋等雜染異故九聞一乘三乘無量乘等皆清淨故又染淨二句通前七句謂有染分別淨分別等又通有四義故甚深微細一顛倒即空故二理有真實故三緣成離念故四相入無羇故

如是等一切衆生界境界甚微細於一念中能以智慧皆如實知廣攝衆生而爲說法開示種種清淨法門令修菩薩廣大智慧化身

無量見者歡喜以智日光照菩薩心令其開悟智慧自在

三如是下結能知德業初結德後廣攝下明作業亦有通别思以配之

以無著無縛解脫心爲一切衆生於一切世界修普賢行得盡虛空界法界一切世界甚微細智

第六知世界智文三初總標

所謂小世界甚微細智大世界甚微細智雜染世界甚微細智清淨世界甚微細智無比世界甚微細智種種世界甚微細智廣世界甚微細智狹世界甚微細智無礙莊嚴世界甚微細智徧一切世界佛出現甚微細智徧一切世界說正法甚微細智徧一切世界普現身甚微細智徧一切世界放大光明甚微細智盡一切世界示現諸佛自在神通甚微細智盡一切世界以一音聲示一切音甚微細智入一切世界一切佛刹道場衆會甚微細智以一切法界佛刹作一佛刹甚微細智以一佛刹作一切法界佛刹甚微細智知一切世界如夢甚微細智知一切世界如像甚微細智知一切世界如幻甚微細智

次所謂下别顯有二十一智初九直語器界次九明其受用其一多相作亦是菩薩受用後三正知無取著故

如是了知出生一切菩薩之道入普賢行智慧神通具普賢觀修菩薩行常無休息得一切佛自在神變具無礙身住無依智於諸善法無所取著心之所行悉無所得於一切處起遠離想於菩薩行起淨修想於一切智無

取著想以諸三昧而自莊嚴智慧隨順一切法界

三如是下顯能知德於中亦有通别别可思之

以無著無縛解脱心入普賢菩薩行門

第七知法界智此顯即理之事法界故云一切法界即事之理復云不生等亦初標所修

得無量法界甚微細智演説一切法界甚微細智入廣大法界甚微細智分别不思議法界甚微細智分别一切法界甚微細智一念徧一切法界甚微細智普入一切法界甚微細智知一切法界無所得甚微細智觀一切法界無所礙甚微細智知一切法界無有生甚微細智於一切法界現神變甚微細智

次得無量下辨所得初句總餘十别

如是等一切法界甚微細以廣大智皆如實知於法自在示普賢行令諸衆生皆悉滿足不捨於義不著於法出生平等無礙之智知無礙本不住一切法不壞諸法性如實無染猶若虚空隨順世間起於言説開眞實義示寂滅性於一切境無依無住無有分别明見法界廣大安立了諸世間及一切法平等無二離一切著

後如是下結能知之德唯就通説於中初標二利滿足後不捨下釋成滿義普賢行滿不出二種一證道二化道初離二邊顯證道滿不捨於義此離空邊不著於法此離有邊故得平等無礙之智言知無礙本即是所證次不住下雙照二諦明化道滿

可知

以無著無縛解脫心修普賢行生諸劫甚微細智

第八知入劫智初標

所謂以不可說劫爲一念甚微細智以一念爲不可說劫甚微細智以阿僧祇劫入一劫甚微細智以一劫入阿僧祇劫甚微細智以長劫入短劫甚微細智以短劫入長劫甚微細智入有佛劫無佛劫甚微細智知一切劫數甚微細智知一切劫非劫甚微細智一念中見三世一切劫甚微細智

次所謂下列

如是等一切諸劫甚微細以如來智於一念中皆如實知得諸菩薩圓滿行王心入普賢行心離一切分別異道戲論心發大願無懈息心普見無量世界網無量諸佛充滿心於諸佛善根諸菩薩行能聞持心於安慰一切衆生廣大行聞已不忘心能於一切劫現佛出世心於一一世界盡未來際行不動行無休息心於一切世界中以如來身業充滿菩薩身心

後如是等下結能知德亦是益相先結後益可知

以無著無縛解脫心修普賢行成不退轉得一切法甚微細智

第九知法智初標

所謂甚深法甚微細智廣大法甚微細智種種法甚微細智莊嚴法甚微細智一切法無有量甚微細智一切法入一法甚微細智一法入一切法甚微細智一切法入非法甚微

細智無法中安立一切法而不相違甚微細智入一切佛法方便無有餘甚微細智

次所謂下列文有十句義有四重一法體具德二一切入一等明法用即入三入非法等明理事相即亦有無相即以非法有三義一非善法故二非即是無如兔角等三非即是理今是後二次云無法亦即非法晉本名非今譯以非通二義故互明之依第二義則法本自無因緣生諸故云安立若依第三則從無住本立一切法故不相違四入方便無餘是體用善巧今譯等者一非法是不善二是無法今言無法則非不善但有無義無義自有二意依第二義者是上非即無物則法本自無因緣生諸者全是仁王下卷經然有二義一本來自空從緣生故則同第三義若準唯識等從無至有曰生自有還無稱滅則法本從無因緣生諸今依第二義異第三亦復彼經須彌巨海俱爲灰颺二儀尚殞國有何常生必滅義若依第三者無住即實相異名

如是等一切世界一切言說所安立法諸微細智與彼同等其智無礙皆如實知得入無邊法界心於一一法界深心堅住成無礙行以一切智充滿諸根入諸佛智正念方便成就諸佛廣大功德徧滿法界普入一切諸如來身現諸菩薩所有身業隨順一切世界言詞演說於法得一切佛神力所加智慧意業出生無量善巧方便分別諸法薩婆若智

後如是下結德可知

以無著無縛解脫心修普賢行出生一切甚微細智

第十得總知一切盡無餘微細智故晉經十句皆有無餘之言文中分四初總標

所謂知一切剎甚微細智知一切衆生甚微

細智知一切法果報甚微細智知一切衆生心甚微細智知一切說法時甚微細智知一切法界甚微細智知一切盡虛空界三世甚微細智知一切語言道甚微細智知一切世間行甚微細智知一切出世行甚微細智

二所謂下別列即牒前十門名或小變次或不等會意皆同 名或小異者今當會之一刹即第六世界二衆生即第二衆生趣三一切法果報即第九法四衆生心即第五衆生界五一切說法時即第八入劫六法界即第七法界七盡虛空界一切三世亦屬第八入劫八語言道即第四菩薩位德位但假名故九世間行即第一世間法十出世間行即第三菩薩行德甚微細十句結於九門故一重明而劫即長時三世即短時耳

乃至知一切如來道一切菩薩道一切衆生道甚微細智修菩薩行住普賢道若文若義皆如實知

三乃至下結所不說

生如影智生如夢智生如幻智生如響智生如化智生如空智生寂滅智生一切法界智生無所依智生一切佛法智

四生如影下顯知之德亦有通別通從前生別則次第對前十句一外刹是心之影像故今能知刹則知影像二衆生想現故云如夢三者果報緣生故如幻四心性寂然緣感成異故云如響五說時如化六即空界七言語本寂八即法界九世間無依十出世間行即是佛法

佛子菩薩摩訶薩以無著無縛解脫心迴向不分別若世間若世間法不分別若菩提若菩提薩埵不分別若菩薩行若出離道不分別若佛若一切佛法不分別若調伏衆生若不調伏衆生不分別若善根若迴向不分別

若自若他不分別若施物若受施者不分別若菩薩行若等正覺不分別若法若智

第二迴向實際文有十對初假實對二即人法求菩提故名菩提薩埵三即體用亦名能所梁攝論云於分別依他起性不見所行行及能行道即此義也謂證智能行則出離故第九因果等正覺者約人契法異前菩提三中雖有菩薩行意取所行此約爲因故不重也十法即教法教智相對餘並可知

佛子菩薩摩訶薩以彼善根如是迴向所謂心無著無縛解脱身無著無縛解脱口無著無縛解脱業無著無縛解脱報無著無縛解脱世間無著無縛解脱佛刹無著無縛解脱衆生無著無縛解脱法無著無縛解脱智無著無縛解脱

第二佛子下總結多門由心無縛令身等皆無縛著也

菩薩摩訶薩如是迴向時如三世諸佛爲菩薩時所修迴向而行迴向學過去諸佛迴向成未來諸佛迴向住現在諸佛迴向安住過去諸佛迴向道不捨未來諸佛迴向道隨順現在諸佛迴向道勤修過去諸佛教成就未來諸佛教了知現在諸佛教滿足過去諸佛平等成就未來諸佛平等安住現在諸佛平等行過去諸佛境界住未來諸佛境界等現在諸佛境界得三世一切諸佛善根具三世一切諸佛種性住三世一切諸佛所行順三世一切諸佛境界

第三菩薩下行成利益初牒後顯顯有十

句初總餘別別中一迴向者正起修行二道者常遊法徑三迴向教四平等智五所緣境六功行絕修是佛善根七了見本源成如來性八無礙悲智是佛所行如出現品九無盡體用是分齊境

佛子是爲菩薩摩訶薩第九無著無縛解脫心迴向

第三結名從初廣說故有心言

菩薩摩訶薩住此迴向時一切金剛輪圍山所不能壞於一切衆生中色相第一無能及者悉能摧破諸魔邪業普現十方一切世界修菩薩行爲欲開悟一切衆生以善方便說諸佛法得大智慧於諸佛法心無迷惑在在生處若行若住常得值遇不壞眷屬三世諸佛所說正法以清淨念悉能受持盡未來劫修菩薩行常不休息無所依著普賢行願增長具足得一切智施作佛事成就菩薩自在神通

第二位果成三種果一現成果於中先自利後爲欲下利他二在在下成當得果初自利後盡未來下兼於自他三普賢下明終成果因果無礙

爾時金剛幢菩薩承佛神力普觀十方而說頌言

普於十方無等尊　未曾一起輕慢心
隨其所修功德業　亦復恭敬生尊重
所修一切諸功德　不爲自已及他人
恒以最上信解心　利益衆生故迴向
未嘗暫起高慢心　亦復不生下劣意
如來所有身等業　彼悉請問勤修習

第二應頌五十一偈分二先頌位行後二位果前中三初三頌所廻善根二所修下四十四頌頌廻向行三過去下二頌頌行成利益今初云不爲自已等者照理大智無私自他同體大悲利益廻向

所修種種諸善根悉爲利益諸含識安住深心廣大解廻向人尊功德位

二頌廻向中但頌廣大略不頌甚深以徧在廣大中故文二初一偈頌普賢自分究竟

世間所有無量別種種善巧奇特事麤細廣大及甚深靡不修行皆了達

世間所有種種身以身平等入其中於此修行得了悟慧門成就無退轉

世間國土無量種微細廣大仰覆別菩薩能以智慧門一毛孔中無不見

餘頌勝進究竟於中前長行有三一攝法廣大德二即入重重德三微細容持德今通頌之但顯微細於中分十第一有三偈頌世間微細智

衆生心行無有量能令平等入一心以智慧門悉開悟於所修行不退轉

二一偈頌衆生趣趣由行別故

衆生諸根及欲樂上中下品各不同一切甚深難可知隨其本性悉能了

衆生所有種種業上中下品各差別菩薩深入如來力以智慧門普明見

三有二偈超頌第五衆生界界即根性故

不可思議無量劫能令平等入一念如是見已徧十方所行一切清淨業

過去未來及現在亦知其相各不同而亦不違平等理是則大心明達行

世間衆生行不同或顯或隱無量種菩薩悉知差別相亦知其相皆無相

四有三偈頌第三菩薩行德菩薩亦受衆生之稱神通等行名顯三昧等行名隱餘義細詳

十方世界一切佛所現自在神通力廣大難可得思議菩薩悉能分別知

五十方下二十七偈頌第四位德大用於中三初一總

一切世界兜率中自然覺悟人師子功德廣大淨無等如其體相悉能見

或現降神處母胎無量自在大神變成佛說法示滅度普徧世間無暫已

人中師子初生時一切勝智悉承奉諸天帝釋梵王等靡不恭敬而瞻侍

十方一切無有餘無量無邊法界中無始無末無遐邇示現如來自在力

人中尊導現生已遊行諸方各七步欲以妙法悟羣生是故如來普觀察

見諸衆生沉欲海盲闇愚癡之所覆人中自在現微笑念當救彼三有苦

大師子吼出妙音我爲世間第一尊應然明淨智慧燈滅彼生死愚癡闇

人師子王出世時普放無量大光明令諸惡道皆休息永滅世間衆苦難

或時示現處王宮或現捨家修學道爲欲饒益衆生故示其如是自在力

如來始坐道場時一切大地皆動搖十方世

界悉蒙光六趣衆生咸離苦
震動一切魔宮殿開悟十方衆生心昔曾受
化及修行皆使了知眞實義
十方所有諸國土悉入毛孔無有餘一切毛
孔刹無邊於彼普現神通力
一切諸佛所開演無量方便皆隨悟設諸如
來所不說亦能解了勤修習
徧滿三千大千界一切魔軍興鬬諍所作無
量種種惡無礙智門能悉滅
如來或在諸佛刹或復現處諸天宮或在梵
宮而現身菩薩悉見無障礙
佛現無量種種身轉於淸淨妙法輪乃至三
世一切劫求其邊際不可得
寶座高廣最無等徧滿十方無量界種種妙
相而莊嚴佛處其上難思議

諸佛子衆共圍繞盡於法界悉周徧開示菩
提無量行一切最勝所由道
諸佛隨宜所作業無量無邊等法界智者能
以一方便一切了知無不盡
諸佛自在神通力示現一切種種身或現諸
趣無量生或現婇女衆圍繞
或於無量諸世界示現出家成佛道乃至最
後般涅槃分布其身起塔廟
如是種種無邊行導師演說佛所住世尊所
有大功德誓願修行悉令盡
以彼善根迴向時住於如是方便法如是修
習菩提行其心畢竟無厭怠
次二十三別頌因果八相等
如來所有大神通及以無邊勝功德乃至世
間諸智行一切悉知無不盡

如是一切人中主隨其所有諸境界於一念
中皆了悟而亦不捨菩提行
諸佛所有微細行及一切刹種種法於彼悉
能隨順知究竟迴向到彼岸
後三頌能知之德
有數無數一切劫菩薩了知即一念於此善
入菩提行常勤修習不退轉
六有數下一偈頌第八知劫智
十方所有無量刹或有雜染或清淨及彼一
切諸如來菩薩悉能分別知
七一偈頌第六世界智
於念念中悉明見不可思議無量劫如是三
世無有餘具足修治菩薩行
於一切心平等入入一切法亦平等盡空佛
刹斯亦然彼最勝行悉了知

八二偈頌第七法界智
出生衆生及諸法所有種種諸智慧菩薩神
力亦復然如是一切無窮盡
九一偈頌第九知法智以法與法界性相
互舉前分二門義必相通偈居一處
諸微細智各差別菩薩盡攝無有餘同相異
相悉善知如是修行廣大行
十方無量諸佛刹其中衆生各無量趣生族
類種種殊住行力已悉能知
十有二偈頌一切法智
過去未來現在世所有一切諸導師若人知
此而迴向則與彼佛行平等
若人能修此迴向則爲學佛所行道當得一
切佛功德及以一切佛智慧
一切世間莫能壞一切所學皆成就常能憶

念一切佛常見一切世間燈
菩薩勝行不可量諸功德法亦如是已住如
來無上行悉知諸佛自在力
成益位果二段可知

大方廣佛華嚴經疏鈔會本第三十一之三

音釋

翳於計切 狹侯夾切隘也 薩婆若梵語也此云一切智若爾者切 羇堅溪切音雞繫也 薩埵梵語也此云成衆生謂用佛道成就衆生也埵音朶 摧非回切折也 劣力輟切鄙也 盲闇盲武庚切目無童子也闇烏紺切不明也 鬩諍鬪都豆切競也諍側耕切訟也 厭怠厭於豔切足也息徒耐切情也 颺餘亮切風飛物也 殞羽敏切墜也

大方廣佛華嚴經疏鈔會本第三十二之一

唐于闐國三藏沙門實叉難陀　譯

唐清涼山大華嚴寺沙門澄觀　撰述

佛子云何爲菩薩摩訶薩等法界無量迴向

第十等法界無量迴向於長行中先位行後位果前中亦三初牒名徵起次依徵廣釋後依釋結名今初謂稱法界起大用故然等者入義故本分中名入法界法界無量即是所入何法能入略有其四一所迴行法謂法施之行稱法界施故二所行行體廣大無邊故三能迴之智四所向之德謂以稱法界之大智迴等法界之善根向同法界之大用成法界之行體此則位滿至極故標法界之名當法受稱等何法界此通四義一等理法界故經云如法界一性如法界自性清淨善根迴向亦復如是其文非一二等事法界經云欲見等法界無量諸佛調伏等法界無量衆生或願起等法界無量行或願成等法界無量德或願得等法界無量果皆即理之事也三等理事無礙法界經云願一切衆生作修行無相道法師以諸妙相而自莊嚴則相無相無礙皆其類也四等事事無礙法界故經云一佛刹中現一切佛刹等然其四事全等四種法界融而無二故此能等即是所等非有二物而可依之故上稱入入無所入本業但云法界無等入言即斯意也彼釋云覺一切法第一義諦中道無相一切法皆一相照故第一中道即是所入皆一相照即是能入此二無二即是法界故

不可但以事法界爲名故不可下結彈古人即刋定云等是能等迴向行法界無量是所等事謂盡十方虛空所攝事法界無可限量今迴法施等善根令成無漏體德及用顯彼數量等彼數量等彼事法界故故令彈之所等有二安局事耶言無量者亦有二義一無分量即理法界二無數量即事法界前迴向明依體起用此明體用無礙圓極自在即以法施及諸相應普賢自在大善巧德爲其位體

佛子此菩薩摩訶薩以離垢繒而繫其頂住法師位

第二佛子已下依徵廣釋文分爲三初明所迴善根二以此善根下攝將迴向三佛子菩薩摩訶薩如是迴向時安住下迴向成德初中二先明行依身位第二廣行下依位起行令初如第十地得離垢三昧受智職位內得此定灌心首故外示表彰白繒繫頂法從喻稱名離垢繒但有此相知得彼定表位成滿方能雲雨說法以益群生名法師位然斯位滿總有五重一約信滿如賢首品說便得灌頂而升位等二約解滿如灌頂住及海幢處說三約行滿如第十行入因陀羅網法界等四善巧願滿如此位辨五約證滿如十地說此五重內隨一成處必具理行內相應故皆名位滿然信解等殊故不相濫若約圓融但一位滿即因究竟更不待餘又若得一即得餘位總一法界受職之位隨門差別五位不同法體融通全攝無礙不同餘教

廣行法施起大慈悲安立衆生於菩提心常行饒益無有休息以菩提心長養善根爲諸

衆生作調御師示諸衆生一切智道爲諸衆生作法藏日善根光明普照一切於諸衆生其心平等修諸善行無有休息心淨無染智慧自在不捨一切善根道業作諸衆生大智商主普令得入安隱正道爲諸衆生而作導首令修一切善根法行爲諸衆生作不可壞堅固善友令其善根增長成就

二依位起行中二先明起行後佛子下顯其行成又前即利他後明自利又前明自分後顯勝進今初十一句初總餘別別謂慈等皆是法施夫法施者生解之妙方起行之根本入聖道之階漸越苦海之津梁古德云此經中託人以弘道多歎法師之勝德寄行以表法每引普賢爲末篇故知法施之功過財施之難喻（夫法施者亦古德意然各二句今各舉一彼云一則發之以智慧爲生解之妙方二則化之以多人作津濟之弘躅三則爲起行之根本實倚仗之良詮四則爲入聖之階漸標引道之要津疏畧以摘其辭用故不指古人下引則全是）於中十句一慈悲安物於菩提心二益物無息上二即廣大心三大心長善揀非餘爲四究竟調御御以佛道上二即第一心五法日普照六等勸修善晉經云欲使衆生修諸善根上二即常心常愛衆生同於已故名爲平等七心淨無礙即不顛倒心顛倒有二一心染能所之化今不生於化其化大焉名智自在二見無能所便趣寂滅今不捨善業無滯事理八示果寶渚故云商主安隱正道俱通因果果即涅槃菩提因即八正萬行九導以萬行之因上二即作義利亦第一心也十增長不壞爲護念也初令發心終令成

就有始有卒其唯聖人然廣等四心般若雖當發心住中位位皆用今不生於化者即金剛三昧經

云若化衆生無生於化不生無化其化大焉上兩句遮過下兩句成德今但要成德耳八示果寶渚者即法華化城喻品云譬如五百由旬險難惡道曠絕無人怖畏之處若有多衆欲過此道至珍寶處有一導師聰慧明達善知險道通塞之相將導衆人欲過此難釋曰五百由旬釋云云今依生公三界途阻二乘路險此五百是善薩惡道甚難過也衆人即發菩提心欲求佛智以爲寶渚如來以況導師故下經云我亦復如是爲一切導師既知是息已引入於佛慧佛慧即寶亦喻涅槃於理無失以會相門菩提涅槃無二體故故疏雙合果道即菩提涅槃有始有卒者即論語第十以世人靡不有初鮮克有終唯聖人能有始終耳亦由乾卦知進退存亡而不失其正者其唯聖人乎然廣等四心下解妨可知四心已見第八迴向

佛子此菩薩摩訶薩以法施爲首發生一切清淨白法攝受趣向一切智心殊勝願力究竟堅固成就增益具大威德依善知識心無諂誑思惟觀察一切智門無邊境界

第二行成中二初牒前晉經云菩薩行法施等一切善法後攝受下正顯成相文顯可知

以此善根如是迴向願得修習成就增長廣大無礙一切境界

第二攝將迴向文小異前諸段通下總有二十一門若通將上十句法施善根共成諸段理無間然今且分三初九門別對十一句善根以明迴向即自分迴向次四門通顯迴向之意三有八門更以異門別明迴向即勝進迴向今初即爲九段第一願聞法見佛修二利行對前二句於中二初一願總明餘皆別顯今初初句牒前起後願得已下正顯願辭一切境者文局初段義總該於二十一段迴向皆一切境此一

切境廣大如法界理事事事皆無障礙如
此之境皆得增長成就
願得於佛正教之中乃至聽聞一句一偈受
持演說
後別顯中二初願聞法受持即成上文廣
行法施之義
願得憶念與法界等無量無邊一切世界去
來現在一切諸佛既憶念已修菩薩行
二願念佛修行成上饒益無休於中亦二
初正明念佛之行
又願以此念佛善根爲一衆生於一世界盡
未來劫修菩薩行如於一世界盡法界虛空
界一切世界皆亦如是如爲一衆生爲一切
衆生亦復如是以善方便一一皆爲盡未來
劫大誓莊嚴終無離佛善知識想常見諸佛
現在其前無有一佛出興於世不得親近
次又願下迴念佛善成二利行於中亦二
先總爲一切徧於時處修菩薩行
一切諸佛及諸菩薩所讚所說清淨梵行誓
願修行悉令圓滿
後一切諸佛下別明修行梵行爲萬行之
本故偏明之於中三初總舉所願二所謂
下列所修之行三佛子下通難釋成
所謂不破梵行不缺梵行不雜梵行無玷梵
行無失梵行無能蔽梵行佛所讚梵行無所
依梵行無所得梵行增益菩薩清淨梵行三
世諸佛所行梵行無礙梵行無著梵行無諍
梵行無滅梵行安住梵行無比梵行無動梵
行無亂梵行無恚梵行
二中有二十梵行與智論所列十戒多同

所謂不缺不破不穿不雜隨道無著智所讚自在隨定具足二中文有二十其行下疏文有四初列十戒通用性戒而爲根本二通用下出體今開爲二十一不破在初者謂持四重十重若犯此者猶破器無用故二不缺者謂持僧殘殘如器缺猶可修補三持方便若念破戒事染心共語聞環釧聲皆名爲雜四持波逸提如白珪之玷雖則可磨亦不爲也五定心相應乃至吉羅亦不誤失六緣不能壞上三皆不穿戒穿如漏器不堪受道前六皆律儀七即智所讚謂事理無違契聖心故八不依名利果報九不得能持所持由有此二雖秉御自他於世間中得自在也次三皆隨道戒十揀小道十一顯是佛行十二兼能通達非道故云無礙皆隨中道也十三無著即見真成聖次四即具足戒謂觀中道具事理故一事理無違二順理而行則常不滅三心能詣理四對餘超勝無動已下皆隨定戒謂隨首楞嚴定不起滅定現諸威儀雖示十法界像無戒不行而寂然不動順境不能亂違境而無恚三今開下釋文望智論文開爲二十若望經文束爲十戒皆用智論釋十戒文以會今經八九即自在戒十三即無著戒餘文可知又安住無比即住大慈悲無動無亂即捨心常現無恚即喜是四等心亦名梵行四又安住下收爲四等

佛子菩薩摩訶薩若能爲已修行如是清淨梵行則能普爲一切衆生令一切衆生皆得安住令一切衆生皆得開曉令一切衆生皆得成就令一切衆生皆得清淨令一切衆生皆得無垢令一切衆生皆得照明令一切衆

生離諸塵染令一切衆生無諸障翳令一切衆生離諸熱惱令一切衆生離諸纏縛令一切衆生永離諸惡令一切衆生無諸惱害畢竟清淨

第三通難釋成者有伏難云菩薩期心先人後己今先自行豈不相違故下釋云但自修行便能益物此亦成上安立衆生於菩提心及以菩提心長養善根文中分二初正明二重徵釋今初先總明後令一切下別顯有十二句總顯持犯前六明有持德安住者通住諸戒二開曉者明閑持犯三善行四惡止五心無垢六智能照後六明無犯過一不起心過故無塵染二不犯身口故無業報障照明開曉不翳於理三由不犯則二世清涼四離無慙及悔纏所縛五離惡因惡果六不自惱惱他成波羅蜜

何以故菩薩摩訶薩自於梵行不能清淨不能令他而得清淨自於梵行而有退轉不能令他無有退轉自於梵行而有失壞不能令他無有失壞自於梵行而有遠離不能令他常不遠離自於梵行而有懈怠不能令他不生懈怠自於梵行不生信解不能令他心生信解自於梵行而不安住不能令他而得安住自於梵行而不證入不能令他心得證入自於梵行而有放捨不能令他恒不放捨自於梵行而有散動不能令他心不散動

二徵釋中二初正徵反釋後重徵順釋今初徵意云自他行異如何自行便是爲他釋意云自身不正其令不從故上自行便

爲爲物淨名云若自有縛能解彼縛無有是處攝論云若自住邪行設欲正他非是人終不能制止他過失文有十句例上可知攝論云等即梁論第七引契經說若無性攝論當第五句小異云如契經言若自住邪行便受他譏謗是人終不能制止他過失又云若懷瞋分諍他所犯以非利益非方便故言不威肅他轉違背起諍邪行如有須云慈悲如一子誨舉他所犯決定令受持後不復當犯

何以故菩薩摩訶薩住無倒行說無倒法所言誠實如說修行淨身口意離諸雜染住無礙行滅一切障菩薩摩訶薩自得淨心爲他演說清淨心法自修和忍以諸善根調伏其心令他和忍以諸善根調伏其心自離疑悔亦令他人永離疑悔自得淨信亦令他得不壞淨信自住正法亦令衆生安住正法

二重徵意云石雖不利而能利刀自雖不行何妨化物今云不能益者其故何耶釋意云若自犯教他便成顛倒菩薩無倒必言行相符故要如說而行方能如行而說文中先總明後菩薩下別顯初門竟

佛子菩薩摩訶薩復以法施所生善根如是迴向

第二復次願得法廣演以益自他亦成上文爲調御師示一切智道文分爲三初牒前起後次所謂下正明三是爲下總結

所謂願我獲得一切諸佛無盡法門普爲衆生分別解說皆令歡喜心得滿足摧滅一切外道異論

二中二願初一願總明得法文有四節一得法二解說三益機四摧滅下成自德

願我能爲一切衆生演說三世諸佛法海

二一願別明演法釋前四段故晋經異論
之下無願我之言文分爲五初總明
於一一法生起一一法義理一一法名言一
一法安立一一法解説一一法顯示一一法
門户一一法悟入一一法觀察一一法分位
悉得無邉無盡法藏
二於一一下明得法
獲無所畏具四辯才廣爲衆生分別解説窮
未來際而無有盡
三獲無所畏下能演
爲欲令一切衆生立勝志願出生無礙無謬
失辯爲欲令一切衆生皆生歡喜爲欲令一
切衆生成就一切淨法光明隨其類音演説
無斷爲欲令一切衆生深信歡喜住一切智
辯了諸法俾無迷惑

四爲欲令下明所爲機並可知
作是念言我當普於一切世界爲諸衆生精
勤修習得徧法界無量自在身得徧法界無
量廣大心具等法界無量清淨音聲現等法
界無量衆會道場修等法界無量菩薩業得
等法界無量菩薩住證等法界無量菩薩平
等學等法界無量菩薩法住等法界無量菩
薩行入等法界無量菩薩廻向
五作是念言下自修成德即爲物勤修自
成已德成十種德初二云徧徧於事理餘
八云等兼等無礙影略其文其中云住者
即聖天梵等
是爲菩薩摩訶薩以諸善根而爲廻向爲令
衆生悉得成就一切智故
第三總結中上成自德亦爲攝生故復重

云爲令衆生成一切智

佛子菩薩摩訶薩復以善根如是迴向所謂爲欲見等法界無量諸佛調伏等法界無量衆生住持等法界無量佛刹證等法界無量菩薩智獲等法界無量無所畏成等法界無量諸菩薩陀羅尼得等法界無量諸菩薩不思議住具等法界無量功德滿等法界無量利益衆生善根

第三復次願得二利行圓成上作法藏日獲智見佛等皆普照故文中二先通二利

又願以此善根故令我得福德平等智慧平等力平等無畏平等清淨平等自在平等正覺平等說法平等義平等決定平等一切神通平等如是等法皆悉圓滿如我所得願一切衆生亦如是得如我無異

後又願下別明二利即成上文於諸衆生其心平等初以自等於理後如我所得下令物等自

佛子菩薩摩訶薩復以善根如是迴向所謂如法界無量善根迴向亦復如是所得智慧終無有量如法界無邊善根迴向亦復如是見一切佛無有其邊如法界無限善根迴向亦復如是詣諸佛刹無有齊限如法界無際善根迴向亦復如是於一切世界修菩薩行無有涯際如法界無斷善根迴向亦復如是住一切智永不斷絶如法界一性善根迴向亦復如是與一切衆生同一智性如法界自性清淨善根迴向亦復如是令一切衆生究竟清淨如法界隨順善根迴向亦復如是令一切衆生悉皆隨順普賢行願如法界莊嚴

善根迴向亦復如是令一切衆生以普賢行而爲莊嚴如法界不可失壞善根迴向亦復如是令諸菩薩永不失壞諸清淨行

第四復次願行稱法界成上心淨無染及智慧自在以動合法界故無所染是以末云永不失壞諸清淨行此章多同理法界也如智因理發故同法界餘皆準之即向實際意也

佛子菩薩摩訶薩復以此善根如是迴向所謂願以此善根承事一切諸佛菩薩皆令歡喜願以此善根速得趣入一切智性願以此善根徧一切處修一切智願以此善根令一切衆生常得往覲一切諸佛願以此善根令一切衆生常見諸佛能作佛事願以此善根令一切衆生恒得見佛不於佛事生怠慢心願以此善根令一切衆生常得見佛心善清淨無有退轉願以此善根令一切衆生常見佛心善解了願以此善根令一切衆生常得見佛不生執著願以此善根令一切衆生常得見佛了達無礙願以此善根令一切衆生常得見佛成普賢行願以此善根令一切衆生常見諸佛現在其前無時暫捨願以此善根令一切衆生常見諸佛出生菩薩無量諸力願以此善根令一切衆生常見諸佛於一切法永不忘失

第五復次有十四願願得見佛解法成上大智商主初三自成智性是商主德餘爲衆生是商主事

佛子菩薩摩訶薩又以諸善根如是迴向所謂如法界無起性迴向如法界根本性迴向

如法界自體性迴向如法界無依性迴向如法界無忘失性迴向如法界空無性迴向如法界寂靜性迴向如法界無處所性迴向如法界無遷動性迴向如法界無差別性迴向

第六復次願解法界即理法界豈以此文而名隨相然此中云如晉經云解解契於理故名爲如即是成前安隱正道文有十句一不隨緣變二不守自性故爲法本三如亦復如是其自體故晉經中名爲如如四非是能依五不暫離如六隨緣無性即是如性七無性亦無本來寂靜八無二性

離能所故九不隨三世十一味平等

佛子菩薩摩訶薩復以法施所有宣示所有開悟及因此起一切善根如是迴向所謂願一切衆生成菩薩法師常爲諸佛之所護念願一切衆生作無上法師方便安立一切衆生於一切智願一切衆生作無屈法師一切問難莫能窮盡願一切衆生作無礙法師得一切法無礙光明願一切衆生作智藏法師能善巧說一切佛法願一切衆生成諸如來自在法師善能分別如來智慧願一切衆生作如眼法師說如實法不由他教願一切衆生作憶持一切佛法法師如理演說不違句義願一切衆生作修行無相道法師以諸妙相而自莊嚴放無量光善入諸法願一切衆生作大身法師其身普徧一切國土興大法雲雨諸佛法願一切衆生作護法藏法師建無勝幢護諸佛法令正法海無所缺減願一切衆生作一切法日法師得佛辯才巧說諸法願一切衆生作妙音方便法師善說無邊

法界之藏願一切衆生作到法彼岸法師以智神通開正法藏願一切衆生作安住正法法師演說如來究竟智慧願一切衆生作了達諸法法師能說無量無盡功德願一切衆生作不誑世間法師能以方便令入實際願一切衆生作破諸魔衆法師善能覺知一切魔業願一切衆生作諸佛所攝受法師離我我所攝受之心願一切衆生作安隱一切世間法師成就菩薩說法願力

第七復次願衆生成法師即成上而作導首導首即是法師上爲他作令令他作仁王經說十三法師如來滅後流化不絕亦名法師如法華菩薩藏經各有其品今此多就極勝而說於中有二十法師七云如眼者現證非聞見故九無相之相是妙相

故二十唯有說法能安世間

大方廣佛華嚴經疏鈔會本第三十二之一

音釋

繒疾陵切帛也　玷都念切　恚於避切恨怒也　謬靡幼切誤也　俾并弭切使也　齊在詣切齊限分齊限量也　覲渠遴切見也　躅廚玉切跡也

大方廣佛華嚴經疏鈔會本第三十二之二

唐于闐國三藏沙門實叉難陀　譯

唐清涼山大華嚴寺沙門澄觀撰述

佛子菩薩摩訶薩復以諸善根如是迴向所謂不以取著業故迴向不以取著報故迴向不以取著心故迴向不以取著法故迴向不以取著事故迴向不以取著因故迴向不以取著語言音聲故迴向不以取著名句文身故迴向不以取著迴向故迴向不以取著利益衆生故迴向

第八復次不取著迴向即向實際此及第九成上作不可壞堅固善友此之一段明堅固緣文顯可知

佛子菩薩摩訶薩復以善根如是迴向所謂不爲耽著色境界故迴向不爲耽著聲香味觸法境界故迴向不爲求生天故迴向不爲求欲樂故迴向不爲著欲境界故迴向不爲求眷屬故迴向不爲求自在故迴向不爲求生死樂故迴向不爲著生死故迴向不爲樂諸有故迴向不爲求和合樂故迴向不爲求可樂著處故迴向不爲懷毒害心故迴向不壞善根故迴向不依三界故迴向不著諸禪解脫三昧故迴向不住聲聞辟支佛乘故迴向

第九離過成德迴向先十七句離過即離可壞緣後但爲下成德明其所爲爲不可壞堅固善友今初前十五事護煩惱行於中初二不躭現境次一不求當報餘通二世後一護小乘行其第十六若解脫三昧唯小乘因諸禪三昧通生死因未得不求

已得不著誰復求死所謂求生生必死故求和合者除涅槃樂皆有合故沙彌求龍是懷毒迴向願爲魔王即壞善迴向沙彌求龍者智論云昔有羅漢居近龍池每至食時皆請羅漢入池供養羅漢神通安坐繩牀忽然而去有一沙彌於一日中臨至食時密在牀下攀繩牀轄羅漢不知如常運通至龍池中從牀下出龍王怪問此未離欲何以將來以天甘露以供養羅漢以人間味而饍沙彌沙彌滌鉢駭其香味恨師忿龍兼貪龍女興心欲奪龍得他心知沙彌意復兼頭痛求其謝過沙彌心志毒願不息加切精誠後足下水出尋至池邊以衣覆頭便化爲龍遂入池內咬殺其龍奪其宮殿妻子眷屬報龍已畢即與風雲震雷降雹枝倒寺宇淨無所有國王知之復爲立寺復被毀滅國王大怒遂要其龍若更爲害當塡此池龍遂謝過謂其師曰自今已後不敢爲惡然是龍身性多瞋毒恐後還發若見池上有黑雲生即是弟子起於惡心當令鳴鐘念摩訶般若惡心則息後如其言每有雲起即念般若鳴鐘擊磬雲則散滅釋曰此沙彌爲龍具有二意一爲貪色味二爲瞋恚而皆是毒

但爲教化調伏一切衆生故迴向但爲成滿一切智智故迴向但爲得無礙智故迴向但爲得無障礙清淨善根故迴向但爲令一切衆生超出生死證大智慧故迴向但爲令大菩提心如金剛不可壞故迴向但爲成就究竟不死法故迴向但爲以無量莊嚴莊嚴佛種性示現一切智自在故迴向但爲求菩薩一切法明大神通智故迴向但爲於盡法界虛空界一切佛刹行普賢行圓滿不退被堅固大願鎧令一切衆生住普賢地故迴向但爲盡未來劫度脫衆生常無休息示現一切智地無礙光明恒不斷故迴向

後顯成德亦是所求在文易了

佛子菩薩摩訶薩以彼善根迴向時以如是心迴向所謂以本性平等心迴向以法性平等心迴向以一切衆生無量平等心迴向以

無諍平等心迴向以自性無所起平等心迴向以知諸法無亂心迴向以入三世平等心迴向以出生三世諸佛種性心迴向以得不退失神通心迴向以生成一切智行心迴向

大文第二四門總顯迴向之意故初不云復以善根但云以彼善根迴向時居然揀別四門即爲四別初一門明應向實際及向衆生第二門明應向菩提第三門明應離過第四門明有成益初門爲二初明應向實際後又爲令下明應向衆生今初本性即不變性法性即隨緣性衆生是入即無分量無諍是法理事不乖自性則起無所起諸法則横該本寂三世則豎入無差以知法性爲緣則生起佛種依性依用無退失時照斯實際實智行立

又爲令一切衆生永離一切地獄故迴向爲令一切衆生不入畜生趣故迴向爲令一切衆生不往閻羅王處故迴向爲令一切衆生除滅一切障道法故迴向爲令一切衆生滿足一切善根故迴向爲令一切衆生能應時轉法輪令一切歡喜故迴向爲令一切衆生入十力輪故迴向爲令一切衆生滿足菩薩無邊清淨法願故迴向爲令一切衆生隨順一切善知識教菩提心器得滿足故迴向爲令一切衆生受持修行甚深佛法得一切佛智光明故迴向爲令一切衆生修諸菩薩無障礙行常現前故迴向爲令一切衆生常見諸佛現其前故迴向爲令一切衆生清淨法光明常現前故迴向爲令一切衆生無畏大菩提心常現前故迴向爲令一切衆生菩薩

不思議智常現前故迴向爲令一切衆生普救護衆生令清淨大悲心常現前故迴向爲令一切衆生以不可說不可說勝妙莊嚴具莊嚴一切諸佛剎故迴向爲令一切衆生摧滅一切衆魔鬬諍羅網業故迴向爲令一切衆生於一切佛剎皆無所依修菩薩行故迴向爲令一切衆生發一切種智心入一切佛法廣大門故迴向

後應向衆生中有二十所爲七云十力輪者圓滿摧伏故十四云無畏菩提心者不畏生死長遠衆生難度轉依難證萬行難修菩提曠遠故不畏等者即三種練磨心唯識第九資糧位中偈云乃至未起識求住唯識性於二取隨眠猶未能伏滅長行釋未能伏滅中云此位二障雖未能滅修勝行時有三退屈而能三事練磨其心於所證修勇猛不退一闕無上正等菩提廣大深遠心便退屈引他已證大菩提者練磨自心勇猛不退注云第一菩提廣大屈引他況已練廣者無邊大者無上深者難測遠者長時由此退屈引他已證我同彼類何故退耶攝論頌云一方世界諸有情念念速成善逝果彼既丈夫我亦爾不應自輕而退屈二聞施等波羅蜜多甚難可修心便退屈省已意樂能修施等練磨自心勇猛不退注云第二萬行難修屈省已增修練偈云汝已惡道經多劫無益受苦尚能捨今修少善得菩提大利不應生退屈三聞諸佛圓滿轉依極難可證心便退屈引他麤善況已妙因練磨其心勇猛不退即第三轉依難證屈引麤況妙練如行施等尚感貴樂況我所修清淨妙善而無果耶論偈云博地凡夫初發心尚擬遠趣菩提果我已精進經多劫不應退屈却沉淪論云由斯三事練磨其心堅固熾然修諸勝行今疏初不畏生死長遠衆生難度即通說也轉依難證下即側牒三種練磨之心故總說云不畏無性攝論當其第六

佛子菩薩摩訶薩又以此善根正念清淨迴向智慧決定迴向盡知一切佛法方便迴向爲成就無量無礙智故迴向爲欲滿足清淨殊勝心故迴向爲一切衆生住大慈故迴向爲一切衆生住大悲故迴向爲一切衆生住

大喜故迴向爲一切衆生住大捨故迴向爲永離二著住勝善根故迴向爲思惟觀察分別演説一切緣起法故迴向爲立大勇猛幢心故迴向爲立無能勝幢藏故迴向爲破諸魔衆故迴向爲得一切法清淨無礙心故迴向爲修一切菩薩行不退轉故迴向爲得樂求第一勝法心故迴向爲得樂求諸功德法自在清淨一切智智心故迴向爲滿一切願除一切諍得佛自在無礙清淨法爲一切衆生轉不退法輪故迴向爲得如來最上殊勝法智慧日百千光明之所莊嚴普照一切法界衆生故迴向爲欲調伏一切衆生隨其所樂常令滿足不捨本願盡未來際聽聞正法修習大行得淨智慧離垢光明斷除一切憍慢消滅一切煩惱裂愛欲網破愚癡闇具足無垢無障礙法故迴向爲一切衆生於阿僧祇劫常勤修習一切智行無有退轉一一令得無礙妙慧示現諸佛自在神通無有休息故迴向

第二應向菩提者有二十二迴向前三無爲字欲成二十故於中前二十迴向明因圓果滿後二明得果不捨因窮未來際以化物

佛子菩薩摩訶薩以諸善根如是迴向時不應貪著三有五欲境界何以故菩薩摩訶薩應以無貪善根迴向應以無瞋善根迴向應以無癡善根迴向應以不害善根迴向應以離慢善根迴向應以不諂善根迴向應以質直善根迴向應以精勤善根迴向應以修習善根迴向佛子菩薩摩訶薩如是迴向時得

淨信心於菩薩行歡喜忍受修習清淨大菩薩道具佛種性得佛智慧捨一切惡離衆魔業親近善友成已大願請諸衆生設大施會

第三明應離過中有標徵釋及第四成益文並易知

佛子菩薩摩訶薩復以此法施所生善根如是迴向所謂令一切衆生得淨妙音得柔軟音得天鼓音得無量無數不思議音得可愛樂音得清淨音得周徧一切佛刹音得百千那由他不可說功德莊嚴音得高遠音得廣大音得滅一切散亂音得充滿法界音得攝取一切衆生語言音得一切衆生無邊音聲智得一切清淨語言音聲智得無量語言音聲智得最自在音入一切音聲智得一切清淨莊嚴音得一切世間無厭足音得究竟不繫屬一切世間音得歡喜音得佛清淨語言音得說一切佛法遠離癡翳名稱普聞音得令一切衆生得一切法陀羅尼莊嚴音得說一切無量種法音得普至法界無量衆會道場音得普攝持不可思議法金剛句音得開示一切法音得能說不可說字句差別智藏音得演說一切法無所著不斷音得一切法光明照曜音得能令一切世間清淨究竟至於一切智音得普攝一切法句義音得神力護持自在無礙音得到一切世間彼岸智音

又以此善根令一切衆生得不下劣音得無怖畏音得無染著音得一切衆會道場歡喜音得隨順美妙音得善說一切佛法音得斷一切衆生疑念皆令覺悟音得具足辯才音得普覺悟一切衆生長夜睡眠音

大文第三有八門更以異門別明迴向卽是勝進文分四別第一二門迴向衆生二有三門迴向菩提三有二門總顯所爲四有一門迴向實際今初分二前門願得圓音後門總令具德今初以法師位故欲令物同得圓音演法要故有四十五種音聲卽密迹經中六十種音但數不足次多不同名或小異彼第一名吉祥與此淨妙義同名異二名柔輭次第與名全同三可樂卽此第五四悅意卽此第二十一歡喜音五清淨卽此第六六離垢卽此二十三遠離癡翳七顯耀卽此第三十一一切法光明照耀音乃至第六十宣諸德音卽此第二十九能說不可說字句差別智藏音卽密迹下第二會他經於中有四一會同異二會有無三會通教旨四會他經意然密跡

經卽大寶積經中金剛力士會第三之三卷當第十爾時寂意菩薩復問金剛力士如來有幾事祕要答有三種一曰身密二曰意密三曰口密口中說六十種音廣讚如來無思無想無言之言竟卽云如來從口數演如一言詞出六十品各異音聲何謂六十釋曰然經直列令加次第一吉祥音二柔輭音三可愛樂音四悅意清淨音五離垢音六顯曜音七微妙音八明德音九無亂音十無情音十一師父音十二無剛硬音十三無麤獷音十四善順音十五安重音十六身所吉利音十七隨心隨時音十八如如悅意音十九天愛安想音二十無熱惱音二十一方正音二十二識達音二十三親近音二十四意好音二十五歡悅音二十六和雅音二十七曉了音二十八精勤音二十九和忍音三十重了音三十一其響去穢音三十二應師子音三十三龍鳴音三十四好雨音三十五海雷龍王音三十六眞陀羅伎音三十七哀鸞音三十八鷹暢音三十九鶴鳴音四十者域音四十一英鳥音四十二雷震音四十三不卒音四十四不暴音四十五普入響音四十六去非時音四十七無乏音四十八無怙音四十九悅豫音五十通暢音五十一戒禁音五十二甘美音五十三進行音五十四廣普音五十五具足音五十六諸根無班音五十七不輕疾音五十八無住音五十九響聲普入衆會音六十宣諸德音密跡金剛力士謂寂意菩薩言是爲

如來六十梵音其如來音普徧十方諸佛世界恍可一切衆生心行釋曰已具列六十今經但四十五欠於十五次下當明然密跡經但列不釋莊嚴論第六亦引彼經而義有釋論偈云菩薩自成就如前義應如聲有六十種是說如來事長行釋云如來有六十種不可思議音聲如佛祕密經中說寂靜慧如來具足六十種聲語所謂潤澤柔輭可意意樂清淨如是廣說引經下釋云此中潤澤聲者衆生善根能攝持上是論釋故柔輭聲者現前聞法得樂觸故可意聲者由善義故意樂聲者由善字故清淨聲者無上出世後得故無垢聲者諸惑習氣不相應故明亮聲者字句易解故善力聲者具足功德破諸外道惡邪見故樂聞聲者信順出離故不絕聲者一切外道無能斷故調伏聲者貪等煩惱能對治故無剌聲者制戒樂方便故不澀聲者令犯戒人得正念故善調聲者教化授故悅耳聲者亂心對治故身倚聲者能引三摩提故心了聲者能引吡鉢舍那故心喜聲者善斷疑故喜樂生聲者決定拔邪故無熱惱聲者信受不悔故能持智聲者成就聞因智依止故能持解聲者成就思因智依止故不隱覆聲者不惱而說故可愛聲者令得自利果故渴仰聲者已得果人深願樂故教勑聲者不思議法正說故令解聲者思議法正說故相應聲者不違聽故有益聲者如其所應教示導故離重聲者不虛說故師子聲者怖外道故象王聲者振大故

雷聲者深遠故龍聲者令信受故緊那羅聲者歌音美妙故迦陵頻伽聲者韻清亮故梵聲者出遠去故命命鳥聲者初得吉祥一切事成故天王聲者無敢違故天鼓聲者破邪魔故離慢聲者讚毀不高下故入一切聲者入吡伽羅論一切種相故離不正聲者憶不忘故應時聲者教化事一切時起故無著聲者不依利養故不怖聲者離慚蓋故歡喜聲者聞無猒故隨捨聲者一切明處善巧入故善友聲者一切衆生離成就故常流聲者相續不斷故嚴飾聲者種種顯現故滿足聲者一音無量聲說法故衆生根喜聲者一語無量義顯現故不毀呰聲者如所立義信順故不增減聲者應時量說故不躁急聲者不疾疾說故徧一切說聲者遠近諸衆同依止故一切種成就聲者世間法義皆譬喻令解故上依論牒釋亦欠其一與彼經亦少不次其佛祕密卽密迹經經

然彼無天鼓今此缺彼師子

龍鳴好雨海雷龍王真陀羅伎哀鸞鷹暢

鶴鳴等以從喻說此畧不論然彼無下第二會有無此乃是名變論釋亦有此欠十五疏中但列其九餘更欠六應添一耆婆二英鳥三雷震震與海雷龍王別故此亦喻故更添四師子五親近六明德方為六十

又此所明顯德廣大如彼但云普入衆會音此

則云普至法界無量衆會道場等又此所明下第三會通教旨可知法有所本不可不知名言不同無俟全會法有所本下第四會他經意兼欲盡其論釋中間云音聲智者在心爲智宣吐稱音皆應具二影略而說第八云不可說功德莊嚴者大悲芬陀利經說以三千界衆生功德爲一聚更增十倍不及如來一毛功德展轉乃至無見頂前一切功德總爲一聚更增百千萬億那由他阿僧祇倍不及如來胸中大種所發音聲一聲功德彼約總說即此別明然六十種中不出有二一約具德如柔輭等二約無失如不下劣等故不下劣初有又以此善之言通言音聲者聲謂四聲爲音之依音謂五音依五行別木聲塵其音角火聲熾其音徵土聲寬其音宮金聲清其音商水聲濁其音羽若一音之義廣在下文

佛子菩薩摩訶薩復以諸善根如是迴向所謂願一切衆生得離衆過惡清淨法身願一切衆生得離衆過惡淨妙功德願一切衆生得離衆過惡清淨妙相願一切衆生得離衆過惡清淨業果願一切衆生得離衆過惡清淨一切智心願一切衆生得離衆過惡無量清淨菩提心願一切衆生得離衆過惡了知諸根清淨方便願一切衆生得離衆過惡清淨信解願一切衆生得離衆過惡清淨勤修無礙行願願一切衆生得離衆過惡清淨正念智慧辯才

第二總令衆生具德中十句前五果滿後五因圓

佛子菩薩摩訶薩復以諸善根爲一切衆生如是迴向願得種種清淨妙身所謂光明身離濁身無染身清淨身極清淨身離塵身極離塵身離垢身可愛樂身無障礙身

第二三門迴向菩提分三初一門得正果次一二果因圓後一依報果滿今初然上衆生得果有其十句各應有多今但廣初一身則餘可例取文中三初明得身次顯身用後結所成前中初總相所謂下別相身是同相餘是異相成壞可知然此十身通法通智一光明者身光智光無不照故二體無闇障能鑒徹故三體不受染若彼潤玉涅而不緇四淨德內充如玉無瑕翳五非暫時淨揀異下流上三就體辨次三對境以明六不爲塵坌對上清淨七極微不著對極清淨八垢穢無汙對上不染若就內德即煩惱障盡名爲離塵習氣亦亡名極離塵所知不住名離心垢九具相具德十形充法界智徧十方山河事理不能障礙（若彼等者涅者水中黑泥緇者黑色謂若玉在泥中千載不黑）

於一切世界現諸業像於一切世間現言說像於一切宮殿現安立像如淨明鏡種種色像自然顯現示諸衆生大菩提行示諸衆生甚深妙法示諸衆生種種功德示諸衆生修行之道示諸衆生成就之行示諸衆生菩薩行願示諸衆生於一世界一切世界佛興於世示諸衆生一切諸佛神通變化示諸衆生一切菩薩不可思議解脫威力示諸衆生成滿普賢菩薩行願一切智性

二於一切下依身起用前四色身用前三

羅一身於法界後一收萬像於一身次示
諸下五句智身用後示菩薩行願下通二
身用
菩薩摩訶薩以如是等微妙淨身方便攝取
一切衆生悉令成就清淨功德一切智身
後菩薩下總結所成
佛子菩薩摩訶薩復以法施所生善根如是
迴向願身隨住一切世界修菩薩行衆生見
者皆悉不虛發菩提心永無退轉順眞實義
不可傾動於一切世界盡未來劫住菩薩道
而無疲厭大悲均普量同法界知衆生根應
時說法常不休息於善知識心常正念乃至
不捨一刹那頃一切諸佛常現在前心常正
念未曾暫懈修諸善根無有虛僞置諸衆生
於一切智令不退轉具足一切佛法光明持

大法雲受大法雨修菩薩行
第二門願二果因圓中二初即理起用行
後入一切下即事入玄行今初初成行緣
身隨住故次衆生見下利他不空後於善
知識下兼通二利
入一切衆生入一切佛刹入一切諸法入一
切三世入一切衆生業報智入一切菩薩善
巧方便智入一切菩薩出生智入一切菩薩
清淨境界智入一切佛自在神通入一切無
邊法界於此安住修菩薩行
後入玄中智契名入無邊法界通身智入

大方廣佛華嚴經疏鈔會本第三十二之二

音釋

耽丁含切樂也　鎧可亥切甲也　憍慢憍舉喬切恣也慢莫晏切倨也

裂良薛切破也　柔軟軟乳兗切亦柔也　頊丘頻切頊刻也　轅于元切

鱔上演切具食也　滌亭歷切洗也　檄刑狄切牒也　憒古對切心亂也

僞于睡切詐也

大方廣佛華嚴經疏鈔會本第三十三

唐于闐國三藏沙門實叉難陀　譯

唐清涼山大華嚴寺沙門澄觀　撰述

佛子菩薩摩訶薩復以法施所修善根如是迴向

第三門願成依果文分爲二先總明後其一一下別顯今初十句一牒前起後

願一切佛刹皆悉清淨以不可說不可說莊嚴具而莊嚴之一一佛刹其量廣大同於法界純善無礙清淨光明諸佛於中現成正覺一佛刹中清淨境界悉能顯現一切佛刹如一佛刹一切佛刹亦復如是

後正顯願相一願清淨二願莊嚴三分量普周四純善五無障礙六具淨光七有佛現八融攝九舉一例餘一刹之展量同法界一刹之卷顯現無餘展卷無礙是一佛刹如一佛刹刹刹皆然準上華藏及後人嚴塵塵尚然況復刹刹

其一一刹悉以等法界無量無邊清淨妙寶莊嚴之具而爲嚴飾

第二別顯中分二先顯寶嚴後如寶莊嚴下類顯餘嚴今初分三初總標次所謂下別顯三是爲菩薩下總結

所謂阿僧祇清淨寶座敷衆寶衣阿僧祇寶帳寶網垂布阿僧祇寶蓋一切妙寶互相映徹阿僧祇寶雲普雨衆寶阿僧祇寶華周徧清淨阿僧祇衆寶所成欄楯軒檻清淨莊嚴阿僧祇寶鈴常演諸佛微妙音聲周流法界阿僧祇寶蓮華種種寶色開敷榮曜阿僧祇寶樹周帀行列無量妙寶以爲華果阿僧祇

寶宮殿無量菩薩止住其中阿僧祇寶樓閣廣博崇麗延袤遠近阿僧祇寶却敵大寶所成莊嚴妙好阿僧祇寶門闥妙寶瓔珞周帀垂布阿僧祇寶牕牖不思議寶清淨莊嚴阿僧祇寶多羅形如半月衆寶集成

二中復二先通顯寶嚴後佛子下別明人寶嚴前中以阿僧祇數但有九十四數以晉經皆云無量阿僧祇初有數事但云無量則阿僧祇言非是數中之一但是無數之言若定是數便爲限局今就九十四內寶樹之中有無量妙寶以爲華果爲一宮殿中有無量菩薩爲二初段顯因之後有無數寶藏爲三一一瓔珞中百千菩薩上妙莊嚴爲四下寶枝中有不思議鳥爲五寶華中有無量菩薩爲六足滿百數文中分二初十八事略明顯勝初略明

如是一切悉以衆寶而爲嚴飾離垢清淨不可思議無非如來善根所起具足無數寶藏莊嚴

如是一切下舉因顯勝

復有阿僧祇寶河流出一切清淨善法阿僧祇寶海法水盈滿阿僧祇寶芬陀利華常出妙法芬陀利聲阿僧祇寶須彌山智慧山王秀出清淨阿僧祇八楞妙寶寶線貫穿嚴淨無比阿僧祇淨光寶常放無礙大智光明普照法界阿僧祇寶鈴鐸更相扣擊出妙音聲阿僧祇清淨寶諸菩薩寶具足充滿阿僧祇寶繒綵處處垂下色相光潔阿僧祇妙寶幢以寶半月而爲嚴飾阿僧祇寶旛悉能普雨無量寶旛阿僧祇寶帶垂布空中莊嚴殊妙

阿僧祇寶敷具能生種種微細樂觸阿僧祇妙寶旋示現菩薩一切智眼阿僧祇寶瓔珞一一瓔珞百千菩薩上妙莊嚴阿僧祇寶宮殿超過一切妙絶無比阿僧祇寶莊嚴具金剛摩尼以爲嚴飾阿僧祇種種妙寶莊嚴具常現一切清淨妙色阿僧祇清淨寶殊形異彩光鑒映徹阿僧祇寶山以爲垣牆周帀圍繞清淨無礙阿僧祇寶香其香普熏一切世界阿僧祇寶化事一一化事周徧法界阿僧祇寶光明一一光明現一切光

後復有下八十二事廣顯於中分五第一二十四事唯以外寶爲嚴其間三兩亦標以事名釋以法門且從多判

復有阿僧祇寶光明清淨智光照了諸法復有阿僧祇無礙寶光明一一光明周徧法界有阿僧祇寶處一切諸寶皆悉具足阿僧祇寶藏開示一切正法藏寶阿僧祇寶幢如來幢相迥然高出阿僧祇寶賢大智賢像具足清淨阿僧祇寶園生諸菩薩三昧快樂阿僧祇寶音如來妙音普示世間阿僧祇寶形其一一形皆放無量妙法光明阿僧祇寶相其一一相悉超衆相阿僧祇寶威儀見者皆生菩薩喜樂阿僧祇寶聚見者皆生智慧寶聚阿僧祇寶安住見者皆生善住寶心阿僧祇寶衣服其有著者生諸菩薩無比三昧阿僧祇寶袈裟其有著者纔始發心則得善見陀羅尼門

二復有阿僧祇寶光明下有十五事標以事名釋以法門欲顯即事成法門故

阿僧祇寶修習其有見者知一切寶皆是業

果決定清淨阿僧祇寶無礙知見其有見者得了一切清淨法眼阿僧祇寶光藏其有見者則得成就大智慧藏

三寶修習下三事唯約法門顯即法可貴非要託事

阿僧祇寶座佛坐其上大師子吼阿僧祇寶燈常放清淨智慧光明阿僧祇寶多羅樹次第行列繚以寶繩莊嚴清淨其樹復有阿僧祇寶幹從身聳擢端直圓潔阿僧祇寶枝種種衆寶莊嚴稠密不思議鳥翔集其中常吐妙音宣揚正法阿僧祇寶葉放大智光徧一切處阿僧祇寶華一一華上無量菩薩結跏趺坐徧遊法界阿僧祇寶果見者當得一切智智不退轉果阿僧祇寶聚落見者捨離世聚落法阿僧祇寶都邑無礙衆生於中盈滿阿僧祇寶宫殿王處其中具足菩薩那羅延身勇猛堅固被法甲冑心無退轉阿僧祇寶舍入者能除戀舍宅心阿僧祇寶衣著者能令解了無著阿僧祇寶宫殿出家菩薩充滿其中阿僧祇寶珍玩見者咸生無量歡喜阿僧祇寶輪放不思議智慧光明轉不退輪阿僧祇寶跋陀樹因陀羅網莊嚴清淨阿僧祇寶地不思議寶閒錯莊嚴阿僧祇寶吹其音清亮充滿法界阿僧祇寶鼓妙音克諧窮劫不絕

四寶座下二十二事約於事寶能成法門或顯依中有正明雜莊嚴

阿僧祇寶衆生盡能攝持無上法寶阿僧祇寶身具足無量功德妙寶阿僧祇寶口常演一切妙法寶音阿僧祇寶心具清淨意大智

願寶阿僧祇寶念斷諸愚惑究竟堅固一切智寶阿僧祇寶明誦持一切諸佛法寶阿僧祇寶慧決了一切諸佛法藏阿僧祇寶智得大圓滿一切智寶阿僧祇寶眼鑒十力寶無所障礙阿僧祇寶耳聽聞無量盡法界聲清淨無礙阿僧祇寶鼻常齅隨順清淨寶香阿僧祇寶舌能說無量諸語言法阿僧祇寶身徧遊十方而無罣礙阿僧祇寶意常勤修習普賢行願阿僧祇寶音淨妙音聲徧十方界阿僧祇寶身業一切所作以智爲首阿僧祇寶語業常說修行無礙智寶阿僧祇寶意業得無障礙廣大智寶究竟圓滿

五寶衆生下十八事顯於内身六根三業皆名爲寶並圓明可貴故此上諸事或紬或雜或依正無礙皆以事事無礙法門因所感故若將一因各對一事如以寂忍爲因所感寶衣等恐繁不顯觀者思之復將一因成一切果四句融通義如常說

佛子菩薩摩訶薩於彼一切諸佛刹中於一佛刹一方一處一毛端量有無量無邊不可說數諸大菩薩皆悉成就清淨智慧充滿而住如一佛刹一方一處一毛端量如是盡虛空徧法界一一佛刹一一方一一處一一毛端量悉亦如是

二人寶嚴者法華云彼國何故名曰大寶莊嚴其國中以菩薩爲大寶故所以楚魏之朝亦不以金玉爲珍而以賢臣爲寶徧法界微塵之處有多菩薩可謂大心嚴刹也法華云者即第二經譬喻品中授舍利弗記云其刧名大寶莊嚴何故名曰大寶莊嚴其國中以菩薩爲大寶故所以楚魏等者其文出國語

是爲菩薩摩訶薩以諸善根而爲迴向普願一切諸佛國土悉具種種妙寶莊嚴

三結成寶嚴可知

如寶莊嚴如是廣說如是香莊嚴華莊嚴鬘莊嚴塗香莊嚴燒香莊嚴末香莊嚴衣莊嚴蓋莊嚴幢莊嚴旛莊嚴摩尼寶莊嚴次第乃至過此百倍皆如寶莊嚴如是廣說

二類顯餘嚴有十一事一一皆有上之百事并前一百則一千二百言次第乃至過此百倍者若言嚴事過者則不應言皆如寶嚴若準晉經云衣蓋幢旛乃至百事莊嚴即以香等爲百過此倍之三字譯者不妙若別理通者以前寶嚴但列百事非止唯百應過百倍則百百爲萬表圓融萬行則應迴文云摩尼寶嚴皆如寶莊嚴如是廣說次第乃至過此百倍理則無違若言嚴事過者然嚴事即是所成謂座旛幢蓋等百事其實香華鬘等即是能成能成如金銀銅鐵及泥木等所成如以金爲佛菩薩華鬘等百事以銀爲百事亦然能成有十一各各能成所成百事今云若嚴事已過者則不應言皆如寶莊嚴者寶嚴有百事今過百倍即成一萬何言如寶如寶但有百事耳下引晉經即是能成爲百如金銀銅鐵等爲百事故云即以香等爲百事等是能成故言過此倍等者謂但列香等百事何要過此百倍之言以無可過故若過寶嚴事百倍則有可過次云若別理通者爲順今經故欲令過前嚴事百倍則有萬矣而亦文不便故應迴過此百倍向寶莊嚴下則能成唯十一所成各萬則成十一萬兼前一百有十一萬一百嚴事

佛子菩薩摩訶薩以法施等所集善根爲長養一切善根故迴向爲嚴淨一切佛剎故迴向爲成就一切衆生故迴向爲令一切衆生皆心淨不動故迴向爲令一切衆生皆入甚深佛法故迴向爲令一切衆生皆得無能過清淨功德故迴向爲令一切衆生皆得不可

壞清淨福力故迴向爲令一切衆生皆得無盡智力度諸衆生令入佛法故迴向爲令一切衆生皆得平等無量清淨言音故迴向爲令一切衆生皆得平等無礙眼成就盡虚空徧法界等智慧故迴向爲令一切衆生皆得清淨念知前際劫一切世界故迴向爲令一切衆生皆得無礙大智慧悉能決了一切法藏故迴向爲令一切衆生皆得無限量大菩提周徧法界無所障礙故迴向爲令一切衆生皆得平等無分别同體善根故迴向爲令一切衆生皆得一切功德具足莊嚴清淨身語意業故迴向爲令一切衆生皆得同於普賢行故迴向爲令一切衆生皆得入一切同體清淨佛刹故迴向爲令一切衆生悉觀察一切智皆趣入圓滿故迴向爲令一切衆生皆得遠離不平等善根故迴向爲令一切衆生皆得平等無異相深心次第圓滿一切智故迴向爲令一切衆生皆得安住一切白法故迴向爲令一切衆生皆於一念中證一切智得究竟故迴向爲令一切衆生皆得成滿清淨一切智道故迴向

第三二門迴向所爲中初一門應爲衆生後門應爲菩提今初有二十三句初之二句文雖在初義通二處第三成就衆生是爲總句下皆是别始自信心終成種智其文並顯

佛子菩薩摩訶薩以諸善根普爲一切衆生如是迴向已復以此善根欲普圓滿演説一切清淨行法力故迴向欲成就清淨行威力得不可説不可説法海故迴向欲於一一法

海具足無量等法界清淨智光明故迴向欲開示演說一切法差別句義故迴向欲成就無邊廣大一切法光明三昧故迴向欲隨順三世諸佛辯才故迴向欲成就去來現在一切佛自在身故迴向爲尊重一切佛可愛樂無障礙法故迴向爲滿足大悲心救護一切衆生常無退轉故迴向欲成就不思議差別法無障礙智心無垢染諸根清淨普入一切衆會道場故迴向欲於一切若覆若仰若麤若細若廣若狹小大染淨如是等諸佛國土常轉平等不退法輪故迴向欲於念念中得無所畏無有窮盡種種辯才妙法光明開示演說故迴向爲樂求衆善發心修習諸根轉勝獲一切法大神通智盡能了知一切諸法故迴向欲於一切衆會道場親近供養爲一切衆生演一切法咸令歡喜故迴向

二應向菩提中明因圓果滿大用無盡亦顯可知

佛子菩薩摩訶薩又以此善根如是迴向所謂以住法界無量住迴向以住法界無量身業迴向以住法界無量語業迴向以住法界無量意業迴向以住法界無量色平等迴向以住法界無量受想行識平等迴向以住法界無量蘊平等迴向以住法界無量界平等迴向以住法界無量處平等迴向以住法界無量內平等迴向以住法界無量外平等迴向以住法界無量發起平等迴向以住法界無量深心平等迴向以住法界無量方便平等迴向以住法界無量信解平等迴向以住法界無量諸根平等迴向以住法界無量初

中後際平等迴向以住法界無量業報平等迴向以住法界無量染淨平等迴向以住法界無量衆生平等迴向以住法界無量佛刹平等迴向以住法界無量法平等迴向以住法界無量世間光明平等迴向以住法界無量諸佛菩薩平等迴向以住法界無量菩薩行願平等迴向以住法界無量菩薩出離平等迴向以住法界無量菩薩教化調伏平等迴向以住法界無量法界無二平等迴向以住法界無量如來衆會道場平等迴向

第四迴向實際有二十九句皆云法界者理事無礙法界也皆云住者智契即事之理無所住故住即入義以安住故法界無二即是等義初云無量住者一切善根皆是所住今以無住之住便同法界無量他皆倣此

佛子菩薩摩訶薩如是迴向時安住法界無量平等清淨身安住法界無量平等清淨語安住法界無量平等清淨心安住法界無量平等諸菩薩清淨行願安住法界無量平等清淨衆會道場安住法界無量平等爲一切菩薩廣說諸法清淨智安住法界無量平等能入盡法界一切世界身安住法界無量平等一切法光明清淨無畏能以一音盡斷一切衆生疑網隨其根欲皆令歡喜住於無上一切種智力無所畏自在神通廣大功德出離法中

第三迴向成益文有十句皆言安住者由上智契故能得安也身等即差別事法今即平等清淨平等清淨即是法界無盡法

界清淨即是所得智能安住全同法界由八安住成後二用一一音普斷物疑二上住佛德佛德雖多略舉其四謂十力四無畏十自在六神通名廣大德對上種智爲佛二嚴是出離法

佛子是爲菩薩摩訶薩第十住等法界無量迴向

三佛子下依釋結名

菩薩摩訶薩以法施等一切善根如是迴向時

大文第二菩薩下位果分三初標得因次成滿下列其所得三如是等下結得之相

成滿普賢無量無邊菩薩行願悉能嚴淨盡虛空等法界一切佛刹令一切衆生亦得如是具足成就無邊智慧了一切法

二中略顯三種果滿一因果利益滿

於念念中見一切佛出與於世於念念中見一切佛無量無邊自在力

二於念念下見佛自在滿初總標

所謂廣大自在力無著自在力無礙自在力不思議自在力淨一切衆生自在力立一切世界自在力現不可說語言自在力隨時應現自在力住不退轉神通智自在力演說一切無邊法界俾無有餘自在力出生普賢菩薩無邊際眼自在力以無礙耳識聞持無量諸佛正法自在力一身結跏趺坐周徧十方無量法界於諸衆生無所迫隘自在力以圓滿智普入三世無量法自在力

後所謂下別顯皆以體用理量俱無障礙是佛自在皆以體用等者理量即如理智如量智佛地論第三亦名二修

一如理修二如量修世間所知唯有二種一人二法若能通達此二空者則永證得真如實際是故名爲理量總釋二修如理修者不壞人法如此人法本來妙極寂靜爲性故無增無減離有離無寂靜者性清淨法本來無生淨心不執名爲滅諦是心有自性清淨及煩惱惑障如此兩法無漏界中善心惡心獨自行故於一念中兩心不相應故乃至如此而知名如理智別釋初修會歸理智如量修者究竟窮達一切境界名如量智若見一切衆生乖如境智則成生死若符境智則得涅槃以是義故名爲如量別釋量智即第二修至初地菩薩得此二智以通達偏滿法界理故生死涅槃二法俱知二智種也起又此兩智是自證知見由自得解不由他得但自得證知名自證知見明自證非他也又此二智有二種相一者無著二者無礙言無著者見衆生界自性清淨名爲無著是如理智相言無礙者能通達觀無量無邊界是如量智相二智相別又此二智復有二義如理智爲因如量智爲果言如理爲因者能作生死及涅槃因如量智爲果者由此智故知於如是真俗等法具足成就因果表辨又如理智是清淨因如量智是圓滿因清淨因者由如理智三惑寂滅圓滿因者由如量智三德圓滿不二圓融釋曰前文頻有理量二智此方廣釋

又得無量清淨所謂一切衆生清淨一切佛剎清淨一切法清淨一切處徧知智清淨徧虛空界無邊智清淨得一切差別言音智以種種言音普應衆生清淨放無量圓滿光普照一切無邊世界清淨出生一切三世菩薩行智清淨一念中普入三世一切諸佛衆會道場智清淨入無邊一切世間令一切衆生皆作所應作清淨

三又得下清淨果滿由淨惑障見性淨故

亦先標所謂下別文顯可知

如是等皆得具足皆得成就皆已修治皆得平等皆悉現前皆悉知見皆悉悟入皆已觀察皆得清淨到於彼岸

三結能得之相平等者離能所知故餘並易了

爾時佛神力故十方各百萬佛剎微塵數世

界六種震動所謂動徧動等徧動起徧起等徧起踊徧踊等徧踊震徧震等徧震吼徧吼等徧吼擊徧擊等徧擊

大文第六從爾時佛神力下瑞應分於中二先動地生信

佛神力故法如是故雨衆天華天鬘天末香天諸雜香天衣服天珍寶天莊嚴具天摩尼寶天沉水香天栴檀香天上妙蓋天種種幢天雜色旛阿僧祇諸天身無量百千億不可說天妙法音不可思議天讚佛音阿僧祇天歡喜音咸稱善哉無量阿僧祇百千那由他諸天恭敬禮拜無數天子常念諸佛希求如來無量功德心不捨離無數天子作衆妓樂歌詠讚歎供養如來百子阿僧祇諸天放大光明普照盡虛空徧法界一切佛刹現無量阿僧祇諸佛境界如來化身出過諸天

後佛神力故下興供表行於中三一供因二外事供三阿僧祇下內事三業供

如於此世界兜率陀天宮說如是法周徧十方一切世界兜率天宮悉亦如是

大文第七如於此世界下結通十方以是通方之說故準上諸會或結瑞應今此結說故別開章

爾時復以佛神力故十方各過百萬佛刹微塵數世界外各有百萬佛刹微塵數諸菩薩而來集會周徧十方咸作是言善哉善哉佛子乃能說此諸大迴向佛子我等皆同一號名金剛幢悉從金剛光世界金剛幢佛所來詣此土彼諸世界悉以佛神力故而說是法衆會眷屬文辭句義皆亦如是不增不減我

等皆承佛神力從彼土來爲汝作證如我來此衆會爲汝作證十方所有一切世界兜率天宫寳莊嚴殿諸菩薩衆來爲作證亦復如是

大文第八爾時復以佛神力下證成分云百萬者位過前故

爾時金剛幢菩薩承佛神力觀察十方一切衆會暨于法界已善知文義增廣大心大悲普覆一切衆生繫心安住三世佛種善入一切佛功德法成就諸佛自在之身觀諸衆生心之所樂及其所種一切善根悉分別知隨順法身爲現清淨妙色之身即於是時而説頌曰

大文第九爾時金剛下偈讚勸修分於中二先序意

菩薩成就法智慧　悟解無邊正法門
爲法光明調御師　了知無礙真實法
菩薩爲法大導師　開示甚深難得法
引導十方無量衆　悉令安住正法中
菩薩已飲佛法海　法雲普雨十方界
法日出現於世間　闡揚妙法利群生
常爲難遇法施主　了知入法巧方便
法光清淨照其心　於世説法恒無畏
善修於法自在心　悉能悟入諸法門
成就甚深妙法海　普爲衆生擊法鼓
宣説甚深希有法　以法長養諸功德
具足清淨法喜心　示現世間佛法藏
諸佛法王所灌頂　成就法性智藏身
悉能解了法實相　安住一切衆善法
菩薩修行第一施　一切如來所讚喜
所作皆

蒙佛忍可以此成就人中尊

菩薩成就妙法身親從諸佛法化生爲利衆生作法燈演說無量最勝法

後正說偈於中亦二先明第十廻向偈後歎勝勸修前中三十六偈分三初九偈頌所廻善根

隨所修行妙法施則亦觀察彼善根所作衆善爲衆生悉以智慧而廻向

所有成佛功德法悉以廻施諸群生願令一切皆清淨到佛莊嚴之彼岸

次七偈頌廻向行後二十偈頌位果二中分三初二偈總頌前文九段廻向

十方佛刹無有量悉具無量大莊嚴如是莊嚴不可思盡以莊嚴一國土

次一偈頌廻向嚴刹

如來所有清淨智願令衆生皆具足猶如普賢眞佛子一切功德自莊嚴

成就廣大神通力往詣世界悉周徧一切衆生無有餘皆使修行菩薩道

諸佛如來所開悟十方無量諸衆生一切皆令如普賢具足修行最上行

諸佛菩薩所成就種種差別諸功德如是功德無有邊願使衆生悉圓滿

後四偈頌二段中廻向所爲

菩薩具足自在力所應學處皆往學示現一切大神通普詣十方無量土

三菩薩具足下頌位果中三初一偈頌見佛自在由巳自在方見佛自在

菩薩能於一念頃覲等衆生無數佛又復於一毛端中盡攝諸法皆明見

世間衆生無有量菩薩悉能分別知諸佛無
量等衆生大心供養咸令盡
種種名香上妙華衆寶衣裳及旛盖分布法
界咸充滿發心普供十方佛
一毛孔中悉明見不思議數無量佛一切毛
孔皆如是普禮一切世間燈
舉身次第恭敬禮如是無邊諸最勝亦以言
辭普稱讚窮盡未來一切劫
一如來所供養具其數無量等衆生如是供
養一如來一切如來亦復然
供養讚歎諸如來盡彼世間一切劫世間劫
數可終盡菩薩供養無休懈
一切世間種種劫於爾所劫修諸行恭敬供
養一如來盡一切劫無厭足
如無量劫供一佛供一切佛皆如是亦不分
別是劫數於所供養生疲厭
法界廣大無邊際菩薩觀察悉明了以大蓮
華徧布中施等衆生無量佛
寶華香色皆圓滿清淨莊嚴甚微妙一切世
間無可喻持以供養人中尊
衆生數等無量刹諸妙寶盖滿其中悉以供
養一如來供一切佛皆如是
塗香無比最殊勝一切世間未曾有以此供
養天人師窮盡衆生數等劫
末香燒香上妙華衆寶衣服莊嚴具如是供
養諸最勝歡喜奉事無厭足
等衆生數照世燈念念成就大菩提亦以無
邊偈稱述供養人中調御者
如衆生數佛世尊皆修無上妙供養如衆生
數無量劫如是讚歎無窮盡

如是供養諸佛時以佛神力皆周徧悉見十方無量佛安住普賢菩薩行

次十七偈頌得清淨中一念中普入三世一切諸佛衆會道場智清淨上云入者必在供養故此廣顯此是力能不可頌前願成所為

過去示來及現在所有一切諸善根令我常修普賢行速得安住普賢地

一切如來所知見世間無量諸衆生悉願具足如普賢為聰慧者所稱讚

後過去下二偈總結第十迴向然上且依麤相而分菩薩縱任辯才體勢包攝大旨無異故不委論

此是十方諸大士共所修治迴向行諸佛如來為我說此迴向行最無上

十方世界無有餘其中一切諸衆生莫不咸令得開覺悉使常如普賢行

如其迴向行布施亦復堅持於禁戒精進長時無退怯忍辱柔和心不動

禪定持心常一緣智慧了境同三昧去來現在皆通達世間無有得其邊

菩薩身心及語業如是所作皆清淨一切修行無有餘悉與普賢菩薩等

譬如法界無分別戲論染著皆永盡亦如涅槃無障礙心常如是離諸取

第二此是下歎勝勸修通於十向於中九偈分二先六偈舉人就行以歎勝謂是菩薩所行如來所說六度隨相等行法界離相等行故是超勝

智者所有迴向法諸佛如來已開示種種善

根悉迴向是故能成菩薩道
佛子善學此迴向無量行願悉成滿攝取法
界盡無餘是故能成善逝力
若欲成就佛所說菩薩廣大殊勝行宜應善
住此迴向是諸佛子號普賢

後智者所有下三偈結歎勸修

一切衆生猶可數三世心量亦可知如是普
賢諸佛子功德邊際無能測
一毛度空可得邊衆刹爲塵可知數如是大
仙諸佛子所住行願無能量

大文第十末後二偈校量功德德旣無限
宜可修行然此顯德深勝高遠者一圓融
教故二約殊勝願力故登地已上寄位階
差故每結云若以殊勝願力復過於此不
可數知勿謂此深便言地劣第五會竟

大方廣佛華嚴經疏鈔會本第三十三

音釋

欄楯（欄音闌楯食尹切檻也）延袤（袤莫候切亘長也）芬陀利（梵語也此云白蓮華芬音分）瓔珞（瓔於盈切珞盧各切）聳擢（聳息拱切高也擢直角切拔也）迥（户茗切寥遠也）繚（憐蕭切纏也）

大方廣佛華嚴經疏鈔會本第三十四之一

唐于闐國三藏沙門實叉難陀譯

唐清涼山大華嚴寺沙門澄觀撰述

十地品第二十六

初來意者爲答普光十地問故夫功不虛設終必有歸前明解導行願賢位因終今明智冥眞如聖位果立故有此會來也前是教道此是證道教爲證因證即證前三心之教故無性攝論云此聞熏習雖是有漏而是出世心種子性即斯義也然會來即是品來一會之中唯一品故故釋名宗趣亦品會無差晉經此會有十一品則名等皆別初來意等者文分爲五一總明答問可知夫功不下立理明次前因後果義次第故解即十住行即十行願即十向故爲賢終親證十如故名聖位先賢後聖亦次第故前是教道者辯定法門即九種教證中地前地上相對言證前三心者謂直深大悲三菩提心三賢別增此中齊證故無性下引論證成前爲此因即第三論具云此聞熏習種子下中上品應知亦是法身種子與阿賴耶相違非阿賴耶所攝是出世間最淨法界等流性故雖是世間而是出世出世心種子性又出世心雖未生時已能對治諸險惡趣已作一切有漏惡業根壞對治又能隨順奉事一切諸佛菩薩雖是世間應知初修業菩薩所得亦法身攝釋論中云雖是世間者以有漏故而是出世心種子性者是無漏心資糧性故在文可知然會來下辯其通別一會一品來意即通晉經闕十定品重會普光故十地他化中說十一品則會品意別次釋名者會名有三一約人名金剛藏會釋名三初約人可知二約處名他化自在天會謂他化作樂具自得受用表所入地證如無心不礙後得而起用故事理存泯非即離故因他受用而有所作非自事故自他相作皆自在故將證離欲之實際故不處化樂者表凡聖隔絶故二約處名他化等者分三初釋天名二表所入下顯表法三不處化樂下通妨二中二先釋他化自在後釋第六天前中三一約二智二

約事理三約自他今初證如無心若自不
化後得起用如他為化事理存泯非即離
故者二約事理釋然事理相望互為自他
泯如不自化存如他為化言非即離者自
他既別如事理非即他化自受如二非離
然其通有四句一存理泯事循根本證如
二存事泯理如後得觀法三俱存如齊照
四俱泯如兩亡既事理互為自他則亦應
言他人無心我為彼化而自望他是他之
化故但云他化又應唯就證如之上亦有
自他一於境無心唯能證智如他無心我
為他化即存自泯他二絕能證智唯有如
故如自無心他為我化即存他泯自三不
壞能所俱無執故云都無所得即俱存義
四取都無所得即俱泯義因他受用而有
所作非自事故者三約自他釋然曲有二
義一自他隱顯義二自他相作義前中語
則是一義乃有二一約見他受用身土名
而有所作非是受用之自事故二者大悲
為首一向利他非由自已而有其事二自
他下明自他相作義如第八地十身相作
經云此菩薩能隨眾生心之所樂能以自
身作國土身眾生身業報身聲聞身緣覺
身菩薩身如來身法身智身虛空身此即
自作他也又隨眾生心之所樂能以眾生
身作自身即他作自也若令眾生身作國
土身等亦有以他作他今但取自他相作
之義然自作他如自身無作他作自如令
他化作樂具又自作他如為他化作樂具
他作自如他為已化作樂具故云自他相
作皆自在故將證離欲下二通釋第六天
義以是欲界之頂隣梵天故色界梵天即
是離欲如於佛位今明十地如
在第六希欲將昇隣極證故

三約法名

十地會即同品名所以得此名者本業云
地名為持持百萬阿僧祇功德亦名生成
一切因果故名為地本論云生成佛智住
持故即斯義也唯識第九云與所修行為
勝依持令得生故者但語其因闕生果義

三約法下就法釋名分二一得名二十是
一周下釋名前中二先解本名後釋別目
今初本業有三義一持二生三成本論開
為四義住持為二故一生者出生謂出因
生果二成者成就亦通因果又以因望果
始起名生終滿名成又為因名生為緣名
住故第三名住住亦住處故龍樹十住毗
婆沙云十皆住處名之為地又因滿分相
應不退名之為住住即不動義故初地云
以不動相應故四持者通望因果如彼初
地能持自地一切功德復持二地乃至佛
果所有功德若無初地餘不成故若合住
持但是三義則同本業為功德依地能持
故能持為持所持為住住亦依義然若望
離佛智外無可修行由行佛智而成十地
則佛智為能持如下經說十山十德皆依

於海海喻佛智若不修十地不得成佛則佛智功德皆是所持十地能持今約此義下會唯識云以與所修行為勝依持故闕生果義本論云生成佛智佛智已含因果論及經中皆名地智為佛智故况住持中不唯佛智無盡功德皆依持故有別行譯本名十住經住是地中一義故仁王兼明云入理般若名為住住生功德稱為地而下經又名集一切智智法門亦兼因果復有別譯名漸備一切智德經以後後過前前故名為漸備漸備即是集義若名十地就義約喻以受其名若云十住唯就法稱有別行下二釋異名言名十住經即藏中大十住經以古譯十地為十住故十住毗婆沙亦是十地言仁王兼明者有住地二字言入理般若者入證也揀於地前未證真理所有般若不得名住住字亦有二義一者以無住住二者安住不動十是一周圓數十十無盡皆帶數釋後之二釋皆是依主一切智智之法門故漸備一切智之德故十之別名見於本分

三宗趣者先總後別總有二義一以地智斷證寄位修行為宗以顯圓融無礙行相為趣二前二皆宗為成佛果為趣三宗趣下疏文有三初正明宗趣二別示體性三問答料揀言總有二義者前義以行布為宗圓融為趣然總含別義謂證即初二初證契合二即所證故智即第三斷即第四修行即五六寄位即七九證及修行共為第八其攝要宗不出上九亦含在總中後別者別於上總略有十義三後別中下疏文有三一正明十義二以義收束三結成宗趣一約本唯是果海不可說性以離能所證故雖通一部此品正明今初本唯是果海者此義即示說分齊中論經云我但說一分論解云是地所攝亦有二種一因分二果分說者為解釋一分者是因分以於果分為一分故然因果二言略有二意一唯就十地以明以證智為果分方便寄法等並為因分此復二義一以修證相對則方便造修為因分息修契實為果分二以詮表相對則以寄法顯地為因分真實證智為果分二約究竟佛果對普賢因說義通一部謂此證智冥同果海為果分地相之因同普賢因便為因分然論唯前意就究竟果說乃是古德義取論意

跡存二義故云雖通一部此品正明二約所證是離垢眞如二約所證者約已出障故云離垢三者約智謂根本後得亦通方便三約智中亦通方便者正唯二智以後九方便即後得故初地方便未是地故如欲入二地起於十心是住初地後得智中進修此十所謂正直柔輙堪能調伏寂靜純善不雜無顧戀廣心大心此十若滿即入二地二地入三等皆準此知初地加行若未圓滿正屬地前四加行位今言亦通者後九方便望於本地雖是後得望起後地為方便故初地加行在十地會明非過向位故屬初地則此會中亦有未入地行之方便也四約所斷謂離二障種現四約所斷一者分別謂邪師邪教及邪思惟入初地時便能永斷二者俱生生而便有此於修道地地斷之此又二種一者現行二者種子若俱生所知種現地地斷之若煩惱現行亦地地斷俱生煩惱種子直至金剛無間道斷五約所修初地修願行二地戒行三禪行四道品行五四諦行六緣生行七菩提分行八淨土行九說法行十受位行五約所修者所修正約修時故禪道品等起行各別六約修成有四行謂初地信樂行

二戒行三定行四地已上皆慧行於中四五六地是寄二乘慧七地已去是菩薩慧六所成者唯成四故七約寄位行十地各寄一度七約寄位行者下論名為別地行相一地一度顯位別故此中寄位唯就大乘顯位差別不同二乘寄淺近法等故十地說行畧有四別一十地差別行如第五門二約三學行如第六門三約二利行如第八門三道品行故四約十度行即如此門然十度行曲復有三初別地門如今文二約增勝門則初地成檀二地成二度以戒加前前檀已得故乃至十地加智十度即圓謂前已得後不失故三約圓修門地地之中皆修十度初心菩薩尚自圓修豈況登地唯施無戒等耶明知具足今顯地差故言各一八者約法有三德謂證德阿含德及不住道是十地之德故八約法有其二德者若遠公云宗趣者何若就經本義要唯三一所說教道之行一所顯證道三所表地法言所說者道一切地前因分之行隨相造修可以言說故曰所說言所顯者一切地中果分行德捨修契實離相離言但可寄彼因分修相顯標真德故說斯德以為所顯言所表者向雖顯德意不在事為欲寄彼諸佛菩薩離相淨證表彰地法以為所表良以地法衆生自實情

倒謬解處而不覺今欲即情拂妄顯實令人趣入即妄辯眞在理難彰故寄淨證以表法也若就論說宗要有四一是所釋經本言教二是所成教道之行三是所顯離相證道四是所表地之法體今疏就約經中加不住道成眞德故畧無地法地法即是所證十如及與果海之所攝故既不別釋經論不同故不存於論之四釋

九約寄乘法謂初二三地寄世間人天乘四五六七寄出世三乘八地已上出出世間是一乘法故以諸乘爲此地法九約寄乘者謂初地明施復顯人王即是人乘二地十善生天是欲天乘三地八定是色無色乘故以初三為人天乘四地初斷俱生身見觀於道品同須陀洹五地四諦理終寄阿羅漢六地觀緣寄於緣覺七地一切菩提分法方便涉有故寄三乘之中大乘菩薩八地已上既是一乘故不云寄十者撮要謂六決定宗辯此故十撮要者本分當明於此十中二三四八十通於圓融行布初一雙非餘皆行布多約寄法顯淺深故若以圓融融彼行布則無不圓融故以別從總皆十地宗若別中之別則地地別宗別論其趣不異總趣於此十中下第二以義收束不出圓融行布如二中所證十如若約十如各異即行布門若約一如無二如十如之德各互相收即圓融門三中約十觀證淺深之異即行布門若約證如之智如既圓融智無異相一證一初證即圓融義四中若約所斷十障即行布門皆是所知一斷一切斷即圓融門八中三德隨地不同即行布門以教同證並皆無住即是圓融十中六決定不出證智等例前可知故通二相初一雙非者以離言故若說圓融未免於言言地地別宗者如初地以施為宗二地以戒為宗餘非不修不成宗故別論其趣不異總趣者第三結成宗趣也上十別宗初明相異分二不同後圓融融之十皆具二一一行布為宗則圓融為趣若具二為宗則一一皆成佛為趣

論其體性多不出前為成十故小有加減一即離言體二所證體梁攝論云出離眞如為地體故三能證體無性論云法無我智分地位故此論亦名為智地故其所斷約離故非地體若取離惑所顯又即眞如四合能所證以為地體獨不立故梁攝論云

如如及如如智獨存故五收五六七及其第九爲隨相體此等皆爲成地法故六取光明三昧即證入體正相應故論云三昧是法體故七就德體即教證不住三道爲體入隨要體謂六決定九總攝體成唯識云總攝一切有爲無爲功德爲自性故十唯因體取其別相異果海故收此十體不出三體一總含體二䖍實體謂智與證三離言體配屬可知上二即因下一爲果因果非即離言慮雙絶以爲地體論其體性下第二示體性也於中亦二先別示十體後以總收別令初然解上十宗體可例知但有開合取捨之異耳六取光明三昧即證入體者上說如智合明但雙舉能所證法今以人就法正明三昧剛藏以如如智合如如理云正相應收此十體下第二以總收別言配屬可知者十中初一即離言體二三四六皆䖍實體五七八九十皆總含體問何爲地前顯圓融德地上行布彰淺劣耶

答顯一乘故云何顯耶三乘之位地前行布地上圓融今一乘位地前地上俱有行布圓融若俱雙辯則前後不異若地前行布地上圓融則全同三乘前淺後深又似行布圓融各別教行不知法性教行非即非離故於地前但顯圓融已過三乘地上多明行布以顯超勝勝相云何謂賢位始終已圓融自在登地已去則甚深甚深言所不至若不寄位何以顯深不包三乘何以顯廣故虛空鳥迹迹迹合空大海十德德德皆海地地之中具攝一切諸地功德文文之內皆云若以殊勝願力復過於此不可數知故剛藏俟五請而方說世親以六相而圓融意在於斯矣又此一會文唯一品關於方便及勝進者正表斯義所以

闕方便者有二義故一表證法無二離方便故二總攝三賢皆為入地之方便故闕進趣者亦有二義一十地如佛更無趣故二以十定等品即此勝進故若爾何以別會說耶舍二義故一開此勝進成等覺故二勝進趣佛行深遠故若別立方便勝進即不得包攝前後顯地圓融十地甚深良在於此地前乃我地之前安得云深異於地上此解尤妙學者應思問何為地前下第三問答料揀先問深淺後答明欲顯一乘有標徵釋釋中有六一示三之相二若俱下反舉非理三故於地前下順答其難四故虛空下引證一鳥跡即示說分齊中二大海是地影像中三即第一經云菩薩住於一地具攝一切諸地功德四文文之內即說分中辯五結深如下明又此一會下六以文成立於中二先標由無方便進趣故知攝前後故為甚深後所以下釋於中四初正明二若爾下解妨三若別立下反舉立過四十地甚深下結酬

第四釋文一品分二初長行散說

後偈頌總攝偈中雖有第十地偈以後有總攝之偈前隔結通等文故從文便科之中間諸頌攝在當地初長行中二先正說十地後爾時復以下菩薩證成前中亦二先顯此界所說後如此世界下結通十方齊說第四釋文下然下用論小異於古謂論先具牒經文後以論釋遠公先委釋經後復釋論後人多取遠公釋論之文不觀前文釋經之處故多闕畧今皆對會二處釋文為一異也二昔人或釋經竟後牒論釋或復牒論而後釋論今則經中易者則直用論為疏釋之或令義顯加一兩字若經文難則先釋經後引論釋若論難者先牒論文後方疏釋或先取論意以解經文後引論證為二異也三晉經論經及今唐本三經不同賢首釋晉遠公釋論後人但取以釋今經若不善會時有差失今同則不明異則通會為三異也四古德隨難釋論而不具用意令經論相對而講故無論本釋經不盡後人則多牒論又不委釋論語既難對於論本講之尤難今則難易皆牒難者則釋設有不引彼論易了故有論無論講皆無滯為四異也已知文意次正釋文疏文分二先總科判後隨文釋前中若準遠公就經分判有其二義一寄

人顯德二就法分別初中復二二一約化主二約助化此二各具體相用二化主三者佛成正覺顯證法體次七日思惟以彰德相下論云思惟因緣顯不共法後金剛藏入三昧下彰其德用二就金剛藏助化三者初入三昧顯證法體諸佛同加顯德勝相故下諸佛相與讚歎乃能入是大乘三昧起分已下是其德用釋曰此上各三深有所以以非釋法故畧不明今疏科文即是就法分別耳疏文分二先傍論依經科後為四十八下依論約義科前中又二先正科判後明次第前中復二先攝疊科從後攝之則有三重若從前數應為四段一此界說地二結通十方三菩薩證成四偈頌總攝前中或總為一十地法門為一下二前中或總增數展轉科欲明此十須知論中初地八分謂一序分二三昧分三加分四起分五本分六請分七說分八較量勝分下文開合多涉此八或為二分謂初正說後動地等顯實證成或為三分謂序正流通然教證不同三分亦異就教三者初至起分是其由致以發起正說故二本分已去是其正宗正說地故三地利益分以為流通益末代故二就

證三者序分為序三昧分為正宗因入此定顯實證故故論云三昧是法體故也加分已去皆是流通由說自所得令信行菩薩證入地故言加分已去皆是流通者以已之德流彼信地說為流通若約顯法益及末代則屬教攝信行菩薩次下當明或為四分於正說中初法說顯地影像分喻顯地故教證準前或為四分者具列應云一序分二法說顯地分三約喻顯地分四流通分言教證準前者若約教道即正宗開二已如上列若約證道即流通開出應云一序分二正宗分三法說流通分四喻說流通分然下釋文但就教道故疏但云於正說中或為五分序為遠序三昧已下是近序故言或分為五者亦準約教道就序分二一序分為遠序二三昧加起此三為近序後三同前四中或為六分隨行德分初至起分起化之由為生物信二本分中略說讚勝起衆樂欲三請分中彰地超言令生正解四說分中廣明修相令物起行五影像分

寄喻顯德六利益分明德成證實感化斯

現言或分為六者即於前五分合初二序為一由致開法說顯地以為三分若立名者一起化由致分二畧說讚勝分三彰地超言分四廣明修相分五寄喻顯德分六德成證實分然其義意下文廣明今當畧釋故於疏中皆有一句如初分云為生物信者佛法大海信為能入初分顯六成就明信可知三昧分信其親證起分信其將說第二分云起衆樂欲者示體舉名讚是三世諸佛同說故生樂欲第三今生正解者剛藏今知心地無我今聞空中風畫之相示其深玄不許隨識令隨智解諸佛加請今開勝藏廣智妙行入住展轉修習之相復示分齊義說二大同不同相趣言絕慮故生正解第四分今起行可知第五分言顯德者說於四喻顯教證德寶珠大海顯證深玄十山四河彰教深廣故名顯德第六分言德成證實感化斯現者此段意籠下文結說證成地利益故菩薩證成即是證實現瑞證成即感化斯現餘如下說

或爲七分從初至請分爲六說分徧通於十地故問論云初地所攝八分第七說分八校量勝分明知說分唯說初地如何得通答若不許通何爲初地獨受說名故

知標於總稱即受初地別名若以論云初地所攝便定局者則前六分亦不應通是知八中前七皆通後一方局又下說分雖言自此已後正說初地既有初地說分則有二地乃至十地說分或分為七者於中二先正科合論入中後二為說通十地故後問論云下解妨難先難可知後答於中五一反詰以成謂十地皆說何以初地獨受說名二故知下正示通義五塵皆色色獨受名初地在初論偏名說三若以論云下引例反成論主既云初地所攝有其八分前六既通七何不通若前六不通應獨為初地入定不應通舉十地名體三家五請應唯請初前六既一通七通何爽四是知八中下結示正義後一即校量勝分五又下八下說下重遮外難恐有難云下文論云已說請分自此已下正說初地明說局從既有初地說分下是疏通難以論例釋初地有說地地有說復應更有難云若許說通則此一地品唯有九分無四十八亦應答云隨地別科有四十八十地通說為九無失或爲八分開地利益異正說故或為八分者謂說分分二云七說分八地利益分或爲九分影像望前法喻別故或為

九分者即於前八說分中開應云七法說分八喻說分九利益分或爲十分即是十地或於前九加後偈頌或為十分初為十地即是論意因便故來下是疏意既加偈攝則現瑞證成結通十方皆屬地利益攝此十次第有其三義一就化相通爲起說二就化意通爲顯證三隨宗要教證雙辨初之一義隨文釋中論自具之今當略辨一起說由致故有序分二顯證能說有三昧分三示說不虛故有加分四定無言說故有起分五起先略陳故有本分六閒名渴仰故有請分七正爲廣陳故有說分上七依論次第八別說難曉以喻總明有影像分九爲說既竟顯勝勸修有利益分十散說難知有偈頌分二顯證者初分爲顯證由致餘九正顯證相於中前三就相顯證一寄入顯證二因加顯證由得加故顯證不虛三寄出顯證不起無言不能顯寂故次四就說顯證謂本分略說顯證請分拂相顯寂說及影像寄修相以表德但法喻不同次一分就益顯證後一重述證德三雙辨者初一爲由後九正顯教證之相於中三昧顯證後八顯教從加已去即有說故八中次第同初門說此十次第者下第二生起次第先標三章說即教道證即證道三即合二後初之一義下隨章別釋初教可知二顯證中言請分拂相顯寂者剛藏三昧顯證深寂令亡情相知心無我悟於地智本寂默故言寄修相以表德者此言有二一通二別別則七為修相八為表德通則可知三雙辨亦可知或爲四十八分謂初地十地各攝八分二地二分三四與九各攝四分五六各三七地五分八地七分故四十八或為四十八下第二依論約義科於中二先正科後問答今初先且依論具列對疏可知論日十地法門初地所攝八分一序分二三昧分三加分四起分五本分六請分七

說分八較量勝分二地即第四論論云如是說證正位依出世間道因清淨戒說第二菩薩離垢地此清淨戒有二種一發起淨二自體淨三地即第五論論云依第三明地差別有四一起猒行分二猒行分三猒分四猒果分四地即第六論論云第四燄慧地依彼淨三昧聞持如實智中顯示此地差別有四分一清淨對治修行增長因分二清淨分三對治修行增長分四彼果分五地即第七論論云第五地中分別有三一勝慢對治二不住道行勝三彼果勝六地即第八論論云如五地中三分一差別勝慢對治二不住道行勝三彼果勝六地亦如是應知轉勝七地即第九論論云第七地中有五種相差別一樂無作行對治二彼障對治三雙行差別四前上地勝差別五彼果差別八地即第十論論云八地中有七種相差別一總明方便集作地分二得淨忍分三得勝行分四淨佛國土分五得自在分六大勝分七釋名分九地即第十一論論云九地中有四分差別一法師方便成就二智成就三入行成就四說成就十地即第十二論論云菩薩九地中以作淨佛國土及化眾生第十地中修行令智覺滿足此是勝故此地中有八分差別一方便作滿足地分二得三昧分三得受位分四入大盡分第五釋名分六神通力有上無上分七地影像分八地利益分已列四十八分類例不次而引對論可知

問初地八中前七十地八中後二義該十地何爲論判屬初十耶答地論科文有其四例一以後攝前例以前序等近初地故判屬於初二以前攝後例後二近於十地故法雲攝非謂不通三當相分文例如中間諸分四顯地該收例謂顯十地是陀羅尼法故諸地中文雖隱顯義必全收一一地中皆四十八如初六分屬於初地許該餘九類顯餘分無所不通問初不說戒無彼二淨不說禪枝無起猒等如何諸分地地皆通答明言義通那引文局豈不經說地地之中具足一切諸地功德寧許初地不持戒等已略料揀問初第八中前七下第二問答料揀於中有二問答初問論科通局後問初不說戒下釋通外難前中先問後答可知二答中二先訶問非以文難義故後豈不下示正可知

爾時世尊在他化自在天王宮摩尼寶藏殿次正釋文若依十地即爲十段初歡喜地文有八分七如前明第八名爲校量勝分文之分齊至下明顯今初序分論經別行具六成就今攝在大部故闕信聞但有餘四謂一時二主三處四衆雖有四事而論但云時處等校量顯示勝故此法勝故在於初時及勝處說而不言主衆勝者意明主衆餘經容有故若以相從主既十身衆不可說亦得名勝故論有等言言雖有四事等者引論釋局意二而不下出論局意三若以下將論義通今初爾時者時勝以是初時得名爲勝故論云婆伽婆成道未久第二七日故論經別行故標二七今經攝在大部但云爾時即是初會始成正覺時也且依論明若以初表勝初七最初何故不說論云思惟行因緣行故因者能說之智緣者所化之機欲將所得妙法以逗物機故云思惟行行故法華云我所得智慧微妙最第一思惟因也衆生諸根鈍等思惟緣也論云本爲利他成道何故七日思惟不說顯示自樂大法樂故此問意云在法身地見機堪化方應成佛何用更思今答意云非是思而後知自爲受法樂故大法樂者即所得智慧寂靜樂也論云何故顯已法樂爲令衆生於如來所增長愛敬心故復捨如是妙樂悲愍衆生爲說法故何故惟行因緣行耶顯示不共法故謂窮智究竟照機無遺除佛一人無能及者名不共法又因緣亦即所證深理唯佛窮故以是初時下疏文有三初畧釋勝義二論經別行下會今無二七之

言並可知論云何故顯已法樂下第三徵釋受樂之意成上為利衆生非已自要受樂三且依論下徵釋初勝前初有多云且依論於中有四重徵釋一明初七不說義為思惟故於中先依論釋後因者下以疏釋論引法華中然彼以智慧為所說此為能說小異大意是同故下論釋衆疑何因何緣論云為因說者不能說耶為緣聽者不堪聞耶即是義也論云本為下第二徵釋思不說意可知何故唯行因緣行下第四徵釋唯因緣意前段及此俱是論文從謂窮智究竟下疏釋論於中先順論文釋其通相審法觀察又因緣下唯約所證果海得不共名

二世尊者主勝義如前釋二主勝可知

三在他化下處勝論云此處宮殿勝故宮即自在天宮勝下五天故殿即摩尼寶藏純寶所成勝寶嚴故他化天宮既表地智無心而成化事摩尼寶殿亦表慈覆無心出用無盡若以欲頂為表勝者色界尤勝何不彼說論云此處感果故謂機感在此故又色界為長壽天難不能感果能感勝果必是欲界之身故宻嚴中明此處十地菩薩常所遊履大乘同性經云此處有報佛淨土故於此處說若唯約機感失所表義三處勝正釋中言宮即下疏釋論文

若以欲頂下二難成勝義於中三初取意徵起二引論正釋三謂機感下疏釋論文於中二釋一物機為感佛應為果二又色界下一向就機能感果報釋下引二經皆明他化能感勝果若唯約下反成後義言失所表者失地智無心等故則前正說對下顯勝後將欲頂對上顯勝故獨第六得名處勝

與大菩薩衆俱

四與大下衆勝文分為五一揀定衆類二住一切下歎其勝德三其名下依德列名四如是下結數難測五金剛藏下標說法主今初又三一揀大異小同菩薩故

其諸菩薩皆於阿耨多羅三藐三菩提不退轉

二其諸下揀尊異卑謂八地已上念不退

轉故彌勒問經云自分堅固名不退勝進不壞名不轉若準論經又云皆一生得無上菩提則皆等覺等覺亦通念不退故又仁王經一生正得下寂滅忍言不退者不復退入無生忍故顯文雖爾本迹難量多是諸佛之所化故

悉從他方世界來集

三悉從下揀新異舊他方集故（衆勝五科中初文分）

（三揀大異小揀尊異卑揀新異舊並可知）

住一切菩薩智所住境入一切如來智所入處勤行不息

二歎德中有二十句初二略明後二總結中間廣歎今初略中初句自分行滿謂權實無礙智住眞俗雙融境境智一如無住住故後句勝進行滿證佛所證則是如來勤行不息故名菩薩（二歎德畧明中言證佛所證即是如來者此明是等覺菩薩故即十定品意舉其十對以是義故則名為佛以是義故即名菩薩恐繁不引）

善能示現種種神通諸所作事教化調伏一切衆生而不失時爲成菩薩一切大願於一切世一切劫一切剎勤修諸行無暫懈息

二善能下廣歎有十六句分二前十三句廣自分後三廣勝進前中亦二初三明行修具足一神用善巧二調化應時三行願徧於時處

具足菩薩福智助道普益衆生而恒不匱到一切菩薩智慧方便究竟彼岸示入生死及以涅槃而不廢捨修菩薩行善入一切菩薩禪定解脫三昧三摩鉢底神通明智諸所施

爲皆得自在獲一切菩薩自在神力於一念頃無所動作悉能往詣一切如來道場衆會爲衆上首請佛說法護持諸佛正法之輪以廣大心供養承事一切諸佛常勤修習一切菩薩所行事業

餘十句德用圓備四福智益而不竭五權實智慧雖已究竟六以無住道不捨修行七內證定智通明八外用施爲自在七中若順三乘法相禪即四禪定即四無色定解脫謂八解脫三昧者此云等持平等持心趣一境故即三三昧諸有心定三摩鉢底此云等至由離沈掉至一境故局在定地通無心定謂無想滅定等神通明智即通目一切有心無心定地所引功德今此菩薩皆能善入善引若就一乘釋者禪定即十禪定解脫即不思議等三昧等至各有無量百千通明及智皆各有十十無盡是普賢位菩薩所得九內獲自在幹能十外能一念周徧請法十一護法十二供養十三二利勤修言若順三乘者即瑜伽論釋中明已見上文中

大方廣佛華嚴經疏鈔會本第三十四之一

音釋

襵陟涉切猶揖也　匱求位切乏也　掉徒了切搖動也　幹古尸切枚幹也　顧戀戀龍眷切顧戀係慕也　撮子括切捎取也

大方廣佛華嚴經疏鈔會本第三十四之三

唐于闐國三藏沙門實叉難陀　譯

唐清涼山大華嚴寺沙門澄觀　撰述

其身普現一切世間其音普及十方法界心智無礙普見三世一切菩薩所有功德

後三廣勝進即三業廣大及下結文並顯可知

悉已修行而得圓滿於不可說劫說不能盡

其名曰金剛藏菩薩寶藏菩薩蓮華藏菩薩德藏菩薩蓮華德藏菩薩日藏菩薩蘇利耶藏菩薩無垢月藏菩薩於一切國土普現莊嚴藏菩薩毗盧遮那智藏菩薩妙德藏菩薩栴檀德藏菩薩華德藏菩薩俱蘇摩德藏菩薩優鉢羅德藏菩薩天德藏菩薩福德藏菩薩無礙清淨智德藏菩薩功德藏菩薩那羅延德藏菩薩無垢藏菩薩離垢藏菩薩種種辯才莊嚴藏菩薩大光明網藏菩薩淨威德光明王藏菩薩金莊嚴大功德光明王藏菩薩一切相莊嚴淨德藏菩薩金剛燄德相莊嚴藏菩薩光明燄藏菩薩星宿王光照藏菩薩虛空無礙智藏菩薩妙音無礙藏菩薩陀羅尼功德持一切衆生願藏菩薩海莊嚴藏菩薩須彌德藏菩薩淨一切功德藏菩薩如來藏菩薩佛德藏菩薩解脫月菩薩

三列名中前三十八同名藏者表於地法有含攝衆德出生果用故後一名解脫月者即請法上首脫衆疑闇使得清涼如夜月故又藏表根本智包含出生月表後得清涼益物蘇利耶者此云月也俱蘇摩者悅意也即是華名餘之別名可隨義釋

如是等無數無量無邊無等不可數不可稱
不可思不可量不可說諸菩薩摩訶薩衆
四結數可知
金剛藏菩薩而爲上首
五標法主論云何故菩薩說此法門爲令
增長諸菩薩力故謂彼同類而能爾故五標
法主中文有三節第一釋菩薩從謂彼同類而能爾故菩薩衆多何
故唯金剛藏說論答云一切煩惱難壞此
法能破善根堅實猶如金剛故不異名說
此釋金剛謂表地智有堅利二義如金剛
故能壞煩惱即是利義菩薩衆多下第二釋金剛義上句義
生次何故下皆是論文後此釋下疏釋論但釋利義堅義文顯下釋藏義
論先問云何故名金剛藏此問意云爲以
藏攝金剛名金剛藏爲以金剛而爲藏耶
上即有財下即持業而論雙順二句順後

句云藏即名堅其猶樹藏謂如樹心堅密
能生長枝葉華實地智亦爾能生因果此
就能藏名藏次順上句云又如懷孕在藏
是故堅如金剛如金剛藏此謂子孕在胎
藏中善業所持堅不可壞而得生長此就
所藏名藏二喻俱有生長之義論下廣合
云是諸善根一切餘善根中其力最上猶
如金剛亦能生成人天道行諸餘善根所
不能壞故名金剛藏此之一合通上二喻
是諸善根謂無漏善餘諸善根即二乘地
前今無漏善於餘善中如孕在於胎藏其
力最上雙合二喻堅義亦能生成通合一
喻生長之義其力最上猶如金剛當體名
堅餘不能壞對他名堅下釋藏義下第三釋藏然含攝名藏
前已總釋今將金剛問藏從此問意下疏釋問意次而論下生起後答藏即名堅下

論文謂如樹下疏釋言就能藏名藏者金剛即藏持業釋也從又如懷孕下論文從此謂子孕下疏釋所藏名藏即有財釋也從論下廣釋合下論文從此之一合下疏釋論然能㽵即地智所藏即因果俱有坙及生长故得通合餘可思準

爾時金剛藏菩薩承佛神力入菩薩大智慧光明三昧

第二爾時下明三昧分爾時者衆已集時金剛藏菩薩者標入定人爲衆首故承佛神力者辯入所依顯定深玄唯佛窮究故推功有在無我慢故菩薩大智慧光明三昧者顯所入定名三昧通稱餘皆别名智慧是體光明就用照二無我證如名慧照事名智此二無礙能破見惑及無明故名曰光明大有二義一揀異凡小二能斷大惑能證大理成大果故彰非果定故云菩薩即照之寂故云三昧智與理冥故稱爲入

第二三昧分疏文有四一釋文二會論三出體四入意今初照二無我證如名慧者即根本智照事即後得智此二通十地故能破見惑局初地地證智謂分别眠及無明言通於十地地地斷二愚離所知故亦以上二智别對二惑慧破見惑智斷無明一揀異凡小者地前爲凡不破惑故不證理故不得稱大二乘爲小二乘見道現在前時唯斷煩惱唯照生空故二能斷下當相辯大

論經名爲大乘光明三昧則光明即智此與唯識第九四定初定名同

論經下第二會論則光明即智者光明乃從喻得名全喻智慧即雙含體用言同唯識第九四定者四定已見第六迴向出現更廣然論釋云一大乘光明定謂此能發照了大乘理教行果智光明故即知大乘之言通體用矣即今大字

然其體性不出三種一定二慧三所證如以具能所證兼寂照故

然其體性下出三昧體三合爲體非獨定也

所以入者意略有六論但有二一謂表深論云顯示此法非思量境界故二即以此義顯非證不說故餘四如十住品

所以入者下第四入意言二即以此義顯非證不說者論文唯有上語此

即取意爲第二義耳然非思量境直就法體顯其離言非證不說約人就法言餘四如十住者三示法體故四觀機審法故五上受佛加故六下爲物軌故其三昧是法體即次下論文

入是三昧已

第三入是下加分有六一辯加所因二即時下能加佛現三作如是下讚其得定四善男子此是下雙辯加定因緣五欲令汝下辯加所爲六善男子下別顯加相令初入是三昧已者若未入定佛不加故故下論云所以偏加金剛藏者得此三昧故十住會云以三昧力故三加分有六初辯加所因可知

即時十方各過十億佛刹微塵數世界外各有十億佛刹微塵數諸佛同名金剛藏而現其前

二能加佛現中有五一佛現時謂正入定時二十方下來處遠近三各有下能加佛數四同名金剛藏顯名同所加五而現其前現身生信二能加佛現等者疏文有二一略消經文上二三中意明多數勝前位故若爾何以不言無量世界而云十億刹塵界耶論云方便顯多佛故謂無量雖多其言猶漫人不謂多今假以刹塵一塵一刹一刹一佛便謂細而叵測若爾但趣擧刹塵即已顯多何要定言十億有二意故一爲說十地故二此經如是多說十數顯無盡故即由此義不云無量無量不得顯無盡故何要顯此多佛加耶論云顯於法及法師增長恭敬心故又表諸佛皆同說故二上二三下依論釋五段釋文於中分二先合解二三同顯多故後別釋第四前中四一擧少顯多二若爾何以下釋成多義先擧論謂無量下疏釋三若爾但趣擧下釋成十字四何要顯此多下釋多所

以何要同名加論有二意一云本願力故何故如來作如是願顯示多佛故此三昧是法體本行菩薩時皆名金剛藏同說此法今成正覺亦名金剛藏故不異名加此中論意云諸佛因中得定名金剛藏遂發願言我成佛時亦同其名所以同者為顯菩薩所得法體同於多佛明人異道同故論意正爾若以義取亦通遮那本願以佛因中得定說法能加所加同名法爾亦發斯願以顯道同故下經云亦是毗盧遮那如來本願力故第二意論云又是菩薩聞諸如來同已名已增勇悅故前就法理此就化儀何要同名加第二別釋第四段先問意云若顯多佛何不說一切異名佛加豈不更多故論有二答初意中二先舉論然論文有三初標本願二何故如來下釋願所以三本行菩薩時下出願相此中論意云下疏釋論中先順文釋後以義釋前中二先釋論第三願相後所以同者下釋論第二出願所以然上論文顯是多佛故此三昧是法體者此言稍略合云顯示多佛同依此三昧體法體故此明佛得三昧同於菩薩故疏云為顯菩薩所得法體同於多佛反釋論文從人異道同下結成同意故諸佛菩薩從地門顯皆名金剛藏從迴向顯皆名金剛幢等若以義取下第二以義釋前明諸佛本願今顯遮那本願引下經證卽是次文雙辯加定因緣中文彼既主佛願加則其願相同多佛也第二意下同已名者然結云前就法理者證金剛智名皆同故此就化儀者謂化儀誘物故言踴悅非金剛體有此悅也約化儀中二儀故悅一約自行諸佛證窮金剛之智名金剛藏我入此定上造佛境是故悅也二約利他我入此定將演斯法恐物未知今佛自說與已名同衆知金剛藏同佛所證言必信受故踴悅也

作如是言善哉善哉金剛藏乃能入是菩薩大智慧光明三昧

第三同讚得定顯有加因

善男子此是十方各十億佛剎微塵數諸佛共加於汝以毗盧遮那如來應正等覺本願

力故威神力故亦是汝勝智力故第四雙辯加定因緣中有四因緣一伴佛同加故二主佛本願故三主佛現威故四定者智力故第四雙辯加定下疏文有四一略囑經文二料揀通局三彰寘顯加異四定其因數初之一事唯得定因先由佛加方能入故故論云彼佛先作是願今復自加後之三事通於二因由此能入定由此得加故非正加相故論云後餘佛加故言盧舍那佛本願力故加此論意云後文方顯諸佛加相即由此中本願力耳則此是加因初之一事下第二料揀通局然其論文但有前一無現威自智論釋其已具疏文今先連引論云彼佛先作是願今復自加後餘佛加故云盧舍那佛本願力故加疏離開論以釋二因則以論文後餘佛加爲後加相今主佛願爲後加因細尋可知若約得定由主佛加則此中願等已顯加相但意寘加故即前承佛神力耳若約

得定下第三彰寘顯加異所以辯此者由古人以初伴加爲顯加相後之三因唯是加因則因與加別爲因義成今既後三皆通定因今已得定那言非正加相加相在後故有此義明加有二一則寘加在於定前加今得定二是顯加要得定後方堪受加故是則定因有四加因亦四雖闕伴佛加因而有得定一因故有四也所以第三會中後三因初有又是之言四五兩會同云亦是故不可將前一因爲正作加若此已作加何用下文正顯加相餘如第三會辯是則加因下第四定其因數伴佛之加唯是定因故加因闕一足前得定還成四因故上云讚其得定顯有加因於中三初正明二所以第三會下引例成立三故不可下結彈古人初文可知二中凡言又亦皆是重義上已有一下方言又若初伴佛是其加相主佛本願初是加因何得言又亦字同此明知伴加已是定因下二亦是定因故云又耳故不可下第三結彈古人先直非後若此已下出其所以成復重故餘如第三會辯者彼處廣顯差當故略敘少分一者十住中古人以初一爲定因後三轉爲加因亦非定因二者前自問云加之與定何先何後若先定後加則不應言汝

能入是三昧此是諸佛共加於汝若先加後定則不應在三昧分後又散心不能受加古人通云加定一時疏前難云爲因不成不同俱有因義加定可分故示正義云加有二種謂冥與顯冥加在前顯居定後等故云餘如彼疏

欲令汝爲一切菩薩說不思議諸佛法光明故所謂令入智地故攝一切善根故善簡擇一切佛法故廣知諸法故善能說法故無分別智清淨故一切世法不染故出世善根清淨故得不思議智境界故得一切智人智境界故

第五明加所爲故論云何故加然直就經文則應分二初總明後所謂下別顯論無所謂二字故取別中入智地句入初總句總別合明但有二十前十依自利行後十依利他行義雖兼通從多分判欲顯二利差別相故今依論釋初十句中論以二門解釋一直釋經文二會通本末初門先釋總句彼經云又一切菩薩不可思議諸佛法明說令入智慧地故既將別句入總即經論開合不同論經云明即今經光明但廣略有異彼云明說此云說不思議彼末廻文即經論方言有異

第五明加所爲等者然論有二問云何故加復云何加以復云何加是徵加相下文重徵故此不釋言義雖兼通者以自利中有善能說法利他中有習無漏法則是互有今通云從多多有二義一句多二如善說法亦通二利今取自利之能故故分二利略有四門一就行體六度等行以爲自利四攝等行以爲利他二就行益六度四等成之在已皆名自利勸人修起盡名利他三約修說自他二利自分所成可用化人皆名利他勝進分中一切行德修之未熟未任化他唯可自習名爲自利如下第九地法師方便中說四就義門以分自他諸行皆同一體互相助成自利門說皆成自利利他門說無不利他今就第四故云兼通從多說耳文有二十句分二初十依自利後十依利他前中二初直釋經文二通會本末前中又二初釋總二釋別總中二初會二經同異可知

既知

二經同異次正釋文初欲令汝爲者標舉章門總顯加意意爲何事謂一切菩薩說等此中三義一一切菩薩是所被機二不思議諸佛法光明是所說法二令入智地是說之益二正釋經文二初總標三義可知被何等機論云是中一切菩薩者謂住信行地此通二類一謂地前未證眞如但依信心而起行故無著論中亦同此名二通地上如初地加行位中名信行地即地地加行皆名信行以攝論中意言無分別觀通於四位故知地上亦有信行下釋所入智地及別入中皆通十地明知所被不唯地前況下請分中論云未入地者令得淨心已入地者令得十力必通被也二別釋三義三初所被機中言被何等機者徵也二釋經一切菩薩先舉論可知從此通二類下疏釋然其分位略有二種一信二證趣證方便決定名信正得云證若大位以分地前名信地上名證故下論云已入初地非信地攝即疏初意若通相說地前地上皆有未得名信已得名證今此菩薩爲信非證即疏後意於後意中疏文有二先標舉立理可知以攝論中下引證於中二先引攝論意言之義已見上文即是意識依名言分別故是地地加行非正證也通四位者五位之中唯除究竟耳下釋所入下引當論證二中說何法被此有二種一所證法論云不可思議諸佛法者是出世間道品此明十地法體是無漏故名出世間生佛果故名道十位行法類別名品既是佛因是佛所證故云佛法心言路絕名不思議二說能證論云光明者見智得證此謂後得觀事差別名見根本觀理一相名智見達於事名得智契於理名證直語智體故言見智以智合境故言得證地法雖多不出此二見智雖廣此釋正宜故解深密第三云我無量門

宣說智見今當爲汝略說其相若緣總法修奢摩他毗鉢舍那所有妙慧是名爲智若緣別法修奢摩他毗鉢舍那所有妙慧是名爲見即斯義也上云說者令分別上來能所證法二歎能被法中二初徵可知二釋中三初標可知二釋三

結釋中此明十地法等者是疏釋論然道有二義一即證道當相名道二道即因義即疏中意既是佛因下疏釋經文佛法有二義故一是佛因法二是佛所證法同證如故從心言路絕釋不思議謂言語道斷心行處滅故前文已具然遠公云歎勝之辭也據法望情名不思議以其法外本無情故其義云何情相之與原由妄想妄想故便有相生以依相故復起心想隨名取實即是覺觀依此覺觀便起言說起言說已復起心想取所說法此即言語以之爲道心以爲行於是心想熾然不息今契法實滅除妄想相即不生相不生故立名心滅名心滅故名即不生名不生故覺觀不起覺觀不起故言說隨亡言說亡故不復依言取於所說不取說故言語道斷心行處滅心行滅故名不思議以法出情心言不及故不思議今就情望法故不可思議釋曰言雖繁重亦有理在二說能證下即釋經光明字先舉論可知從此謂下疏釋

論於中二先正釋可知後地法雖多下結成於中又二先結成論意謂地法無量門不出能所二智故將此二以釋光明爲至當也見智雖廣下結成於疏謂見智二字雖有多釋此釋正順論意故云正宜故解深密下引經證成此釋要當緣總法者萬法雖異一智以貫故云總法隨事相差名爲別法故與疏釋義理合也言見智雖廣者略示一二如般若論見即是智揀於比智故云見也揀於眼見故云智也又遠公云俱是一智隨義立名見智是解得證是行解有始終見始智終推求名見決斷稱智行有始終得始證終法顯在心名之爲得心寘合如說以爲證上之二解雖各有理不如前解契合論文故云正宜以其二智遍攝諸法故三結可知

三中說此何益令入智地論云入者信樂得證此中信樂即所被機得證即上二智契合入何法耶所謂智地論云智慧地者謂十地智如本分中說即上不思議佛法也上說能所證者意令菩薩以能證智入佛所證法是此總意三中說此何益下即釋令入智地之經先釋令入二初引論證可知此中信樂下疏釋論若準遠公信樂得證皆是入義信樂入始得證入終

於證決定名信信增名樂得證如前此亦有理疏意可知已說總句入
地之相次下九句依本開末顯入差別論
云此修多羅中依根本入有九種入此九
種入寄於四位初四願樂位次一見位次
三修位後一究竟位此九種入下是疏觧釋先科爲四願樂即
是地前近地方便亦屬地故地後勝進趣究
竟故皆十地攝近地方便下通妨謂別九入依總開出以總名別皆
帶入言即入約證地前未證何得屬入究竟非因豈爲地智故云近地方便等通前
願樂後勝進下通後究竟言九入者一者攝入謂聞慧
中攝一切善根故言九入者一攝入下別釋九入全是論文若有
疏釋自當指出初一全是論文二者思義入思慧於一切
道品中智方便故智方便者即善揀擇道
品即是佛法二思義入者然思慧二句後句思成此句正思思必依義
云思義入從智方便考下是疏釋論會就經文三法相入彼彼義
中無量種種知故彼彼即是諸法種種知

即廣知此即所思法成言彼彼即是下疏釋四教化
入隨所思義名字具足故能善說此知修
慧修通二利菩薩利他即是自成佛法故
入自利中收四中修通二利下通妨謂既言前十自利那明善說通意
可知五證入於一切法中平等智見道時中
善清淨故言平等者即無分別無分別智
正證眞如離二取相故云平等二我分別
隨眠不生名善清淨最初照理立見道名
五證入者從言平等下即疏釋論此入見
道正證眞如故唯識論通達位頌云若時
於所緣智都無所得爾時住唯識離二取
相故釋論曰若時菩薩於所緣境無分別
智都無所得不取種種戲論相故爾時乃
名實住唯識眞勝義性即證眞如智與眞
如平等平等俱離能取所取相故能取所
取俱是分別有所得心戲論相故觧曰此
即總釋偈意言俱離能取所取相者謂能
證智及所證如俱無二取又上言不取者
離於能取種種相者離於所取餘可思準
一次論云有義此智二分俱無所取能取
相故二有義此智相見俱有帶彼相起名
緣彼故若無彼相名緣彼者應色等智名

聲等智若無見分應不能緣緣寧可說為緣
真如智勿真如性亦是能緣故應許此定
有見分釋曰即破前師義先破無相謂如
智之上無真之相而能緣如色等智上無
聲等相應緣聲等後破無見中言勿真如
性亦是能緣者同無見分而能緣故三次
彼論云有義此智見有相無說無相取不
取相故雖有見分而無分別說非無取非
取全無釋曰說無相取下即瑜伽七十三
文旣無相分何名緣彼彼論次答云雖無
相分而可說此帶如相起不離如故如自
證分緣見分時不變而緣此亦應爾變而
緣者便非親證如後得智應有分別故應
許此見有相無釋曰謂此緣真智挾帶真
如之體相起故名所緣非帶相分影像而
起名緣於如不離如故釋曰上之三師彼
論以後義為正依今經宗應雙取前二有
即俱有能所究然無即俱無能所斯寂此
二無礙方名證如然今疏文先釋平等從
二我下釋善清淨釋平等中但觀上來所
引唯識居然易了若細委配言平等者即
無分別智將論就經論中平等即是經中
無分別義從無分別智正證真如下釋無
分別稱平等所以即唯識中平等平等言
二我分別隨眠不生名善清淨者今釋論善
清淨言論意正明見道時中清淨今疏先
釋清淨後重解見道得名言二我者即人
我法我二我為本而起二障今言二我意
取二障耳故唯識云煩惱障者謂執徧計
所執實我薩迦耶見而為上首一百二十

八根本煩惱及彼等流諸煩惱隨煩惱此
皆擾亂有情身心能障涅槃名煩惱障釋
曰欲界四諦各有十惑為四十上二界各
除瞋有七十二為百一十二並是見道根
本之惑然疑及三見唯是見斷修道之中
欲界唯六上二界除瞋為十故修有十六
見修辯有一百二十八論曰所知障者謂
執徧計所執實法薩迦耶見而為上首見
疑無明愛恚慢等覆所知境無顛倒性能
障菩提名所知障釋曰見疑已下辯出頭
數與煩惱障同煩惱障麤有多品類二乘
所斷唯是不善有覆性故以數來顯今所
知障細無多品類唯菩薩斷亦是異熟無
記所攝故不顯數又顯法執無明唯一住
地煩惱即是四住地攝故不顯數言慢等
者亦等隨惑言所知境者有為無為言無
顛倒性者謂真如理由處此境今智不生
前則煩惱即障今所知之障然二障別義
之本在我法兩字故二我言即是二障言
分別隨眠者分別揀與俱生謂依邪師邪
教邪思惟生言隨眠揀於現行即是種子
由上二不生故名清淨故唯識云如是二
障分別起者見所斷攝任運起者修所斷
攝二乘但能斷煩惱障菩薩俱斷永斷二
種唯聖道能伏二現行通有漏道釋曰今
是大乘復是斷道異地前伏及與二乘名
善清淨言最初照理立見道名者此釋上
論見道時中故唯識云加行無間此智生
時體會真如名通達位初照理故亦名見
道釋曰此是彼論釋位名也此智者即無

分別智體者通也會者達也照理名見見即是道而言初者此應有難若照理名見二地已上豈不照理故今釋云此最初故以此受名餘隨別義此言時中即真見道中故唯識云真見道者清即所說無分別智實證二空所顯真理實斷分別二障隨眠釋曰既真見實斷明是真見道中二見道義次下當說

六不放逸入於修道時中遠離一切煩惱障故故世法不染

六不放逸入等者初舉論說世法不染疏會經文言修道者唯識頌曰無得不思議是出世間智捨二麤重故便證得轉依釋論曰菩薩從前見道起已為斷餘障證得轉依復數修習無分別智離能所取故說無得及不思議或離戲論說為無得妙用難測名不思議釋曰此釋初句言餘障者即俱生二障故今論云一切煩惱障以所知障亦以煩惱為能障故任運而起不由分別故名俱生此上辯立修意斷俱生惑故從復數修下出所修法體離能所取下辯修之德即釋論偈無得不思議言論有二釋初遠離所取名為無得遠離能取名不思議上唯就體釋下約體用對明故世法不染者以經帖論既離煩惱即世法不染即唯識論是出世間智也釋論云是出世間無分別智名出世間二取隨眠是世間本唯此能斷獨得出名或出世名依二義立謂體無漏及證真如此智具斯二種義故獨名出世餘智不然即十地中無分別智釋曰言餘智者後得智也

七地地轉入出世間道品無貪等善根淨故此明修道位中離障證理智行轉進於地地中雙斷二愚是無漏善能淨所知以此無漏淨三善根名淨煩惱論復云復有善根能為出世間道品因此明諸地中加行善根淨也

七地地轉入中此明修道下疏釋論文先釋地地轉入以地非一故言離障者即是十障如本分明言證理者即證十真如如第八迴向下說分中隨地別說從於地地中下釋淨善根義於中二前明正地善根淨後論復有下明加行善根淨亦即唯識第三句意論云數修此故捨二麤重二障種子立麤重名性無堪任違細輕故今彼永滅故說為捨此即總意言於地地中雙斷二愚者謂開上十障一各成二故有二十愚若兼等覺有二十二愚今約十地故說二十下說分中亦皆別說今當略示初地斷二愚者一執著我法愚是惑二惡趣雜染愚是業二地二者一微細悞犯愚二種種業趣愚三地二者一欲貪愚二圓滿聞持陀羅尼愚四地二者一等至愛愚二法愛愚五地二者一純作意背生死愚二純作意向涅槃愚六地二者一現觀察行流轉愚二

相多現行愚七地二者一細相現行愚二純作意求無相愚八地二者一於無相作加行愚二於相自在愚九地二者一於無量所說法無量名句字後後慧辯陀羅尼自在愚二辯才自在愚十地二者一大神通愚二悟入微細祕密愚至說分中地地之初各辯其相然唯識此後更有二愚障於佛地謂一於一切所知境極微細著愚即是此中第二智障二極微細礙愚即是此中一切任運煩惱障種

八菩薩盡入於第十地中入一切如來秘密智故即下大盡分中入如來十種秘密之智是也如來秘密下地不測名不思議若入彼所入是智之境入彼能入即智是境得即是入故歎淨名云諸佛秘藏無不得入

即大盡分下疏釋論入如來十種祕蜜者經云又入如來祕密處所謂身祕密語祕密心祕密時非時祕密授菩薩記祕密攝衆生祕密種種乘祕密一切衆生根行祕密業所作祕密得菩薩記祕密如是等皆如實知故歎淨名云下引證即問疾品文殊歎也經云爾時佛告文殊師利汝行詣維摩詰問疾文殊師利白佛言世尊彼上人者難爲訓對深達實相善說法要辯才無滯智慧無礙一切菩薩法式悉知諸佛祕藏無不得入降伏衆魔遊戲神通其慧方便皆已得度今取一句

九佛盡入於一切智入智故上一切智釋一切智人下智字即智境界入即得也上直釋竟自下論文融會本末初會末歸本謂上九種入爲欲校量地智差別轉勝之相非根本入有此行布後明本末無礙欲顯前從本起末則無別之別次攝末歸本別而無別故以六相融而無礙

自下下通會本末二初會末歸本可知後明本末無礙中言以六相圓融者然遠公四門解釋一立意爲破定執二立依依初地行例釋三泛就諸法以釋四釋文三中如一色中同時具足有苦無常等法義集爲一色爲總相無常色等爲別相無常等上皆有色言是同相無常非苦等是異相成壞二門約體同異成前二門以彼異相若無常等體不相雜是故隨彼差別多色得攝爲一故取攝爲成以彼異相苦無常等義不同故一色隨之分成多色故名爲壞非實成壞如色既爾即色無常爲總亦然謂色無常苦無常空無常等別餘四例知餘同相亦然色體既爾一切法亦然今疏文中同牒論便釋無別釋文又以易

故無別立依但有二門兼取賢首義理分齊中意故今疏中總有七門一總彰大意二標舉顯通三彰其立意四列名略釋五總以喻明六舉例徧釋七指廣在餘今初謂欲六相圓融令本末無礙故從本起末卽前直釋經文中依根本入開爲九入根本無別於中說九故云無別之別言次攝末歸本者卽向會末歸本門九入爲別會歸根本言非根本入有此差別者別而無別論云一切所說十句中皆有六種差別相門者此標舉顯通故云一切皆有論云一切所說下第二標舉顯通法之體狀目之爲相義別爲門又由此通入證智中故此言說解釋應知除事者此顯立意謂此六相爲顯緣起圓融之法勿以陰界入等事相執取此言說解釋下第三彰其立意先舉論此顯下疏釋卽賢首意爲顯一乘圓敎法界緣起無盡圓融自在相卽無礙容持乃至因陀羅網無窮理事等此義現前一斷一切斷一證一切證乃至卽具普賢圓因十佛境界故此言說者約敎道解釋故後勿以下釋除事之言論中但云謂陰界入等今疏加執取之言以釋論意意不令人隨事執取非陰界體不具六相故遠公云如陰等色非受想乃至非識如是一切以其別相無總相故不得將別對總說成之與壞故曰不具若就體性一一陰等悉具六相如向泛就諸法中辨言六相者謂總相別相同相異相成相壞相此標列也下釋云總者是根本入者以初一入無不攝故別者餘九入別依止本滿彼本故者謂依一開九無總別不立故云依止由別方成總故云滿彼同相者入故者同名入故異相者增相故者九相漸增不相似故成相者略說故者攬九緣以成一略言標顯故壞相者廣說故者分一作九九外無一此九因緣各住自相不相成也又云如世界成壞者猶如世界多緣共成其中事物一一推徵何者是界名壞言六相者下第四列名略釋先須總識其相一總相者一含多德故一別相者多德非一故三同相者多義不相違故四異相者多義不相似故五成相者由此諸義緣起成故六壞相者諸緣各住自性不移動故列名皆是論文此標下疏參釋之欲分

主客先一時出論論云總者是根本入別者餘九入別依止本滿彼本故同相者入故異相者增相故成相者略說故壞相者廣說故如世界成壞餘一切十句隨義類知釋曰其中有疏可以意得言九相漸增者疏釋如攝入是聞慧思義入是思慧後後勝前故以漸增爲不相似言攪九緣成一者成一入故言分一作九者九義不同總入隨之故無別一也然準遠公成壞二門國上異相而有故成是略者以彼異中聞思修等體不相應是故隨彼九入復成一入故名爲略壞是廣者以彼異中聞等九種義不同故總入隨之分以爲九故云廣也亦可總則攪別而成別則分總爲別同則別別帶總異則別別互乖成則雙攪同異方成若無異相總不成故如舍椽梁總皆相似終不成舍壞則唯別各住自性故此三對歷然不同又云如世界下論喻成壞從猶如下即疏釋論謂三輪四大等即成剎之緣起攪爲娑婆故名爲成就一分爲百億四天下無別娑婆稱之爲壞非如世界二十劫成二十劫壞

亦如梁等共成一舍總則一舍別則諸緣同則互不相違異則諸緣各別成則諸緣辦果壞即各住自法亦如界下第五以喻總釋即賢首意餘一切十句皆應隨義類知餘一切十句下第六舉例遍釋即論文也

別章廣顯別章廣顯者即第七指廣在餘即賢首教義分齊彼唯三門一教興義二別名略釋三問答料揀前之二門上已具竟今但明問答寄就一舍之上辨其六相例法可知問何等是總相答云舍是總相問此但椽等何者是舍答椽等即是舍獨能作舍故離即不成若爾未有瓦等應即是舍答未有瓦等不是椽故以無瓦等對何說椽若諸緣共出少力共作不全作者有斷常過但諸少力不成一全舍故舍則斷也不成執有是無因常今去一椽即非全舍明椽全成椽即舍也由此全成便令此椽即瓦栿等以去於椽即舍便壞則瓦栿等亦皆壞故故此諸緣皆即是椽舍方善成一緣既爾餘緣亦然故緣起法不成則已成則圓融第二別相者椽等諸緣別於總故若不別者總義不成由無別時則無總故是故即以總爲別也問若總即別應不成總答由即別故得成總如椽即舍故名總相舍即是椽故名別相若別不即舍不是椽故若舍不即椽不是舍故若不相即總在別外即非總也別在總外即非別也問若不別者復有何過答有斷常過謂若無別即無椽等舍不成故無而執有無因常故下之四相各有斷常可以意得第三同相者椽等諸緣和合作舍不相違故皆名舍緣非作餘物故若不同者諸緣相背則不同作舍則不成與總何別答總相唯望一舍同則諸緣互望成力義齊第四異相者椽等諸緣隨自形

類相差別故問異應不同答由相各異長短等殊方爲舍緣同力成舍此與別何異別相諸緣別於一舍異則諸緣自互相望第五成相者由此諸緣舍義得成故由成舍故椽等名緣不爾二俱不成問現見諸緣各住自性何因得成答由不作舍現方得成以若作舍失本緣故舍不得成今由不作諸緣現在故舍得成又若不作舍椽不名緣今既名緣明知作舍第六壞相者椽等諸緣各住自法本不作故若作舍者卽失本法舍則不成由不作故舍得成也又總卽一舍別卽諸緣同卽互不相違異則諸緣各別成則諸緣辦果壞則各住自法乃爲頌曰一則是多爲總相多卽非一是別相多類自同成於異各體別異顯於同一多緣起理妙成壞住自法恒不作唯智境界非事識以此方便會一乘六相之義略已終矣

大方廣佛華嚴經疏鈔會本第三十四之三

音釋

孕 以證切妊也　攬 魯敢切取也　分齊 分扶問切齊才詣切分齊限量也　栿 房六切音伏梁也　椽 重圓切音傳秦謂之椽周謂之榱齊魯謂之桷

大方廣佛華嚴經疏鈔會本第三十四之三

唐于闐國三藏沙門實叉難陀　譯
唐清涼山大華嚴寺沙門澄觀撰述

又令得菩薩十地始終故如實說菩薩十地差別相故緣念一切佛法故修習分別無漏法故善選擇觀察大智光明巧莊嚴故善入決定智門故隨所住處次第顯說無所畏故得無礙辯才光明故住大辯才地善決定故憶念菩薩心不忘失故成熟一切衆生界故能徧至一切處決定開悟故

第二又令得下十句依利他行是增數十經有十二句論經合七八二句故唯十一第二又令得下十句依利他行疏文分二先總明句數開合言增數十者依大智度論數法有二一小二大以十爲十數狹名小少減名狹數寬少增名寬名大七八等名少減十一二等名爲少增今據大數名增數十以十二爲十故初句爲總餘十爲別總中始者內起信欲外近善友聽聞終者憶念任持所聞地法地地皆爾故云十地始終此約教行初句爲總下正釋文先釋總句中依論有二解一就教行解二教證相對解前中始於地法決定名信信增名欲欲是信果故依欲趣法名爲親近攝法在心故名憶念念法不失故說爲持地法是其所持言地地皆爾故云十地始終者疏結釋經文非論文也十入約次位始終約行修行位並舉如下經云復應於諸佛善知識所請問第二第三地等相及得果爲欲成就彼地法故等皆其例也明知地地之內皆有始終問何故自利云入利他云始終答自利以入證爲本故皆云入利他令知性相故有始終復有阿含爲始以證爲終則前皆是教復有阿含爲始下第二教證相對也疏中三初總次別後結今初言阿含者梵言此云淨教既唯以證爲終而行非是證故前教始行終並名爲始故疏結云則前皆是教此教證義總有九重一教行相對言聲爲教行德爲證猶下請中字義二藏此教證義下第二別釋也言猶下請中字義二藏者即下如來加請中義偈云佛子當承諸佛力開此法王最勝藏

諸地廣智勝妙行以佛威神分別說論云歎此法藏有二種一義藏成就二字藏成就云何義藏諸地上妙行即今經勝妙行論云行者諸菩薩行所謂助道法故妙者真實智故上者神力勝故如是顯示深妙勝上故釋曰初是助道真實智即證道神力勝是不住道次論云云何字藏偈言分別智地義即今經諸地廣智及分別說謂十地差別相故論云分別說者說十地差別故既以分別說爲字明是言教三道皆爲義藏明以行德爲證論以字義爲教證故

二地前地上相對如下請中歎衆以地前聞思修等爲教淨地上行德爲澄淨二地前地上相對者遠公云二約位相對解行已前依教修行名爲阿含初地已上離言合實說之爲證言如下請中歎衆以地前聞思修等爲教淨等者即解脫月歎衆堪聞請中文經云善淨深心此句爲總下九別云善潔思念善修諸行善集助道善能親近百千億佛成就無量功德善根此四別句名爲教淨次云捨離癡惑無有垢染深心信解於佛法中不隨他教名爲證淨釋曰以前四句屬地前故

三真僞相對即於地中聞思修慧報生識智緣照之解名曰阿含真智出言爲證下論云聞思修等是則可說地智離言三真僞相對等者不與如合隨世而修名之爲僞契如爲真疏中先正釋後引證正釋中云即於地中聞思修慧報生識智緣照之解名曰阿含者此第三歎證不對地前但就地上而論教證故云即於地中總有四法皆名爲教三慧及報生識智下請分中具明謂地上菩薩生來即有此智故云報生識智非約證如故皆屬教可宣示故真智出言故名爲證論云下二引證即許說分齊中文而是義引故云聞思修慧是則可說若具引者即彼論釋經云智起佛境界非念離心道非蘊界處門智如意不及之偈論云此偈示現思慧及報生識智是則可說此智非彼境以不司故即其文也

四修成相對一切地中真僞合修爲教捨僞契真爲證猶下所明義說二大四修成相對者引證言義說二大者即許說分齊中全意謂如來大仙道等十二偈分之爲二初七偈義大後慈悲及願力下五偈說大說大中有證智故云真有加行後得緣世法故云僞真僞合修義大唯明證智故云捨僞契真又準下文解脫月雙歎人法請中此是菩薩最初所行成就一切佛法故論云最初所行者依阿含行故成就一切佛法者謂是證智釋曰此明依修而證亦修成相對

五相實相對世間中修得彼證相名教契本實相

爲證猶下所說增上妙法光明法門光明是教增上是證五相實相對等者其所引文即本分中彰地要勝內文經云此是菩薩摩訶薩向菩提最上道亦是清淨法光明門釋曰上句證下句教論云歎說者於中有二義一者爲說阿含二者爲證入義其論上句增上勝妙法故疏云增上妙法論釋證句云大勝妙法者諸法門中勝故清淨法者即法體光明者此大乘法顯照一切餘法門故既云照餘法則得修相既云最上明契本離相故彼下經自釋二句釋初阿含云所謂說菩薩諸地釋證句云佛子此處不可思議所謂諸菩薩隨證智明是相實相對六體德相對就彼離相所成行中顯本法性爲證依本成德爲教猶下鍊金金體與釧等六體德相對等者謂所成行體爲證成德爲教引鍊金喻者十地皆有鍊金之喻且初地云是菩薩隨所勤修供養諸佛教化衆生皆以修行清淨地法所有善根悉以廻向一切智地轉轉明淨調柔成就隨意堪用佛子譬如金師善巧鍊金數數入火轉轉明淨調柔成就隨意堪用釋曰火即能鍊喻供養佛等金即所鍊喻信心慈悲捨等如世之金在鑛石中融冶便出喻眞地法與妄和合名曰衆生行人修行至初入地時出煩惱障今至地滿復更供養教化衆生如重入火熏發眞心令生信等名爲修行清淨地法至二地時如重以礬石責之方得清淨初地之時雖除慳垢微過猶在至二地時慳嫉破戒並皆遠離如轉清淨至三地中修習淨禪令其不退如秤兩不減至四地集起菩提分法如爲莊嚴具五地之中以不住道方便起觀修治力故如硨磲磨瑩轉更明淨六地以觀因緣不住巧智修治力故如瑠璃磨瑩光色轉盛七地中具修一切菩提分法益更精好如以衆妙寶間錯莊嚴轉更增勝倍益光明八地之中無功用修如持金寶冠置閻浮提主聖王頂上一切羣臣諸莊嚴具無與等者九地菩薩智自在修如善巧金師用作寶冠轉輪聖王以嚴其首四天下內一切小王及諸臣民諸莊嚴具無與等者十地菩薩業自在修譬如金師以上妙金作莊嚴具大摩尼寶鈿廁其間自在天王身自服戴其餘人天莊嚴之具所不能及釋曰十地皆具金喻意皆以金喻證顯本性故成信等德以爲教道是修成故然云金與釧等者此經無釧之文即嚴身具是七體用相對前體及德皆證依體起教智之用爲教下珠放光光喻於教珠體喻證七體用相對等者引文云下珠放光喻教珠體喻證者即第四地調柔果中云如摩尼寶清淨光輪能放光明非諸餘寶之所能及風雨等緣悉不能壞論云摩尼寶生

光喻者彼證智法明摩尼寶中放阿含光明入無量法門智處普照示現以是義故此地釋名爲燄地卽其事也

八自分勝進相對自分所成體德及用皆證進受佛教爲教下歎金剛藏二力妙智及辯名爲證力堅念教法爲阿含八自分勝進相對等者引文云下歎金剛藏二力妙智如者卽大衆請中經云上妙無垢智無邊分別辯宣暢深美言第一義相應念持清淨行歎教論云初偈歎證句歎證念持清淨行謂前四力辯才成就第二偈上句歎阿含力辯成就以證力阿含力故能有所說是故讚歎是也

九約詮就實相對眞智之體爲證約言分十爲阿含猶下迹處虛空喻證空處之迹喻地阿含下論云字身住處證智所攝非無地智名句字身名句字身卽阿含也九約詮就實相對等者下引論云字身住處等者卽下示說分齊中鳥跡喻也經云如空中鳥跡難說難可示如是十地義心意不能了論云此偈是何義如鳥行空中跡處不可說相亦不可見何以故虛空鳥跡相不可分別故非無虛空行跡如是鳥跡住處名句字身住處菩薩地智所攝不可得說不可得聞何以故非如聲性故非無地智名句字身此中深故示義大踊悅釋曰空處之跡喻教跡處之空喻證也然上九重教證前五前教後證後四前證後教又前五教則後後漸寬證則後後漸狹後四中證則後後漸寬教則後後漸狹

當第四一經之內頻語教證理須通會勿厭繁文今當第四者第三結示兼遮妨難恐有嫌繁故以論文但云復有阿含及證如是次第依初相應知謂令以阿含爲始以證爲終故云如是次第依前始終前始後終云依初相應知何用廣明蹤意恐人教證旣多相對文生疑故總併說豈得爲繁

次依根本始終有十始終有十始終下釋別句義疏文有四一標指二總科三料揀四釋文今初謂菩薩利他行該法界隨宜列十耳

前三地前思修利物次一見道餘六修道前三地前下總科可知

此陿前入謂初闕聞慧後無佛盡者理實齊通以此二並非正地前已說竟故此略無三此狹前入下料揀言故此略無者明有亦無妨若出所以此中利他略自所聞

一攝始終經云如實說菩薩十地差別相故謂以思慧智攝持所

聞稱思宣說故云如實一攝始終下四釋文十句分二初明前五句於中初句一標名二牒經三謂以下釋義此取意釋若具論云思慧智隨所聞義受持說故謂如經如實說菩薩十地差別方便故論經加方便之言謂善巧集成十地之相令經即差別中收然論受持即釋標中攝義故疏云攝持所聞即自攝也此上釋論其稱思宣說下以論釋經若不稱思非如實說故論云思慧智說如實說者即是攝他前入即以說為修此則以說為思亦是影略以前說後無修故以說為修此中說後有修故以說為思

二欲始終緣念佛法意欲令物證故此即思慧上品求心二欲始終緣念下以論釋經論具云令證一切佛法故令謂經明緣念非是自念念欲令物證所念法故論云欲言上品求心者有二義故一令物證二唯緣佛法故

三行始終以是修慧故名修習言分別無漏法者於地上無漏道品起意言分別觀行故以未證故但是觀分之時帶相觀心未覺無相故云分別三行始終者論釋云觀分時中無漏道品分別修覺相故論中修字釋標名行字依念進修名行行即此經修習故疏先解修習之言言分別無漏法下牒經解釋即明地前菩薩於地上法而起觀修但是意識名言分別次以未證下釋論觀分之時即加行位然觀分言論釋彼經觀字以論經云觀達分別無漏法故後帶相下釋經分別字謂帶如相故論名修覺相也即唯識云現前立少物謂是唯識性以有所得故非實住唯識彼論釋四加行已云皆帶相故未能證實故說菩薩此四位中猶於現前安立少物謂是唯識真勝義性以彼空有相未除故帶相觀心有所得故非實安住真唯識性彼相滅已方實安住彼疏釋云心上變如名為少物此非無相故名帶相若證真時彼相便滅者即是空所執相有依他相名空有相位謂有空相是彼唯識真勝義性由有此相未證真理滅空有相方識真故彼論結云依如是義故有頌言菩薩於定位觀影唯是心義相既滅除審觀唯自相如是住內心知所取非有次能取亦無後觸無所得釋曰此則結四加行謂初二句煖位次二句頂次二句中下忍次一句即上忍位合上三句為世第一末句見位也

四證始終即見道位大智者即真見道根本法無我智過小乘故名大治無明故云光明此智親證真如平等平等離二取相名善觀察實斷二障分別隨眠名善選擇

巧莊嚴者卽相見道是後得智故論名方
便方便卽巧法真見道種種建立名爲莊
嚴又莊嚴者卽二智成德由得此二善達
法界於多百門已得自在故云莊嚴故論
云此事中彼時中皆善知故由相見道復
有二種一觀安立諦名此事中二觀非安
立諦名彼時中以法真見道正證如時不
可名事相望前真故名爲彼四證始終具
足論云四諦
始終見道時中法無我智方便故如經善
決擇大智慧光明方便故是中善決擇者
擇中最勝最勝者法無我智故大智慧者
過小乘故光明者對治無明故此事中彼
時中皆善知故釋曰此中論有三節初略
釋次引經帖後是中下隨難牒釋今疏摘
論銷經義無遺矣然經中巧莊嚴字是相
見道上皆真見道疏乃當中先釋大智此
二見道卽唯識第九今欲釋疏須知根源
先當具引彼論論中先總釋偈意已如上
證入由已具引文今但引二見道卽彼次
論云然此見道略有二種一真見道謂卽
所說無分別智實證二空所顯真理實斷
二障分別隨眠雖多剎那事方究竟而相
等故總名一心釋曰言雖多剎那者此一
心見道以無間解脫并一切勝進故中間
多有剎那論云有義此中二空二障漸斷
漸斷以有淺深麤細異故有義此中二空
二障頓證頓斷由意樂力有堪能故釋曰
加行意樂欲俱斷故論曰二相見道此復
有二一觀非安立諦有三品心一內遣有
情假緣智能除輭品分別隨眠二內遣諸
法假緣智能除中品分別隨眠三遍遣一
切有情諸法假緣智能除一切分別隨眠
前二名法智名別緣故第三名類智總合
緣故彼疏云卽三心見道非安立卽真如
也內謂內身假者談其無體先計有情皆
妄所計但有內心似有情現今能遣之緣
智者謂能緣心卽緣內身爲境遣有情假
緣之智然此中人法二障各分上下麤者
爲上細者爲下合爲四類然二麤者各別
除之以智猶弱未爲雙斷故若上品智方能
雙斷此卽隨智說爲輭等輭者下也初智
名輭次智名中勝前劣後後起名上能斷
見惑此智最上然初二智未能殊勝於緣
內身除我法假第三心時其智上品廣緣
內外若我若法故三別也言類智者前智
類故論法真見道二空見分自所斷障無
間解脫總別建立名相見道法者倣學爲
義真見道中雖有二空自證分而見分親
緣真如所以法之然見分中有無間解脫
隨自所斷障有四見分無間道中斷惑別
故人法二見分各別法之立初二心解脫
道中證理同故人法一見總以法之有第

三心故論云總別建立名相見道論有義此三即是真見道攝以相見道緣四諦故有義此三是相見道以真見道不別緣故釋曰論以後義爲正故疏但云相見道有二論云二緣安立諦有十六心等前迴向品十六智實處已引但觀上所引論文踏文易了然疏中有二先標位云即見道位通二見道次大智者下牒經以釋當中牒釋者大智即是二見道依依真見道以立相故故先明真言即真見道者辨位言根本法無我智者出體也謂即所說無分別智然唯識論實證二空今文爲揀勝二乘故標法無我言治無明者根本智用正破迷理無明從此智親證真如下釋善選擇大光明言而善宇兩用善觀察者實證如故即上唯識實證二空所顯真如從平等平等下即前論文正釋論偈無得之言以能證所證俱離二取故有二平等言離二取相即平等義若有二取非善觀故實斷二障下即全用唯識論文以釋善選擇語

二障即煩惱所知前入就根本故云二我今通就能生所生故云二障其分別隨眠巳如前釋即相見道下釋相見道中文分三初正就相見以釋莊嚴二雙就二智以釋莊嚴三釋本論初中即相見道者辨位也是後得智者出體也故論名方便者以論證成是後得義方便即巧者以論會經言法真見道種種建立者釋莊嚴義具如上引謂三心十六心故云種種建立又莊嚴下第二雙就二智以釋莊嚴不同前義

但用後得言由得此二善達法界者法界有事理二智別能了之亦以無礙二智了事理無礙法界等也言於多百門等者謂於一念頃得百三昧得見百佛知百佛神力能動百世界能過百佛世界能照百佛世界能教化百世界衆生能住壽百劫能知前後際各百劫事能入百法門能示現百身一一身能示百菩薩以爲眷屬等故云於多百門皆由二智得自在也故論云此事中下第三釋本論然古有三釋一云此事中即真見道彼時中即前觀分之時二云此事中同前彼時中即後修道位中亦須善了如下發趣果中須知二地乃至佛果等三云此事即後得相見道中彼時中即是根本智真見道皆須善知今以後義稍正故依傍之而皆屬相見道並是後得故異昔解以法真見道觀彼正證亦後得故言相望前真故名爲彼者則相爲此也

五修道始終論云出世間智智力得入法義故者以後得了俗由於證眞名出世間智智由證眞達俗故名善入智能入法即名爲門上寄從二地至七地竟

五修道始終等者修道之義已見入中論云出世間智智者出世間智即根本智重言智者即後得智從以後得下躡釋可知言上寄從二地至七地者以功用行滿二僧祇滿爲一類

故初地二見道後卽是修道約地分見屬初地故從二說一次下五句有五始終寄入八地至於佛地治菩薩於菩提五障五障在於七地至於等覺經文但有能治障在文外今初二句卽能破邪論障始終不能破邪論障卽是所治隨所住處者卽邪論心住著之處言次第顯說者以宗因喻現比教量顯已正義隨病治之上皆論所據言無所畏者卽論莊嚴後句辯才卽是論體亦論莊嚴謂語具圓滿順言敦肅故名辯才又上皆論多所作法所作有三一善自他宗二勇猛無畏三辯才不竭配文可知言光明者性不闇故卽論出離謂善觀察得失等故由具上諸義故不墮負由破此障得入八地次下五句中言寄從八地至於佛地者然論但云此處菩薩於菩提有五障不配地位配卽遠公之意而

彼不止等覺卽佛地之中治於二障又彼云寄在八地至於佛地則以最後句以爲佛位便乖後無佛盡之言故疏云寄入八地等則正在等覺斷第五障當入佛地故未有佛盡然文有二先寄位釋後約通相釋以此五障地前卽容對治故地地用之由上已配七地故依遠公先配八地已上然此五障亦虛亦實謂此障者不得五種功德名爲實障已登地者實無此障假立顯得名之爲虛五中前二是其解障次二行障後一用障今初解障疏不能破邪論障卽是所治者乖理之言名曰邪論不堪以正摧邪稱曰不能此一段具有瑜伽十五釋因明中論有七例頌云論體論處所論據論莊嚴論負論出離論多所作法第一論體有六一言論二尚論三諍論四毀謗論五順正論六教導論一言論謂一切言說言音言辭是名言論二尚論者謂諸世間隨所應聞所有言論下取意略引三諍論謂或依諸欲所起自他所攝諸欲更相侵奪等云云或因惡行所起自身惡行他譏毀等云云或依諸見所起云云四毀謗論者謂懷憤發者以染汙心振發威勢更相擯毀所有言論云云五順正論者謂於善說法律中爲諸有情宣說正法云云隨順正行隨順解故六教導論者謂教習增上心學增上慧學增上戒學等云云最後二論是眞實能引義利所應修習中間二論能引無義故應遠離初之二論應分別之第二論處所有六一於王家二於執

理家三於大衆中四於賢哲前五於解法義沙門婆羅門前六於樂法義若前第三論據卽依義所依有十謂所成立義有二一自性二差別自性謂有立爲有無立爲無差別謂有常無常等能成立法有八一立宗二辨因三引喻四同類五異類六現量七比量八正教云云同類謂隨所立法望餘展轉少分相似云云異類望餘少分不相似六現量有三一非不現見二非已思應思三非錯亂境云云此下取意釋謂初如眼見等二如良醫授藥色香味足有大勢力纔取便成取所依止病若未愈名爲應思其病若愈名爲已思亦如瑜伽師作地水等觀建立境界取之所依非錯亂者謂想亂數亂等云云上總謂有世間現量有出世間現量謂出世智所行境七比量者謂與思擇俱已思應思所有境界比復有五一相比量如見煙比知有火等云云二體比量謂現見彼自體性比類彼物不現見體如以現比過未等又如飲食衣服等現見一分得失之相比知一切等云云三業比量謂以作用比業所依如見遠物無有動搖鳥居其上比知是杌等唯聞哮吼比知師子等云云四法比量謂以相隣相屬之法比餘相隣相屬之法如屬無常比知有苦以屬苦故比空無我云云五因果比量謂以因果展轉相比如見有行比至餘方見至餘方比先有行見善作業比知當有大富等云云八正教量者一切智所說言教此復三種一不違聖言二能

治雜染三不違法相云云已說論據第四論莊嚴者略有五種一善自他宗二言具圓滿三無畏四敦肅五應供言具圓滿謂凡有所說皆以其聲不以非聲聲具者具五德一不鄙陋二不輕易三雄朗四相應五義善相應者謂前後法義相符云云無畏可知敦肅者謂如有一人待時方說而不嚶速是名敦肅應供者謂如有一人爲性調善不惱於他乃至言語柔軟如對善友云云第五論墮負者謂有三種一捨言二言屈三言過捨者取意謂辭謝對論者言我不善論等二言屈者爲對論者之所屈伏或託餘事方便而退或引外言或現憤發或黙然等云云言過者謂雜亂麤獷不辯了無限量非義相應不以時不決定不顯了不相續等云云第六論出離者先應以彼三種觀察論端方與言論或不與論名論出離謂一觀察得失二觀察時衆三觀察善巧及不善巧觀得失者謂我立論無自損他損俱損等耶云云觀時衆有僻執耶有正見耶等觀善巧不善巧者謂自觀我於論處論據等爲善不善等云云第七論多所作法有三種一善自他宗二勇猛無畏三辯才無竭由有此三能善酬答故名多所作法耳釋曰上所引瑜伽略其大綱廣說如彼但觀所引論文疏文居然易了今更略釋一隨所住處等者卽善他宗言次第顯說兼善自宗然經云隨所住處亦兼論處所而文正在執著之處故次便云次第顯說等言以宗因喻現比教

量顯已正義隨病治之上皆論所據者顯已正義卽所據中所成二義自性差別此二卽是已宗能成八中文但有六闕同類異類以此二但約所立與餘有少同異故是喻及宗中攝之言隨病治之者以所執非一故言辯才卽論體者流於聽表曰辯巧應物心曰才卽是言論宣說教道順正理故言亦論莊嚴者標下出莊嚴莊嚴有五無畏一種前句已有善自他宗後所作法中兼明此但有三一語具圓滿二順言者卽是應供謂不惱於他言辭柔軟故曰順言三教肅可知言又上皆多所作法者此標謂總收上二門二句以成所作法一善自下列言配文可知者下二可知善自他宗卽隨所著處卽善他宗次第顯說卽善自宗言謂善觀察得失等者等取餘二謂時衆及善巧不善巧從由具上諸義下卽仍前五例釋不墮負謂有體有據有嚴有作卽出離有能何得墮負言由破此障得入入地者謂七地中猶有此障不入入地破故得入二能善答難始終上明能破下四句例然

此顯能立第九善慧是辯才地住卽證也

言上明能破此顯能立者總釋也因明論云能立與能破及似唯悟他現量與比量及似唯自悟此之一偈總有八義一真能立二似能立三真能破四似能破五真現量六似現量七真比量八似比量今此辯於利他故但明能立能破而菩薩離過但

有真能立破無似能立破三樂著小乘對治始終不忘菩提上求下化故四化衆生懈怠對治始終成就不疲故五無方便對治始終善達五明爲一切處開悟故能巧化又上五障一不能破邪二雖能破而不能立三雖能破立情樂小乘四雖不樂小乘而不勤化他五雖化不疲而無化方便治於此五行化略周又上五障下二重收總釋不要對他則令諸菩薩皆離此五則得菩提

第六正顯加相論云已說何故加復云何加加相有三謂口意身約別相說口加以益辯意加以與智身加以增威如實說者能加則局所加皆通乘前語便故先口加得智堪說事須起定使身觸令覺故爲此次此就十方佛辯若約舍那先意令得定當有所說次身光照觸增威後雲臺說

偈令演亦義次第非有優劣

第六正顯加相者疏文有三一引論生起何故加結前云何加生後言云何者謂加相云何加相有三下二辯加相言約別說者謂以身加身以口加口等如實說者謂能加隨舉一業即加所加三業故若約舍那下二辯本師次第意加即承神力入菩薩大智慧光明三昧次身光照觸等者即下如來加請文中放眉間光照十方竟云又照十方一切世界一切諸佛所加說法菩薩金剛藏之身是後雲臺下口加者時光臺中以諸佛威神力故而說頌言佛無等等如虛空十方無量勝功德人間最勝世中上釋師子法加於彼是也言令演者彼次偈云佛子當承諸佛力開此法王最勝藏諸地廣智勝妙行以佛威神分別說即其文也謂即先須冥加次放光成臺後方得臺中勸說云亦義次第

善男子汝當辯說此法門差別善巧法所謂承佛神力如來智明所加故淨自善根故普淨法界故普攝衆生故深入法身智身故受一切佛灌頂故得一切世間最高大身故超一切世間道故清淨出世善根故滿足一切智智故

初口加中有十一句初總餘別總中令以樂說辯說十地法門名相差別不違事理善巧成故故云汝當辯說等總中等者謂以樂說為能說說十地之法義故經云辯說說必有詞其所說中名相差別即是法義論以名相釋於差別亦可在口為辯辯通四辯也不違已下釋善巧字所謂下十句別中依根本辯才有二種辯才一他力辯即是初句謂承佛力承何力耶如來智明故二自力辯即後九句自他因緣方有說故攝此九力為四種淨以因中有四義故一有力能作二無力不作三具二能引生四泯攝前三稱理成德故為四淨由自他因緣者自力為因他力為緣故攝此九力此句總標以因中有四下二總出四淨所以言因中有四義者揀非約緣但就自力因中耳亦如泛舉因緣生法中有其四義如穀子為因水土為緣能生於芽但就穀子即有四義一緣不生自因生故即穀子是

有力義二因不生自緣生故卽穀子上有無力義要具有力無力方能生芽卽第三有義總攝上三卽穀子之德是第四義一有力能作作故有作善法淨二無力能作故有無作法淨三有具二能引生故有教化衆生淨無四作泯攝前三稱理成德故有第四身淨泯謂泯泯絶以三不相離互相卽故便互泯奪攝者三不相離舉一全收具泯奪義故稱理成德又上四義前三行圓後一行滿前三之中前二自利後一利他自利二中依體相分故有有作無作然其別義正在前二此二並以真心爲體以真心中有於三大順體相大故有有無作法淨順用大故有有作善法淨言有作者卽是教行教行本無順性德善用而修起作故名爲有作有作順理故名爲善善之自體故名爲法法出垢染目之爲淨言無作者卽是證行性出自古不由緣造故名無作此無作體不更順他不立善言若約性善亦可名善論依前義故無善字法淨二義不異前釋然有純真不生單妄不成真妄和合方有所作無明內熏惡友外引造諸惡行背真流轉真如內熏善友外引造諸善行反本還源順真名善無妄可治不成善故由順性無慳貪故隨順修行檀波羅蜜則反慳貪成於檀度之善餘可例知然此二淨若在凡時但可有性名作無作不得名淨然無作體古今常湛體無增減約就於緣有隱有顯有始有終說因說果有作法體本無其體但可依生方名有作如樹有芽等乳有酪等非是事有然雖修生若無有性修不可生故作無作皆名有性此二入住有作名爲習種性攝無作名爲性種性攝若就解行有作名方便淨無作名體性淨今就聖位有作名教行無作名證行若至果位有作名方便淨菩提涅槃及報身佛無作名爲性淨菩提涅槃及法身佛此二無礙今明剛藏內順德用萬行爰增云有作淨心寘性德思慮斯寂有無作淨大意如是

一淨自善根者有作善法淨卽是教行亦約相故名爲有作

次正釋一淨自善下釋此一淨文有四節初句牒經二有作善法淨依論立名三卽是教行出其行體四亦約相故名爲有作依體釋名謂由約相約教故有修作修作卽是教行

二普淨法界者無作法淨此約證行亦約體故名爲無作依此性相而有說故

上二皆自利

二普淨法界故者釋此一淨文有五段一牒經二無作法淨依論立名三此約證行出其行體四亦約體故名爲無作依體釋名由約體故無有修作但出妄染故稱爲淨如拂雲霧顯出晴空故此但約顯體名淨不同前門對治名淨五依此性相下雙結上二先結二淨性卽體證相卽相教後上二皆自利者結上自利生下第三利他故也

三普攝衆生者教化衆生

淨即是利他餘六句經皆名身淨攝爲三種盡皆顯二利滿故成德成德有二義一當位顯益有菩薩盡二寄對辯勝有後二盡

餘六句下釋第四淨疏文有三第一標名約體無垢故名身淨攝爲三種盡下依論開義於中亦三初句標望論是開爲三望經六句六攝爲三二皆顯二利滿故成德者總顯三盡但滿上三句二利故下三盡中皆有二利三成德有二下出三所以言後二盡者一對下彰出有二乘不同盡二對上彰入故有佛盡故此三盡約人爲三三一自約菩薩二出二乘三上同佛

初菩薩盡者因位窮終故攝經三句初句位滿謂十地勝進破和合識顯現法身非心意識之所能得唯如智所依成於智身菩薩照寂故云深入

初菩薩下第三隨文解釋初句標名具足論云一菩薩盡有二種利益初句位滿是一益即顯後二句成益爲二今約即經深入法身智身故從謂十地下疏釋今疏先以起信意釋後用本論今初即釋本覺中隨染本覺之文論云復次本覺隨染分別生二種相與彼本覺不相捨離云何爲二一智淨相二不思議業相智淨相者謂依法力熏習如實修行滿足方便故破和合識相滅相續心相顯現法身智純淨故今正用此智淨相言智淨相者即本覺隨染還淨之相不思議業相者明還淨本覺業用之相此之二門若離染緣則不能得成故云隨染此智淨中論文先明因法力熏習此是地前非今所用如實修行此當地上十地行終故云滿足方便此在金剛因位之極今疏取意故云謂十地勝進從破和合識下辨果也謂本以不生不滅與生滅和合名阿賴耶識今破和合識由生滅之相顯其不生不滅之性此根本無明盡故心無所合即顯法身本覺義也即於此時能染心中滅業相等相續之相不滅心體故令本覺還源淳淨圓智以相續心體故合本覺故今疏不引智淳淨者智淳淨言意在下疏非心意識下是本論意論具云菩薩盡者法身離心意識唯智依止如經法身智身故今疏言非心意識之所能得即取論意反成法身了心體離念不可得故說名法身故慮知集起思量分別安能得耶如智所依下釋智身體此一句向上順成法身法身唯爲智依故非心等能得二向下成智身即依法身之智即是智身始覺義也然此始覺無別始覺即是本覺隨染而作今染緣既息始還同本故云淳淨則法報一體故經云唯如如及如如智獨存名爲法身故次下論云若無明滅相續則滅智性本滅明智身全同法性如金成像像不離金從能所證義分二身耳

菩薩照寂者此以瓔珞經釋深入義彼經云等覺照寂妙覺寂照今是菩薩故云照還寂則等覺巳未為深入

後二句成益一成現報益得佛灌頂受佛位故

後二句等者此句總標一成現報纔證十地得離垢三昧末後有一三昧名受一切智勝職此三昧現前時有大寶蓮華忽然出現身坐其上十方諸佛現身灌頂名為受位故是現報廣如第十地說然泛明受位略有三種一唯就相如彌勒等示居長子已窮聖位授記當來次補佛處二就相顯實如迴向所引名為得位三唯就實十地行滿衆累永寂法身之相顯自心源雖有三義今取第二故云現報

二成後報益十地攝報生大自在云高大身高大二義一色形中極量最大故居有頂故二約三乘此成報身位極普周故云高大論云摩醯首羅智處生故者智處亦二義一摩醯首羅智自在故二攝報智滿成種智故

二成後報益疏有三節初句標名二十地攝報下取論意釋經三正引論釋二中然十地各有攝報之果初地多作閻浮提王二地輪王乃至第十為大自在天王今是第十一色形中極者俱舍頌云欲天俱盧舍四分一一增色天瑜繕那初四增半半此上增倍倍唯無雲減三謂色界十七天初之四天各半瑜繕那至於第四方二由旬此上增倍倍謂第五有四第六有八七有十六八有三十二九有六十四第十合有一百二十八十即無雲欲成上都數故減於三有一百二十五則第十一有二百五十十二五百十三一千十四二千十五四千十六八千十七一萬六千故至十七即色究竟身高一萬六千由旬故云高大言居有頂者唯是色界之頂無色無處故此便為三有之頂二約三乘下上就攝報王身為大今約成佛報身為大然云約三乘者以一乘中唯說攝報多作此王亦不必作而其實成妙覺不局於處不定於天於閻浮提成亦成真佛故指三乘而三乘意亦就攝報身為彼王於彼成佛即周法界學人便謂報身之佛在色究竟則令報土皆成局劣故指三乘便為不周法界論云下三引論釋從智處二義即疏釋論二義亦順上高大二義一即就攝報之身智便自在故賢首品云摩醯首羅智自在大海龍王降雨時悉能分別數其滴於一念中皆辯了即其文也然此天何以為智處耶以下天定少四空定多以四禪中定慧均等色界中極故文約二乘之人多無漏之智熏習禪定故二攝報智者此有二意一約未成佛但是十地攝報居彼智度已圓故云攝報智滿二就彼天上得成菩提具足種智名為智處然論成佛通說

有三一寄化顯實在閻浮提卽周法界二寄報顯實在色究竟成便遍法界三就實顯實妙出三世不可定其時處身相今就中義二寄對顯勝中一對下彰出有二乘不同盡攝經二句一超一切世間道者度五道故道卽因義二清淨出世善根者論云復涅槃道淨故以二乘雖度五道有三餘故不淨涅槃今無三餘故云復淨也由具此二故不同二乘二寄對顯勝下釋後二淨此句總標一對下彰出下釋第二盡也以二乘下疏釋上論涅槃道淨言三餘者一無明住地惑爲煩惱餘二無漏有分別對業爲業餘三變易生死爲苦餘故有三餘涅槃非淨卽佛性論文故法華云是人於何而得解脫但離虛妄名爲解脫其實未得一切解脫佛說是人未實滅度斯人未得無上道故等第一疏中已廣分別今則金剛藏已出三餘故涅槃道淨經言出世善根者卽無貪等既盡所知超度變易滿菩薩行諸度皆圓常樂我淨三德皆圓處而不住故涅槃道淨問此句不同二乘義則可爾上句度於五道則不同凡夫何名不同二乘有人答云但約超勝略無凡夫此義不然今謂凡夫此不足論今明正度五道有濫小乘故淨涅槃顯不同彼故合二句方成此盡又二句皆濫二乘今皆不同由淨善根故不住涅槃由度五道故不住生死合二無住故不同二乘度於五道入涅槃矣

後一望上顯同名爲佛盡等覺菩薩同滿種智故後一望上下明第三盡此句顯意標名言滿種智者釋一切智智字此有二意一上一切智是根本智重言智者是後得智此二無礙名一切種智二依論經意上一切智是佛下智字是佛智慧故論云得一切智人智滿足故二義皆是智

自力辯中多義顯者校量後後勝前前故自力辯下解妨問意云他力唯一句自力有十句者答謂他力總彰佛加不在彰於佛德自力欲彰剛藏勝德故具列多句後後勝前前則無德不備如無作法淨卽勝有作善法淨教化衆生勝前自利身淨已勝前三皆顯二利滿故身淨中受位過於位滿後報勝於現前得涅槃道後勝於前同佛種智謂位極尊勝方顯剛藏從因至果無德不備方堪說法故廣顯之

大方廣佛華嚴經疏鈔會本第三十四之三

音釋

狹 胡夾切窄狹也

鑛 古猛切與礦同金樸也

鈿廁 鈿亭年切廁初吏切鈿廁以金華間飾也

礬 符袁切藥名

大方廣佛華嚴經疏鈔會本第三十四之四

唐于闐國三藏沙門實叉難陀 譯

唐清涼山大華嚴寺沙門澄觀撰述

爾時十方諸佛與金剛藏菩薩無能映奪身與無礙樂說辯與善分別清淨智與善憶念不忘力與善決定明了慧與至一切處開悟智與成道自在力與如來無所畏與一切智入觀察分別諸法門辯才智與一切如來上妙身語意具足莊嚴

第二意加中二初正顯後徵釋徧加所以前中十句初總餘別總中身有二種一與無上勝威德身如王處衆無能暎奪二與辯才無能暎奪身前色身勝後名身勝第二意加者當時如來但意地冥被與其智力都無言說皆集經者言總中者論經總句云與金剛藏菩薩眞實無畏身無畏卽無能勝義上力被下故名爲與雖已之智卽不可他用約爲緣助故得言與如鬼入身尚增智辯況於如來問此與爲蹔爲永答有三義一就實相金剛藏上契佛心佛力下被相應爲與此與則常二就化體旣金剛藏化周法界無時不說隨說卽與無有蹔廢亦得名永三就化相有說不說說時卽與此則非永然此總句亦總亦別總謂總攝十句爲無能勝身故別謂此句卽當色身後九句別唯屬名故二名已去卽得名身身者衆義後與無礙下別別開名身成九種身所加通三故增其色身在心名智在口稱辯經云與智論判爲名二文影略顯義方備後與無礙下釋別句於中有四一總顯別句不徧色身所加通三下二解妨謂有難云上云口加增辯意加益智身加增威今何意加而增身威此卽難前身勝故爲此答亦是此釋云如實者能加則局所加則通故隨一業皆加三業今此意加故益身勝由意得智便說無礙卽益口也在心名智下三會論同經正顯所加通加口義一與不著辯才說法不斷無滯礙故謂無偏住著故不滯事理云無礙樂說一與不著下隨文別釋九中前八與其自在說智後一與其殊勝化業前中相從攝爲三對初二句一對前句說能後句能說智令

知世法次三句爲一對初句說能後二句能說智前句方便智後句了理智後三句爲一對前二句說能後一句說智令知教法然案文影略故爲此判實則智能皆通諸句故總名與智巳總科判今當別釋今初一不著辯才疏文有四一此上卽論標名峻若懸流無澀滯故二說法不斷無滯礙故卽是論釋三謂無偏住著故不滯事理卽疏釋論四云無礙樂說疏舉經帖下八大同二與堪辯分別法相能正說故名爲清淨論云善淨堪智有四種一者緣二者法三者作四者成善知此義成不成相故此言緣者卽因緣生法亦名觀待二法者卽法爾之法三作者此二作用四成者引正理例證成上三若順此四名爲成相不順此四名不成相菩薩善知故堪能有說名爲堪辯然其此四經論多明相續解脫經名爲四成相續解脫卽解深密經前後異譯深密第五名爲四種道理然上二經文博義隱今依雜集十一釋之名次全同深密彼論云觀待道理者謂諸行生時要待衆緣如牙生時要待種子時節水土等二作用者謂異相諸法各別作用如眼等根爲眼等識所依作用色等境界爲眼識等所緣作用等三證成者謂爲證成所應成義宣說諸量不相違語所應成義者謂自體差別所攝所應成義諸量不相違語者謂現量等不違立宗等言故四法爾者謂無始時來於自相共相所住法中所有成就法性法爾如火能燒等有爲法無常等而彼經論次第爾者謂緣生之法有此作用以理成證後結諸法性相常爾今論義次巳如前說二與堪辯此論標名分別法相下疏以論意會經由解法相故能正說解故名堪正故名淨論云下二別示堪相解此四事名解法相故堪說法所應成義者聲爲自體常無常等

而爲差別又色是自體形色顯色表無表等而爲差別謂現量等者等取比量聖言量不違立宗等言者等取於因因唯一字何故不言不違宗因今等取言云何等言如云聲是有法定無常故宗法因云從緣生故此言既多今立宗等言四字攝之故云等言如火能燒者此釋自相下釋共相三即任放辯才說不待次言辭不斷處處隨意不忘名義故云善憶念不忘力謂隨門異說不忘本宗故三任放辯才於中有三此標名言說恣心故名任放二說不待下論釋三謂隨門下疏釋論然論經云與善憶念不忘加論釋加字云是不忘加意力故所以偏就此釋者意加正爲不忘故四能說辯隨所應度種種譬喻能斷疑故謂應機斷疑故名決定能隨所應是謂明了四能說辯者初舉論二謂字下疏會論就經五不雜辯三種同智常現前故三同智者即自相同相及不二相自相者色心等殊故同相者同無常苦無我故不二相者即一實理又自相即俗諦同相即真諦不二即中

道第一義諦金剛仙等諸論皆明此三無法不爾故云徧至一切菩薩所了故云開悟五不雜下初舉論三義無亂故云不雜次三種同智下疏釋論無法不爾下會經六教出辯以十力智自在化物斷惑得果故云自在成道六教出辯然論但云得佛十力不壞於可度故者斷煩惱故釋曰謂令衆生斷惑出離故名教出而論經云與佛不壞力故故有不壞之言今疏云化物即是教義斷惑是出義論無得果之言今會經文成道二字七不畏辯於他言說不怯弱故八無量辯於一切智隨順宣說修多羅等法六種正見故六正見者即是法門金剛仙論云一真實智正見能知理法二行正見能知行法此二教旨三教正見能知教法四離二邊正見知前理法不同情取五不思議正見知前行法成德出情六根欲性正見知前教法說隨物心瑜伽六十四

名六種理門大旨無異八無量辯先舉論言修多羅等等餘二藏次言六正見者下疏釋論此正見即深密中六種理趣已如普賢三昧品說此中名亦小異爾其能知教法合云教道前三爲本後三次第釋於前三就其所知名爲理趣就其能知名爲正見全與前同若約今文前三即理行教略無果耳九同化辯一切如來同以三輪化故三業殊勝故曰莊嚴上十巳辯他力上十巳辯他力者然論文中無自力他力之文以前口加中有自力他力二辯才故以義例之故此上巳有佛力正與智故爲他力具德堪加故爲自力

何以故得此三昧法如是故本願所起故善淨深心故善淨智輪故善積集助道故善修治所作故念其無量法器故知其清淨信解故得無錯謬總持故法界智印善印故

第二何以故下釋偏加所以以顯自力堪加偏就意業釋者意爲本故初徵意云諸佛慈力若隨闕者可許偏加既有力能與有慈能普何以上十偏加剛藏而不加餘

下釋十句初總餘別總明得此三昧法合偏加剛藏得此餘不得故何以得此三昧

下別顯中有二因故一本願所致故即初句顯示二善淨下三昧身攝功德故何以得此者疏徵得三昧之由上總句中由得三昧故得偏加今徵意云三昧殊勝何以能得下別顯下答有二因一宿願深重謂因中發願欲證十地智光三昧故今得之二是現緣即三昧身攝功德也現身無德雖有宿願亦不能入然諸菩薩皆具此德隨門顯法在金剛藏故偏言有又標佛力能加草木何要有德欲令菩薩進修具德上契佛心方得加故表此地法證方說故

此復八種淨依自利利他故謂前四自利後四利他此復八種下就總開別於中有三初總科先出論文前四巳下疏釋

一善淨深心是因淨信樂至極能趣菩薩地盡皆清淨故故云善淨此一爲衆行本故名爲因次三明自利行德謂二即智淨趣菩薩地盡修道真

如觀如日輪圓滿普照法界故此即智德三身轉淨謂生生轉勝集助道福德故四心調伏淨善斷煩惱習故云修治此即斷德上三亦證助不住一善淨下別釋此一句中文有五節上句勝經二是因淨者是論立名三信樂下是論釋義論中具云一因淨深心趣菩薩地盡清淨故如經善淨深心者信樂等復是一切善根本故今疏取後論向前釋其信樂字是論釋經深心即初地契理淨心論主但云信樂其至極兩字即是疏釋深心之言以信樂殷重故日深心由此深心故能得第二第三乃至十地爲菩薩地盡即論等字既至地盡障無不除云盡清淨故云下疏以論會經此一爲衆行本下疏釋論立名即復是一切善根本也餠此爲因則顯下德爲其行體二即智淨下舉論則顯初句是見道故次如日輪下義取論釋具足論云此真如觀內智圓滿普照法界猶如日輪光遍世界故然今疏文言含法喻三身轉淨者助道能得出世報身名身初地已上受身非一後後勝於前前名生生轉勝總由助道福行淨故四心調伏者空有自在名心調伏言善斷等者不著有故斷麤煩惱不住無故斷微細習無住而住是菩薩本業即是修治故論經云善修斷故稱善斷言故云修治者以論會經無本業本業即是今經所作亦是以無住心修前證助以爲本業言此即斷德者初是智德則顯助道是其恩德已配三德下配三道故有亦言後四利他中五聞攝淨能聞持佛法故爲法器此利他方便餘三利他行體即身語意業六者通淨以勝神通生物信解故七辯才淨由總持力於一字中攝一切字句前後無違故無錯謬八離慢淨謂雖化衆生以實智印印之不違法界故無化慢五聞攝淨謂聞持智而爲能念其無量法即是所念持即是念具能所持故爲法器論云一切如來所說祕密法者一切明廣祕密顯深若不持法不能利他故以開持而爲方便其無量言便含二義一多無分量二深無分量上八句中前四自利因一精進因二不忘因三勢力因四彼不染因如次配前四句謂由深心能起行等後四利他因謂五是斷疑因由知法故六是敬重因以神通力令信入故七是轉法理因法

若壞時假餘尊法誦持故八教授出離因論云如是化者得自利不忘故此意明若化時取相以法界印即自利不忘便能出離

上八句下第三總顯上八行能爲因義謂由深心者前明深心是起行方便起行即是精進故深心爲精進因二由得如智故常不忘三由助道成勝勢力四由不住道不住空有生死涅槃故無染著五由自念法能斷他疑六由神通故令他敬重敬重即是信入七是轉法理因者即無錯謬總持法是故法是教法理是義理化流名轉謂正法滅時假餘外法流通誦持彼正法義故以總持持餘尊法爲教理流轉之因八教授出離因者具足論云教授出離因即經法界智印善印故謂教授於他由契法界自出取相即化而無化也亦令他出次引論釋此意明下疏釋論

爾時十方諸佛各申右手摩金剛藏菩薩頂

第三身加增威令起故言各申者不離本處而申即延促無礙諸佛皆摩故云各申即一多無礙即四通中如意通也餘義如前三會中說

不離本者今經但云各申右手論經云爾時十方諸佛不離本處以神通力皆各申右手故疏爲此釋即四通者智論云一如意通轉變自身以大音聲聞一切等二者幻通轉變外事三法智通智法無礙四聖自在通能於苦中生於樂想於彼樂中能生苦想於苦樂中生於捨想如是一切今於自身但延促一多故是如意非餘三也

摩頂已金剛藏菩薩從三昧起

第四摩頂已下起分所以起者三昧事訖故云何訖已得勝力故雖已得力何不且定說時至故何不定中說定無言說故所以

起等者徵其起因乃有四義論主但云即三昧起者以三昧事訖故又得勝力說時復至定無言說故釋此論文乃通二勢一當句釋二相承釋即今疏意後後躡於前前若當句釋者言事訖者上入三昧爲顯已證故能宣說今已顯竟故名事訖二前入三昧爲受佛加今佛已加云得勝力三前入三昧爲觀物機隨順受法物悟在今故云時至四前入三昧顯證離言今說起定反顯所入寂滅離言故云定無言說當句則顯入定有其四義句句不同相躡則得勝力言含於多意謂顯證得加觀機已竟皆名得力應存二釋

第五普告下本分略示綱要

爲廣本故亦與下請爲其本故不請而說者不自說本衆則不知爲說不說又復不知欲說何法故文分爲三初明六決定以爲地體次佛子何等下標列十名以顯地相三佛子我不見下舉十方同說彰地要勝

第五普告下本分者若約教道分三分者此下當其正宗正說地故如品初所明例如法華方便品去以爲正宗此中本分如雙歎二深下請分如身子三請說分如彼廣明開權顯實故前四分爲序即起說之由令物生信令此本分舉法歎勝令起樂欲是所成行文中有四一釋名何名爲本生下二分故於此中略示綱要有體有相說分之中說於地相以顯體故請分聞於名體而申請故若別說者十名地相即說分本說分廣顯十地相故云爲廣本此中地體即請分本廣顯地體寂滅出言道故故云亦與請分爲其體故不請而說下二辨妨妨云下待三請此何不請答有二意前意疑說後意疑法謂設知欲說不知說何此即無問自說經也問上言佛加爲令說法何言不知爲說不說答諸佛雖加不知剛藏承力說不問上言說不思議諸佛法明云何言復不知欲說何法答不思議法中門別非一故猶不知若爾上以能加同名金剛藏則知所爲是金剛法云何不知答藉相表知而非決定猶名不知爲說何法文分爲三下三科判也科爲三段若別對者對下請中互相成起此初地體起下請中地體寂滅後顯寂滅成此標體此彰要勝起下大衆令生樂欲下自陳有根有欲即成於此其第二段自對說分此能起彼彼能成此

普告一切菩薩衆言諸佛子諸菩薩願善決定無雜不可見廣大如法界究竟如虛空盡未來際徧一切佛剎救護一切衆生爲一切諸佛所護入過去未來現在諸佛智地

今初地體已如前辯文中初句標告諸佛子下正顯於中初句總明後無雜下別顯總中言菩薩願善決定者標人求故名爲列法故云菩薩於大菩提立誓趣願即下初地中發菩提心也此願所以名善決定者以真實智攝故謂攝導此願皆令順理決擇揩定故真智即善善即決定持業受

名故論云善決定者即是善決定此揀依他受名也此已入初地是證決定非是地前信地所攝之願受決定名若通論決定有其六義一約行體決定堅固二望所證決定須證三定能斷惑四決信不疑五決能度生六決成佛果今初地體下四釋文也即是品初有十種體一離言體二所證體三能證體四能所合體五隨相體六三昧體七就德體八隨要體九總攝體十唯因體今此即當第八隨要以六決定而爲體也言菩薩下釋此總句文有六段一解菩薩於大菩提下二解願義於中有二初正釋願願以希求爲義故即下初地者即指初地住分之中菩提心生即是此願故下論文還指此願故彼文云生是心者是本分中願善決定良以心願體一故二處相指兩處之文俱顯地體謂出世真證善根以能增長順趣菩提故說名願亦名發心體雖是同隨義有異心願不同言義異者謂大菩提起意趣向是發心義要彼屬已是其願義問願善是諸地體說分已下但是地相何故偏指初地發心答曰就始言故又問願善是體說分已下但是地相云何指相而得顯體答總相指彼在地相中分別指彼即相所

顯果分發心是此願矣此願所以下三釋善決定義願是希求若地前願不得稱善決定今是證智相應之願真能隨理故名爲善此善即是決定之義真智即善下四會六釋於中有二先正釋後故論下引證迴文未盡合言善決定者善即是決定此已入下第五揀善決定地前亦有相心之善非真智攝不名決定地前亦有決定復非至順於理不得稱善故地持說決定有三一種性地名爲決定定爲佛種二解行地名爲決定定能發心三初地已上名爲決定今是第三揀非前二若通論下六通別句顯決定得名唯取第三決定耳後別下中有六決定一一皆具今之六義中此善決定有六種即經六句瑜伽地持皆說此六名次小異大旨不殊此六行相前五自分後一勝進五中前四自利後一利他四中前三明行體德後一顯行功能三中前二行體周圓後一行德具備二中初一明行自體後一顯行離過是故自體離過攝德爲因二利行圓成就佛果此行相也後別句者釋此別句經前有三初就總開別瑜伽下二指文引證既諸論

皆說故要爲六此六行相下三通相料揀先後漸收後是故下順牒結示一無雜者即觀相善決定真如觀一味相故謂正體緣如境智一味爲觀之相則無帶相之雜一無雜者文總有四一牒經二即觀相下論主立名總中開出故有決定三真如下即論釋也真如觀釋觀一味相釋相理絕妄情說之爲真諸法體同目之爲如照理名觀觀之體狀故名觀相四謂正體下疏釋上論正體緣如轉釋真如觀言正體者揀非後得是根本智名爲正體此是能觀如是所觀緣即觀義故唯識云若時於所緣智都無所得爾時住唯識離二取相故境智即是二取離二取相故爲一味即以一味爲觀之體相一味是喻如海雖廣同一鹹味亦如衆藥煑之一罷其味無別能觀所觀皆無所得即爲一味則無帶相者以論會經經云無雜論以一味相釋無雜也若是地前現前立少物謂是唯識性以有所得故非實住唯識未能忘如爲帶如相此相爲雜今俱無所得故無此雜二不可見者是真實善決定非一切世間境界出世間故謂此真智超出世間可壞之法故名真實真實故非世智所見二不可見者牒經是真實下二論立名也非一切下三是論釋義謂此真智下疏釋於論由此句明行體離過行成離妄故曰真實緣觀不觀名非世間境言出世間者轉釋非境既是出世世智安知經云不可見斯乃契實反望情想虛妄由來不有故名爲出非有世間對之出也謂此真下四疏釋可知三廣大如法界者勝善決定論總釋云大法界故一切諸佛根本故此中上句出所如法界亦釋大義下句顯能如地智亦釋廣義法界所以名界者一是因義迷悟根故二是性義法本性故今能如地智爲佛根本故得如之況體合如無所如矣下開義釋經標廣大釋以勝善此云何同論總釋云大勝高廣一體異名法相義故言一體者唯一味故異名者隨法相義故體無不在曰大而相非情取曰勝理超數表爲高用無不該爲廣上釋廣大二字次釋法界名云一切法法爾故一切法者釋法

字法爾者即是界義性自爾故下法爾字皆做此知此上釋所如法界下辯能如地智亦受四名一雙釋大勝義云復法界大真如觀勝諸凡夫二乘智等淨法法爾故此云淨者異前所如體該染淨故此即根本智地當體稱如周徧名大形對凡小超劣名勝二釋廣義云復法界大方便集地謂說大乘法法爾故者以證真了俗廣集大行既通二智故曰大乘三釋高義云大白法界善法法爾故謂無漏善法出世表故即二智所成之善故隨義立四不出境智一如三廣大如法界者牒經勝善決定即論立名此明行德行合法界隨義廣大故名爲勝此中上句出所下二疏釋論上句即論云大法界故下句即一切諸佛根本以地智是諸佛根本故如法界之廣大也法界所以下次别釋二句先釋所如法界後今能下合上二義法界爲悟之根今地智爲菩提智根法界爲諸法性今地智爲佛本性況體合下三釋成上義地智所以得如法界者由契合故合則一味離於二取故無所如智即是如況復相契如是方是真實如法界矣言一體下疏釋論既是一體異名故不妨將勝釋於廣大便更將高釋廣理亦無違四義同體故法爾等者梵云達摩馱都此云法界亦云法爾故一雙釋下論釋能如文有三段義色四字於三段中皆初句標舉論意次舉論文後疏釋論故隨義下三總結上三節又大字爲總故上四節皆有大言餘之三義在三别中雖無其名義無遺矣然其三段皆應有說大白第二顯廣云說大乘第三顯高特云白也

四究竟如虛空盡未來際是因善決定此有二種一成無常愛果因是因如虛空依是生諸色色不盡故二常果因得涅槃道故故經云盡未來際有釋云一爲生因生菩提有爲果故二爲了因了涅槃無爲果故此順法相不順經宗以經宗常與無常非一異故今更直釋論文明此地智有其二能一寂而常用故爲無常因用雖虧盈而智無起

滅如所依空非無常故經明此智究竟如空二用而常寂故爲常果因雖涅槃永寂而智體不無不爾將何窮未來際若會三身者用爲化身寂爲法身智爲報身非無常矣設智爲了因亦雙了菩提涅槃故論云涅槃道道亦菩提故若相融攝固不在言言無常愛者用適機故用雖虧盈者正揀智體非無常義智體如空空非無常所生之色有起有滅如用應機說爲無常言究竟如空者謂畢竟無有不如空義若會下二會三身明報身不在無常因中設智爲了因下三遮救恐彼救云智爲了因了於涅槃若爲生因生於菩提故今答云性淨菩提亦了因所了本具智慧光明義故故論云下四釋成上義古譯菩提名之爲道是故疏云道亦菩提明論亦說菩提涅槃以爲常矣用是無常若別對菩提涅槃因者即寂之照是菩提因即照之寂是涅槃因寂照既融二果亦融故云若相融攝故不在言　五徧一切佛剎救護一切衆生者大善決定隨順作利益他行故即普覆名大論又云

次前善決定此願世間涅槃中非一向住故者謂由前因善則大智不住生死由此大善則大悲不住涅槃前雖有應用亦智所成故有云取前常果因故不住生死取前無常果因及此大善爲不住涅槃亦不違理然約雙遮則俱不住若約雙照即二俱住謂大悲故常處生死等是故論云非一向住前雖有應用者遮難恐有難云常果因是智無常果因爲用既爲應用豈不是悲答因善中已成不住故爲此答有云下二敘異解許不違理即遠公意謂常果因能得涅槃故於世間不一向住無常愛果因及此大善能隨世間故於涅槃不一向住然約雙遮下三廣釋不住之義後有二義謂住不住論意即是雙住之義云非一向住不言無住然即由非一向住故成無住猶如船師非一向在此岸住亦非一向在彼岸住故成無住運載衆生而言謂大悲故常處生死等者等字多義一者等取大智故常處涅槃是俱住義二大悲故不住涅槃大智故不住生死即二俱不住又一明俱不住者有二義故不住生死一見生死過患故不可住二由見生

死本空無可住上二皆約智故不住有二義故不住涅槃一見涅槃本自有故不住二由不異生死故不可住又智與理冥無別異故能所絕跡故無能所住也則雙不住生死涅槃上皆約智二明俱住者有二義故住於生死一由見過患起大悲故住爲鍊除二見空故住不怖也上句約悲下句約智又有二義一見過生猒故住二見空即涅槃住此即常在生死恒在涅槃也此二皆約智前了相後了性有二義故常住涅槃一常證理故住二常化衆生故住以所化衆一生即涅槃故上句約智下句雙具悲智又合生死涅槃二境體無二故無偏住處故云無住又即住此無二之處故亦云住又合住不住之二行以爲無礙良以不住爲住住爲不住唯一無分別行故無二也又合境行二門以法界法門絕能所故平等法性唯一味故無境行之異也上開則多門合則無二開合無二六爲一總爲一大無障礙門言思斯絕故

切下是不怯弱善上入智地不怯弱故論經闕於一切諸佛所護一句但云入智地不怯若準此經由佛護故入智無怯言佛護者智造佛境佛智照故故佛所護與入智地反覆相成一切下是不怯弱善決定文中有三初論立名於深能入故不怯弱與入智地者智造佛境即入智地故得佛護此以入智地成佛護由得佛護得入智地即佛護成智地

論下六相圓融類前可見論下六相圓融者論云善決定者總相餘者是別相同相者善決定謂六種同名善決定故異相者別相故一觀相二真實三勝四因五大六不怯弱相別不同故不同前別分一總句爲六決定以爲別相成相者略說故壞相者一一廣說故如世界成壞前文已有故云類前可見

佛子何等爲菩薩摩訶薩智地

第二地相中四一寄問徵起二佛子下舉數顯同三何等下徵數列名四佛子此菩薩下結名顯勝初一可知

佛子菩薩摩訶薩智地有十種過去未來現在諸佛已說當說今說我亦如是說

二中以生成住持故三世同說同說之言文在地相義兼地體二中以生成住持故者出同說所以然生之與成望於佛果始起爲生終滿爲成亦可生爲因成爲緣因有二種一證二教果

亦有二一是性淨二方便淨望性淨果證道爲因教道爲緣望方便淨果教道爲因證道爲緣因果功德皆因地智而住地智能持有斯勝能故三世同說同說之言者地體最爲要勝故又依論經初無寄問徵起釋不怯弱善竟便云諸佛子此菩薩十地是過去未來現在諸佛已說今說當說故論先云復此十地生成佛智住持故如經諸佛子此菩薩十地等方牒向前所引經文明是三世同說地體六決定也

何等爲十一者歡喜地二者離垢地三者發光地四者燄慧地五者難勝地六者現前地七者遠行地八者不動地九者善慧地十者法雲地

三列名中爲對治十障證十真如成十勝行說於十地及引諸論並如下廣釋中辯

三列名下疏文有三初總明即唯識論揩在說分然本論此中文有三段初列十障二釋十地名三總以喻顯今疏唯廣第二喻顯略標初段即今總明今當具顯故論問云何故定說菩薩十地對治十障故何者十障一凡夫我相障二邪行障三暗鈍障四解法慢障五身淨慢障六微細煩惱習障七細相習障八於無相有加行障九不能善利益衆生障十於諸法中不得自在障義如下說

今依本論略釋地名論云成就無上自利利他行初證聖處多生歡喜故名歡喜地此有二義一二利創成故二聖位新得故遂本期心故生歡喜

今依本論者即論第二段也論先徵云何故十地初名歡喜乃至十名法雲此有二義上則論文此下疏釋一二利創成是其教行由前修習今得初成非前能加故云無上二聖位新得即是證行理即聖家故名爲處此地證始故名爲初無上揀前初證揀後上二喜事故生歡喜即是喜心

二離能起誤心犯戒煩惱垢等清淨戒具足故名離垢地此有三義一即因離謂離能起誤犯煩惱二果行離謂離犯戒惡業故云等也三對治離謂清淨戒具足

此有三義下釋論義本地具之今當略釋因惑起業諂惑爲因攬因成行諂業爲果行體清淨故能對治然惑有二一麤二細犯亦有二一麤二細細即悞犯麤即故犯由麤煩惱起於故犯由細煩惱起於悞犯今無細惑故不起悞何況故耶此之三義即同十住毗婆沙

論

三隨聞思修等照法顯現故名明地此唯一義謂三慧照當地所聞之法若準下論更有一義謂得四地慧光明相故如明得定等故下論云彼無行無生行慧此名光明依是光明故名明地然唯識此經皆名發光謂成就勝定大法總持能發無邊妙慧光故此則三義一定爲能發二持爲能持三後地慧光爲所發所持然三慧就初發光約後故受名不同此唯一義下疏釋中三初順今釋聞思修等是所知法順法正解故名爲照照法分明稱爲顯現言當地所聞者以此地中亡軀求法故若準下二引論重釋彼無行慧者義如下釋然唯識下三引他經論釋以此一地與經名別故引他論於中有四一雙標經論二謂成就下唯識論釋三此則三義下疏釋論文四然三慧下會今地論謂唯識以得三慧方發證智故慧光爲後四不忘煩惱薪智火能燒故名燄地燄即慧燄故此名燄慧地此亦兼下二義今即根本智火能燒前地聞持不忘恃以成慢之煩惱故二就後得智起用故下論云彼證智法明摩尼寶光中放阿含光明入無量法門義光明智處普照示現以是義故此地釋名爲燄問約初義者前後諸地豈不燒惑有二義故此偏受名一就寄位言此地寄當出世間無漏故二以三學此地當慧初得慧故此亦兼下疏釋二義前約內證後約外用據能燒惑應名火地但火能燒未必有燄今取有燄故能普照五得出世間智方便善巧能度難度故名難勝此唯一義謂真俗無違極難勝故以三地同世未能得出四地雖出而不能隨多滯二邊難以越度今得出世又能隨俗巧達五明真俗無違能度偏滯實爲難勝此初得故偏受其名五得出世間智下先舉論文遠公意云上二句解難度難度即

釋勝義今疏但通釋此唯下疏釋於中有二先總明後以三地下別顯初三地是一難度四地下是二難度多滯已下結前難度謂三滯世諦四滯出世云滯二邊上明所度之境今得出世下是能度之法此句由得四地已度世間故論云十平等心實難得故又能隨下卽是論文巧方便智已入五地能度出世前三滯俗違真第四滯真違俗今已度前故化衆生而無著故俗不違真證出世智而起用故真不違俗則前四地不能勝也若爾六地已上豈不然耶故疏通云此初得故

六般若波羅蜜行有間大智現前故名現前地謂妙達緣生引無分別名般若行親如目覩名曰現前對後彰劣名爲有間以第七地常在觀故六般若下先舉論後謂妙達下疏釋於中有二初解大智準龍樹云智有二種一小二大小謂因分緣照之解卽妙達緣生大謂果分滅觀智心卽疏引無分別今取所引故云大智二親如目下釋現前義三對後下釋有間字若遠公意二智皆有間二智皆現前

七善修無相行功用究竟能過世間二乘出世間道故名遠行此或三義一善修無相到無相邊故名遠行二功用至極故名遠行三望前超過故名遠行合唯一義善修無相行釋行字功用下皆釋遠字然善修有二義一前地有間不名善修今常在觀故云善修二捨有之無非善修無今有無雙離故名善修云何雙離謂空中方便慧故離有有中殊勝行故離無下釋遠中功用究竟正明遠義如極一界之邊故遠何所過望前三地相同世間過之已遠望四五六相同二乘今亦超過五地真俗無違何異此中有無雙離略有三異一彼猶未能過二乘故二雖以真入俗猶於雙行未自在故三彼尚未得甚深般若故於雙行非微妙故此或三義下疏釋論文於中有二初爲三義釋次第對論三節可知二合唯一下爲一義釋先標然善下別釋二字文並可知

八報行純熟無相無間故名不動

地此亦三義一捨三界行生受變易果故云報行依此起行任運而成故功用不動二得無生忍無相妙慧則有相不動三此二無間煩惱不動合唯一義謂前地無相已得無間相及煩惱亦不能動而爲功用所動無不動名今由無功用故令無相觀任運無間故三不能動下輪王梵王之喻可以證此此亦三義下疏釋第一義釋報行純熟曲有二義一以變易果爲報二依此下約行德釋所有行德由前修起故名報行成就在今故云純熟卽下經釋名中名爲無功用地先以成就故二釋無相三釋無間卽下經名爲力持地他不能動故意明功用不動下輪王喻者七地菩薩煩惱及相已不動故而非報行不動梵王捨欲生於梵天卽功用不動故證合唯一義遠公意云離功用相名爲無相空有雙現故曰無間則無相無間俱非前地無相無間也九得無礙力說法成就利他行故名善慧地得無礙慧尚未稱善徧說徧益方名爲善九得無礙下疏釋然

其論文義通一地尅字取義卽說成就於中有三初得無礙力卽口業成就謂內具無礙之智外以美妙言說名無礙力二說法成就者卽智成就三利他行者卽法師自在成就故疏云遍說遍益方名爲善十得大法身具足自在故名法雲此有二義一得大法身語法雲體具足自在釋法雲義謂能雲雨說法自在用故此約能說爲名二得大法身此明法義是大法器故具足自在此釋雲義能受如來雲雨說故下釋名分自當廣釋十得大法下先舉論後此有下疏釋有二一以法身爲雲此地菩薩法身普周一切法界云大法身二以佛說爲雲能受爲法卽法器故論釋第十旣云得大法身具足自在恐濫於佛故寄對顯異失對下歎勝論云如是受法王位猶如太子而得自在後對上彰劣論云是處有微細智障故不自在對治此障故說佛地釋曰謂金剛心後微細障盡種智現前故第三次下論云總喻十地疏略不出今當具之於中二喻一喻十地在障未出一喻十名所顯之德前中亦二先喻菩薩云又如懷孕在藏等薩十地亦復如是以諸地有障故二喻如來於中又二先喻體圓後喻用極前中論

云如子出時佛亦如是事究竟故二喻用極論云又如生時諸根覺了佛亦如是於一切境界智明了故在文可知但喻於障與前小異前之十障在十地前如第十地於諸法中不自在障在於九地若斷此障則得十地今明十障在當地乃障於後如十地有障未得成佛故猶喻在胎出胎生時方喻於佛無有障故第二喻前十名之德論但喻而無合法而於胎中分爲十時以喻十地論云藏有十時一陁羅婆身時遠公云前三梵語難解彼疏不釋今以類取卽俱舍涅槃之梵語也陁羅婆者卽最初羯剌藍涅槃云歌羅邏則大同也俱舍譯爲凝滑亦云和合順令論意卽喻初地如智契合離於生澀初託聖胎故論云二者得押羅婆身時釋曰卽當俱舍次生頞部曇此云胞也喻如二地初成戒身之體論云三者尸羅陁身時卽俱舍閉尸此云奭肉如第三地悉辱柔軟亦禪定柔軟也論云四者堅身時下皆唐言卽俱舍云閉尸生鍵南鍵南此云堅也正與此同以四地出世法身堅固又精進堅牢故論云五者形相似色身時卽俱舍次鉢羅奢佉此云支節與形相似義同謂五地涉俗不住道行則於一身有支節分段也上之五位屬胎中名色支其第五位兼六處支俱舍更有兩句云後髮毛爪等及色根諸相論云六者性相似身時卽猶屬上支節之位已具六處如頭等六分成智身性論云七者業動身時於其胎中已能動轉卽七地中得方便智起殊勝行故論云八者滿足身時釋曰此下喻後三地行德滿足論云於中有三種根滿足時男女相別滿足時廣長諸相滿足時釋曰根滿足者卽六根也卽俱舍云及色根也如八地報行純熟二男女相別滿足時卽俱舍云諸相謂九地分自利利他二行故三廣長諸相滿足者亦俱舍諸字攝謂第十地得大法身充滿一切一切功德皆已滿故下論結云如是十時諸地相似故釋曰上來論文總喻十地大義易了故疏不存恐尋論者不能曉了抄具釋之

此十得名略有四對一約法喻燄慧法雲法喻合目餘皆就法二約體用歡喜善慧約體爲名餘皆就用三約自他離垢不動就他受稱餘皆自義立名四約當位相形難勝遠行形他受稱餘皆當位受名此十圓融地地皆具若約行布則前前之名應該後後後後之稱不該前前如歡喜之名義該十地法雲之稱不預前九今爲顯別相各從初得受名下文重顯

佛子此菩薩十地三世諸佛已說當說今說
四結名顯勝可知
佛子我不見有諸佛國土其中如來不說此
十地者
第三彰地要勝者爲欲令物生渴仰故文
中二初明不見不說反顯十方報化皆說
何以故此是菩薩摩訶薩向菩提最上道亦
是清淨法光明門所謂分別演說菩薩諸地
佛子此處不可思議所謂諸菩薩隨證智
二徵釋所由徵云佛國不同化儀亦異如
何十地要皆說耶釋意云此最勝故謂萬
法皆如體如成聖離斯證智皆是隨宜故
爲要勝文有四句初二句總標顯勝初句
證行謂諸佛證此爲因成菩提故餘皆助
道故此最上最勝謂諸佛證此者釋經道字十地證智爲佛因故

今經但云最上論經則云增上勝妙法故最上最勝次阿含法門者
名爲法體光明者顯照一切餘法門故次句阿含言法門名爲法體者則顯光明是用體有二義一卽上地法由此證真故能了俗名爲光明二卽後得智爲體能了一切餘法餘法門者是別法也後二句
別顯其相初句釋前阿含云分別說卽明
前法光明是教體用此句是教所照法門
故論云分別十地事者顯示世間智所知
法故後二句者初句卽經所謂分別演說菩薩諸地後句顯上證
道非地前世智所知名不可思議故論云
顯示出世間智故說證將默故呼佛子已
說本分後句顯上證道者卽經佛子此處不可思議所謂菩薩隨證智此有二句疏云一者是義句故若分二者上句歎勝超劣下示其體相

大方廣佛華嚴經疏鈔會本第三十四之四

音釋

躡尼輒切履也　創楚亮切始也　諂丑正切諂目也　羯居謁切　邏郎可切　頞阿葛切　曇徒南切　捭北買切　耎而兗切弱也

大方廣佛華嚴經疏鈔會本第三十四之五

唐于闐國三藏沙門實叉難陀　譯

唐清涼山大華嚴寺沙門澄觀撰述

第六爾時金剛藏菩薩說此下請分中三初說已黙住二是時下三家五請三爾時金剛藏觀察下許說分齊

所以黙者將欲演之必固黙之欲令大衆渴仰請說故所以黙下二顯意也然通論請分總有三意一明請中所顯之法二依法生成之行三以請對說互相起成令三段中具此三意文中有二一顯黙所以令生愛樂請法行故文中又二先立理借老子意彼道經云將欲歙之必固張之將欲弱之必固強之將欲廢之必固與之將欲奪之必周與之是謂微明釋曰意明君子行權反經合義將欲歙歛衆生情欲則先開張極其侈心令自困於愛欲之念則當歙歛矣強弱等例然此道甚微而動則著明矣故云是謂微明今借此意將欲為說必先黙然令其敬請是欲說也欲令大衆等者二正顯意也總云請說細辨多意一令菩薩敬請二如來加請以顯重法三希佛加被聽者四冀佛教其說儀義在下科而論但云何故黙然住欲令大衆渴仰請故復增菩薩尊敬法故今疏將論初意以釋黙之所由後意轉釋請意

所以俟請者略有二意一增諸菩薩尊敬法故二前本分中舉地歎勝為增樂欲令此請中生正解故云何生解謂由請故得說黙之由顯地體甚深離於言念令衆先解後聞說分不隨聲取離謬解故即復由此故有第三示說分齊所以俟請下二釋請所以疏有二意前意之中自有二義一為生行生於恭敬重法行故由上首大衆及於如來加被請說知法可重故增恭敬二為起說之由令恭敬故剛藏便說二前本分下是疏第二意曲有二意一為生行謂生正解解亦行故若以請對說請為生解說為生行若但就請解亦名行對所顯法就人名行故二者顯法即次疏言云何生解等謂徵釋上解便明顯法請分為欲顯於地體離言念故得說黙之田者由解脫月意第一怪黙騰疑請第二金剛藏法深難受止即黙所以故經云菩薩行地事最上諸佛本顯示分別說第一希有難微細難可見離念超心地出生佛境界聞者悉迷惑即黙所以中顯地體也令衆先解下釋上顯法之意

便成第三請說相成之義此中正明以請起說然下說中意義有二一者明行二者明說今請彼亦有二義一對彼後行令其起行若不正解後行顛倒隨聲取著行亦謬故正今文意二望後教亦爲起教以有謬解剛藏不說故上辨起說意云何衆說成此請耶以後說因分行相言教詮表顯斯地體眞實離相令明請意故畧不論說能成請即復由此下釋第三段所以言即復由此者上說默之由顯於地體甚深玄妙本爲彰默之意傍令物解第三段中將欲爲說特明義說二大顯法之深玄今知所說但是說因說大可說因於說大悟解深義亦爲令衆不隨聲取離謬解故故有即復之言

爾時金剛藏菩薩說此菩薩十地名已默然而住不復分别

初默可知

第二請中三家請殊即分三段謂初解脫月請二大衆請三如來請

所以要三家者顯法深妙令聞解故衆首顯揚當機渴仰化主加勸事方周故道大兼亡法應請故爲順請主此衆堪聞言不虛故爲成請者如來護念而生信受言有徵故此約因請生請亦是次第又佛請者即名爲加謂衆雖已請要假主佛威光方堪說故亦名爲教如來教說顯剛藏說傳佛教故又前二家請顯此地法因人修故後一家請顯此地法佛所證故前之二請餘經容有後之一請餘經所無法華三請但是一家良以地法甚深寄位難說故衆首

以下初正助分别衆首爲正餘二爲助道大衆亡下二相因分别相躡起故道微則自濟道大則兼亡亡字無心此訓無也若加於心兼忘兩字出於莊子意於自他兩忘若人相忘於道術魚相忘於江湖雖有深意非此所用爲順請主者此第二家因第一家起也謂初剛藏云法深難受故止不說次解脫月歎衆堪聞請云此衆無諸垢志解悉明潔等衆若不請則非堪聞今解脫月此言虛謬故大衆請則言不虛爲成請者即第三請亦躡第一家生謂解脫月末後雙歎人法請云佛子願承佛神力

分別說此不思議法此人當得如來護念而生信受何以故說十地時法應如是得佛護念得護念故於此智地能生勇猛即其文也為成此言故有第三如來加請文云若為善逝力所加當得法寶入其心即護念生信有徵也此約因請生請者總結上意亦是次第者此中正顯三家所以下文方說三家次第今此所以兼於次第致亦是言又佛請下第三主伴分別上首助伴但可名請如來為主故有加言前之二請下第三結歎此言因於天台而生讚法華疏歎身子三請云餘經無此殷勤之請唯華嚴解脫月請金剛藏可為連類而彼因人請於因法此請佛慧故亦不同今此劄明法華劣此暑言但是一家細分乃有多異且列四門彼是一家此有三家一不同也彼之一家但是聲聞此有三家是佛菩薩二不同也彼唯三請此有五請三不同也彼唯因人請此有佛請四不同也但彼云法華請果華嚴請因者然此請因乃是佛因說分等中因果兼說是故經云此是菩薩向菩提最上道亦是清淨法光明門又云如來大仙道智起佛境界第十地後校量佛德地影像分十山依地十德依海皆明因果相順又有因果二分令於因門徹見果海所入智地亦通果故法華雖然請說佛智及下廣說但示因門故說衆生皆有知見諸佛智慧即此證道其智慧門即此教道教證二門該因徹果非此獨因各隨所證弘自揚聖教耳

又三請

次第者初解脫月者彼衆上首故餘問則亂何緣大衆不亂問耶衆調伏故由前二止三請抑揚時衆故次衆請以表虔誠然非爭起依前請儀同聲齊請故亦不亂後聽說理窮故如來勸說又三請下第三明次第初上首請二由前下大衆同請三聽說下如來加請今初衆首請中總有三請所以三者順世儀式少不殷重多則繁亂正得中故以止有三抑揚當時調伏機故二家助成各唯一請今初衆首下四別釋上首於中有四初辨三請意自有二意一順世得中故二以止有三下對止須三故上意通諸經下意正是今意抑揚當時者三止皆抑三請皆揚謂初止通抑不堪次止正明法深難受後止劣者不堪故皆抑也請皆揚者初請怪黙騰疑有疑欲問次請歎衆堪聞後請雙歎人法皆是揚也夫請法者必歎人歎法歎法有教有證歎人歎說歎聽故請儀具矣二家助成者第二通妨謂有問言若三有表餘何不三三通意可知然依三請應分三段若兼三止應分為六以

前默住之止通爲五請之本不可唯屬於初故止請相乘且爲五段一怪默騰疑請二法深難受止三歎衆堪聞請四不堪有損止謂雖有堪者亦有不堪故五雙歎人法請謂不堪聞者以法深故亦得佛護固應爲說於是剛藏理窮更無違請

是時一切菩薩衆聞菩薩十地名不聞解釋咸生渴仰作如是念何因何緣金剛藏菩薩唯說菩薩十地名而不解釋

就初請中分二初明大衆覩默生疑二解脫月下騰疑爲請今初言何因何緣者疑怪之辭爲因說者不能說耶爲緣聽者不堪聞耶金剛藏下出所疑事

解脫月菩薩知諸大衆心之所念以頌問金剛藏菩薩曰

二騰疑爲請中二初叙請因謂領衆疑故

何故淨覺人念智功德具說諸上妙地有力不解釋一切咸決定勇猛無怯弱何故說地名而不爲開演諸地妙義趣此衆皆欲聞其心無怯弱願爲分別說衆會悉清淨離懈怠嚴潔能堅固不動具功德智慧相視咸恭敬一切悉專仰如蜂念好蜜如渴思甘露

二以頌正請文有五偈顯說聽無過是以應說即分爲二初偈說者無過亦遣大衆何因之疑後四聽者無過亦遣大衆何緣之疑雖似初二徵默所由爲拂衆疑後三請說爲遂衆欲文影略耳非不互通故依前判今初歎說者淨覺無過偈初二字偈末三字合爲徵問之詞謂有中間淨覺無過何故不解釋耶聖德雖多偏歎淨覺者

是說因故覺即覺觀由此得爲口加行故具能所治無思發言故云淨覺淨覺之人名淨覺人三字爲總餘皆是別雖似初二者文具二意前意約所歎分別歎說歎聽故分爲二後釋約徵請分別徵請互有故依前判言互有者如初二中何故不說即正顯徵默所由既云何故不聞演亦是請說爲順衆欲如後三中此衆皆欲聞願爲分別說正是請順欲說若爲宣說衆疑即除相視恭敬義兼徵默故論經云迭共相瞻住一切咸恭敬即上句正是怪默意也故云互通歎說歎聽則不互有故依前判疏合爲徵問之辭總言何故不解釋細論何故是徵問之辭不解釋是徵問之相中問淨覺是徵問所以故疏合云謂有中問淨覺無過何故不解釋耶具能所治下別釋淨義別歎淨覺有二勝能一攝對治謂念智具念謂四念智謂如智二離諸過謂餘十字具字兩用初中由有能治所治不生所治有二一者雜覺謂凡夫尋伺與四倒相應即迷事倒以四念爲治二雜覺因憶想分別謂隨名相轉即迷理倒以眞如智爲治前唯凡夫後通凡小一者雜覺者常等四倒思求名覺穢濁之心目之爲雜以四念爲治者觀身不淨等能治淨倒等二雜覺因者想心見倒能生四倒名雜覺因憶想分別即三倒也憶是心倒想是想倒分別是見倒令心亦倒不能見如妄取染淨因果相故隨名相轉即疏釋論由不了如故隨名相若得如智斯倒自亡言離過者離三種過一由無瞋等功德具故離慳嫉過謂無瞋治嫉等取無貪無貪治慳不等無癡無癡即前念智攝故二由前已說上妙地故無說法懈怠過三由有樂說辯力無不樂說過離慳嫉者恪法爲慳忌勝爲嫉正是說法之過三善根中無貪在初瞋爲菩薩大障故論舉瞋等貪無說法懈息者有八雖無慳嫉而隨開演故無不樂說者有人雖勤而無巧慧凡所言說令他不樂故此不樂之言乃屬於他亦可屬自若爾何異不懈怠耶謂復有人心動欲說無有辯才故不樂說然念智正爲治雜覺等故受治名而無瞋等本意不爲治於嫉等有此任運自無彼故但名離

過然念智者三通妨難也謂有問言雜覺是過有念智等即得名離慳嫉是過功德具等等豈非能治何以前覺偏名攝治此離慳等為離過耶故為此通前由先有雜覺故修念智治之此中先無貪等自無慳嫉故別立名前猶以藥治病後猶內有妙藥衆病不生故有二別又遠公云念智內德對治義顯不貪無失離過義彰故有隱顯理實具通

第二歎聽者無過中四偈分三初二歎同生衆論云同法決定故有樂聞故

次一偈歎異生衆論云復示餘者心淨故

後一偈雙歎論云又顯此衆皆堪聞法故第二歎聽者無過疏文有二先總科此中引論即釋前偈前論雙明說聽無過上疏已明總意及說者無過故今但引聽者無過彼論云復顯聽者同法決定故有樂聞故復示餘者心淨故又顯此衆皆堪聞法故偈言迭共相瞻住故釋曰上即聽者論文今疏以偈配之於文可見同法二字該於二偈是同生衆故決定二字唯屬初偈有樂聞者是第二偈異上同法而云餘者故是異生此衆皆樂則知雙歎皆者俱故

今初二偈前偈歎根故云決定後偈歎欲故云欲聞若有欲無根雖聞不解有根無欲設聞不受故須雙歎若有欲下雙結上二根約器量無之則猶牛跡不能受海欲約愛樂無之若許由洗耳

今初同法即是同生揀後異生決定即是根器揀後樂欲

初句爲總論云決定者黠慧明了故黠慧即根黠能知教慧能入證故黠慧即根者比疏釋論黠即訓慧今分二別黠即當智智能了事慧照理故分於教證此二無暗通曰明了根體是慧故以黠慧釋根

次二句別論云決定有三一上決定願大菩提故云勇猛二名聞決定他善敬重故云無怯弱由內無怯弱外著大名三攝受決定謂彼說者善知故即經說地名由堪攝受方爲說耳下句徵黠可知願大菩提者然經云勇猛無怯弱論經云菩薩大名稱今順經帖願大菩提即是論釋既云菩提則諸德皆上大願為主故偏說之以梵云薩埵有勇猛義勇猛求菩提故故二經語異願求菩提義同由內無怯弱者即以此經會論經也以論經云大名稱故上三決定若別相說前二是證決定後一阿含決定通皆具二

後偈

歎欲中初句所欲之法次二句正明有欲後句結請

論云是中若但有阿含決定無證決定但有非現前決定無現前決定如是決定法器不滿足故不能聽受者現前是欲現見起故非現前是根但寘具故此中意明但有根而無欲不堪聞法今前偈於教決解於理決證具二決定為非現前之根復有今偈現前之欲教證決定則具足決定故堪受也論云下初舉論文論初標云決定者是中有阿含決定等所以先標決定者以前偈云同法決定決定是根根能受法故云決定今此意云決定之言根欲具足方稱決定唯根無欲法器不具非真決定故此標云言決定者必須根欲言是中者聽者中有阿含決定非證決定者謂若前偈但有教根而非證根亦不具足則反顯前具有教證次云但有非現前決定無現前決定者明若前偈有教證之根為非現前決定而無今欲現前決定法器亦不具足故結云如是法器不滿足故不能聽受則反顯前偈有根今此有欲為具足也若但兩字是䟽義加使義明了不違論意現前是欲下二釋現非現義言根但寘具者有人雖有堪聞之智為寘具而未欲聞故云寘具寘具宿成故如五頂于具足七德堪傳六句而著妻奴未欲其教此中意明下三總出論意即論云示現此衆具足決定故能聽受

其心無怯弱者論經云佛子智無畏無畏即無怯弱契理之心即名為智然智有二種一證法故此屬前根二現受故此屬今欲欲亦須智故於樂聞心無怯弱總前二偈根欲雙具諸地妙義願為說之其心無怯下第三隨要重釋於中有二先正釋此句後總前下雙結歎意釋於初句及第四句

第二一偈歎異生衆但云衆會故雙歎根欲初句為總心無濁故名為清淨三句為別別離六濁一不欲濁謂無心餐採故離懈怠治之二威儀濁不恭肅故嚴整治之三五蓋濁貪名等故潔淨治之四異想濁謂貢高雜

染輕慢雜染等皆名異想今說行堅固不動治之五不足功德濁善根微少故於彼說中心不樂住具功德治之六愚癡濁謂愚闇不了故智慧治之四異想濁者論云四異想濁妬勝心故破壞心故釋曰妬勝就人破壞約法又亦通二今不依論云貢高等者義廣異想即喻伽論三十八云聽法由離六種相遠離貢高雜染由四種相遠離輕慢雜染由一種相遠離性弱雜染言六種者一應時聽二殷重聽三恭敬聽四不為損惱聽五不為隨順六不求過失聽言四相者一不恭敬正法二恭敬說人三不輕正法四不輕說人言一相者謂不自輕蔑復由五相故無散亂心聽法一求悟解心二專一趣心三聆音囑耳四掃滌其心五攝一切心故總有二謂不雜染心無散亂一心聽法今疏舉前二名等取性弱及無散亂上皆異想妬勝破壞此二偏重故本論舉之五不足功德濁此段全是論文善根微少語因中心不樂住明無現果謂由善少多緣多病懈怠散動故於說中心不樂住六愚癡濁愚謂迷教暗謂惑理即辨上癡第三一偈雙歎二衆云一切故相視爲總論云迭相共瞻者示無雜染故餘皆是別咸恭敬等無輕慢雜染下半喻顯敬法轉深何有雜染第三一偈雙歎中三初總釋偈相視為總者正是此偈之總既雙歎二衆則相視之總遍前四偈而論正說是此偈總下例餘偈皆有總別則歎異生中不濁是總上歎欲中欲聞是總初歎根中決定是總歎能說中淨覺是總別等可知論經云如蜂欲熟蜜古釋云齊心趣證如蜂熟蜜專意求教如渴思甘露今但云念蜜則二句皆通教證論經云下二會經文中有三初舉論經二引古釋三會今經念通教證者熟蜜如教蜜成如證今念有二皆明記為念即是念教若無念念者即是念證故起信云若知無有能念所念是名隨順此念教也若離於念名為得入此念證也然蜂之念蜜渴之思黎喻希法喜解脫之味更言好蜜復思甘露顯法之妙思渴情深然蜂之下三別釋喻法喜如蜜蜜即食故故法華云法喜禪悅食更無餘食想解脫合上甘露甘露如漿故故淨名云甘露法之食解脫味為漿即甘露為食今以蜜當於食故以甘露配於解脫故涅槃中亦以甘露況於涅槃涅槃即解脫故

爾時大智無所畏金剛藏菩薩聞說是已欲令衆會心歡喜故爲諸佛子而說頌言

第二爾時大智下法深難受止文中二先叙意後偈酬前中令衆歡喜是總酬答相謂說偈本爲除前疑惱得心喜故酬答有二一堪酬答自有大智故二不怯弱酬答不畏大衆之不堪故論云此二示現自他無過故故後偈意明法難說非已無智而不能說但言難聞非斥大衆全不堪聞除前疑惱者由前觀默生疑疑則心惱又請未說心尚疑惱故爲除之令心得喜然大智無長乃是經家取當時意讚述說者是故論主用此成於總令意悅二不怯弱酬答論釋云離不正說者若畏大衆不堪隨情而說是不正說

菩薩行地事最上諸佛本顯示分別說第一
希有難微細難可見離念超心地出生佛境
界聞者悉迷惑

偈中五偈分四初二頌明法難說遣上何因之疑成上有智次頌顯法難聞遣上何緣之疑成前無畏三一偈俞難說聞後一偈舉難結默遣上何因之疑者上云何因何緣不說論釋云爲因說者不能說耶爲緣聽者不堪聞耶今云難說非不能說成上有智者亦由難說顯法難聞下遣上何緣例此可知初中分二前偈顯難說之法後偈彰難說所以令初偈末難字即是總相謂難得故難得所以後偈明之此難有二種一最難體出名相故經云第一二未曾有難在相所無故經云希有上二明難相何者是難法體即偈初二句菩薩行者是出世間智謂即是證道證心涉境故名爲行地事者謂十地事行即是教道相差別故最上者通說上二勝故諸佛本者釋上證智得菩薩行名所以行是因義覺於

佛智所以名佛今此證智亦覺佛智故爲彼本本即因也此之教證於何處成難謂顯示分別說證道亡心故難顯示教道依證亦難分別今初文也偈未難字下疏文有四初釋難字此難有二者二別釋第四句上四字明義難相何者是下釋初二句明難法體覺於佛智者然論但云諸佛之根本者覺佛智故此語迷人以佛是梵音覺是此語若順西方應云佛佛智故若順此國應云覺覺智故安得以唐釋梵為釋義耶此有深意謂佛智即是菩提此但云覺佛陀是人此云覺者以人得法故名覺者故今疏云覺佛智故故名為佛今十地菩薩為能覺人亦將因智以覺佛智故為佛本為分人法唐梵互彰譯者之妙今加於字以釋論故此之教下釋第三句顯其難處難示難說即同淨名其說法者無說無示後約難聞即其聽法者無聞無得然無則一向約遮難則遮表雙辨若準楞伽宗通自修行說通示未悟宗說即是教證則二全別令明教證皆有說者有示有說但云難耳則示即說即證說證之相如何可知廢詮論實眞體一味說之為證亦如義大及說大三漸次中辨若眞俗詮異說為十地目之為教以證攝教故俱難說第二釋難所以者彼前菩薩行事所

以難者由住微妙深義故故論云彼菩薩行事義住不可如是說第二釋難所以中疏文有二先總明所以即是論意論云行者即牒前菩薩行事者即牒前地事義住者語倒應言住義故疏云由住微妙深義深義即義大妙理也偈中初二句對劣彰深次句就勝顯妙末句舉聞迷惑顯成難說於中難者是總相云何難難得難證故難得難證者論經云難得論釋云難得者難證故即以證釋得今疏經論雙牒耳以論經有難字及難得字今經但有一難字故雙牒彼經論論經偈云微難見離念非心地難得境界智無漏若聞則迷悶難得有四一微細難得顯非聞慧境故難得有四下釋別於中有三初釋對劣彰深初之二句一非聞慧境者乃有二義一非所知境二非分齊境聞慧之中無此相故論釋聞慧云麤事不須思惟謂教法麤事聞慧能得故二難見難得亦非思慧心眼見故二思慧則可了見於心三世間之修未忘念慮故並非之三離念難得亦非世間修慧境故以地智是於眞修故非地前心數分別緣修

之境三慧皆是世間何以就修偏云世間答有二義一修有真偽真修似於正證故不揀之二報生識智亦是修慧今取世間之修耳四超心地難得非唯非地前之境亦非登地已上報生善得修道智境謂變易所起異熟心識名為報生便能知無常等故名善得修道智以非照實之智故亦不測地智知無常等未忘心境名為心地以七地已還皆容出觀故又此善得修道智即加行後得智非根本故所以揀之故瑜伽五十五修道位中有出世斷道世出世斷道既通於世故非其境故名善得者生而即得不假修習故名善得其由生而知之者上言無常等取苦空無我及常樂我淨以昔久修無漏因故變易酬彼名為報生言以非照實者釋不能知夫照實者忘心體極今報生識雖知無常等不契合故不能知此未忘心境者心地之言通有二義一就體性如梵網經說盧舍那佛心地法門謂心體包含生成住持亦如法華一切智地斯為妙也今言心地是所揀者即是心量法門故楞伽說覺自心現量非心之心量我說為心量心量即心地故既非四心之境是誰境耶即佛智境何者是智見實義故出生有二義一生彼佛智故二出離於生是無漏故二出離於生者如見道名離生是無漏故離生之義前已頻釋以論經云境界智無漏故為此會無漏出生皆是離過當體得名生於佛智就於功能望他立稱然二相成由無漏故能生佛智末句云所以難說者恐聞者隨聞取著悉迷惑故

持心如金剛　深信佛勝智　知心地無我　能聞此勝法

第二一偈顯難聞者論云已辯難說復顯難聞然偈中舉具德能聞反顯難聞兼欲使人學能聞故於中三句舉德末句結成能聞初中初句為總謂持聽法心堅如金剛則能得聞下二句別堅有二種一決定

信堅即第二句若無此堅於他分法不能入故二證得堅即第三句若無證堅於自分法不能入故

深信之相云何謂於佛智設心智不及仰推佛智非我境界是深信相即勝鬘三種正智中仰推智也所信是何謂佛智慧以此地智上同佛智故佛智有二一菩提智是自行證法稱性無邊二化生權智是利他教法隨機隱顯種種差別即是法華諸佛智慧及智慧門於此二深皆能信故即勝鬘三種正智中仰推智者彼經勝鬘白佛言云何三種善男子善女人於甚深法義離自毀謗生大功德入大乘道何等為三謂若有善男子善女人自成就甚深法智若善男子善女人成就隨順法智若善男子善女人於諸深法不自了知仰推世尊非我境界唯佛所知是名善男子善女人仰推如來智除此諸善男子善女人已餘諸衆生於諸深法堅著妄說違背正法習諸外道腐敗種子當以王力及天龍鬼神

力而調伏之所信是何下釋佛勝智字於中有四初明地智得佛智所以佛智有二下開義別釋此中有四對義共成一義謂一前是菩提實智後是化生權智二前是自行後是利他三前是證道後是教道四前實智稱性無分量後權智則差別有隱顯說權為實則隱實施權說權為權則權實皆顯其無邊種種即是論文由佛菩提無有邊故故佛化生所說法門種種差別即是法華下三證成勝義即方便品初云爾時世尊從三昧安詳而起告舍利弗諸佛智慧甚深無量其智慧門難解難入論釋云諸佛智慧即證甚深其智慧門則阿含甚深故此二句即佛教證二道故古人云二深先唱警察舉座之心是也彼經自釋如來知見廣大深遠即實智也如來方便知見波羅蜜皆已具足即權智也所以難解者一當體深故二權實隱顯故故云唯有諸佛乃能知之下廣文云諸佛隨宜說法意趣難解即智慧門難入也唯以一大事因緣故出現於世即智慧甚深也昔不言三是方便故方便門閉今云三乘是方便門開開則見實故彼經云此經開方便門示眞實相故方便門如蓮之華眞實相者如華之蓮此華不有則已有則華實雙舍此經不說則已說則權實雙辨一經唯爲說佛智慧故彼文云說佛智慧故諸佛出於世以佛智慧不離教證權之與實故說二深即以略示法華經宗此二亦即淨名經中智度菩薩母方便以爲父一切

衆導師無不由是生故地智二道徹果海之二深是所信也於此二深皆能信故結成信義

云何證堅此亦有二一知是能證二心地是所證言無我者通能所證心地即二空眞理所依之事謂唯識相論云隨心所受三界中報此即異熟識又隨心所行一切境界亦名心地此即前七轉識及通八識相分内外諸境於此二類如實了知我法二空成無我智心地等者義出體性也所依之事者明非能依理理即無我故言唯識相者則顯非唯識性唯識性即二無我理二無我理即眞勝義諦故唯識云此諸法勝義亦即是眞如常如其性故即唯識實性此分性相二門不同即此心地便是無我事理非異非一是此所信論云下論釋心地通於二類初即第八識又隨心下次即通於七識及八識所緣之境言内外境者六識緣六塵即是外境第七緣第八即為内境第八緣三境根身種子即是内境器世間即是外境又意識亦通緣内外五識亦有通内外義故云諸境而皆名心地者生成住持義故依八生於七七復熏成八以心變於境託境而生心皆得心地名於此二類下

總相收束一句之意下句結成既知難聞之義如是具上二堅方聞上來微細勝智

如空中彩畫如空中風相牟尼智如是分别甚難見

第三一偈喻顯說聞中上半喻下半合此中喻意不單取虛空以無畫處空不爲喻故亦不單取畫以壁上畫不將喻故正取空中之畫風喻亦然於中能依風畫以喻阿含所依之空以喻證智然空中風畫不可言無謂若依樹壁則可見故亦不可言有依空不住故非有非無故不可說文意正爾

論有三段初釋喻相次釋合相後揀喻不同初中有三初離釋二喻以明非有次合釋二喻以明非無三雙結二喻成不可說

前中畫喻有二一正顯喻相云此偈示現如空中畫色如壁者謂此空中畫色不異壁上畫色故云如壁若爾何以不見二顯其非有論云是中不住故不可見謂壁上之畫有壁可住故可得見空中之畫無可依住故不可見下風喻亦有二段一云如空中風如樹葉此正顯喻相二云是中不住故不可得見此顯非有謂樹葉上風有葉可依故可得見空中之風無可依住故不可見二合釋二喻以辯非無云此動作者非不空中有是二事此論意明但無可依故不得見非風動畫作其體全無三結成不可說義云是虛空處事不可得說處者虛空處是風畫所依之空虛空事是空中風畫之相由前義故不可說有由後義故不可說無故此空處及畫事風事皆不可說其處所論有三段下三舉論廣釋具引論文科釋畢備細尋可見

第二釋合喻中次第合上三段而但雙合初論云是畫風如說者此合上喻相次論云以非自性不可得是不住故以其客故者合上非有即以非自性合上不住以其客故者出名無性不住所以謂名是實之實故無所住無自性也二合前非無云非不於中有此言說三合前結成不可說云如是佛智言說顯示地校量勝分別難見者佛智即所分別合上空處言說顯示下是能分別合上空中事以詮從旨故亦難見合上不可說處然論佛智即今經牟尼智牟尼此云寂黙以智相即智性故此即地智而名佛智者無二體故亦是譯人見

牟尼之言謂是釋迦故耳但文中云合上非有即以非自性者由上論云以非自性不可得是不住故即知非自性不可得是聲名等從緣無性故不可得如彼風畫依空無住故云以無自性合上不住也出無自性者謂聲從緣生故無自性依法立名故是虛假故云名無得物之功物無當名之實名無得物之功非名也物無當名之實非物也若實即名見面則應知名若名即實召火則應燒口故知名是假設安有自性即如風等與虛空合然論經云佛智者即會論經今經二經同異

第三揀喻不同者舉二喻者喻旨別故論云畫者喻名字句依相說故謂畫有相狀如名句之屈曲能顯地相風者以喻音聲聲無屈曲如風一相假實既殊故雙舉之又假實相依闕一不可故云又說者以此二事說聽者以此二事聞故舉二喻雙喻說聞若將二喻喻所詮者仍有兩重一風畫喻地相所以不可見者以同地智故如風畫合空二將風畫復喻地智地智所以不可說者以即同果分離說相故如風畫合空若以果從因則亦可說以智從相地有差殊以旨從詮可聞可說是則無聞說之聞說也假實既殊者出用四所以也謂聲為實名句文假故即總取四法為教體義耳又假實相依者重釋用四之由名等依聲得有曲屈故名等為能依若無名等空有一聲不能詮表故非教體則聲依名等故云假實相依若將二喻下四例釋說默謂上論文但以風畫喻於能詮但以空喻所詮佛智今例論意唯就所詮自有兩重能所之異兼上論意則有三重於中有二先以能依就所依則三三重皆不可說一以詮就旨二以相就智三以因就果若以果從因下例以所依就能則三三重皆可寄言一以果從因二以智從相三以旨就詮是則風畫喻於三法一喻教二喻地相三喻地智當知虛空亦喻三法一喻所詮二喻地智三喻果海總有四法成三重能所逆順互望則有六重可自思之

我念佛智慧最勝難思議世間無能受默然而不說

第四一偈舉難結默者若準上義以二事

說以二事聞則可說可聞但是難見如何不說故有此偈意云說聞本在證見難見說之何益況復加以難信故我默然初句所證見法次句難證難中之難故云最勝次句難信非地前證信故曰世間上三句舉難後一句結默

爾時解脫月菩薩聞是說已白金剛藏菩薩言

第三解脫月歎衆堪聞請前已歎竟此復歎者由聞上言證信難得顯示此衆有信有證有堪能故此復歎下生起歎意先問言此復歎者以前恠默騰疑請中已有四偈歎衆請竟今何重歎從由聞上言下釋重歎意謂前歎衆不因止生今歎因前法主止生故得復歎先長行後偈頌前中分

二先叙請

音釋

蔑莫結切輕易也 聆盧經切聽也 歙許及切合歙也 黠胡八切音轄

迭杜結切更也